Matthias F. Steinmann

Emmentaler & Nostrano

Die Steinmann-Galli-Saga

Ursella Verlag

Werd & Weber Verlag

2022 bei Ursella Verlag
Ursellen 21
3510 Konolfingen

Alle Rechte, insbesondere das Recht der Vervielfältigung und Verbreitung sowie der Übersetzung, vorbehalten. Kein Teil des Werkes darf in irgendeiner Form (durch Fotokopie, Mikrofilm oder ein anderes Verfahren) ohne schriftliche Genehmigung des Ursella Verlages reproduziert oder unter Verwendung elektronischer Systeme gespeichert, verarbeitet, vervielfältigt oder verbreitet werden. Auch alle Film- und Fernsehrechte sind darin eingeschlossen.

ISBN 978-3-03818-370-9

Zu diesem Buch

«**Emmentaler und Nostrano**» ist die packende Saga zweier völlig unterschiedlicher Schweizer Familien: der Steinmanns, einem ursprünglich bitterarmen Bauerngeschlecht aus dem Emmental, und der Gallis, einer gut situierten Familie von Architekten und Baumeistern aus dem Tessin. Der Autor beschreibt in dem reich illustrierten Doku-Roman die Geschichte der beiden Linien – eine Zeitreise über mehrere Generationen, die schliesslich in der Ehe von Beatrice Galli und Bernhard Steinmann mündet.

Das Werk zeichnet die gesellschaftliche, kulturelle, politische und militärische Entwicklung über den Zeitraum mehrerer Jahrhunderte auf und malt – aufgehängt an der mit fiktionalen Elementen angereicherten Geschichte der beiden Familien – ein Sittengemälde, das alle Elemente eines spannenden Romans enthält: Es geht um grosse Karrieren und faszinierende Aufsteigergeschichten, aber auch um das einfache Leben und das Leid der Bauern, es geht um Krieg und Frieden, um Liebe und Dramen, um Hunger und Tod, um grosse politische Veränderungen, um Patriarchen mit einem extravaganten Lifestyle oder Polit-Revolutionäre. Aber auch um eindrückliche Actionszenen auf den Schlachtfeldern Europas, und nicht zuletzt um bahnbrechende medizinische Erfindungen und den historischen Bau des Gotthardtunnels.

Für meine Mutter

und

in tiefst empfundenem Gedenken an
meine Steinmann- und Galli-Vorfahren, die so viel,
auch in schwierigen Zeiten, geleistet haben. –
Und natürlich auch für alle lebenden «Steinmänner und
Steinfrauen» und deren Nachkommen, die sich beim
traditionellen «Steinmann-Tag» zusammenfinden, sowie
für die weitverzweigte Familie Galli.

Inhalt

Vorwort	8
GALLI UND STEINMANN 1. Im Bauernkrieg (1653)	13
GALLI 2. Magistro Antonio Galli (1788)	27
STEINMANN 3. Söldner Niklaus (1798/1799)	43
GALLI 4. Antonio und der Kanton Tessin (1803)	61
STEINMANN 5. Von der Kehrmatt zum Fulpelz (1806)	75
GALLI 6. Philipp und Domenico (1814, 1830)	95
STEINMANN 7. In der Hungersnot (1816–1817)	109
GALLI 8. Beginn der Karriere von Francesco Galli (ab 1838)	127
STEINMANN 9. Sterben und Werden (um 1825 – 1831)	141
GALLI 10. Flüchtlinge und Kinder (um 1840–1848)	157
STEINMANN 11. Bauer und Schuhmacher (1831–1834)	175
GALLI 12. Tode, Zukunftsprobleme und Projekte (1856–1860)	191
STEINMANN 13. Freischärler und Sonderbundskrieger (1847–1848)	205
GALLI 14. Ausbildungsfragen und Beginn der Belle Époque (1860 – um 1867)	225

STEINMANN
15. Maries Tod und dessen Folgen (1853)   245

GALLI
16. Zwei ereignisreiche Jahre (1875–1876)   261

STEINMANN
17. Tagebuchnotizen von Johannes und Niklaus (1859–1861)   279

GALLI
18. Göschenen (1876–1882)   299

STEINMANN
19. Niklaus und Johannes als Unternehmer (1863–1871)   321

GALLI
20. Trauriges Eisenbahnbauen (1883–1894)   345

STEINMANN
21. Beginn der Verbindung zur Familie Mauerhofer (1875–1894)   367

GALLI
22. Lebenswenden bei Giovanni und Cecchino (1895–1898)   389

STEINMANN
23. Betty und Fritz verloben sich (1889–1902)   407

GALLI
24. Cecchino und Thaddea Schelbert – eine Liebesheirat (1906)   431

STEINMANN
25. Schusswirkungen und Steinmann-Nagel (1903–1912)   455

STEINMANN
26. Giovanni, wie er leibt und lebt (1900–1918)   483

BEATRICE STEINMANN-GALLI
Entschwundene Sommer – Ein Erinnerungsblatt   493

STEINMANN
27. Fritz zieht in den Krieg (1914)   523

GALLI
28. Der Berg ruft, Cecchino! (1912–1918)   545

STEINMANN
29. Fritz zieht wieder in den Krieg (1915–1918)   565

GALLI
30. Aufregende Zeiten im Hause Cecchino (1918–1920)   579

STEINMANN
31. Fritz wird fünfzig (18. September 1922)   603

GALLI
32. Cecchino wird fünfzig (14. August 1924)   629

STEINMANN
33. Bernhard, zielstrebig und fleissig (1927–1931)   653

GALLI
34. Bice kämpft sich durch (1926–1928)   671

STEINMANN
35. Studieren und zu Berg gehen (1931–1933)   687

GALLI
36. Glückseligkeit und Alltag in der Krise (1930–1933)   699

STEINMANN-GALLI
37. Eheanfang in *struben* Zeiten (1933–1937)   715

FAMILIE STEINMANN-GALLI
38. Vater und Mutter in den Kriegsjahren (1939–1945)   737

FAMILIE STEINMANN-GALLI
39. Ursis Erinnerungen an die Kriegsjahre   751

FAMILIE STEINMANN-GALLI
40. Erinnerungen von Vroni   761

FAMILIE STEINMANN-GALLI
41. Meine Erinnerungen an damals   773

Anhang   783

Stammbäume   785

Epilog und Nachrufe   797

Steinmann-Chronik   825

Literaturverzeichnis   843

Zum Autor   859

Vorwort

«**Emmentaler und Nostrano**», die Familiensaga der Steinmanns und der Gallis, ist keine Familiengeschichte, geschweige denn eine Familienchronik. Dies muss zu Beginn des Doku-Romans deutlich unterstrichen werden. Mein Ziel ist es, denjenigen Linien zu folgen, welche schliesslich in der Ehe von Beatrice Galli und Bernhard Steinmann münden.
Gerade bei der Familie Steinmann – für die der «Emmentaler» im Titel steht – fällt der ausserordentliche Kindersegen auf. Dieser entwickelt sich bereits in den ersten Generationen in die Breite, und bald rücken daher durch Heiraten der Töchter auch andere Namen ins chronologische Licht, wie zum Beispiel die Familien Meyer, Riniker, Haller und andere mehr. Soweit ich über Daten hierzu verfüge, werde ich diese im Anhang berücksichtigen. Natürlich gibt es gemeinsame Erlebnisse, also Kreuzpunkte der verzweigten Generationen, auf die selbstverständlich eingegangen wird, soweit ich davon Kenntnis habe.
Für die Familie Galli habe ich das Bild des «Nostrano» gewählt – so heisst der schlichte Rotwein, der im Tessin angebaut und gekeltert und vor allem in Tessiner Grotti getrunken wird. Was den Kindersegen angeht, ist es bei den Gallis einfacher. Obwohl Francesco Galli 22 Kinder hatte und 17 von ihnen erwachsen wurden, ist über die Brüder von Giovanni nicht viel bekannt. Die wenigen Hinweise lasse ich aufscheinen.
Im Anhang finden sich die Stammbäume der beiden Familien sowie die Steinmann-Chronik von Norwin Meyer aus dem Jahr 1968.
Das Hauptanliegen dieses Doku-Romans gliedert sich in drei Aspekte. Erstens möchte ich sämtliche mir zur Verfügung stehenden Namensdaten und Fakten einfliessen lassen. Sie sind alle verbürgt, aber, da dies kein wissenschaftliches Buch ist, nicht durchgehend mit Quellenangaben versehen. Hingegen sind die Urheber der Zitate Dritter in den Anmerkungen angegeben. Quellen und Fakten werden immer mehr, je näher wir der Gegenwart kommen, was ein bisschen die Ge-

fahr birgt, sich in Details zu verlieren. Keine Frage, ich bin ihr erlegen. Mit andern Worten: je gegenwärtiger die Kapitel werden, je mehr Dokumentation und eingegrenzter das Fiktionale.

Zweitens sollen die geschichtlichen, sozialen und politischen Verhältnisse, soweit sie die Zeit der Protagonisten betreffen, mitverarbeitet werden. Eine Familiengeschichte findet nie im leeren Raum statt, sondern in einem politischen, ökonomischen und sozialen Umfeld. Hier werden nach bestem Gewissen die allgemein zugänglichen Quellen genutzt, auch Wikipedia, aber nicht mit permanenten Quellenhinweisen.

Drittens schliesslich möchte ich den Stoff mit fiktionalen Elementen anreichern, und zwar unter dem Motto: «So hätte es sein können.» Damit soll der Saga Leben eingehaucht und auch die teilweise dünne Faktenlage etwas übertüncht werden. Natürlich gibt es da eine Verwischung von fiktionalen Handlungen und Fakten, aber immer nach dem obigen Grundsatz und leicht als fiktional zu erkennen.

Die Saga ist bewusst reichlich illustriert. Die Bilder sollen dem Leser die Örtlichkeiten und das historische Umfeld nahebringen. Damit und später auch mit Fotos der Familien wird versucht, jene Atmosphäre wachzurufen, in der meine Vorfahren gelebt haben. Ein Bild sagt oft mehr als tausend Worte. So kann der Leser sich weit mehr in das «Damals» hineindenken.

Ich kann mir vorstellen, dass sich Mitglieder der weitverzweigten Steinmann-Familie mit diesem Doku-Roman und dessen Eingrenzungen zu wenig beachtet fühlen. Mit den obigen Hinweisen möchte ich mich dafür bei allen Betroffenen entschuldigen.

Eine Besonderheit muss ich herausstreichen: Zu Beginn gibt es leider keine oder nur sehr wenige Informationen über die weibliche Seite der Familiengeschichte. Das ändert sich jedoch bei der Generation meiner Grossväter, d.h. mit Betty Mauerhofer, Gattin von Fritz Steinmann, und Thaddea Schelbert, der Gemahlin von Cecchino Galli. Mit anderen Worten, die weibliche Linie der Familie wird erst später romanhaft einbezogen und hierfür auch besondere Kapitel geschaffen (sowohl fiktional wie dokumentiert).

Die beiden Familien unterscheiden sich nicht nur durch den völlig anderen geographischen und soziokulturellen Hintergrund:

Die Steinmanns sind ursprünglich mit der Scholle verwachsene Bauern, aus denen in der Dynamik des 19. Jahrhunderts sich Einzelne in neue bürgerliche Berufe hochgearbeitet haben. (Es gibt im Gebiet des Ursprungs Gysenstein und Vechigen immer noch Steinmannfamilien als Bauern.) Herausragend ist sicher die Linie meines Vaters und Grossvaters – beides Medizinprofessoren.

Die Gallis sind bis ins 14. Jahrhundert als landbesitzende Familien mit Einfluss nachweisbar, und als herausragende Architekten und Bauunternehmer sind sie schon im 18. Jahrhundert bekannt. Der Landbesitz wurde jedoch zugunsten der Ausbildung der grossen Kinderschar von Francesco (leider) verkauft, die aber auch zu bürgerlichem Wohlstand führte.

Beide Grossväter heirateten gleichermassen Töchter aus wohlhabenden Häusern, die ihrer damaligen gesellschaftlichen Stellung entsprachen.

Mit anderen Worten: Diese Saga spielt bei Gallis seit jeher und bei den Steinmanns ab zweite Hälfte 19. Jahrhundert in der bürgerlichen Oberschicht mit Selbstverständlichkeiten ab, die in der damaligen Zeit nur für eine kleine Minderheit galten – aber es wurde dafür ohne Zweifel hart gearbeitet.

An dieser Saga wurde mehr als anderthalb Jahre intensiv gearbeitet, und selbstverständlich wurde ich dabei unterstützt.

Mein grosser Dank gilt:
Karin Füeg, die praktisch jede Woche vier Tage lang die Diktate niederschrieb,
Danila Rikas für die vielen Korrekturarbeiten am Manuskript bei stets guter Laune,
Martina Schelker für ihre unermüdlichen Recherchen und Bearbeitung der Illustrationen,
und dann vor allem
Peter Balsiger für das stete Feedback, seine Anregungen und das Lektorat.

Ebenso herzlich danke ich **Renate Haen**, Korrektorin, für das exakte und kritische Durchlesen des Manuskripts sowie **Manuela Boss** für die kreative grafische Bearbeitung von Text und Bild.

Schliesslich gilt mein herzlichster Dank **allen Verwandten, Bekannten und Ämtern** für die bereitwilligen Auskünfte und die mir beigebrachten Daten und Dokumente. Hervorzuheben sind meine Schwestern **Ursula, Veronika** und **Barbara** für die Beiträge zu den Erinnerungen, die vielen Fotos und unzähligen Dokumente.

Meiner lieben Frau **Arom** danke ich für ihre stete Geduld und ihren verlässlichen Rückhalt während meiner langen Inanspruchnahme für dieses Buch, und meiner lieben Tochter **Sophie** danke ich für ihr Verständnis.

Im Januar 2022
Matthias F. Steinmann

GALLI UND STEINMANN

1. Im Bauernkrieg (1653)

Wie zum ersten Mal ein Steinmann und ein Galli, nämlich Hans Steinmann von Gysenstein und Ueli Galli von Eggiwil, aufeinandertreffen, wie sie im Feldlager bei Muri aneinandergeraten und sich die unterschiedlichen Temperamente verdeutlichen.

«He, he!»
«Was ist, was willst du, wer bist du?»
«Ich bin der Steinmann Hans von Gysenstein. Und du solltest mich kennen.»
«Ach ja. Ich erinnere mich. Ich bin eilig. Um was geht's?»
«Ich weiss, Galli Ueli. Und ich wäre dir dankbar, wenn wir kurz miteinander sprechen könnten, bevor du in den Kleinen Kriegsrat gehst.»
Wir schreiben Mittwoch, den 12. Mai 1653. In Muri und Ostermundigen vor Bern lagern etwa zwanzigtausend Bauern. Es geht gegen Abend, und rundherum flackern bereits Hunderte von Lagerfeuern, ein Brummen und auch Schreien wallt durch die Gegend. Ein dunkler Schleier von Rauch liegt über dem Abhang Richtung Kirchlein Muri. Es ist keineswegs einfach, sich in dem brausenden Lärm der zu allem entschlossenen Bauern zu verständigen.
In dieser Atmosphäre sieht Hans Steinmann den Ueli Galli mit zwei, drei Gefolgsleuten an sich vorbeigehen, und zwar nahe dem heutigen Schloss Muri, mit dem Ziel Ostermundigen. Galli wirkt in seinen roten Pluderhosen und dem weiten blauen Kittel beinahe wie ein Herr, was er durchaus ist.
Während des Dreissigjährigen Krieges hat er sein Vermögen auf dem grossen Bauernhof in Eggiwil zu mehren verstanden und gilt mit seinen vierundsechzig Jahren als stattlicher Grossbauer. Steinmann dagegen trägt ein verschlissenes Wams, enge braune Hosen und ist mit keinen Gütern gesegnet. Es gelingt ihm knapp, seine grosse Familie mit den sechs Kindern zu ernähren. Sein langes weisses Haar

unter der braunen Mütze trägt er gleichwohl mit einigem Stolz. Wie Galli ist er Chorrichter, der unter den von der Obrigkeit bestimmten Prädikanten und Vögten über Verletzungen des – nach heutigem Verständnis – engen und unsinnigen Sittenkorsetts zu richten hat.

Wie es zu diesem gewaltbereiten, im eigentlichen Sinne aufständischen Bauernsamen gekommen ist, gilt als eine vielschichtige und ziemlich komplizierte Geschichte, die zum einen bereits weit zurückliegt und in der zum andern einige aktuelle, höchst ungerechte Massnahmen der «Gnädigen Herren» von Bern, aber auch der übrigen Stadtstaaten wie zum Beispiel Luzern, eine wichtige Rolle spielen. Die Entrechtung und Gängelung der Untertanen hatte im Frühjahr 1653 jegliches ertragbare Mass überschritten, und der laute Protest verbreitete sich wie ein Schwelbrand vom Entlebuch übers Emmental ins Aargauische bis hin nach Basel. Dies führte zu Versammlungen, Landsgemeinden, schliesslich zum aufständischen Huttwiler Bauernbund und damit weit herum, vor allem im Emmental und Entlebuch, zu der Stimmung: «So geht es nicht weiter. Wir müssen der Obrigkeit zeigen, dass wir uns nicht mehr alles gefallen lassen.»

Der aktuelle Anlass waren eine Batzenabwertung, die Verteuerung des Salzpreises, eine zusätzliche Steuer und strengere Vorschriften zum Viehhandel. Dazu kamen die unverschämten Übergriffe der Berner Vögte, welche ungerechtfertigte Bussen verteilten, wobei sie das Geld oft in ihre eigenen Taschen steckten. Vor allem der Vogt Samuel Tribolet im Schloss Trachselwald zog den Zorn der Landbevölkerung auf sich.

Bei einer grossen Versammlung in Sumiswald wurde der eher gemässigte und fromme Niklaus Leuenberger, Grossbauer im Schönholz, zum Obmann des gesamten Aufstandes gewählt. Er sollte die Bauern gegen Bern führen; ein anderer, Christen Schibi, seine Mutter eine Galli, desgleichen die Entlebucher nach Luzern. Innerhalb der Bauern gab es jedoch zwei Strömungen: Einerseits wurde die Aufhebung der neueren ungerechten Massnahmen gefordert und andererseits eine Veränderung des politischen, sprich absolutistischen Regierungssystems der Berner à la Louis XIV. Der letzteren und härteren Strömung gehörte Ueli Galli an, der als eine der treibenden Kräfte hinter dem Aufstand galt. Das Geschlecht des Ueli Galli, sesshaft in Eggiwil, ist unklarer Herkunft. Doch dürfte es sich letztlich um eine Einwanderung aus Italien handeln. Galli ist dort ein verbreiteter Name, und bereits in Pompeij konnte ich eine Villa Galli besichtigen.

An diesem Abend sollte nach zweitägiger Belagerung von Bern die Entscheidung über das weitere Vorgehen fallen. Und zwar im Kleinen Kriegsrat, der aus wenigen Personen bestand. Der Grosse Kriegsrat mit 60 Bauernvertretern hatte dazu nicht viel zu sagen. Diesem Rat gehörte auch Steinmann als Ausgeschossener des Landgerichtes Konolfingen an.

Militärisch gesehen waren die Bauern mit ihrem grossen Heer im Vorteil, da die von den Berner Patriziern aufgebotenen Zuzügler aus der Waadt und Zürich sich noch nicht in greifbarer Nähe zeigten. Auch versperrten die Bauern taktisch klug die Pässe, Übergänge und Brücken in Richtung Bern. Daher verhandelte der Berner Kleine Rat beziehungsweise dessen Delegation seit zwei Tagen mit den Bauernführern. Es geht am heutigen Abend also um die Frage: Soll man mit der Berner Obrigkeit einen Vertrag abschliessen, oder sollte man diesen Möchtegern-Adligen besser nicht vertrauen und die Stadt besetzen, um die Anliegen mit Gewalt durchzusetzen?

Wenn man die *praschalligen* Stimmen und das Geschrei an den Lagerfeuern hört, das Durcheinander der Reden näher beachtet, könnte man meinen, dass ein Angriff unmittelbar in der revolutionären Luft lag. Auch führt das Bauernheer zu wenig Lebensmittel bei sich, so zum Beispiel nur zweieinhalb Laib Brot pro Bauer. Schon aus diesem Grund drängt sich eine baldige Entscheidung auf. Es muss im Übrigen Niklaus Leuenberger hoch angerechnet werden, dass es ihm gelingt, ein Plündern und Rauben zu verhindern.

«Galli, ich weiss, wie und was du denkst. Du möchtest am liebsten einmarschieren und die gesamten Gnädigen Herren aufknüpfen. Schlicht: kurzer Prozess mit der verachteten Herrenposse.»

«Ja, Steinmann, da hast du recht, und es ist auch rechtens. Diese ‹Herren›, die keineswegs gnädige sind, müssen weg. Sie schikanieren, plagen und beuten uns aus, wo sie können. Auf unsere Kosten führen sie ein prachtvolles und höfisches Leben. Dieses gilt es mit Stumpf und Stiel auszurotten. Die alte Eidgenossenschaft unserer Väter gilt es wieder einzusetzen.»

«Halt, halt. Erstaunlich, du als Grossvater, keinesfalls ein Jungspund, drängst zur Gewalt. Da lob ich mir den jüngeren Niklaus. Er weiss sehr wohl, dass dies ein Blutbad und einen langjährigen Krieg bedeuten kann.»
«Aha, du bist also einer der Weichen.»
«Das hat mit Weichheit nichts zu tun. Aber mit Vernunft. Galli, überleg, die ‹Herren› haben Geld, sehr viel Geld. Sie sind mit den Franzosen verbunden. Unser Sieg wird ein kurzer sein, und dann fallen sie über uns her. Wir haben zu wenig Kanonen und Musketen, um den welschen Söldnerheeren zu widerstehen.»
«*Aba*, du bist ein Angsthase. Wir müssen den grossen Druck, den wir hier versammelt haben, sofort ausnutzen. Zuschlagen heisst es jetzt, und dann wird alles gut.»
«Meinst du? Aber deine Art, wo immer sie auch herrührt, ist nicht die unsere. Die Mehrheit im Landgericht Konolfingen denkt da anders. Wir sind eher bedächtiger und überlegen uns die Folgen, bevor wir handeln. Ja, Ueli, ich gebe dir recht, dass sich hier Tausende von grimmigen Bauern versammelt haben und dem Befehl von Obmann Leuenberger folgen. Ein sehr starkes Signal an die Regierenden. So werden wir morgen einen guten Vertrag aushandeln.»
«Danke, Steinmann, dass du mir deine Meinung offen sagst. Wir werden sehen, wie heute Abend in Ostermundigen entschieden wird. In einem hast du wohl recht: Niklaus Leuenberger ist eher ein Zögerer, vielleicht sogar zu fromm für den harten Weg. Und falls für einen Murifeld-Frieden entschieden wird, hoffe ich, dass ihr das nicht bereuen werdet. Persönlich glaube ich, dass dieses Herrenpack nur wegen des momentanen Druckes unterschreibt und euch später alle verrät… dann gnade euch Gott!»
«Ja, Gott mit euch und uns, so hoffen wir wohl alle.»

* * *

Galli behielt recht. Anderntags wurde der sogenannte Murifeld-Frieden unterzeichnet, welcher sämtlichen Forderungen der Bauern Rechnung trug. Niklaus Leuenberger musste sich dafür im Namen der Tausenden von Bauern verpflichten, alle nach Hause zu schicken, den Huttwiler Bauernbund aufzulösen und dafür Sorge zu tragen, dass in sämtlichen Gemeinden der Obrigkeit der traditionelle Huldigungseid abgelegt wurde. Als frommer und ehrbarer Mann glaubte er an das Wort der Berner Patrizier, das jedoch einige Tage später schon gebrochen wurde. Die von den Bernern herbeigerufenen Zürcher marschierten in den Aargau, und in Bern bereitet sich eine grosse Truppe von circa sechstausend Mann aus den welschen Gebieten auf einen Vormarsch vor.

Es geht in diesem ersten Kapitel nicht darum, den Bauernkrieg geschichtlich umfassend abzuwickeln. Daher nur kurz:
Die Bauern verloren bei Wohlenschwil am 3. Juni ein grösseres Gefecht im strömenden Hagelregen, was schliesslich zum Frieden von Mellingen führte. Dieser entsprach nicht mehr dem Murifeld-Frieden. Es waren nicht die Berner, sondern die Zürcher und Schaffhauser, welche den Bauern die Niederlage bereiteten und die Kapitulation diktierten. Unter der Führung des skrupellosen Sigmund von Erlach zogen die Berner aber nach und verfolgten die ehemals aufständischen Bauern mit grosser Grausamkeit. Die Truppen der Patrizier brandschatzten und vergewaltigten in den Dörfern, durch welche sie zogen. Sie töteten kurzerhand manche, auch Unschuldige, mit ihren Standgerichten. Von Erlach erhielt daher den bösen Spitznamen «der *Bauernschlächter*»[1]. Dagegen blieben die Zürcher in der Besetzung ihrer eroberten Gebiete eher milder.
Die grosse Suche nach den berühmteren Bauernführern begann sofort. Die meisten wurden schliesslich aufgespürt und im September in Bern vor Gericht gestellt. Niklaus Leuenberger und Ueli Galli wurden ebenso wie dreiundzwanzig andere geköpft und geviertteilt. Die Köpfe wurden an die Berner Galgen angeschlagen und die übrigen Leichenteile in verschiedenen Gebieten des Emmentals ausgestellt. Auch sonst wurden einschneidende Strafen ausgesprochen.

---

1 Vielleicht war dies mit ein Grund, warum der fliehende General Karl Ludwig von Erlach nach der Niederlage vom 5. März 1798 (siehe Kapitel 3) im Grauholz von nachtragenden Bauern in Wichtrach erschlagen wurde.

Hans Steinmann, mein Vorfahre, wurde zu dreihundert Kronen Busse verurteilt, was in der damaligen Zeit etwa fünf Jahren Fronarbeit entsprach. Die Busse wurde jedoch auf sechzig Pfund reduziert, weil er beim Schiedsspruch nicht mehr lebte. Er erlag vielleicht den Verletzungen aus dem Gefecht zu Wohlenschwil.

Steinmanns Witwe, wahrscheinlich eine Anna, mit sechs Kindern musste dennoch die sechzig Pfund entrichten. Dabei ist ein sehr interessanter Vorgang protokolliert: Ein Untervogt, der die Busse einziehen sollte, wollte sich persönlich am Hausrat der Steinmanns bereichern und hatte die Witwe sexuell belästigt, vielleicht sogar vergewaltigt. Diese liess sich das nicht gefallen, wanderte nach Bern und beschwerte sich beim Kleinen Rat. Die Witwe bekam recht, und der Untervogt wurde gescholten (daher die Protokollnotiz)[2]. Auch wurde der ungerechte Samuel Tribolet, Vogt zu Trachselwald, wegen seiner Verfehlungen, die mit zu diesem Aufstand führten, angeklagt und einige Zeit von der Stadt Bern verbannt. Man sah in ihm eine Art Sündenbock.

Im Übrigen änderte sich unmittelbar nach dem Krieg wenig. Mittel- und eher langfristig wurde das Los der Bauern schliesslich verbessert. Auch den patrizialen Städtern wurde bewusst, dass sie auf diese Landbewohner angewiesen waren. Als aber 1798 die Franzosen unter der strategischen Führung von Napoleon teils von der Waadt und teils von Basel her Richtung Bern marschierten, wurde das entscheidende Gefecht bei Grauholz auch deshalb verloren, weil der emmentalische Landsturm im Gedenken an den Bauerkrieg von 1653 nicht eingriff. Zwei Bataillone Konolfinger mussten dort allein die Hauptlast der Abwehr gegen die Vorhut von 6000 Franzosen tragen. Die Hälfte davon kam um, darunter auch zwei Vorfahren von mir. Bern fiel, und das Ancien Régime musste das Feld räumen. Das haben einzelne «*von's*» bis heute nicht überwunden.

Warum ein Kapitel über den Bauernkrieg in dieser Familiensaga? Weil im Jahr 1653 zum ersten Mal ein Galli und ein Steinmann miteinander zu tun hatten. Ueli verkörperte eher ein ungestümes Temperament

---

2 Gemäss Urs Hostettler, «Der Rebell von Eggiwil», Bern 1991, S. 626 ff.

und mein Vorfahre Hans wohl eher das bedächtige emmentalische, das sich auch bei meinem Vater verdeutlichte. Interessanterweise gilt der Kriegsherr der Entlebucher Bauern, Christian Schibi, als feurig: Tatsächlich ist auch er zur Hälfte ein Galli, und zwar mütterlicherseits (wie ja auch ich).

Die Episode ist vielleicht etwas gesucht, das Zusammentreffen zufällig, aber im Rückblick auf die beiden Familien Galli und Steinmann zeigen sich immer wieder diese unterschiedlichen Temperamente. In der folgenden Familiensaga möchte ich versuchen, mit belegbaren Fakten in beide Familiengeschichten einzutauchen, je einen Strang zu legen und diesen zu verfolgen. Um diese Fakten herum sollen die Generationen ans Licht eines fiktional angereicherten Lebens gehoben werden.

Der Unterschied zwischen dem revolutionären Vorwärtsstürmen einerseits und dem bedächtigeren Schritt-für-Schritt andererseits scheint mir ein Wesenszug der beiden Familiengeschichten zu sein und einer näheren Betrachtung würdig.

«… die geballte Wut der Bauern gegen die Obrigkeit liegt in der Luft und sie marschieren am 10. und 11. Mai 1653 gegen Bern.»

Unter Bauernführer Niklaus Leuenberger, Grossbauer im Schönholz, schwören sie den Huttwiler Bund: «Als Obmann des gesamten Aufstandes sollte er die Bauern gegen Bern führen.»

«Wir schreiben Mittwoch, den 12. Mai 1653. In Muri und Ostermundigen vor Bern lagern etwa zwanzigtausend Bauern. An diesem Abend sollte nach zwei Tagen Belagerung von Bern die Entscheidung über das weitere Vorgehen fallen. Und zwar im Kleinen Kriegsrat, der aus wenigen Personen bestand. Anderntags wurde der sogenannte Murifeld-Frieden unterzeichnet, welcher sämtlichen Forderungen der Bauern Rechnung trug.»

So könnte der ungestüme Ueli Galli ausgesehen haben: «… er wirkte beinahe wie ein Herr, was er durchaus war und galt mit seinen 64 Jahren als stattlicher Grossbauer. Ueli Galli gilt als eine der treibenden Kräfte hinter dem Aufstand, und zwar der härteren Sorte.»

… und so könnte der bedächtige Hans Steinmann ausgesehen haben: «Er dagegen trug ein verschlissenes Wams und war mit keinen Gütern gesegnet. Sein langes weisses Haar trägt er mit einigem Stolz.»

Die beiden Bauernführer

fürs Emmental:
Niklaus Leuenberger (1615–1653).

fürs Entlebuch:
Christian Schybi (1595–1653).

«*Nach der verlorenen Schlacht bei Wohlenschwil am 3.6.1653 unterzeichnet Niklaus Leuenberger mit Christian Schybi am folgenden Tag den Mellinger Frieden: Dieser entsprach nicht mehr dem Murifeld-Frieden. Es waren nicht die Berner, sondern die Zürcher und Schaffhauser, welche den Bauern die Niederlage bereiteten und die Kapitulation diktierten.*»

«*Unter der Führung des skrupellosen Sigmund von Erlach verfolgten die Berner die ehemals aufständischen Bauern mit grosser Grausamkeit. Niklaus Leuenberger und Ueli Galli wurden ebenso wie dreiundzwanzig andere geköpft und geviertelt. Die Köpfe wurden an die Berner Galgen angeschlagen und die übrigen Leichenteile in verschiedenen Gebieten des Emmentals ausgestellt.*»

Sigmund von Erlach (1614–1699) Spitzname: Der Bauernschlächter.

Auch er erlitt einen qualvollen Tod: Christian Schybi auf der Folter (7.7.1653).

GALLI

2. Magistro Antonio Galli (1788)

Wie der Magistro Antonio Galli nach Hause eilt, um bei der Geburt seines ersten Kindes dabei zu sein. Dabei denkt er über seinen Werdegang, seine Familie und die politischen Verhältnisse nach und gerät bei der Ankunft zu Hause mit dem Priester in Streit. Ein Sohn wird ihm geboren.

«Signor Galli, so geht das nicht mehr. Wir müssen anhalten, meine Danila tränken und auch mich selbst. Wir sind jetzt bereits fünf Stunden unterwegs.»
Wir schreiben das Jahr 1788, und zwar Samstag, den 24. Mai, und befinden uns im Weiler Rivera, unmittelbar vor dem letzten Anstieg zum Pass Monte Ceneri. Das Wetter ist kühl, wolkenlos, mit einem kräftigen Nordwind. Auf dem Einspänner sitzen zwei Männer. Der eine in braunen, wadenlangen Hosen mit sichtbar rot-weiss gestreiften Socken und einem rotbraunen Kittel mit knappem braunem Filzhut. Dieser hält die Zügel des Pferdes, wohl ein Kaltblüter, der bisher ruhig auf dem langen, holprigen Weg von Melide, kurz vor Lugano, seinen Dienst brav, mit entlastendem Furzen leistet. Allerdings muss man zugeben, dass er nun etwas schäumt und auf der kurzen Ebene von Rivera langsamer geht. Das heisst, Giulio Donati, der Kutscher, hat mit seiner Forderung nach einem Halt sicher recht.
«Nein, Giulio, ich habe keine Zeit zu warten. Ich muss so schnell als möglich nach Gerra und darf keine Pause einschalten. Wir kommen sonst zu spät. Ich muss und will bei der Geburt meines ersten Kindes dabei sein. So war es abgemacht, und ich habe Sie hierfür fürstlich bezahlt. Wasser und Hafer haben Sie ja deshalb mitgenommen: Also von mir aus, tränken Sie die windige Danila, geben Sie ihr den Hafer, dann aber geht es gleich weiter.»
Der Herr, der da spricht, heisst Antonio Galli, zählt achtunddreissig Jahre und darf als eine elegante Erscheinung bezeichnet werden:

tiefschwarze, eher lange Haare, unter den etwas stechenden Augen eine scharfkantige Nase und ein gepflegter Schnauz. Er trägt einen halblangen Mantel mit silbernen Knöpfen und ebenso schwarzen, röhrenhaften Hosen. Den etwas breitrandigen, zylinderartigen Hut hält er auf seinen Knien. Die Schuhe, ebenfalls schwarz und mit Silberschnallen, glänzen in der Nachmittagssonne.

«Nein. So war es vielleicht abgemacht, aber jetzt muss ich wirklich eine Pause einlegen. Ein mir bekannter *amico* betreibt hier ein kleines *grotto*, wo auch Sie *coniglio* mit Polenta essen und ein Glas Merlot dazu trinken könnten. Don Antonio, tut mir leid, ich fahre nicht weiter!»

Antonio sieht ein, dass er gegen diese typisch italienische, tessinische Art nicht ankommt und gibt auf. Denn Giulio, diesen grobschlächtigen Kutscher, zu bedrängen wäre vergebens. Von seiner Tätigkeit als «Magistro» (zu Deutsch «Baumeister») kennt er diesen Menschenschlag bestens: einer der Tessiner beziehungsweise lombardischen Art. Die Pause würde sich hinziehen, und vor eineinhalb Stunden wäre an eine Weiterfahrt nicht zu denken.

«Nun sind wir in Rivera», sagt er sich. «Eine halbe Stunde bis zum Pass Monte Ceneri, und dann könnte ich den alten Römerweg zu Fuss hinunter nach Quartino nehmen, über Magadino, Vira und nach Hause in Richtung Gerra gehen. Das dauert etwa drei Stunden. So wäre ich gegen acht Uhr abends doch bei meiner Lucretia. Natürlich ist sie mit dreissig eine Spätgebärerin, so wie auch ich sie erst spät, mit siebenunddreissig, geheiratet habe. Das war eben die Folge, weil ich in verschiedenen Ländern gearbeitet habe und eine Heirat in die richtige Familie für meine geschäftliche Zukunft wichtig war.»

Lucretia, mit Nachnamen ebenfalls Galli, ist die Tochter des Carlo Fernando Galli (1727 bis ?), eines viel gefragten, berühmten Magistro. Für ihn hat Antonio in den letzten zehn Jahren gearbeitet.

Seit Jahrhunderten genossen oberitalienische und Tessiner Familienclans europaweit einen exzellenten Ruf als Magistri. Von vielen Fürstenhäusern und Kirchen wurden sie für deren Bauten mit gewichtigen

Aufträgen betraut. Diese sogenannten Magistri Antelami[3] waren aber weit mehr als Baumeister im heutigen Sinne. Man könnte sie als eine Kombination aus Generalunternehmer, Architekt und Baumeister bezeichnen. Sie beschäftigten *muratori* (Maurer), Stuckwerkspezialisten, Steinmetze, Marmorschneider und alle weiteren Fachkräfte, die benötigt wurden, um die ausladenden Prachtbauten der Mächtigen und grossen Villen reicher Kaufleute zu errichten.

Die Familie von Antonio Galli sitzt seit unvordenklichen Zeiten in Gerra Gambarogno am Lago Maggiore. Ganz früher verdienten sie ihren Lebensunterhalt dort als Fischer. Ursprünglich kamen sie möglicherweise aus Lecco am Comersee, was aber nicht verbürgt ist. Später wurden sie eine Magistri-Familie, in schlechten Zeiten wegen der Grenznähe zu Italien vielleicht auch Schmuggler. Doch die Familie muss schon zu früheren Zeiten von einer gewissen Bedeutung gewesen sein, ist sie doch seit 1367 in Gerra nachweisbar. Da hatte ein Domenico Galli die Grenze auf dem Monte Ceneri zwischen den drei Gerichtskreisen Locarno, Bellinzona und Lugano zu bezeugen. Immer wieder lassen sich die Gerra-Gallis in den folgenden Jahrhunderten als Schiedsrichter bei Grenzstreitigkeiten nachweisen.

«Signor Giulio, ich habe mich entschieden: Ich gehe zu Fuss. Ich kann auf keinen Fall länger zuwarten. Um einen Schluck aus Ihrer Wasserflasche wäre ich dankbar. Meine Reisetasche geben Sie bitte beim Posthalter in Vira ab. Sagen Sie ihm, er soll sie nach Gerra Gambarogno senden.»

Nach einem langen Schluck aus der grünen Feldflasche grüsst er noch kurz und wandert Richtung Ceneri los. Es geht zuerst leicht, später steiler bergan. Gott sei Dank kühlt ihn der Nordwind, bis er endlich auf der Passhöhe steht, denn in der schweren Kleidung schwitzt man schnell. Rundherum blüht es gelb, zum Teil auch rot in den verwilderten Buschwäldern, die sich vor allem linker Hand zu den Ausläufern des Monte Tamaro hinaufziehen.

---

3 Lat.-ital. «zwischen den Seen»; gemeint ist das Intelvi-Tal zwischen dem Luganersee und dem Comersee, woher die Baumeister ursprünglich stammten.

Antonio hatte dieses gepflasterte Strässchen in seinem Leben unzählige Male zu Fuss begangen, zu Pferd beritten oder mit der Kutsche befahren. Schritt er wie heute Richtung Gerra, dem jahrhundertealten Heim seiner Familie zu, überschwemmte ihn beim Überqueren des Ceneri das Gefühl: Ich bin wieder zu Hause. Von oben blickt er auf die Magadino-Ebene, den blau glitzernden Lago Maggiore und das Maggia-Delta mit dem Fischerdörfchen Ascona. Ein grosser Teil des Deltas, das heisst das Saleggi und weite Teile der Magadino-Ebene, gehört seit Urzeiten seiner Familie. Heute bearbeitet sein Onkel Philipp, bei dem Antonio nach dem frühen Tod von Vater und Mutter gelebt hat, mit seiner Frau Bice und dem Gesinde diese Felder und seine verwitwete Tante Maria mit ihren Kindern die Kastanienwälder der Familie ob Gerra.

Das grosse Gefühl von Weite und Freiheit jedoch, das ihn stets erfüllte, wenn er in der Gegenrichtung hinab nach Lugano ging und später nach Mailand oder noch weiter in die Ferne, hatte mit dem Magistro-Leben zu tun. Dieses hiess eben, sich in zwei Welten bewegen. Die Magistri-Tradition war der Reihe der Vorfahren seines Vaters vorbehalten, und Antonio war schon früh auf die väterliche Nachfolge vorbereitet worden. Zu Hause in der Familie mit ihren alten Traditionen und in einer Welt von Fürsten und kirchlichen Würdenträgern, welche sich besonders exklusive Bauten im italienischen Stil leisten wollten. Daher galt es, sich in Kleidung und Benehmen diesen eitlen Hofhaltungen anzupassen. Das Weitläufige und die Fähigkeit, sich in Verhandlungen mit derlei Obrigkeiten auf gleicher Ebene zu bewegen, galt als eines der Hauptrezepte der erfolgreichen Magistri jener lombardischen und Tessiner Clans.

Nun geht es auf dem römisch gepflasterten gewundenen Strässchen bergab und wird auch immer steiler. Antonio rechnet bis nach Quartino eine gute Stunde, wenn er bergab zügig ausschreitet. Seltsamerweise ist ihm bis jetzt noch niemand begegnet, denn eigentlich zeigt sich die Verbindung zwischen dem Sopra- und dem Sottoceneri sonst ziemlich belebt. Vielleicht, weil spät am Samstagnachmittag die Leute zu Hause bleiben, die Erzkatholiken gar in der Kirche in der Abendmesse weilen.

Nun beginnt Antonio, was ihm allerdings immer etwas bedenklich schien: Er spricht mit sich selbst. Warum? Oft lebte er allein in der

Fremde, konnte mit niemandem in seiner angestammten italienischen Sprache oder gar in seinem Dialekt sprechen. So redete er, wenn niemand dabei war, laut mit sich selbst, um damit ein wenig das Gefühl von Heimat zu erleben. So auch heute im raschen Abstieg.

«Tja, nun bin ich achtunddreissig Jahre alt, und erst jetzt stehe ich vor der Geburt meines ersten Kindes. Das ist spät, mein lieber Antonio – du bist zu spät dran. Aber bei meinem Beruf war es eben einfach schwierig, eine Frau näher kennenzulernen, die in meine Familie gepasst hätte. Eine Ausländerin kam für mich nie in Frage. Und dann die Ausbildung. Schon als Siebenjähriger musste ich lesen, schreiben und rechnen lernen, damit ich als Zwölfjähriger die fünfjährige Lehre bei meinem strengen Papa anfangen konnte. Schläge, ja Prügel waren, sind an der Tagesordnung. Gut, das galt und gilt desgleichen bei den Jungen in der Nachbarschaft. Sei es bei den Fischern oder bei den Bauernkindern. Nur lernen die nie etwas, ausser in der Familie zu arbeiten. Das ist bei den Magistri-Söhnen ganz anders. Mit achtzehn war es dann auch so weit: Mein Vater brachte mich in einer kleinen Kutsche in einer dreitägigen, ziemlich unbequemen Reise nach Mailand in die Schule in Brera[4], wo ich die Finessen der modernen Architektur erlernen sollte, die zur damaligen Zeit so gefragt waren. Und das sollte abermals fünf Jahre dauern, bis ich als Magistro abschliessen könnte. Nach knapp vier Jahren erhielt ich aber den Brief, dass Vater und Mutter kurz nacheinander an Typhus gestorben seien und ich sofort nach Gerra zurückkommen solle. Ein weiteres Verbleiben sei zu teuer.»

Antonio hält inne, blickt ringsum in die verwilderten, von einzelnen Kastanienbäumen durchsetzten Buschwäldchen und seufzt tief. Er denkt darüber nach, wie sein Leben verlaufen wäre, hätte er nicht nach Hause zurückmüssen, um so früh und unerfahren in die Fussstapfen des Vaters zu treten. Denn die Familientradition erforderte immer einen Galli als Magistro, auch damit der Clan finanzielle Unterstützung erhielt. Die Landwirtschaft, die Fischerei oder gar der Schmuggel

---

4   Die Accademia di Belle Arti di Brera (im Mailänder Stadtviertel Brera) wurde 1776 gegründet und hatte traditionell einen Lehrstuhl für Architektur.

brachte nie genügend ein, um die patriziale Familie zu unterhalten und vor allem die günstigen Privilegien in der Vogtei zu erhalten.

Man muss wissen, dass die Südschweiz seit etwa 1512 in acht Vogteien der alten Eidgenossenschaft gegliedert war, wobei Gerra in jene von Luggarus (Locarno) fiel. Diese Vogtei wurde von den zwölf Urkantonen im Zwei- bis Vier-Jahres-Rhythmus im Wechsel regiert. Die Vögte sprachen aber nicht Italienisch, galten als eher mild, wenn man davon absieht, dass sie wenig bis nichts in die Infrastruktur steckten und trotzdem Steuern und Abgaben erhoben, sich dabei bereicherten. Die Untervögte, die das sogenannte *Magnifico ufficio* ausübten, waren meist Persönlichkeiten aus angesehenen einheimischen Familien. Sie blieben länger auf dem Posten, weil eben zweisprachig und von der Bevölkerung meist wohlgelitten. Mit ihnen konnte man sich arrangieren. So auch die Gallis, die sich regelmässig mit Geld Privilegien von den Untervögten erkauften.

Kurzum, der junge Antonio hatte schon mit zweiundzwanzig Jahren dafür zu sorgen, dass auch weiterhin alles seinen rechten Lauf nahm.

«Natürlich habe ich oft Lust auf eine Frau gehabt. Doch dieser nachzugeben kam nicht in Frage, auch wirkte die sittlich-strenge katholische Mutter in mir nach. Dies verflog aber mit der Zeit, denn in meinem Gewerbe gilt die Kirche als Kunde, und zwar oft als ein eitler, macht- und repräsentationsgetriebener. Ja, leider muss ich sagen, wie die meisten meiner Kollegen habe ich heute nicht mehr viel am Hut mit der Religion und vor allem nicht mit der Kirche und ihrem Machtanspruch.»

Wieder hält Antonio inne und lauscht in den Nachmittag hinein. Nur der Wind raschelt im Gebüsch und treibt den Duft von südlichen Pflanzen aller Art in sein Gesicht. Undefinierbar, aber unvergesslich.

«Gott sei Dank entsann ich mich eines Kollegen meines Vaters, Carlo Bernardo Galli (1721 bis 1787), als Magistro recht bekannt, aber nicht direkt verwandt mit uns. Er ermöglichte mir die Beendigung der Ausbildung bei einem seiner Brüder in einer Architektenschule in Bologna bei Ferdinando Galli-Bibiena. Natürlich war ich diesem dann auch verpflichtet und blieb bis vor zehn Jahren in seinen Diensten. Dann kam die Zeit, als ich mit dieser Familie als freier Magistro mitarbeitete, so auch in Wien und vorübergehend in Versailles vor einem Jahr.»

Abermals hält Antonio inne, und ein tiefer Seufzer dringt über seine Lippen.
«Das Jahr in Versailles ist mir nicht gut bekommen. Diese Perücken, dieses höfische Getue, beinahe wie ein buntes Ballett, und die gezierte Sprache lagen mir überhaupt nicht. Da war ich froh, dass mein Mentor die Verhandlungen führte und ich keine Perücke tragen musste. Das Schlimmste aber war der grosse Gegensatz in Frankreich: einerseits die Verarmung auf dem Lande, wegen der schlechten Ernten und der hohen Steuern, und das prachtvolle Hofleben in Versailles andererseits. Das alles wurde mir unerträglich. Auch lag irgendeine grosse Unrast in Paris und eine Veränderung in der Luft, die ich nicht einordnen konnte. Ich bat daher um eine andere Aufgabe in meiner Heimat.»
Nun setzt der Für-sich-selbst-Redner den Abstieg fort.
«Zum ersten Mal durfte ich auf der Halbinsel bei Melide in der Nähe von Lugano eine Villa für einen wohlhabenden Kaufmann, ebenfalls namens Galli, bauen. Zuerst unterbreitete ich einen beinahe schlösschenhaften Plan, der aber aus preislichen Gründen abgelehnt wurde.[5] Zurzeit bearbeite ich mit meinen Muratori eine etwas bescheidenere Anlage, aber schön zum Ufer des Sees passend. Da habe ich die Meldung erhalten: ‹Lucretia kommt nieder.›»
Er pausiert etwas und fährt dann fort: «Ich gebe zu, Lucretia ist nicht die Schönste im Lande. Als ich sie kennenlernte, die achtundzwanzigjährige Tochter von Fernando Galli, heirateten wir bald, denn es passte familiär wunderbar. Er hat sie nämlich zurückgelassen, als er mit ihren Brüdern endgültig nach Wien auswanderte, um die Aufträge der Habsburger zu bearbeiten. Schwarzhaarig, etwas hager, kann Lucretia nachts ein vulkanöses Temperament entwickeln, auf das ich mich immer freue. Ja, die liebe Lucretia bekommt hoffentlich einen Sohn, damit ich ihn noch zu meinen Lebzeiten zum Magistro ausbilden kann.»
Unter solchen Selbstgesprächen, in denen er sich erklärt, warum er nicht so schnell zu grossen Erfolgen gelangte, kommt Antonio unten in Quartino an, bleibt stehen und schaut über die glitzernde Flä-

---

5   1835 als «Villa Galli» durch einen Leopold Galli realisiert.

che des Lago, in der sich die sinkende Sonne und die Berge ringsum spiegeln. Natürlich könnte er bei Bekannten eine Rast einlegen. Aber nein, er will so schnell wie möglich zu seiner Lucretia.

Als er im Dorf Gerra vor dem grossen Patrizierhaus «Cinque Fonti» der Gallis neben der Kirche anlangt, stehen rundherum wie Krähen schwarz gekleidete Frauen und Männer in rostroten Jacken und braunen Hosen, die alle ehrfurchtsvoll den Hut vor ihm ziehen. Keiner spricht ihn an, aber natürlich wird getuschelt …

Da hört er es: das Schreien seiner Frau. Nur mit kurzem Nicken eilt er an den stummen Leuten vorbei, durch die Tür unter dem breiten Arkadengang hinauf zum ersten Stock. Im grossen Essraum mit weissen Wänden und schwarzen Balken an der Decke hat sich die ganze Familienschar versammelt. Sie schweigen schlagartig, als er eintritt. Da löst sich der dickliche Priester mit rotem, feistem Gesicht von den Frauen, kommt auf ihn zu und raunt:

«Signor Magistro Galli, *buona sera*, Ihre Frau hat grosse Mühe, ihrem Kind das Leben zu schenken. Tut mir leid, aber bald wird sich die Frage stellen: Mutter oder Kind?»

«Monsignore, wer sagt das?»

«Ich, denn das dauert nun schon so lange, und nichts ist geschehen.»

«Hat die Hebamme oder ihre Gehilfin das gesagt?»

«Nein …»

«Dann stellen Sie bitte keine derartigen Vermutungen an. Sogar ich weiss, dass die erste Geburt einer nicht mehr so jungen Frau wie der meinen nicht einfach ist. Ich gehe kurz zu ihr.»

«Sie wissen, dass das nicht erlaubt ist! Ich werde nun die Spritze mit dem Weihwasser für die Nottaufe vorbereiten, damit die Hebamme das Kind ‹im Namen des Vaters und des Sohnes und des Heiligen Geistes› mit Penetration der Spritze taufen kann. Wie soll der Name des Kindes lauten?»

Antonio wird der Kopf heiss, sein Puls steigt an, und er kann sich nicht mehr zurückhalten. Wenn dieser Pfaffenrock meint, er müsse seine leidende Frau oder das Kind abschreiben, dann hat er sich geschnitten.

«Der Name?», schreit Antonio, «ist bei einem Sohn Philipp und bei einer Tochter Livia. Monsignore … und Sie verlassen jetzt sofort das

Haus mit Ihrer verdammten Spritze. Sie bringen hier nur Unheil, wie die Kirche ja oft… Diskutieren Sie nicht mit mir. Ab, und sofort.»

Dem dicken Priester bleibt der Mund offen stehen. Doch als er dem wild entschlossenen Blick Antonios begegnet und dessen Griff an den bisher verborgenen Degen gewahrt, den man jetzt bei offenem Mantel sieht, verlässt er stante pede das Haus.

* * *

Ein Sohn erblickte das Licht der Welt, und die Mutter blieb wohlauf. Sie tauften ihn Philipp, und er trat tatsächlich als Architekt in die Fussstapfen seines Vaters. 1790 gebar Lucretia noch einmal einen gesunden Sohn, den sie Domenico tauften. Dieser wurde Advokat, ein berühmter Radikaler und somit Gegner der katholischen Kirche. Er wurde als nach der Schaffung des Kantons Tessin 1803 durch Napoleon zum Tagsatzung-Gesandten gewählt. Nach der Gründung des Bundesstaates von 1848 wurde er gar einer der beiden ersten Tessiner Ständeräte.

Von den zwei Söhnen wird in späteren Kapiteln noch die Rede sein.

«Wir schreiben das Jahr 1788, und zwar Samstag, den 24. Mai, und befinden uns im Weiler Rivera, unmittelbar vor dem letzten Anstieg zum Passo Monte Ceneri. Das Wetter ist kühl, wolkenlos, mit einem kräftigen Nordwind.»

*Halblange Hosen,
rotweiss gestreifte Socken:
Der Kutscher Giulio.*

*Stechende Augen, scharfkantige
Nase, gepflegter Schnauz:
Antonio Galli.*

*… so könnte Lucretia
ausgesehen haben, in ihrer
norditalienischen Tracht.*

Historischer Römerweg über den Monte Ceneri.

«... dann könnte ich den alten Römerweg zu Fuss hinunter nach Quartino nehmen, über Magadino, Vira und nach Hause in Richtung Gerra gehen.»

*Ascona und das Maggia-Delta (Saleggi) und die Magadino-Ebene
(damals teilweise im Besitz der Gallis).*

«Schritt er wie heute Richtung Gerra, dem jahrhundertealten Heim seiner Familie
zu, überschwemmte ihn beim Überqueren des Ceneri das Gefühl: ‹Ich bin wieder
zu Hause.› Von oben blickt er auf die Magadino-Ebene, den blau glitzernden Lago
Maggiore und das Maggia-Delta mit dem Fischerdörfchen Ascona.»

Das alte Gerra Gambarogno 1936.

… im Cinque Fonti, dem Familienhaus der Gallis (vor 1934), kommt Philipp zur Welt.

STEINMANN

3. Söldner Niklaus (1798/1799)

Wie Niklaus Steinmann in der Nacht des 5. März 1798 vor dem entscheidenden Gefecht gegen die übermächtigen Franzosen über sein bisheriges Leben als Söldner nachdenkt und das Gefecht mit hohen Verlusten verloren geht. Mit dem Ancien Régime in Bern ist es vorbei.

Natürlich kann keiner schlafen. Rundherum herrscht an den verglühenden Biwakfeuern eine aufgeregte Unruhe, ein stetes Murmeln, das sich wie ein Gesumme auf die Waldränder links und rechts neben die Bernstrasse legt. Nicht wenige beten laut, und insofern ein Lichtschimmer es erlaubt, lesen einige monoton Psalmen aus der Bibel. Andere nuckeln an der Feldflasche, soweit der Schnaps nicht bereits ausgetrunken ist. Die meisten denken: «Das könnte meine letzte Nacht im Leben sein.» So auch Niklaus Steinmann.
Wir schreiben den 5. März 1798, circa ein Uhr nachts, und befinden uns in der letzten Riegelstellung im Grauholz, welche die anrückenden vierundzwanzigtausend Franzosen unter General A. Schauenburg vor dem Einfall nach Bern aufhalten soll. Eines der wenigen noch geordneten Auszugsregimenter, nämlich die Konolfinger, erhielt diesen kaum durchführbaren Auftrag. Rechts das Bataillon Gottlieb Daxelhofer und links das Bataillon Samuel Tillier. Alle Soldaten stammen aus der gleichen Gegend: Höchstetten, Biglen, Wyl, Gysenstein, Stalden und Signau. Darunter auch Niklaus' Cousins Niklaus aus Untergysenstein und Christen aus Oberthal im Bataillon Tillier. Man kennt sich also, und vielleicht ist das der Grund, dass trotz der wachsenden Furcht bisher kaum Desertionen erfolgt sind.
Kriegserfahren sind nur wenige. Doch es gibt Ausnahmen, und eine davon ist Niklaus Steinmann, geboren 1773 auf der Kehrmatt bei Gysenstein. Er hatte sich schon mit siebzehn Jahren in fremde Dienste verpflichtet und ein bewegtes Söldnerleben im Regiment von Ernst hinter sich.

Dieses Regiment war 1790 nach Marseille verlegt worden. Damals marschierte Niklaus, angeführt vom Werber-Adjutanten, mit zwölf weiteren Rekruten durch die bereits unruhigen französischen Lande nach Marseille. Dort angekommen, wurde er in die rot-weisse Uniform gesteckt und mit dem französischen Gewehr 77 sowie einer weissen Patronentasche ausgerüstet, samt Tornister mit zwei Hemden, zwei Socken, einem Mantel und einem Sack für die wenigen persönlichen Utensilien. So begann sein unruhiger Dienst.

Hier auf das jahrhundertalte Reisläufertum bzw. Söldnerwesen der Schweizer einzugehen ist müssig, weil wohlbekannt. In einem Bericht von SRF vom 5.4.2021 steht zu Recht ausgeführt:

«Viele Militärunternehmer häuften durch die fremden Kriege ein grosses Vermögen an. Bis Mitte des 17. Jahrhunderts betrugen ihre Gewinne jeweils ein Mehrfaches der Investitionen. Die Kriegstreiben wurden zum Familiengeschäft, bestimmte Geschlechter betrieben es über Generationen hinweg. Ihre Namen kennt man noch heute: Von Reding aus Schwyz, von Erlach und von Diesbach usw. aus Bern oder Hertenstein, Feer und Pfyffer aus Luzern.

Auf der anderen Seite kam ein grosser Teil der Fusssoldaten entweder gar nicht zurück, waren verstümmelt oder verarmte.»

Die Stadtstaaten wie Bern, aber auch die Kantone füllten mit den damit verbundenen Einnahmen aus den sogenannten Kapitulationen und Pensionen ihre Staatsschätze, wurden reich und europäisch als Kreditgeber geschätzt. Ein weiterer Vorteil, da sie im Falle eines Krieges die Schweizer Regimenter zurückzogen, blieb die Eidgenossenschaft nach Marignano fast immer von kriegerischen Wirren verschont. Das begann sich mit der Französischen Revolution zu ändern, welche nun auch im Süden beim Regiment von Ernst durchschlug.

Die patrizialen Offiziere beschlossen daher im November 1791, sich nach Aix-en-Provence zurückzuziehen. Viel Zeit zum Üben gab es nicht. Es war einem Zufall zuzuschreiben, dass man Niklaus den Bataillonskanonieren zuteilte. Und ein weiterer Zufall brachte ihm einen Vorteil: Niklaus besass ein aussergewöhnliches Talent im Schätzen von Distanzen und ein besonderes Gefühl für die richtige Evaluation beim Richten des Feldgeschützes. Er traf mit dem Sechspfünder erstaunlich exakt und erwarb so die Bewunderung seiner Kollegen, aber auch seines Artillerieleutnants Carl Manuel.

Doch zum Einsatz kam er nie, denn bereits nach einem Jahr wurde die Situation in Aix unhaltbar. Mehr als zehntausend aufgebrachte Bürger und wilde Milizen von Marseille gingen auf das Regiment in den Kasernen los und brachten auch mehrere Kanonen in Stellung. Die Truppe liess sich daraufhin vom Pöbel entwaffnen, weil die Offiziere ein Blutbad vermeiden wollten. Gleichzeitig kam nämlich die Meldung der Auflösung aller Schweizer Regimenter durch die neue französische Nationalversammlung, mit Ausnahme der königlichen Garde, die später in den Tuilerien massakriert wurde.

Nach vehementem Protest der Berner Regierung wurde das Regiment von Ernst in Toulon wiederbewaffnet, musste sich aber sofort in die Schweiz zurückziehen. Dabei galt es die vielen revolutionären Orte zu umgehen. Nach einem mehrmonatigen entbehrungsreichen und schwierigen Rückzug über gebirgige Pfade entlang der Grenze zum Piemont kam Niklaus im Juni über Nyon, wo ihnen ein grosser Empfang bereitet wurde, schliesslich in Bern an.

Er hatte nun genug vom schlecht bezahlten Söldnerdienst, aber seine verpflichteten vier Jahre waren noch nicht abverdient. So musste er noch einmal mit dem ausgedünnten Regiment ins Piemont, allerdings nur für kurze Zeit. Anfang 1794 kehrte er mit einundzwanzig Jahren unversehrt auf den heimischen Hof in der Kehrmatt ob Schloss Wyl zurück. Das Regiment, inzwischen in von Wattenwyl'schem Besitz, wurde 1796 als letztes der royalen Söldnerregimenter von der Berner Regierung aufgelöst.

Niklaus lehnt sich ans Kanonenrohr und versucht in die Dunkelheit zu spähen, ob sich auf der Bernstrasse da unten etwas tut. Nein, nichts. Alles scheint ruhig. Doch er weiss, dass dies nur die Ruhe vor dem Sturm sein kann. Sein Geschütz ist auf der Strasse aufgestellt, gut verkeilt, geladen und schussbereit. Links und rechts daneben lauern die beiden anderen Geschütze der Batterie von Hauptmann Carl Manuel. Ja, es ist tatsächlich derselbe wie seinerzeit im Regiment von Ernst, der Niklaus Steinmanns Fähigkeiten als Richter erkannt hatte. Er hat auch in den Jahren danach dafür gesorgt, dass Niklaus nicht nur im Auszug weiter bei ihm diente, sondern sogar zum Korporal und Geschützchef befördert wurde.

Im Gegensatz zu den verängstigten Infanteristen bleiben die Kanoniere ruhig liegen, dösend neben ihren Geschützen, denn sie wissen exakt, was am nächsten Morgen zu tun sein wird: Sobald beim ersten Tageslicht die Scharen der Blauröcke auftauchen, heisst es feuern, Schuss um Schuss, mitten in sie hinein. Niklaus kann nicht umhin, eine heimliche Freude zu verspüren bei dem Gedanken, auf die ihm verhassten französischen Milizen zu feuern. Dass sich diese unterdessen zu einer wohlorganisierten und kampferprobten Armee entwickelt haben, bedenkt er dabei nicht.

Aber noch tut sich nichts. Trotzdem ist an Schlaf nicht zu denken. Denken tut Niklaus aber wohl: über die Zeit, als er 1794 heimkehrte. Natürlich hatte er noch in Aix in einem kurzen Brief erfahren, dass sein Vater Niklaus im Februar 1791 bei einem Unfall im Holz gestorben war, und das im Alter von erst fünfzig Jahren (geboren 1741); verheiratet war er mit Anna Aeschlimann von Biglen (1739 bis 1809) und seit 1771 wappenfähig[6]. Damit hatte sich die Situation auf dem Hof sichtlich verändert. Stolzer Hofbauer war nun Niklaus' fünf Jahre jüngerer Bruder Hans (geboren 1778). Sein acht Jahre älterer Bruder Christian (geboren 1765) arbeitete mürrisch wie ein Knecht mit, und das vor allem im Stall: Das bernische Minoritätserbrecht benachteiligte ihn, was er sichtbar schwer ertrug. Anna, die Jüngste (geboren 1780), arbeitete als Magd bei Johann Daniel Fankhauser in Biglen, den sie später auch heiratete. Katharina (1769 bis 1852) blieb zeitlebens als Mädchen für alles auf der Kehrmatt.

Niklaus selbst wurde zu Hause als ehemaliger Söldner eher schief angesehen, und er fühlte sich auf dem Hof nie mehr richtig beheimatet.

---

6 Als die Bauern ab 1771 im Bernbiet ein Familienwappen führen durften, haben die verschiedenen Steinmanns von Gysenstein unterschiedliche Wappenbilder gewählt. Das Wappen eines Steinmetzen zum Beispiel zeigt eine Schaufel bzw. einen Pickel auf zwei Steinquadern oder eine Blume, die einer Rose oder Sonnenblume ähnlich ist. Wahrscheinlich Barbara, die Schwester des obigen Niklaus, wählte die Rose über zwei Steinquadern. Dieses Wappen ist als Schliffscheibe im Schloss Thun zu sehen. Die Steinmanns von der Kehrmatt übernahmen dieses Wappen, welches heute die Eingangstore von Schloss Wyl und Schlössli Ursellen ziert.

Im Gegensatz zu seinen Geschwistern hatte er schon viel von der Welt ausserhalb der engen heimischen Gefilde gesehen. So wie er in den fremden Diensten unter Heimweh gelitten hatte, spürte er bald nach deren Ende eine ähnliche Sehnsucht nach seiner Dienstzeit. Trotz der Entbehrungen, des anstrengenden Drills – weniger in Frankreich als im Piemont – faszinierte ihn das Söldnerleben mit seinen Kameraden nachhaltiger als im Augenblick der Alltag. Ja, eine Art Fernweh nach diesen rauen Zeiten blieb ihm ein Leben lang. So freute er sich jedes Mal und meldete sich auch freiwillig, wenn er für Übungen der Auszüger im Rahmen des Konolfinger Bataillons Gottlieb Daxelhofer aufgeboten wurde. Dank Oberleutnant Carl Manuel durfte er seine Fertigkeiten am Sechspfünder erneut beweisen.

Doch diese Dienstzeiten blieben die Ausnahme im täglichen Einerlei des strengen Hoflebens. Dank seines handwerklichen Geschicks beschäftigte er sich oft mit Reparieren, Ausbessern, Ausbauen des Hofes und dessen Scheunen. Weil das Wasser auf dem Hof immer wieder knapp wurde, regte er an, die ergiebige Quelle im Schönibuech-Wald anzuzapfen. Wenn es nicht allzu offenkundig gemacht würde, merke das sicher niemand. Klar, die Wasserrechte gehörten von alters her dem Schlossherren zu Wyl, zurzeit dem nicht unbeliebten Daniel Friederich von Frisching, dessen Onkel das Amt des Deutschseckelmeisters von Bern bekleidete.

Der diskrete Bau der Wasserleitung beschäftigte Niklaus monatelang. Dafür musste er die Holzröhren selbst herstellen und alsdann vergraben. Natürlich heimlich, sodass wirklich niemand davon etwas merkte. Die Kehrmatt ist einsam gelegen und praktisch nicht einsehbar, es sei denn, ein zufälliger Wanderer käme da vorbei. Der aber kann nicht hineinblicken in den Schönibuech-Wald, wo sich der Wasserfrevel abspielte.

Ausserdem wilderte Niklaus ganz im Geheimen von Zeit zu Zeit im Wald mit einer selbst gefertigten Armbrust. Da schoss er ein junges Reh oder einen Hasen im Feld, die er dann für sich allein auf der Glut eines Feuers röstete und mit Kartoffeln verspeiste. Niklaus musste das einfach tun, denn er empfand die Zeit auf dem Hof schlicht als zu langweilig. Dieser Wilderei drohte zwar eine krasse Bestrafung durch den Schlossherrn, das Chorgericht und vielleicht sogar die Berner

Obrigkeit, aber das war ihm gleich. Er rechnete damit, dass man ihn einfach wieder zu einer neuen Dienstzeit verdonnerte – nach irgendeiner peinlichen Prangerstrafe.

Eine Ausnahme gab es in all der Zeit der bäuerlichen Langweile für Niklaus Steinmann: das Anneli Bigler (geboren 1775) von Richigen! Niklaus schliesst die Augen und sieht Anneli mit ihren langen, blonden Zöpfen, dem lachenden Gesicht in der Berner Sonntagstracht vor sich, wie er vor dem Ausrücken nach Bern mit ihr im alten Landgasthof «Löwen» in Worb noch einmal tanzen durfte. Er, schlank in der schmucken Uniform, drehte sie rundherum zur munteren Musik der beiden Streicher, als wären sie beide allein auf der belebten Tanzfläche. Sicher murmelten einige der anwesenden älteren Semester: «Die beiden sind ein schönes Paar.»

Anneli und Niklaus kannten sich schon einige Jahre. Sie trafen sich immer dann, wenn Niklaus nach Bern ging, um seinen Geschützdienst anzutreten. Wie zufällig stand Anneli im Gärtchen vor dem stattlichen Bauernhof der Biglers, als er jeweils stramm wie bei einem Defilee vorbeischritt. Aus anfänglichen kurzen Wortwechseln wurden immer längere Gespräche über dies und jenes, gefolgt von tieferen bedeutsamen Blicken, die bei Anneli ein pochendes Herz und ein leichtes Erröten ihrer Wangen verursachten. Bald trafen sie sich auch ausserhalb von Niklaus' Militärgängen nach Bern.

Leider sahen das die Eltern Bigler, insbesondere der Vater Christen, gar nicht gerne, und eine Heirat kam aus ihrer Sicht überhaupt nicht in Frage. Niklaus hatte keinen Anspruch auf die elterliche Kehrmatt und galt als ehemaliger Söldner und wegen seines etwas unsteten Charakters nicht als standesgemässer Schwiegersohn. Trotzdem, sie trafen sich immer wieder, nun aber im Geheimen. Nach den ersten Küssen drängte es beide zu mehr körperlichem *Weiter-so,* das dann wie oft im Emmental mit einer Heirat geendet hätte. Gemeint ist der Brauch des *Fensterlens,* wobei wegen der daraus folgenden Schwangerschaft die Eltern wohl oder übel einer Heirat zustimmen mussten. Hier wäre beizufügen, dass im Emmental nicht selten bewusst eine voreheliche Schwangerschaft erwünscht war, um zu wissen, ob aus der folgenden Ehe auch Kinder beziehungsweise ein Nachfolger für den Hof erspriessen konnten.

Leider kam die Bedrohung der Franzosen, das heisst der Truppen Napoleons aus West und Nord, einer ersten nächtlichen Fensterübung in die Quere. Niklaus musste bereits Anfang Januar 1798 als Kanonierkorporal einrücken. Nach dem letzten Tanz im Worber «Löwen» mit Anneli galt es dann auch, nach gegenseitigem heiligem Versprechen aufeinander zu warten, bis der Franzosen Sturm vorbei sei, und auf den verschneiten Strassen Richtung Bern zu stapfen.
Seither hat Niklaus von Anneli nichts mehr gehört.
Kanonendonner aus Richtung Jegenstorf reisst Niklaus, aber auch alle seine Kameraden und sämtliche Konolfinger Infanteristen aus ihrem Dösen. Die Uhr zeigt fünf Uhr morgens. Das Grollen der Kanonen wird immer heftiger. Klar, die Schlacht um Bern hat begonnen. Genaues weiss keiner. Die bleichen Gesichter, die betenden Soldaten und das erneute hastige Trinken aus den Feldflaschen lassen die Angst aller erkennen. Links oben auf der Anhöhe sieht Niklaus den Schultheiss von Steiger wie eine Marmorsäule stehen, umgeben von Offizieren, wobei er auch den alten, kränklichen General von Erlach zu erkennen glaubt. Nun hört er die schneidenden Stimmen der Bataillonschefs Tillier und Daxelhofer, um die Kampfmoral anzuheizen. Die Geschützmannschaften sind bereits aufgestanden und gruppieren sich rund um ihre Kanonen. Hauptmann Manuel tritt von hinten an sie heran und spricht laut:
«Männer, ihr wisst, was ihr zu tun habt. Wenn wir sie sehen, werde ich das Feuer kommandieren. Falls ich getroffen werde, schiesst ihr, solange ihr könnt, selbstständig. Achtet darauf, dass ihr nicht überschiesst, denn es geht ja leicht nach unten. Und du, Niklaus, kontrolliere bei allen drei Geschützen die Evaluation. Zielpunkt: dort, wo ihr das Strässchen das erste Mal seht. Habt ihr auch geladen?»
Die Geschützführer melden ein deutliches: «Ja, Herr Hauptmann.»
Doch nichts geschieht. Der Kanonendonner hält an, bis es um ungefähr sieben Uhr still wird. Niklaus meint aber leises Musketenfeuer zu hören. Die Spannung steigt greifbar, denn nun ahnt der Hinterletzte, dass den Franzosen der Durchbruch bei Fraubrunnen und Jegenstorf gelungen sein muss. Niklaus hat keine Offiziersbildung, doch auch er weiss, dass sie mit ihren zweimal circa dreihundert Mann und fünf Geschützen einer Übermacht von Tausenden von

Soldaten nicht lange standhalten können. Er versteht, dass sich viele seiner Verwandten und Bekannten aus den benachbarten Dörfern als letztes Opfer der Berner Patrizier empfinden. Er erinnert sich an die Erzählungen seines Vaters über die Grausamkeiten der Obrigkeit nach dem berechtigten Bauernaufstand von 1653, insbesondere des Bauernschlächters Sigmund von Erlach. Lange wird der Widerstand also nicht halten. Aber er, Niklaus Steinmann, will sein Bestes tun.

Gegen halb neun Uhr erscheint etwas Unerwartetes: Mengen von Menschen mit Pferdegespannen, Leiterwagen und Säcken auf den Rücken strömen auf sie zu. Sie schreien mit verzerrten Gesichtern und tragen zum Teil zerfetzte Kleider. Einige sind blutüberströmt. Flüchtlinge, immer mehr Flüchtlinge kommen auf sie zu und versperren den Geschützen das Schussfeld. Schon sind die Flüchtlinge bei ihnen und durchfluten die Abwehrstellung der beiden Bataillone. Immerhin zerteilen sie sich vor ihren Geschützmündungen, die drohend in ihre Richtung weisen. Auf das laute Rufen von Hauptmann Manuel gehen sie auseinander.

Und da unten! Vorerst noch durch die Flüchtlinge verdeckt, marschiert eine dichte Reihe von Blauröcken auf, und rechts werden mehrere Geschütze in Stellung gebracht. Und schon ruft der Hauptmann: «Anzielen, feuern!»

Und nun schiessen die Sechspfünder Schuss um Schuss hinunter, knapp an den Flüchtlingen vorbei oder über sie hinweg.

Sofort kommt die Retourkutsche. Ein unheimliches Pfeifen folgt dem Geschützdonner. Einige rufen: «Sie schiessen Bumi! Sie schiessen Bumi!»[7]

Während die Granaten der Franzosen links und rechts einschlagen – auch in die Bäume, was ein unheimliches Prasseln niederfallender Äste zur Folge hat –, sinken viele Soldaten getroffen zu Boden, Verletzte schreien, und Panik verbreitet sich rasch. Niklaus hört zugleich den Zuruf von Daxelhofer: «Ihr schiesst in die Flüchtlinge. Halt, nicht weiterschiessen!»

---

7 Die Kanonenkugeln der Franzosen waren nicht mit Pulver geladen, und das offene Loch verursacht dieses unheimliche Pfeifen.

Doch mit dem Zuruf sieht Niklaus, wie die meisten Konolfinger zurückrennen, einige die Gewehre und die Habersäcke wegwerfend. Rundherum erblickt er unzählige Tote, die am Boden liegen, wie auch die Geschützbedienung zu seiner Linken schlaff über der Kanone hängt. Der Hauptmann ruft nun laut in das Gewehrfeuer der die Stellung von allen Seiten überrennenden Franzosen hinein: «Wir ziehen uns zurück! Rettet die Geschütze!»
Bevor er dem Befehl folgt, zielt Niklaus noch einmal sorgfältig und feuert den letzten Schuss in eine Gruppe näher rückender Franzosen, die daher böse auseinanderfliegen.
Dann erhält er einen dumpfen Schlag, wahrscheinlich von einem herumfliegenden Stein oder Ast. Er taumelt und sieht im Niederfallen, dass Schultheiss von Steiger immer noch wie eine Marmorsäule da oben steht.
Dann verliert Niklaus Steinmann das Bewusstsein.

***

Den chaotischen Rückzug und den Vormarsch der Franzosen erlebte der bewusstlose Niklaus nicht. Von den vorbeiziehenden Truppen wurde er für tot gehalten. Als ein einzelner Kanonenschuss nahe bei ihm einschlug, die Franzosen auseinanderstoben und Deckung suchten, erwachte er mit brummendem Schädel. So konnte Niklaus Steinmann unbemerkt zum Wald hin kriechen und sich im Buschwerk verstecken. Der Kanonenschuss ist historisch verbürgt, und zwar eines Zwölfpfünders, der mit den Worten «Da wey mir doch no mal lah fläddere» durch Artilleriehauptmann Stek vom Breitfeld aus abgefeuert wurde.
Schultheiss Niklaus Friedrich von Steiger floh mit seinem treuen Korporal Christian Dubi im letzten Moment und konnte sich schliesslich ins Berner Oberland absetzen. Oberbefehlshaber Carl Ludwig von Erlach versuchte ebenfalls ins Oberland zu fliehen, wurde aber in Wichtrach erkannt und von hitzigen Landstürmern, aufgebracht wegen der schnellen Kapitulation der Berner Offiziere, gleichen Tags erschlagen.

Denn obwohl am Vormittag bei Neuenegg die Berner Truppen unter der Führung Johann Webers die Franzosen unter General Brune böse zurückgeschlagen hatten, musste Bern bereits am Mittag kapitulieren. Die seit Jahrhunderten nie fremdbesetzte Stadt wurde willfährig General Schauenburg übergeben. Die vom Vortag datierte, aber geheim gehaltene Kapitulation des Präsidenten der provisorischen Regierung, Karl Albrecht von Frisching, wurde dem französischen General mit Bückling überreicht. Von Frisching, bisher Stiller Schultheiss und Deutschseckelmeister, war am Tag zuvor vom Grossen Rat in die neue Funktion gewählt worden. In verräterischer Weise hatte er sofort den Franzosen die Kapitulation angeboten, am 4. März schon unterzeichnet. Er rechnete nicht mit dem Widerstandswillen grosser Teile der Bevölkerung und der Truppen, die dann zu den verschiedenen Gefechten vom 5. März führten. Das Dokument wurde im Bernischen Archiv auf den «5ten März» korrigiert.
Der Franzosenfreund Frisching wurde dann auch von Napoleon mit der Präsidentschaft der neuen, zentralistischen Helvetischen Republik von 1798 bis 1800 belohnt. Die zentralistische Republik dauerte bis 1803 – es folgte die sogenannte Mediation (1803 bis 1813).
Niklaus gelang es, sich in der Nacht durch die Wälder in Richtung Worb durchzuschlagen. Er vermied alle Strassen, da man schon von Weitem die blauen Truppen sah, welche rund um Bern ausschwärmten. In einer verlassenen Scheune verbrachte er den Tag, um früh am nächsten Morgen die Kehrmatt zu erreichen.
In den folgenden Tagen wurde offenkundig, wie gross die Verluste der Konolfinger (circa dreihundert Tote) waren. Auch seine beiden Cousins waren gefallen… Rundherum galt es die ungestümen französischen Soldaten einzuquartieren und ihren unstillbaren Durst in jeglicher Hinsicht zu stillen, was viele Widerlichkeiten und Verletzungen der Ehre junger Frauen bedeutete. Erst nach einer guten Woche beruhigte sich das und ging in ruhigere Bahnen. Der abgelegene, ja versteckte Kehrmatthof wurde aber von einer Einquartierung verschont.
Im Prinzip wollte Napoleon drei Dinge von den Bernern (und den übrigen eroberten Gebieten): erstens den Staatsschatz, zweitens Durchmarschrechte, insbesondere über die Pässe, und drittens kampftüchtige Soldaten.

Die neue Helvetische Republik musste daher umgehend sechs Brigaden für ein Korps von achtzehntausend Mann bereitstellen. Im Kanton Bern hiess das, eintausendsiebenhundert Soldaten sofort zu rekrutieren. Sozusagen als Gegenleistung ordnete Napoleon die Schweiz neu. Er schuf die Kantone, führte den Code Civil auf der Basis Freiheit, Gleichheit, Brüderlichkeit ein und auch den Code Pénal, welcher in der Helvetik die Folter und Hexenverfolgung verbot. Neu galt als Einheitswährung der Franc beziehungsweise der Franken. Und nicht zuletzt wurden das Ancien Régime, die allmächtigen Obrigkeiten und ihre Herrschaftsrechte knallhart abgeschafft.

Niklaus blieb daher nicht lange in der Kehrmatt, sondern musste sich in Schloss Wyl melden, damit er als Kanonier in der Zweiten Helvetischen Halbbrigade seinen Dienst antrete. So fand er sich bald in einer blauen Uniform wieder und sah aus wie ein Franzose, aber mit lauter Berner Kameraden und Offizieren.

Er kam leider nicht dazu, Anneli noch einmal zu treffen, schrieb ihr aber einen Brief, dass er stets an sie denke.

Der Herr zu Schloss Wyl, Gabriel Friedrich von Frisching, verlor seine Herrschaft (Wyl, Gysenstein, Höchstetten, Hünigen) und verkaufte im gleichen Jahr das Schloss und das zugehörige Schlossgut an die Gebrüder Ludwig und Rudolf Kirchberger für sechsundsechzigtausend Pfund und fünfzig Dublonen Trinkgeld. Die Wälder von Hürnberg und Schönibuech vertickte er an fünfzehn Bürger von Wyl und Höchstetten. Dagegen nicht die Wasserrechte des Schlosses. Diese konnte er erst 1799 an die neuen Schlossherren verkaufen, und zwar weil es zuvor etwas zu bereinigen galt:

Vorladung des Hans Steinmann von Hürnberg vor das Bezirksgericht Höchstetten (Grosshöchstetten) wegen unbefugten Eingriffs in die Rechte des Schlosses Wyl (Schlosswil) auf das Quellwasser ab den «Kehrmatten» im Hürnberg; Steinmann anerkennt den Klagschluss. Mit Beilage vom 15.10.1798/ 24.10.[8]

---

8 Zitat gemäss Staatsarchiv Kanton Bern.

Die zwei Bataillone Konolfinger in Bereitstellung am frühen Morgen vom 5. März 1798 im Grauholz: «Natürlich kann keiner mehr schlafen. Einige lesen monoton Psalme aus der Bibel. Die meisten denken, das war meine letzte Nacht. So auch Niklaus Steinmann.»

Glasgemälde von Alfred A. Gloor (1936): Die Konolfinger im Grauholz (Steinmann Stiftung Schloss Wyl).

… *circa 11.00 Uhr am 5. März 1798: 300 Konolfinger fallen im Gefecht bei Grauholz: «Niklaus sieht, wie die meisten Konolfinger zurückrennen. Rundherum erblickt er unzählige Tote.»*

Ein Sechspfünder mit zwei gefallenen Kanonieren (Steinmann Stiftung Schloss Wyl).

Schultheiss Niklaus von Steiger,
ins Oberland geflohen.

General Balthasar Schauenburg,
Sieger im Grauholz.

General Karl Ludwig von Erlach,
erschlagen in Wichtrach.

General Guillaume Brune, geschlagen
in der Schlacht von Neuenegg.

«Die seit Jahrhunderten nie fremdbesetzte Stadt wurde willfährig General Schauenburg übergeben. Die vom Vortag datierte Kapitulation wurde dem französischen General mit Bückling überreicht...»

Der Einmarsch der Franzosen.

«Als die Bauern ab 1771 im Bernbiet ein Familienwappen führen durften, haben die verschiedenen Steinmanns von Gysenstein unterschiedliche Wappenbilder gewählt.»

Der Hof der Familie Steinmann: die Kehrmatt ob Gysenstein
(Bild von 1980, aber mit ursprünglicher Fassade).

«Niklaus blieb daher nicht lange in der Kehrmatt, sondern musste sich in Schloss Wyl melden, damit er in der 2. Helvetischen Halbbrigade seinen Dienst antrete. So fand er sich bald in einer blauen Uniform wieder und sah aus wie ein Franzose, aber mit lauter Berner Kameraden und Offizieren.»

Schweizer Söldner in napoleonischen Diensten.

GALLI

4. Antonio und der Kanton Tessin (1803)

Wie Antonio Galli die Familie durch die Wirren der kriegerischen Zeiten und der Umgestaltung des Tessins führt und zum überzeugten Vertreter der liberal radikalen Partei wird.

«Halt, halt, so geht das nicht! Was soll das?», tönt es scharf.
Es ist Antonio, der Vater von Philipp, zehn Jahre alt, und Domenico, acht Jahre alt. Er blickt von seiner Lektüre der «Gazzetta di Lugano» auf und sieht soeben, wie die beiden Buben, von Mutter Lucretia geschubst, die Treppe zu den oberen Räumlichkeiten hochsteigen wollen. «Ja, kommt nur herein! Ich will wissen, was ihr getrieben habt!»
Die beiden treten etwas verschüchtert in die grosse *sala da pranzo,* an dessen schwarzem langem Tisch Papa sitzt und sie nun streng mustert. Der Grössere, Philipp, ist ziemlich zerzaust, blutet aus der Nase, und sein blaues Hemd ist vom Kragen bis zum Bauchnabel aufgerissen. Der Kleinere, Domenico, gibt ein ähnliches Bild ab. Er blutet aus einer Schramme am Kopf und ist so schmutzig, als hätte er sich im Schlamm gewälzt. Lucretia, inzwischen etwas fülliger, aber immer noch die hoch aufgerichtete stolze Dame des Hauses, mit einer weissen Rüschenhaube, steht achselzuckend hinter den Söhnen und meint ruhig: «Lieber Antonio, wäre es nicht besser, ich würde die beiden Saububen zuerst ein wenig herrichten? Der Grund scheint wieder einmal eine Schlägerei mit den Balestra-Buben zu sein.»
Sie reicht dem älteren Philipp ein Tüchlein, damit er sich zum mindesten seine blutige Nase abwischt.
Antonio: «Nein, nein, meine *cara*. Sie sollen herkommen, wie sie sind, und berichten, was da genau los war.»
Auch Antonio ist nun sichtbar achtundvierzig Jahre alt, sein Haar kürzer und ergraut, sein immer noch braun gebranntes Gesicht etwas faltiger. Der linke Arm hängt in einer schwarzen Schlinge, einem Verband. Die Wochenzeitschrift «Gazzetta», die er vor sich hat, gilt seit

1788 als das wichtigste Sprachrohr der französischen Aufklärung und Revolution. Sie beeinflusst auch einen grossen Teil der einheimischen Elite, vor allem im Sottoceneri. Zu Recht darf angenommen werden, dass Antonio sich in der Zwischenzeit zu einem liberalen Geist entwickelt hat, der mit jeder Faser seines Seins das veraltete Vogteiensystem bekämpft. Da er seit den napoleonischen Feldzügen in der Lombardei und im Piemont keine Aufträge mehr erhält, wirft er sich mit Verve in die allgegenwärtige politische Unrast.

«Na, raus mit der Sprache! Was war denn wieder los?»

Nicht der ältere, eher zurückhaltende Philipp, sondern der achtjährige Domenico ergreift das Wort. Er scheint ein aufgeweckter, frühreifer Junge zu sein, der sich gerne streitet, sei es mit Worten oder hin und wieder auch mit den Fäusten. Um Argumente ist der Kleine nie verlegen. Anders als seine gleichaltrigen Gegner, die anstelle von Worten dann oft mit Schlägen antworten.

«Papa, dieser Pietro, Luigi und Pasquale haben uns zutiefst beleidigt. Das konnten wir uns nicht gefallen lassen. Glaub mir, wir haben nur dich und unsere Familie verteidigt!»

Der ältere Philipp nickt zustimmend, hält sich aber bewusst etwas zurück, um ja nicht ins Zentrum eines folgenden Donnerwetters zu geraten. Das bleibt jedoch aus. Der gestrenge Vater schmunzelt sogar und fragt: «Was haben sie denn wieder gesagt, diese Rüpel?»

«*Mangiapreti! Mangiapreti! Galli failli! Galli failli!* Stimmt das, Papa? Bist du ein *mangiapreti* und sind wir *failli*? Das stimmt doch nicht – und darum mussten wir zuschlagen!»

Nun muss der Vater noch mehr lächeln, ebenso Lucretia. Denn *mangiapreti* heisst «Pfaffenfresser», *failli* «gescheitert». Doch es ist richtig und leider so, dass jeder in Gerra weiss, dass die Familie Galli nun zu den Liberalen gehört, welche zunehmend mit den katholisch Konservativen in Konflikt geraten sind. Ja, bei einer derartigen Auseinandersetzung in Lugano, die ziemlich handfest verlief, hat Antonios Unterarm bei der Abwehr eines Messerangriffs einen tiefen Schnitt abgekriegt.

Die zweite grosse Familie von Gerra, die Balestras, gehört der katholisch konservativen Richtung an – und damit ist die örtliche Auseinandersetzung in allen Generationen Teil des dörflichen Lebens geworden. Das «Galli-*failli*» bezieht sich wohl auf die Tatsache, dass er, Antonio, meist ohne Bauaufträge zu Hause herumsitzt, wenn er nicht an politischen Versammlungen teilnimmt.

«Lassen wir es gut sein, Philipp und Domenico. Aber geht den Balestra-Kerlen bitte in Zukunft aus dem Weg. Sie sind es nicht wert, dass ihr euch mit ihnen herumschlagt. Sie bleiben im Alten verhaftet und verstehen nicht, dass die Zeichen der Zeit *Freiheit* bedeuten, und zwar auch Freiheit von der bisher so allmächtigen Kirche und ihren weihrauchwedelnden Vertretern. Wir fressen die Priester nicht, nur sind sie für uns einfach Menschen wie wir auch.»

Lucretia, die immer noch hinter den beiden Buben steht, die Linke auf der Schulter des einen und die Rechte auf der Schulter des anderen, nickt nicht mehr zustimmend, sondern ihr Gesicht wirkt nun etwas steinern. Die gänzliche Abkehr von der Religion, so wie ihr Mann es in vielen Monologen vorlebt, scheint ihre Sache nicht zu sein. Aber nicht nur in der Familie Galli, sondern eigentlich überall in der hiesigen Politik zählt allein die Meinung des Hausherrn, und die Ehefrauen haben sich unterzuordnen.

Und tatsächlich fährt Antonio fort: «Meine Lieben, wir stehen heute, am 16. April 1798, vor der grossen Zeitenwende. General Napoleon hat letztes Jahr auch die Lombardei, das Piemont erobert und nun die ganze Eidgenossenschaft. Vor vier Tagen wurde die neue Helvetische Republik ausgerufen! Ein Grund, mit einem Glas Merlot vom besten anzustossen!

Nun mischt sich Lucretia ein: «Antonio, was heisst das? Haben wir gewonnen?»

«Ja, Lucretia *cara*. Wir, wir Liberalen und Filoelvetici, haben gesiegt! *Liberi* e *Svizzeri*.»

Mit dem letzten Ausruf steht Antonio ruckartig auf, grüsst zackig militärisch und wiederholt das «*Liberi* e *Svizzeri*» noch einmal laut.

***

Nach seinem erfolgreichen Feldzug in Oberitalien gründete Napoleon am 29. Juni 1797 die Cisalpinische Republik, welche ein grosses Interesse hatte, sich die Italienisch sprechenden Teile der heutigen

Schweiz einzuverleiben. In diesen bildeten sich daher drei politische Lager aus: erstens jene, die wegen ihrer Privilegien oder vor allem aus Rückständigkeit in der bisherigen Ordnung verbleiben wollten; zweitens die Filocisalpini, die einen Anschluss befürworteten; und schliesslich die Filoelvetici, welche für eine liberale Ordnung in der Südschweiz kämpften.

Es wurde heftig gestritten, und bei einem Versuch der Filocisalpini, Lugano zu besetzen, wurden sie von Freiwilligen der Filoelvetici zurückgeschlagen. An ebendiesem 15. Februar 1798 wurde der hitzköpfige, aber nicht mehr so agile Antonio am Arm verletzt.

Nach der Niederlage der alten eidgenössischen Orte, insbesondere am 5. März 1798 von Bern, veränderte sich alles rasch: Noch im Laufe des März wurden sämtliche ennetbirgischen Vogteien aufgelöst und nach dem Diktat des französischen Direktoriums am 16. April in die Zentralistische Helvetische Republik integriert. Das Gebiet des heutigen Tessins wurde ebenfalls aufgenommen, aufgeteilt in zwei gleichberechtigte Kantone: den Kanton Sopraceneri mit dem Hauptort Bellinzona und den Kanton Sottoceneri mit dem Hauptort Lugano.

Zwar hatten die zentralistischen helvetischen Behörden einen einzigen Kanton angestrebt, doch die inneren Widersprüche erwiesen sich zu diesem Zeitpunkt als allzu gross. Die Tessiner Elite wehrte sich vehement gegen einen Einheitskanton und grosse Teile der Bevölkerung auch gegen die neuen liberalen Grundsätze, wie zum Beispiel die Kultusfreiheit und die Trennung von Staat und Kirche. Liberale und Konservative standen einander feindlich gegenüber.

All das erinnert Antonio jetzt wieder beredt, obwohl er täglich am Mittags- und Abendbrottisch über den letzten Stand der Politik spricht. Die beiden Buben reagieren daher mit einem eher gelangweilten Gesichtsausdruck.

«Gott sei Dank wird die Vogtei Locarno dem Sottoceneri zugeschlagen. Sehr gut, die Zukunft unserer Familie und unsere Tradition der Magistri sind gesichert. Wir und das Sottoceneri haben ja immer ein offenes Verhältnis zur Lombardei und überhaupt zum Ausland gehabt. Unter liberalen Regeln wird sich das noch verbessern.»

Lucretia wirft ein: «Aber sicher nicht zurzeit...»

Antonio unterbricht sie: «Richtig, solange die kriegerischen Zeiten anhalten – und sie sind sicher nicht vorbei – werden wir keine oder höchstens ganz wenige Bauaufträge erhalten. Aber jeder Sturm geht einmal vorbei, und dieser Franzosensturm wird viel zerstört haben. Dann werden die Baumeister und Architekten des Tessins und Oberitaliens wieder sehr gefragt sein. Damit zu dir, Philipp!»
Der Angesprochene tritt einen Schritt vor. «Ja, Papa?»
«Du, mein lieber Philipp, wirst die Tradition der Gallis fortsetzen. Ich werde dich gründlich zu meinem Nachfolger ausbilden, jetzt habe ich Zeit dazu. Später, wenn es ruhiger wird, wirst du dich gemäss unserer Tradition in Mailand in der Brera zum Magistro weiterbilden können.»
Antonio hüstelt, nimmt einen langen Schluck von seinem Merlot-Wein und fährt fort: «Nun aber zu dir, lieber Domenico. Du bist zwar noch sehr jung, trotzdem sehe ich deinen Weg klar vor mir. Du bist klug, aufgeweckt im Argumentieren und ein leidenschaftlicher Streiter. Was diese zwei neuen Kantone brauchen, sind Juristen und Advokaten, welche die neuen Gesetze schaffen und interpretieren. Ich bin überzeugt, dass du da Grosses leisten wirst und sogar eine politische Karriere vor dir hast. Es geht also darum, dich ab sofort gut zu schulen, vorzubereiten, damit du so früh als möglich Jurisprudenz studieren kannst. In Mailand oder in Zürich. Das wird sich weisen.»
Lucretia verfolgt die Ausführung ihres Mannes gespannt, nickt oft zustimmend, obwohl sie einmal mehr erfahren muss, dass er sich vorgängig überhaupt nicht mit ihr über seine Absichten abgesprochen hat.

***

Die zentralistische Helvetik hatte in der Schweiz, nördlich und südlich des Gotthards, nicht funktioniert, da im Gegensatz zum monarchischen Frankreich die Eidgenossenschaft föderal, das heisst aus den verschiedenen selbständigen Kantonen, entstanden ist. Wirren, Streitereien bis hin zu kriegerischen Auseinandersetzungen wie dem *Stecklikrieg* führten schliesslich 1803 zu einer erneuten Intervention von Napoleon Bonaparte. In der sogenannten Mediationsakte diktierte er die Basis des Bundesstaates Schweiz und schuf den Kanton Tessin als Einheit[9].

Antonio wurde als Radikalliberaler in den hundertzehnköpfigen Rat gewählt, der meist nur den von der Regierung beziehungsweise dem Kleinen Rat[10] beantragten Gesetzen zustimmen musste. Wie in den übrigen Kantonen der neuen Schweiz kann man von einer «von oben gelenkten Demokratie» sprechen. Für das aktive und passive Wahlrecht galt ein hoher Vermögenszensus. Mit anderen Worten, nur Vermögende wie eben die Familie Galli waren wählbar. Da Antonio in diesen kriegerischen Zeiten trotz seines politischen Erfolges nur wenige Bauaufträge erhielt, war dies keineswegs selbstverständlich. Nun hiess es, von der Bewirtschaftung des eigenen Landes zu leben.

Hier gilt es etwas nachzutragen: Durch Glück, aber auch durch die Geschicklichkeit von Antonio konnte die Familie diesen Status halten. In der Zeit von Mitte Mai bis Herbst 1799 wurden der Monte Ceneri und die Magadino-Ebene immer wieder von mehr oder weniger ausgehungerten Truppen der österreichischen kaiserlichen Armee, aber auch der Franzosen heimgesucht. Man musste unbedingt genügend Vorräte bereithalten, damit die requirierenden Truppen einem nicht aus Wut das Haus abbrannten. Antonio versteckte in den höher gelegenen Hütten ihrer Kastanienwälder ausreichend Reserven für den Winter und das dringend nötige Saatgut fürs nächste Jahr. Natürlich fanden sich dort auch einige Fässchen Nostrano und Merlot.

Weniger betroffen waren die Gallis vom Durchmarsch der grossen Armee des Generals Suworow am 10. September 1799. Einzig in der Magadino-Ebene vor Bellinzona wurde biwakiert und das seitlich gelegene Gerra Gambarogno von den Plünderungen der schlecht

---

9 Aber auch die Kantone Waadt, Aargau, Thurgau, St. Gallen und Graubünden wurden neu geschaffen.

10 Die neun Mitglieder des Kleinen Rates wurden indirekt gewählt und in dieser Zeit von dem prominenten Vincenzo Dalberti geführt.

verproviantierten Truppen verschont. Bereits anderntags zogen die Russen weiter, und die Einwohner auf der Marschachse Richtung Gotthard und Lukmanier hatten dadurch weit mehr zu leiden.[11]

So konnte die Familie Galli ohne grossen Vermögensverlust diese unruhigen Jahre überstehen. Philipp und Domenico, jetzt fünfzehn- und dreizehnjährig, machten 1803 bereits ausserordentlich gute schulische Fortschritte und entwickelten sich genau so, wie Papa Antonio es geplant und vorausgesehen hatte. Ihre Besuche in der Kirche hielt Donna Lucretia in den letzten Jahren geheim beziehungsweise beschränkte sie auf Zeiten, wo der würdevolle Grossrat Antonio ausser Haus seinen politischen Geschäften nachging.

---

11 Wie bereits beim erfolglosen Aufstand in der Leventina gegen die französische Besatzung Ende Mai 1799, wobei sie da aber aktiv unter Kriegsrat Giovanni A. Camossi mitstritten.

«... der Grund scheint wieder einmal eine Schlägerei mit den Balestra-Buben zu sein.»

«Bei einem Versuch der Filocisalpini, Lugano zu besetzen, wurden sie von Freiwilligen der Filoelvetici zurückgeschlagen. An diesem 15. Februar 1798 wurde der hitzköpfige, aber nicht mehr so agile Antonio am Arm verletzt.»

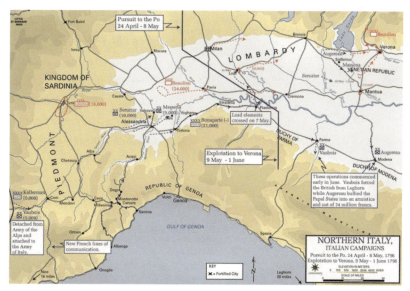

«Nach seinem erfolgreichen Feldzug in Oberitalien gründete Napoleon am 29. Juni 1797 die Cisalpinische Republik, welche ein grosses Interesse hatte, sich die Italienisch sprechenden Teile der heutigen Schweiz einzuverleiben.»

Cisalpinische Armee.

«... es bildeten sich drei politische Lager aus: Erstens jene, die wegen ihrer Privilegien oder vor allem aus Rückständigkeit in der bisherigen Ordnung verbleiben wollten; Zweitens die Filocisalpini, die einen Anschluss befürworteten; und schliesslich die Filoelvetici, welche für eine liberale Ordnung in der Südschweiz kämpften.»

«Nach der Niederlage der alten eidgenössischen Orte, insbesondere am 5. März 1798 von Bern, veränderte sich alles rasch: Noch im Laufe des März wurden sämtliche ennetbirgischen Vogteien aufgelöst...»

Die acht alten Vogteien vor 1798.

Die Helvetische Fahne.

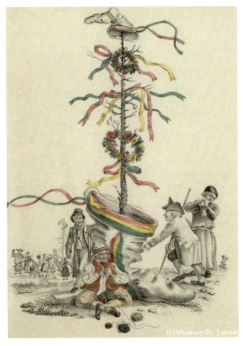

Freiheitsbäume.

Die Kantone in der Schweizer Helvetik

«… und nach dem Diktat des französischen Direktoriums am 16. April 1798 in die Zentralistische Helvetische Republik integriert. Das Gebiet des heutigen Tessins wurde ebenfalls aufgenommen, aufgeteilt in zwei gleichberechtigte Kantone…»

«… den Kanton Sopraceneri mit dem Hauptort Bellinzona…»

«… und den Kanton Sottoceneri mit dem Hauptort Lugano.»

Der Stecklikrieg (August bis Oktober 1802) beendete die Helvetik.

Napoleon lässt wieder die Schweiz besetzen und diktiert die neue föderale Verfassung (Mediationsakte) in Paris und damit den Kanton Tessin als Einheit.

«Die Accademia di Belle Arti di Brera (im Mailänder Stadtviertel Brera) wurde 1776 gegründet und hatte traditionell einen Lehrstuhl für Architektur.»

«… Du, mein lieber Philipp, wirst die Tradition der Gallis fortsetzen. Ich werde dich gründlich zu meinem Nachfolger ausbilden, jetzt habe ich Zeit dazu. Später, wenn es ruhiger wird, wirst du dich gemäss unserer Tradition in Mailand in der Brera zum Magistro weiterbilden können.»

«In der Zeit von Mitte Mai bis Herbst 1799 wurden der Monte Ceneri und die Magadino-Ebene immer wieder von mehr oder weniger ausgehungerten Truppen heimgesucht. Man musste genügend Vorräte bereithalten, damit die requirierenden Truppen einem nicht aus Wut das Haus abbrannten. Antonio versteckte in den höher gelegenen Hütten ihrer Kastanienwälder ausreichend Reserven für den Winter und das dringend nötige Saatgut fürs nächste Jahr.»

STEINMANN

5. Von der Kehrmatt zum Fulpelz (1806)

Wie Niklaus Steinmann Ende Oktober 1806 aus dem napoleonischen Kriegsdienst nach Hause kommt, Anneli wiederfindet, heiratet und schliesslich den Hof Kehrmatt mit ihr verlässt und im Hof Fulpelz in Richigen einzieht.

Niklaus bleibt am braungrünen Waldrand ob Gysenstein im leichten Herbstwind stehen, und die Tränen laufen ihm in seinen struppigen Bart.
«Daheim! Endlich daheim!»
Nach allem, was er auf den langen Märschen, den vielen Schlachtfeldern mit den toten Kameraden links und rechts erlebte, hätte er nie gedacht, je wieder in die Kehrmatt zurückzukommen. Er zögert. Wer wird da sein, ihn begrüssen? Ihn überhaupt wiedererkennen? Seine blaue Uniform ist x-fach geflickt, immer noch zerschlissen und verdreckt, sein Dreispitz fahl, sein Gesicht, soweit man es unter dem struppigen Bart erkennen kann, verwittert. Obwohl er seit der Innerschweiz nicht mehr Hunger leiden musste, sieht man ihm die Zeit der Entbehrungen an.
Unten auf der Kehrmatt kann er niemanden entdecken vor dem heimischen Hof, aber die Rauchsäule beweist ihm, dass jemand zu Hause sein muss. Wohl Hans mit seiner drei Jahre älteren Frau Käthy, vielleicht auch seine Mutter und natürlich der stumm-tumbe Christian. Ob alle noch leben? Immerhin sind sieben Jahre vergangen, und da kann viel geschehen. Und dann denkt er an Anneli. Seine Anneli. Ob sie auf ihn gewartet hat? Sie dürfte jetzt einunddreissig Jahre alt sein. Ihr Vater Christen mit dem stattlichen Hof Fulpelz in Richigen hat sie sicher standesgemäss mit einem Grossbauern verheiratet. Nun überfällt ihn tiefe Trauer, auch Unruhe und das Gefühl, die vielen vergangenen Jahre in Unrast und Gefahr seien verlorene Lebenszeit gewesen.

Aber konnte er anders? Nein! Er war damals mit der 2. Halbbrigade in Neapel, so weit von zu Hause, dass er seinen Dienst noch einmal um zwei Jahre verlängert hatte. Seine Kameraden waren seine Familie, er konnte sich nicht überwinden, sie zu verlassen. Im letzten Winter in Livorno, wo ihn ein Schiff nach Genua mitnehmen konnte, hatte er den Dienst quittiert. Seine Entlassungspapiere trug er gut versorgt auf sich, um auf der Heimreise nicht als Deserteur zu gelten.

Nun steht er hier. Er gibt sich einen Ruck wie vor einem Bajonettangriff und geht zügig auf die Kehrmatt los.

Einige Augenblicke später hält Niklaus vor der verwitterten Eichentür des Hauses inne, schnallt zuerst seinen Säbel ab, legt ihn mit seiner Kavalleriepistole auf das Hausbänkli. Den Tornister aber behält er auf dem Rücken. Dann klopft er heftig an die Tür, sodass er selbst über die lauten Schläge erschrickt. Er hört leise Schritte, die Tür öffnet sich zaghaft, und wer steht vor ihm? Das blonde, etwas drallere Anneli in seiner Alltagstracht. Mit offenem Mund.

Sie schreit laut auf, wirft sich Niklaus an den Hals und beginnt zu schluchzen und zu stammeln: «Niklaus, Niklaus, du wieder da! O Gott! Niklaus, mein Niklaus!»

Er umfasst sie, spürt ihren strammen Körper, ihren warmen Busen und stammelt nun gleichfalls: «Anneli, mein Anneli!»

Auch er kann nun die Tränen nicht zurückhalten. Schliesslich, nach Minuten, die wie Ewigkeiten in ihren Herzen dauern, meint er leise: «Tut mir leid... mein Bart, ich rieche streng, aber ich komme von sehr weit her, war neun Monate meist zu Fuss unterwegs.»

«Meine Gebete sind erhört. Der liebe Gott hat an uns doch Gefallen gefunden. Er weiss, dass wir zusammengehören. Ich wusste, dass du zurückkommst, Niklaus, und ich habe hier mit Käthy auf dich gewartet.»

Niklaus löst sich von Anneli. «Und Hans? Und Christian? Die Mutter? Wie geht es ihnen? Sind sie da?»

«Gut, dass du jetzt schon nach ihnen fragst und ich es dir hier sagen kann: Hans ist vermisst, aber sicher gefallen. Ich erzähle es dir später. Die Mutter ist leider halbseitig gelähmt. Sie schläft um diese Zeit. Christian musste nicht einrücken, weil er immer eigenartiger, ja einfältiger geworden ist. Er hat sich eine Kammer im Stall gebaut und lebt nahe bei seinen geliebten Kühen. Auch er schläft – du wirst beide beim Abendbrot sehen. Deine Schwester Katharina arbeitet zurzeit bei einem Bauern in Rüfenacht. Nun komm herein, du hast sicher Hunger. Käthy wird sich von Herzen freuen, dich nach so langer Zeit wiederzusehen.»

Sie fassen sich beide an der Hand, treten in den etwas düsteren und leicht nach Rauch riechenden Gang ein, der zur Küche führt. Da sieht Niklaus, wie Käthy, jetzt die Witwe von Hans, am Herd steht und gerade eine goldene Rösti zubereitet. Sie dreht sich um, sieht Niklaus, schreit laut auf und lässt den Holzlöffel zu Boden fallen. Nun geht es wieder los mit Herzen, Weinen und vor Glück Gott Danken. Aber etwas schleicht sich dabei ins Bewusstsein von Niklaus: Wenn Hans gestorben ist, geht die Erbfolge der Kehrmatt auf ihn als zweitjüngsten Sohn über, und damit wird er in Zukunft der Hofbauer sein.

Nach den überschäumenden Minuten des Wiedersehens sagt die braunhaarige und füllige Käthy wieder nüchterner, wie es stets ihre Art war und noch ist: «So, Niklaus, geh zum Trog, zieh deine Franzosenlumpen aus, und wasch dich gut. In der Zwischenzeit lege ich dir in der Kammer von Anneli frische Wäsche, Hemd, Hosen und Schuhe von Hans bereit, der ja deine Grösse hatte. Dann wollen wir das Wiedersehen bei Rösti, Speck und Spiegeleiern feiern. Ich kann mir vorstellen, dass du ausgehungert bist, mein lieber Schwager. Dann werden wir einander alles berichten, was in den letzten Jahren geschehen ist – viel Trauriges leider.»

Sie reicht ihm dazu ein Stück Seife und ein Handtuch. Anneli, die an die trockene Art von Käthy gewöhnt ist, fügt an: «Sollten wir ihm nicht noch ein Kessi warmes Wasser mitgeben? Das Wasser im Brunnentrog dürfte ziemlich kalt sein.»

Niklaus lacht nur, denn er war ganz anderes gewohnt. Er nimmt Seife, Handtuch, stellt den schweren Tornister ab und geht hinaus. Indes ihm Käthy nachruft: «Lass deine Stinklumpen draussen liegen, wir werden sie dann aussieden!»

So findet sich Niklaus etwas später mit dem Handtuch um die Hüfte gewickelt in der Kammer von Anneli wieder. Sie folgt ihm mit leicht errötetem Gesicht. Ja, dann geschieht das, was beide in ihren Herzen und Köpfen lange in sich getragen haben. Sie finden sich bald ineinander verschlungen auf ihrem Bett im Rhythmus des Lebens. Was da so geschieht, kann sich jede Leserin und jeder Leser, die von Herzen lieben und lange getrennt waren, gut vorstellen.

Auf die lauten Rufe hin: «Kommt jetzt herunter, ihr zwei Turteltauben, wir wollen endlich zu Mittag essen», finden sich alle in der Stube am Tisch zusammen. Vor ihnen die dampfende Rösti, ein Dutzend Spiegeleier und ein Teller mit aufgeschnittenem Speck und Schinken sowie ein Krug saurer Most. Dann wird es still am Tisch.

Niklaus will sofort zulangen, doch die resolute Käthy unterbricht: «Nicht doch, mein lieber Soldatenschwager. Zuerst wird bei uns gebetet. Wir sind hier nicht beim gottlosen Napoleon!»

Nachdem sie das gesagt hat, beginnt sie inbrünstig: «Lieber Gott, wir danken dir für diese Speise, uns zur Kraft und dir zum Preise! Und lieber Herrgott, wir danken dir auch, dass unser Niklaus heil nach Hause gekommen ist und er unser Anneli wiedergefunden hat. Wir denken alle an Hans, meinen lieben Mann, dem das nicht vergönnt war, und Gott segne ihn. Amen! *En guete Appetit.*»

Und dann hört man nichts mehr ausser Kauen, Schmatzen, anerkennenden Worten für die Köchin oder «bitte noch mehr», «darf ich noch?» und «danke» und nochmals «danke». Nachdem die beiden Frauen gesättigt sind, schauen sie mit grossen Augen zu, wie Niklaus immer wieder schöpft, isst und trinkt, als ob er seit Monaten nichts mehr gegessen hätte. Das trifft auch zu, denn auf seinem Weg hierher gelang es selten, ausreichend Brot, Kartoffeln oder gar ein Stück Fleisch zu erbetteln. Zeitweise hat er für Mahlzeiten sogar wochenlang gearbeitet.

Nachdem sämtliche Pfannen und Platten leer gegessen sind, meint Käthy, die als Hofbäuerin das Sagen hat: «So, und nun wollen wir berichten. Ich fange gleich an mit meinem Hans, der leider nie mehr zurückkommen wird.»

Niklaus antwortet ihr: «Ja, besser du zuerst, ich weiss nicht so recht, was ich euch erzählen soll. Es ist so viel Böses, ja Schreckliches geschehen in diesen letzten sieben Jahren. Was mit Hans passiert ist, möchte ich gerne wissen.»

Und nun erzählt Käthy zusammengefasst Folgendes: Kurz nachdem Niklaus im Herbst 1798 in französische Dienste abkommandiert worden war, bekam der erst fünfundzwanzigjährige Hans wegen dem Wasser, welches ja Niklaus von der Schlosswyler Quelle abgeleitet hatte, ein Gerichtsverfahren an den Hals. Das wurde gütlich beigelegt, allerdings mit einer strengen Verwarnung. Die Behörden wussten, dass er die Kehrmatt bewirtschaftete, nachdem der Vater 1791 gestorben, die Mutter kränklich und sein älterer Bruder für so eine Aufgabe unbrauchbar war. Sie selbst, Käthy, war zu diesem Zeitpunkt als Magd bei ihm eingetreten, und drei Monate später hatten sie verkündet und geheiratet.

«Leider hat uns der liebe Gott keine Kinder geschenkt», fügt Käthy etwas wehmütig, fast flüsternd hinzu. In den ersten Monaten sei alles gut gegangen und sie seien von den Zwangsrekrutierungen für die Helvetik des zuständigen Generals Masséna verschont geblieben. Aber im Oktober 1799 hatte jede Gemeinde gemäss einem Beschluss des Grossen Rats der Helvetischen Republik Aktivbürger armiert und equipiert im Alter zwischen zwanzig und fünfundvierzig Jahren zu stellen. Da habe man sich an den verwarnten Hans erinnert, und er musste noch im November in die 3. Helvetische Halbbrigade einrücken. Alles, was sie jetzt erzähle, stamme von einem Grenadier Ueli Zaugg aus Münsingen, der als einer der wenigen Überlebenden seines Bataillons im Jahr 1803, mit einem steifen Bein, nach Hause entlassen wurde. Diese 3. Halbbrigade sei zuerst von Bern nach Strassburg verlegt worden, wo sie teilweise mit einer anderen zusammengefügt worden sei. Warum? Durch die grossen Verluste in der ersten Schlacht um Zürich, bei der der berühmte Sieger von Neuenegg, der von Hans verehrte Generaladjutant Johann Weber, fiel, reduzierten die Franzosen die helvetischen Brigaden. Auch hätten grosse Ausfälle durch Desertionen dies notwendig gemacht.

«Daran kann ich mich gut erinnern, denn ich war in der 2. Halbbrigade, die so aufgefüllt wurde», sagt Niklaus, «aber Hans habe ich nie gesehen.»

Danach seien sie gemäss Zaugg an verschiedenen Orten gegen bayerisch-österreichische Truppen eingesetzt worden. Später sei es wieder nach Lausanne gegangen und schliesslich über Genf, Montélimar, Avignon nach Toulon. Dort sei sein Bataillon trotz der Proteste der Schweizer Offiziere Anfang 1802 nach den Antillen eingeschifft worden. Wie Sardinen seien sie auf dem französischen Kriegsschiff *La Redoutable* zusammengepfercht nach üblen Monaten in Saint-Domingue gelandet. In dieser französischen Kolonie galt es einen Sklavenaufstand niederzuschlagen. Nach einer verlorenen Schlacht, aber vor allem wegen des grassierenden Gelbfiebers seien von den über sechshundert Schweizern nur elf zurückgekehrt. Hans war gemäss Ueli Zaugg sicher nicht unter ihnen. Da er aber offiziell nicht als tot gemeldet war, musste Käthy als Witwe noch drei Jahre abwarten, bis der Hof ihr gehörte.

«Nun aber, Niklaus, bist du da, der jüngste Erbe deines Vaters und damit bald der künftige Kehrmatter Bauer. Anneli wird sicher die neue Hofbäuerin sein. Ich hoffe, ich kann und darf bei euch bleiben.»

Niklaus schaut sie lange an, hüstelt, blickt in die Augen von Anneli und sagt langsam: «Liebes Käthy, ich kann dir nachfühlen, was es heisst, einen lieben Menschen verloren zu haben. Viele meiner Kameraden, ja Freunde sind neben mir und auch in meinen Armen gestorben. Selbstverständlich bleibst du für immer bei uns auf der Kehrmatt. Warum aber ist Anneli hier und seit wann?»

Nun ergreift Anneli das Wort: «Das hat dich sicher überrascht, liebster Niklaus. Doch du kannst es vielleicht erahnen: Mein Vater, rundherum in Richigen bekannt als der *herrschelige* Christen, wollte mich bald nach deiner Abreise mit dem Sohn eines Grossbauern von Worb verheiraten. Ich aber blieb dir versprochen und weigerte mich trotz der bösen Vorhaltungen vom Vater, diesen Protz überhaupt zu sehen. Da ich vom Tode deines Bruders gehört hatte, packte ich mein Bündel und wanderte in die Kehrmatt hinauf. Dort bat ich Käthy, ob ich nicht als Magd bei ihr eintreten und mithelfen dürfe. So wollte ich auf dich warten. Sie war sofort einverstanden.»

Käthy lächelt und nickt, denn schliesslich war und ist sie um die Hilfe von Anneli sehr dankbar, denn Christian war und ist nur für das Vieh zu gebrauchen, und sonst für gar nichts.

Anneli fügt bei, indem sie Niklaus tief in die Augen schaut: «Ja, ich bin Käthy sehr dankbar, und sie wird immer unsere Freundin bleiben, auch wenn wir, lieber Niklaus, den Hof weiterführen. Allerdings, es gibt da jüngst eine Entwicklung, die wir miteinander vertieft besprechen sollten.»

Hier greift Käthy ein: «Auch bei mir gibt es etwas Unangenehmes, was ich noch sagen sollte.»
Sie zögert, hält inne, und Niklaus schaut sie gespannt an.
«Ja, ich musste als Witwe von Hans einen Vogt namens Niklaus Wüthrich ertragen, der von Schlosswyl beauftragt wurde, mich zu überwachen und rechtlich zu vertreten. Nun bin ich leider am 28. Januar 1807 mit ihm beim Gericht in Konolfingen aufgeboten, wegen etwas, das ihr bestens kennt: Kehrmatt hat einfach zu wenig Wasser. So habe ich deine Leitung, lieber Niklaus, wieder instand gesetzt und oft Wasser abgezapft. Der Schlosswyler, Herr Major Kirchberger, hat dies vor zwei Monaten bemerkt und mich eingeklagt. Das sollten wir in Ruhe besprechen. Ich würde nämlich vorschlagen, dass ihr erst nach diesem Termin heiratet und du, Niklaus, erst danach den Hof notariell übernimmst. Nun möchten wir von dir, lieber Niklaus, auch etwas über deine vergangenen Jahre hören.»
«Meine Lieben, was soll ich euch da erzählen. Sieben Jahre sind eine sehr lange Zeit, und ich müsste lügen, wenn ich behaupten wollte, dass ich mich überhaupt an alles erinnere. Etwas aber begleitete mich stets, jeden Tag, jede Nacht, sicher mal mehr, mal weniger, aber immer: das Heimweh! Das Heimweh, die Sehnsucht nach dir, Anneli, und auch das Heimweh nach der Kehrmatt. Die Gedanken an dich, Anneli, haben mir geholfen zu überleben. Weiss nicht, was ich getan hätte, wenn du nicht in meiner Seele fest verankert gewesen wärst. Ich möchte euch, seid mir nicht böse, nicht allzu viel berichten, denn da gibt es wenig Schönes und Gutes. Die Zeit vergeht bei den Soldaten teilweise sehr langsam und plötzlich unheimlich schnell. Wenn es schnell geht, nämlich beim Kämpfen, stürzt alles auf einen ein. Nachher, wenn es vorbei ist, man überlebt hat, fällt man in eine Art innere Lähmung. Oft vergisst man dann, was da alles geschah – oder man will sich an all das Grausame nicht erinnern. Das Kämpfen Mann gegen Mann geschieht ja meist ohnehin wie in einem Rausch, und an einen solchen erinnert man sich nur schwerlich.»
Niklaus hält inne und sagt sich: «Mehr darüber zu erzählen geht nicht. Das permanente Donnern der Kanonen, das Geknalle, Geknatter der Gewehre, das Gebrüll der Kämpfenden, das Schreien der Verletzten,

der beissende Rauch, der einem die Sicht nimmt, und dieser Gestank von Blut, Exkrementen und schweissigen Soldaten, nein, nicht mehr daran denken.»
«Trotzdem gibt es starke Erinnerungen», fährt er fort, «und ich möchte hier nur einige euch Lieben erzählen. Als Erstes enttäuschte es mich als stolzer und anerkannter Kanonier-Korporal ungemein, dass ich nicht wieder zu den Kanonieren durfte. Die Franzosen trauten uns Schweizern nicht über den Weg und behielten die Artillerie stets bei ihren Truppen. So bildete man mich zum Scharfschützen aus. Als Korporal fasste ich immerhin noch einen Säbel. Für das Schiessen mit diesem mühsamen Gewehr, wiederum Modell 77, konnte ich mich nie richtig erwärmen. Da muss man die Papierhülse mit der Kugel oben abbeissen, etwas Pulver in die Pfanne des Schlosses und den Rest in den Lauf schütten und schliesslich die Kugel mit dem Mund in den Lauf gleiten lassen. Mit dem Ladestock gilt es, das Papier vor die Kugel zu stopfen. Dazu braucht man bei guter Übung eine gute Minute, in der Hitze des Gefechts oft mehr. Ein Feind rennt in dieser Minute mehr als hundert Meter heran. In dieser Zeit hätte ich im Übrigen auch eine Kanone geladen. Wichtiger waren daher oft das Bajonett und der Säbel, vor allem bei unseren Angriffen. Eine blutige Angelegenheit. Besser nicht mehr daran denken.
Ich weiss nicht, wo ich überall war. Zuerst wurden wir ins Französische verlegt, in die Garnison von Landau, dann ging es wieder zurück übers Fricktal in die Nähe von Zürich, wo wir bald heftig gegen die Österreicher kämpfen mussten, aber leider zurückgetrieben wurden. Das hiess Rückzug! Denn wisst, ihr Lieben, Soldat sein heisst vor allem marschieren, marschieren, aber da ist zum mindesten die Luft gut, nicht wie in den stinkigen Lagern. So wurden wir wieder in den Raum Lausanne-Yverdon zurückverlegt.
Kurz danach war ich tatsächlich bei einer grossen Sache dabei: Die Russen seien über die Berge gekommen und drängten Richtung Glarnerland vor. So mussten wir im September 1799 in Eilmärschen, am Schluss sogar im Laufschritt nach Näfels. Wir wehrten dort mehrere Angriffe der Russen, auch in der Nacht, ab. Sie kehrten tatsächlich wegen uns um, und wir hatten einen grossen Sieg über den berühmten

General Suworow errungen.[12] Er hat sich deshalb verlustreich über die bereits verschneiten Berge ins Bündnerland absetzen müssen und später via Liechtenstein ins Österreichische zurückgezogen. Unsere Kompanie war aber so dezimiert, dass wir bei der Verfolgung der Russen uns nicht mitschleppen mussten.
Liebes Anneli, kannst du mir mal den Tornister reichen?»
Sie hob den schweren Tornister auf, der an der Wand lehnte, und schob ihn über den Tisch. Niklaus öffnete ihn, griff suchend tief hinein und zog dann einen schweren Lederbeutel heraus. Er blickte kurz zu den beiden Frauen, öffnete ihn, und klirrend rollten gar manche Goldstücke auf den Tisch, sicher mehr als fünfzig Stück. Die Augen der beiden Frauen weiteten sich, und beider Münder blieben offen stehen.
«Ich habe diesen Beutel einem toten russischen Offizier abgenommen und ihn in all den Jahren nie geöffnet. Zum einen hätte man ihn mir sofort abgenommen. Zum anderen wäre der Gebrauch dieser spanischen Dublonen für mich gefährlich geworden. So auch bei meiner Heimkehr mit all dem lauernden Gesindel in den von den Franzosen besetzten Gebieten. Oft musste ich mich beherrschen, nicht auf eine der Dublonen als Notgroschen zurückzugreifen. Doch für einen allein reisenden Soldaten mit Kriegsbeute ist das eben zu gefährlich.»
Ohne auf die drängenden Fragen von Anneli und Käthy einzugehen, fuhr Niklaus ungerührt fort: «Später wurden wir nach Frankreich verlegt, dann wiederum nach Zürich, nach Luzern, und schliesslich ging es sogar über den Simplonpass über Mailand nach Ravenna. Ich bringe die Orte, in denen wir alle waren, und die kleineren bis grösseren Gefechte nicht mehr zusammen. Und sicher durcheinander.

---

12 General Suworow hatte über den Gotthardpass und Lukmanier erfolgreich die Innerschweiz erreicht. Bei Altdorf erfuhr er, dass die Österreicher und die russischen Truppen unter Rimski-Korsakow von General Masséna geschlagen worden waren. Der österreichische Feldmarschall Friedrich von Hotze fiel dabei. Sie seien auf dem Rückzug. Dazu kam die erfolgreiche Sperre der Franzosen bzw. Schweizer bei Näfels und Mollis. Suworow blieb nichts anderes übrig, als sich über das Muotatal zurückzuziehen (wo er den Franzosen schwere Verluste beibrachte) und sich schliesslich wegen der erfolgreichen Sperre bei Näfels der Franzosen bzw. der Schweizer über den Panixerpass und Chur nach Bregenz zurückzuziehen. Noch heute ist bei der Suworow-Brücke im Muotatal und beim Suworow-Denkmal in der Schöllenenschlucht diese Geschichte präsent.

Eine grosse Sache gab es noch, die ich euch doch erzählen möchte. Anfang Dezember 1804 sollte eine Abordnung der 1. Helvetischen Halbbrigade in Paris bei der Kaiserkrönung von Napoleon dabei sein. Man suchte dafür gestandene Unteroffiziere aus, die besonders gross und fesch aussahen. Aus welchem Grund auch immer hatte man mich damals, nun Wachtmeister, in diese Abordnung der Ersten eingeteilt, und wir marschierten Anfang November los. So stand ich mit vielen anderen Soldaten in neuen Uniformen am 2. Dezember 1804 am Rande der Strasse in Reih und Glied, wo Näppi und sein riesiges Gefolge in Richtung Notre Dame fuhren. Wir mussten «Pfyffe-Lampe-Öl» rufen, weil die meisten Schweizer nicht auf Französisch «Vive l'empereur!» auswendig wiedergeben konnten. Nach einer guten, aber kurzen Zeit in Paris ging es wieder zurück zur 2. Halbbrigade, welche Anfang 1805 nach Neapel verlegt wurde. Auch das hiess wiederum marschieren, marschieren bei zunehmender Hitze und Durst. Durst ist ohnehin ein ständiger Begleiter der Soldaten, gefolgt vom Zwilling Hunger. Napoleon hat daher die unter seiner Herrschaft stehenden Gemeinden angewiesen, dass auf allen Friedhöfen frisches Trinkwasser vorhanden sein muss (was in Frankreich noch heute gilt). Wo immer es möglich war, liess er am Rande der Strassen Platanen pflanzen, damit die Soldaten im Schatten marschieren konnten. Von Neapel ging es über Forlì nach Livorno, wo sich alle Halbbrigaden zu einem Schweizer Regiment vereinten. Meine verlängerte Dienstzeit konnte ich dort beenden und mich auf den weiten, ja sehr lang dauernden Heimweg machen. Nun bin ich da, und mein Glück ist kaum zu fassen!»

Nachdem Niklaus geendet hat, wird es mäuschenstill am Tisch. Alle drei starren auf die Goldmünzen, und man sieht ihren Gesichtern an, dass es in ihren Köpfen arbeitet.

Ganz klar, da liegt ein grosses Vermögen vor ihnen, das für die Steinmanns unter normalen Lebensumständen völlig unerreichbar gewesen wäre. Nun greift Käthy, aber gleich gefolgt von Anneli in die Münzen hinein, sie nehmen sie zur Hand, und das Gold glitzert und blitzt im hellen Nachmittagslicht, das durch die kleinen Butzenscheibchen in die Stube dringt.

Endlich bricht Käthy das Schweigen: «Was ist das wohl wert? Sicher sehr, sehr viel. Was hast du damit vor, Niklaus?»

Auch er bekommt ähnlich wie Anneli einen besinnlichen Ausdruck im Gesicht. Doch er antwortet spontan: «Das gehört uns allen, und das soll unsere Zukunft sichern und dir, liebes Anneli, mit mir eine glückliche Zeit auf der Kehrmatt. Wobei wir noch einiges Land dazukaufen können.»

Anneli sieht ihn ruhig an, zögert und meint dann: «Das ist schön von dir. Aber wie ich bereits angedeutet habe, gibt es etwas, das wir mit der Hälfte der Golddublonen in unserem Sinne regeln könnten. Mein Bruder wurde 1802 in die Helvetische Legion eingezogen. Wir haben seither nichts mehr von ihm gehört. Wir befürchten das Schlimmste. Papa führt unseren grossen Fulpelz nun mit einigen Knechten und Mägden. Aber er ist von starkem Rheuma geplagt und möchte nicht nur kürzertreten, sondern den Hof weitergeben. So denkt er laut über einen Verkauf an den Grossbauern zu Worb nach, den er für mich vergeblich als Ehemann ausgesucht hatte. Mein Vorschlag: Wir kaufen meinem Vater den Fulpelz ab und beginnen dort unser neues Leben. Was meinst du dazu, lieber Niklaus?»

Niklaus denkt nicht lange nach und antwortet rasch: «Da hast du recht. Offiziell überschreibt er den Hof an dich – die Dublonen dürfen nicht erwähnt werden. Was geschieht mit der lieben Käthy, meiner Mutter und meinem Bruder Christian?»

Käthy folgt mit ihren Augen dem Gespräch der Verlobten, hält sich aber noch zurück.

«Liebes Anneli», beginnt Niklaus und blickt dabei zu Käthy, «ich glaube, man kann diese drei nicht mehr verpflanzen. Ich verzichte einfach auf mein Erbe an der Kehrmatt, und Käthy bleibt die Hofbäuerin. Mit zehn Dublonen, da kannst du, Käthy, dir eine Magd und wenn nötig einen Knecht leisten. Allerdings musst du die Münzen unauffällig wechseln, weil man nicht wissen darf, von wem du sie hast. Beim Wyler Quellwasser solltest du etwas zurückhaltender sein. Wir schicken dir einen Wasserschmöcker, und du findest auf deinem Land eine Quelle. Ich bin sicher, du wirst nicht mehr auf das Wasser der noblen Herren von Schlosswyl angewiesen sein. Was meinst du?»

Käthy streicht sich über ihre dunkelbraunen Haare. Ihr bleiches Gesicht rötet sich und drückt sichtlich Erleichterung aus.

«Dein Vorschlag und die Goldstückli sind ein Geschenk des Himmels. Ich möchte hier wirklich nicht weg. Lieber Niklaus, ich verspreche dir, ich werde mich gut um deine Mutter und den Christian kümmern. Der Herrgott wird mir sicher helfen. So, wie er uns allen mit diesem Goldschatz geholfen hat.»

Nun lächelt Anneli, spitzt ihren rosa Mund.

«Weisst du, Käthy, überlege dir gut, welchen Knecht du anstellst. Wer weiss, vielleicht ergibt sich daraus mehr. Du bist ja erst dreissig Jahre alt.»

Käthy schmunzelt und gibt darauf keine Antwort. Dafür meint sie: «Und wie wechseln wir die Dublonen in Franken?»

Auch da hat Anneli eine Antwort: «Vater Christen kennt da einen Wechsler, ein Jude in der Stadt Bern, dem es seit dem Fall der Obrigkeit viel besser geht. Doch er darf das nur stückweise wechseln – das gilt auch für dich, Käthy –, sonst kann das auffallen. Aber macht euch da keine Sorgen, von dem versteht der *herrschelige* Christen viel.»

Da steht Niklaus auf, geht um den Tisch herum, zieht Anneli zu sich hoch und küsst sie lang und herzhaft... und sagt danach: «Ja, so machen wir das.»

***

Tatsächlich wurde die Witwe von Hans noch im Januar 1807 wegen dem Wasserfrevel angeklagt.

2. Februar 1807 > In Verhör und Verhandlung vor dem Oberamtmann von Graffenried in Konolfingen werden Major Kirchberger, Schlossherr zu Wyl (Schlosswyl), und Hans (Johann) Galley und die Witwe von Hans (Johann) Steinmann im Hürnberg in ihrem Streit um das Wasser ab den «Kehrmatten» im Hürnberg zu freundlicher Vereinbarung gemahnt. Beilagen: Croquis der «Kehrmatten» und der dortigen Wasserleitungen, Vorladung für Hans (Johann) Galley und Niklaus Wüthrich (Vogt der Witwe Steinmann) vom 28.01.1807, Akt vom 24.10.1798. Vgl. Urkunde vom 14.09.1739, 30.06.1781, 20.08.1797 und 17.02.1800.[13]

---

13 Zitat gemäss Staatsarchiv Kanton Bern.

Niklaus Steinmann und seine Ehefrau Anna Bigler lebten fortan auf dem Hof Fulpelz in Richigen und versuchten sich durch die schwierigen Zeiten zu bringen.
Ihr Sohn Christian wird den Fulpelz übernehmen, der bei den späteren Steinmanns als Familienhof gilt, und die Kehrmatt wird in Vergessenheit geraten. Dort starb 1809 die Mutter Anna, geborene Aeschlimann, und Käthy heiratete wohl tatsächlich. Ihr Gatte führte die Kehrmatt mit ihr, der Witwe von Hans, weiter, stets unter der Mithilfe von Katharina, der Schwester von Niklaus (gestorben 1852).
Näheres ist leider nicht bekannt.

«Daheim! Endlich daheim! Nach allem, was ich auf den langen Märschen, den vielen Schlachtfeldern mit den toten Kameraden erlebte, hätte ich nie gedacht, je wieder in die Kehrmatt zurückzukommen.»

«Ich habe diese spanischen Dublonen einem toten russischen Offizier abgenommen.»

«Das permanente Donnern der Kanonen, das Geknalle, Geknatter der Gewehre, das Gebrüll der Kämpfenden, das Schreien der Verletzten, der beissende Rauch, der einem die Sicht nimmt, und dieser Gestank von Blut, Exkrementen und schweissigen Soldaten, nein, nicht mehr daran denken.»

Schlacht bei Näfels,
1. und 2. Oktober 1799.

«Wir hatten in Näfels einen grossen Sieg über den berühmten General Suworow errungen. Er hat sich deshalb verlustreich über die bereits verschneiten Berge ins Bündnerland absetzen müssen.»

General Suworow (oben links).

«Anfang Dezember 1804 nahmen wir in Paris an der Kaiserkrönung von Napoleon teil. Wir mussten ‹Pfyffe-Lampe-Öl› rufen, denn die meisten von uns konnten ‹Vive l'Empereur› nicht aussprechen.»

«Nach Paris ging es zurück zur 2. Halbbrigade, welche Anfang 1805 nach Neapel verlegt wurde.»

Zum verschollenen Bruder Hans:

In der verlustreichen ersten Schlacht bei Zürich fiel auch Johann Weber, der von Hans verehrte und berühmte Sieger von Neuenegg.

«Die 3. Halbbrigade wurde trotz Protesten der Schweizer Offiziere Anfang 1802 nach den Antillen verschifft. Dort galt es, einen Sklavenaufstand in einer Kolonie niederzuschlagen. Hans kam nicht mehr zurück.»

«Kehrmatt hat einfach zu wenig Wasser. So habe ich weiterhin Wasser von der Schlosswyler Quelle abgezapft.» Die Witwe von Hans wurde noch im Januar 1807 wegen dem Wasserfrevel angeklagt.

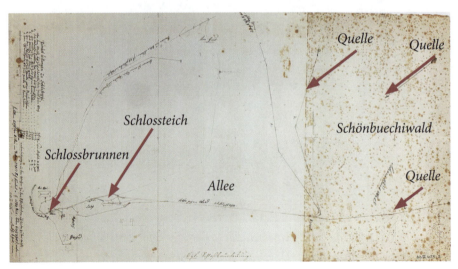

Stich und Plan Quellenleitungen Schloss Wyl.

«In den vergangenen sieben Jahren hat Anneli auf Niklaus gewartet. Sie ist als Magd auf der Kehrmatt Käthy zur Hand gegangen. ‹Ich blieb dir versprochen. Ich wollte mich von meinem Vater Bigler nicht verheiraten lassen.›»

Der Hof Fulpelz, wie er heute aussieht. «Wir kaufen meinem Vater den Fulpelz ab und beginnen dort ein neues Leben.»

6. Philipp und Domenico (1814, 1830)

Die ungleichen Söhne von Antonio streiten sich immer wieder über den wirtschaftlichen Niedergang der Familie, wobei der Ältere wegen der Unbilden der Zeit nur wenige Aufträge erhält und Domenico trotz seiner politischen Ambitionen nichts zum Familienvermögen beitragen kann.

«Und jetzt?»
«Was jetzt?»
Es ist Philipp, der die lapidare Antwort gibt. Er sitzt mit aufgestützten Ellbogen, den Kopf schwer in beiden Händen, düsteren Blicks, am schwarzen Esstisch. Domenico, ihm gegenüber, am Stuhl anlehnend, beide Hände im Nacken, sieht ihm aufmerksam zu und schweigt. So wird es wieder still im Raum.
Beide wirken erschöpft und man darf sagen: tränenleer.
Wir schreiben den 20. September 1814, kurz vor Mitternacht. Die aufwendige Beerdigung von Antonio, ihrem Vater, mit zahlreichen, dicht gedrängten Trauergästen ist endlich vorbei. Alle sind gegangen, haben sich zur Ruhe gelegt. Nur die beiden Brüder bleiben an dem Tisch mit den hellen Gläsern, verkrümelten Tellern, Körben mit Brotresten, leeren und halb leeren Weinflaschen sitzen und können sich nicht aufraffen, auch zu Bett zu gehen. Die Beerdigung bleibt als schwarz-trauriges Spektakel in beider Köpfen haften und verlief so, wie sie es schon Tage zuvor geplant hatten. Ganz Gerra war am Morgen auf den Beinen, und die Mehrheit des Grossen Rates, einige Regierungsmitglieder und Würdenträger des Kantons Tessin hatten sich auf dem Dorfplatz versammelt. Natürlich praktisch nur die Liberalen und wenige Vertreter der klerikalen Partei.
Lucretia, die immer noch aufrechte, stolze und bleiche Witwe mit Schleier, hatte sich gegen ihre Söhne und vor allem gegen den Willen ihres sterbenden Gemahls durchgesetzt: In der Kirche wurde für

Antonio eine Messe gelesen. Die meisten Trauergäste blieben jedoch draussen und begleiteten danach den langen schwarzen Umzug mit dem Sarg, der von sechs Familienmitgliedern langsamen Schrittes von der Kirche zum circa einen halben Kilometer entfernten Friedhof getragen wurde. Es reihten sich derart viele Menschen in die schwarze Schlange, dass ein gemeinsames Stehen an der Grabstätte unmöglich war. Der Sarg wurde oben auf der breiten Treppe zum Portal zu Boden gestellt.

Domenico stellte sich davor und hielt eine Ansprache, die dem Sinne nach etwa lautete: «Wir alle sind zutiefst traurig! Antonio, unser lieber Vater, euer Freund und Mitstreiter, hat uns viel zu früh mit vierundsechzig Jahren verlassen. Aber das Scheitern der liberalen Verfassung und die Niederlage des Aufstandes in Giubiasco hat ihm das Herz gebrochen. Für uns und den Kanton ist das ein riesiger Verlust. Der Tessin ist erst elf Jahre alt, meine Lieben, und keineswegs gesichert. Der Tod meines Vaters bedeutet auch unsere heilige Pflicht, nicht aufzugeben und zu kämpfen. Zu kämpfen für einen modernen, freiheitlichen Staat! Er will sicher, dass wir uns nicht durch diesen grossen Rückschlag entmutigen lassen. Daher verspreche ich hier am Sarg meines Vaters: Ich werde deine Fackel der Freiheit, des liberalen Gedankengutes weitertragen – gleich, was kommen möge. Jawohl!»

Dazu erhob Domenico seine Schwurhand: «Ich schwöre es!»

Indem dieser Schwur über die Köpfe hinweg in den Lago Maggiore schallte, wurde es mäuschenstill. Alle verharrten in sich gekehrt, bis die hoch aufgerichtete Lucretia vortrat, den Schleier hob und laut und deutlich sagte: «Das Begräbnisritual findet im engsten Familienkreis statt. Für Sie, meine Damen und Herren, warten Imbiss und Tranksame rund um den Kirchplatz. Wir danken euch, dass ihr alle den letzten Gang meines Gatten Antonio und Vaters meiner beiden Söhne begleitet habt.»

Sagte es, drehte sich um, ging mit geradem Rücken und erhobenem Haupt in den Friedhof hinein. Ihr folgten die Sargträger, der dickliche Priester und die engere Familie Galli. Zum Schluss zögerlich die beiden Söhne, Domenico und Philipp.

Nach dem Trauerritual am Familiengrab gingen die Männer vorweg und die Frauen hinterher zurück nach Gerra. Die Letzteren direkt ins Stammhaus Cinque Fonti, und die Männer gesellten sich zu den nur mehr männlichen Trauergästen auf dem Kirchplatz, die sich an Salami, Mortadella, Käse mit Brot und Nostrano, bereitgestellt auf langen Tischen, gütlich taten.

Man hätte meinen können, die Radikalliberalen des neuen Kantons hielten hier ihren Parteitag ab. Von Anteilnahme, von Trauer um den verstorbenen Grossrat Galli keine Spur mehr. Es wurde wild diskutiert und heftig gestikuliert. Domenico und Philipp mischten sich unter diese bewegten Parteifreunde, versuchten aber, mit Zurückhaltung ein wenig die Würde dieses traurigen Tages beizubehalten, was Ersterem nicht leichtfiel.

So sitzen sie nun, nachdem Ruhe eingekehrt ist, am schweren Eichentisch und denken über das «Was jetzt?» nach. Domenico, der Eloquentere und 1811 in Pavia, das heisst schon mit einundzwanzig, zum Anwalt Promovierte, ergreift wie immer als Erster das Wort: «Weisst du, Philipp, wir gehen auf ziemlich unsicherem Boden in die Zukunft. Papa hat alles gewagt und leider verloren. Ich meine das nur politisch, aber wenn das bei dir so weitergeht, verliert unsere Familie nicht nur politisch.»

«Wie meinst du das?»

«Ganz einfach: Obwohl es Papa gelang, dich als Magistro in der Brera in Mailand ausbilden zu lassen, hast du bisher keinen einzigen Bauauftrag durchführen können. Und deine Heirat mit Maria Martignoni bringt dir dafür gar nichts. Da war Papa mit Mama geschickter. Und ausserdem ist diese Familie schwarz-klerikal bis in die Knochen.»

«Domenico! Ich verbiete dir diese Töne. Vorweg: Ich liebe Maria, und sie erwartet ein Kind von mir. Liebe kann stärker sein als das Geschäft. Du weisst sehr wohl, dass unser Verdienst wegen der kriegerischen und neuen Verhältnisse im Süden am Boden ist. Die wenigen Aufträge, welche der italienische König nach Napoleons Gnaden vergeben hat, sind alle an Lombarden verteilt worden. Ist ja logisch, weil wir bei der Cisalpinischen Republik nicht mitgemacht haben. Seit der Besetzung des Tessins durch die französischen Truppen 1810 ist ohnehin Schluss mit Geschäften im Ausland.»

Domenico läuft leicht rot an und gibt etwas heftig zurück: «Da bist du nicht unschuldig, mein Lieber, dass sie einmarschiert sind. Bekanntlich wegen des blühenden zollsparenden Schmuggels, an dem du ja auch beteiligt warst.»

«Halt, halt. Meine wenigen Schmuggelgänge sind kaum und sicher nicht für den Einmarsch von Belang. Und ich musste ja irgendwie unsere Kasse aufbessern. Im Übrigen haben die napoleonischen Truppen den Tessin bis 1813 wegen der häufigen Aufnahme ihrer Deserteure besetzt. Das mit dem Schmuggel galt nur als Vorwand, um nicht zuzugeben, dass ihnen die Soldaten weglaufen. Aber, mein lieber Domenico, das ist nun definitiv vorbei. Nach der Kapitulation von Napoleon im April fristet dieser nun ein engeres Leben in Elba, und wir bekommen zu spüren, dass unser Kanton durch ihn geschaffen wurde.»

«Gut, da hast du recht. Aber das Ziel einer freiheitlichen Verfassung, an der Papa so hing und so intensiv mitgearbeitet hat, wurde damit gründlich verpatzt. Dann die übereilte Einsetzung einer provisorischen Regierung, und beim Aufstand Ende August in Giubiasco kam ihm dann sein gesundheitlicher Zusammenbruch zugute. Du weisst ja, seine Kollegen wurden verhaftet und werden lange Gefängnisstrafen abbüssen müssen. Ich sage und schwöre es dir noch einmal: Das Ziel Rechtsgleichheit, Gewaltenteilung, Stärkung des Parlaments werden wir noch zu meinen Lebzeiten erreichen. Spätestens wenn dieser Staatskanzler und Fürst Metternich gestorben ist, der die österreichische monarchische Vorherrschaft im alten Stil überall restaurieren will.»

«Das ehrt dich, lieber Domenico. Aber Politik ist ein brotloser Beruf, und in unserem immer mehr verarmten, aber streitlustigen Kanton ist die Juristerei vielleicht blühend, aber sicher nicht ertragreich. Die Frage, die sich für uns als Familie stellt, und zwar jetzt: Wie können wir den Lebensstandard, zum Beispiel unseren ‹Palazzo›, erhalten?»

Domenico gibt Philipp sofort zurück: «Auch da hast du recht. Ohne eine liberale Gesellschaft schaffen wir das aber nicht. Nachdem die alliierten Truppen der Österreicher, Russen und Preussen die Schweiz wiederum besetzt halten, wird das Rad nun zurückgedreht. Metternich hat alle Sieger in Wien versammelt. Da wird auch über die Schweiz und uns entschieden. Was die Schweiz anbetrifft, hat sie einen Vorteil: Keine Macht der Welt will wieder einen Krieg in den Bergen – vor allem die Russen nicht. Das wird in Richtung Neutrali-

tät der Schweiz gehen, nicht zuletzt wegen der Pässe, und so auch der Gotthard, wo so viele Russen gefallen sind. Wart's ab! Wir müssen uns spezialisieren und vor allem bescheiden. Anders geht es nicht.»
«Wie meinst du das schon wieder?»
«Ganz einfach. Du, Philipp, kümmerst dich um das, was wir seit Generationen haben: die Bewirtschaftung unserer Ländereien und, so es sich ergibt, um Bauaufträge, mit dem Ziel, das Familienvermögen zu erhalten. Und ich kümmere mich um die Politik und versuche mit meiner ganzen Kraft, die liberalen Grundsätze durchzubringen. Du weisst, vieles im Tessin liegt im Argen. Insbesondere das Verkehrsnetz. Gut, die Strasse über den Ceneri wurde kürzlich erstellt. Aber die Verbindung nach Norden über den Gotthard ist immer noch ein Säumerpfad. Die Schaffung einer Passstrasse wird höchst dringlich und muss nun endlich in Angriff genommen werden. Ich bin überzeugt, wenn sie in den nächsten Jahren gebaut wird, kommst du zum Zuge. Dafür werde ich sorgen, wenn wir uns politisch durchsetzen. Diese Passstrasse, das heisst die Verbindung zur deutschen Schweiz, wird Wohlstand in den Tessin bringen.»
Nun herrscht wieder Stille am Tisch.
Nach einer Weile meint Philipp: «Du hast recht, wir haben keine andere Möglichkeit. Jeder so für sich und damit auch füreinander. Das wird das Motto der Familie Galli für die nächsten Jahre sein.»
Sie stossen mit dem Rest Merlot in ihrem Glas an, nicken sich zu und gehen in ihre Zimmer. Philipp zu seiner Maria, bereits schlafend und leise schnarchend, die einen Rosenkranz in ihren Händen hält. Er nimmt diesen sachte weg und legt ihn beiseite.

***

An dieser Stelle gilt es einen Vorbehalt anzubringen: Domenico Galli wird in den Erzählungen der Familie und insbesondere in einem längeren schriftlichen Dokument mit Quellenangaben meiner Mutter, Dr. Beatrice Galli, Antonio als Sohn zugeschrieben, und dabei wird sein Erfolg als liberaler Politiker und einer der ersten Ständeräte des Tessins hervorgehoben. Bei meiner Recherche zu dieser Familiensaga stiess ich jedoch auf eine Quelle, die diesen Politiker einem Galli-

Zweig von Locarno zuordnet, allerdings mit praktisch gleichem Geburtsjahr (1791 statt 1790).
Nun stellt sich die Frage, welche der beiden Quellen die zuverlässigere ist.
Dem gehe ich bewusst nicht nach. Unabhängig davon, ob dieser Domenico zur Kernfamilie gehört oder nicht, repräsentiert er bis zu seinem Tod 1856 die historische Entwicklung des Tessins. Die geschichtliche Vernetzung der Familie in einer Person darzustellen gehört zu dieser Saga. Die Familie Galli mit ihren erheblichen Ländereien, prominenten Vorfahren und mit weiteren herausragenden Persönlichkeiten im 19. Jahrhundert war an dieser geschichtsträchtigen Zeit auch aktiv beteiligt.
Nur ein Beispiel vorweg. Francesco Galli, Sohn von Philipp (geboren 1815), auf den wir später noch kommen werden, wurde Hofarchitekt bei König Vittorio Emmanuele II., was sicher im Zusammenhang mit dem italienischen Risorgimento, das heisst der Wiederentstehung des einheitlichen Italiens, zu verstehen ist. Die Radikalliberalen haben diese Bewegung immer unterstützt und im Tessin bis zu zwanzigtausend Flüchtlinge beherbergt. So selbstverständlich auch die Familie Galli.
In diesem Sinne möchte ich Domenico Galli weiterhin, wie meine Mutter, als Teil der Familiensaga betrachten. (Und vielleicht ist das andere Dokument nicht zutreffend, denn sie hat selbst intensiv in Gerra recherchiert.)
Nach dem gescheiterten Versuch, im August 1814 eine freiheitliche Verfassung durchzudrücken, wurde im Tessin wieder eine Ordnung etabliert, welche die bisherigen patrizialen Schichten privilegierte.
Am 17. Dezember 1814 wurde mit Einverständnis der Eidgenössischen Tagsatzung, welche für die ganze Schweiz eine Restaurationspolitik verfolgte, die rückwärtsgewandte Verfassung genehmigt. Der Grosse Rat wurde von hundertzehn auf sechsundsiebzig Mitglieder reduziert, wobei nur die Hälfte gewählt und die andere nach einem komplizierten Verfahren bestimmt wurde. Um die inneren Spannungen zwischen Sopraceneri und Sottoceneri zu reduzieren, sollten die Hauptorte – Lugano, Bellinzona und Locarno – alle sechs Jahre wechseln. Die Exekutive stand über dem Parlament, und der Regierungschef war ein sogenannter Landanamo (Landammann).

In den Augen der Liberalen entsprach diese neue Ordnung beinahe einer Diktatur, welche indirekt über die Lombardei unter österreichischem Einfluss stand.

Diese Restaurationspolitik führte sogar dazu, dass Ende 1814 die Urner wieder «ihre» Leventina besetzten, was aber durch die Eidgenössische Tagsatzung unterbunden wurde.

Zusammenfassend gilt, dass dieses despotische Landammann-Regime zu einer verbreiteten Unzufriedenheit führte, und zwar nicht nur bei den Liberalen, die dadurch sogar gestärkt wurden, sondern auch bei den Katholisch-Konservativen. Sie fühlten sich benachteiligt, insbesondere weil die Kirche den Eindruck hatte, sie würde zu sehr vom Staat kontrolliert.

Sowohl für Philipp als auch für Domenico waren dies aber nicht die schlechtesten Zeiten. Auch die unbeliebte Landammann-Regierung musste den dringenden Ausbau der Infrastruktur des Kantons in die Hand nehmen. Der Nachholbedarf im Kanton war riesig. Philipp erkannte klar, dass die Zeit der Magistri Antelami in fremden Diensten für Prachtbauten vorbei war, und begann sich um Aufträge im Tiefbau zu bewerben. Die familiäre Voraussetzung als bekannter Bauunternehmer war hierfür immer noch vorhanden.

Unter der Leitung verschiedener Tessiner Bauingenieure wurde Mitte 1826 mit dem Bau der Gotthardstrasse auf der Tessiner Seite begonnen. Nach der Eröffnung im Jahr 1830 fuhr bereits dreimal wöchentlich die Postkutsche über den Pass. Bald steigerte sich der Postverkehr rasant. Selbstverständlich galt es bei der Kantonsgrenze zu Uri einen Zoll zu entrichten.

Philipp Galli konnte auf die eine oder andere Weise an diesen Bauten mitwirken und damit das Vermögen der Gallis erhalten. Domenico engagierte sich mit Leib und Seele in der Politik und bearbeitete als gewählter Grossrat wichtige kantonale Gesetze, insbesondere in der Zeit zwischen 1827 und 1839.

1831, nach der ersten liberalen Verfassungsrevision, wurde er sogar Präsident des Grossen Rates des Kantons Tessin.

***

Und wieder sitzen Domenico und Philipp am schwarzen Eichentisch, beide schwitzend im Unterhemd. Sie rauchen Zigarren, trinken Limonade, die Gläser werden oft aus der Kristallkaraffe nachgefüllt. Die Julihitze 1830 drückt trotz der geschlossenen Fensterläden und trotz der dicken Mauern des Cinque Fonti in den Raum. Die kühle Witterung, welche seinerzeit bei der Beerdigung ihres Vaters herrschte und einige Jahre im Tessin zu Ernteausfällen führte, ist vorbei.
Die beiden Brüder haben sich in letzter Zeit nicht oft gesehen und gesprochen. Jeder ist seinen Weg gegangen, und Domenico sicher mit herausragenderem Erfolg.
«Du, lieber Bruder, hast deine Ziele erreicht. Ich weiss, du hast dafür viel gearbeitet und auf vieles verzichtet. Vor allem bisher auf eine Familie. Wie auch immer, die Verfassungsreform vom 23. Juli ist gestern von der Kreisversammlung gutgeheissen worden. Ich gratuliere dir, Domenico, das ist dein Erfolg... Und schön ist es, dass du am Tag danach bei uns zu Besuch kommst. Maria und Francesco fühlen sich auch geehrt und freuen sich. Aber ob dich Mama empfängt, kann ich dir nicht sagen – seit dem Tod von Antonio ist ihr Hass auf die Liberalen gestiegen, und seit sie achtzig ist, bleibt sie meist in ihrem Salon.»
Domenico fühlt sich trotzdem durch das Kompliment geschmeichelt und gibt zurück: «Auch du kannst stolz sein, lieber Philipp. Zum einen auf deinen Sohn Francesco, der mir mit seinen fünfzehn Jahren einen ausgezeichneten Eindruck hinterlässt. Er weiss viel, ist interessiert und schlagfertig. Ich denke, dass er in deinen Fussstapfen weitergeht. Wann wird er die Brera in Mailand besuchen?»
«Schon bald. Ich habe bei der Anmeldung ein wenig geschwindelt. Er sieht doch wie siebzehnjährig aus.»
«Ja, er wirkt reifer als andere in seinem Alter. Im Übrigen hast du recht. Ich beneide dich. Du hast eine liebe Frau, wenn sie auch für meinen Geschmack etwas zu katholisch ist. Und dann deinen Sohn! Und was habe ich? Ich werde im neuen, auf hundertvierzehn Mitglieder erweiterten Parlament wohl als Erster zum Präsidenten gewählt, und damit habe ich eine gewichtige Aufgabe: darauf zu achten, dass das Öffentlichkeitsprinzip in den Beschlüssen, aber auch jenen

der Regierung gilt und die Gewaltenteilung eingehalten wird. Die Direktwahl der Grossräte, das Petitionsrecht und die Pressefreiheit, zu was auch immer diese führt, werden für mich heilig sein.»
«Du als Antiklerikaler willst heilig sein ... und hast ja seinerzeit sogar geschworen. Ein bisschen ein Widerspruch ist das ja schon. Überhaupt, warum lässt du dich dann nicht in die neue Regierung wählen?» Und Philipp schaut seinen Bruder dabei etwas auffordernd an.
Dieser kratzt sich an seinem dicken schwarzen, mit grauen Fäden durchzogenen Backenbärtchen und gibt bedacht die Antwort: «Natürlich hat man mir auch angetragen, in der neunköpfigen Regierung mitzuwirken. Aber nein: Ich will mein Standbein als Anwalt nicht verlieren, denn in dieser keineswegs gesicherten politischen Lage kann man ein derartiges Mandat schnell verlieren. Die Bezahlung ist in unserem armen Kanton sehr gering. Im Übrigen ist der Kampf zwischen uns Radikalliberalen und den Klerikalen keineswegs vorbei. Im Gegenteil, da steht uns noch vieles bevor. Dazu kommen die freiheitlichen Bewegungen in Italien, die nach Einigkeit streben. Das wird uns und wahrscheinlich auch dich, lieber Philipp, im Grenzkanton noch ziemlich beschäftigen. Als Parlamentarier und Parteirepräsentant bin ich da viel freier, in jeder Beziehung, denn als Mitglied der Regierung.»
Philipp nickt nun zustimmend. «In einem hast du vollständig recht: Die oberitalienischen Unruhen werden in unseren jungen Kanton überschwappen und uns vielleicht gar überfordern. Ich hoffe nur, dass Francesco seine Ausbildung in Mailand ungestört machen kann.»
Nach einer Weile des Schweigens ergänzt Philipp: «In einem bin ich allerdings froh, nämlich dass ihr den Vermögenszensus bei den Wahlen nicht abgeschafft habt. Es muss nicht jeder Landstreicher über unsere Steuern entscheiden.»
Domenico gibt spontan zurück: «Das kann er ohnehin nicht, weil die Zugehörigkeit zu einer Bürgergemeinde Wahlvoraussetzung ist. Jetzt hören wir besser mit diesem ernsten Gespräch auf. Ich würde gerne noch deinen Sohn und deine Maria hören und sprechen. Ich weiss nicht, wann ich das nächste Mal wieder hier bin.»

«Die Beerdigung bleibt als schwarz-trauriges Spektakel in Erinnerung. Ganz Gerra war auf den Beinen, die Mehrheit des Grossen Rates, einige Regierungsmitglieder und die Würdenträger hatten sich versammelt.»

Domenico verspricht am Grab seines Vaters: «Ich werde die Fackel der Freiheit, des liberalen Gedankengutes weitertragen. ICH SCHWÖRE ES!»

Eingangsportal und Treppe zum Friedhof.

Gerra mit Seesicht.

«Seit der Besetzung des Tessins durch die französischen Truppen ist ohnehin Schluss mit Geschäften im Ausland.» (Napoleonische Truppen bei Bignasco).

Klemens Wenzel Lothar von Metternich.

Wiener Kongress 1815:
«Metternich hat alle Sieger in Wien versammelt.
Da wird auch über die Schweiz und uns entschieden.»

Die Schweiz gemäss Wiener Kongress: «Um Spannungen zwischen Sopra- und Sottoceneri zu reduzieren, sollten die Hauptorte Lugano, Bellinzona und Locarno alle sechs Jahre wechseln.» (Leventina zeitweise von Uri besetzt.)

Zeitgenössische Karikatur der politischen Kämpfe: «1831, nach der ersten liberalen Verfassungsrevision, wurde Domenico Präsident des Grossen Rates des neuen Kantons Tessin.»

«Die Schaffung einer Passstrasse wird höchst dringlich. Wenn diese in den nächsten Jahren gebaut wird, kommst du zum Zuge.» (Die Gotthard-Strasse um 1840 bei Airolo.)

Juli 1830, Domenico und Philipp im Cinque Fonti.

STEINMANN

7. In der Hungersnot (1816–1817)

Wie Niklaus Steinmann von Oberamtmann Gabriel Gottlieb von Diesbach verhört wird, weil er mit seinen letzten Golddublonen in der schweren Hungersnot 1816 seine Familie durchbringen will und dafür bestraft wird.

«Ruhn, stehe Er bequem!»
So spricht zu Niklaus Steinmann der Oberamtmann Gabriel Gottlieb von Diesbach, zurückgelehnt in den ausladenden Stuhl mit hoher Lehne vor dem breiten Tisch der Audienzstube in Schloss Wyl. Rechts neben ihm ein Beisitzer auf niedrigerem Stuhl, ebenso in schwarzem Jackett, aber mit weniger kunstvoller Halsbinde als jene des Herrn von Diesbach. Desgleichen links ein Schreiber in einer abgetragenen braunen Jacke, die bis zum Hals hochgeschlossen ist. Das Gesicht von Diesbach ist markant, schmallippig, mit hoher Stirn und etwas längerem weiss-grauem Haar. Er blickt streng zu Niklaus, der in seiner abgetragenen Uniform, die ihm sichtbar zu gross ist, als Wachtmeister der Helvetischen Truppen vor ihm strammsteht.
Niklaus scheint abgemagert, die Wangen hohl, seine Augen tief in den Höhlen. Er zittert, hält seine Hände vor sich verschränkt, so wie es die Soldaten nach dem Befehl «Ruhn!» zu tun haben. Er sieht sofort, dass der Oberamtmann ein hoher Offizier, vielleicht Oberst, gewesen sein muss, trägt er doch auf seinem schwarzen Jackett drei Orden, wahrscheinlich ausländischer, möglicherweise sächsischer Provenienz.
«Er ist Niklaus Steinmann? Vom Fulpelz in Richigen?»
«Ja.»
«Kann Er wohl laut und deutlich sprechen?»
«Ja, das bin ich.»
«Er war Kanonier Anfang der Neunzigerjahre, im Regiment von Ernst?»

«Richtig.»
«Und dann mit dem Auszug der Konolfinger mit dem Bataillon Daxelhofer am 5. März im Grauholz?»
«Ja. Von wo wissen Sie das, verehrter Herr Oberamtmann?», fügt Niklaus schüchtern hinzu.
«Ich stelle hier die Fragen! Aber mir bekannt. Mein hiesiger Vorgänger Rudolf Emanuel von Effinger, der seinerzeitige Generaladjutant des Oberbefehlshabers von Erlach, hat mir berichtet, dass Er, Steinmann, den letzten Kanonenschuss auf die Franzosen abgefeuert hat und dann selbst getroffen wurde.»
«Das stimmt, aber vom letzten Kanonenschuss der Berner.»
«Auch richtig. Der kam vom Breitfeld. Diesen letzten Schuss in die Franzosen hinein halte ich Ihm zugute. Danach wurde Er in die 2. Helvetische Halbbrigade eingezogen und hat bis 1806 für den korsischen Usurpator, diesen Napoleon, gekämpft. Danach wurde er in Italien entlassen. Richtig?»
«Richtig, Herr Oberamtmann.»
Dieser schaut ihn länger an und meint kühl: «Gut, dagegen konnte Er sich als Bauernsohn nicht wehren. Er hat aber auf der falschen Seite gekämpft – und zu meiner Verwunderung überlebt. Er fragt sich sicher, warum ich Ihn auf seine Militärzeit anspreche.»
Das ist tatsächlich der Fall. Der Grund seiner Vorladung beschäftigt Niklaus und seine Frau Anneli seit gut zwei Wochen, neben der Belastung durch die aussergewöhnlich schlechten Wetterverhältnisse in diesem Jahr, den Ernteausfall, das Schlachten der Kühe infolge mangelnden Futters und der permanenten Sorge, wie er seine vier Kinder ernähren soll. Das Einjährige starb bereits. Nun wurde er mit der überraschenden Vorladung auf Schloss Wyl zusätzlich bedrückt. Er müsse am 11. November um Punkt zehn Uhr erscheinen, und wenn möglich in seiner damaligen Uniform. So stapfte er in seinem schweren Militärmantel, auf dem Kopf seinen Dreispitz, durch den leichten Schneeregen von Richigen zum Schloss.
«Ja, Herr Oberamtmann, das haben ich und meine Frau uns auch gefragt.»
«Das werde ich Ihm gleich sagen. Doch zuerst muss Er mir noch weitere Fragen beantworten. Seiner Familie gehört die Kehrmatt?»

«Ja, Herr Oberamtmann. Diese wird immer noch durch die Witwe von Hans Steinmann selig, meinem jüngeren Bruder, bewirtschaftet.»
«Er hat den Hof Fulpelz in Richigen vom Schwiegervater übernommen?»
«Ja, Herr Oberamtmann.»
«Was und wie hat Er diesen bezahlt?»
Nun zögert Niklaus und wird innerlich unruhig, hofft, dass er nicht errötet, denn nun heisst es lügen: «Gar nicht, Herr Oberamtmann. Mein Schwiegervater Christen Bigler hat den Hof seiner Tochter Anna überschrieben, und sie machte mich zum Miteigentümer.»
Dazu meint der hochwohlgeborene Oberamtmann: «So, so, da hat Er aber Glück gehabt, auch in Zivil. Aber mit Schloss Wyl weniger. Sein Bruder wurde 1798 wegen des Stehlens von Wasser und dessen Witwe 1807 wegen des gleichen Frevels heftig verwarnt. Hatte Er damit zu tun, Steinmann?»
Diesmal zögert Niklaus nicht, denn das ist zu lange her, als dass der neue patriziale Regierungsvertreter viel davon wissen kann. Er lügt nun spontaner.
«Nein, aber ich wusste von der Leitung, die Hans gelegt hat. Ich kam 1794 vom Regiment von Ernst zurück. Ab 1798 bin ich bis 1806 immer im Kriegsdienst gewesen.»
«Wissen wir. Andere Frage: Hat Er Kinder mit Anna Bigler?»
«Ja. Christian, geboren 1807, Käthy, geboren 1810, Anna, geboren 1812, Marie, geboren 1813, und Niklaus, geboren 1815 und vor drei Monaten verstorben. Anna konnte nicht mehr stillen. Der Winzling vertrug die Kuhmilch nicht. Leider geht es auch Anneli und Marie schlecht, weil wir einfach zu wenig Hafer und Milch haben. Das verdammte schlechte Wetter, der Dauerregen in diesem Sommer, zeitweise sogar Schnee, hat alles verdorben: keine Kartoffeln, keine reife Winter- und Sommersaat, alles verfault. Die letzte Kuh bringt bald auch kaum Milch mehr, da es an Futter mangelt. Unser Speicher ist praktisch leer.»
Niklaus seufzt schwer und fügt hinzu: «Wir sind ja nicht die Einzigen, die an Hunger leiden. Die Besetzung durch die Franzosen und 1814 durch die Koalitionstruppen, hauptsächlich Österreicher, haben in Worb und Richigen alle Bauern ausgeblutet… Und jetzt noch

dieser Sommer, der zum Winter wurde. Ich weiss nicht, wie das weitergehen soll.»[14]

Erstaunlicherweise lässt ihn der Herr von Diesbach reden. Dann wird es still in dem Audienzsaal. Der Oberamtmann wechselt einen Blick mit dem Schreiber. Dieser nickt ihm zu.

«Steinmann, das ist bitter. Wir wissen um die Not im Amt Konolfingen. Wir sind daran, bei der Regierung zu beantragen, dass aus dem Kornspeicher im Turm eine Zuteilung Getreide für jeden Haushalt zu reduziertem Preis freigegeben wird.»

«Dafür wird Ihnen, Herr Oberamtmann, das hiesige Volk dankbar sein. Wie Sie wissen, hat sich der Getreidepreis bereits verdreifacht und ist für uns arme Bauern, die nicht mehr selbst säen und ernten können, unerschwinglich geworden.»

«Das wissen wir, Steinmann. Aber Er kauft doch mit seinen Golddublonen Futter und Getreide? Nicht wahr?»

Niklaus stockt der Atem, denn nun ahnt er, warum er aufs Schloss aufgeboten wurde und warum in Uniform. Er begreift jetzt einen Teil der gestellten Fragen. Was weiss der stolze Herr? Niklaus darf sich nicht verraten – also Vorsicht. Nach seiner langen Lebenserfahrung, er ist bereits dreiundvierzig, weiss er, dass von den gnädigen Herren, die nach dem Fall von Napoleon in Bern die alte Obrigkeit installiert

---

14 «Als der Tambora auf Sumbawa (Indonesien) im April 1815 ausbrach, folgte auf eine der grössten bekannten Vulkaneruptionen der jüngsten Erdgeschichte ein Jahr ohne Sommer. Anhaltende Kälte und Schneefälle liessen den Sommer 1816 zu einem der kältesten der letzten 500 Jahre werden und zogen in Mittel- und Westeuropa grosse Ernteausfälle und eine riesige Teuerungswelle nach sich. Nahrungsmittel wurden für die Mehrheit der Bevölkerung zu einem unerschwinglichen Gut; Mangelernährung, Krankheiten und Bevölkerungsverluste waren die Folge.» (Dr. Daniel Krämer, Dissertationsprojekt 2007). «Kein Land litt stärker unter der letzten grossen Subsistenzkrise des Westens als die Schweiz.» (Vortrag des Autors, Bern 2016). «Die Wintersaat reifte 1816 nicht, die Sommersaat kam dann zu spät in den Boden, sodass auch diese schwer litt. Das Gemüse verfaulte oder wurde von Schnecken gefressen. Die Kartoffeln entwickelten sich nicht oder verfaulten, im Frühwinter wurden einige kirschgross geerntet. Trauben und Früchte reiften nicht. Das Gras wuchs im Frühjahr sehr langsam, im Sommer kaum mehr. Die Heuernte fiel teils aus; das eingebrachte Heu war so schlecht, dass das Vieh im Winter kaum recht ernährt werden konnte...» (Bruno Thurnherr: Die letzte Hungerkrise der Schweiz 1816–1818, S. 2) «Futtermangel führte dazu, dass Vieh im Winter geschlachtet werden musste, sodass im Frühjahr 1817 wenig Milch zur Verfügung stand, was zu Proteinmangel führte. Verschiedene Hungerkrankheiten traten auf: blasses, gelbes Aussehen; angeschwollener, aufgedunsener Körper, elefantenähnliche Füsse, Ausschläge und Geschwüre auf der Haut, Bewusstseinsstörungen – solche Symptome zeigten Fleckfieber, Nervenfieber oder Hungertyphus an.» (ebd., S. 6)

haben, kein Mitleid zu erwarten ist. Sei es als zivile Amtsträger oder als Offiziere. Dass sie sich nun um die Bevölkerung in der Hungersnot kümmern wollen, ist eine schlichte Notwendigkeit, ebenso um die Soldaten im Krieg. Denn ohne diese fällt ihre Herrschaftsgrundlage weg. Das war in den napoleonischen Diensten schon anders. Man spürte auch in den nichtfranzösischen Truppenteilen, dass der Kaiser sich ehrlich um das Wohl der Soldaten bemühte, was sogar auf die Schweizer Offiziere abfärbte. Die Begeisterung für «Pfyffe-Lampe-Öl» war durchaus echt. Seit dem Fall und der Einsetzung von patrizialen Oberamtmännern, die praktisch den ehemaligen Vögten entsprechen, ist es hier wie früher. So mussten die Landleute 1814 beim Antritt von Oberamtmann Rudolf Emanuel Effinger den traditionellen Huldigungseid in der Kirche Höchstetten ablegen. Mag sein, dass das bereits jetzt in den neuen Kantonen anders ist. Aber in Bern galt seit 1814 wieder das Ancien Régime.
«Ich verstehe, Herr Oberamtmann, die Frage nicht ganz.»
«So lüge Er nicht. Mit diesen drei Golddublonen hat er versucht, einen Futterlieferanten zu bezahlen.»
Und indem der Herr von Diesbach das sagt, lässt er drei Goldstückchen auf den Tisch kullern.
Die Augen von Niklaus weiten sich, und er weiss nicht, wie reagieren. Es gibt Momente im Leben, die einen zutiefst überraschen und die nicht nur äusserlich, sondern auch innerlich sprachlos machen. Man könnte es als «denkenlos» bezeichnen. In so einem Moment befindet sich Niklaus. Natürlich stimmt es, dass er im Worber «Bären» einem Futterlieferanten aus der Ostschweiz unter dem Tisch die drei Dublonen gab und dieser ihm ein Fuder Heu dafür versprach. Wurde das beobachtet? Wie auch immer, nun liegen die drei Goldstücke auf dem Tisch, und Niklaus wird rot bis hinter die Ohren. Sein Herz schlägt schneller, und die Hände werden noch feuchter. Er denkt: «Am besten sage ich gar nichts und warte ab, was dieser wohlgenährte, arrogante Oberamtmann weiter fragt oder sagt.»
«Steinmann, diese drei Dublonen gehörten doch Ihm? Er wollte Futter kaufen. Wir wissen alles! Rücke Er nun mit der Sprache heraus. Von wo hat Er diese?»
«Näfels...», sagt Niklaus zögernd.

«Was meint Er mit ‹Näfels›?»
«Im September 1799 kämpften wir doch in Näfels gegen die Russen und schlugen sie mit grossen Verlusten zurück. Überall lagen die Toten herum, die unsrigen von der 2. Halbbrigade, aber auch viele, viele Russen mit ihren Offizieren von General Suworow...»
Der Oberamtmann sinniert einen Augenblick und meint dann zu seinem Beisitzer und Schreiber: «Ja was wäre, wenn die Schweizer der Helvetik General Suworow nicht zurückgeschlagen hätten? Wäre es gelungen, Napoleon zu stoppen?»
Nun ergreift zum ersten Mal der Schreiber unterwürfig das Wort: «Wohl nicht, denn die Österreicher wurden im Zürcher Mittelland geschlagen und Feldmarschall von Hotze fiel dabei. Ihr Vorgänger, Oberamtmann Effinger, diente damals als Adjutant des Feldmarschalls, und dieser Rückschlag machte ihm lange zu schaffen. Suworows Vorstoss über den Gotthard wurde sinnlos.»
Oberamtmann von Diesbach nimmt das nickend zur Kenntnis und richtet sich wieder an Niklaus Steinmann: «Aus der damaligen Sicht der Schweiz war Er wohl eine Art Held. Aus meiner Sicht nicht, denn es vergingen noch einmal vierzehn Jahre, bis wir wieder die angestammte Ordnung im Staate Bern errichten konnten. Wie auch immer: Hat Er diese Dublonen erbeutet, und wie viele waren es genau?»
Nun überlegt Niklaus fieberhaft, welche Antwort den damaligen Realitäten entsprechen könnte. Dass er knapp fünfzig spanische Dublonen erbeutete, war zu aussergewöhnlich und ein absoluter Einzelfall. Jedenfalls darf er die Kehrmatt und seinen Schwiegervater nicht hineinziehen und antwortet daher: «Neun Dublonen, Herr Oberamtmann. Sechs habe ich für Viehzukauf in den Jahren 1807 bis 1810 ausgegeben. Diese drei behielt ich als Notgroschen, und diese Not ist nun klar eingetroffen. Ich brauche Futter für meine letzte Kuh.»
«Er hat also seine Beute nicht vorschriftsgemäss Seinem Kommandanten abgegeben und damit das damalige und noch heute geltende Militärrecht gebrochen. Sind es wirklich nur neun Dublonen?»
«Ja, und ich gebe zu, das war aussergewöhnlich. Ich war aber nicht der Einzige, der nach dem Gefecht und dem Rückzug der Russen die Gefallenen durchsuchte und so einiges für sich behielt. Doch mit Ver-

laub, Herr Oberamtmann, das ist beinahe vierzehn Jahre her, und ich habe nach 1799 noch sechs Jahre treu in den Eidgenössischen Truppen gedient und wurde zum Wachtmeister befördert.»
Der Oberamtmann sieht ihn mit heruntergezogenen Mundwinkeln an, wendet seinen Blick von ihm ab und sagt im Befehlston: «Büttel Meier, führen Sie den Delinquenten hinaus – und wartet, bis wir rufen.»
Erst jetzt, als er sich umdreht, erkennt er Hans Meier, der in den Neunzigerjahren und insbesondere im Grauholz als tüchtiger Kanonier in seiner Geschützbedienung war. Es scheint, Herr von Diesbach weiss das nicht. Sehr gut.
Als sie draussen warten, zwinkert Meier ihm zu und flüstert: «Kein Wort, Niklaus. Aber glaube mir, ich habe dich nicht vergessen.»
Und schon hören sie die laute Stimme vom Oberamtmann: «Herein.»
Und wieder nimmt Niklaus Achtungsstellung ein. Nach dem «Ruhn!» spricht von Diesbach laut und deutlich: «Er, Niklaus Steinmann, wohnhaft im Fulpelz, hat gegen das geltende Militärrecht verstossen, indem er dem Vorgesetzten seine Beute nicht abgegeben hat. Es ist dies zwar einige Jahre her, aber Unrecht bleibt Unrecht. Ich verurteile Ihn kraft meines Amtes. Erstens: Konfiskation der drei spanischen Dublonen. Zweitens: Fünf Prügel auf dem Schwingstuhl. Diese Strafe ist sofort durch Büttel Meier im Hof des Schlosses zu vollziehen. Fertig, abmarschieren!»
Niklaus nimmt wieder Achtungsstellung ein, grüsst durch Handanlegen, dreht sich zackig und geht hinter Büttel Meier hinaus.
Was danach geschieht, vollzieht sich viel schneller, als es in der Erinnerung haften bleibt. Niklaus folgt Meier hinunter in den kleinen Hof. Vor dem hohen Turm steht unter dem Vordach des Eingangs ein sonderbares Holzgestell. Es ist der Schwingstuhl aus altem, dunklem Holz. Nun begreift Niklaus, wie der gebraucht wird und was ihn erwartet. Vor dem einem umgekehrten V gleichenden Prügelbock sind zwei Halterungen aus Holz am Boden angebracht, wo er seine Füsse hineinstellen muss, die dann festgezurrt werden. Auf das Kommando «Hose herunter!» muss er seinen Oberkörper in die hüfthohe Lücke hineinlegen. Seine Arme hängen links und rechts herunter und werden von Büttel Meier am Gestell festgemacht.

Kaum hat er das getan, pfeift es schon zum ersten Mal, und ein stechender Schmerz springt Niklaus in den Kopf. Der Schwingstock, das heisst eine Haselrute mit Griff, hat peitschend auf seinem Hintern aufgeschlagen. Das schmerzt heftig, aber Niklaus dünkt, nicht derart, wie es zu erwarten war. Und schon schlägt es zum zweiten Mal, dann zum dritten Mal. Niklaus beisst die Zähne zusammen und unterdrückt einen Schrei. Er ist Soldat, hat viel Verwundung und Verletzung gesehen. Mehr als einmal wurde er selbst verletzt, zwar nie schwer, aber trotzdem schmerzhaft. Es heisst, sich zusammenzureissen.

Da unterbricht schneidend eine Befehlsstimme die Prügel von Meier. Es ist der Oberamtmann, der aus dem Fenster der Galerie im ersten Stock ruft: «Meier, stehen Sie zur Seite. Wir wollen das mit ansehen. Also los, noch zwei Prügel mit aller Kraft.»

Nun treffen die nächsten Schläge ganz anders auf seinen Hintern. Der Schmerz durchzuckt Niklaus von unten bis oben, und diesmal kann er den Schrei nicht unterdrücken. Ganz klar, am Anfang hat ihn Kanonier Meier geschont.

Dann tönt es von oben: «So, jetzt kann der Niklaus Steinmann wieder gehen», und man hört, wie das Fenster geschlossen wird.

Im Folgenden hilft ihm Meier aufzustehen, spült das Blut mit kaltem Wasser ab und gibt ihm sogar ein Öl zum Einreiben. Nur langsam kommt Niklaus auf die Beine. Als er sich endlich wieder eingemittet hat, fühlt er die tiefe Demütigung dieser Prügelstrafe. Er versteht zutiefst, warum seinerzeit die Bauern gegen die hochmütigen Berner Patrizier revoltiert haben.

Beim Ausgang hilft ihm Meier in seinen Mantel, der Niklaus viel schwerer dünkt. Warum? In beiden Mantelsäcken steckt ein Säcklein, wahrscheinlich mit Getreide, und je eine harte Wurst.

«Danke, Hans, danke!»

Und Meier gibt ihm zur Antwort: «Meine Frau kann keine Kinder bekommen. Falls du willst, kannst du ein Kind bei mir verdingen.[15] Unsere Dienstwohnung da unten ist gross genug.»
Niklaus kommen über der Güte seines ehemaligen Dienstkameraden beinahe die Tränen. Das hätte er nie erwartet.
«Hans, das ist sehr gut von dir. Wir haben derart Probleme, dass ich deinen Vorschlag mit Anneli besprechen will. Doch eines kann ich dir schon jetzt sagen: Falls wir verdingen, dann nur die zwei Mädchen zusammen. Eines allein wegzugeben wird Anneli nie übers Herz bringen. Eines allein wird zu sehr Heimweh haben.»
«Dann eben zwei Mädchen. Mein Lisi wird sich darüber sehr, sehr freuen. Nun aber geh, sonst fällt es auf.»
Niklaus bedankt sich etwas linkisch, denn so viel Mitgefühl hat er kaum einmal erlebt, stapft hinaus in den immer dichter werdenden weissen Vorhang hinein. Es ist kühl, die Frische tut ihm gut. Aber jeder Schritt schmerzt und brennt. Am liebsten hätte er sich mit dem nackten Hintern in den Schnee gesetzt.
Niklaus versucht nun, seine Gedanken ein wenig zu ordnen: «Wenn ich es mir recht überlege, hat mein Schwiegervater mich zumindest ein bisschen über den Tisch gezogen. Anneli ist Alleinerbin, und die dreissig Dublonen für den Fulpelz waren eindeutig ein zu hoher Preis. Der *herrschelige* Christen konnte diese zu ungefährlicheren Zeiten beim Judengeldwechsler in Franken tauschen und ist nun *putzt u gstrählt*. Ich und Anneli haben den ausgeplünderten Hof übernommen. Die beiden Knechte mussten mit Napoleon nach Russland und kamen nicht wieder zurück. Auch die zwei Pferde wurden mir requiriert. Und jetzt stehe ich mit Anneli auf diesem Hof vor dem Nichts, bösartig bestraft wegen einer Beute, die tausend andere auf den Feldzügen ebenso machten. Die wurden nie und schon gar nicht nach so langer Zeit danach bestraft. Von so etwas habe ich bis jetzt noch nie

---

15 «Verdingung» bezeichnete die Fremdunterbringung von Kindern zur Lebenshaltung und Erziehung in der neueren Schweizer Geschichte. Oft wurden die faktisch vollkommen rechtlosen Kinder in die Landwirtschaft vermittelt, wo sie als günstige Arbeitskraft ausgenutzt, meist aber auch seelisch und körperlich misshandelt und oft auch sexuell missbraucht wurden … In der Schweiz gab es die Verdingung von 1800 bis in die 1960er-Jahre.

gehört. Der von Diesbach hat sich wohl an den drei Dublonen bereichert und wollte vielleicht noch mehr. Christen, der muss uns jetzt helfen! Er hat mir einen Teil des Preises zurückzuzahlen. Schliesslich sind es seine Grosskinder, die Hunger leiden.»

So denkt Niklaus vor sich hin, während er vom Schloss hinunter am verschneiten Kühmoos *vorbeischlarpft*. Das ist die alte Richtstätte von Schloss Wyl. Er will nicht daran denken, was hier alles Trauriges im Namen der Obrigkeit geschehen ist.

«Die beiden Töchter Katharina und Anna dem anständigen Hans Meier in die Verdingung zu geben gilt es zu bedenken. Das kann die Kinder vor dem Mangel bewahren, und gleichzeitig haben wir an unserem Tisch zwei Münder weniger zu stopfen», sagt Niklaus laut vor sich hin.

***

Es ist anzunehmen, dass dies in ähnlicher Weise so geschah. Aufgrund der Akten und Archive finden wir nur bei Christian neben seinem Geburtsdatum auch ein Todesdatum (1871). Bei den anderen Kindern fehlt das Sterbedatum. Daraus lässt sich schliessen, dass sie Opfer der hohen und unüberschaubaren Kindersterblichkeit in den Jahren 1816/17 wurden oder dass sie zu einem späteren Zeitpunkt, wie tausend andere, aus der Schweiz ausgewandert sind. Nur über Christian Steinmann gibt es mehr Informationen, sogar mehr als über seine Eltern und Grosseltern.

Die Aufbietung der Bauernsöhne und Bauern zwischen zwanzig und fünfundvierzig Jahren in die Napoleonischen Kriege und die Ausplünderung der Bauernhöfe waren weitverbreitet. Davon wurde die Familie Steinmann sicher betroffen, wie alle anderen auch. Ein Hinweis dafür sind die unüblichen Spätgeburten Annelis.

Nach der Schlechtwetterkrise, als der Sommer zum Winter wurde, folgte 1817 eine Hochwasserkrise. Warum? Der Schnee des Winters von 1815/16 und der Schneefall im Laufe des Jahres 1816 und schliesslich der Schnee des Winters 1816/17 – das kumulierte sich sozusagen dreifach, und erst im Frühjahr/Sommer 1817 schmolzen die Schneemassen ab. Dies führte zu enormen Überschwem-

mungen, von denen nördlich der Alpen alle betroffen wurden. Zum Beispiel wurde aus dem Bieler-, Murten- und Neuenburgersee eine einzige Wasserfläche, welche das grosse Moos überdeckte. Nun endlich begriff es die Kantonsregierung und begann Mai/Juni 1817 mit Korn- und Brotabgaben, im Amt Konolfingen mit zehn Pfund Brot pro Woche und Haushalt.[16]
Aufgrund der in den nächsten Steinmann-Kapiteln darzustellenden Entwicklung muss angenommen werden, dass eine Konsequenz aus diesen Krisenjahren sein wird, dass alle männlichen Nachkommen einen Beruf erlernen werden. So wurde der erwähnte Christian zum Beispiel Schuhmacher.

---

16 Zum Beispiel wurden für Wyl 110 Mütt, ca. 70 Kilogramm, pro Sack von der Regierung freigegeben. Diese Unterstützung dauerte bis Ende August. Das Getreide wurde im Schloss verbacken, weil man vermeiden wollte, dass das abgegebene Getreide weiterverkauft würde. Im Übrigen gilt es zu dieser Hungerkrise festzuhalten, dass Bern etwas geringer betroffen war als die Ostschweiz: Die dort zusätzlich verbreitete Heimarbeit kam zum Erliegen, weil infolge der Aufhebung der von Napoleon verhängten Kontinentalsperre gegen Grossbritannien und dessen Kolonien der Textilmarkt zusammengebrochen war. Die Engländer produzierten bereits industriell und fluteten mit billigeren Baumwollprodukten den europäischen Markt. Bern errichtete wie der Kanton Waadt schon 1816 eine Kornsperre, was die Getreidepreise in der Ostschweiz noch mehr anschwellen liess. Dort gab es dann Tausende von Hungertoten.

Oberamtmann auf Schloss Wyl:
Gabriel Gottlieb von Diesbach.

Sein Vorgänger:
Rudolf Emanuel von Effinger.

«Das verdammte schlechte Wetter, der Dauerregen in diesem Sommer, zeitweise sogar Schnee, hat alles verdorben: keine Kartoffeln, keine reife Winter- und Sommersaat, alles verfault.»

Die letzte Hungerkrise in der Schweiz 1816–1817.

Corpus delicti und Kriegsbeute: Golddublonen.

«Überall lagen die Toten herum, die unsrigen von der 2. Halbbrigade, aber auch viele, viele Russen mit ihren Offizieren von General Suworow...»

Landjäger, Polizist und Gerichtsdiener, Bern circa 1800 – 1830.

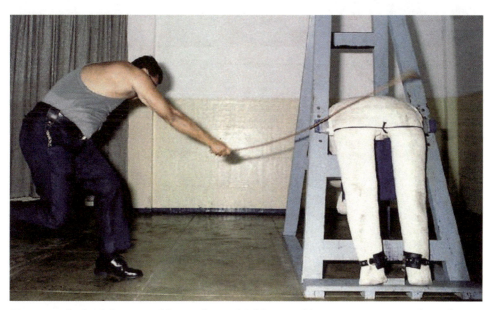

Etwa so sah der Schwingstuhl aus, der auf Schloss Wyl bis circa 1830 im Gebrauch war.

So wurden in der Schweiz im 19. Jahrhundert Kinder verdingt.

Die grosse Hungerkrise verursachte eine hohe und unüberschaubare Kindersterblichkeit in den Jahren 1816/17.

«Der herrschelige Christen konnte die Dublonen beim Judengeldwechsler in Franken tauschen und ist nun putzt u gstrählt.»

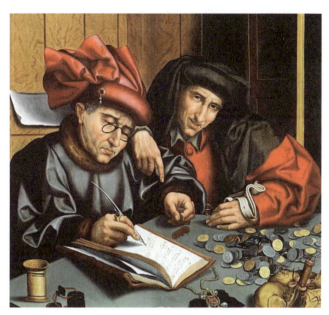

«Nach der Schlechtwetterkrise, als der Sommer zum Winter wurde, folgte 1817 eine Hochwasserkrise.»

GALLI

8. Beginn der Karriere von Francesco Galli (ab 1838)

Wie Francesco Galli, Sohn des Philipp, sich als Fluchthelfer die Tür zu einer blendenden Karriere öffnet und sein liberaler Onkel Domenico mit den Katholisch-Konservativen 1841 einen ersten kurzen Prozess macht.

Über dem Monte Tamaro leuchten die ersten Sonnenstrahlen in die diffuse Dämmerung und prallen oberhalb dem Weiler Indemini auf die Hänge des Monte Gambarogno. Wir schreiben den 8. Oktober 1838 und befinden uns kurz vor acht Uhr in dem Dörfchen, das über einem verborgenen Talkessel knapp fünfhundert Meter von der Grenze zum Piemont entfernt liegt. Grotto-ähnliche Häuschen stehen eng wie ein breiter Steinhaufen beieinander. In der Mitte ragt die kleine romanische Kirche mit dem geräumigen Vorplatz heraus.
Die Gruppe der von den Strapazen unwegsamer Pfade abgekämpften Männer sitzt herum oder liegt erschöpft und kurzatmig auf diesem harten Untergrund. Sie haben sich in der Nacht von Luino am Lago Maggiore aus über Stock und Stein gekämpft, durch die Maggia, und kleine Dörfer passiert, deren Namen sie nicht kannten und deren Einwohner Türen und Fenster verschlossen hielten, wahrscheinlich um nicht Zeugen dieser schnaufenden Flüchtlingskolonne zu werden.
«Wir sind, meine lieben Kollegen, im Tessin. Damit in der Schweiz. Ihr seid in Sicherheit.»
Francesco Galli spricht, nun dreiundzwanzig Jahre alt, der die Flüchtlingsgruppe aus Mailand auf den Schmugglerpfaden, die er seit seiner Jugendzeit gut kennt, in das versteckte Dörfchen auf tausend Meter Höhe geführt hat. Für einen Jubel sind die jungen Männer, meist schwarz gekleidet, teils mit roten Halstüchern, zu müde und zu abgekämpft. Ein Raunen geht durch die Gruppe, und ihre Augen leuchten auf.

Sie waren seit einigen Tagen unterwegs: Nachdem sie sich tagsüber vor den habsburgischen Häschern versteckt hatten, sind sie mit einem überladenen Fischerboot in der Nacht zuvor vom Ende des Lago Maggiore nach Luino gekommen. Dort hat Francesco sie in Empfang genommen und in gut acht Stunden hierhergeführt.

Es gilt zu wissen, dass nach 1815, das heisst dem Wiener Kongress, die alten Fürstentümer wieder erschaffen wurden, so auch das Königreich Lombardo-Venetien unter der Herrschaft der Österreicher. Die meisten der Jünglinge, die als wenig geübte Berggänger nun bereits schliefen, ausgestreckt auf dem Fussboden, hatte Francesco an der Brera, das heisst an der Accademia del Arte in Mailand, kennengelernt. Es waren Studenten, die seit Beginn ihrer Studien dem liberalen Gedankengut nachhingen und deren geistiger Führer Giuseppe Mazzini war, der seit Ende der Zwanzigerjahre wohlbekannte Streiter der republikanisch orientierten Liberalen. Die meisten von ihnen engagierten sich laut bei den Protesten und Aufständen, bis sie schliesslich vom königlichen Geheimdienst gesucht wurden. Allen drohte mehrmonatige Kerkerhaft. Sie gehörten dem von Mazzini Anfang der Dreissigerjahre gegründeten Geheimbund Junges Italien an, dem sich auch der später so gefeierte Nationalheld Giuseppe Garibaldi 1833 angeschlossen hatte. Bei all den Aufständen bis zum ersten Unabhängigkeitskrieg von 1848 bis 1849 war dieser Geheimbund immer in führender Rolle dabei.

Zum zweiten Mal führte Francesco gefährdete Studentenkollegen, die für ein neues Italien kämpften, auf diesen Pfaden ins Tessin. Alle blieben dann auch im Stammhaus der Gallis in Gerra hängen. Seine Mutter Maria sah das mit wenig Freude, denn ihr oblag es, die neuen Gäste zu bewirten und unterzubringen. Doch ihr Gatte Philipp, das heisst sein Vater, hielt sich mit Kritik zurück, und sein Onkel Domenico, der Grossratspräsident, unterstützte das Galli-Familienasyl in Gerra mit Zuwendungen aller Art und spornte Francesco an, weiterhin verfolgte Liberale vor der Habsburgerknute in die Schweiz zu retten.

«Wir sind, liebe Kollegen, in Indemini. Von hier aus haben wir noch gut viereinhalb Stunden bis zu unserem Zuhause in Gerra. Es wird zwar etwas eng werden, aber besser eng als in der Kühle der dunklen Kerker in Mailand. Wir werden uns hier einige Stunden ausruhen, ich organisiere die Verpflegung und Tranksame. Am frühen Nachmittag gehen wir weiter.»

Obwohl die Strecke weit kürzer als der vergangene Nachtmarsch ist, beansprucht sie die Flüchtlingsgruppe mehr als erwartet. Auf steilen Pfaden geht es auf den Pass Santa Anna zwischen dem Monte Paglione und dem Monte Gambarogno hoch und dann auf noch steileren und steinigen Pfaden hinab durch wildes Gestrüpp, durch welches sie den einladenden Lago Maggiore sehen können. Endlich, nach knapp vier Stunden, passieren sie Ronco. Obwohl bereits recht nahe an Gerra, verlangen alle lauthals eine Pause. Die Beine schmerzen und die Knie noch mehr. So setzen sie sich auf dem Vorplatz eines grösseren Hauses nieder und verlangen nach kühlem Wasser, denn die Feldflaschen sind längst ausgetrunken.

Seufzend und eher unwillig, weil nicht mehr weit von zu Hause entfernt, geht Francesco durch den Garten zur Tür und klopft mehrfach an. Nach knapp einer Minute öffnet sich die Tür weit, und Francesco tritt wie elektrisiert einen Schritt zurück: Vor ihm steht eine junge Frau, die, so scheint es ihm, seinem Traumbild der Frau schlechthin entspricht.

Seine Kehle wird noch trockener, und er hat Mühe, die Bitte nach Wasser zu äussern. Er stottert: «Ich bin Francesco Galli...»

Sie lächelt verschmitzt und antwortet: «Wer kennt Sie nicht? Und ich bin Maria Domenica Balestra.»

Dann entsteht eine Stille. Für Francesco sieht sie wirklich wie eine Maria aus mit ihrem leicht geneigten Kopf, ihrem braunen, auf die Schulter fallenden Haar, den schwarzen Augen und einem Lächeln, das die Seele ergreift. Sie trägt Tessiner Tracht, mit über dem Busen zusammengeknüpftem blauem Dreiecktuch und einem weinroten Halsband unter dem wohlgeformten Gesicht. Die beige geblümte Bluse lässt einen vollen Busen erkennen und der dunkle Faltenrock eine kräftige Figur vermuten. Man spürt in jeder Faser ihrer Erscheinung, Maria Domenica ist eine selbstbewusste junge Frau, die weiss, was sie will, und hierfür auch kräftig anpacken kann.

Es gibt ja Momente im Leben eines Mannes, wo ihm schlagartig bewusst wird, dass diese Frau für ihn geschaffen wurde. Und genau das empfindet Francesco in dem kurzen Moment der Stille: Sie und keine andere. Weil er so lange in Mailand weilte, war ihm Maria Domenica aus seiner näheren Heimat völlig unbekannt.

Nun trägt er sein Anliegen zögernd vor, und sie antwortet mit einem herzvollen Lachen: «Sehr gerne bringe ich Ihnen und Ihren liberalen Freunden zu trinken. Dazu auch etwas zum Beissen. Damit begehe ich noch keine Sünde, obwohl mein Papa da anderer Meinung sein dürfte.»

Um die Sache kurz zu machen: Ein halbes Jahr später waren die beiden verlobt und noch einmal drei Wochen später verheiratet. Die Frucht der so plötzlich überschäumenden Liebe hatte sich nämlich bald angemeldet. Wider Erwarten gab es bei den beiderseitigen Eltern keinen Widerstand. Die patriziale Familie Galli galt als vermögend und das Einzelkind Francesco als sehr gute Partie. Der politische Unterschied der Herkunft war daher unbedeutend. Vor allem die Mütter stellten das Glück ihrer Kinder über die Politik. Die beiden waren in der katholischen Tradition verwurzelt.

***

«Ein schönes Paar. Ich glaube, die beiden passen gut zueinander und werden dir noch viel Freude machen... Ein Enkel oder eine Enkelin scheint dir ja schon gesichert,» fügt Domenico lächelnd hinzu und nimmt zugleich einen starken Zug von seiner dunklen Zigarre. Er und sein Bruder Philipp befinden sich in seinem Arbeitszimmer und nebeln dieses mit ihren Zigarren ein. Dazu trinken sie gelblichen Grappa, den Domenico zu der Hochzeit mitgebracht hat. Unten in den grossen Räumen des Cinque Fonti spielt Musik, aber durchaus übertönt von lauten Gesprächen und Gelächter. Es geht trotz vorgerückter Stunde hoch her. Die beiden Familien Galli und Balestra scheinen auf diesem Fest ihr politisches Kriegsbeil begraben zu haben. Den Brüdern wurde es zu laut, und nachdem die älteren Balestras nach Hause gegangen waren, haben sich die beiden ins Arbeitszimmer zurückgezogen und sitzen nun entspannt, die Beine ausgestreckt, in zwei bequemen Fauteuils.

Philipp zögert ein wenig. «Ich habe mir gedacht, dass Francesco bei mir beginnen kann. Wir haben in der nächsten Zeit wieder einen

Auftrag für den Ausbau der Strasse von Biasca Richtung Olivone.»
«Mein lieber Philipp, das ist zu klein gedacht. Du musst Francesco die Chance geben, seine neuen Kenntnisse anzuwenden. Die Ausbildung an der Accademia wird laufend modernisiert. Es wäre doch jammerschade, wenn er sein Wissen im einfachen Strassenbau verlieren würde. Nein, er muss zurück ins Ausland, aber natürlich nicht in die Lombardei. Du wirst sehen, im Königreich Piemont-Sardinien wird sich eine liberale Ordnung durchsetzen, und dort gehört er hin.»
«Wie stellst du dir das vor? Unsere Familie ist seit Jahrzehnten nicht mehr mit Oberitalien verbunden.»
«Da täuschst du dich, mein Lieber. Eine aufstrebende Persönlichkeit im Piemont, nämlich Camillo Benso Graf von Cavour, ist da bestens vernetzt. Ich glaube, Cavour hat eine grosse Zukunft vor sich. Er ist ein echter Liberaler, und ich habe ihn seinerzeit 1833, als er die Schweiz bereiste, nicht nur kennengelernt, sondern wir haben uns auch befreundet. Die liberale Verfassung im Kanton Tessin, wohl mit jener des Kantons Waadt die liberalste aller Kantone, hat ihn besonders interessiert. Er verbrachte gut zwei Monate bei mir zu Hause in Lugano. Nun stehe ich mit ihm in ständiger Korrespondenz. Ich werde ihm, falls Francesco einverstanden ist, schreiben, ob er eine Möglichkeit sieht, dem Jungen im Königreich Sardinien-Piemont eine Startchance als Architekt und Bauunternehmer zu vermitteln. Selbstverständlich weiss er bereits, wie Francesco sich für die verfolgten Liberalen aus der Lombardei eingesetzt hat. Ich habe ihm das geschrieben, und er antwortete mir, dass er davon bereits wisse. Francesco geht ein guter Ruf voraus.»
«Lieber Domenico, ich kann dir ja nur danken. Ich staune, zu welchem Einfluss deine Karriere als Grossratspräsident und auch als Tagsatzungsvertreter des Tessins dich gebracht hat. Wie steht es nun aber mit dir? Wie geht es mit dir weiter? Die Kämpfe mit den Katholisch-Konservativen sind ja keineswegs vorbei.»
Nun wird es still im Raum. Sie paffen so sehr, dass es dem Mailüftchen, welches durch die offenen Fenster vom Lago Maggiore her weht, nicht gelingt, im Raum den Dampf zu lichten und dieser nun im Kerzenschein herumschwappt.

«Mein lieber Bruder, was ich dir jetzt sage, bleibt vollständig unter uns. Es ist ein Geheimnis. Du weisst, dass wir Radikalliberalen für einen zentralistischen Staat kämpfen, der die lokalen Privilegien und den Einfluss der katholischen Kirche auf die Zivilgesellschaft beschneiden will. Wir stehen für die Modernisierung des Kantons, Förderung der wirtschaftlichen Entwicklung und für eine verbesserte, kirchenunabhängige Ausbildung der Bevölkerung. Kurz: Wir bereiten einen bewaffneten Aufstand vor und werden diese Klerikalen aus den Sopraceneri-Alpentälern stürzen. Wir wissen sehr genau, dass die Ultramontanen[17] uns ebenso verfolgen und wahrscheinlich uns genauso aus der Regierung entfernen wollen. Du weisst von nichts, lieber Philipp, aber bis Ende des Jahres werden wir diese Pfaffenröcke und ihre Helfershelfer aus der Regierung schmeissen.»

***

Und so geschah es auch.
Am 6. Dezember 1839 stürzten die Radikalen mit Oberst Giacomo Luvini, langjähriger Sindaco von Lugano, in einem bewaffneten Aufstand eine drohende ultramontane Regierung. Es war eigentlich ein liberaler Putsch, den sich die Klerikalen keineswegs gefallen liessen. Eineinhalb Jahre später, im Juli 1841, versuchten diese ebenfalls bewaffnet einen Gegenputsch, um die Liberalen wegzuputzen. Dieser wurde, wiederum unter Luvini, niedergeschlagen und endete unglücklich für die Konservativen. Ihr Führer Giacomo Nessi wurde hingerichtet, und die Liberalen nutzten ihr Übergewicht dazu, die Klöster aufzuheben oder zumindest die Novizenaufnahme zu beschränken und die Geistlichen von der Ausbildung der Jugend auszuschliessen.
Es ist klar, dass damit das Problem der Überspannung dieser zwei sich bekämpfenden politischen Ausrichtungen im Tessin nicht gelöst

---

17 Als Ultramontane bezeichnete man Anhänger des papsttreuen politischen Katholizismus im 19. und frühen 20. Jahrhundert. (Wikipedia)

war. Es wurden noch mindestens fünfmal Eidgenössische Kommissäre von der Tagsatzung beziehungsweise vom Bundesrat mit starker Truppenbegleitung in den Tessin geschickt, um die Kampfhähne zu befrieden und einen Ausgleich zu finden. Soweit es die Familie Galli betrifft, später mehr dazu.

Mit Freuden nahm Francesco das Angebot seines Onkels an. Bereits Anfang März 1842 reiste er nach Nervi in der Nähe von Genua. Ihm wurde dort von einem älteren Architekten, der keine Nachkommen hatte, die Partnerschaft angeboten. Damit bestand für Francesco die Aussicht, dieses Büro zu übernehmen. Was denn auch bald geschah.

Sein erster Auftrag, der Ausbau des Hafens von Genua, deutet auf die schirmende Hand des Grafen Cavour hin, legt aber auch nahe, dass der dort ansässige Architekt über gute Verbindungen ins Königshaus Karl Albert von Savoyen verfügt haben muss. Denn der Hafen von Genua war zweifellos der wichtigste des Königreichs und dieser Auftrag mit Sicherheit eine politische Angelegenheit. Aufgrund der mir überlieferten Familiengeschichte ist anzunehmen, dass der junge Francesco diesen Auftrag tatsächlich allein durchführen durfte.

Mit seiner lieben Frau, Maria Domenica, vereinbarte Francesco, dass er neun Monate im Jahr in Nervi arbeiten und dann drei Monate im Winter zu Hause bei ihr und der Familie leben werde. Bevor er nach Nervi abreiste, konnte sein erstes Töchterchen bereits «Papa, Papa» krähen.

Als er Ende Oktober 1842 nach seinen ersten neun Monaten stressigem Planen, Anweisen und Kontrollieren nach Hause kommt, hört er vielstimmiges Säuglingsgeschrei, was ihn etwas eigenartig anmutet, da der vorangekündigte Nachwuchs seiner lieben Frau wohl kaum so stimmgewaltig sein kann. Als er über die Schwelle des Hauses tritt, kommt ihm seine lächelnde Maria Domenica entgegen und sagt kurz und bündig: «Mein Lieber, wir sind nun zu sechst. Oben warten deine Drillinge auf dich.»

«Von Luino am Lago Maggiore aus haben sie sich über Stock und Stein durch die Maggia und kleine Dörfer gekämpft.»

Der Weiler Indemini.

«Grotto-ähnliche Häuschen stehen eng wie ein Steinhaufen beieinander. In der Mitte eine kleine romanische Kirche.»

«Alle sind Studenten mit liberalem Gedankengut, wenig gewohnte Berggänger, die Francesco an der Brera kennengelernt hat.»

Ihr geistiger Führer: Giuseppe Mazzini, Gründer des Geheimbundes Junges Italien.

Monte Gambarogno.

Bei der Rast in Ronco entdeckt Francesco seine Traumfrau Maria Domenica Balestra: «Sie und keine andere!»

«Ein halbes Jahr später waren die beiden verlobt, und drei Wochen danach feierten sie Hochzeit.»

1843: Das Königreich Savoyen-Piemont und Sardinien galt damals als der liberalste Staat im Gebiet des heutigen Italiens.

König Karl Albert von Savoyen, Piemont und Sardinien.

Giuseppe Garibaldi, Unabhängigkeitskämpfer, Mitglied Junges Italien und Nationalheld.

«Am 6. Dezember 1839 stürzen die Radikalen in einem bewaffneten Aufstand eine drohende ultramontane Regierung. Es war eigentlich ein liberaler Putsch.»

Dank der guten Beziehungen seines Onkels Domenico konnte Francesco bereits Anfang März 1842 ein Architekturbüro in Nervi übernehmen. «Sein erster Auftrag, der Ausbau des Hafens von Genua, deutete auf die schirmende Hand des Grafen Cavour hin.»

Camillo Benso Graf Cavour, ein echter Liberaler und Freund des Grossratspräsidenten Domenico Galli.

STEINMANN

9. Sterben und Werden (um 1825 – 1831)

Wie das Unglück über Niklaus Steinmann und seine Frau Anneli kommt und der Volkstag in Münsingen 1831 tragisch endet. Damit gilt nun der Sohn Christian als Hoffnungsträger.

Niklaus bleibt wie angewurzelt stehen; völlig verschwitzt legt er seine Sense nieder, hält beide Hände vor seine Augen und stöhnt: «Nein, nein – das darf nicht sein!»
Neben ihm blickt Pfarrer Rudolf Sprüngli aus Biglen, ganz in Schwarz gekleidet, mit seinem stets bleichen Gesicht und nervös seinen Zylinder in den Händen drehend, verlegen zu Niklaus. Er hat Niklaus soeben die Nachricht vom Tode seiner beiden verdingten Töchter Katharina und Anna überbracht.
Wir befinden uns mitten in der Getreideernte Ende August 1822. Eine schwüle Hitze hat sich über das Land gelegt, und ein Gewitter droht gegen Abend loszubrechen. Seit gut zwei Jahren haben die Steinmanns nichts von ihren beiden Töchtern gehört. Und jetzt das!
Beide, Anna und Niklaus, plagt das schlechte Gewissen: Immer wieder sprechen sie im Bett vor dem Nachtgebet über die in der Not weggegebenen Kinder. Sie bereuen es bitterlich! Zwischenzeitlich hat sich der Fulpelz aufgerappelt, die Ernten werden immer reichlicher, und der Tiefpunkt von 1816/17 ist längst Vergangenheit. Die Erträge sind derart stattlich, dass die beiden Töchterchen jederzeit wieder ihren heimischen Platz hätten einnehmen können.
Doch Käthy und Anneli wohnen eben nicht mehr in Schlosswyl. Der strenge und ungerechte Oberamtmann Gabriel von Diesbach hat Hans Meier vor zwei Jahren entlassen, weil dieser ähnlich wie bei Niklaus zu wenig hart prügeln wollte. So ist er mit seiner Frau und den Mädchen nach Escholzmatt gezogen, wo die Eltern seiner Frau einen kleinen Bauernhof betreiben. Damit brach auch der bisher von Zeit zu Zeit bestehende Kontakt der beiden Mädchen zu den Eltern vollständig ab.

«Von der *Roten Ruhr*?» fragt Niklaus den Pfarrer mit einem unterdrückten Schluchzen in der Stimme.

«Ja, so hat man mir das gestern berichtet. Sie sind vor einer knappen Woche beinahe gleichzeitig gestorben und, wie es bei dieser Seuche bestimmt ist, sofort beerdigt worden.»

«O Gott! Wie sage ich das meinem Anneli? Ich weiss nicht, ob sie diesen Schlag überstehen wird. Sie kränkelt in der letzten Zeit immer mehr und geht kaum noch aus dem Haus... Aber die Rote Ruhr? Sie ist in der letzten Zeit hier nicht aufgetreten. Warum gerade in Escholzmatt, gnädiger Herr Pfarrer?»

Pfarrer Sprüngli zuckt eher gleichgültig mit den Achseln, denn ihm fehlt die Antwort dazu.

Mit der «Roten Ruhr» ist im Volksmund die Ruhr gemeint,[18] die überraschend auftreten kann und in den letzten zweihundert Jahren viel Leid verursacht hat. Vor allem Menschen in unhygienischen und ärmlichen Verhältnissen befällt die Krankheit. Dies kann echte Epidemien auslösen. «Rot» wird sie genannt, weil der Stuhlgang immer häufiger und stärker mit Blut durchsetzt ist. Die Leiden werden immer schlimmer, die Menschen krümmen sich vor Schmerzen und sterben qualvoll. Betroffen sind also meist Arme, und die Kinder und Jugendlichen ergreift es zuerst.[19]

«Die Frau von Hans Meier ist ebenfalls ins Reich des Herrn heimgegangen. Gott habe die drei selig. Mehr weiss ich leider nicht, Niklaus Steinmann, das ist die traurige Botschaft, die ich dir überbringen

---

18 «Der Schrecken, den Jeremias Gotthelf 1843 in seiner Erzählung ‹Geld und Geist oder die Versöhnung› schildert, war die Rote Ruhr, eine Infektionskrankheit, die vor 200–250 Jahren so gefürchtet war wie heute Krebs oder AIDS. Wo diese Diagnose gestellt wurde, wurde das fast einem Todesurteil gleichgesetzt. Die Angst war umso grösser, weil man nicht wusste, wie die Krankheit genau übertragen wird. Man stellte nur fest, dass die Verbreitung irgendetwas mit dem Zusammenleben von Menschen zu tun haben muss.» («Wenn die Rote Ruhr zuschlägt», in: Weiacher Geschichte(n) 119 (2009), S. 504) Jeremias Gotthelf schrieb dazu: «In den Hütten der Armen ist wohl keine Krankheit, die Cholera etwa ausgenommen, fürchterlicher und ekelhafter als die rote Ruhr.»
(Geld und Geist, Solothurn 1843/33)

19 «Die Ruhr kann als typische Kleinkinderseuche bezeichnet werden. Zwei Drittel der Todesfälle entfielen auf Kinder. Das Sterblichkeitsrisiko von Kindern – bei einer Altersgrenze von 16 Jahren – lag rund dreimal so hoch wie bei Erwachsenen.» (Christian Pfister: Der rote Tod im Kanton Bern, S. 355, in: «Medizin» für die Medizin. Festschrift für Hannes G. Pauli, Basel/Frankfurt a.M. 1989)

musste. Aber ich werde für deine Töchter und euch alle heute Abend beten. Nun aber muss ich weiter.»
Der Leute-Priester geht mit ruhigen Schritten von dannen und lässt den vom schwarzen Blitz Getroffenen trostlos stehen. Dieser blickt hinüber zum Fulpelz. Der Knecht und die Magd sind durch das offene Tenntor gut zu sehen, wie sie das eingebrachte Getreide verteilen, damit man es morgen mit den Flegeln dreschen kann.
Niklaus überkommt ein Gefühl der bitteren Leere und des «Ich weiss nicht mehr weiter», wie er dies hin und wieder in den fremden Diensten erlebt hat. Wenn er jetzt zum Haus geht und seinem Anneli die traurige Nachricht überbringt, wird sich alles verändern. Nichts mehr wird wie vorher sein. Er bleibt zögernd stehen, und Tränen laufen ihm über sein wettergegerbtes Gesicht, ohne dass er sich dessen bewusst ist.

***

Es ist Herbst geworden. Und damit ruhiger auf dem Fulpelz und die Tage kürzer. Der Knecht Ueli und die Magd Lisi haben sich in ihre Kammern zurückgezogen, und Anneli, Niklaus, Elsbeth und Christian sitzen schweigend nach dem Nachtessen in der Stube am Tisch. Ueli hat bereits den Kachelofen eingeheizt, und dessen Wärme holt ihre Müdigkeit von der harten Tagesarbeit heraus. Es gibt auch wenig zu berichten. Annelis tränenleere Augen starren auf den Tisch. Die Hände gefaltet, sitzt sie wie ein zum Körper gewordener Kummer da. Niklaus hat die Augen halb geschlossen, und seine knorrigen Hände stützen sein Kinn. Er seufzt von Zeit zu Zeit und findet kaum mehr Worte. Wie jeden Tag am Abend ist endlich die erste wohlverdiente Ruhe auf dem Fulpelz eingekehrt, die einen auch ein wenig vergessen lässt.
Elsbeth strickt, wie sie das meist tut. Diesmal arbeitet sie an Fäustlingen für den kommenden Winter, wobei sie nicht sagt, dass es sich um das Weihnachtsgeschenk für Vater Niklaus handelt. Christian, der Fünfzehnjährige, wirkt wie zwanzig Jahre alt. Er ist ein kräftiger Bursche geworden. Doch man sieht es deutlich: Eine innere Unruhe scheint ihn zu beseelen, und er kann sich mit dieser tränenden Traurigkeit am Tisch nicht abfinden. Er hatte ja mit den beiden vier- und

sechsjährigen Schwestern kaum etwas zu tun, als die Eltern sie weggegeben haben. Da war er knapp neun Jahre alt und meist draussen in Stall und Feld beschäftigt. Er denkt vorwärts und drängt darauf, etwas aus sich und dem Fulpelz zu machen. Seit dem Tod der beiden Mädchen fühlt er auch, dass einiges ohne Worte auf ihn übergeht.
Mutter Anneli hat sich immer mehr zurückgezogen und pflegt eine zunehmende Frömmigkeit, sei es im Gebet oder im Lesen der Bibel. Keinen Kirchgang lässt sie aus, selbst wenn es draussen regnet und stürmt. Vater Niklaus zählt immer mehr auf die Hilfe von Christian auf dem Hof, denn er ist nun bereits neunundvierzig Jahre alt. Seine bewegte Vergangenheit und das tägliche Arbeiten von früh bis spät haben ihre Spuren hinterlassen. Oft nickt Niklaus nach dem Essen ein, bis er von seinem eigenen Schnarchen oder weil er seitlich vom Stuhl zu fallen droht, wieder aufwacht. Niemand würde sich aber getrauen, ihn zu wecken. Im Übrigen sind Ende Oktober die Ernten eingebracht, der Überschuss verkauft, das Tenn voll Heu, genügend Brennholz geschichtet, und überhaupt ist alles für die kommenden harten, aber ruhigeren Wintertage vorbereitet.
Elsbeth und Christian müssen ab nächster Woche wieder zur Kirchgemeinde Worb, wo sie vom dortigen Leute-Priester und einem schlecht bezahlten Schulmeister gemäss der Anordnung der patrizialen Obrigkeit im Lesen, Schreiben und Rechnen unterrichtet werden. Möglich wäre auch die Kirchgemeinde Biglen gewesen, doch Niklaus war strikt dagegen, denn immer noch wirkt dort der hartherzige, nun auch in die Jahre gekommene Pfarrer Sprüngli.
«Hör mal zu, Chrigu», ergreift unerwartet Niklaus das Wort, und die Blicke am Tisch richten sich auf den Vater. «Ich finde, fünf Jahre Schule genügen. Es gibt Wichtigeres für dich zu tun!»
Christian blickt ihn erstaunt an und antwortet: «Ja was denn? Mir gefällt meine Arbeit auf dem Fulpelz. Aber ich habe nichts dagegen, wenn ich nicht mehr zu diesen Idioten nach Worb muss, und das, wenn es am Morgen früh noch dunkel ist und das kalte Schneetreiben einem ins Gesicht schlägt.»
Bevor Niklaus in seiner langsamen Sprechweise weiterfahren kann, fällt Elsbeth dazwischen: «Und ich? Soll ich am Morgen früh allein nach Worb?»

«Schweig, Bethli. Und du, Chrigu, hörst jetzt einfach zu, was ich dir zu sagen habe. In der gegenwärtigen Ordnung, die ja kaum anders ist als in der Zeit vor meinem verehrten Kaiser Napoleon, gilt der Bauer wenig bis nichts. Wir sind nur die weidenden Schafe, die man regelmässig schert. Zu sagen haben wir wenig, und wenn wir nur mäh sagen, bellt uns ein Herdenhund zusammen.»

Das Gesicht von Niklaus rötet sich. Sein Zorn auf die Obrigkeit, die ihn betrogen, verprügelt hat und ständig mit Steuern belastet, ist bei ihm immer allgegenwärtig. Unter dem Firnis der Ruhe scheint es zu brodeln, die Wut bricht aber selten durch.

«Du machst eine Lehre! Handwerk hat goldenen Boden. Natürlich wirst du den Fulpelz einmal übernehmen. Aber wenn du dann noch ein guter Handwerker bist, gibt dir das weit bessere Möglichkeiten und ist ein Ausgleich, wenn das Wetter einen Strich durch die bäuerliche Rechnung macht.»

«Ja, Vater. An was hast du denn gedacht?»

Niklaus sieht ihn lange an und fährt in seiner bedächtigen Art fort: «Du wirst Schuhmacher! Schuhe braucht es immer, sei es im Frieden und noch viel mehr im Krieg. ‹Marschieren, marschieren› heisst Stiefel durchlaufen. Davon kann ich lauthals ein Liedlein singen. Also, Chrigu, du gehst am Montag mit Bethli nach Worb, aber meldest dich beim Schuhmacher Peter Schindler in der Nähe des Kirchplatzes. Er ist bereit, dich als Lehrling aufzunehmen und zum Gesellen auszubilden. Das dürfte mindestens fünf Winterhalbjahre dauern. Für das erste halbe Jahr habe ich das Lehrgeld bereits bezahlt. Im Frühling kommst du dann wieder zu uns und hilfst mir wie bisher auf dem Hof.»

Nun entsteht eine kurze Stille, die von Christian beendet wird: «Was heisst das, ‹im Frühling kommst du wieder zu uns›?»

«Nichts anderes, als dass du beim Lehrmeister wohnst und ebendort von früh bis spät arbeitest – und dabei möglichst viel lernst. Und Bethli geht nicht allein. Es sind genügend andere Kinder im Dorf, mit denen es nach Worb hin- und zurücklaufen kann.»

Ein unüberhörbares Hüsteln von Anneli bewirkt, dass alle zu ihr blicken. Sie kneift ihre Augen zusammen und sagt zögernd: «Aha, so hast du dir das ausgedacht und dazu schon abgemacht. Ohne mit mir darüber zu reden! Ich habe andere Pläne für Christian. Er soll sich nicht als Bauer und Schuhmacher begnügen. Ich sehe ihn nämlich in einem anderen Licht.»

Alle am Tisch staunen Mutter Anneli an und sind überrascht, dass sie sich nicht nur ins Gespräch einmischt, sondern eine klare Vorstellung hat, was aus Christian werden soll, obwohl Ausbildungsfragen von alters her Sache des Hausherrn sind. Dieser fragt dann auch mit einem Blick, der die Unterdrückung einer heftigeren Antwort andeutet: «Was soll das, Anneli? Was meinst du, was aus Chrigu werden soll?»

Sie antwortet lakonisch: «Pfarrer soll er werden!»

Fast gleichzeitig rufen die drei mit noch erstaunterem Gesicht: «Pfarrer...?»

«Ja, Pfarrer – die Religion, das Leben für Gott und Jesus gibt uns die Kraft zum Leben. Ihnen ist unser Leben bestimmt. Daher: Das Schönste wäre für mich, wenn Chrigu das Wort des Herrn predigen würde. Dann kann ich meine Augen in Ruhe, ja mit Freuden schliessen.»

Nun ist es an Vater Niklaus, eine Antwort zu finden. Er weiss, dass er dabei vorsichtig sein muss, denn dieser unrealistische Wunsch kommt aus tiefem Herzen seiner durch das Schicksal verletzten Frau. Auch sind beide seit dem Tod der Mädchen gottgläubiger geworden.

«Ja, Anneli, Pfarrer Christian Steinmann, das wäre wirklich das Schönste für uns alle. Chrigu auf der Kanzel, und er könnte vom schweren Leben der Landbevölkerung predigen und wie wichtig ein grosser, starker Glaube für diese ist, um das alles zu ertragen. Ja, liebes Anneli, das ist ein schöner und frommer Wunsch, den wir sehr gut verstehen. Aber leider ist es ein unerfüllbarer Wunsch. Die so gnädigen Herren von Bern lassen das nicht zu. Der Sohn eines gewöhnlichen Bauern, wie wir es sind, hat keine Möglichkeit, in die höheren Ränge einer theologischen Ausbildung zu gelangen, mag er noch so klug sein. Bei den Katholiken ist das anders. Doch bei uns muss diese patriziale Ordnung zuerst abgeschafft werden. Und ich sage euch, sie wird abgeschafft! Man spürt es überall, es gärt in der Landbevölkerung. Und das Gären wird bald zu einer Explosion führen, und diese wird alle bernischen ‹Von und Zu› mit ihren Herrenpossen wegfegen. Unsere Vorfahren beim Bauernaufstand haben unter dem zu weichen Niklaus Leuenberger zu gutgläubig vermieden, dass es wirklich knallt. Doch diesmal wird das anders sein.»

Die Blicke hängen am Vater, denn so hart und unnachgiebig haben sie ihn noch nie über die Ordnung im Staate Bern sprechen hören. Da hat sich etwas aufgestaut, was nun plötzlich ausbricht.

«Das wird geschehen – wartet es ab. Ja, und dann könnte Chrigu tatsächlich Pfarrer werden, weil wir Landleute die gleichen Rechte haben werden wie heute die Patrizier und Bern-Burger. Doch liebes Anneli, noch ist es nicht soweit, und wenn es eintritt, für Chrigu zu spät. So leid es mir tut, du hast da einen unerfüllbaren Wunsch. Daher scheint es mir wichtig, in kleinen Schritten vorzugehen. Aber so wahr ich hier sitze, in der nächsten oder auch erst in der überübernächsten Generation werden die Steinmanns frei sein und auch hohe Ämter bekleiden können. Und noch etwas, Kinder: Mutter hat recht, nichts fruchtet, ohne dass es auf dem Acker des lieben Gottes gesät wird. Auch wenn du nicht Pfarrer werden kannst, erwarte ich von dir, aber auch von dir, Bethli, dass ihr gottgläubig handelt und dies mit Gebeten begleitet.»

Beinahe erschöpft nach der ungewohnt langen Rede, lehnt sich Niklaus in seinem Stuhl zurück und schaut zu seiner Frau Anneli. In ihren Blicken sieht man nun eine tiefe Übereinstimmung von Mann und Frau. Bethli ergreift die Hand von Niklaus und sagt abschliessend in die Tischrunde: «So sei es, in Gottes Namen. Amen.»

***

Niklaus Steinmann wird recht behalten. In den 1820er-Jahren bereitet sich in verschiedenen gesellschaftlichen Strömungen eine Veränderung jener Phase vor, die man in der Geschichtsschreibung «Restauration» nennt. Ebenfalls in dieser Diktion wird der anschliessende Verlauf des politischen Umbaus des schweizerischen Staatenbundes «Regeneration» genannt. Es ist aber hier nicht der Ort, diese zum Teil recht komplexe Geschichte wiederzugeben. Es sei auf die entsprechende Literatur verwiesen.

Hier soll nur kurz zusammengefasst werden, was in etwa für Einzelschicksale wie jene der Steinmanns, aber auch der Gallis bedeutsam wurde.

Aus meiner Sicht sind es drei Ursachen, die zur grundsätzlichen Abkehr vom veralteten, von Gott gegeben Obrigkeitsstaat in der Eidgenossenschaft führten.

Da wären zum Ersten die neuen Kantone, welche durch die Mediationsakte von Napoleon 1803 geschaffen und vom Wiener Kongress 1815 bestätigt wurden. Bereits im Laufe des Sommers 1830 führten der Kanton Tessin und die Waadt liberale und demokratischere Verfassungen ein. Weitere neu geschaffene Kantone folgten noch im gleichen Jahr. Doch als Rechtsgrundlage galt der Bundesvertrag von 1815, das heisst ein Staatenbund zwischen zweiundzwanzig unabhängigen Kantonen (mit achtundzwanzig eigenen Währungen und Zöllen et cetera).

Zum Zweiten wurde das liberale Gedankengut im erstarkten Bürgertum und bei den Intellektuellen aller Schattierungen, verstärkt durch politische Emigranten, intensiv gepflegt und verbreitet. Die liberale Bewegung erfasste immer breitere Kreise.

Zum Dritten war die Landbevölkerung, und das vor allem in den Stadtkantonen, nicht mehr bereit, mit ihrem geringen Mitspracherecht und den dazugehörenden Lasten aller Art die gnädigen Herren zu respektieren.

Im Weiteren wurden diese Strömungen durch die Julirevolution 1830 in Frankreich angeheizt, welche zur Absetzung der französischen Bourbonen-Könige führte. Dies hatte europaweit zu einer Bekräftigung der Forderungen nach einem liberal-demokratischen Staat geführt.

In einem sah Niklaus Steinmann die Zukunft nicht richtig voraus. Der staatliche Systemwechsel vollzog sich ausser in Basel, das zwei Jahre später in die Kantone Basel-Stadt und Basel-Land zerfiel, unblutig. Kristallisationspunkte für die Abdankung der oligarchischen Herrschaften waren die sogenannten Volkstage. Diese bestanden in Versammlungen von Tausenden von Menschen. Die Zeitgenossen bezeichneten sie auch als «Landsgemeinden». Da wurden klare und dringende Forderungen an die Regierung gestellt, mit der implizierten Möglichkeit einer bewaffneten Durchsetzung. In den Kantonen Thurgau, Aargau, Luzern, St. Gallen, Solothurn und schliesslich auch Bern fanden diese Volkstage von Oktober 1830 bis Januar 1831 statt. Zum Teil zweimal, und in St. Gallen gar dreimal, mit einer riesigen Versammlung in Flawil. Initiiert wurden diese Tage von bekannten Persönlichkeiten des jeweiligen Kantons. Im Kanton Bern von den Gebrüdern Schnell in Burgdorf. Die Gründung verschiedener Ver-

eine wie zum Beispiel der Schützenvereine, zahlreicher akademischer Turnvereine, des eidgenössischen Sempacher-Vereins und so weiter haben den Weg zu diesen Volkstagen mit bereitet.
Aber nicht alle Kantone schlossen sich dieser liberalen Tendenz in Form von Kantonsverfassungen an, welche gleiche Bürgerrechte, ein gerechteres Wahlsystem, Presse- und Versammlungsfreiheit und anderes garantierten. Die Tagsatzung bestand noch einige Zeit auf dem Bundesvertrag von 1815, bis erst nach einem eher komplizierten Verlauf und schliesslich dem Sonderbundskrieg im November 1847 alles in den Bundesstaat mit der Verfassung von 1848 mündete. Doch das ist unserer Steinmann-Galli-Geschichte vorgegriffen, denn gerade Letztere wird die beiden Familien noch beschäftigen.
Nun geht es im Fall von Niklaus Steinmann um den Volkstag vom 10. Januar 1831 in Münsingen als letzter dieser kantonalen Versammlungen.

***

Der Winter schlägt in diesem Jahr hart zu. Richigen versinkt beinahe im Schnee, so auch der Fulpelz im Januar 1831. Wie erwartet, hat sich vieles auf dem Steinmann-Hof verändert.
Anneli, fünfundfünfzigjährig, liegt krank im Bett und steht nur noch für ihr *Chacheli* Milchkaffee am Morgen auf. Christian, mittlerweile dreiundzwanzig Jahre alt, hat seine Lehre mit Bravour abgeschlossen, so dass Schuhmacher Peter Schindler ihn sofort als Gesellen während der Wintermonate anstellt. Marie übernimmt mit ihren siebzehn Jahren wie selbstverständlich die Rolle der Mutter an Heim und Herd.
Vater Niklaus arbeitet mit seinen siebenundfünfzig Jahren unverdrossen in Stall und Feld weiter, doch sein eigentliches Interesse gilt der aktuellen Politik in Gemeinde und Kanton. Seine Prognosen, das spürt er immer mehr, beginnen sich zu realisieren. Als am Montag, dem 10. Januar 1831 ein grosser Volkstag in Münsingen von den weit herum bekannten Gebrüdern Schnell aus Burgdorf einberufen wird, ist es keine Frage für Niklaus, dass er trotz des Schnees auf den Wegen daran teilnehmen will. Nicht alle Bauern teilen jedoch seine politische Meinung. Gerade den bernischen Bauersleuten ist Politik nicht so sehr ein Herzensanliegen, sondern sie kümmern sich wie üblich um ihre Landarbeiten und häus-

lichen Beschäftigungen. Trotzdem: Die Anziehungskraft dieses grossen Volksereignisses zieht praktisch alle Richiger wie auch Worber, Wyler, Höchstetter und so weiter an, so dass am Morgen des 10. ein Strom von Menschen gegen Münsingen stampft. Dort angekommen, sammeln sich riesige Menschenmengen bei der Kirche, welche bereits frühmorgens vollständig mit Menschen gefüllt ist (die Münsinger Geschichte spricht von vierzehntausend Menschen und etwa vierzehnhundert in der Kirche). Selbst Vertreter der Regierung zeigen sich. Der recht wohlgelittene und eine politische Wende unterstützende Oberamtmann Ludwig Robert von Erlach hat den Gebrüdern Schnell den Schlüssel zur Kirche überreicht (er trat danach als Oberamtmann zurück. Wenig später wurde er sogar als Volksvertreter in den Grossen Rat gewählt, was er jedoch ablehnte).

Nun werden vielerlei Reden gehalten, die Niklaus kaum gehört hat, weil er einfach zu weit weg von der Kirche in der Menschenmenge eingeklemmt stand. Ein näheres Herantreten wäre ihm von den freiwilligen Wachmännern verwehrt worden.[20]

Niklaus bleibt nach dem Ende der Landsgemeinde um circa fünfzehn Uhr noch eine Weile nahe dem Kirchenportal stehen und will die berühmten Brüder Schnell und die Regierungsleute von Nahem sehen. Es ist unglaublich, wie viele Menschen da aus dieser nicht gerade grossen Münsinger Kirche strömen. Den Oberamtmann von Erlach erkennt er sofort, denn sein Zylinder überragt die Herauskommenden. Als dieser knapp zwei Meter neben ihm vorbeigeht, blickt er zu Niklaus, bleibt stehen und geht einen Schritt auf ihn zu: «Sie sind Niklaus Steinmann vom Fulpelz in Richigen?»

---

20 Damit der Leser dennoch einen Eindruck von dem Volkstag hat, zwei kurze Zitate aus der Geschichte von Münsingen: «Den Vorsitz führte Hans Schnell, Professor der Naturwissenschaften an der Akademie Bern, selbst für den Patrizier Anton von Tillier ‹ein Mann von Geist und Gemüt, aber einer grossen Leidenschaft fähig›. Er warnte vor Ungesetzlichkeiten; durch Ruhe und Mässigung müsse man jene beschämen, die mit Kartätschen daherkämen. Die amtierende Regierung verglich er mit einem Spatzen in der Klemme, den das Volk, der Löwe, nicht zerdrücken, sondern grossmütig schonen müsse.» Und: «Selbst bisher noch Unschlüssigen waren die Augen aufgegangen, wie dem aus Bern zugereisten Herrn in von Tavels Novelle. ‹D' Volksversammlung het ihm darüber Klarheit verschaffet. Als überzügte Demokrat isch är am Abe hei gwanderet.› Trotz der aufgeregten Stimmung ging die Versammlung gegen drei Uhr ruhig und würdig zu Ende.» (Peter Stetter: Die Volksversammlung vom 10.1.1831)

Niklaus erschrickt, ist überrascht und stottert: «Ja, das bin ich, gnädiger Herr Oberamtmann.»
«Du kannst das ‹gnädig› fallen lassen, denn mit dem wird es bald vorbei sein. Aber ich weiss, dass dir von einem meiner Vorgänger Unrecht geschehen ist, wie auch Hans Meier, den das Schicksal so hart getroffen hat, wie dich ja auch. Das ist bekannt. Steinmann, ich möchte dir sagen, das tut mir leid. Das auch im Namen der Noch-Regierung des Kantons Bern.»
Sagt's, dreht sich um und geht weiter.
Niklaus hat alles erwartet, aber nicht das. Mit einem doppelten Glücksgefühl stapft er nun heimzu und weiss, dass sich in den Berner Landen alles zum Guten wenden wird. Aber die Versammlung selbst ist ihm nicht gut bekommen. Zu lange hat er vom Morgen bis zum Nachmittag ohne Bewegung in der Kälte gestanden. Während er geht, wird ihm heiss und kalt. Er beginnt zu zittern, und es meldet sich bereits ein rauer Husten. Die Schritte werden schwerer, und er staunt darüber, dass er, der Gehgewohnte, immer mehr schnaufen und stehen bleiben muss.
Er sagt sich: Da habe ich mich sicher erkältet. Das Beste ist, nach Hause, ins Bett und unter die Decke. Schwitzen. Aber wie auch immer: Das war einer der besten Tage in meinem Leben. Gott sei Dank dafür.»

***

Leider ist dies auch einer der letzten Tage im Leben von Niklaus Steinmann. Er stirbt eine Woche später an einer schweren Lungenentzündung als Folge dieses kalten Volkstags. Bevor er im Kreis seiner Lieben wegdämmert, erfährt er, dass der Berner Schultheiss und die gesamte Regierung drei Tage nach Münsingen zurückgetreten sind.
In den wenigen wachen Momenten seiner fiebrigen letzten Tage übergibt Niklaus Christian den Schlüssel zu dem kleinen Schrank, wo alle wichtigen Papiere und die Barschaft aufbewahrt werden, mit den kurzen Worten: «Jetzt ist es an dir, Christian. Leb wohl und mach's gut.»
Dann drückt er die Hand seiner Anneli, welche weinend neben ihm liegt.
Nur wenige Wochen später folgt sie ihm leise nach.

August 1822, mitten in der reichlichen Getreideernte: Doch das friedliche Bild trügt. Niklaus erhält soeben vom Pfarrer die Nachricht vom Tod seiner beiden Mädchen. Er hält beide Hände vor seine Augen und stöhnt: «Nein, nein – das darf nicht sein!»

«‹Von der roten Ruhr?›, fragt Niklaus den Pfarrer. ‹Käthy und Anneli sind gleichzeitig gestorben und wie bei allen Seuchen sofort beerdigt worden.›»

Der 15-jährige Christian wirkt wie 20. Er ist ein kräftiger Bursche geworden.

«Die Dorfschule» von Albert Anker.

«Elsbeth und Christian müssen ab nächster Woche wieder zur Kirchgemeinde Worb, wo ein schlecht bezahlter Schulmeister sie im Lesen, Schreiben und Rechnen unterrichtet.»

Als am Montag, dem 10. Januar 1831 ein grosser Volkstag in Münsingen einberufen wird, ist es keine Frage für Niklaus, dass er trotz des Schnees daran teilnehmen will.

Der recht wohlgelittene und eine politische Wende unterstützende Oberamtsmann Ludwig Robert von Erlach hat den Gebrüdern Schnell den Schlüssel zur Kirche überreicht.

Karikatur zum Rücktritt der Berner Regierung am 13. Januar 1831.

Niklaus stirbt an einer schweren Lungenentzündung. Bevor er im Kreis seiner Lieben wegdämmert, erfährt er, dass der Berner Schultheiss und die gesamte Regierung vor drei Tagen zurückgetreten sind.

GALLI

10. Flüchtlinge und Kinder (um 1840–1848)

Wie in der Familie Galli die Damen des Hauses die Flüchtlingsfrage lösen und sich das Cinque Fonti zunehmend mit Kindern und deren Geschrei füllt.

Wenn Francesco nach den Wiedersehensküssen glaubt, nun von seiner Maria an die Bettchen der dreifachen Nachkommenschaft geführt zu werden, hat er sich gewaltig getäuscht. Sie steigt ihm voran energisch die Treppe hinauf, öffnet die Tür zur grossen *Sala da Pranzo* mit den Worten: «Nun sind wir komplett!»
Zu seiner Überraschung sitzen am schweren und langen Esstisch rechts am Ende der etwas fülliger gewordene Domenico, am oberen Ende sein sichtlich gealterter Vater Philipp und links von ihm seine Mutter Maria Domenica. Diese sieht ihn schmallippig und mit strengem Blick an, indes er nun neben dem Kaminfeuer die Grossmutter Lucretia im Lehnstuhl entdeckt, die vor sich hinstarrt und mit zittriger Hand ihren schwarzen Stock mit silbernem Knauf umklammert. Die Begrüssung fällt kurz und knapp aus und nicht so überschwänglich, wie es der Familie Galli mit ihrem sonst überschäumenden Charakter entspricht.
Francesco wird schlagartig klar, dass in irgendeiner Weise der Haussegen schief hängt. Die ganze Familie hat ihn, den Sohn und Bruder, erwartet und macht ihn für diese Schieflage offenbar auch verantwortlich. Er hat sich von Vira aus durch einen berittenen Boten anmelden lassen, denn nach der langen, rumpeligen Fahrt von Lugano über den Monte Ceneri konnte er sein Kutschpferd zu keinem Trab mehr bewegen. Es ging nur sehr langsamem Schrittes Gerra entgegen. Also hat man auf ihn gewartet. Seine geliebte Maria auch, die er jetzt von der Seite betrachtet. Sie ist für ihn nach wie vor eine liebliche Schönheit, und er kann nicht glauben, dass sie vor drei oder vier Wochen Drillinge geboren haben soll. Trotz Anwesenheit seiner

ganzen Familie überläuft es ihn heiss, und er weiss, was er jetzt nach monatelangem Arbeiten in Nervi am liebsten tun würde. Das bleibt ihm versagt. Umso mehr freut er sich, wenn die anstehende Was-weiss-ich-für-eine-Sache bald vorbei sein wird.

Als Erster spricht sein Vater Philipp in seltsam getragenem Ton: «Schön, dass du wieder gesund zurück bist. Wir alle gratulieren dir auch zu deinen Drillingen, die dir deine Maria bald zeigen wird. Doch weil Domenico aus politischen Gründen zufällig hier vorbeikam, möchten wir ein Thema besprechen, das dich wie alle hier im Raum betrifft und zu dem du seinerzeit viel beigetragen hast. Für mich ist es etwas schwierig, dir das zu erklären. Der Vorgang gilt nicht nur für unsere Familie als eher unüblich. Kurz, die hier anwesenden Damen, und ich meine auch deine Gattin, protestieren und sind der Auffassung, dass es nun genug sei. Alle lombardischen Flüchtlinge, welche das Haus mitbevölkern und von dir hergebracht wurden, sollen ausziehen. Aber deine Mutter soll dir das ausführlicher begründen.»

Die Mama blickt immer noch streng in die Runde, zupft an ihrer beigen Haube, welche ihre nun weissen Haare gänzlich bedeckt, hüstelt und beginnt: «Mein lieber Francesco, wir, ich, damit meine ich die anwesenden Frauen, haben einfach genug. Dieses Getriebe, Geschwätz und Geschrei der jungen Leute hier im Haus, ohne Disziplin, oft ohne Anstand, ist abgesehen von der Arbeit, welche sie verursachen, zu viel für uns. Unsere Dienstboten und wir selbst arbeiten mehr als die Hälfte unserer Zeit für diese Revolutionäre, die, so scheint es uns, das immer selbstverständlicher hinnehmen. Sie kommen und gehen, wie sie wollen, verschwinden plötzlich auf längere Zeit in die Lombardei, zetteln dort Aufstände an – ohne Erfolg natürlich – und kommen dann, zum Teil gar verwundet, wieder zu uns zurück. Natürlich, als gute Ehefrauen stehen wir zu unseren Männern, so auch zu dir, Francesco, und tun, was zu tun ist, obwohl diese Politik weniger unseren katholischen Wurzeln entspricht. Aber es gibt Grenzen, und diese Grenzen sind jetzt erreicht. Umso mehr, als das Haus mit deinem Kindersegen nun wieder für unsere Familie zu dienen hat. Aber hier kann dir deine Frau, die auch etwas näher an diesen politischen Jungspunden ist, noch einiges erzählen.»

Sowohl bei Philipp wie auch bei Domenico ist der Protest auf ihren Gesichtern zu lesen. Letzterer atmet tief ein und möchte gleich zur Gegenrede ansetzen. Doch Mutter Maria Domenica bringt ihn mit ihrem strengen Martignioni-Blick zum Schweigen und faucht: «Tut mir leid, Domenico, nun ist es an uns Frauen, einmal Klartext zu reden. Eure liberalen Ideen und Sympathien für die Befreiung der Lombardei und das Risorgimento[21] in allen Ehren, doch die Last eures Asylgebarens tragen vor allem wir Frauen.»

Sie will der jungen Mutter das Wort erteilen, aber ein starkes Klopfen auf den Boden bewirkt, dass sich die Köpfe zur Greisin Lucretia drehen. Noch einmal schlägt diese mit ihrem Stock hart auf den Boden, blickt kühl in die Runde der Anwesenden und sagt nicht laut, doch scharf: «Es ist Schluss. Ich will das nicht mehr in unserem Haus. Meine Enkel sollen hier ohne euer politisches Gezänke aufwachsen. Philipp, du bist der Hausherr und erledigst das umgehend. Und du, Domenico, hältst dich hier zurück. Deine ehrgeizigen politischen Mandate interessieren hier nicht. Du bist für mich immer noch der kleine Domenico, der sich bei den Balestras eine blutige Nase holt. Doch die Balestras sitzen jetzt hier am Tisch und haben für reichlichen Nachwuchs in unserer Familie gesorgt. Du als Präsident von Was-weiss-ich-nicht-allem bisher nicht. Halte daher deine politischen Reden ausserhalb unserer Cinque Fonti und … nicht hier. Fertig.»

Damit dreht sich die Greisin wieder zum flackernden Kaminfeuer, senkt den Kopf, und ihr Schweigen dehnt sich auf den Raum aus. Nach einiger Zeit steht Philipp auf, sieht kurz in die Runde und stellt fest: «So sei es, Mama! Und jetzt, Francesco, geh mit deiner lieben Maria nach oben und sieh dir an, was du beziehungsweise vor allem sie geleistet hat.»

**

---

21 Als Risorgimento (ital. «Wiederentstehung») wird eine Epoche der italienischen Geschichte zwischen 1815 und 1870 bezeichnet. Ebenso versteht man darunter auch weltanschaulich sehr heterogene, politische und soziale Bewegungen, die nach dem Wiener Kongress von 1814/15 die Vereinigung der damaligen jeweils eigenstaatlichen Fürstentümer und Regionen der Apenninen-Halbinsel in einem unabhängigen Nationalstaat Italien anstrebten. (https://de.wikipedia.org/wiki/Risorgimento)

Tatsächlich brachte die Flüchtlingsfrage nicht nur Spannungen in die liberalen Familien, welche immer wieder grosszügig Asyl gewährten, sondern warf im Kanton Tessin in dem jungen Staatenbund von 1815 und dann in der neuen Eidgenossenschaft von 1848 existentielle Probleme auf. Die Spannungen im Tessin zeigten sich in dreifacher Art. Erstens: zwischen den Katholisch-Konservativen und den Liberalen, welche die entsprechenden Bestrebungen in Oberitalien unterstützten; die beiden politischen Lager befanden sich ohnehin stets in heftigem Streit um die Macht im Kanton. Zweitens: aufgrund der grosszügigen Asylpolitik entstanden ernste Konflikte mit den von den Habsburgern beherrschten Fürstentümer wie der Lombardei und Venetien. Drittens und schliesslich kam es zu Kontroversen mit den anderen Kantonen beziehungsweise der Tagsatzung und später mit dem Bundesrat beziehungsweise der Bundesversammlung, weil der Druck der K.-u.-k.-Monarchie von aussen das neue Staatswesen gefährdete.

Bereits 1823 und 1836 erliess daher die Tagsatzung sogenannte Fremdenkonklusive, welche die Pressefreiheit im Tessin beschnitten und mehr Druck auf die politischen Flüchtlinge ausüben sollten. Die Liberalen, welche die Zügel in der Hand hielten, beeindruckte das aber nicht. Sie nahmen weiterhin geflohene Revolutionäre auf und gaben ihnen sogar ihre Waffen zurück, wenn sie wieder zu einem Aufstand in die Lombardei ausreisten. Auch liessen sie die Agitatoren wie zum Beispiel Giuseppe Mazzini von schweizerischem Territorium aus ungehindert die Revolution anheizen.

Folglich nahm der Druck der Österreicher zu: Der österreichische Feldmarschall Radetzky bezeichnete die Schweiz als einen Seeräuberstaat, und die Tagsatzung beziehungsweise der Bundesrat sah sich immer wieder mit diplomatischen Noten, Vorstössen und gar militärischen Drohungen konfrontiert. Die Neutralität der Schweiz gemäss Wiener Kongress wurde erheblich in Zweifel gezogen. Zu Recht, nicht zuletzt weil die radikale Tessiner Regierung offiziell Stellung zugunsten der italienischen Freiheitskämpfer bezog.

Dies hatte dann auch verschiedene Konsequenzen: unter anderem die Ausweisung aller Tessiner aus der Lombardei, eine Handels- und Postsperre sowie Visumspflicht für alle von der Tessiner Regierung ausgestellten Schweizerpässe. Diese Entwicklung konnte kurz nach der Gründung der neuen Schweizer Eidgenossenschaft von 1848 nicht mehr hingenommen werden. Die Bundesversammlung schickte zwei eidgenössische Kommissäre, den späteren Bundesrat Josef Munzinger und den bekannten Magnaten Alfred Escher mit einer Brigade eidgenössischer Truppen in den Tessin. Sie sollten dem schweizerischen Neutralitätsprinzip Nachhall verschaffen und dafür sorgen, dass alle politischen Flüchtlinge ausgewiesen wurden. Die Tessiner Regierung empfand das als Demütigung und wollte nur die aktiven Revolutionäre ausweisen, wohingegen die Kommissäre auf der Ausweisung aller Flüchtlinge bestanden, um den Drohungen von Feldmarschall Radetzky wirksam zu begegnen.

Seinen Höhepunkt erreichte der Streit in den Jahren 1848/49, wobei sogar während der Anwesenheit der eidgenössischen Truppen Flüchtlinge einen (erfolglosen) Aufstand im Val d'Intelvi organisierten.

Es würde zu weit führen, hier die komplexe, aufgeheizte und böses Blut schaffende Tessiner Flüchtlingsfrage abzuhandeln, welche sich nur allmählich beruhigte. Die politischen Konflikte innerhalb des Tessins lösten sich hingegen keineswegs auf. Im Gegenteil, sie führten noch mehrfach zu Befriedungsaktionen durch eidgenössische Kommissäre und Truppen, welchen aber die gesamte Tessiner Bevölkerung jeweils feindlich gegenüberstand und sie mit dem aufmüpfigen Ruf «*Croati, tedeschi, briganti!*» empfing.

Ganz klar, dass die Flüchtlingsfrage für die Familie Galli von grosser Bedeutung war. Dies wurde mir sowohl von meinem Grossvater als auch von meiner Mutter immer wieder berichtet. Das konnte gar nicht anders sein, wenn man die Lebensdaten von Domenico Galli in den öffentlichen Ämtern ansieht: Machtübernahme der Radikalen 1839 und damit die Beteiligung an der provisorischen Regierung, 1841 bis 1856 Tessiner Grossrat (Präsident 1831, 1851 und 1855), 1839 bis 1848 Staatsrat, 1833 Tagsatzungsgesandter, 1851 Ständerat des Kantons Tessin.

Für Francesco entwickelte sich die Politik aber zu seinen Gunsten, denn er arbeitete ja im Königreich Sardinien-Piemont. Dort kam im Dezember 1848 mit Graf Cavour eine radikalliberale Regierung an die Macht, welche ganz im Sinne des Königs Karl Albert von Savoyen war, der auf eine Befreiung und die Einigung Italiens hinarbeitete. Sein

Ziel: ein geeintes, souveränes Italien mit einer konstitutionellen Monarchie seines Hauses an der Spitze und der Übertragung der sardinisch-piemontesischen Verfassung auf ganz Italien. Piemont stellte sich damit auf die Seite der Flüchtlinge und fertigte sogar piemontesische Pässe für die Lombarden aus, welche die Schweiz aber nicht anerkannte.

Nachdem in der grossen Schlacht bei Novara (23. März 1849) die piemontesisch-sardischen Soldaten Radetzkys Truppen unterlegen waren, ergoss sich erneut eine Flutwelle von circa zwanzigtausend Flüchtlingen in den Tessin – und wieder verschärfte sich der Konflikt. Ein Beispiel: Der berühmte Revolutionär Giuseppe Garibaldi und der Freiheitskämpfer Giuseppe Mazzini kaperten auf dem Lago Maggiore ein Schiff und wollten mit diesem trotz des verlorenen Krieges weiterkämpfen.

Für Francesco hatte dies jedoch positive Folgen: König Karl Albert dankte ab und übergab Krone und Zepter dem Thronfolger Vittorio Emanuele II., der einen milden Friedensvertrag mit Habsburg schloss. Francesco wurde zu einem seiner Hofarchitekten[22] ernannt und erhielt sogar den Titel Commendatore.

Dies ist der Saga etwas vorgegriffen, zeigt aber den Hintergrund des überwiegenden Tuns und Lassens der führenden Schichten im neuen Kanton Tessin auf.

**

Wiederum hält im braungelben Oktober **1843** die kleine schwarze Kutsche vor dem Cinque Fonti, und Francesco steigt erwartungsvoll aus. Da steht auch schon seine Maria in der Sonntagstracht an der Tür, den bald zweijährigen kleinen Giuseppe am Rockzipfel, barfüssig. Sie lächelt ihn strahlend an, wie immer, wenn er nach Hause zurückkehrt. Francesco fühlt, mit welch grosser Sehnsucht er erwartet wurde. Allerdings zögert Maria nach dem ersten Herzen und Küssen etwas und meint: «Zuerst du.»

---

22 Gemäss meiner Mutter wurde er der Hofarchitekt, was mir bei den vielen Bauten jener Zeit aber eher unwahrscheinlich scheint. Der Titel deutet jedoch an, dass er ein Bedeutender am Hofe war.

«Viel gearbeitet: Der Hafen in Genua ist beendet und funktioniert. Die Piemonteser zeigen sich hochzufrieden. Zurzeit arbeite ich an zwei neuen Villenprojekten. Du weisst nicht, wie froh ich bin, wieder bei dir in Gerra zu sein. Aber nun zu euch. Wie geht es den Kindern? Wo sind die anderen drei?»
Die Antwort von Maria kommt etwas zögerlich: «Ich weiss, ich hätte es dir berichten sollen. Doch ich wollte dich nicht beunruhigen. Wir sind jetzt zu acht. Ich habe wieder geboren, und zwar Zwillinge.»
Einmal mehr wird sich Francesco bewusst, warum er so hart arbeitet. Je grösser die Familie, desto grösser wird ja auch der Finanzbedarf.

***

Ende Oktober **1844**, in der gleichen Willkommenssituation, antwortet Maria spitzbübisch lächelnd: «Ich weiss, dass du nun etwas überrascht bist: Diesmal sind es wieder Drillinge, und wir sind nun eine elfköpfige Familie. Doch es geht uns gut, und wir freuen uns, dass du endlich wieder zu Hause bist.»
Zu seinem Erstaunen stellt er fest, dass er die Namen der letztjährigen Zwillinge vergessen hat. Und nun noch drei mehr. Er will sich nun alle im schwarzen Notizbuch notieren.

***

Ende Oktober **1845**: Diesmal lautet die Begrüssung von Maria: «Ich kann dich beruhigen, es ist diesmal nur ein einzelnes Mädchen. Für dich etwas ungewohnt. Sie gedeiht prächtig und schreit kaum. Dafür sind die letzten drei etwas unruhig.»

***

Ende Oktober **1846**: Eigentlich ist Francesco froh, dass er nicht per Post über eventuellen Nachwuchs informiert wird. Das haben die Eheleute bereits bei den ersten Drillingen so vereinbart. Es sollte jeweils eine Überraschung sein. Und diese ist Maria diesmal wieder geglückt: «Es sind Zwillinge, mein Lieber, leider ist eines tot geboren.»

Ohne viel zu überlegen, antwortet er: «Wir haben ja bereits genug Kinder. Tod ist zwar immer traurig, doch wir sind schon reichlich beglückt worden.»

***

Ende Oktober **1847**. Diesmal sind es Zwillinge. Francesco staunt, wie gelassen Maria den zunehmenden Nachwuchs erträgt, wobei er im Geheimen denkt: «Wie froh bin ich doch, dass ich wieder neun Monate nach Nervi kann, um in Ruhe zu arbeiten.» Das Geschrei und Herumgerenne seiner dreizehnköpfigen Kinderschar treibt ihn oft an die Grenze der nervlichen Belastung.
Aber auch drei andere Gründe erfüllen Francesco mit einem Hin- und Herzweifeln, ob es vielleicht klüger sei, in diesem Jahr seinen Aufenthalt in Gerra etwas zu verkürzen.
Zum Ersten hat sich während des ganzen Jahres der Konflikt zwischen den liberalen Kantonen und den katholischen, die einen Sonderbund gründeten, deutlich verschärft. Die Tagsatzung hat kürzlich beschlossen, diesen Bund mit militärischen Mitteln zwangsweise aufzulösen und General Dufour zum Oberbefehlshaber gewählt. Der Kanton Tessin ist offiziell ein liberaler Kanton, steht aber gegenüber den Sonderbundkantonen (LU, UR, SZ, UW, ZG, FR, VS) geografisch isoliert da. Der Tessin bekränzte sich in diesem Bürgerkrieg (Sonderbundskrieg) nicht gerade mit Ruhm, wurde doch am 17. November 1847 die Tessiner Division von circa dreitausend Mann schlafend oder verpflegend in Airolo überrascht und bis nach Biasca zurückgetrieben. Immerhin konnten die Tessiner in Lugano eine Lieferung von dreitausend Gewehren von den Österreichern für den Sonderbund beschlagnahmen. Francesco möchte nicht wie sein Onkel in diesen politischen Streit aktiv einbezogen werden und seine bisherige Tätigkeit, schon allein des Geldes wegen, fortsetzen. Zum Zweiten beunruhigt ihn zunehmend die politische Stimmung im Piemont. Die allgemeine Solidarität mit den Revolutionären im Nachbarland Lombardei kann sehr bald zu einer kriegerischen Auseinandersetzung mit den Österreichern führen. Dadurch würde für Francesco nicht nur die Reise nach Nervi gefährlicher, sondern ihm könnte zudem ein lukrativer Auftrag entgehen.

Zum Dritten schweifen damit seine Gedanken zu einer besonderen Dame, in deren Auftrag er dieses Projekt bearbeitet und im nächsten Jahr realisieren soll. Es geht um die schöne, glutäugige Signora Rosa Vercellana: Die langjährige Mätresse des Thronprätendenten Vittorio Emanuele (die er als König, vierzehn Jahre nach dem Tod seiner offiziellen Gattin, 1869 schliesslich auch heiratet) erwartet ein Kind von ihm, und Francesco muss eine Villa in Nervi nach ihren Wünschen bauen.
In diesem Winter gilt es, diese Pläne zu zeichnen. Diesmal fällt ihm, dem gewieften Architekten, das ziemlich schwer. Warum? Rosa wünscht sich eine chinesische Pagode, das heiss eine Villa, die sich aus mehreren Stockwerken mit immer kleinerem Grundriss aufbaut und von aussen wie eine Pagode aussieht. Der Bauplatz ist gegeben und verspricht von den oberen Stockwerken eine herrliche Aussicht auf die Bucht von Genua. So ein Auftrag ist riskant und anspruchsvoll, weil der Architekt unter steter Beobachtung des Thronfolgers steht. Noch vor seiner Abreise aus Nervi hat sich Francesco in Genua ein Buch über chinesische Architektur beschafft. Das alles ist der Grund, warum er in diesem Winter weniger Zeit für seine Familie hat, sich immer wieder in sein Arbeitszimmer zurückzieht, um ein Gebäude zu zeichnen, das von aussen eine chinesische Pagode, im Innern aber wohnlich ist. Francesco weiss, wenn ihm dies gut gelingt, wird die Dame Vercellana dafür sorgen, dass er weitere Aufträge vom Thronprätendenten erhält.
Nervi, damals ein Vorort von Genua, galt im 19. Jahrhundert als Meereskurort mit mildem Klima, den die Aristokratie aus ganz Europa besuchte und von dem viele illustre Persönlichkeiten schwärmten, ähnlich wie heute St. Moritz, Cannes und andere mehr. Nervi bestand praktisch nur aus Villen, Parks und einer langen Meerespromenade. Dass Francesco im Übrigen an diesem Leben kaum aktiv teilnahm, ist nachvollziehbar. Er arbeitete als kreativer, schweizerisch zuverlässiger Architekt und dynamischer Unternehmer beinahe mönchisch, was sich aus zwei Indizien ableiten lässt:
Erstens hätte ihm der Thronanwärter und spätere König kaum sein Vertrauen für derartig persönliche Aufträge geschenkt, wenn sein Architekt privat am bunten Treiben in Nervi teilgenommen oder gar Affären gehabt hätte. Und zweitens lassen die Fülle und zum Teil die

grosse Dimension der Bauprojekte, die Francesco später im Tessin abwickelte, darauf schliessen, dass er ein unablässiger Schaffer gewesen sein muss. Die immer grösser werdende Familie liess ihm da keine Wahl. Es ist daher anzunehmen, dass sich sein Privatleben mit seiner Maria und der grossen Kinderschar tatsächlich auf die Wintermonate beschränkte.

All diese Gründe führen dazu, dass Francesco bereits Mitte Februar 1848 nach Nervi abreist. Das Projekt hat er in der Zwischenzeit gut vorbereitet.

Er ist sich durchaus bewusst, dass seine hochbetagte Grossmutter Lucretia nicht mehr lange leben wird und dass er in der gegenwärtigen Situation kaum kurzfristig zu ihrer Beerdigung nach Hause fahren kann. Wenn aber jemand im Alter von sechsundneunzig Jahren stirbt, ist das weniger ein Anlass zu ganz grosser Trauer, sondern eher ein Ereignis des natürlichen Lebensgangs. So oder so: Im Cinque Fonti wird die kinderfreundliche und im Hintergrund stets präsente Grossmama fehlen.

Was nun den Galli-Nachwuchs anbetrifft, ist es tatsächlich unglaublich: **1848, 1849, 1850, 1851, 1852, 1853, 1854, 1855** und **1856** erblickt jeweils ein Kind das Licht der Welt, das heisst neun weitere, die es zu taufen, zu nähren, zu kleiden und zu erziehen gilt. Maria und Francesco hatten insgesamt zweiundzwanzig Kinder – allerdings erreichten fünf Kinder das Erwachsenenalter nicht und starben an heute sicher behandelbaren Kinderkrankheiten, wohl insbesondere Infektionen.

Folgende Namen sind verbürgt: Giuseppe, Cesare, Philippo, Innocento, Livia und Giovanni (geboren 1853): Letzterer wird in die grossen Fussstapfen seines Vaters treten und ist mein Urgrossvater mütterlicherseits.

Was Francesco Galli in Nervi alles gebaut hat, ist nicht im Einzelnen bekannt. Nach der Überlieferung hat er nicht nur eine, sondern mehrere Villen für die weniger wichtigen Mätressen des nun (ab 1849) neuen Königs Vittorio Emanuele II. gebaut.

Die chinesische «Villa Pagoda» in Nervi nannten die Anwohner im Übrigen «La Brutta», «die Hässliche». In der Eingangshalle habe ich mit meiner Mutter noch die Marmortafel mit der Inschrift «Francesco

Galli, Arch.» gesehen. Es ist sicher nicht die Glanzleistung meines Ururgrossvaters. (Heute steht dort das Hotel «Villa Pagoda», das sich ähnlich in mehrere, sich verkleinernde Stockwerke aufbaut und auch einen chinesischen Touch erahnen lässt.)

Francesco baute sicher viel mehr, unter anderem für Ismail Pascha in Kairo die Hauptpost.

Verbürgt ist wie erwähnt, dass Francesco Galli nicht nur das Vertrauen des Königs Vittorio Emanuele II. genoss, sondern ausserordentliche Verdienste erwarb, denn sonst wäre ihm nicht der Titel *Commendatore* verliehen worden. Diesen hochoffiziellen Titel im Königreich Sardinien-Piemont wird er als Tessiner mit einigem Stolz getragen haben.

Ab 1865 sind dann seine sämtlichen Bauprojekte im Tessin bekannt, doch davon später.

«Die Flüchtlinge kommen und gehen, wie sie wollen, verschwinden plötzlich auf längere Zeit in die Lombardei, zetteln dort Aufstände an – ohne Erfolg natürlich, und kommen dann, zum Teil gar verwundet, wieder zu uns zurück.»

Lucretia sagt nicht laut, doch scharf: «Es ist Schluss. Ich will das nicht mehr in unserem Haus. Meine Enkel sollen hier ohne euer politisches Gezänk aufwachsen.»

Die Liberalen nahmen weiterhin geflohene Revolutionäre auf und liessen Agitatoren wie Mazzini und Garibaldi ungehindert die Revolution anheizen. Der österreichische Feldmarschall Radetzky bezeichnete die Schweiz als Seeräuberstaat.

Der spätere Bundesrat Josef Munzinger (links) und der bekannte Magnat Alfred Escher (rechts) gingen mit einer Brigade Eidgenössischer Truppen in den Tessin, um dem schweizerischen Neutralitätsprinzip Nachhall zu verschaffen und alle politischen Flüchtlinge auszuweisen.

Nach der verlorenen Schlacht bei Novara am 23. März 1849 gegen Radetzkys Truppen ergoss sich erneut eine Flutwelle von circa 20 000 Piemontesern in den Tessin.

König Karl Albert dankte ab. Der Thronfolger Vittorio Emanuele II. (Bild) schloss Frieden mit Habsburg. Francesco wurde zu seinem Hofarchitekten mit dem Titel Commendatore.

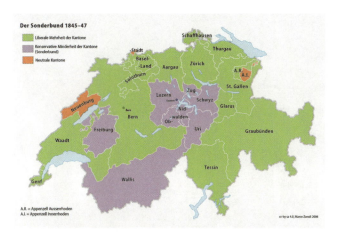

Der Tessin ist ein liberaler Kanton, steht aber gegenüber den Sonderbund-Kantonen geografisch isoliert da.

Am 17. November 1847 wird die Tessiner Division (circa 3000 Mann) schlafend oder verpflegend in Airolo überrascht und nach Biasca zurückgetrieben.
Der einzige Sieg des Sonderbundes.

Maria und Francesco hatten gesamthaft 22 Kinder.

Nervi ist ein Vorort von Genua und galt im 19. Jahrhundert als milder Meereskurort für die damalige Aristokratie aus ganz Europa.

Die chinesische Villa Pagoda in Nervi nannten die Anwohner im Übrigen La Brutta – die Hässliche.

Heute steht dort das Hotel Villa Pagoda, das sich ähnlich in mehrere, sich verkleinernde Stockwerke aufbaut und auch einen chinesischen Touch ahnen lässt.

STEINMANN

11. Bauer und Schuhmacher (1831–1834)

Wie Christian um seine Anna kämpft, den Fulpelz auf Vordermann bringen will und den Boden für ein blühendes Schuhmachergeschäft bereitet.

«Nein, mein lieber Christian, da bin ich nicht einverstanden.»
«Ja, und warum nicht? Sie kennen mich ja so gut wie keinen Ihrer Gesellen und haben mich stets gelobt. Ich glaube auch, dass ich sehr tüchtig für Sie, Meister Schindler, gearbeitet habe.»
«Es ist mein letztes Wort, Christian: Die Anneli bekommst du nicht! So jedenfalls nicht!»
Dieser Dialog spielt sich in der mit Werkzeugen und Leisten überstellten Schuhmacherwerkstatt von Peter Schindler und in einer von Ledergeruch geschwängerten Luft ab. In den Gestellen links und rechts sieht man fertige und halbfertige Arbeitsschuhe, sogenannte Trogeln aus rohem Leder, mit Holzböden. Vereinzelt gibt es da auch hochschaftige Damenschuhe etwas feinerer Machart. Doch der erste Blick bezeugt, dass Schuhmachermeister Schindler Arbeitsschuhe für die Bauern aus der Gegend fertigt.
Das Gespräch spielt sich im April 1831 ab. Die Beerdigungen seiner Mutter und kurz davor seines Vaters sind noch nicht lange her. Die Folgen belasten Christian, heute dreiundzwanzig Jahre alt, praktisch rund um die Uhr. Denn ihm obliegt es nun, mit seiner sechs Jahre jüngeren Schwester Marie auf Gedeih und Verderb den Fulpelz zu bewirtschaften. Eines ist ihm dabei vom ersten Tag an klar gewesen: Es gehört eine *währschafte* Bäuerin auf den Hof und Kinder, für die sich das Arbeiten lohnt.
Aber mit all den Pflichten, die seinen Tag ausfüllen, wird er kaum noch Gelegenheit haben, eine Frau kennenzulernen. Während der Lehre beim Schindler und als er später in den Wintermonaten als Geselle arbeitete, hatte er immer wieder Anneli mit ihren langen blonden

Zöpfen und dem rotbackigen Gesicht, das einzige Kind und Tochter im Haus, mit Freude betrachtet, wenn sie ihm ein *Chacheli* Milch und Brot zum Znüni und zum Zvieri brachte. Sonst sah er sie nicht allzu oft. Er glaubte auch, dass der argwöhnische Vater mit der Geiernase verhindern wollte, dass die jungen Gesellen seiner Tochter zu nahe kamen.

Es gab ja praktisch keine Arbeitspause. Von morgens sieben bis neun Uhr spätabends wurde hart geschnitten, genäht, gehämmert und geklebt. Das Mittagesessen wurde von der Magd Leni in die Werkstatt heruntergebracht, oft Bohnen und *Härdöpfu* mit Speck. Sie vertilgten dieses auf ihren Arbeitsschemeln und blieben danach oft ein bisschen hungrig. Zu trinken gab es meist sauren Most. Erst am Samstag, um fünf Uhr abends, war die Wochenarbeit zu Ende. Dann musste Christian so schnell als möglich nach Hause auf den Fulpelz, damit er noch einigermassen bei Tageslicht den Weg fand. So kam ein privates Treffen mit Anneli nie zustande.

Nun aber geht er die Sache direkt an, wie es seinem vorwärtsstrebenden Charakter entspricht. Anneli und keine andere! Sie hat eine kräftige, ja leicht dralle Figur, ein sonniges Gemüt und wird sicher die Pflichten einer Bäuerin und Mutter hervorragend ausfüllen. So denkt er und spricht daher bei seinem Meister an diesem Apriltag vor. Sonntäglich in braunes Halbleinen gekleidet wie zum Kirchenbesuch.

Er wolle, so sagt er forsch, sich mit Anneli verloben und sie sobald als möglich heiraten, des Meisters Einverständnis nach altem Brauch vorausgesetzt. Im Übrigen ist er seit dem Tod seines Vaters zum ersten Mal in die Schuhmacherei in Worb zurückgekehrt, weil die Führung des Hofes ihn vollständig in Anspruch nimmt. Die Frage Meister Schindlers, ob er mit Anneli, seiner Tochter, eigentlich über seine Freierabsichten gesprochen habe, muss er verneinen. Doch er habe in all den Jahren deutlich gespürt, dass Anneli ihm zugeneigt sei.

Trotz der strikten Ablehnung des Antrags gibt Christian nicht auf. Die Steinmanns zeichnen sich im Allgemeinen durch Hartnäckigkeit im Verfolgen gesteckter Ziele aus. So auch hier. Christian ist felsenfest überzeugt, das heisst mit Verstand und Herz, dass Anneli Schindler die Richtige für ihn und den Fulpelz sei. Dies drückt er noch einmal in für ihn ungewohnt beredten Worten aus und fragt zum Schluss: «Warum, verehrter Meister, sind Sie gegen eine Heirat von Anneli mit mir?»

Der Meister, schon ziemlich in die Jahre gekommen, mit einem Hängebauch vom ewigen Sitzen und wenig Bewegung auf dem Schuhmacherhocker, krault sich sein silbriges Haar, streicht über seinen gleichfarbigen Bart, zögert etwas und sagt: «Muss ich dir eigentlich nicht sagen. Doch weil ich deine Arbeit immer wohlgelitten habe, Folgendes: Ich will nicht, dass sich meine einzige Tochter als Bäuerin zu Tode rackert. Du weisst sehr wohl, wieviel sie auf deinem Fulpelz, der mir etwas heruntergekommen scheint, mitarbeiten müsste. Nein, nein, mein lieber Christian. Ich sehe sie als Gattin meines Nachfolgers. Ihm werde ich dereinst meine Werkstatt übergeben. Ich hoffe und weiss, dass dieser Mann mit Anneli hier leben wird. Christian, du bist zwar ein guter Schuhmacher, aber die beiden Gewerbe vertragen sich nicht. Wenn du dich allein für die Schuhmacherei entscheiden würdest, könnte ich allenfalls mit Anneli, die da auch noch ein Wörtchen zu sagen hat, reden. Doch ich weiss, dass dies nicht der Fall sein wird, und daher lautet meine Antwort: Nein! Geh du zurück auf deinen Hof und versuche beim Tanz am Sonntag im ‹Sternen› zu Worb eine Frau zu werben, oder stell halt eine Heiratsmacherin an, wie das oft im Emmental der Brauch ist.»

Das Gesicht von Christian erstarrt. Seine Lippen zeigen sich schmaler. Dieser Meister ist ein Holzkopf, wie seine Leisten ja auch aus hartem Holz sind. Der weiss gar nicht, in was für einem Glück Anneli und er leben werden. Beinahe zischend gibt er zurück: «Meister, Sie liegen falsch. Aber da kann ich nichts machen. Sie werden noch an mich denken. Ich werde nämlich neben der Landwirtschaft eine Schuhmacherei auftun und mich von der althergebrachten Schuhmacherei lösen und an neuen Ideen pröbeln. Ich habe bei Ihnen sehr viel gelernt, danke Ihnen auch dafür. Aber ich weiss auch, was man besser machen könnte. Nun denn: Auf Wiedersehen, Meister Schindler.»

Damit steht Christian ruckartig auf, blickt noch einmal in die etwas düstere Werkstatt zurück, in der er beinahe acht Winter verbracht hat, wohlwissend, dass er sie nie mehr betreten wird. Er schliesst hinter

sich die Tür, vielleicht etwas lauter als üblich. Überrascht stösst er im Gang auf Anneli, welche ihn geradewegs mit ihren blauen Augen ansieht, mit ernstem Gesicht.
«Hast du etwa an der Tür gelauscht, Anneli?»
«Ja, das habe ich. Und alles mitgehört – wenn du in der Sonntagstracht hier erscheinst, weiss ich zum vornherein, um was es da gehen wird.»
«Dann weisst du ja, was ich von Herzen gern tun würde! Dein Vater ist dagegen. Und du?»
«Wir haben hier und jetzt keine Zeit. Aber nur so viel: Ich würde liebend gerne von hier weg, denn seit meine Mutter bettlägerig ist, führt sich Vater wie ein Napoleon auf. Aber mich erobert er nicht mehr. Und am liebsten würde ich gleich mit dir mitgehen.»
«Ja, dann darf ich also hoffen?»
«Das, lieber Christian, hast du sicher schon geahnt. Wir müssen einfach vorsichtig sein. Am nächsten Sonntag zum Tanz im ‹Sternen›?»
«Ja, noch so gerne.»
Nun hören sie die schweren Schritte von Meister und Vater Schindler, der sich der Werkstatttür nähert.
Der trotz allem Schwiegersohn in spe flitzt mit einem vor Freude hüpfenden Herzen zur Tür hinaus.

***

Christian Steinmann sitzt auf der Vorderkante eines Holzstuhls im Kontor der frisch gegründeten Ersparniskasse von Konolfingen (EvK) und fühlt sich unbehaglich. Er ist es nicht gewohnt, im Büro eines noblen Herren, ganz in Schwarz mit weissem Kragen und rotem Binder, zu sitzen. Dieser etwas füllige Herr Johann J. Schmalz[23], der neue Direktor (im Nebenamt) der erst zwei Jahre alten Bank, schaut ihn über seine silbergerahmte Brille prüfend an und schweigt nach

---

23 Johann Jakob Schmalz war nicht nur Mitbegründer der Bank EvK, sondern Amtsnotar, Gerichtsschreiber, Amtsrichter, Grossrat, Gerichtspräsident, Regierungsrat und zuletzt Regierungsstatthalter in Konolfingen und stammt aus einer patrizialen Familie von Büren.

Christians Geschmack allzu lange, bis er endlich auf sein Begehren antwortet: «Einen Kredit von fünftausend Berner Franken[24]? Das muss gut überlegt sein. Und was für Sicherheiten bietest du uns an?» Mehr sagt er nicht. Nur zieht er dazu die Mundwinkel nach unten. Christian, sonst nicht der Schüchternste, zögert mit der Antwort. Auch der düster-strenge Raum mit dem dunklen Holztäfer an den Wänden wie an der Decke muntert ihn nicht gerade auf. Er weiss zudem, dass dieser wohlbeleibte Herr über fünfzig sein muss und ihn eher als jungen Schnösel ansieht, der noch keine Lebenserfahrung hat. Immerhin ist dem Direktor bekannt, dass Christian der heutige Bauer des Fulpelzes ist.

«Wir haben keine Schulden, und der Fulpelz hat also Platz für eine Hypothekarschuld. Und noch etwas, Herr Direktor: Mein Vater Niklaus hat einen der Gründer der EvK und nun Bankratspräsident gekannt, nämlich Oberamtmann Ludwig von Erlach. Er kann Ihnen vielleicht etwas über die Familie Steinmann berichten.»

«Gut. Eine Sicherheit und eine Referenz bietest du mir an. Das reicht aber nicht für einen derart hohen Kredit. Du sagtest, du möchtest neben dem Bauernhof eine Schuhmacherei gründen und hättest neue Ideen. Ich weiss, ich weiss, du warst ein guter Geselle bei Meister Schindler Peter. Doch reicht das aus? Und verheiratet bist du auch noch nicht.»

Die letzte Bemerkung von Direktor Schmalz schürt nun den Widerspruchsgeist von Christian. So dann doch nicht!

«Vorweg, Herr Direktor: Ich werde sehr bald heiraten», antwortet er selbstsicher, obwohl heute, am 17. Juni 1831, noch gar nichts feststeht. Er fährt fort: «Ich habe mich sehr lange mit der Schuhmacherei und den althergebrachten Methoden, vor allem jener der Schuhe für Bauersleute befasst. Die Holzböden sind zwar günstig und das Nageln einfacher als das Nähen, doch die Hauptprobleme für uns Bauern sind deren zwei: Zum einen haben wir in diesen Schuhen oft nasse Füsse,

---

24 Ein Berner Franken im Jahre 1830 hätte 1962 die achtfache Kaufkraft besessen. Gemäss Otto Stettler (Buch Gottlieb Studer) entspricht das unter Berücksichtigung der Teuerung seit 1962 etwa dem heutigen Wert von 20–24 Franken. Demnach würde der Kredit heute gut 100.000 Franken entsprechen.

und zum andern sind sie zu wenig biegsam. Daher möchte ich neben der Landwirtschaft eine Schuhmacherei aufbauen und verbesserte Schuhe für meinesgleichen anbieten. Ich bin vom Erfolg überzeugt. Der Kredit, um den ich Sie bitte, dient für den Bau und die Grundausstattung der Werkstatt und damit ich zwei Gesellen von Anfang an beschäftigen kann. Zudem möchte ich unseren Stall erweitern und die Landwirtschaft erneuern.»

Direktor Schmalz lehnt sich leicht zurück, streicht sich über die Weste, zieht etwas umständlich seine goldene Taschenuhr hervor, wirft einen Blick darauf und meint: «Soso, das willst du also. Und dafür von uns fünftausend gute Berner Franken. Und wie alt bist du genau?»

«Das wissen Sie, Herr Direktor. Dreiundzwanzig Jahre – aber bald vierundzwanzig.»

«Du verstehst, dass guter Wille allein, der Drang zur Erneuerung – wie bei allen Jungen – und vielleicht sogar die Geringschätzung des Althergebrachten nicht den Erfolg garantiert. Aber ich werde zum Mindesten dein Begehren dem Bankrat vorlegen.»

«Bis wann kann ich Ihre Antwort erwarten?»

«Sei nicht ungeduldig, wir werden bei einer unserer nächsten Sitzungen den Kreditantrag besprechen. Also auf Wiedersehen. *Bhüet di Gott.*»

Christian steht zögernd auf, fühlt sich wie von Gott verlassen, wenn er an die Absage Meister Schindlers und jetzt dieses behäbig-patrizialen Direktors Schmalz denkt. Nach einem kurzen «Adieu» geht er langsam zur Tür, überlegt sich dabei, was er tun könnte, um das Blatt zu wenden. Vielleicht mit dem ehemaligen Oberamtmann von Erlach selbst sprechen?

Als er die Türfalle hinunterdrücken will, hört er ein: «Halt, Steinmann, komm zurück! Mich interessiert nun doch, was du in der Landwirtschaft und in der Schuhmacherei verbessern willst, damit du innerhalb der üblichen zehn Jahre den Kredit zurückbezahlen und ordentlich verzinsen kannst. Mir kam nämlich etwas in den Sinn: Mein ältester Bruder ist im Grauholz gefallen. Mein Zweitältester hat mir darüber berichtet, wie mutig dein Vater, als alle bereits davonstoben, mit seiner Kanone mitten in die heranrückenden Franzosen gefeuert hat. Das war der letzte Schuss, welcher den napoleonischen Eindringlingen galt und traf. Diese eine kleine Verzögerung reichte aus, damit mein Bruder auch noch fliehen konnte. Kurz, ich bin ... oder wir, die Familie Schmalz, sind deinem Vater dankbar. Deshalb kannst du mir deine Absichten ausführlicher erklären.»

Christian tritt überrascht zurück an den Tisch, setzt sich aber nicht und beginnt langsam, immer schneller werdend zu sprechen: «Sie wissen vielleicht auch, Herr Direktor, dass aus England kommend sich eine Änderung in der Landwirtschaft anbahnt. Seit der Aufhebung des Flurzwangs nach 1803 kann man den Fruchtwechsel neugestalten. Was da heisst: Ich will keine Brache mehr, sondern werde Futter, insbesondere Klee, anpflanzen, mit dem Ziel, das Vieh auch im Sommer im Stall zu halten. So kann ich mit dem Mist und der Gülle die Felder düngen und damit den Gewächsertrag steigern. Das gibt zwei Verbesserungen: mehr Milch zum einen, gesteigerte Ernten zum andern. Sie werden sehen, wie in Kiesen 1815 werden auch hier genossenschaftliche Talkäsereien gebaut. Die althergebrachte Meinung, Käse könne nur auf den Alpen produziert werden, wird nicht mehr gelten. Im Gegenteil, Sie werden sehen, dass die Talkäsereien weit mehr käsen und auch ins Ausland exportieren. Da muss man, da will ich rechtzeitig dabei sein. Nebenbei fällt Schotte und Molke an, die ich zum Aufbau einer Schweinezucht verwenden will.

Was die Schuhmacherei anbelangt, gibt es verschiedene kleine Verbesserungen, die aber im Gesamten zu besserem Arbeits- und Militärschuhwerk führen werden. Ziel ist, wie gesagt, wasserdichtere und biegsamere Schuhe. Das beginnt mit der Sohle: nicht mehr Holz, sondern zweischichtiges Rindsleder. Die Innensohle Kalbsleder. Das Leder wird vorgängig stundenlang eingefettet oder gar in Schweinefett gekocht. Die Holznägel fallen weg, dafür wird mehr genäht und mit der Harzmischung geklebt. Auf der Schuhsohle möchte ich ein gängiges Profil mit Metallnägeln einschlagen. Und noch etwas: Die Leisten werden heute unabhängig eingesetzt, ob es nun den rechten oder den linken Fuss betrifft – ich pröble daran, sie diesen unterschiedlichen Fussformen anzupassen. Gelingt mir das, bin ich sicher, dass die Schuhmacherei neben der Landwirtschaft ebenfalls ein grosser Erfolg sein wird.»

Niklaus hat mit kräftiger Überzeugung seine Ideen vorgetragen, und Direktor Schmalz kann sich dem Eindruck nicht entziehen, dass Christian eine genaue Vorstellung davon hat, wie er in beiden Bereichen vorgehen will.
«Junger Mann, man kann dir nicht absprechen, dass du weisst, was du willst. Und ich gebe zu, Steinmann, wenn du deine Ideen so umsetzt, wie du sie vorträgst, kann ich mir den Erfolg vorstellen. Ich werde dem Bankrat deine Absichten darlegen. Wenn die nämlich zutreffen, ergibt sich automatisch eine Erweiterung unseres Bankgeschäfts. Einige bis viele folgen vielleicht deinem Beispiel, was da heisst: Alle brauchen eine Anschubfinanzierung durch die EvK.»

***

Und so geschah es auch. Christian erhielt zwei Monate später seinen gewünschten Hypothekarkredit, auszahlbar in drei Halbjahresraten. Rückzahlbar ab dem fünften Jahr, in je fünf Raten. Als Zins wurden vierdreiviertel Prozent vereinbart.
Christian begann sofort mit grosser Leidenschaft mit der Umsetzung seiner Ideen. Bereits Ende 1832 produzierte er mit seinen zwei Gesellen die ersten Schuhe und fütterte, melkte, mistete fünfzehn Kühe im neuen Stall. Auch war er daran, seine eher skeptischen Nachbarn für die neue Landwirtschaft zu erwärmen sowie für eine genossenschaftliche Käserei zu werben.

***

«Guten Tag, Meister Schindler, so, da wären sie!»
Mit diesen Worten stellt Christian am 27. Februar 1833 seinem ehemaligen Schuhmachermeister Schindler ein paar schwarze, von Fett glänzende Nagelschuhe auf seinen Arbeitstisch. Ohne zu klopfen hat er die Werkstatt betreten, seinen leicht überschneiten Militärmantel abgelegt und ist mit den Schuhen zu dem verwundert aufblickenden Schindler gegangen. Mit einigem Stolz im Gesicht.
«Jaja, Steinmann. Ich habe bereits davon gehört. Du scheinst ja doch ein Tausendsassa zu sein und…»

Niklaus unterbricht seinen ehemaligen Chef: «Ja, und ich verkaufe bereits zehn Paar Schuhe pro Monat ... Ich glaube nicht, dass Ihnen das bisher gelang. Meine Verbesserungen sprechen sich nämlich herum.» Allerdings fühlt Christian nun doch, dass er mit seinem forschen Auftritt zu weit geht. Schliesslich will er von seinem Meister ja das Einverständnis, Anneli endlich heiraten zu dürfen. Mit seinem schuhmacherischen Triumph will er sich wieder zurückhalten: «Ja, Meister Schindler, ich weiss sehr wohl, ohne Sie und was ich bei Ihnen lernen durfte, hätte ich dieses Resultat nicht erreicht. Ich bin Ihnen dankbar dafür.»
«Aha, das will ich wohl meinen. Aber ich weiss, warum du hier bist. Du kommst wegen Anneli?»
«Stimmt. Wir wollen heiraten, und zwar bald.»
Meister Schindler steht auf, schaut mit leicht zusammengekniffenen Augen zu Christian und zischt: «Was heisst da ‹wir›?»
«Ja, wir! Anneli und ich wollen unsere Geheimnistuerei beenden und vor dem Altar des Höchsten mit dem Segen der reformierten Kirche unsere Verbindung besiegeln.»
Tatsächlich haben sich Anna und Christian immer öfter getroffen. Zum Beispiel wenn Vater Schindler ausfuhr, um Leder in den Gerbereien im Emmental zu kaufen oder Nägel in der Stadt zu erwerben, und ebenso bei anderen Abwesenheiten. Sie kamen sich bald näher, und aus dem Herzen und Küssen entwickelte sich, was eben Mann und Frau so tun, wenn sie sich lieben. Beide waren sich jedoch wohl bewusst, dass es aufzupassen galt. Bisher hat dies auch geklappt, doch die Versuchung, ineinander vereinigt zu bleiben, wurde für beide immer grösser. Mehr als einmal gelang es nicht. Glücklicherweise stellte sich daraus keine Kindsfolge ein.
Bevor Christian mehr hat sagen können, öffnet sich abrupt die Werkstatttür. Anneli stürmt, von ihren blonden Zöpfen umrahmt, herein und sagt dezidiert: «Vater, jetzt wird geheiratet. Ob du es willst oder nicht. Ich glaube, du möchtest ja auch nicht eine Tochter mit einem Bankert. Christian und ich lieben uns und wollen so schnell als möglich das Eheleben auf dem Fulpelz beginnen ... Wie du wahrscheinlich schon weisst, beginnt der Hof mit den Neuerungen zu florieren!»
Der Vater tritt drei Schritte zurück, errötet, zögert und meint nickend: «Dann habe ich wohl nichts mehr dazu zu sagen?»

Anneli antwortet kurz und entschlossen: «Richtig und falsch. Du kannst Ja sagen und du siehst eine glückliche Tochter vor dir. Wenn du Nein sagen würdest, was ich nicht glaube, denn du liebst mich ja, würden wir uns kaum mehr sehen.»

Damit tritt in der Werkstatt eine längere Stille ein, und ein jeder scheint in sich hineinzublicken. Dann, als sich Schindler wie so oft im Haar krault und am Bart zupft, meint er schliesslich: «Gut, so habt euch! Und meinen Segen habt ihr! Ja, ich wünsche euch reiches Glück und ein gottgesegnetes Leben. Doch eine Frage habe ich an meinen künftigen Schwiegersohn.»

Die beiden Verliebten schauen sich glücklich an, geben sich die Hände, gönnen sich einen Kuss und beachten Vater Schindler nicht. Ja, das Glück scheint beide zu überschwemmen, denn zu lange lebten sie in Heimlichkeiten, sei es draussen im Wald oder in einer leeren Scheune. Trotz der angebrochenen neuen Zeit gilt es nämlich immer noch als äusserst unsittlich und für eine Jungfrau als schändlich, mit einem Mann vorehelich zu verkehren.

«Hallo, Christian, ich habe noch eine Frage an dich.»

«Ja, Papa Schindler. Und das wäre?»

«Wenn wir nun als Familie zusammenwachsen, wie wäre es, wenn ich deine Schuhe auch in Worb verkaufen würde? Ich glaube, das bringt sowohl dir wie mir ein zusätzliches Geschäft.»

Christian denkt nach, legt seine Stirn in Falten und erwidert bedächtig: «Warum nicht, lieber Schwiegervater ... Vielleicht sollten wir aber zuerst über die Mitgift von Anneli sprechen. Und da bin ich ganz Ohr.»

***

Die beiden heirateten 1833 im Wonnemonat Mai. Verwandte, Freunde und Bekannte sollten sich noch lange an das turbulente und reichhaltige Hochzeitsfest auf dem Fulpelz nach dem Kirchgang zu Worb erinnern. Sowohl der ehemalige Oberamtmann von Erlach als auch der Bankdirektor Schmalz liessen es sich nicht nehmen, auf dem Fulpelz vorbeizuschauen und mit den Hochzeitern mit einem von ihnen gespendeten Waadtländer Weisswein anzustossen.

Alles, was die zwei mit ihren kräftigen Händen anpackten, gelang und blühte auf. Auch die Nachkommenschaft: Elsbeth kam im Januar 1834 zur Welt, Christen 1837, Anna 1838, Johannes 1840, Friedrich 1842, Niklaus 1844, Rosina 1845, Marie 1847 und schliesslich Katharina 1850. Neun Kinder also, meist mit Abständen, die der Mutter Zeit gaben, sich jeweils mit ganzer Mutterliebe um das Neugeborene zu kümmern.

Die Schuhmacherei entwickelte sich dermassen, dass Christian zwölf Gesellen beschäftigen konnte. Wenn man je Geselle ein Paar Schuhe pro Woche rechnet, ergäbe das theoretisch eine Monatsproduktion von gut vierzig Paaren. Doch auch wenn es nur dreissig waren, ist das für die damalige Zeit eine ansehnliche Produktion. Bei den damals herrschenden Preisen von circa achtzehn Franken pro Paar Schuhe ergibt sich ein stattlicher Monatsumsatz von fünfhundert bis siebenhundert Franken. Damit konnte der Kredit der EvK ohne Probleme verzinst und zurückbezahlt werden.

Schliesslich blühte auch die Landwirtschaft nach dem neuen Konzept auf. Bis Mitte des 19. Jahrhunderts entstand ein eigentlicher Boom von Talkäsereien mit grossen Exporterfolgen, woran Christian mit seinem Fulpelz teilhatte.

«Sie kennen mich ja so gut wie keinen ihrer Gesellen. Ich glaube auch, dass ich sehr tüchtig für Sie, Meister Schindler, gearbeitet habe.»

Der Dialog spielt sich in der mit Werkzeugen und Leisten überstellten Schuhmacherei ab.

*«Dann weisst du ja, was ich von Herzen gerne tun würde!
Dein Vater ist dagegen. Und du?»
«Wir haben hier und jetzt keine Zeit. Aber nur soviel:
Ich würde liebend gerne von hier weg und mit dir mitgehen.»*

«‹Gut. Eine Sicherheit und eine Referenz bietest du mir an. Das reicht aber nicht für einen derart hohen Kredit. Du sagtest, du möchtest neben dem Bauernhof eine Schuhmacherei gründen und hättest neue Ideen?›, fragt Bankdirektor Schmalz.»

«Sie wissen vielleicht auch, Herr Direktor, dass aus England kommend sich eine Änderung in der Landwirtschaft anbahnt.»

«Die Meinung, Käse könne nur auf der Alp produziert werden, wird nicht mehr gelten. Die Talkäsereien werden weit mehr käsen und auch ins Ausland exportieren. Da will ich rechtzeitig dabei sein.»

Sie kamen sich bald näher und aus dem Herzen und Küssen entwickelte sich, was eben Mann und Frau so tun, wenn sie sich lieben.

Anneli und Christian heirateten im Wonnemonat Mai 1833. Verwandte, Freunde und Bekannte erinnern sich noch lange an das Hochzeitsfest auf dem Fulpelz nach dem Kirchgang zu Worb.

Bild «Uli der Pächter» (Film von Franz Schnyder, 1955).

GALLI

12. Tode, Zukunftsprobleme und Projekte (1856–1860)

Wie Francesco nach der Beerdigung seines Vaters aufgrund eines drohenden zweiten Unabhängigkeitskriegs in Italien auf Bitten von Maria nach Gerra zurückkommt, die Hauptpost in Locarno baut und ein Grossprojekt zu planen beginnt.

Sie sitzen schweigend vor dem flackernden Kaminfeuer, starren in die Flammen, lassen die Arme schlaff links und rechts neben dem Sessel hängen. Sie wirken nicht nur erschöpft, sie sind es auch. Mann und Frau, Francesco und Maria. Der traurige Tag klingt nicht leise in beider Seelen ab, sondern je weniger im Aussen läuft, desto mehr türmen sich häufende Probleme wie Mauern im Inneren, vor denen es kein Ausweichen gibt.
Vater Philipp, der noch im Oktober 1856 seinen achtundsechzigsten Geburtstag gefeiert hatte, wurde heute unter grosser Anteilnahme im Familiengrab in Gerra beerdigt. Die Kirche San Rocco e Sebastiano reichte nicht aus, alle Trauergäste, auch stehend neben den Sitzreihen, aufzunehmen. Die ersten vier Reihen waren allein schon von der Familie besetzt. Nach dem langen Trauerzug zum Friedhof musste Francesco ähnlich wie seinerzeit seine Grossmutter Lucretia den Zugang zur letzten Ruhestätte den Grossfamilien Galli und Balestra vorbehalten.
Natürlich wird es nie still im Cinque Fonti; die grosse Kinderschar, das Schreien des jüngsten Mädchens, geboren im September, erzeugen ein stetes Hintergrundgeräusch, das selbst im Arbeitszimmer von Francesco unter dem Dach zu hören ist.
Maria bricht als Erste dieses Schweigen vor dem Kaminfeuer: «Hin und wieder denke ich schon, dass Gott uns eine Prüfung auferlegt hat, der wir nicht gewachsen sind und die wir nicht bestehen werden.»

Francesco blickt auf und meint leise: «Ein Gott hat damit nichts zu tun ... es liegt allein an mir, oder uns beiden ... unsere Natur wollte es so. Aber ...» Er bricht ab.
«Ja, was aber?»
Er zögert mit der Antwort und spricht wie in sich hinein: «Wir sind beide Schöpfer von Leben, und wir geben es wie ein Sämann auf fruchtbaren Boden weiter ... Klingt etwas literarisch. Aber schau, Maria, ich weiss sehr wohl, wieviel grosse Arbeit und enorme Mühe unsere vielen Lieben für dich täglich bedeuten. Wir haben mit den vielen Kindern einen kleinen Planeten geschaffen, unseren Galli-Planeten ... Und für mich weiss ich, warum ich arbeite, strebe, baue und noch mehr baue.»
«Ja, mag sein, Francesco. Ich aber lebe auf diesem Planeten das ganze Jahr, und bis das Jüngste achtzehn Jahre alt ist, bin ich bereits achtundfünfzig. Dann werde ich für eine erhebliche Zahl von Enkeln auch Grossmutter sein. Doch wie auch immer. Es ist unsere Bestimmung, und dank deinem Verdienst reicht es für drei Mägde, die mir zur Hand gehen. Noch etwas: Meine Schwestern sind ja kinderlos. Sie würden noch so gerne gemeinsam drei Mädchen von uns aufziehen.»
Meine Mutter Beatrice Galli schreibt dazu:

Sie hatte kinderlose Schwestern, welche drei Mädchen aufzogen. Darunter die sehr schöne Livia, die später einen Pini heiratete, dessen Enkel Aleardo Pini 1950 Nationalratspräsident war. Die aufsässigste der Schwestern war Innocente, welche sich antiklerikal gebärdete und vor der Kirche mit roten (!) Schürzenbändern herumspazierte, was alle Konservativen sehr geärgert haben soll.

Da das Grossfamilienthema ja oft Anlass ihrer Gespräche ist, wechselt Maria es, da ab heute ein anderes aktueller wird: «Wäre es nicht an der Zeit, dass du ins Tessin zurückkommst und das Büro von Papa in Locarno übernimmst?»
Francesco kratzt sich an seinem Spitzbart, denn diese Frage hat er erwartet. Sie lag in der traurigen Luft und musste kommen. Deshalb antwortet er wohlvorbereitet: «Das geht leider nicht, Maria. Mein ganzes Beziehungsnetz ist im Piemont verhaftet. Beim König bin ich

wohlgelitten, und daher fällt mir vieles auch von seiner Umgebung zu. Hier, im Tessin, bin ich als Architekt bei den wichtigen Leuten kaum bekannt. Papa war ein Strassenbauspezialist, also Tiefbau, und ich bin das glatte Gegenteil: Grosse Gebäude, exklusive Villen, ja prächtige Parks sind meine Spezialität. Der kommende Eisenbahnbau im Tessin ist sicher vergleichbar mit dem Bau der imposanten Strecke von Turin nach Genua, samt längstem Tunnel Europas, die vor drei Jahren beendet wurde. Dies ist meine Sache nicht. Da ist Ingenieurskunst gefragt, vielleicht kann das dann einer unserer Söhne.»
«Aber Domenico, dein Onkel war immerhin ständiger Grossrat, letztes Jahr noch Präsident, 1854 sogar Ständerat. Er kannte doch alle, die hier etwas zu sagen haben.»
«Der aber im Februar gestorben ist, meine Liebe... Du weisst nicht, wie schnell politische Beziehungen sich in Luft auflösen. Abgesehen davon war er in den letzten Jahren nicht mehr so beliebt und hat sich oft gegen die Partei gewandt. Zum Beispiel als er viel dazu beitrug, dass der Tessin die neue Verfassung der Eidgenossenschaft von 1848 abgelehnt hat. Auch seine Gegnerschaft zur vollständigen Säkularisation aller Klostergüter in den Jahren 1852 und 1853 schuf ihm Feinde, obwohl ihre Vermögen der staatlichen Bildung zugedacht sind! Vielleicht war er doch mehr Katholik als Erzliberaler, wie er vorgab.»
Maria antwortet nicht sofort. Dann versucht sie es mit einem Einwand, der auch Francesco umtreibt: «Den ersten italienischen Unabhängigkeitskrieg haben deine Piemonteser nach einigen Erfolgen gegen die Habsburger 1849 verloren. Gut. Unser Vorteil, weil König Karl Albrecht abdanken musste, dein Vittorio an die Macht kam und du nun Commendatore bist. Aber das wird nicht das Ende der italienischen Kriegerei sein. Das weisst du genau. Präsident Cavour und dein König werden es in den nächsten Jahren wieder versuchen. Vielleicht mit Unterstützung von Frankreich, weil sie es allein nicht schaffen. Jedenfalls geht die allgemeine Stimmung in Richtung Revanche und nach wie vor zu einem unabhängigen Italien. Zweimal gelingt es deinem König nicht, einen so milden Frieden zu schliessen. Wenn er besiegt würde, dann könntest du alles in Nervi verlieren. Du bist zu königsnah!»

Maria ist nicht nur gebärfreudig, sondern auch klug, denn diese Befürchtung beschäftigt Francesco schon einige Zeit. Er denkt nach, zögert und meint dann: «Ja, liebe Maria, da könntest du recht haben. Aber ob ich hier bin oder nicht, die grosse Belastung durch die Kinderschar bleibt an dir hängen. Ich werde keine grosse Hilfe sein. Es gälte für mich sozusagen Tag und Nacht, aufzubauen. Doch etwas wäre nun möglich, und das sollten wir bedenken: Dank der Bahnlinie Genua–Turin, Turin bis zur Grenze Lombardei, das heisst vielleicht bald bis Mailand und von dort nach Chiasso, könnte ich schneller reisen und das eine tun und das andere nicht lassen. Ich kann also Locarno schrittweise aufbauen und Nervi wie bisher weiterführen. Aber ich müsste für Locarno eine grosse, repräsentative Chance haben, um bekannt zu werden.»
«Sehr gut, Francesco. Versprich mir, dass du das bald in die Hand nimmst, also das Büro von Philipp nicht aufgibst. Vor allem setz dich von Nervi rechtzeitig ab, bevor die Kanonen wieder donnern. Wäre schön, dich in der Nacht wieder neben mir zu fühlen.» Dazu lächelt Maria beinahe wie ein junges Mädchen. Francesco steht auf, geht zu ihr hin, beugt sich, umfasst mit beiden Händen ihr Gesicht und küsst seine Maria auch eher wie ein junger Mann.

***

Und so geschah es auch. Allerdings nicht so schnell. Als Erstes übernahm Francesco im Nachgang der üblichen administrativen und rechtlichen Arbeiten wegen des Hinschieds seines Vaters offiziell dessen Büro mit der Anweisung, die bisherigen Aufträge fortzuführen und die Kosten zu minimieren.
In Oberitalien entwickelte sich im fiebrigen Zustand des Dranges nach Unabhängigkeit alles, wie Maria es vorausgesehen und Francesco befürchtet hatte. Bereits zwei Jahre später schien es dem Ministerpräsidenten Cavour geglückt zu sein, Frankreich auf seine Seite zu ziehen, und zwar in einem Geheimvertrag. Einen kleinen, indiskreten diesbezüglichen Hinweis einer der Mätressen konnte Francesco richtig deuten. Als er im Oktober 1858 von Nervi nach Hause fuhr, nahm er sich vor, nicht mehr zurückzukehren, bevor der in der Luft anwe-

hende Krieg ausgestanden sei. So blieb er im kinderreichen Cinque Fonti, als im April 1859 die Österreicher weit ins Piemont einmarschierten, aber bereits im Mai und Anfang Juni mit den vereinten Kräften der Franzosen über Mailand hinaus vertrieben wurden. Zur grossen Schlacht kam es nach einigen Vorgefechten am 24. Juni bei San Martino mit circa 36 000 Piemontesern gegen circa 28 000 Österreicher und im Zentrum bei Solferino mit circa 150 000 Franzosen gegen circa 133 000 Österreicher. Beides galt nach Waterloo als blutigste Schlacht des 19. Jahrhunderts. Aus diesem blutigen Treffen mit circa 30 000 Toten oder Verletzten, circa 10 000 Vermissten und danach circa 40 000 Erkrankten folgten zwei nachhaltige geschichtliche Errungenschaften:

Erstens räumte Österreich die Lombardei komplett zugunsten der Franzosen, welche diese sofort dem neuen Italien übergaben. Im Gegenzug erhielten die Franzosen Savoyen und die Grafschaft Nizza. Nachdem sich auch die Toskana angeschlossen hatte, war Italien unter der Führung von König Vittorio Emanuele II. bald geeint. (Der Süden trat unter der Führung Giacomo Garibaldis noch im gleichen Jahr dem neuen Italien bei.)

Zweitens veranlasste das unendliche Leid der Tausenden Verletzten dieser grausamen Metzelei Henry Dunant, mit vielen lokalen Freiwilligen zu helfen und danach einen Erlebnisbericht zu schreiben, der zur Gründung des Internationalen Roten Kreuzes führte (an welcher auch General Dufour mitwirkte).

Francesco konnte im Jahr 1859 sicher nicht durch das kriegsgeschüttelte Land nach Nervi reisen. Vielleicht auch 1860 noch nicht. So widmete er sich dem vom Vater geerbten Bureau in Locarno. Was er dringend brauchte, war ein Kontakt, der ihm den Zugang zu interessanten Architekturprojekten ermöglichte. Wahrscheinlich fand sich dieser in der Person des Bauunternehmers und liberalen Politikers Giacomo Balli, mit dem Francesco später nachweislich bei seinem grössten Auftrag im Tessin zusammenarbeitete. Als sicher darf angenommen werden, dass dies dem Tessiner Outsider Francesco Galli ohne diese tatkräftige Beziehung nie gelungen wäre.

Vielleicht auch deshalb (Schriftliches ist allerdings nicht überliefert) realisierte er als Erstes gemäss den Unterlagen meiner Mutter auf der Piazza Grande «die Hauptpost in Locarno, die heute nicht mehr steht». Aus diesem Grund ist das heutige Postgebäude so prominent platziert.

Es könnte also sein, dass dies während Francescos Zwangsaufenthalt in Gerra 1859/60 geschah. Warum aber erst über zehn Jahre nach der Gründung des Bundesstaats?

Nach 1848 ging mit der neuen Verfassung das Postregal an den Bund. Für die Postbauten dürfte es eine subventionierte Pflicht der Kantone gewesen sein. Bis so ein Bau zustande kam, vergeht (wie heute) einige Zeit. Mit der Abschaffung der kantonalen Zollhoheit fiel eine wichtige Einnahmequelle des Kantons weg, und die Finanzen wurden noch knapper. Das war ja der Hauptgrund, warum der Tessin die neue Verfassung ablehnte, obwohl alle liberalen Forderungen wie etwa Pressefreiheit, Versammlungsfreiheit, Gewerbefreiheit und so weiter mit ihr erfüllt sowie ein einheitliches Geldwesen (Franken, Rappen), einheitliche metrische Masse et cetera geschaffen wurden. Es war damals ohnehin die Zeit grosser Armut und Arbeitslosigkeit im Tessin, welche zu einer Massenemigration führte.

Auch für die Familie Galli mit der riesigen Kinderschar dürften Schmalhans-Zeiten angebrochen sein, denn die Architektenhonorare fielen sicher nicht mehr so reichlich an.

***

Zwei Herren in schwarzen Anzügen mit Zylinder und Schwalbenschwänzen gehen am Quai von Ascona gemessenen Schrittes auf und ab. Sie sind ins Gespräch vertieft, ungeachtet der Schönheit des glitzernden Lagos in der hellen Nachmittagssonne. Hin und wieder bleiben sie stehen, und der Grössere unterstreicht seine Rede mit weit ausholenden Bewegungen der Hände und der Arme. Es sind dies Giacomo Balli und Francesco, der trotz Weste sein Mittvierziger-Bäuchlein nicht verbergen kann.

«Wir müssen und werden uns aus der Isolation lösen. Die Eisenbahnverbindung Locarno-Bellinzona zur Hauptlinie Richtung Lugano-Chiasso gibt uns die Grundlage für ein ganz anderes Locarno. Dir, Francesco, muss ich das wirklich nicht sagen: Zwar ist der Lago Mag-

giore nicht das weite Meer wie in Nervi. Aber das milde Klima, die Sonne, die uns so reichlich scheint und die ganze südländische Natur gibt uns die Chance, auch hier ein Tessiner Nervi zu schaffen.»
Francesco nickt, nachdem dieser ihm erst seit kurzer Zeit bekannte Balli das jetzt schon zum dritten Mal wiederholt. So beginnt er selbst daran zu glauben. Aber er weiss auch, was es heisst, ein Nervi zu schaffen. Das wäre ein Generationenprojekt. Mit diesem alten Städtchen und den vielen ärmlichen, nicht unterhaltenen Häusern ist dieses nicht ohne weiteres realisierbar. Es gälte mit einem lauten Paukenschlag die neue Ära zu eröffnen, der so weit herumschallt, dass die internationale Klientel herbeigelockt wird.
Zwei Trends könnten sich allerdings zugunsten des Tessins an den attraktiven Lagos touristisch auswirken: Zum einen sind die kriegerischen Wirren in Oberitalien zwar bald vorbei. Aber in einem Nachkriegsgebiet lässt es sich nicht so leicht entspannen. Zum anderen ist die Projektphase für die Eisenbahnverbindung über den Gotthard beziehungsweise durch den Tunnel weit gediehen, zurzeit geht es vor allem um die schwierige Finanzierungsfrage. Die neue Verbindung wird den Markt in der Nordschweiz und zu den deutschen Fürstentümern eröffnen.
«Im Grunde hast du recht, Giacomo. Jetzt ist der richtige Zeitpunkt, einzusteigen. Dies könnte die hiesige Gegend aus ihrer Armut reissen. Doch zwei grosse Probleme sind zu lösen: Wer zeichnet, wer führt ein derartig grosses Projekt aus, und vor allem, wer finanziert ein so riskantes Unternehmen, als das es sicher zurzeit beurteilt wird?»
Da lacht Herr Balli in seinem schwarz befrackten Anzug laut heraus. Zum ersten Mal heute, denn die beiden haben sich nach der Beerdigung eines liberalen Grossrats in der Kirche San Michele getroffen und hielten bis jetzt die Bittermiene aufrecht.
«Die Lösung des ersten Problems bist du, lieber Francesco. Du, der Commendatore des neuen Königs von ganz Italien, bekannter Architekt und Bauunternehmer in Nervi, aber zugleich aus einer traditionellen Maestri-Familie aus dem Tessin stammend, bist der einzig Mögliche. Du kannst das, und du bist mit deiner Erfahrung und Reputation bei den Investoren glaubwürdig. Die Finanzierungsfragen sind meine Sache, und ich weiss auch, wie. Stichworte: eine Aktien-

gesellschaft mit der Möglichkeit, dass die alten Tessiner Familien sich beteiligen können und der Auslandsanteil, wenn überhaupt, immer in der Minderheit ist.»

Sie sind stehen geblieben, und Francesco kratzt sich einmal mehr am Bart und wendet seinen Blick auf die herrlich blaue Bucht Asconas bis hin zum grünen Tupfer der Brissago-Inseln.

«Du meinst…?»

«Ja, ich meine, du musst mir so schnell als möglich ein Vorprojekt im Raum Locarno-Muralto zeichnen: ein überwältigendes, einmaliges und grösstes Hotel für den Kanton Tessin und mit einem grossen Park à la Nervi. Nur du kannst das. Ich sage dir: Projektiert, geplant und schliesslich gebaut geht weit schneller, als in diesem Kanton so viel Begeisterung zu wecken, dass sich die Geldtruhen öffnen. Mach dich an die Arbeit, sobald du kannst.»

Francesco schaut Giacomo Balli lange an, kneift die Augen zusammen, denkt dabei an die möglichen, so dringend benötigten Honorare und sagt schliesslich: «Einverstanden, Giacomo… Und wie soll er heissen, dieser Nobelpalast?»

«Hotel Locarno.»

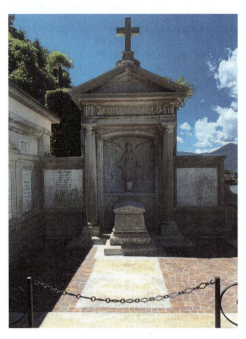

Vater Philipp, im Oktober 1856 68 Jahre alt geworden, wurde unter grosser Anteilnahme im Familiengrab in Gerra beerdigt.

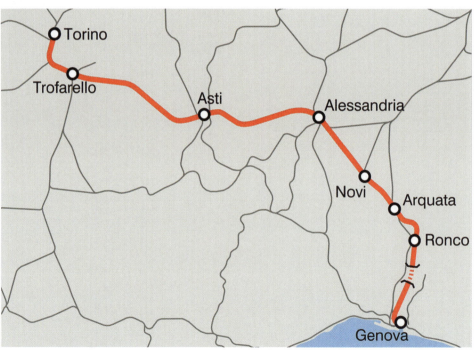

«Mit der Bahn Genua-Turin bis zur Grenze der Lombardei könnte ich schneller reisen und Locarno schrittweise aufbauen und Nervi wie bisher weiterführen.»

Zur blutigen Schlacht kam es am 24. Juni bei San Martino mit circa 34 000 Piemonteser gegen 28 000 Österreicher und im Zentrum bei Solferino mit circa 150 000 Franzosen gegen circa 133 000 Österreicher.

Das unendliche Leid der tausend Verletzten dieser Metzelei veranlasste Henry Dunant, mit lokalen Freiwilligen zu helfen und einen Erlebnisbericht zu schreiben, der zur Gründung des Internationalen Roten Kreuzes mit General Dufour führte.

Henry Dunant.

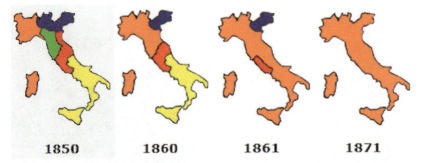

Österreich räumte die Lombardei zu Gunsten der Franzosen, welche diese dem neuen Italien übergab. Im Gegenzug erhielten die Franzosen Savoyen und Nizza. Als der Süden unter der Führung von Giuseppe Garibaldi im gleichen Jahr beitrat, war Italien unter der Führung des Königs Vittorio Emanuele II. bald geeint.

Treffen zwischen Giuseppe Garibaldi und König Vittorio Emanuele II. am 26. Oktober 1860.

Mit der Abschaffung der kantonalen Zollhoheit fiel eine wichtige Einnahmequelle weg, weshalb der Tessin die neue Verfassung am 12. September 1848 ablehnte, obwohl alle seine liberalen Forderungen erfüllt wurden.

Das von Francesco Galli projektierte und gebaute Grand Hotel Locarno (um 1890).

STEINMANN

13. Freischärler und Sonderbundskrieger (1847–1848)

Wie der friedliche Alltag auf dem Fulpelz durch kriegerische Ereignisse durchbrochen wird und Christian in den Stapfen seines Söldnervaters auch einmal Pulverdampf und Kanonendonner erleben will.

«Sie kommen, sie kommen!»
Es ist die siebenjährige Anneli, welche in den Stall hineinschreit, in dem Christian zusammen mit dem Melker die abendliche Milch aus den Eutern der gemächlich kauenden Kühe streicht. Zuerst hört er die Kleine gar nicht, denn er pflegt zum Melken laut und falsch zu singen. Er darf das nur im Stall, weil sonst seine ganze Familie aufschreit und alle sich die Ohren demonstrativ zuhalten. Im Gegensatz zu ihm singt Mutter Anneli am Abend nach dem Abendessen mit den Kindern kurze, liebliche Liedlein in harmonisch klaren Tönen. Da durchflutet ihn jeweils Freude und mächtiger Stolz auf seine Familie. Die silbernen Stimmen der Jüngsten klingen erstaunlich schön. Diese kurzen, mehrstimmigen Abendkonzerte, von Anneli zu Beginn des ehelichen Beisammenseins eingeführt, haben sich zu einem eigentlichen Brauch entwickelt. Dieser ersetzt das abendliche Bibellesen. Christian vermisst es nicht.
Nun schreit der zehnjährige Christen noch lauter in den Stall: «Sie kommen, sie kommen!»
Das hört nun Christian. Er unterbricht sein Melken mit einem Handzeichen zum Melker hin, weiterzumachen. Indem er zur Stalltür geht, brummt er: «Wer kommt da? Warum schreit ihr so herum, Kinder?»
«Soldaten! Männer mit schwarz-dreckigen Gesichtern, zum Teil blutigen Kleidern, die sich dahinschleppen, ja und wie Besoffene torkeln.»
Nun weiss Christian, um was es da geht. Die Freischärler haben abermals ihr Ziel, Luzern einzunehmen, verfehlt und die Jesuitenbrut

nicht ausgemerzt. Gegen die Katholiken und ihre Pfaffenröcke scheint zurzeit kein Kraut gewachsen. So denkt Christian, als er hinaustritt und seinem zehnjährigen Christen befiehlt: «Sag Müeti schnell, sie soll dreimal so viel Rösti braten, und zwar mit genügend Speck. Wir stopfen heute Abend sicher die Mäuler Hungriger und Erschöpfter. Und du, Anna, geh zu den Gesellen: Sie sollen mit Schuhmachen aufhören und sofort mit mir zur Strasse kommen. Auch heisse sie zwei Handwagen mitnehmen, denn es gibt sicher Verletzte, die kaum mehr laufen können.»

Christian ist sich im Klaren, was da abgelaufen sein könnte.

Der jahrelange Konflikt zwischen den reformierten liberalen Kantonen, zum Beispiel dem Kanton Bern, und den Katholischen hat sich immer mehr verschärft. Es ist das stete Thema bei den Gesprächen im Wirtshaus oder an den Gemeindeversammlungen und im Hinkenden Bot[25]. Zwar ist der sogenannte Klosterstreit (1841–1843) zwischen Aargau und der Innerschweiz weit weg von hier, doch der Hass auf alles Katholische hat auch im Berner Lande die Gemüter zunehmend erhitzt.

Nachdem bekannt geworden ist, dass im Wallis und in der Innerschweiz die Jesuiten auf die höheren Schulen berufen werden, läuft das Fass über. Der Ruf, dem einen Riegel vorzuschieben, wird lauter. Vom ersten Freischärlerzug vom Aargau aus gegen Luzern Anfang Dezember 1844 hatte man in Richigen erst gehört, als dieser kläglich gescheitert war. Etwa tausend Mann seien es gewesen, viel zu wenig gegen die Luzerner und Innerschweizer Miliz. Nun aber hat im Laufe des März 1845 der Berner Regierungsrat und Oberst Ulrich Ochsenbein eine grössere Streitmacht von dreitausendfünfhundert Freiwilligen, unterstützt durch Artillerie, aus verschiedenen Kantonen zusammengezogen und ist Ende März losmarschiert.

Christian nimmt an, dass diese Truppe über Huttwil vorging, denn in Richigen, am Weg via Entlebuch nach Luzern, kamen sie nicht vorbei. Nun aber, beim Eindämmern des 3. April, scheinen einige geschla-

---

25 Unter dem Titel *Hinkender Bot(e)* erschienen seit der zweiten Hälfte des 17. Jahrhunderts verschiedene Periodika, die vor allem in bäuerlichen Kreisen gelesen wurden.

gene Berner auf ihrem unrühmlichen Rückzug vorbeizukommen. Er erachtet es als seine Pflicht, diesen demoralisierten, vorwiegend jungen patriotischen Kämpfern beizustehen.

Kurz danach erblickt Christian mit seinen sechs Gesellen die geschlagenen Freischärler, welche links und rechts am Boden auf der Luzern-Strasse hocken und vor sich hinstarren. Einige beherzte Frauen sind bereits daran, ihnen Tranksame zu reichen. Er geht sofort zu einer Gruppe ihm bekannter Bauern, die mit ernsten Gesichtern zusammenstehen und sich besprechen. Als er dazustösst, ist man sich bereits einig, dass man die Freischärler in Gruppen von vier bis fünf Mann einteilt, sie aufnimmt, verpflegt und ihnen ein Nachtlager gibt. Die Verletzten sollen anständig versorgt werden.

Nur wenig später geht Christian mit vier erschöpften Soldaten in zerrissenen unterschiedlichsten Uniformen, teilweise noch Gewehre nachschleppend, aber ohne Tornister Richtung Fulpelz. Seine Gesellen folgen ihm hintennach, zwei Verletzte auf ihrem Handwagen schiebend.

Seine Frau Anneli ist es seit der blühenden Schuhmacherei gewohnt, am grossen Tisch in der Küche viele Mäuler zu stopfen. So auch heute, wobei aber die Gesellen hintanstehen müssen. Um die Leichtverletzen, das heisst die notdürftig verbundenen Streifschüsse und andere Blessuren, kümmert sich Anneli dann selbst. Sie schickt sofort einen Gesellen nach Worb, den Herrn Doktor zu rufen, der sicher auch auf den anderen Richiger Höfen benötigt wird. Christian ordnet an, dass die Gesellen heute Nacht ihre Kammern den Freischärlern zur Verfügung stellen und dass es ihre patriotische Pflicht sei, diese und die nächste Nacht im Stroh zu nächtigen. Dem wird ohne Murren zugestimmt.

***

Die Gesellen haben nach dem reichlichen Nachtessen, das noch um zwei bis drei Stierenaugen[26] pro Person ergänzt wird, die müden Soldaten in ihre Kammern geführt. Am Tisch hat keiner der Kauenden

---

26 Berner Dialekt für «Spiegeleier».

und Schmatzenden die Stille unterbrochen. Weder Christian noch Anneli, geschweige denn die Kinder, getrauten sich, sie auszufragen, trotz ihrer brennenden Neugierde. Tatsächlich mag keiner der Soldaten sich zu den schweren Erlebnissen äussern. Sie sind zufrieden, bei ihrer ersten ausreichenden Mahlzeit nicht von ihrer Niederlage erzählen zu müssen.

Nachdem aber die Kinder, die Gesellen und drei der vier Abgekämpften verschwunden und die zwei Verletzten gut versorgt sind, sitzen Mutter Anneli, Christian und der Artillerist, erkennbar an seinen roten Aufschlägen an der Uniform, am Tisch.

«Ich bin nicht, wie man meinen könnte, Korporal, sondern Adjutant. Mein Name ist Fritz Carl Bluntschli. Ich habe die Gruppe bis hierher geführt», sagt er unaufgefordert und fährt fort: «Wir haben grosses Glück gehabt, davonzukommen. Es war, liebe Gastgeber, ein Gemetzel! Ein gnadenloses, und zwar in Malters.»

Nun horchen Anneli und Christian auf und hoffen, mehr über die Ereignisse des Freischärlerzugs zu erfahren und warum sie so schmählich geschlagen wurden. Sie brauchen Adjutant Bluntschli nicht weiter aufzufordern, denn es scheint ihm ein inneres Anliegen zu sein, das Erlebte zu erzählen. Er schaut dabei starr vor sich hin und hält mit beiden Händen krampfhaft sein Weinglas, das er von Zeit zu Zeit an seinen Mund führt, um ein, zwei Schluck zu trinken. Anneli schenkt ihm jeweils aus der Karaffe mit dem hellen Waadtländer nach. Es ist dies bereits die vierte, die sich an diesem denkwürdigen Abend leert.

«Wir waren auf dem Rückzug, obwohl wir beim Einnachten vor Luzern standen und es kein Problem gewesen wäre, die Stadt zu beschiessen und einzunehmen. Wir richteten bereits unsere Geschütze in ihre Richtung. Da musste das Kommando bemerkt haben, dass der Gütsch[27] nicht wie vorgesehen von der Aargauer Haubitzenabteilung besetzt war. Unsere Flanke wurde damit von den Katholischen bedroht. Oberst Ochsenbein selbst befahl auch mir, unsere Geschütze fünfhundert Meter weiter zurückzuziehen. Als wir uns in einem Hohlweg stauten, knallte ein Kanonenschuss laut hallend in

---

27 Gütsch heisst ein heute in, damals vor der Stadt Luzern gelegener kleiner Hügel.

die Nacht hinein. Wer ihn abgegeben hat, ist unklar. Jedenfalls richtete er keinen Schaden an. Leider musste ich feststellen, dass unsere Freischärlertruppen zu wenig Nerven haben. Es entstand eine ziemliche Panik, und so artete der nächtliche Rückzug beinahe in eine Flucht aus. Wir entschlossen uns daher, uns geordnet über Malters und Wohlhusen in den Aargau zurückzuziehen und den Freischärlerzug zu beenden. Vor uns ritt eine Kavallerieschwadron mit etwa zwanzig bis dreissig Pferden. Die waren schneller als unsere Sechsspänner mit den schweren Geschützen. Sie ritten unbehelligt durch Malters. Auch ich kam mit meinen zwei Kanonen noch gut durchs Dorf. Doch hinter mir begann es laut zu schiessen und zu donnern. Man muss sich das vorstellen: tiefe Nacht, kurz vor ein Uhr morgens, kaum Beleuchtung. So wurden wir vor der Brücke über die Rümlig von Feinden umstellt, und meine zwei Geschützbedienungen mussten sich ergeben.

Mir gelang es jedoch, in der Dunkelheit zu entwischen und im Laufschritt zurückzueilen, um die nachfolgenden Kanoniere und den Tross zu warnen. Leider zu spät. Als ich in Malters ankomme, sehe ich das zuckende Feuer von vielen Gewehren und höre deren ohrenbetäubenden knalligen Lärm. Dazwischen laute Schreie von Befehlen, aber auch von bereits Getroffenen und Verwundeten.

Quer über der Strasse stand ein grosser Heuwagen und versperrte den Durchgang für meine Kameraden. In der Dunkelheit kroch ich links der Dorfstrasse, um dann seitlich des Heuwagens aufzustehen. Nun konnte ich gedeckt sehen, was da Übles ablief. Nur mit einem Säbel bewaffnet, hielt ich mich zurück.

Es war schrecklich.

Viele Geschütze und Fuhrwerke aller Art hatten sich rundherum gestaut, und es wimmelte von Freischärlern, die das Feuer zu erwidern versuchten. Rechts, längs der Dorfstrasse, wurde aus allen Fenstern, aber auch aus den Seitengassen heraus mit Salven gefeuert, sozusagen auf alles, was sich bewegte. Der Hinterhalt der Katholiken schien gelungen. Auch hatte der Feind Lampen so angebracht, dass für sie die chaotische Szenerie gut sichtbar war, wohingegen man nur schwer die im Dunkel schiessenden Feinde erkennen konnte. Nun trafen ein- bis zweihundert Freischärler ein und versuchten mit ei-

nem Gegenfeuer die feigen Hinterhälter niederzuhalten. Das gelang ihnen nicht. Auch wurde hinten bei der Brauerei eine der unsrigen Kanonen in Stellung gebracht. Mit Kartätschen wurde in Richtung Wirtshaus ‹Klösterle› geschossen, wo zu Recht das Hauptnest des Feindes vermutet wurde. Nur mit kurzem Erfolg. Denn bald fielen die Kanoniere links und rechts von Gewehrkugeln getroffen zu Boden. Dann versuchten sie es mit zwei Raketen, wie sie neuerdings in Gebrauch sind. Die eine schlug ohne Wirkung unten ins Wirtshaus ein und die andere in ein Fenster, das sich entzündete. Das bewirkte eine vorübergehende Beruhigung. Doch nach lautem feindlichem Kommandogeschrei ging die Schiesserei auf die ungedeckten Freischärler wieder los. Eine Schlächterei! Verständlicherweise rief einer unserer Offiziere, nämlich Johann Seiler, Gemeindepräsident, Grossrat von Interlaken: ‹Wir geben auf! Wir ergeben uns!›, und ging mit einem weissen Hemd an der Muskete Richtung ‹Klösterle›. Diese Sauhunde, Pfaffen- und Jesuitenarschlecker schossen ihm einfach in die Brust, und Seiler fiel tot um.
Wie es dann ausging, weiss ich nicht. Nun musste ich meine Haut retten und zog mich in die Dunkelheit zurück. Mit anderen Versprengten und dem Chaos Entkommenen eilten wir über die Felder und überquerten die kalte Rümlig zu Fuss, da ja die Brücke vom Feind besetzt war. Wir versuchten noch in der Nacht bis in die Dämmerung hinein auf Schleichwegen links der Emme Richtung Entlebuch wegzukommen. Am Tag versteckten wir uns in den Wäldern und warteten die Nacht ab. In der nächsten Nacht fanden sich immer mehr flüchtende Freischärler ein. Wir gingen auf Nebenwegen, die einer von ihnen recht gut kannte, über Entlebuch und Schüpfheim nach Escholzmatt. Am Morgen des 3. April trafen wir an der Berner Grenze ein. Nun mussten wir uns nicht mehr verstecken und gingen heute den ganzen Tag über bis hierher. Immerhin, so konnten sich circa fünfundzwanzig Berner, aber auch ein paar Aargauer den Klauen des Feindes entreissen.»
Christian und Anneli schauen betroffen zu Adjutant Bluntschli und wagen nicht, dem mitgenommenen Kämpfer Fragen zu stellen. Dieser will offenbar nicht weiterreden, denn er steht ruckartig auf, nickt kurz und geht hinaus zu der ihm zugewiesenen Kammer.

Christian ist tief beeindruckt, denkt wieder einmal an seinen Vater, der jahrelang sein Leben als Soldat fristete, viele und weit grössere Schlachten erlebt hatte. Da reift in ihm ein Wunsch, den er aber an diesem Abend Anneli nicht sagen will.

***

Das Gefecht bei Malters gilt als die grosse Niederlage der Freischaren vor Luzern und bewies, dass auf diese Weise den Innerschweizer Kantonen keine liberale Politik aufgezwungen werden konnte. Die offizielle Geschichtsschreibung gibt achtundzwanzig Tote und vierzig bis sechzig verletzte Freischärler an. Der gesamte Freischarenzug im März 1844 habe hundertzwanzig Todesopfer gefordert, davon einhundertvier Freischärler. Circa achtzehnhundert seien gefangen genommen worden, wovon circa siebenhundert Luzerner ins Gefängnis mussten. Die auswärtigen Gefangenen konnten gegen Lösegeld in ihre Kantone zurückkehren.
Aufgrund von damaligen Presseberichten, auch in deutschen Zeitungen, ist anzunehmen, dass diesem Hinterhalt weit mehr Gefallene zuzuschreiben sind, so auch die Mehrheit der Gefangenen. Dabei gilt es im Kopf zu behalten, dass in dieser Nacht rund um Malters und nicht nur auf dieser Dorfstrasse gekämpft wurde.
Jedenfalls führten dieser blutige Sieg der katholischen Kantone und die entsprechenden Gratulationen der katholischen Mächte wie der Österreicher zu einer Überschätzung ihrer militärischen Kräfte. Wahrscheinlich ist dieser hinterhältige Sieg einer der Hauptgründe, dass die konservativen Kantone im Dezember 1845 einen formellen Sonderbund schlossen und sich militärisch gegen die Beschlüsse der Tagsatzung zu organisieren begannen. Umgekehrt bewirkten die Berichte über die Grausamkeiten der Katholischen, die in allen Farben und Übertreibungen geschildert wurden, dass sich der Hass gegenüber den führenden Kräften der konservativen Kantone in den liberalen Kantonen steigerte. Krieg lag in der Luft, und zwar im ganzen Schweizerlande, so auch bei Christian Steinmann. Am liebsten hätte er seine alte Uniform übergezogen, sein Gewehr geputzt und geölt, den Säbel geschliffen. Aber mit vierzig Jahren gehörte er nicht mehr dem Auszug an.

1846 wurde ein Antrag von der Tagsatzung, den Sonderbund militärisch aufzulösen, noch abgelehnt. Als aber in Genf und St. Gallen die liberale Partei an die Macht kam, entschied sich die Tagsatzung am 4. November 1847, den Sonderbund mit Waffengewalt zu beenden, und wählte Obrist Henri Guillaume Dufour zum General der eidgenössischen Truppen.
Wegen ihres Sieges bei Malters und der internationalen Unterstützung glaubten die katholischen Kantone, sie müssten nicht nachgeben. Ein Irrtum, wie sich bald darauf herausstellte. Über die daraus folgende Wahl von General Dufour wurde bereits berichtet.

***

Wir schreiben den 20. November 1847, circa sieben Uhr früh, und draussen herrscht noch Dunkelheit und Kälte. Trotzdem ist der Fulpelz voller Leben: überall laute Stimmen, Kommandorufe und vielfältige Geräusche einer sich zum Marsch bereit machenden Truppe. Im Laufe des gestrigen Tages hat in allen Gemeinden von Worb bis Langnau die 7. Reservedivision unter dem Regierungspräsidenten und Obristen Ochsenbein Marschbereitschaft erstellt. Nachdem es General Dufour gelungen ist, am 14. November Freiburg zur Kapitulation zu zwingen, wartet die Eidgenössische Armee auf ihren Einsatz, um mit fast einhunderttausend Mann aus den Räumen Aargau und Zürich nach Luzern vorzustossen. Ochsenbein hat den Auftrag, das Entlebuch zu nehmen und von rechts gegen die Stadt Luzern vorzustossen.
Seit gestern ist in Richigen eine Artillerieabteilung stationiert, wobei Teile einer Geschützbatterie im Fulpelz nächtigen. Sie steht unter dem Kommando des zum Oberleutnant beförderten Fritz Bluntschli. Klar, dass er seinen Standort bewusst bei den Steinmanns, den hilfreichen Gastgebern vom April 1845, gewählt hat.
«Nein, nein, Christian, das kannst du mir nicht antun! Das nicht! Denk doch bitte an die Familie, und ich bin hochschwanger – bitte nicht!»
Christian steht neben dem Küchentisch in Uniform, den Säbel umgeschnallt, noch unbehutet, und kratzt sich am Kopf.

«Liebes Anneli, ich weiss, ich weiss, dass dir das schwerfällt. Aber versteh mich doch, es gibt zwei Gründe, warum ich die Einladung von Bluntschli, dem Tross zu folgen, annehme. Schau, wir haben in den letzten Tagen noch nie so viele Militärschuhe verkauft. Ihnen mit zwei Gesellen und einer Hilfswerkstatt auf dem Fuhrwerk zu folgen, ist durchaus sinnvoll. Wer repariert den vielen Soldaten die Schuhe, wenn sie kaputt gehen? Das gibt uns eine einmalige Gelegenheit. Ohne gute Marschschuhe kommen sie nämlich nicht voran. Zum anderen, du weisst es, möchte ich auch einmal sehen und erleben, was mein Vater in seinem jungen soldatischen Alltag erlebt hat.»
«Aber ich, wir wollen dich nicht verlieren oder dass du gar verletzt oder verstümmelt nach Hause kommst. Christian, bitte denk doch an uns.»
«Mein Anneli, das tue ich ja immer. Ja, das ruhige Leben in Richigen hat uns glücklich gemacht. Aber jetzt, wenn mehr als hunderttausend Eidgenossen losmarschieren, ist es meine patriotische Pflicht, zum Gelingen der Niederwerfung der Sonderbündler etwas beizutragen. Die wollen mit Hilfe vom Ausland unsere gute Schweiz zerstören!»
Niklaus bleibt fest, umarmt und küsst sein schluchzendes Anneli, dreht sich um und folgt dem gedeckten Fuhrwerk, den Munitions- und Bagagewagen, den mit sechs Pferden bespannten Geschützbatterien.

***

Bis kurz vor Schüpfheim verlief der Vormarsch, jedenfalls aus Sicht von Christian, ohne grosse Probleme, das heisst ohne laute Gefechte, die einen Einsatz von Artillerie erfordert hätten. So blieb er stets mit dem Tross hintenan. Auch gab es für ihn und seine Gesellen nichts zu tun.
Am 22. November nachmittags treffen sie in Escholzmatt ein und machen sich für den Einsatz gegen die Stellungen der Katholischen in Schüpfheim bereit. Bluntschli erwartet vom Kommando den Einsatzbefehl, welches zurzeit am Rekognoszieren ist. Zuerst meint Oberleutnant Bluntschli, dass Christian hier verbleiben müsse, denn wenn

es zum Kampf komme, dürfe er nicht dabei sein. Nach kurzem Hin und Her ist er jedoch einverstanden, dass Christian die Batterie auf eigene Verantwortung allein in die Kampfstellung begleitet. Er müsse ihm aber wie ein Kanonier gehorchen und auch zur Hand gehen.
Am späten Abend kommt der Einsatzbefehl mit kundigen Führern, welche der Artillerie die Stellungen für das morgige Gefecht um Schüpfheim zuweisen. Die Abteilung von Bluntschli kommt nach Chratzeren, einer Anhöhe links von der Waldemme, kurz vor Schüpfheim. Es ist nicht einfach, in der Nacht über die schmalen Wege dorthin zu gelangen. Sie hoffen inständig, dass sie vom Feind nicht bemerkt werden. Doch vor ihnen marschieren zwei Schützenkompanien Richtung Eggli vor, sodass die Wahrscheinlichkeit einer Feindberührung für sie gering ist. Es ist bitterkalt, und von Zeit zu Zeit tröpfelt es zudem, und die Uniformen werden feucht und klamm.
Bei Tagesanbruch sieht Christian, wie unten eine eidgenössische Brigade im Begriff ist, die Waldemme zu durchwaten, aber von einem lebhaften und offenbar gut gezielten Gewehrfeuer gestoppt wird. Die Soldaten weichen ungeordnet zurück, und ziemlich viele bleiben am Boden liegen. Schon donnern neben Christian überlaut die Kanonen Bluntschlis, gefolgt vom Echo der Luzerner Kanonen. Wie die Mündungsblitze verraten, stehen diese bei der Kapelle St. Wolfgang. Trotz des ohrenbetäubenden Donnerns und des beissenden Pulverrauchs der Geschütze sieht Christian, wie die Flüchtenden von einem Reiter mit blitzendem Säbel aufgehalten werden. Im Nachhinein erfährt er, dass dies Ochsenbein persönlich war.
Die Truppen formieren sich erneut und greifen in breiter Formation noch einmal an. Ein massives Gewehrfeuer links vor ihnen lässt nun Bluntschli schreien: «Gut so! Jetzt greifen wir die Kerle von der Flanke übers Eggli an. Ochsenbein hat ausgiebig und gut vorbereitet!»
Der Kampf dauert mehr als zwei Stunden, und die Luzerner ziehen sich, nicht zuletzt aus Munitionsmangel, über Schüpfheim Richtung Entlebuch zurück. Am Mittag findet sich die ganze Division in und rund um Schüpfheim in begeisterter, aufgelöster Siegesstimmung.
Christian holt sein Fuhrwerk und trifft eine Stunde später bei der siegreichen Truppe ein. Links und rechts der Brücke sieht er getötete Luzerner mit abgerissenen Armen oder Beinen und einen Mann,

dessen Gedärm um ihn herumliegt. Ihm scheint, einige stöhnen und klagen noch schmerzvoll. Noch hat sich niemand der geschundenen Soldaten angenommen. Damit schlägt die Wirklichkeit des Krieges Christian voll ins Gesicht, und es überläuft ihn kalt. Es ist aber nicht seine Pflicht, hier zu helfen, sondern er muss weiter nach Schüpfheim hinein. Es gibt sicher den einen oder anderen Soldaten, dessen Schuhe nach dem Durchqueren der Waldemme durchnässt sind und einer Reparatur bedürfen.

Was er dann sieht, schlägt ihm noch einmal mit voller Wucht aufs Gemüt. So etwas, nein, so etwas hätte er nun gar nicht erwartet.

Hunderte von Soldaten torkeln laut schreiend mit Schnaps- oder Weinflaschen in den Händen durch die Gassen. Viele werfen Fenster ein, treten Türen ein, Möbel fliegen aus den Fenstern, zerbersten auf dem Boden. An mehreren Orten entwickeln sich Brände. Ja er sieht bereits zwei Häuser voll in Flammen stehen. Als er noch etwas näher kommt und in den offenen Keller des Wirtshauses «Adler» späht, sieht er, dass dieser mit Wein überschwemmt ist. Aller Alkohol wird entweder getrunken oder ausgeleert.

Die Zerstörungswut der Berner Truppen, aus Rache für die hinterhältig Getöteten und Gefangenen in Malters, scheint ungezügelt, ja grenzenlos.

Christian hält inne, wendet sich ab, geht langsam zurück zu seinem Fuhrwerk, das er bei der Brücke abgestellt hat. Er gibt einigen verletzten Luzernern zu trinken. Doch nun sind bereits schwarz gekleidete Frauen da, welche die Verwundeten versorgen. Christian beschliesst, umzukehren und so schnell als möglich nach Hause zu fahren.

Krieg, den er nun am Rande erlebt hat, ist für ihn unerträglich.

***

Tatsächlich gilt Schüpfheim als einer der wenigen Ausrutscher[28] gegen den Befehl von General Dufour, sich human gegenüber dem Feind zu verhalten und nichts ohne Not zu zerstören. Gemäss seinem Ausspruch «Betragt Euch so, dass ihr Euch Achtung erwerbet» sollten sie sich auch im Sieg benehmen.

Dieser grobe Verstoss in Schüpfheim gegen den Befehl Dufours war einmalig. Allerdings wurde er auch etwas durch Ochsenbein gefördert, weil er der Truppe eine Rast in Schüpfheim gewährte mit dem Hinweis, «nach dem harten Kampf mit Wein zu restaurieren».

Auch der Klosterkeller fiel dem Raub zum Opfer, ebenso das Mobiliar und die teuren Messgewänder des Klosters.

Ochsenbein zog sofort die Lehre daraus. Als die 7. Division am nächsten Tag nach Biwak in Bramegg am 24. November durch Malters zog, liess er das in Reih und Glied tun, und zwar unter Strafandrohung für jene, die die Formation verliessen. (Später wurde Malters von Truppen auf dem Heimweg dennoch in Mitleidenschaft gezogen.)

Gleichen Tags fiel Luzern, und der Sonderbund kapitulierte innerhalb einer Woche. General Dufour war es gelungen, mit minimalen Opfern, nämlich mit circa hundertfünfzig Toten und rund vierhundert Verwundeten, diesen Bürgerkrieg zu beenden. Dies ist ein unschätzbares Verdienst[29], bildete die Basis für die kommende Versöhnung und die erste Verfassung des neuen Bundesstaates vom 13. September 1847.

***

---

28 «Der Berner Soldat Niklaus Christen berichtete auf dem Rückweg durch das Entlebuch: ‹Bei den Dörfern Schüpfheim und Escholzmatt vorüberziehend, gewahrten wir an ihnen mit Entsetzen die Gräuel des Krieges, indem diese zwei, durch Misshandlungen gefangener Freischärler früher bekannt gewordenen Raubstätten von den Reservetruppen so zugerichtet waren, dass kein einziges Haus, ja selbst kein Zimmer verschont geblieben ist, sondern Alles auf das Kläglichste zertrümmert aussah (…). Was an Lebensmitteln vorrätig war, wurde entweder auf die Bagagewägen gepackt, oder an Ort und Stelle vernichtet. In den Kellern flossen Wein und Most durcheinander auf dem Boden herum.›» (Jonas Wydler: Alkoholexzesse in Schüpfheim, https://staatsarchiv.lu.ch/-/media/Staatsarchiv/Dokumente/schaufenster/geschichten/kulturmagazin_09_04.pdf?la=de-CH)

29 Wäre es nämlich nach seinen Unterführern gegangen, wäre der Bürgerkrieg weit blutiger verlaufen. Dies wurde international hervorgehoben. Aufgrund der Kürze des Feldzugs kam es auch zu keiner Intervention aus dem Ausland.

Als Christian erschöpft, mit Dreitagebart, im Fulpelz anlangt und sein bleiches Anneli, das sich am Türrahmen festhält, umarmt und küsst, sagt sie mit schwacher Stimme: «Christian, du stinkst. So gehst du nicht zu unserer frisch geborenen Marie. Sie erträgt keine abgekämpften Soldaten.»

*«Sie kommen,
sie kommen!»*

*«Vom ersten Freischärler-Zug vom Aargau aus gegen Luzern
anfangs Dezember 1844 hatte man in Richigen erst gehört,
als dieser kläglich gescheitert war.»*

«Der Berner Regierungsrat und Oberst Ulrich Ochsenbein hat eine grössere Streitmacht von 3500 Freiwilligen, unterstützt mit Artillerie, aus verschiedenen Kantonen zusammengezogen und ist Ende März 1845 losmarschiert.»

«Es war schrecklich. Geschütze und Fuhrwerke aller Art hatten sich in Malters gestaut und es wimmelte von Freischärlern, die versuchten, das Feuer zu erwidern.»

«Als aber am 4. November 1948 in Genf und St. Gallen die liberale Partei an die Macht kam, entschied sich die Tagsatzung, den Sonderbund mit Waffengewalt zu beenden. Sie wählte Oberst Guillaume Henri Dufour zum General der eidgenössischen Truppen.»

«Es ist nicht einfach, in der Nacht über die schmalen Wege auf die Chratzeren zu kommen.»

«Schon donnern neben Christian überlaut die Kanonen Bluntschlis, gefolgt vom Echo der Luzerner Kanonen.»

«Bei Tagesanbruch sieht Christian, wie unten eine eidgenössische Brigade im Begriff ist, die Waldemme zu durchwaten, aber von einem lebhaften und offenbar gut gezielten Gewehrfeuer gestoppt wird.»

Gefecht bei Schüpfheim, 21. November 1874.

«Links und rechts sieht er getötete Luzerner mit abgerissenen Armen oder Beinen. Damit schlägt die Wirklichkeit des Krieges Christian voll ins Gesicht.»

«Hunderte von Soldaten torkeln laut schreiend mit Schnaps- und Weinflaschen in den Händen durch die Gassen von Schüpfheim. Viele schlagen Fenster ein, treten Türen ein. Möbel fliegen aus den Fenstern.»

«Als Christian erschöpft, mit Dreitagebart im Fulpelz anlangt und sein bleiches Anneli, das sich am Türrahmen festhält, umarmt und küsst, sagt sie mit schwacher Stimme: ‹Christian, du stinkst. So gehst du nicht zu unserer frisch geborenen Marie. Sie erträgt keine abgekämpften Soldaten.›»

GALLI

14. Ausbildungsfragen und Beginn der Belle Époque (1860 – um 1867)

Wie Francesco die Ausbildung seiner Kinder neu organisiert und der Bahnboom von der Nordschweiz in den Tessin schwappt und dann auch dort die Belle Époque einläutet, an der Francesco prominent teilhat.

«Ich sehe, mein lieber Francesco, du bist schwanger. Dafür habe ich ein Auge. Sag geradeheraus, was trägst du unter dem Herzen?»
So scherzt Maria beim späten Nachtessen mit ihrem Francesco. Weil er tagsüber immer länger in Locarno arbeitet, nehmen sie das Nachtessen oft ohne die Kinderschar ein. So auch heute. Dies gibt den beiden Gelegenheit, den vergangenen Tag durchzugehen und die folgenden Tage zu besprechen. Es versteht sich von selbst, dass Maria vieles über die Kinderschar zu berichten weiss und für diesen oder jenen eine strenge väterliche Intervention wünscht.
Francesco seinerseits berichtet von seinen gegenwärtigen und künftigen Projekten, den Problemen ihrer Finanzierung insbesondere. «Da gebe ich dir recht, meine Liebste. In Sachen Schwangerschaft bist du ja Meisterin. Es stimmt, ich habe mir vieles in den letzten Wochen und Tagen überlegt und heute aufgrund zweier Zufälle bereits in Gang gesetzt.»
«Aha, wenn's wichtig wird, haben wir Frauen ja nichts zu sagen in diesem Staat, aber jede Menge Kinder austragen und grossziehen, das dürfen wir...»
«Also bitte, meine liebe Maria! Ich habe noch immer alles mit dir besprochen. Doch diesmal ging es um zwei Gelegenheiten, und da musste ich sofort entscheiden.»
Maria lehnt sich auf ihrem Stuhl leicht zurück, legt ihr Besteck zur Seite, streicht sich ihre schwarzen Haare aus der Stirn und meint: «So, dann heraus mit der Sprache, spann mich bitte nicht auf die Folter!»

«Wie du weisst, haben die Familien Galli traditionsgemäss die Schulung unserer Jungen, der künftigen Maestri, immer selbst in die Hand genommen. Das habe ich in den letzten Jahren durch meine Abwesenheiten in Nervi zu wenig gepflegt. Die Schulen hier sind für die Mädchen zwar brauchbar, aber nicht für unsere Knaben, wenn wir sie so bald als möglich studieren lassen wollen. Ich spreche von Cesare, Philipp, Constantino und Giovanni. Sie kommen nun in ein Alter, wo wir sie mit dem Ernst des Lebens konfrontieren müssen. Wie früher sollen sie mit zwölf fürs Gymnasium in Lugano vorbereitet sein und dieses möglichst in kurzer Zeit absolvieren. Unsere Mädchenschar soll auch etwas mehr von den Bildungsmöglichkeiten profitieren. Die heutigen jungen Männer wollen keine ungebildeten Landpomeranzen heiraten, sondern Frauen, die auch in Sachen Konversation mit der Karriere ihrer Männer mithalten können. Wie man ein grosses Haus führt, lernen sie ja bereits bei dir.»

Maria unterbricht Francesco zunehmend ungeduldiger, zieht ihre Mundwinkel nach unten und stellt fest: «Jetzt komm endlich zur Sache. Was hast du neu organisiert? Was kostet es? Ich darf dich erinnern, wir sind immer knapper bei Kasse.»

«Gut, und bitte unterbrich mich nicht. Ich habe bei San Nazzaro soeben ein leer gewordenes Haus mit zwei grösseren Räumen gemietet, die sich leicht in Schulzimmer umgestalten lassen. Sehr günstig. Dies, weil ich heute einen zum Lehrer beförderten jungen Mann kennengelernt habe. Er hat sich bei mir im Büro um eine Stelle beworben und wirkt ausserordentlich intelligent, belesen und hat eine überzeugende Art zu sprechen. Er ist zwar erst achtzehn, das könnte jedoch von Vorteil sein, wenn er unsere Kinder nach moderneren Gesichtspunkten unterrichtet als in der Art der traditionellen katholischen und jesuitischen Lehrer: in der einen Hand Kreuz und Rosenkranz und in der anderen Hand den Rohrstock. Ich habe von beidem nie viel gehalten. Wenn junge Leute etwas lernen sollen, geht das weder mit Bibelversen noch mit Prügel. Und schon gar nicht auf diese tumbe Art bei den Mädchen. Also, ab morgen beginnt's, und zwar für alle Kinder, die mit den Älteren mitlaufen können. Bis San Nazzaro ist es eine knappe halbe Stunde, was unseren Kindern guttut und ihre Hitzköpfigkeit beruhigt. Die

Älteren können zu Mittag für alle Polenta mit Kastanien kochen, das Haus hat nämlich eine grosse Küche.»
«Und die Kosten, Francesco?»
«Liebe Maria, die Kosten oder besser das Bargeld ist bei uns ein unübersehbares Problem. Nachdem die grossen Aufträge für die Reichen in Nervi wegen des Krieges weniger werden und ich daher vermehrt in Locarno Fuss fassen muss, sind unsere Einnahmen, wie du weisst, ziemlich geschrumpft. Wir sparen… oder besser, du sparst, wo du kannst. Dafür bin ich dir dankbar, und ich weiss sehr wohl, was unsere Kinder kosten. Wir wollen sie weiterhin standesgemäss kleiden und auch am Essen nicht sparen. Ganz klar, wenn wir den Knaben die gleiche Chance geben wollen, wie ich sie hatte, wird das deutlich mehr kosten. Das Gymnasium in Lugano und das Studium an der Brera in Mailand oder gar am neuen Polytechnikum in Zürich wird einen erheblichen Mehraufwand für uns bedeuten. Aber Ausbildung ist das Kapital der Zukunft, die immer schneller voranschreitet. Sie kommt, wie man bereits beim Aufbau des Bahnnetzes in der Deutschschweiz sieht, und rollt nun mit den Gotthardbahn-Projekten auch hier rasant vorwärts. Wir müssen unsere Jungen auf diese Zukunft bestens vorbereiten, dann werden sie von ihr profitieren. Wenn mir das Grossprojekt ‚Albergo Lugano' gelingt, werde ich natürlich mehr dazu beitragen. Genauso gilt es, die Mitgift unserer Mädchen rechtzeitig zu sichern und auf die Seite zu legen.»
«Komm endlich zum Punkt, Francesco.»
«Also, liebe Maria. Wie du weisst, besitzen wir Gallis ein beachtliches Stück der Magadino-Ebene und das Saleggi, das heisst, einen schönen Teil des Maggia-Deltas bei Ascona. Wir sind, mit Verlaub, keine Bauern mehr. Was nutzt uns dieser Landbesitz heute? Auch wenn hin und wieder die Überschwemmungen unsere Ländereien fruchtbarer machen, so werden sie doch langsam zur Last. Kurz, ich werde so viel als möglich davon verkaufen. Ich bin ja der Alleinerbe und kann darüber verfügen. Für die gute Ausbildung von Giuseppe, Cesare, Philipp, Constantino und Giovanni gebe ich das Land gerne her und für eine grosszügige, traditionsgerechte Mitgift unserer Mädchen ebenso.»

***

Es darf als sicher angenommen werden, dass die Ausbildung der grossen Kinderschar, vor allem der jungen Knaben, die Eltern mehr als nur ein bisschen beschäftigt hat. Zum ersten Mal beunruhigen finanzielle Probleme die Familie Galli in den hier behandelten Generationen. Der Zweite Unabhängigkeitskrieg in Oberitalien und die unmittelbaren Folgen dürften das Engagement des Architekten Francesco Galli in Nervi reduziert haben. Umgekehrt tritt er ab Mitte der 1860er-Jahre zunehmend mit Aufträgen in Locarno auf.

Vom Verkauf der Ländereien in der Magadino-Ebene und bei Ascona erzählte meine Mutter immer wieder. Aber auch mit der Frage: «Was wäre heute, wenn damals nicht verkauft worden wäre?» Eine Frage, die sie nicht beantworten konnte. Um wie viel Land ging es dabei? Was sie bestimmt wusste, oft wiederholte, dass der Quadratmeter zwanzig Rappen einbrachte. Ich gehe davon aus, dass dies eher ein Durchschnittspreis war, und zwar wegen der unterschiedlichen Qualität der Böden. (Jedenfalls wäre es heute ein Riesenvermögen, wenn man allein an das überbaute Maggia-Delta, geschweige an erhebliche Teile der Magadino-Ebene denkt.)

Heute, nach Ameliorationen sowohl in der Magadino-Ebene wie im Maggia-Delta, sind diese Böden sicher nicht mit damals zu vergleichen; wo zum Beispiel heute der Flugplatz Locarno steht, könnte es auch sumpfig gewesen sein. Ich habe mich auch gefragt: Wie hoch dürfte der Finanzbedarf gewesen sein? Geht man von sechs Jahren Ausbildung im Gymnasium Lugano sowie drei Jahren Brera in Mailand aus, betrugen Schulgeld, Kost und Unterkunft standesgemäss etwa hundertfünfzig Franken pro Monat. Also tausendachthundert Franken pro studierender Junge im Jahr, was eher gut gerechnet ist. Daraus ergibt sich ein Finanzbedarf pro Nachkomme von circa zehntausend Franken, das heisst für alle Knaben circa vierzigtausend Franken. (Dabei berücksichtigte ich, dass zum Beispiel im Aargau die Löhne zwischen 1850 und 1885 um fünfundzwanzig bis fünfzig Prozent stiegen, was auf die Entwertung des Geldes in dieser Bauboomzeit zurückzuführen war.)

Da damals die Töchter nicht erbten, sondern nur eine erkleckliche Mitgift erhielten, nehme ich an, dass Francesco dabei an eine ähnliche

Summe wie für die Ausbildung der Buben gedacht hat. Damit käme für die dreizehn Mädchen ein weiterer Betrag von hundertdreissigtausend Franken dazu. Mit anderen Worten, der Finanzbedarf für seine grosse Kinderschar dürfte in der Zeit von 1860 bis 1870 circa hundertsiebzigtausend Franken betragen haben.

Wenn Francesco das Land der Familie für ungefähr zwanzig Rappen je Quadratmeter verkauft hat, wären hierfür achthundertfünfzigtausend bis eine Million Quadratmeter notwendig gewesen. Ein kurzer Blick auf die Landkarte zeigt aber, dass diese Ländereien eine weit grössere Ausdehnung gehabt haben müssen als circa ein Kilometer auf ein Kilometer. Daraus ergeben sich zwei Schlussfolgerungen.

Die erste: Er hat weit mehr Land verkauft. Die zweite: Dies war sicher nicht in einem Schritt möglich und hat wahrscheinlich einige Jahre gedauert. Der gesamte Finanzertrag betrug im Endeffekt wohl ein Mehrfaches, denn die Familie galt in der Zeit Francesco Gallis und auch später als sehr wohlhabend.

So weit die modellhaften Überlegungen zu diesem Landverkauf etwa in den Jahren 1865/66.

Sicher ist: Constantino hat an der Brera Architektur studiert, war sehr kunstliebend und auch Kunstsammler, galt aber ein wenig als Aussenseiter. Laut Beatrice Steinmann: «Er war sehr künstlerisch und hatte noble Passionen wie Reitpferde. Er starb mit 99 Jahren.»

Auch Cesare studierte in Mailand und wurde ebenfalls Architekt und ist wohl der eigentliche Nachfolger im Hochbau von Vater Francesco.

Philipp hat sich gegen ein Studium entschlossen. Er lernte bei Sulzer in Winterthur Kesselschmied und wanderte nach Paris aus, wo er das erste Zentralheizungsgeschäft eröffnete. Beatrice Steinmann: «Da man damals in Paris alles Italienische hasste, hiess die Firma G(alli) Philippe. Seine Frau Anna Borella war Lehrerin und aus San Nazzaro.»

Von Giuseppe wissen wir nur, dass er Grossrat und zeitweise Sindaco von Gerra war, vermutlich hat er Jus studiert.

Giovanni wechselt mit zwölf Jahren nicht wie seine Brüder ans Gymnasium, sondern ans Lehrerseminar in Locarno. Das könnte durchaus unter dem Einfluss des jungen Hauslehrers geschehen sein, denn den Lehrerberuf hat er nie ausgeübt.

Da Francesco Galli-Balestra erst 1892 das Zeitliche segnete und damit das Galli-Vermögen noch während knapp dreissig Jahren nicht vererbt wurde, ist es für mich logisch, dass die Aktivitäten seiner Söhne durch den Ertrag aus diesen Landverkäufen mitfinanziert wurden.

Wenn wir im Folgenden die Lebensreise von Francesco, das heisst mit meinem Ururgrossvater und meinem Urgrossvater Giovanni Galli, verfolgen, müssen wir uns vergegenwärtigen, dass die neue Schweiz und mit etwas Verzögerung der Tessin nach dem Sonderbundskrieg und der 1848er-Verfassung einen kompletten Wandel durchmachte.

Treiber dieser enormen Entwicklung als Basis für die industrielle Revolution in der Schweiz war eindeutig der Eisenbahnbau. Im Jahr 1852 erfolgte der herausragende Jahrhundertentscheid der neuen Bundesversammlung: Der Bau und der Betrieb der Eisenbahnen sollte Privaten obliegen. Damit begann ein Konkurrenzkampf bis aufs Messer. Geschwindigkeit und die Finanzierung waren das A und O, um diesen zu gewinnen und zu dominieren.

So ging es los und brachte ein erstaunliches Ergebnis. (Nicht zuletzt, weil es in der Schweiz keine Rückschläge durch nationalistische Kriege gab.)

Als die vier grossen privaten Bahngesellschaften am 1. Januar 1902 an die SBB übergingen, mass das gesamte Normalbahnnetz der Schweiz 3215 Kilometer. Davon waren 1856 rund 10 Prozent, 1880 bereits rund 75 Prozent erstellt. Zum Vergleich: 2018 betrieben die SBB 3228 Kilometer.[30]

Entlang der Bahnen entwickelte sich nicht nur explosiv das Industriezeitalter, sondern auch ein ausgeprägter Tourismus, allerdings eher für den Adel und die Reichen. Mit den hochgezogenen Hotelpalästen an den schönsten und erholsamsten Orten der Schweiz begann die sogenannte Belle Époque, die Francesco Galli mit dem «Grand Hotel Albergo Locarno» im Tessin ja mit einläutete. Sie blühte im Tessin aber erst richtig auf, nachdem die Gotthardbahn 1882 fertiggestellt worden war.

---

30 Joseph Jung: Das Laboratorium des Fortschritts, Basel 2020.

***

Der Wind bläst kräftig und kalt über den Lago Maggiore, und die Wellen schlagen hart an die Steine des Quais von Locarno. Hin und wieder spritzt die Gischt bis auf den Fussweg hinauf. Um die Mittagszeit geht bei diesem unfreundlichen Wetter niemand hier spazieren, bis auf einen Mann mit schwerem schwarzem Mantel und Zylinder, den er mit behandschuhter Hand festhält, damit er nicht fortgewindet wird. Neben ihm ein schlanker Jüngling. Dieser trägt einen allzu dünnen Matrosenanzug für die Kälte. Allerdings sind Hals und Brust von einem gestrickten Schal umwickelt, im selben Blau wie sein Anzug. Sie schlendern langsamen Schrittes nebeneinander her, als ob sie bei schönstem Wetter einen Uferspaziergang geniessen würden. Sie sind in ein Gespräch vertieft, man könnte meinen, über Gott und die Welt. Nur vereinzelt huschen Frauen und Männer an ihnen vorbei, um sich so bald als möglich im Drinnen zu wärmen.
Es handelt sich um Francesco, der am 1. November des Jahres 1867 seinen Sohn Giovanni an dessen Geburtstag über Mittag besucht und mit ihm über seine Zukunft als Lehrer sprechen will.
Doch bevor er dazu kommt, schaut ihn Giovanni beinahe flehend an und stösst hervor: «Papa, vielen herzlichen Dank an Mama für den Schal und dir für die zwei Fünfermünzen. Beides kann ich sehr gut gebrauchen. Aber, Papa, ich bin unglücklich, ich mag nicht mehr. Das mit dem Lehrerseminar war keine gute Idee.»
Papa Francesco bleibt stehen, schaut seinen Sohn prüfend an und meint dann, für einen Geburtstag wohl etwas zu barsch: «Was soll das, Giovanni? Du musst einen Beruf erlernen. Es war ja deine Idee, nach Locarno ins Lehrerseminar zu gehen. Man gibt, mein Lieber, nicht so schnell auf. Nicht wir Gallis!»
«Aber Papa, das alles hier interessiert mich nicht. Meine Kameraden sind ganz anders, und ich fühle mich in diesem Seminar wie ein Fremder. Ich will ja nicht eingebildet sein, doch diese Mitschüler kommen aus ganz anderen Familien und sind an anderem interessiert als ich. Die Fächer, von denen ich viel hören möchte, werden kaum angeboten, und die Lehrer verstehen sie kaum. Ich meine Mathematik und Naturwissenschaft.»

«Giovanni, erklär mir das ein bisschen eingehender! An was bist du wirklich interessiert? Was möchtest du denn anderes werden als Lehrer?»

«Bahningenieur!»

«Wie kommst du darauf, mein Junge?»

«Vor gut einem Monat besuchte unsere Schule einen Ingenieur namens Lucchini und hielt uns einen Vortrag über sein Gotthard-Bahnprojekt. Das hat mich beinahe umgehauen.»

«Aha, du meinst Pasquale Lucchini, den Kantonsingenieur. Ich kenne ihn recht gut. Er hat ja den Damm von Melide gebaut und vieles andere mehr. Du hast recht, das ist ein Mann mit Pioniergeist. Er besitzt auch eine Seidenspinnerei ausserhalb von Lugano und ist Mitbegründer der Banca della Svizzera Italiana. Ein echter Unternehmer. Ich weiss um sein Gotthardprojekt aus den Fünfzigerjahren. Aber leider ist noch nichts entschieden.»

«Ja was steht denn diesem Eisenbahnbau entgegen? Ist doch höchste Zeit! Wenn man ihm zuhört, gibt es für unseren Kanton und den Fortschritt nur eine Lösung: die Gotthardbahn. Er hat uns ausführlich erklärt, wie schnell die Entwicklung in der deutschen und französischen Schweiz fortschreitet. Wir müssen diese Eisenbahn bauen! Ich möchte, lieber Papa, da unbedingt dabei sein.»

Giovanni spricht das voller Leidenschaft und mit einer solch frühreifen Überzeugung aus, dass Francesco doch beeindruckt ist.

Er gibt keine schnelle Antwort mehr, sondern beginnt nachzudenken. Tatsächlich beschäftigt auch er sich intensiv mit der Frage der Gotthardbahn. Seit über einem Jahr zeichnet er wie besessen an den Plänen für das «Grand Hotel Albergo Locarno», und zwar im honorierten Auftrag eines Komitees interessierter Investoren. Giacomo Balli war es nämlich gelungen, mit den provisorischen Zeichnungen Francescos einen gut vernetzten Kreis von Wohlhabenden und Politikern für das Hotel zu begeistern. Er hat sogar den Auftrag, zwei Projektvarianten auszuarbeiten, die er noch bis Ende des Jahres dem Komitee unterbreiten muss. Allerdings, und dessen war er sich wohl bewusst, würde es nur zum Bau kommen, wenn sich die Gotthardbahn realisierte.

«Mein lieber Giovanni, ich gebe dir recht. Der Eisenbahnbau ist die Zukunft, die in der übrigen Schweiz schon weit gediehen ist. Eine

Nord-Süd-Verbindung ist unbestritten. Die Nordrampe um die Reuss herum ist auch schon projektiert, von einem pfiffigen Ingenieur namens Karl Müller. Aber die nationale Politik spielt da noch nicht mit, weil die Finanzierungsfragen offen sind. Als Alternative steht eine Variante über den Lukmanier zur Diskussion. Dieser Streit blockiert den Beginn des Baus, der meiner Ansicht nach nur über den Gotthard führen kann. Vielleicht ist diese Verspätung sogar zu deinem Vorteil, mein lieber Sohn, wenn du tatsächlich Bahningenieur werden willst. Ich weiss nicht, ob Lucchini euch das erzählt hat: Entscheidend wird das letzte Wort des Eisenbahnkönigs und Bankgründers Alfred Escher[31] sein. Nach meinen letzten Informationen neigt er nun doch zur Gotthardvariante. Wie auch immer: Bei diesem grössten Bahnprojekt in der Schweiz braucht es ein viel breiteres Finanzkonsortium, und zwar unter Einschluss der angrenzenden Länder und des Bundes. Private können ein solches Bauvorhaben nicht mehr allein stemmen.»
Die letzten Sätze sagt Francesco weniger zu seinem Sohn als zu sich selbst. Diese vitale Frage treibt nämlich alle Tessiner um, die der kantonalen Elite angehören.
«Also, Giovanni, hör zu: Ich gebe dir recht. Ein Lehrer passt nicht in unsere Familientradition. Wir waren immer Maestri und haben an vielen Orten im Ausland grosse Bauten errichtet. Gallis sind Unternehmer und auch Pioniere. Du weisst über meine Tätigkeit für den neuen König in Italien genügend Bescheid. Kurz: Einverstanden, wir ändern deinen Ausbildungsgang. Du kommst jetzt ins zweite Jahr. Das genügt. Du beendest so schnell als möglich diese Lehrergeschichte hier. Vor allem erscheinst du mir nie wieder in dieser idiotischen Matrosenuniform der Schule.»
«Ja, Papa, noch so gerne. Aber das geht ja noch über zwei Jahre, das halte ich nicht aus.»
«Kein Problem. Wir lösen das wie früher in unserer Familie. Dieses Seminar benötigt sicher eine grosszügige Spende. Ich gehe davon aus,

---

31 Alfred Escher gründete 1856 die Schweizerische Kreditanstalt SKA (heute CS) mit schweizerischem Kapital, um den Einfluss der ausländischen Investoren zu begrenzen. Eschers Nordostbahn wurde mehrheitlich durch diese neue Bank finanziert.

dass du im nächsten Frühjahr dein Lehrerpatent hast. Dann bist du bald fünfzehn Jahre alt und beginnst bei *Ingegnere* Lucchini ein Praktikum. Pasquale wird dich noch so gerne aufnehmen. Da lernst du vieles, und wenn du gut aufpasst, auch viel über die Tätigkeit eines Kantonsingenieurs. Wenn du dann siebzehn bist, kannst du in die Brera eintreten, und zwar im Bereich Ingenieurwissenschaften. Mit einundzwanzig, das heisst etwa 1874, bist du fertig und solltest, wenn möglich, in einem Ingenieurbüro in der deutschen Schweiz anfangen. Danach auch beim Gotthardprojekt, das dann vielleicht schon in Gang gesetzt ist. Die Deutschschweizer sind am Ruder, nach dem Motto ‚Wer zahlt, befiehlt'. Daher musst du am besten nach Luzern. Mein lieber Giovanni, nutze die restliche Zeit im Seminar, um gut Deutsch zu lernen.»

Anstelle einer Antwort blickt Giovanni mit glückseligen Augen zu seinem Vater auf und gibt ihm spontan die Hand. So gehen sie eine Weile Hand in Hand am Ufer entlang, hin und wieder der Gischt der aufprallenden Wellen ausweichend.

«Papa, dieser Locarno-Quai müsste auch neu gestaltet werden, wenn dein Projekt in Muralto, von dem du so oft zu Hause erzählt hast, realisiert wird.»

«Da kann ich dir nur zustimmen, und ich habe schon einiges hierfür provisorisch gezeichnet, das ich dem Gemeinderat bald vorlegen will. Aber weisst du, es gilt gerade bei solchen Dingen, den immer noch schwelenden Konflikt zwischen den Katholischen und den Liberalen zu beachten. Eigentlich ein Unsinn, wenn man an die Zukunft unseres Kantons denkt. Kurz: Ich meine, unsere Familie sollte sich besser nicht mehr allzu sehr in diesen steten Konflikt der Liberalen kontra Konservative einmischen. Ja ich habe da bereits ein wenig geholfen, eine Brücke zu bauen.»

«Ich verstehe dich nicht. Wie meinst du das?»

«Du hast ja von dem schrecklichen Unglück gehört, als vor vier Jahren die Chiesa di S. Antonio Abate in Morcote während der Messe eingestürzt ist, mit sage und schreibe siebenundvierzig Toten. Letztes Jahr haben mich die Kirchenoberen mit einem Gutachten zu dieser Katastrophe beauftragt. Das wäre vor zehn Jahren zu Zeiten meines Onkels Domenico sicher nie geschehen. Es zeigt, dass Vertrauen in

Sachkenntnis wichtiger wird und die politischen Spannungen bei technischen Fragen in den Hintergrund treten. Auch deshalb ist es klüger, dass du Ingenieur wirst und nicht Lehrer.»

Im Stillen denkt Francesco, dass er als Architekt des Königs Vittorio Emanuele II. politisch nicht so leicht einzuordnen ist. Die Einigung Italiens war weniger durch liberales kontra religiöses Denken bestimmt als durch nationale Leidenschaften gegen ausländische Fremdherrschaft.

Aber auch als geeinte Nation ist und bleibt Italien katholisch, keine Frage.

***

Es geschah, was Vater und Sohn vereinbart hatten. Giovanni erhielt sein Lehrerpatent in kürzester Zeit und konnte nach einem interessanten Praktikum in Lugano das gewünschte Studium an der Accademia Brera abschliessen. Er taucht in meinen Dokumenten erst wieder als junger Eisenbahningenieur in Luzern auf. Im nächsten Galli-Kapitel werden wir seinen «Schienenweg» weiterverfolgen.

Nach einigem Hin und Her wurde am 6. Dezember 1871 die Gotthardbahn-Gesellschaft gegründet mit Alfred Escher als Präsident. Die Baukosten des ganzen Streckennetzes wurden optimistisch auf 187 Millionen geschätzt. «Der grösste Teil (54,55 %) der Mittel musste vom internationalen Kapitalmarkt aufgebracht werden, Italien subventionierte 24,05 %, Deutschland und die Schweiz je 10,7 %.»[32] Für die Beschaffung auf dem Kapitalmarkt wurde ein besonderes Finanzkonsortium gegründet.

Im Herbst 1872 wurden die Arbeiten an der Nord- und Südrampe, insbesondere am Gotthardtunnel, aufgenommen. Der Bauunternehmer Louis Favre erhielt mit seiner Firma Entreprise du Grand Tunnel du Gothard den Zuschlag für den Tunnelbau, da er Baukosten und Bauzeit am günstigsten offerierte.

Es ist hier nicht der Ort, auf das Jahrhundertwerk der Gotthardbahn einzugehen. Es gibt hierzu genügend Literatur und Filme. Aber

---

32 https://de.wikipedia.org/wiki/Gotthardbahn.

Giovanni wird als junger Ingenieur acht Jahre dabei sein. Daher werde ich aus seiner Sicht auf den Bau des Tunnels und von Teilen der Südrampe eingehen.

Für Vater Francesco Galli begann eine arbeitsamere Zeit im Raum Locarno. Als Erstes projektierte er tatsächlich den neuen Quai von Locarno. Er durfte diesen dank genügend Raum grosszügig realisieren: Mit den von Bäumen gesäumten Alleen wollte er einen Hauch Antike an das Seeufer bringen. Der Bau fand in den Jahren 1869 bis 1871 statt. Parallel dazu gestaltete er den Palazzo Moretini neu, das Stammhaus eines alten Tessiner Patriziergeschlechts. Sein in Nervi bewährtes Geschick im Bauen von Villen konnte er im Weiteren an der Villa Baronata wie auch bei anderen Gebäuden Locarnos beweisen. Zum Beispiel ein öffentliches mit Geschäften, welches er wiederaufbaute. Das und mehr beschäftigte ihn in der ersten Hälfte der 70er-Jahre, jedoch nie in dem Umfang wie das grosse Hotelprojekt in Muralto.[33] Er hatte es nicht nur geplant, sondern im Auftrag der Società del Grande Albergo auch die Bauleitung inne.

Roland Flückiger-Seiler schreibt dazu in seinem Buch Hotelpaläste zwischen Traum und Wirklichkeit:

Bereits im Jahre 1866 hatte ein Komitee vom späteren Architekten des Grand Hotel, Francesco Galli, Projektstudien ausarbeiten lassen. [...] Gebaut wurde das neue Grand Hotel aber erst in den 1870er Jahren. Am 20. Dezember 1874 konnte das grosse Bankett zur Eröffnung der Eisenbahnlinie Bellinzona–Locarno im noch nicht ganz vollendeten Festsaal stattfinden, im Jahr darauf wurde das neue Grand Hotel Locarno feierlich eingeweiht. ... Franceso Galli hat mit diesem Hotel wohl seinen bedeutendsten Bau geschaffen. Das Grand Hotel von Locarno war im Tessiner Rahmen ein bedeutender Wegbereiter für den Bautyp des Grand Hotels. Das imposante Gebäude weist über einen rustikalen Sockel ein monumentales Erdgeschoss und drei weitere, in der Höhe deut-

---

33 «Der Bau hat in der Geschichte von Locarno-Muralto stets eine grosse Rolle gespielt und herausragende Persönlichkeiten aus Politik und Kultur beherbergt.» (Kunstführer der Gesellschaft für Schweizerische Kunstgeschichte)

lich abgestufte Stockwerke auf. Die Vorderfassade wird durch zwei seitlich leicht vortretende Flügel und einen fünfachsigen Mittelrisalit mit vorgelagerter Loggia plastisch gegliedert. Den Abschluss des nur wenig verzierten Baus bildet ein in der italienischen Architektur des 19. Jahrhunderts weit verbreitetes schwach geneigtes Walmdach. [...]
Eine zweiläufige Steintreppe mit Zwischenpodest steigt beidseits der Eingangshalle vom Erdgeschoss in die erste Etage, von wo aus bescheidene Stein-Eisen-Treppen in die höheren Geschosse anschliessen. Zusammen mit den von Säulen getragenen gewölbten Decken ergibt sich eine der repräsentativsten Treppenanlagen aus der Zeit der Belle Époque.[34]

Man kann sich leicht vorstellen, mit welchem Stolz Francesco in Begleitung seiner lieben Maria und seiner Kinderschar an der Feier zur Eröffnung der Eisenbahnlinie kurz vor Weihnachten 1874 teilnahm und wie sehr er das grosse Bankett genossen hat.

---

34 Roland Flückiger-Seiler: Hotelpaläste zwischen Traum und Wirklichkeit, Zürich 2003, S. 146.

«Ich habe bei San Nazzaro soeben ein leer gewordenes Haus mit grösseren Räumen gemietet, die sich leicht in Schulzimmer umgestalten lassen.»

«Es ist von Vorteil, wenn er unsere Kinder nach modernen Gesichtspunkten unterrichtet, und nicht nach der Art der traditionellen, katholischen und jesuitischen Lehrer.»

«Wir Gallis besitzen ein beachtliches Stück der Magadino-Ebene und einen schönen Teil des Maggia-Deltas bei Ascona.» (Saleggi)

Treiber dieser enormen Entwicklung als Basis für die industrielle Revolution in der Schweiz war eindeutig der Eisenbahnbau.

(Bahnhof Basel circa 1845.)

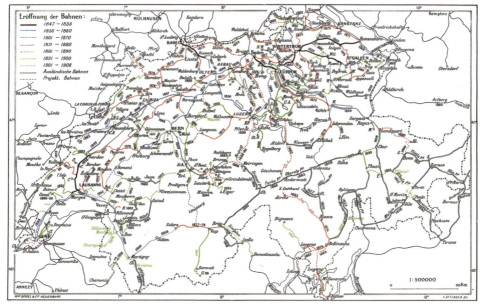

Als die vier grossen privaten Bahngesellschaften am 1. Januar 1902 an die SBB übergingen, mass das gesamte Normalbahnnetz der Schweiz 3215 km (SBB 2700 km). Davon waren 1856 rund 10 Prozent, 1880 bereits 75 Prozent erstellt (SBB 3228 km in 2018).

Francesco Galli, circa 50 Jahre alt. Etwa so sah er aus beim Spaziergang mit Giovanni am 1. November 1867.

«Niemand spaziert bis auf einen Mann mit schwarzem, schwerem Mantel und Zylinder. Neben ihm geht ein schlanker Jüngling. Dieser trägt einen allzu dünnen Matrosenanzug bei dieser Kälte.»

«Der Wind bläst kräftig und kalt über den Lago Maggiore und die Wellen schlagen hart an das Ufer von Locarno.»

«Aha, du meinst Pasquale Lucchini, den Kantonsingenieur (1798–1892). Ich kenne ihn recht gut. Er hat ja den Damm von Melide gebaut und vieles andere mehr.»

«‹Papa, dieser Quai in Locarno müsste auch neugestaltet werden.› ‹Das realisierte er: Mit den von den Bäumen gesäumten Alleen wollte er einen Hauch Antike an das Seeufer bringen.›»

Nach einigem Hin und Her wurde am 6. Dezember 1871 die Gotthardbahn-Gesellschaft gegründet mit Alfred Escher als Präsidenten. Louis Favre erhielt den Zuschlag für den Tunnelbau mit seiner Firma Entreprise du Grand Tunnel du Gothard.

«Das grosse Bankett zur Eröffnung der Eisenbahnlinie Bellinzona-Locarno, welche damit den künftigen Belle Époque-Palast an die Nord-Süd-Verbindung anschloss, fand am 20. Dezember 1874 im noch nicht ganz vollendeten Festsaal des Hotels statt. Doch bereits ein Jahr später konnte das Albergo Locarno offiziell eingeweiht werden, und es lässt sich leicht vorstellen, mit welchem Stolz Francesco mit seiner lieben Maria und seiner Kinderschar an den Feierlichkeiten teilgenommen hatte.»

STEINMANN

15. Maries Tod und dessen Folgen (1853)

Wie der Tod der sechsjährigen Marie die Familie mit Trauer überschattet und Christian seine Kinder durch Ausbildung vor der Armut schützen will, die zurzeit die Gemeinde Worb-Richigen heimsucht.

«Zum Schluss, liebe Trauerfamilie und Gemeinde, höret noch einmal die Worte unseres Heilands: ‹Lasset die Kindlein zu mir kommen, denn ihnen gehört das Himmelreich.› Dies möchte ich euch im Namen unseres Herrn, des Allmächtigen, mitgeben. Auch all jenen, die in den letzten drei Jahren durch die Pandemie der furchtbaren Roten Ruhr[35] betroffen wurden und ebenfalls Kinder verloren haben. Wir alle gedenken ihrer und werden die grosse Weisheit Gottes trotzdem nicht in Frage stellen. Denn ich kann nur noch einmal die Worte Christi wiederholen: ‹Ihnen gehört das Himmelreich.› Das ist und bleibt der einzige Trost für unsere schwer geprüfte Trauerfamilie Steinmann und für alle anderen Familien, die so hart vom Schicksal geschlagen wurden. – Bevor ich euch, liebe Gemeinde, den Segen Gottes mit auf den Weg gebe, ist es der Wunsch von Christian und Anna Steinmann, dass ihre vier Söhne für uns singen, und zwar zwei Liedlein, welche die kleine Marie so innig liebte. Christen, Johannes, Friedrich und Niklaus, kommt jetzt bitte nach vorn und singt uns bitte, mit Gott.»
So spricht der füllige Pfarrer Sigmund Bigler in seinem schwarzen Ornat mit dem weissen Beffchen am Hals. Darüber leuchtet sein vor Röte fast platzendes Tomatengesicht, mit einem Kappa auf dem Kopf, welches seine speckig glänzende Glatze bedeckt. Leider handelt es sich auch diesmal um eine stete Wiederholung jener Predigt, die er mehr oder weniger gleich bei allen Trauergottesdiensten für an der Roten Ruhr verstorbene Kinder hält. Natürlich gab es auch Erwach-

---

35 Vgl. FN 18 und 19, Seite 142.

sene, die der bösen Seuche erlagen. Doch diese machten nur circa ein Drittel der Todesfälle dieser grässlichen Krankheit aus, die in den frühen 1850er-Jahren durch die Berner Lande geisterte.

Das Besondere an Maries Fall: Sie war ein Kind wohlhabender Bauern, und trotzdem traf es sie. Dies galt als Ausnahme, denn die Pandemie betraf meistens die Armen. Auch in der Gemeinde Worb, zu der Richigen gehört, war das Hauptproblem in der zweiten Hälfte des 19. Jahrhunderts eindeutig die Armut, oder der Pauperismus, wie man das damals nannte. Grund waren auch die Folgen der eingeschleppten irischen Kartoffelpest und die damit verbundenen Missernten. In den Jahren 1847 bis 1857 musste die Gemeinde circa zwei Drittel ihrer Einnahmen nur für die Armenpflege aufwenden.

Dies betraf die erkleckliche Zahl von circa siebenhundert Personen, was rund zweiundzwanzig Prozent der damaligen Bevölkerung bedeutete. Diese ärmlichen Familien, die in engsten und unhygienischen Verhältnissen lebten, traf die Rote Ruhr in ihrer ganzen Brutalität. Sie steckten einander in kurzer Zeit an. Keine Medizin gab es dagegen, es sei denn eben durch Hygieneprävention. (In den nächsten zwei Jahrzehnten stagnierte daher die Bevölkerung des Gemeindegebiets von Worb bei circa dreitausend Einwohnern.[36])

Nach den letzten Worten von Pfarrer Bigler kann man nun das laute Schluchzen von Anna hören, das aber nur wenigen zu Herzen geht. Nachdem der Gevatter Tod in den letzten drei Jahren so reichliche Ernte eingefahren hat, hält sich das Mitgefühl leider in Grenzen. Anders ausgedrückt: Viele Familien sind so oft mit dem Tod ihrer Nächsten konfrontiert, dass sie nur den einen Wunsch und Gedanken hegen, dass Gott sie doch verschonen möge.

---

36 Siehe dazu auch Marius Gränicher: Armut im 18. und 19. Jahrhundert in der Gemeinde Worb in: *Worber Post* 09/2015, S. 6, und Lukas Künzler: «Sind wir dafür da, um der Sentimentalität nachzuhängen?» Todesstrafe und Begnadigung im Kanton Bern 1831–1866, https://boris.unibe.ch/108396/ – Unter Kartoffelpest wird die Kartoffelfäule verstanden, die circa 1845–1848 wütete, zuerst in aller Schärfe in Irland, wo wegen der dortigen Kartoffelmonokultur circa eine Million Hungertote zu beklagen waren. Dies führte auch in Europa und in der Schweiz zu Missernten, ja eigentlichen Ernteausfällen, die Hungerprobleme, auch wegen der enormen Steigerung der Kartoffelpreise, nach sich zogen. Der Tiefpunkt der Agrareinkommen im Kanton Bern wurde 1853 erreicht. Dies führte zu vermehrter Armut, zudem zu Hungerkriminalität (auch in Worb) und Auswanderung aus der Schweiz.

Christian umfasst Anneli und spricht ihr leise tröstend zu, indes er seinen Buben einen Wink gibt, für den Vortrag der zwei Lieder für Marie nun endlich aufzustehen und nach vorn zu treten. Verständlich, dass sie zögern. In ihrer Schüchternheit färben sich ihre Backen rötlich an, denn noch nie haben sie vor so vielen und dann noch in Schwarz gekleideten Menschen in ernster und trauriger Stimmung gesungen. Christen erinnern sie an eine Schar schwarzer Krähen in Reih und Glied, die ihn aufmerksam beobachten.
Natürlich hat Anneli mit den Knaben mehrfach geübt. Dabei musste sie das Singen wegen ihrer Tränen immer wieder unterbrechen. Doch sie wollte unbedingt den Abschied von ihrer kleinen Marie mit ihrem *Haus-Chörli* begleiten. Gerade diese Liedchen hatte ihr zweitjüngstes Mädchen nicht oft genug hören können.
Nun also stehen die vier Buben vorn neben der Kanzel vor dem Sarg, treten von einem Fuss auf den andern, und zwar – als Schuhmacherkinder – in auffallend gut gearbeiteten braunen Schuhen. Dagegen fallen bei den beiden Kleinen, nämlich Friedrich und Niklaus, die eher zu kurzen Hosen auf, weil die Älteren diese lange trugen und sie sie dann trotzdem noch austragen müssen. Alle vier sind sie froh, dass sie in dieser Augusthitze keine Jacken und lediglich ihre weissen, hochgeschlossenen Hemden anhaben.
Nun hört man deutlich den feisten Pfarrer von der Kanzel nach unten flüstern: «So, jetzt los, ihr Buben!»
Und tatsächlich hat sich in der Gemeinde eine gewisse Unruhe eingestellt, weil man ungeduldig wird und endlich zu Mittag essen möchte. Allerdings wurde die Abdankung und Beerdigung von Marie in den Rahmen der sonntäglichen Predigt gelegt, damit die Erntearbeiten während der Woche nicht in Verzug kommen und auch die ganze Gemeinde anwesend sein kann.
Der kleine braune Sarg ist im Übrigen mit einem Strohkranz bedeckt, in dem verschiedenfarbige Feldblumen stecken, vor allem roter Mohn und blaue Kornblumen. Vor diesem rücken die Buben nun näher zusammen, als der sechzehnjährige Christen den Kleineren einen Schupf gibt und das Lied anstimmt. Die Kleinen fallen sofort ein:

«Weisst du, wie viel Sternlein stehen
An dem blauen Himmelszelt?
Weisst du, wie viel Wolken gehen
Weithin in alle Welt?
Gott der Herr hat sie gezählet,
Dass ihm auch nicht eines fehlet
An der ganzen grossen Zahl,
An der ganzen grossen Zahl.»

Und so fort... Was dem Pfarrer mit seinen eloquenten und Gott lobenden Worten nicht gelingt, stellt sich mit den silbrigen Stimmen der vier Steinmann-Jungen schlagartig ein. Dieser wundervolle und harmonische mehrstimmige Gesang greift allen ans Herz und trifft die Ader des Trauerns in einem jeden in der Kirche. Während der zweiten Strophe hört man in den Reihen der Frauen bereits ein Schnupfen und leises Weinen. Natürlich gilt dieses plötzliche Trauern, das da im schummrigen Licht der Kirche hervortritt, nicht Marie als Person, sondern allen, die in diesen harten Zeiten Menschen und vor allem Kinder zu beklagen haben. Selbst das Gesicht des dicken Pfarrers Bigler in seinem schwarzen Ornat verinnerlicht sich, als ob er tatsächlich von der Oberfläche des rituellen Redens in die menschlichen Leidensschicksale eintauchte.
Kaum ist das erste Lied beendet, folgt ohne ein Zögern schon das zweite. Die Buben singen das anrührende Liedchen, das allen in dieser Kirche zu Worb als kleiner Junge oder kleines Mädchen von der Mutter am Bettchen vorgesungen wurde:

«Schlaf, Chindli, schlaf.
Dr Vater hütet d' Schaf,
D' Mueter schüttlet ds Bäumeli,
Da falle vilii Träumeli.
Schlaf, Chindli, schlaf.

Schlaf Chindli, schlaf.
Dr Vater hüetet d' Schaf,
D' Mueter hüetet d' Lämmeli,

B'hüet di Gott, mys Aengeli.
Schlaf Chindli schlaf.»

Die darauf folgende Stille in der Kirche ist eher ungewöhnlich. Eine in sich gekehrte Stille ist es. Die vier Buben gehen etwas verlegen an ihren Platz zurück.
Erst nach einer geraumen Weile ergreift mit etwas übertriebenem Hüsteln Pfarrer Bigler wieder das Wort: «Liebe Gemeinde, den vier Steinmann-Buben mein, ja unser herzlicher Dank. Das habt ihr gut gemacht. Marie selig, meine liebe Kirchenfamilie, werden diese so aussergewöhnlich herzergreifenden Kinderlieder im Himmel beglückt haben. – Nun aber, liebe Gemeinde, noch etwas vor dem Segen: Die Familie Steinmann will zu Recht in ihrer Trauer das Leid nicht abnehmen. So geht nun alle hin in den heiligen Sonntag mit Gott.» Und indem er seine Arme ausbreitet, spendet er den Segen: «Der Herr segne dich und behüte dich. Der Herr lasse sein Angesicht leuchten über dir und sei dir gnädig; der Herr hebe sein Angesicht über dich und gebe dir Frieden. Amen.»

***

Die Gräbt im engen Familienkreis, erweitert um die Gesellen, die Magd und den Melker, ist vorbei. Sie sitzen alle schweigend vor ihren Tellern und wissen nicht so recht, wie weiter. Sie haben noch einmal Maries Lieblingsspeise aufgetischt bekommen, nämlich emmentalische *Fotzelschnitten* und danach *Apfelchüechli* in Zimtzucker gewendet. Die fünf Gesellen haben mit grossem Appetit zugeschlagen, wohingegen die Mutter, *ds Müeti*, und der Vater, *dr Ätti*, und die Kinder, ganz in traurige Gedanken versunken, im Essen herumgestochert und kaum gegessen haben.
Nun ergreift Christian das Wort: «Gesellen, geht jetzt. Wir wollen im engeren Familienkreis zusammensitzen und etwas bereden. Selbstverständlich bleibt ihr dabei» – hier richtet sich sein Blick auf seine Schwester Bethli, die Gotte von Marie, und zu Annelis Bruder Peter, Maries Götti.

Alle schauen zum Ätti, gespannt, was er zu sagen hat. Die Kinder scheinen froh, dass sie nicht mit irgendwelchen Arbeitspflichten in die Hitze hinausgeschickt werden, denn in der leicht rauchigen Küche ist es angenehm kühl.
Christian nickt seiner Tochter Elsbeth zu, die mit ihren neunzehn Jahren zu einer anmutigen, sehr weiblichen Frau erblüht ist und sich mit ihren langen braunen Zöpfen dessen ziemlich bewusst ist. «Schenk bitte allen nach! Ich glaube, wir müssen bei diesem traurigen Beisammensein ein wenig klären, wie es auf unserem Hof weitergeht. – Was, liebe Kinder, wollt ihr einmal im Leben werden? Man kann nämlich nie früh genug darüber nachdenken. Mein Vater Niklaus hat rechtzeitig daran gedacht, mich in eine Schuhmacherlehre zu schicken, wovon wir heute doch recht gut leben. Also, liebes Bethli, du bist bald zwanzig Jahre alt. Wie geht es nun mit dir weiter? Was denkst du?»
Seine Frau Anneli schaut ihn mit grossen Augen an, und es hat den Anschein, als ob sie im Augenblick ihre Trauer um Marie etwas beiseiteschiebt. Bethli schenkt dem Götti aus der Karaffe Waadtländer ein und hält, so direkt angesprochen, inne. Ihr Gesicht wird hochrot. Christian muntert sie auf: «So sag's, hast du irgendeinen Plan? Oder willst du dein Leben auf dem Fulpelz verbringen?»
Bethli stellt die Karaffe etwas zu laut auf den Tisch, tritt näher an ihre Eltern heran und antwortet leise, aber gut verständlich: «Ja gut, wenn's sein muss ... dann eben vor allen: Ich werde bald heiraten!»
Nun ist es Anneli, die spontan ausruft: «Was? Und vor allem: wen? Und warum wissen wir nichts davon?»
Nun zögert Bethli mit der Antwort. «Ich muss ...»
Worauf ihre Mutter sich aufrichtet und streng herausplatzt: «Das heisst, du erwartest? Und von wem denn? Warum wissen wir nichts davon? O Gott, und das vor der Heirat. Also raus mit der Sprache, Bethli! Mit wem warst du im Heu?»
«Mit dem jungen Gfeller! Der Sohn vom Baumeister Gfeller in Worb. Ich wollte es euch ja sagen, aber der Tod von Marie war zu traurig, und ich wollte euch eine weitere Aufregung ersparen.»
Nun spricht Christian, besonnener als sein Anneli: «Aha. Das kommt in den besten Familien vor. Ich kenne den Vater Hans Gfeller. Er ist

ein aufrechter, guter Mann und schon längere Zeit im Gemeinderat von Worb. Damit wärst du recht gut versorgt. Einverstanden. Aber am nächsten Sonntag bringst du Hans, ich meine den Sohn, hierher. Wir sprechen alles durch, wie es sich gehört. Eine Hochzeit nach dem Tod von Marie ist erst in gut zwei Monaten möglich. Das ist dir klar. In der Zwischenzeit hilfst du unserem Müeti tatkräftig im Haushalt mit. – Nun zu dir, Christen: Du bist jetzt bald sechzehn Jahre alt und musst sehr wohl wissen, was du im Leben willst.»

Christen, mit seinem wieder etwas verstrubbelten Haarschopf, antwortet wie aus der Pistole geschossen: «Genau das wie du, Ätti!»

«Was heisst das, ‹wie du›?»

«Ja, ich möchte Bauer und Schuhmacher werden. Ich will so bald als möglich in die Lehre. Ich bin nicht gemacht für die Schule und mag nicht noch ein Jahr warten.»

Es wird kurz still am Tisch. «Da habe ich nichts dagegen. Gut, ich werde mit dem Nachfolger deines Grossättis reden. Vielleicht kannst du bereits im Oktober in die Lehre. Anneli, du kannst ja ein gutes Wort bei deinem Vater einlegen, denn noch gehört die Werkstatt ihm. – Und du, Anna? Hast du Pläne?»

Die Fünfzehnjährige schüttelt verlegen den Kopf, zittert leicht vor Aufregung, weil alle sie gespannt anschauen. «Nein, ich bin gerne auf dem Fulpelz und möchte so lange wie möglich bei Müeti bleiben. Bitte! Ich sorge auch gerne für die kleine Käthy.»

Christian und Anneli bohren nicht nach, denn sie wissen, dass ihr Mädchen am liebsten daheim ist. Wenn sie nicht helfen oder nach ihrem dreijährigen Schwesterchen schauen muss, spielt sie immer mit ihren Kaninchen. Man könnte meinen, die flauschigen Tierchen gehorchten ihr aufs Wort, wenn sie diese mit ihrem Nämeli anredet. Manchmal, wenn eines für den Sonntagsbraten geschlachtet werden muss, bricht ein riesiges Geschrei los, und Anna verschwindet den ganzen Sonntag im Heuschober und ist nicht mehr ansprechbar. Doch das geht jeweils vorbei, denn die Kaninchen vermehren sich Gott sei Dank fleissig.

«Nun zu dir, Hansli: Du bist kaum dreizehnjährig und hast dir wohl noch keine Gedanken zu deiner Zukunft gemacht. Du bist jung, und ich erwarte das auch nicht.»

«Soso, Ätti und Müeti. Ihr meint, weil ich erst dreizehn bin, kann ich nicht darüber nachdenken, was ich später machen will. Was ich nicht will, weiss ich sicher: Mir gefällt es nicht, immer auf einem Bauernhof am gleichen Ort zu bleiben und gar anderen Leuten ihre Schuhe zu werken oder ihre Stinkstiefel zu flicken. Das kann ruhig Christen tun. Nein, nein, es gibt etwas ganz anderes, das mich packt und über das ich immer wieder staune.»
Anneli und Christen schauen sich an, denn so dezidiert haben sie ihren Hansli noch nie reden hören.
«Uhren, die kleinen Wunderwerke in den Westentaschen der Männer und die Standuhren, die so schön die Zeit schlagen, das finde ich spannend. Ich will lernen, wie man solche Uhren macht. Für mein Leben gerne würde ich mehr von diesen mechanischen Dingen verstehen und selbst machen.»
Christian denkt nach und meint dann: «Du bist zu jung, um sicher zu wissen, was du einmal wirst. Aber vielleicht ist es gar nicht so abwegig. Das bedeutet nämlich, dass du zur Lehre ins Welschland oder in den Jura musst, denn dort ist seit Jahrhunderten die Uhrmacherei zu Hause. Wir haben noch viel Zeit zum Überlegen, wie wir das für dich angattigen wollen. – Etwas müsst ihr alle wissen: Unser Hof Fulpelz ist zu klein und die Zeiten zu schlecht, um auf länger acht Kinder zu ernähren. Bei der Schuhmacherei, die uns zur Zeit der vermaledeiten Kartoffelpest das Geld einbringt, bin ich etwas unsicher geworden. Ich habe gehört, dass in England eigentliche mechanische Schuhmanufakturen entstehen. Mit der neuen Verfassung in der Schweiz wird der Zugang zum Gewerbe gelockert. Ja, man hat mir gesagt, dass ein ehemaliger Hausierer und Schuhmacher namens Bally im Aargau diese englische Entwicklung übernehmen will. Ich will aber nicht schwarzmalen, noch läuft unsere Schuhmacherwerkstatt sehr gut. Für heute haben wir genug über die Zukunft geredet. Und jetzt wollen wir uns draussen noch ein wenig die Füsse vertreten.
Da ruft der elfjährige Fritzli dazwischen: «Halt, halt, ich weiss auch, was ich will!»
Anneli sagt gütig zu ihm: «Was denn, lieber Fritzli?»
«Metzgen, metzgen will ich. Ich finde es das Grösste, wenn der Störmetzger zu uns kommt. Wenn er eine Sau absticht oder ein Rind und

diese dann so geschickt in ihre Einzelteile zerlegt. Das will ich auch tun. Mir gefällt das Leben bei uns auf dem Bauernhof. Hier will ich bleiben.»

Die Eltern staunen, was in ihren Kindern vorgeht, und dass sie recht gut wissen, was sie später wollen. Aber nun macht Christian einen Punkt. Denn was der neunjährige Niklaus und die achtjährige Rosina herausplappern wollen, geht ihm doch zu weit.

Sie stehen auf, gehen alle zufrieden und trotzdem immer noch traurig hinaus und blicken über die strohbraunen, abgeernteten Felder hinauf zu dem alles überragenden Turm von Schloss Wyl.

Müeti Anneli meint leise: «Dort oben sind soeben zwei böse Sünder eingekerkert worden. Die werden sicher ihr Leben durchs Schwert verlieren.» Und fügt deutlicher, für alle hörbar, hinzu: «Keiner hier vom Fulpelz, auch kein Geselle, darf diesem Schauspiel im Kühmoos beiwohnen, wenn's so weit ist, das sag ich euch auf die Seele meiner verstorbenen Marie.»

***

Bei den Verhafteten und im Turm Eingekerkerten handelt es sich um zwei Raubmörder, Reber Jakob und Binggeli Johann. Die Vorbereitungen zum Assisenprozess[37] dauerte einige Monate. Am 13. Januar 1854 endete der Prozess für beide Angeklagte mit der Todesstrafe «mittelst das Schwerth» (damalige Rechtsformulierung). Ein Begnadigungsgesuch wurde im Grossen Rat in Bern am 22. März behandelt und abgewiesen und das Urteil im Kühmoos am 28. März öffentlich vollstreckt.

Müeti Anneli hatte absolut recht, den Fulpelzern die Teilnahme an der Hinrichtung zu verbieten. Diese öffentlichen Hinrichtungen galten als spektakuläre Ereignisse, die stets eher einem Volksfest glichen. So fanden sich bei einer vierfachen Hinrichtung am 8. Juli 1861 im Ramserengraben zwischen Langnau und Trubschachen rund fünf-

---

37 Im Jahr 1849 für die Strafrechtspflege des Bundes eingeführtes Geschworenen-(«Assisen»-) Gericht.

zehntausend Schaulustige ein, was gut drei Prozent der damaligen Kantonsbevölkerung entsprach.[38]

Das Kühmoos ist von Richigen aus in nur zwanzig Minuten zu Fuss erreichbar, und der riesige Volksauflauf würde an diesem Tag, vielleicht schon in der Nacht davor auch im Dorf Richigen grosse Unruhe verursachen. Diese beiden Hinrichtungen sollten die letzten im Amt Schlosswyl sein, aber eben nicht im Kanton Bern. Die Berner Schwurgerichte zeichneten sich durch grosse Härte aus, und lediglich bei zwei Personen wurde damals die Todesstrafe in lebenslängliche Haft umgewandelt.[39]

Damit setzte sich der Kanton Bern deutlich von den übrigen Kantonen ab und zeichnete sich durch eine «hohe Hinrichtungsrate beziehungsweise restriktive Begnadigungspolitik»[40] aus. Sogar im internationalen Vergleich. Immerhin begann in den 1860er-Jahren die Diskussion, ob man die Hinrichtungen auf die Nacht verschieben solle, um das öffentliche Spektakel zu reduzieren.

Doch nun zurück zu unserer Steinmann-Familie. Ich möchte zum Schluss dieses Kapitels Norwin Meier das Wort erteilen, der im Jahr 1968 eine kleine Historiographie zur Familie Steinmann geschrieben hat, auf die ich mich bei den Daten beziehe und die sich im Anhang befindet. Norwin war ein Sohn Martha Steinmanns (1878–1944), der Tochter von Johann Steinmann, dem hier noch dreizehnjährigen Hansli (1840–1919); sie war verheiratet mit Pfarrer Adolf Meier (1875–1945) in Vechigen. Norwin Meier schreibt:

Christian konnte, in ausgesprochenem Gegensatz zu seinen vier Söhnen, absolut nicht singen. Wenn er im Stall versuchte, was er singen nannte, sei das Vieh fast in die Krippe gesprungen, so furchtbar habe es

---

38 «Es muss ein blutiges Schauspiel im Ramserengraben zwischen Langnau und Trubschachen gewesen sein: ‚Die enthaupteten Leichname wurden auf rohe Weise vom Schafott herabgeworfen und ihnen die Köpfe nachgeschleudert und ehe die Verblutung zu Ende war, fortgeführt, so dass die Landstrasse stundenweit Spuren von Blut zeigte, ja letzteres an einigen Orten ganze Lachen bildete, zum Ekel und Abscheu von Jedem, der diesen Weg passieren musste.'» (Zeitgenössische Schilderung, zit. n. Künzler, a.a.O., S.3)

39 Vgl. Künzler, a.a.O., S.3.

40 Künzler, a.a.O., S. 5.

getönt. Dafür konnte seine Frau um so schöner singen. Sie pflegte diese schöne Kunst abends mit ihren Kindern und lernte sie viele Lieder.
Ihre vier Söhne wurden bekannte Sänger, die ein Quartett bildeten: Fritz 1. Tenor, Hans 2. Tenor, Niklaus 1. Bass und Christen 2. Bass. Mindestens über Neujahr waren alle 4 Söhne daheim in Richigen und gaben dort am Silvester im Freien oder unter dem Vorscherm (Vordach des Bauernhofes) Liederkonzerte, dass es eine Freude war. Am Neujahrstage wurde das Singen oft in den Löwensaal in Worb verlegt und der Löje-Ruedi fing ohne die Vier nie mit Neujahren an, wenn er sie in der Heimat wusste. Ein Impresario wollte sie sogar für eine Tournée in Europa und wenn möglich Übersee verpflichten.

Die Kirche in Worb im 19. Jahrhundert.

«Nur das laute Schluchzen von Anna ist zu hören, das aber nur wenigen ans Herz ging. Nachdem Gevatter Tod so reichlich Ernte der roten Ruhr einfuhr, hielt sich das Mitgefühl leider in Grenzen.»

«Liebe Gemeinde, noch etwas: Die Familie Steinmann will zu Recht in ihrer Trauer das Leid nicht abnehmen. So geht nun alle hin in den heiligen Sonntag mit Gott.»

«Mit dem jungen Gfeller! Der Sohn vom Baumeister in Worb.
Ich wollte es euch sagen, aber der Tod von Marie war zu traurig
und ich wollte euch eine weitere Aufregung ersparen.»

«Uhren, die kleinen Wunderwerke in den Westentaschen der Männer, und die Standuhren, die so schön die Zeit schlagen, das finde ich spannend. Ich will lernen, wie man solche Uhren macht.»

«Metzgen, metzgen will ich. Ich finde es das Grösste, wenn der Störmetzger zu uns kommt. Wenn er eine Sau absticht oder ein Rind und diese dann so geschickt in ihre Einzelteile zerlegt. Das will ich auch tun.»

«Ich habe gehört, dass in England eigentliche, mechanische Schuhmanufakturen entstehen. Ja, man hat mir gesagt, dass ein ehemaliger Hausierer und Schuhmacher namens Bally im Aargau diese englische Entwicklung übernehmen will.»

Bei einer vierfachen Hinrichtung am 8. Juli 1861 im Ramserengraben zwischen Langnau und Trubschachen fanden sich rund 15 000 Schaulustige ein, was gut drei Prozent der damaligen Kantonsbevölkerung entsprach (Urteil vom 24. April / 22. Mai 1861).

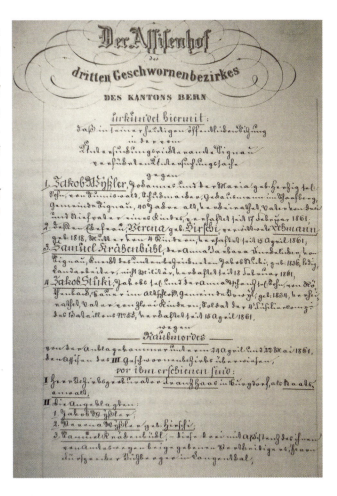

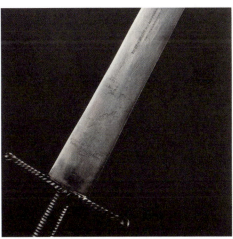

Zwei Hinrichtungen vom 28. März 1854 im Amt Schlosswyl sind die letzten im Kanton Bern, nicht aber in der Schweiz. Die Berner Schwurgerichte zeichneten sich bis dahin durch grosse Härte aus und nur gerade bei zwei Personen wurde die Todesstrafe in lebenslängliche Haft umgewandelt.

GALLI

16. Zwei ereignisreiche Jahre (1875–1876)

Wie Giovanni Galli nach acht Monaten in der Gotthardbahn-Gesellschaft Luzern Carolina Keel heiratet und für den Bau des Gotthardtunnels nach Airolo versetzt wird, woran seine schwangere Frau wenig Freude hat.

Am 10. November des Jahres 1875 schreibt Francesco Galli Folgendes an seinen Sohn:

Gerra Gambarogno
Carissmo Giovanni,
in der Beilage erhältst Du wie gewünscht die Abschrift Deines Taufscheines[41]. Dieser Taufschein wurde in Lateinisch ausgefertigt, was du im Lehrerseminar in Locarno aber nicht gelernt hast. Daher füge ich noch eine Übersetzung hinzu. Ich hoffe, der Schein erreicht Dich noch rechtzeitig, wie auch mein Brief – mit einer weiteren Beilage. Er wird, mein lieber Giovanni, etwas länger ausfallen.
Vorweg: Maria und ich sind nicht gerade begeistert, dass Du bereits mit 22 Jahren nach weniger als einem Jahr Ingenieurpraxis eine Familie gründen willst. Zuerst, mein Lieber, kommt die Ausbildung und der Beruf, bevor man das Privatleben so grundsätzlich verändert. Alles andere hat da zurückzutreten. Wir werden – aber nicht deshalb – bei Deiner Hochzeit am 22. November nicht dabei sein. Es ist uns schlicht zu mühsam, die weite Reise über den bereits verschneiten Gotthardpass anzutre-

---

41 Der auf Latein verfasste Text lautet übersetzt: «Der Priester der Kirche Sankt Rochus von Gerra Gambarogno erstellte am 14. November 1875 eine Abschrift aus dem Taufregister dieser Kirche: Danach wurde am 7. November des Jahres 1853 in dieser Kirche feierlich getauft Johannes Joseph, Sohn der Eheleute Francisco Galli, Sohn des Philipp, und Maria Dominica, Tochter des Johannes Balestra. Paten waren Joseph Galli, Sohn des Antonius, und Maria Dominica, Tochter des Franziskus, und Johannes Martignoni.»

ten. Wir konnten das bei Deinen Schwestern, die in die Fremde heirateten, auch nicht tun. Froh sind wir über die Drillinge Maria, Innocenta und Erminia, die nun auch das Lehrerpatent geschafft haben. Wir sind glücklich, dass unsere Töchter auch über eine solide Ausbildung verfügen.

Du schreibst, dass Dein künftiger Schwiegervater Keel-Jung nicht gerade entzückt sei, dass seine Tochter die Heirat mit Dir durchgesetzt hat. Das sind, mit Verlaub, Vorurteile gegen uns Ticinesi. Vorurteile auch gegenüber dem neu geschaffenen Kanton durch Napoleon, der vom Wiener Kongress notabene bestätigt wurde, und weil wir im Sonderbundskrieg auf der richtigen Seite Partei ergriffen haben. Glaube mir, mit diesen Mentalitäten müssen wir leben, doch werden diese aussterben. Bist Du als Ingenieur einmal erfolgreich, und ich glaube an Dich, beeindruckst Du diesen Mann bald, und alles wird sich in Minne auflösen. Wenn erst seine Enkel und Enkelinnen bei ihm herumturnen, wird seine Freude grenzenlos sein. Im Übrigen, mit Verlaub, sind unsere Familiengeschäfte in einer ganz anderen Dimension als eine Kunstschlosserei. Ich beschäftigte zum Beispiel in Locarno beim Bau des Hotelpalastes Hunderte, sicher redliche Berufsleute seiner Art.

Du siehst, mir liegt Dein Fortkommen am Herzen. Deine grosse Chance besteht darin, dass Du in der Zentrale der Gotthardbahn-Gesellschaft dabei sein darfst. Sauge wie ein Schwamm alles auf, was Du siehst und erlernen kannst. Insbesondere das Anlegen von Bahntrassen, die Steigungswinkel und die Radien der Kurven musst Du Dir gut merken. Studiere einfach alles, was Du sehen kannst, und kopiere dieses unauffällig. Vor allem die Nord- und Südrampe scheint mir wichtig. Mit dem Tunnelbau selbst wirst Du sicher noch in Berührung kommen. Dabei geht es vor allem um den Durchtrieb in unterschiedlichen geologischen Verhältnissen und die notwendigen Abstützungsprofile. Ich bin überzeugt, Du hast schon einiges in den Akten lesen können.

Ist ja schön und gut, dass Du Deine Freizeit mit Deiner Carolina verbringst. Doch wichtiger ist es, zu lernen und zu profitieren von alldem, was Du in der Zentrale siehst. Denn dort ist einfach alles von diesem grössten und schwierigsten Bahnbau unseres Jahrhunderts aufgezeichnet und protokolliert.

Du kannst von Glück reden, dass Du am 27./28. Juli beim blutigen Arbeiterstreik in Göschenen nicht dabei warst. Du weisst, die italienische

Regierung, also «mein» König, hat gegen die unmenschliche Behandlung der Arbeiter durch das «Entreprise du Grand Tunnel» zu Recht protestiert. Die Unterkünfte sind mehr als unmenschlich, der Lohn nicht angemessen, und die Abzüge für Kost, Logis und Aufenthaltsbewilligung sind deutlich zu hoch. Dem Vernehmen nach hat sich nach der Schiesserei auf die Protestierenden mit vier Toten und mehreren Verletzten nichts geändert. Beinahe hundert sind in die Lombardei und ins Piemont zurückgekehrt. Man hört da gar nichts Gutes von Louis Favres Unternehmung.

Das will ich Dir sagen: Falls Du doch beim Tunnelbau eingesetzt würdest, versuche, menschlich zu bleiben! Schon allein wegen mir, lieber Giovanni. Ich habe einen sehr guten Ruf in der ganzen königlichen Republik Italien. Wenn man hören würde, dass mein Sohn bei der Ausbeutungsstrategie der unterfinanzierten Favre-Kompanie mit dabei ist, würde mir das direkt schaden.

Ich erwarte von Dir, dass Du vermittelst und ein menschlicher Ingenieur wirst. Wiewohl ich weiss, dass Du als Neuling bei den vorwiegend deutschen Oberingenieuren und diesem Stockalper Chef in Göschenen kaum etwas zu sagen hast.

Dass die Klerikalen nun die Tessiner Wahlen gewonnen und die Liberalen praktisch aus allen Ämtern geworfen haben, darf Dich nicht kümmern. Dies ist der Mechanismus dieser abartigen Verfassung, die den Grundsatz der politischen Gleichheit in grober Weise verletzt, indem unterschiedlich grosse Wahlkreise gleiches Recht auf 3 Sitze im Grossrat haben. Ein grosser Vorteil für das katholische Sopraceneri. Wie Du weisst, hat der Bundesrat den Rekurs an die Bundesversammlung mit Befürwortung weitergeleitet. Du wirst sehen, diese einseitigen Majorzergebnisse werden sich wieder ändern.

Aber Du und ich dürfen nicht zu nahe an diesem politischen Konflikt arbeiten. Der ist heute nicht mehr im Interesse der Familie Galli. Dein Vorteil: Du arbeitest für ein internationales Grossprojekt und bist von diesem ewig schwarz-weissen Streit im Kanton nicht betroffen. Und nicht zu vergessen, wir haben beste Beziehungen zum geeinten Italien, was sicher auch Dir einmal zum Vorteil gereichen wird.

Carissimo Giovanni, nun wünsche ich Dir Glück im obigen Sinne bei Deiner Hochzeit und für Deine Zukunft. Anstelle eines Hochzeitsge-

schenkes lege ich Dir einen Wechsel auf die Schweizerische Kreditanstalt im Betrag von 1.500,00 Franken bei. Das sollte zur Einrichtung eines ersten Haushaltes reichen, insbesondere falls Dein Schwiegervater aus Ärger über einen Ticinesi-Schwiegersohn Deiner zukünftigen Frau keine anständige Mitgift gibt.
Empfange Küsse von Deiner Mama und herzlichste Grüsse von mir
Dein Papa Francesco

***

Giovanni erwacht und setzt sich auf. Im ersten Moment ist er verwirrt und braucht zwei, drei Sekunden, um sich zu erinnern, wo er ist. Noch herrscht Dunkelheit im übergrossen Schlafzimmer des soeben eröffneten «Grand Hotel L'Europe», das Carolina und er für die Hochzeitsnacht gewählt haben. Nur ein kleines Nachtlicht schimmert auf dem Nachttisch. So kann er langsam die weichen Konturen seiner frisch angetrauten Frau erkennen. Sie atmet sanft und scheint tief in ihre Traumwelten entrückt zu sein. Ob sie wohl Böses erlebt in diesem unterbewussten Jenseits?
Die kleine Hochzeitsfeier am 22. November 1875 mit dem üppigen Mahl und dem temperamentvollen Geiger im Hintergrund hat das Brautpaar bereits um zwölf Uhr verlassen und ist in dieses mit schweren Seidenvorhängen geschmückte Zimmer hinaufgestiegen. Carolinas Fröhlichkeit ist einer sichtbaren Bedrängnis vor dem Unbekannten und dem, was sie nun erwartet, gewichen. Ihr Gesicht entspricht in etwa dem einer Kandidatin, die vor einem schwierigen Examen steht. Sicher hat ihre Mutter ihrer Tochter, der im französischen Kloster Ste. Marie de la Visitation (bei Metz) erzogenen Jungfrau, viel zu spät zu erklären versucht, was in einer Hochzeitsnacht so geschieht. Oder andersherum, was der Ehemann von ihr erwarten wird. Es ist anzunehmen, dass diese Lehre im viktorianischen Zeitalter dahin mündete: «Zieh dein Nachthemd nicht aus, aber ein bisschen hoch. Mache deine Beine, auch wenn's dir schwerfällt, auseinander. Sei mutig, lass es geschehen. Auch wenn es schmerzt, zeige es nicht, wende einfach dein Gesicht ab. Am besten, du bleibst bewegungslos. Sein Übermut wird schnell vorbei sein.»

Die Aufklärung ihrer Mutter stellte sich anfänglich als richtig heraus. Doch zog sich das alles länger hin… Denn Giovanni begnügte sich nicht mit einem Durchgang, sondern nach jeweils kurzen Pausen, in denen er sie liebevoll streichelte und küsste, folgten noch weitere.
Ja, als Giovanni nun das Sechs-Uhr-Schlagen der Kirchenuhr ihrer Hochzeitskirche St. Leodegar hört und an ihre Hochzeitsnacht zurückdenkt, weiss er, dass seine liebe Carolina die gut gemeinten Ratschläge ihrer viktorianisch geprägten Mutter nicht befolgt. Mit ihren erst sanften, dann wilden Küssen und zuerst zärtlich leisen, dann unbeherrschten Lauten lebt sie bereits in der ersten Nacht das angeheiratete Tessiner Temperament mit. Sanft betrunken vom Liebesglück und einigen Gläsern Champagner, sind sie schliesslich eingeschlafen. Carolinas Lächeln beim Einschlafen erinnerte ihn daran, wie er sie das erste Mal im Februar auf dem gefrorenen Rotsee beim Schlittschuhlaufen sah. Dieses Lächeln traf ihn mitten in sein junges Herz. Er wusste sofort: Die und keine andere! Ähnlich wie Papa es seinerzeit auf dem Heimweg mit den Flüchtlingen erlebte, als er zum ersten Mal seine spätere Frau erblickte. Allerdings war Giovannis anmutige Schöne bei der ersten Begegnung in einen Pelzmantel gehüllt, mit passender modischer Nerzmütze. Nicht auf Schlittschuhen, sondern auf einem Stossschlitten. Dieser wurde – eher ungeschickt – von einer jungen Frau auf Schlittschuhen vorwärtsgeschoben. Und dann ergab sich alles wie von selbst. Diese Cousine, Flösi Pfyffer von Altishofen, gehörte einer alten Luzerner Patrizierfamilie an. Mit Carolina hatte sie das französische Kloster bei Metz besucht und begleitete sie stets. Sie sahen sich nach ihrer ersten Begegnung praktisch jeden Sonntag zu dritt und wann immer möglich unter der Woche. Flösi, die von den Eltern Keel genehmigte Anstandsdame, hielt sich wahrscheinlich auf Geheiss von Carolina immer mehr zurück, sodass sich die keimende Liebe entfalten konnte.
So findet Giovanni sich zehn Monate später am Morgen nach der Hochzeitsnacht in diesem Bett und sinniert voller Glück ihrer Hochzeitsnacht nach. Dabei kommen ihm wieder die mahnenden Worte seines Vaters wie eine schwarze Wolke ins Bewusstsein. Diesen Brief hat er nicht nur mehrfach gelesen, er beschäftigt ihn. Im Umfeld von Carolina weniger.

«Habe ich tatsächlich wegen Carolina meinen Beruf, mein Fortkommen in der Gotthardbahn-Gesellschaft vernachlässigt?» Diese Frage stellt er sich, obwohl er jetzt wieder den Drang nach Carolinas weichem, empfangendem Körper verspürt, ohne die Grenzen der katholischen Sitten einhalten zu müssen. «Bekanntlich wird in der Ehe die Sünde zur Pflicht», so denkt Giovanni. In dieser Pflicht möchte er gern mehr Pflichtbewusstsein entwickeln. Andererseits weiss er genau, dass er damit mehr Zeit in ihrer kleinen und bequemen Wohnung in der Weggisgasse verbringen und das Studium der Gotthardbahn-Unterlagen vernachlässigen wird. Nein, das geht nicht. Schon allein wegen des künftigen Familienwohls. Er muss sich wieder mehr für die Praxis des Bahnbaus interessieren und dafür mehr arbeiten. Sein Ziel steht fest: Bahningenieur mit eigener Unternehmung, so wie Louis Favre, das will Giovanni.

Da kommt ihm eine Idee: «Ich könnte tatsächlich jetzt kurz in das Baubüro der Gotthardbahn gehen. Den Schlüssel für das Gebäude habe ich ja. So früh am Sonntagmorgen wird bestimmt niemand anzutreffen sein. Ich will diesen Bericht lesen, den ich im Büro von Oberingenieur Wilhelm K. Hellwag auf seinem Tisch sah. Es scheint die eidgenössische Untersuchung zu den tragischen Ereignissen in Göschenen vom 27./28. Juli dieses Sommers zu sein. Da wurden einige streikende Arbeiter von der Miliz erschossen. Die Hintergründe dieses Streiks der italienischen Mineure sind für mich von Bedeutung.»

Giovanni zieht sich leise an, und zwar den schwarzen Frack von gestern, und sagt sich leise dabei: «Wenn ich jetzt losgehe, bin ich spätestens in fünf Minuten im Büro von Hellwag, lese kurz den Bericht, und spätestens nach einer halben Stunde bin ich wieder hier im Zimmer. Meine Liebste wird dann immer noch selig schlafen.»

***

Giovanni liest im Schein der Petroleumlampe völlig vertieft den Bericht des Eidgenössischen Ständerates Hans Hold vom 17. November 1875 und vergisst darob beinahe, wo er sich befindet, nämlich im braun getäferten Büro von Hellwag. Was er da liest, beeindruckt ihn tief. Er hatte bisher keine Ahnung von diesen unmenschlichen

Arbeitsbedingungen im Favre'schen Tunnel. Ein Mineur arbeitet acht bis zwölf Stunden, bekommt hierfür drei Franken achtzig die Stunde und muss davon sein Essen, das Öl für seine Arbeitslampe und weitere Abgaben bezahlen. Die Übernachtung kostet um die fünfzig Cent; geschlafen wird in drei Schichten auf faulenden Strohsäcken, und zwar in Unterkünften, die vor Schmutz und Fäkalien starren. Da das Kostgeld in den *Cantinas* für einen ganzen Tag zwei Franken fünfzig beträgt, kochen die Arbeiter in der überbelegten Unterkunft selbst, was sie etwa achtzig bis neunzig Cent pro Tag kostet.
Diese Kost bedeutet gemäss Bericht von Hold, dass sie «bei der consumierenden Tunnelarbeit, nach Angabe der Ärzte, durchaus unzulänglich ist und zu mehrfachen Krankheitserscheinungen Veranlassung gibt»[42]. Auch die Ventilation sei sehr mangelhaft:

Die Ventilation des Tunnels ist namentlich auf der Göschener Seite eine ungenügende, während auf der Seite von Airolo die schlechten Gase durch die bedeutenden Wassermassen daselbst grossenteils absorbiert werden. – Ein Blick auf die dem Kommissär eingereichten Krankenrapporte der Ärzte zu Göschenen und Airolo zeigt, dass in ersterem Brustleiden zufolge mangelhafter Respiration, an letzterem Ort dagegen mehr rheumatische Krankheitserscheinungen an der Tagesordnung sind. Hierbei ist jedoch nicht zu übersehen, dass Krankheiten der Atmungsorgane zu einem nicht unwesentlichen Teil der verpesteten Luft in den oben beschriebenen Arbeiterquartieren zugeschrieben werden müssen ...[43]

Giovanni berührt dieser Bericht zutiefst, denn bisher kannte er das Gotthardbahn-Projekt nur aus Plänen und Protokollen. Seine Arbeit beschränkte sich auf das Arbeiten in den hellen Büros des repräsentativen Gesellschaftsgebäudes, mit Sicht auf die schöne Luzerner

---

42 Schweizerisches Bundesblatt XXVII Nr. 51 IV 621, 17. November 1875: Bericht des eidg. Kommissärs Hrn. Hold über die Unruhen in Göschenen am 17. und 28. Juli 1875 (Vom 16. Oktober 1875), S. 633.

43 Ebd., S. 635.

Seebucht. Er beginnt zu verstehen, dass die hohe Arbeitsleistung bei kleinstem Verdienst, die Unterernährung, die Krankheiten und die schlechte und staubige Luft das Aufbegehren und den Streik der italienischen Arbeiter verursachten. Er ist schlichtweg entsetzt ob dieses praktischen Teils des Bahnbaus.
«Was machen Sie da in meinem Büro?»
Die scharfe Anrede trifft Giovanni wie ein Peitschenschlag. Er blickt auf. Oberingenieur Hellwag steht neben ihm und sieht ihn über seinen langen Bart hinweg herrisch an. Bevor Giovanni etwas stottern kann, fährt der Oberingenieur zischend in norddeutscher Aussprache fort: «Ich weiss sehr wohl, wer Sie sind, Herr Galli. Ich weiss auch, was Sie hier tun: Sie sind in mein Büro eingedrungen, haben den soeben eingetroffenen, vertraulichen eidgenössischen Bericht gelesen und meinten, am Sonntag früh wäre niemand im Gebäude. Da kennen Sie uns Preussen schlecht. Ich arbeite sieben Tage in der Woche von früh bis spät. Meine Verantwortung für das ganze Gotthardbahn-Projekt erfordert den hundertprozentigen Einsatz, so wie seinerzeit, als ich Baudirektor der österreichischen Brennerlinie war. Immerhin scheinen Sie sich auch aussergewöhnlich dafür zu interessieren. – So, Galli, was heisst das jetzt für Sie?»
Giovanni wird noch röter im Gesicht, und sein Herz schlägt noch schneller als in der letzten Nacht, denn er weiss, was das für ihn bedeutet: die beschämende Entlassung. Wenn dieser deutsche Militarist es böse mit ihm meint, noch eine Strafuntersuchung dazu … Es schwindelt ihn beinahe, wenn er an deren Folgen bei seiner Carolina und bei seinem Vater denkt. Wie konnte er nur?
«Ja, damit ist meine Anstellung hier sicher beendet …»
Doch Oberingenieur Hellwag hält inne, schaut ihn lange an, hüstelt und spricht nun ruhiger zu ihm: «Wäre unter normalen Umständen die logische Folge. – Aber, mein lieber Giovanni Galli, ich weiss nicht nur, wer Sie sind, sondern vor allem, wer Ihr Vater ist. Ich meine nicht nur wegen des riesigen Hotelpalasts, den er soeben in Locarno fertig erstellt. Er hat als Commendatore eine persönliche Beziehung zum König Vittorio Emanuele von Italien. Und nun muss ich Ihnen eingestehen, was Sie nicht wissen können: Das Budget der Gotthardbahn-Gesellschaft ist enorm überschritten, geschätzt um hundert-

zwei Millionen Franken. Wir brauchen dringend Nachsubventionen und mehr Kapital vom Markt. Sofort benötigen wir vierzig Millionen, oder wir müssen die Arbeiten einstellen. Mit anderen Worten, wir bitten das Deutsche Reich, die Eidgenossenschaft und vor allem die italienische Regierung um einen entsprechenden Nachschuss. Ich wäre ja dumm, wenn ich Sie mit Ihrem prominenten Vater entlassen würde. Im Gegenteil, Sie werden auf den 1. Januar zum Assistenten von Bergingenieur Stapff bei der Zentralbauleitung Airolo und später nach Göschenen versetzt. Damit komme ich Ihren Bestrebungen, den Bahnbau als Ganzes zu verstehen, nach. Natürlich nicht gratis, Herr Galli. Ich erwarte von Ihnen, dass Sie umgehend mit ihrem Vater Kontakt aufnehmen, damit er unser dringendes Finanzbedürfnis beim italienischen König unterstützt.»
Nun wird es still im Raum. Giovanni ist enorm erleichtert. Er bringt nur ein unsicheres «Vielen Dank, Herr Oberingenieur» zustande.
«Vielen Dank. Selbstverständlich werde ich meinem Vater sofort schreiben. Er wird sich sicher dafür einsetzen.»
Nun hört er die Kirchenuhr sieben Uhr schlagen und wird sich bewusst, dass er so schnell wie möglich zu seiner Carolina zurück muss, denn bald würde sie erwachen.
«Tut mir leid, Herr Oberingenieur, ich sollte sofort gehen.»
Die Antwort kommt mit einem spitzbübischen Lächeln, das man dem deutschen Bartträger nicht zugetraut hätte. «Auch das weiss ich: Sie kommen um sechs Uhr nach Ihrer Hochzeitsnacht noch im Frack hier in mein Büro. Das zeigt mir Ihr aussergewöhnliches Interesse an unserem Grossprojekt. Es wäre auch deshalb dumm von mir, einen so engagierten Ingenieur zu verlieren. Nun gehen Sie und schweigen Sie über das ganze Vorkommnis von heute Morgen, kein Wort zu niemandem!»
Damit wendet sich Hellwag mit einem wegweisenden Wink grusslos von ihm ab und setzt sich an seinen überladenen Tisch. Giovanni geht, sich leicht verbeugend, rückwärts hinaus und atmet erleichtert auf.
Mit einem besorgten Durcheinander im Kopf eilt er zurück ins «L'Europe», springt die Treppen zum Zimmer hoch, dessen Tür er leise öffnet. Zu spät.

Carolina steht in einem rosa geblümten Morgenrock mit weit auseinanderfallenden braunen Haaren vor ihm. Mit dem Blick einer strengen Rachegöttin herrscht sie ihn an: «Wo warst du? Warum bist du am Morgen nach unserer Hochzeitsnacht nicht bei mir? Was soll das ... und die Morgengabe?»
Seine gestotterte Ausrede, etwas Dringendes im Büro geholt zu haben, wird mit einer abschätzigen Handbewegung weggewischt. Auch eine Morgengabe hat er vergessen, denn das Geld vom Vater hat er beinahe ganz für die Hochzeit und die Einrichtung der neuen Wohnung ausgegeben.
Und nun kommt es recht dezidiert daher: «Lieber Giovanni, das kostet dich etwas, und ich weiss auch, was.»
«Was denn, meine liebste Carolina?»
«Einen Hut.»

***

Als drei Tage später Giovanni ermüdet nach der Arbeit nach Hause kommt, steht Carolina vor dem Spiegel und betrachtet ihren neuen Hut eingehend von allen Seiten. Dabei lässt sie sich von der Ankunft ihres angetrauten Gatten nicht stören.
Einen solchen Damenhut hat Giovanni noch nie gesehen: ein eigentliches Kunstwerk in Samt und Seide mit auslandender Krempe, auf der sich Stoffblumen und Federn türmen. In Bordeauxrot, Schwarz und Weiss. Dies sei die neuste Mode aus Paris und ein absolut herausragendes Einzelstück. Das beeindruckt ihn nicht. Dagegen sehr die Rechnung, welche ihm seine Carolina wie selbstverständlich in die Hand drückt: hundert Franken.
Giovanni ist schockiert und schluckt leer. Sein Lohn beträgt zweihundertfünfzig Franken; der Wechsel von Papa ist praktisch ausgegeben und eine Mitgift des Schwiegervaters bisher nicht eingetroffen. Mit anderen Worten: Für den Monat Dezember bleiben ihm noch hundert Franken und etwa siebzig Franken aus Papas Reserve. Mit diesem Betrag muss er die Reise nach Faido und die dortige Einrichtung bestreiten.
Dies führt zum ersten gewaschenen Ehestreit. Dieser gibt ihm endlich den Anlass, ihr den baldigen Wohnungswechsel zu eröffnen, wovor

er sich bisher gescheut hat. Auch legt er nun als Herr im Haus das sogenannte Nadelgeld fest, mit welchem Carolina für sich und den Haushalt monatlich auskommen muss. Nur ungern fügt sie sich in die neuen, engeren Verhältnisse eines jungverheirateten Ehepaares der Mittelschicht.

Die Stimmung wird etwa so frostig wie das gegenwärtige Wetter, das nicht zu der längeren Reise einlädt, die sie vor sich haben. Am 10. Dezember ist es so weit. Zuerst mit dem Zug, dann mit Pferdeschlitten geht es noch einigermassen erträglich bis Andermatt, wo sie im neu erbauten «Hotel Bellevue» nächtigen. Der frühe Wintereinbruch bedeutet nicht nur Pferdeschlitten, sondern auch eine mühsame Überquerung des Gotthardpasses zu Fuss. Verbürgt ist, wie Giovanni vorweg ging, gefolgt von einer Trägerkolonne mit sogenannten Räfs (hölzernen Traggestellen) am Rücken, auf denen das reichliche Gepäck seiner Frau, einschliesslich verschiedener Hutschachteln, aufgeschnallt ist. Sie selbst wird von einem Hünen von Mann ebenfalls auf einem Räf getragen. Carolina wird noch das ganze Leben von dieser Tortur auf dem verschneiten Säumerpfad sprechen, obwohl es ein herrlicher Wintertag mit frisch verschneiten Bergen und blaustem Himmel war. Im Übrigen, auch das ist verbürgt, hat sie ihre Leidenschaft für modische Hüte nie abgelegt. Meine Schwester Veronika schreibt in ihrer Familiengeschichte:

Hüte scheinen überhaupt die Schwäche meiner Urgrossmutter zu sein. Es gibt da noch eine andere Anekdote: Ihre letzten Monate im Leben verbrachte sie im Hause ihres Sohnes Cecchino in St. Gallen. Als nun der Priester der Sterbenden die letzte Ölung verabreichen wollte, habe sie ihn über die neuste Hutmode ausgefragt. Doch dies mag nun wirklich eine Übertreibung meiner Grossmutter, das heisst ihrer Schwiegertochter, sein. «Frau Galli ist immer noch so weltlich», habe der junge Priester geseufzt.

Das Leben in Faido erweist sich für die an das bunte Treiben der Stadt gewöhnte Carolina als eintönig, zunehmend öde, ja belastend. Natürlich gibt es die anderen Frauen der engagierten Ingenieure. Nur spiegeln sich bei den Tee-Einladungen dieser Damen die Hierarchieverhältnisse der Bahngesellschaft wider. Carolina gilt als Frau eines jungen Assistenten des deutschen Bergingenieurs Friedrich Moritz Stapff wenig. Sie muss sich das lang anhaltende Geschwätz der Älteren mit gespielt heiterer Miene anhören. Doch vermeiden lassen sich diese Einladungen nicht. Ablehnungen hätten sich nachteilig auf Giovannis Karriere ausgewirkt. Einen Vorteil hat sie immerhin: Von Zeit zu Zeit erklärt sie sich wegen ihrer voranschreitenden Schwangerschaft für unpässlich. Trotzdem muss Giovanni die zunehmend schlechte Laune und leicht depressiven Anfälle seiner jungen Frau ertragen.

Er dagegen ist mit seiner Stellung vollauf zufrieden. Ingenieur Stapff bezieht ihn bei seinen geologischen Arbeiten immer mit ein. Selbst bei allen Sitzungen der Oberleitung darf er im Hintergrund dabei sein. Stapffs Wissen ist aussergewöhnlich breit und geht weit über das Geologische hinaus ins Technische des Tunnelbaus, sei es bezüglich Bohren und Sprengen des Durchtriebs oder zu Fragen der Abstützung und dem definitiven Ausbau der unterschiedlichen Gesteinsarten. Stapff ist eben nicht nur Spezialist, sondern hat eine aussergewöhnliche Gesamtsicht mit kritischer Distanz.

Giovanni hat sich damit abgefunden, dass Mineure, Maurer und Schotter unter misslichen Verhältnissen arbeiten. Doch in Airolo scheinen sie nicht derart ausgeprägt zu sein, wie er im Bericht von Hold über Göschenen gelesen hat. Das gilt sowohl für die Ordnung im Dorf als auch für die Unterkünfte und Kantinen. Im Übrigen weiss er genau, dass eine diesbezügliche Kritik von ihm nicht angehört würde. Natürlich gelangen die Gerüchte über die finanziellen Probleme der Gesellschaft auch auf die Südseite. Aber irgendwie liegt zwischen dem Tessin und dem Norden der mächtige Gotthard, und man glaubt etwas weniger betroffen zu sein. Wie sich noch herausstellen wird, ist bei den kommenden Einsparungen an der Bahnstrecke das Gegenteil der Fall.

So vergehen die Monate. Der Frühling scheint in der südlichen Leventina früher als auf der Nordseite des Gotthards anzuklopfen. Damit bessert sich auch die Laune von Carolina, die nun öfter mit einer jungen Ingenieursfrau spazieren geht, obwohl ihr Bauch runder und runder wird.

Anfang Juli 1876 kommen die beiden Eheleute überein, dass es besser wäre, wenn das Kind nicht in Luzern, vom Volksmund wegen des häufigen Regens «der Schüttstein der Nation» genannt, sondern im milden Süden das Licht der Welt erblickte. Giovanni überzeugt die zögernde Carolina auch mit dem Hinweis, dass seine Mutter zweiundzwanzig Kindern das Leben geschenkt habe und man in ihrem Stammhaus in Gerra sozusagen aufs Gebären spezialisiert sei. Auch müssten sie nichts anschaffen, denn alles, was Kleinkinder benötigen, sei reichlich vorhanden.

Ende Juli 1876 reisen sie gemeinsam ins Cinque Fonti, von wo Giovanni nach drei Tagen wieder ans Südportal des Gotthardtunnels zurückfährt.

Am 24. August erhält Giovanni überraschend – denn er hat mit Anfang September gerechnet – ein Telegramm mit dem Wortlaut: «Heute ist dein Sohn Cecchino zur Welt gekommen. Ein kräftiger Junge. Komm sofort ins Cinque Fonti. Deine Mama.»

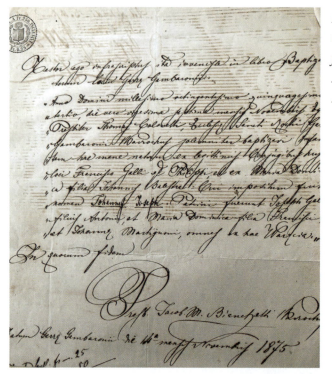

Der Taufschein von Giovanni Galli, ausgestellt für seine Hochzeit am 22. November 1875 in Luzern.

«Du kannst von Glück reden, dass du am 27. und 28. Juli beim blutigen Arbeiterstreik in Göschenen nicht dabei warst.»

«Allerdings fand sich die anmutige Schönheit nicht auf Schlittschuhen, sondern auf einem Stossschlitten.»

Die Bestätigung von Pfarrer Schürch, dass Giovanni Galli und Carolina Keel am 22. November 1875 nach dem katholischen Ritus getraut wurden.

«Noch herrscht Dunkelheit im grossen Schlafzimmer des soeben eröffneten Grand Hotel Europe, das Carolina und er für die Hochzeitsnacht gewählt haben.»

«‹Was machen Sie da in meinem Büro?› Der vollbärtige Oberingenieur Wilhelm Hellwag steht neben ihm und blickt ihn herrisch an.»

Was Giovanni da liest, beeindruckt ihn tief.

Der frühe Wintereinbruch bedeutete nicht nur Pferdeschlitten, sondern auch eine mühsame Überquerung des Gotthardpasses zu Fuss.

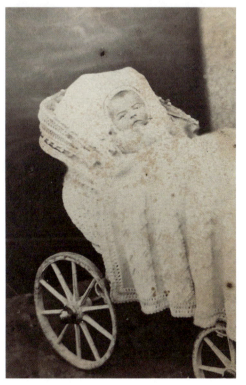

Giovanni ist Assistent von Oberingenieur Friedrich Moritz Stapff, dessen Wissen aussergewöhnlich breit ist.

«Heute ist dein Sohn Cecchino zur Welt gekommen.» 24. August 1876, hier sein erstes Bild.

STEINMANN

17. Tagebuchnotizen von Johannes und Niklaus (1859–1861)

Wie Johannes und Niklaus über ihren unterschiedlichen Werdegang in Tagebuchnotizen berichten und beide vor einem entscheidenden Zukunftsschritt stehen: der Erstere in Neuenburg und der Letztere bald in Manchester.

Wieder versammelt sich am Neujahrstag 1859, wie es der Familientradition entspricht, die Familie Steinmann im Fulpelz zu Tisch. Diesmal ohne Gesellen und Mägde, die ihre Weihnachtstage bei ihren Familien zu Hause verbringen. Der traditionelle Schinken mit Bratkartoffeln und *Züpfe* ist verspeist. Im bunten Durcheinander des Geschwätzes der Kinder wird jetzt auf die berühmten Apfelküchlein mit süsser Nidle (Sahne) gewartet. Diese *Apfelchüechli*, geschnittene Apfelringe in einer flüssigen Eiermehlmischung gebadet, in Fett ausgebacken und mit Zimtzucker bestreut, werden von Müeti Maria und ihrer Tochter Anna zubereitet. Sie haben schon am frühen Morgen den Rahm geschlagen und draussen in der Kälte bereitgestellt. Beide wissen, dass dies den Höhepunkt des Familienessens bedeutet, und geben sich darum besonders Mühe. Als die Süssspeise hereingetragen wird, wird dies mit begeistertem Klatschen belohnt.

So vollzählig sind sie unter dem Jahr nie mehr. Johannes ist nun neunzehn Jahre alt und wird seine Lehre als Uhrmacher in Bern bald beenden. Fritz ist ebenfalls oft abwesend. Nachdem er zwei Jahre lang das Metzgen erlernt hatte, ging er auf Wanderschaft ins Französische und ist vor drei Tagen von einer mühsamen Reise aus Lyon zurückgekehrt. Doch er möchte keineswegs mit seiner Gesellenwanderschaft aufhören. Als Nächstes steht ihm der Sinn nach dem Süden. Er will im Frühjahr in Marseille Arbeit suchen, ja eventuell zur See fahren. Noch ist er recht ungestüm und weiss nicht, wohin ihn seine Lebensreise führen wird. Immerhin hat er zwei Berufe: Metzger und Landwirt, was sich ja gut kombinieren lässt.

Verbleiben von den vier Brüdern, die gestern wieder so schön im «Löwen» zu Worb gesungen haben: der Älteste, Christen, und der Jüngste, Niklaus. Christen tritt in die Stapfen des Vaters. Er ist Schuhmacher geworden und Bauer. Ihm gefällt es, auf dem elterlichen Hof zu wirken, und als Ältester wird er den Fulpelz einmal übernehmen. Gerade das Umgekehrte findet sich bei Niklaus: Er möchte weg, möglichst weit. Die so rasant aufkommende Spinnerei- und Tuchindustrie im Emmental beeindruckt ihn, und in ihr sieht er seine Zukunft. Dank eines Kunden seines Vaters ist der erste Schritt getan: Er darf bereits im Januar bei der Firma Hubler & Schafroth, einer Spinnerei und Weberei in Burgdorf, im kaufmännischen Bereich antreten. Er wird somit den Fulpelz für einige Jahre verlassen.

Nachdem auch das letzte der knusprigen *Apfelchüechli* verspeist ist und alle ziemlich zufrieden aus ihrem *Chacheli* Milchkaffee schlürfen, klopft Vater Christian an sein Glas und bittet um Ruhe.

«Liebes Anneli, liebe Kinder. Wieder stehen wir vor einem neuen Jahr und wissen nicht so recht, was kommen wird. Zu unserem grossen Glück sind wir alle gesund, und allen wurde oder wird eine Ausbildung ermöglicht. Das ist in diesen schweren Zeiten nicht selbstverständlich. Ihr seht selbst, wie in Worb und Umgebung die Armut zunimmt und unsere Gemeinde immer mehr belastet, und dies trotz mehr oder weniger freiwilliger Auswanderungen. Dein Hans, liebes Bethli, der den Platz deines Vaters im Gemeinderat eingenommen hat, könnte uns über diese wachsende Armut einiges berichten. Aber ich verstehe, dass du wegen den verschneiten Wegen ohne ihn und deine Kleinen, Ruedi und Röseli, zu uns gekommen bist. – Meine Lieben, ich weiss auch, dass dieses Jahr im Fulpelz noch weniger Leute arbeiten. Wir, die Bleibenden, möchten aber gerne den Werdegang unserer weggezogenen Kinder verfolgen. Mein Wunsch: Bitte schreibt auf, was ihr so erlebt, und lest uns diese Tagebuchnotizen jeweils am Neujahrstag vor. Nur das Allerwichtigste und nur das, was ihr uns preisgeben wollt. Das wäre doch eine schöne neue Tradition, welche unsere Familie mit den Weggereisten zusammenhält. Was meint ihr dazu?»

Nach kurzem Gespräch über das Wie, Wann und Wo findet Ättis Vorschlag allgemeine Zustimmung.

***

Tagebuch Niklaus
Burgdorf, Sonntag, 1. April 1860
Gott sei Dank habe ich beim Anschauen der Züge mit ihren schwarz rauchenden Lokomotiven im neuen Bahnhof diesen James Smith kennengelernt. Er spricht sogar gebrochen Deutsch. Er erklärte mir eingehend die modernen Maschinen, die in seiner Heimat schon einige Jahre die Städte miteinander verbinden. Dies hier sei ein deutsches Fabrikat, eine SCB Eb2/4 aus Esslingen. In England hätten sie aber bereits weit stärkere und schnellere.
Enorm, was der menschliche Erfindergeist da geleistet hat. In England ist die Zukunft bereits Gegenwart, dort müsste man hin.
Aus diesem Gespräch entstand eine spontane Freundschaft. Er arbeitet bei den Gebrüdern Miescher und installiert dort zwei Spinnmaschinen eines neuartigen Typs aus England: Der sogenannte Selfaktor arbeitet vollautomatisch und braucht keine Steuerung mehr von Hand. Sobald diese beiden Maschinen gut funktionieren, wird Smith noch weitere einbauen und in der ersten Zeit den Betrieb überwachen.
Was er mir da später beim Bier im «Stadtkeller» über die neusten Entwicklungen der Spinnerei und Weberei in England erzählte, ist hochinteressant. Ich bin bei Hubler & Schafroth eindeutig am falschen Ort. Auch wenn sie sich «Kunstwoll-Fabrik» nennen, stimmt das eigentlich nicht, denn sie stellen billige Tücher und Decken aus alten Stoffen und ausgetragenen Kleidern her. Die aus den stinkenden Lumpen gewonnenen Fasern werden gut gewaschen zu Reiswolle, die dann zu diesen billigen Produkten verarbeitet wird. Mich aber interessiert die Spinnerei und Weberei aus frischem Flachs oder importierter Baumwolle, wie sie nun überall im Emmental aufkommt. Vielleicht kann James mir da weiterhelfen.

Burgdorf, Freitag, 23. April 1860
Tatsächlich ist es James gelungen, einen der beiden Gebrüder Miescher für mich zu gewinnen. Ich darf ab 1. Juni meine Lehre bei ihnen im Kontor fortsetzen. Natürlich habe ich im ersten Jahr bei Hubler & Schafroth viel gelernt, vor allem in der doppelten Buchführung. Der alte Meier hat sich meiner angenommen, mich sehr gut instruiert. Ich durfte bereits nach einigen Monaten die Einträge ins Hauptbuch schreiben. Natürlich unter seiner direkten Kontrolle. Überhaupt, wenn man die Buchhaltung eines Betriebes kennt, erfasst und aufmerksam verfolgt, was die Geldeinträge abgesehen vom Finanziellen bedeuten, gewinnt man eine Gesamtübersicht über die Fabrik. Vorausgesetzt, man fragt nach. Meier hatte eine enorme Geduld mit mir, und umgekehrt helfe ich ihm beim Schreiben, denn seine Hände zittern. Ich glaube, immer mehr.

Burgdorf, Samstag, 30. Juni 1860
Der Übergang zu den Gebrüdern Miescher hat gut geklappt. Man hat im Kontor bereits den Eindruck, dass ich schon weit länger in der Buchhaltung firm bin. Ich versuche so viel als möglich mit James zusammen zu sein, um seine Maschinen zu verstehen. Auch verbringen wir oft die Sonntage zusammen. Er spricht jetzt auch schon besser Deutsch, und ich beginne langsam, die englische Sprache zu sprechen.

Burgdorf, Sonntag, 15. Juli 1860
An diesem Sonntag habe ich mit James etwas Neues erlebt. Obwohl es drückend heiss war, gingen wir am Nachmittag nach Oberburg, wo eine Kapelle zum Tanz aufspielte. Da fanden sich viele junge Leute aus Stadt und Land ein. So lernten wir eine Gruppe Burgdorfer kennen, darunter einige Mädchen. Die sichtbar älteste von ihnen, ziemlich schlank, ja hager, nahm meine Tanzaufforderung an. So drehten wir mit Schwung einige Runden auf der Tanzfläche. Marthe Stucki ist ihr Name, und ihr Vater besitzt eine Schreinerei. Obwohl sie einiges älter ist als ich, würde ich dieses Mädchen gerne wiedersehen. Sie hat so etwas Vornehmes, das ich bei den Mädchen in Richigen oder Worb noch nie erlebt habe, und andererseits kann sie einen so anlächeln, als ob wir uns schon seit Längerem kennen würden.

Tagebuch Johannes
Bern, Sonntag, 27. Mai 1860
Gott sei Dank geht in zwei Monaten meine Lehre bei Frédéric Patthey zu Ende. Klar habe ich so ziemlich alles, was man über Pendeluhren wissen kann, seien es Wand-, Tischpendulen oder Bodenstanduhren, gelernt. Aber leider nicht mehr. Ich hätte liebend gerne auch das Uhrmacherhandwerk für die kleinen, modernen Taschenuhren begriffen. Doch dieser Patthey hat sich allein auf Pendulen aus Neuenburg spezialisiert, die er für den im Übrigen eher seltenen Verkauf von seinem Bruder Robert in Neuenburg bezieht.
Natürlich ist das nicht uninteressant, denn nach wie vor dürften Pendulen die exaktesten Uhren sein, sofern man es versteht, das Pendel richtig einzustellen. Zum Mindesten hat der Meister mir das immer wiederholt.
Im Haushalt bei ihm zu leben ist nicht einfach. Seine schöne Angetraute aus Lyon war sicher einmal eine charmante Französin. Doch heute ist sie dick und spricht kaum noch mit ihm. Er pflegt schon am frühen Nachmittag in die Stadt zu verschwinden und kommt meist erst gegen Abend nach Hause: leicht bis stark angetrunken, mit offener Weste über seinem dicken Bauch, rotem Gesicht und noch röterer Nase. Da es kein Geselle hier aushält, bin ich meist allein im Geschäft. Offensichtlich mache ich meine Arbeit, sei es in der Werkstatt oder im Laden, gut, denn er lässt mir seit beinahe zwei Jahren freie Hand. Sein wachsbleicher Sohn mit speckigen Haaren ist ziemlich unbrauchbar und geht nach der Schule seine eigenen Wege, ich weiss nicht, wohin. Positiv in der Familie ist eigentlich nur Madeleine. Die Elfjährige lacht stets, macht lustige Sprüche und fegt wie ein Wirbelwind durch Laden und Wohnung. Auch sie verschwindet nach der Schule meist mit ihren Freundinnen ins Quartier.
Einen Vorteil hat das alles: Ich habe in der Lehre nicht nur das Handwerk mit Pendulen gelernt, sondern auch recht gut Französisch. Das ist insofern auch nötig, als die Kundschaft, meist mit rollendem «r», Französisch spricht, obwohl es grossteils alteingesessene Berner sind. Diese Kundschaft besteht aus eingebildeten, mit Preziosen behängten Frauen, deren Nasen hoch in den Himmel stechen. Sie werden von einer Haushaltshilfe oder einem Knecht begleitet, welche die defekte

Uhr hineintragen. Zuerst übersehen sie mich einfach, grüssen nicht und fragen in beinahe militärischem Ton: «*Où est le maître?*» Dann aber müssen sie mit mir vorliebnehmen, und ich muss mir anhören, warum und wieso dieses wertvolle Familienstück nicht mehr läuft. Ich sage dann meist: «*Oui, oui, pas de problème.* Sie können Ihre Uhr in einer Woche abholen.»

Es geht praktisch immer ums Gleiche. Die Uhren sind dreckig, verstaubt und bedürfen einfach der Reinigung. Das heisst, ich nehme sie auseinander, lege Einzelteile in Alkohol, setze sie wieder zusammen, öle ein bisschen, und schon läuft das Familienstück für weitere zweihundert Jahre. Das Unerträgliche an diesen Frauen, selten Männern: Die leben alle noch im 18. Jahrhundert und meinen, sie seien immer noch die Regierenden des Ancien Régime. Irgendwie sind an diesen «Vons» die moderne Zeit und die liberale Neuordnung der Schweiz vorbeigegangen. Obschon ich von meinem Urgrossvater einiges überliefert bekam, wünsche ich mir da Napoleon zurück, um dieses alte Bern noch einmal durchzuputzen. Ähnlich wie ich das mit den Pendulen mache.

Bern, Mittwoch, 1. August 1860
Nun ist also meine Lehre zu Ende, und endlich gibt mich Patthey frei. Ich hätte schon viel früher die Lehrstelle wechseln wollen, doch obwohl die Zünfte ja abgeschafft sind, ist das alte Zunftdenken hier in Bern noch stark verbreitet. Mit anderen Worten, kein anderer Meister hätte mich in Bern angenommen. Nun aber trete ich bald eine neue Stelle im Uhrenverlag seines Bruders in Neuenburg an. Er war allerdings eher ein seltener Gast, denn ich glaube, er mag meinen Meister nicht. Trotzdem muss er bemerkt haben, dass ich sowohl im Handwerklichen wie im Kaufmännischen einiges Geschick zeige und dass der Alte ohne mich kein derartiges Lotterleben führen könnte. Doch er hätte mich nie vorzeitig abgeworben, dazu ist er wohl zu korrekt.

Die neue Stelle ist insofern interessant, als er als Uhrenverleger mit vielen Heimarbeitern im Jura zusammenarbeitet. Ihnen überlässt er die Konstruktion der einzelnen Teile, welche seine Uhrmacher in Neuenburg zusammensetzen. Die meisten Taschenuhren werden alsdann exportiert. So werde ich in Neuenburg das Handwerk im Bereich moderner Taschenuhren erlernen. Langer Rede kurzer Sinn: Ich freue mich auf den Wechsel, wobei es da eine Sache gibt, die mir das eintrübt.

Bern, Freitag, 10. August 1860
Ich wollte eigentlich nicht darüber schreiben, was mich trotz des Loskommens von der Familie Patthey etwas traurig stimmt.
Ich hatte ja nur sonntags frei. Ich ging oft an den Bärengraben und an der Aare spazieren. So lernte ich bei dieser Gelegenheit ein junges Mädchen kennen, und zwar kommt sie aus Worb. Sie heisst Marie Neuenschwander und stammt ebenfalls aus einer kinderreichen Familie. Die Eltern führen Am Stullen in Worb einen Mercerieladen. Den Laden kannte ich gar nicht. Ihr Vater heisst im Übrigen wie ich Johannes und stammt ursprünglich aus Trueb. Der Name der Mutter ist derselbe wie der meiner zehnjährigen Schwester, nämlich Katharina. Wenn man sich kennenlernt, ist das Familiäre anfangs noch recht wichtig. So habe ich ihr viel über unsere Familie, den Fulpelz, die Schuhmacherei und auch über meinen Söldnergrossvater erzählt. Wir trafen uns immer wieder, die Gesprächsthemen wechselten und drehten sich des Öfteren um unsere Herrschaften. Auch Marie dient bei solchen Pendulekunden, das heisst mit einem «von» im Namen, das ihnen wichtiger ist als ein freundliches «Guten Tag». Die lassen sich von morgens früh bis abends spät bedienen, sind geizig und denken kaum über den Menschen nach, der in ihren Bedienten steckt. Vor allem die Madame sei *herrschelig*, tue wichtig, dabei stamme sie nur aus dem Schwarzbubenland. Sie rolle das «r» so, als ob sie seit Jahrhunderten eine Patrizierin wäre. Immerhin, da habe ich es bei Patthey besser, denn er lässt mich ziemlich in Ruhe. Die Frau und der Sohn sprechen kaum mit mir, befehlen aber auch nichts. Wohingegen Madeleine mich immer wieder aufmuntert.
Natürlich ist Marie noch zu jung, um über ein Weiteres nachzudenken. Aber ich könnte mir doch vorstellen, wenn das so anhält, dass sie in einigen Jahren eine Frau für mich wäre.

***

Tagebuch Niklaus
Burgdorf, Sonntag, 16. September 1860
Leider gelingt es mir nicht, regelmässig Tagebuchnotizen zu machen. Aber Ätti hat ja gesagt, nur das Wichtigste soll notiert werden. Heute am Sonntag hatte ich mit James ein sehr wichtiges Gespräch. Es könnte mein Leben verändern. Ich versuche es knapp wiederzugeben. James erzählte mir Folgendes: «Tatsächlich bin ich nicht nur in der Schweiz, um die Selfaktor-Maschinen zu installieren. Ich habe einen wichtigen Auftrag. Du weisst, ich komme aus Manchester, und Manchester ist, wie die Lancashire-Region überhaupt, das Zentrum der Textilindustrie in Great Britain. Wir sind nur sechzig Kilometer vom Hafen Liverpool entfernt, und seit circa hundert Jahren gibt es einen Kanal dorthin. Ja, und seit 1830 praktisch auch die erste grössere Eisenbahnstrecke der Welt. Damit werden die über zweitausendsechshundert Baumwollfabriken mit der Welt verbunden. Du musst wissen, bei uns sind circa vierhundertvierzigtausend Menschen in dieser Industrie beschäftigt, das heisst genauer, mehr als dreissig Millionen Spindeln und dreihundertfünfzigtausend Webmaschinen laufen sozusagen Tag und Nacht. – Warum erzähle ich dir das?»
«Ja, das würde mich schon interessieren. Wenn ich eure Industrie und unsere kleinen *Fabrikli* vergleiche… o Gott!»
«Vorweg: Du täuschst dich. Die Schweiz ist zurzeit die zweitgrösste Textilnation. Aber es stimmt, noch nicht auf dem letzten Stand der technischen Entwicklung. Nun komme ich zu meinem Zusatzauftrag: Ich arbeite für den grössten Textilunternehmer Grossbritanniens, für William Henry Houldsworth. Er denkt weit voraus. So hat er mich beauftragt, die Schweizer Verhältnisse kennenzulernen und zu beobachten, damit er allfällige Investitionen in der Schweiz beurteilen kann. Doch jetzt hat er mir aus aktuellen Gründen des Längeren geschrieben, ich solle so bald als möglich zurückkommen. – Zur Erklärung muss ich etwas ausholen: Vielleicht weisst du, dass mein Land 1807 den Sklavenhandel abgeschafft und unter Strafe gestellt hat. Seit 1833 ist die Sklaverei in britischen Gebieten gesamthaft verboten. In Amerika ist dies bekanntlich nicht der Fall. Diese Frage, glaubt Mr. Houldsworth, führt bald zu einem Konflikt, ja vielleicht sogar zu einem Bürgerkrieg. Der künftige Präsident Abraham Lincoln wird

nämlich die Sklaverei auch in den USA verbieten. Warum ist so ein amerikanischer Krieg für die Textilindustrie von grösster Bedeutung? Weil er zu einer tiefgreifenden Depression führen kann. Nicht nur in England, sondern auch hier. Bei einem Bürgerkrieg würden uns die sieben Sklavenstaaten Amerikas die langfaserige Baumwolle nicht mehr liefern. Die meisten unserer Selfaktor-Maschinen sind aber auf diese spezialisiert – die kurzfaserigen Qualitäten, zum Beispiel aus Ägypten, sind schwieriger zu spinnen, brechen oft und brauchen weit mehr Feuchtigkeit. Mein Chef kauft schon seit einiger Zeit so viel als möglich von der amerikanischen Baumwolle ein. Er hortet sie für die kommenden Krisenjahre, mit denen er so fest rechnet wie mit dem Amen in der Kirche. Zugleich plant er die grösste Spinnerei Englands, eine mill[44] in Reddish, die sogar von einer Houldsworth-Modellsiedlung, einem Houldsworth Model Village, umgeben sein soll. Er will seinen Arbeitern und den leitenden Angestellten eine gute Unterkunft bieten und sich auch auf diese Weise von dem ausbeuterischen Gebaren der Fabrikbesitzer abheben. Du weisst vielleicht auch, dass das ‹Kommunistische Manifest› von Karl Marx und Friedrich Engels aufgrund der Ausbeutung der Arbeiter in Manchester geschrieben wurde.»

«Nein, weiss ich nicht, aber was hat das mit mir zu tun?», habe ich ihn darauf gefragt.

«Da ich Mr. Houldsworth auch von dir geschrieben habe, meint er, du sollst mit mir kommen und beim Aufbau dieser neuen, modernen Mill helfen. Ich glaube, dies ist eine grosse Chance für dich. Auch könnten wir unsere Freundschaft in Manchester weiterführen.»

«Das klingt spannend. Sag, glaubst du, dass wirklich eine Baumwollkrise vor der Tür steht?»

«Ja, davon bin ich überzeugt. Hunderte von Familienspinnereien werden eingehen oder nur noch sehr reduziert arbeiten. Zudem werden die Preise für die Baumwolle so hochschnellen, dass sich kleinere Be-

---

44 Der Ausdruck mill bezeichnet im Engl. nicht nur eine (wind- oder wasserkraftbetriebene) Mühle, sondern jede Form von Produktionsmaschine, die Rohmaterial durch irgendeinen Prozess umwandelt. Daher hiessen auch die zu Beginn des 19. Jh. in England (Lancashire) entstehenden Textilfabriken, wo der Spinn- bzw. Webvorgang maschinell erfolgte, mills.

triebe diese sich gar nicht mehr leisten können. Vielleicht wird die Krise auch die Gebrüder Miescher hier treffen, da die Umstellung auf kurzfaserige Baumwolle tatsächlich nicht so einfach ist. Womöglich verlierst du sogar deine Stelle.»
Da ist die Antwort einfach für mich: «So oder so, die Chance, nach England auszuwandern, die dortige moderne Textilindustrie und den Grossbetrieb des Magnaten kennenzulernen, ist eine einmalige, grossartige Gelegenheit. Da kann ich nur Ja dazu sagen!»
Zu meiner Überraschung ergänzt er nun: «Auch für deine Leidenschaft, das Singen, wird gesorgt sein. Seit 1853 lebt der deutsche Kapellmeister Charles Hallé bei uns in Manchester. Dort gibt er mit seinem Hallé Orchestra die sogenannten Gentleman's Concerts, tritt aber auch in vielen anderen Städten auf. Mit grossem Erfolg. Seine Spezialität ist es im Übrigen, professionelle Sänger mit talentierten Laien zu mischen. Mein Chef kennt ihn gut, und ich bin mir sicher, dass du da mitmachen kannst.»

***

Die Lancashire Cotton Famine, das heisst die Baumwollhungersnot in Lancashire ab 1861, traf die meisten nach Jahren der Prosperität unvorbereitet. Viele Spinnereien gingen nach kurzer Zeit ein, Hunderttausende wurden sofort arbeitslos. Ein Sozialnetz fehlte, und das tägliche Leben wurde für die Menschen zum Überlebenskampf. Die Krise dauerte knapp vier Jahre und führte zu einer brutalen Strukturbereinigung der Textilindustrie in Lancashire, das heisst in Manchester. Bald bildeten sich jedoch sogenannte nationale und regionale Relief Committees, Unterstützungsorganisationen lokalen und nationalen Zuschnitts. Sie verhinderten das Schlimmste, nämlich den verbreiteten Hungertod, so wie seinerzeit in Irland bei der Kartoffelpest. Etwa eine Million Iren starben in jenen Jahren 1845 bis 1849, und die Engländer profitierten sogar davon.
Trotzdem wanderten aus Lancashire x-Tausende nach Australien, Amerika und in andere Länder aus. Es gab Dörfer, die beinahe leer standen. Tatsächlich war Henry Houldsworth einer der wenigen, der in dieser Krise erfolgreich handelte. Seine in dieser Zeit gegen den

Trend gebaute Spinnerei, die riesige Houldsworth Mill in Reddish, kann man heute noch besichtigen, denn sie steht unter Denkmalschutz.

***

Tagebuch Johannes
Neuenburg, Sonntag, 30. September 1860
Nun bin ich seit zehn Tagen im Uhrenverlag von Robert Patthey in Neuenburg in seinem Kontor tätig. Mein neuer Chef meint nämlich, dass ich in diesem den besten Überblick über die Tätigkeit einer Verlagsgesellschaft bekomme, bevor ich dann die einzelnen Schritte der Taschenuhrherstellung erlerne. Warum? Ich glaube, es sind beinahe fünfzig verschiedene Uhrmacher in Heimarbeit, denen das nötige Material zugestellt wird, damit sie exakt das gewünschte Einzelteil anfertigen. Diese werden dann hier in der Manufaktur zusammengesetzt. Nächstens werde ich mich selbst auch damit beschäftigen. Schliesslich soll ich nach einem guten Jahr bei den wichtigsten Uhrmachern in Fleurier, Le Locle, La Chaux-de-Fonds, ja sogar in Murten arbeiten, um das Handwerk im Detail zu erlernen. Es steht mir eine interessante Zeit bevor.
Die Dachkammer, die mir Herr Patthey zur Verfügung stellt, ist grösser als jene in der Altstadt von Bern. Vor allem wenn ich hier auf Zehenspitzen stehe, sehe ich den weiten, blau glitzernden See. Ja wir haben sogar fliessendes Wasser auf der Etage und eine Spülung in der Toilette.
Doch das alles ist nichts im Vergleich zum Leben und dem Geist in Neuenburg. So stelle ich mir Paris vor. Der offene Marktplatz, der Blick auf das Wasser des weiten Neuenburger Sees, die vielen Cafés, vor denen gegessen, getrunken und temperamentvoll palavert wird, all das atmet eine Atmosphäre der Freiheit. Mich dünkt, die meisten Leute lachen und sind guter Laune. Ganz im Gegensatz zu den mürrischen oder stolz unnahbaren Gesichtern in der Stadt Bern. Spricht man die Leute hier an, geben sie freundlich Antwort. Bis jetzt habe ich noch keine hochnäsigen, mit Dünkel parfümierten Damen und mit rollendem «r» gesehen oder gehört.

Ich weiss nun auch, warum hier ein so ganz anderer Geist herrscht. Zwar habe ich mich damals auch damit beschäftigt, aber nur aus einem Grund: Mein Bataillon wurde 1857 im Januar wider Erwarten nicht aufgeboten, und ich musste nicht zur Grenzbesetzung einrücken. Gott sei Dank hat der Preussenkönig Friedrich Wilhelm IV. nachgegeben und das Fürstentum Neuenburg gänzlich als Kanton in die Eidgenossenschaft entlassen.
Hier wird immer noch viel über diesen möglichen Krieg gesprochen, als ob es gestern gewesen wäre. Man sagte mir, beinahe 240 000 Schweizer habe der nochmals gewählte General Dufour aufgeboten, um dem preussischen Angriff im badischen Raum mit einer Vorwärtsverteidigung entgegenzutreten. Dank der Diplomatie insbesondere Frankreichs und Englands sei es nicht zum Krieg gekommen. Einmal mehr sei die Strategie unseres Generals aufgegangen. Allerdings seien die Royalisten, welche die liberale Regierung wegputschten, wieder auf freiem Fuss und lebten ziemlich beleidigt und isoliert auf ihren Gütern unter sich weiter.
So oder so, nach drei Jahren in diesem befreiten Neuenburg zu leben, scheint eine wohltuende Sache zu sein. Ich persönlich habe noch nie ein so leichtes Leben geführt.

***

Der sogenannte Neuenburger Handel von Ende 1856 bis Anfang 1857 findet seine Ursache im Wiener Kongress 1814/15, der zwar Neuenburg als Kanton konstituierte, zugleich aber immer noch als Fürstentum des preussischen Königs bestätigte. Dieser war nicht bereit, darauf zu verzichten. Nach der Gründung der Eidgenossenschaft 1848 wählten die Neuenburger eine liberale Regierung. Das gefiel den Royalisten, mehrheitlich Patriziern in Neuenburg, nicht. Anfang September 1856 rissen sie in einem Putsch die Macht an sich.
Circa fünfhundert Royalisten stürmten das Regierungsschloss. Der Bundesrat schickte umgehend drei Bataillone Infanterie nach Neuenburg, die den Spuk auch sogleich beendeten und die Royalisten gefangen nahmen. Dies führte zur ernsthaften Kriegsdrohung der Preussen. Am 27. Dezember 1856 wurde daher General Dufour er-

neut zum Oberbefehlshaber der Schweizer Armee gewählt. Er begann sogleich mit den Vorbereitungen der Verteidigung, mit in die Tiefe gestaffelten Schanzen bei Basel und einer zusätzlichen Brücke über den Rhein, um die Truppen zum Gegenstoss schneller ans andere Ufer zu verschieben. Bei Schaffhausen besammelte er das Schwergewicht der eidgenössischen Truppen, um offensiv gegen die Preussen im Schwabenland vorzugehen.
Durch die Intervention Napoleons III., das heisst Frankreichs, aber auch Englands und der privaten diplomatischen Aktivitäten aus der Schweiz kam es dann auf einer Pariser Konferenz der Grossmächte zu einem Kompromiss: Die Royalisten mussten sofort entlassen werden, und Neuenburg wurde als selbstständiger Kanton der Schweiz anerkannt. Anzufügen gilt, dass die gesamte Schweizer Bevölkerung des jungen Staates mit Begeisterung kriegsbereit war. Die konfessionellen Grenzen spielten keine Rolle mehr. Ja es gab einige Radikale, die bedauerten, dass es nicht zum Kriege kam.

«Das ist eine SCB Eb2/4 aus Esslingen. In England hätten sie aber bereits weit stärkere und schnellere Lokomotiven.»

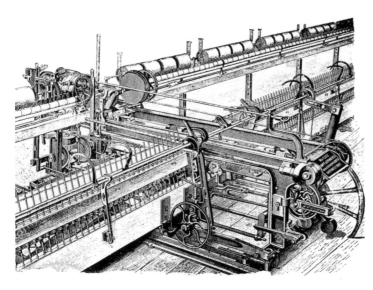

Die sogenannte Selfaktor: Diese Spinnmaschine arbeitet vollautomatisch und braucht keine Steuerung von Hand.

«Dieser Frédéric Patthey hat sich allein auf Pendulen aus Neuenburg spezialisiert, die er auch von seinem Bruder Robert in Neuenburg bezieht.»

«Nun aber trete ich bald eine neue Stelle im Uhrenverlag seines Bruders in Neuenburg an.»

«Ich arbeite für den grössten Textilunternehmer Grossbritanniens, für Sir William Henry Houldsworth. Er denkt weit voraus.»

«Zugleich plant er die grösste Spinnerei Englands, eine Mill in Reddish und in der Nähe sogar eine eigene Modellsiedlung mit einem Houldsworth Model Village.»

Die Lancashire Baumwolle-Hungersnot traf die meisten Menschen unvorbereitet. Viele Spinnereien gingen bald ein und Hunderttausende wurden arbeitslos. Bald bildeten sich jedoch Relief Committees, Unterstützungsorganisationen lokaler und nationaler Art.

Es gab auch Zusammenrottungen, Hungeraufstände, die teilweise brutal aufgelöst oder zusammengeschossen wurden. Hier ein Beispiel in Maud.

«Ich glaube, es sind beinahe fünfzig verschiedenartige Heimarbeit-Uhrmacher, um die gewünschten Einzelteile anzufertigen. Diese werden dann hier in der Manufaktur zusammengesetzt.»

Dufour bereitete die Verteidigung bei Basel vor und baute eine zusätzliche Brücke über den Rhein für den Gegenstoss ans andere Ufer. Bei Schaffhausen besammelte er das Schwergewicht der Truppen für die Gegenoffensive.

Etwa 500 Royalisten stürmten das Regierungsschloss. Der Bundesrat schickte umgehend drei Bataillone Infanterie, die den Spuk sogleich beendeten und die Royalisten gefangen nahmen.
(Hier die Wiedereroberung des Schlosses von Neuenburg.)

GALLI

18. Göschenen (1876–1882)

Wie Giovanni Knall auf Fall nach Göschenen versetzt wird, ihm dort die Pflichten mehrerer Ingenieure übertragen werden und seine Carolina mit dem Säugling Cecchino absolut keine Freude hat am Leben in diesem engen und überfüllten Dorf.

Mit freudigem Gesicht dreht Giovanni das Telegramm seiner Mutter über die Geburt seines Sohnes hin und her und beschliesst, sofort zum Oberingenieur Boss nach Airolo zu reiten, um einen Sonderurlaub zu erbitten. Keine Frage, er will noch heute Abend seinen Stammhalter in Gerra in die Arme schliessen.

Als er aufsteht, um sein Pferd zu satteln, klopft es an der Tür, und wiederum steht vor ihm ein Bote mit einem Telegramm in der Hand. Er reisst es auf und liest:

«Galli: Sofort nach Göschenen. Sie müssen für Nachmessungen in den Tunnel. Für weitere Aufträge. 17.00 Uhr in meinem Büro. Unterkunft für Sie und Ihre Frau bereit. Gotthardpost, ab 12.00 Uhr Airolo, telegraphisch reserviert. – von Stockalper, Oberingenieur».

«*Porca miseria! Mannaggia!* Zum Donner, verdammt noch mal!»

Selten im Leben hat Giovanni so geflucht. Er weiss, dass er diesem Befehl folgen muss und dass dieser Stockalper gar kein Verständnis für Menschliches hat, denn er kennt nur eines: den Vortrieb des Tunnels. Nach diesem nämlich erfolgt seine Finanzierung. Er hat im Juli vor einem Jahr die Bürgerwehr aufgeboten, die dann den Streik der ausgebeuteten Mineure zusammenschoss. Es gibt wohl keinen Lombarden hier und sicher auch drüben, der beim Namen Stockalper nicht flucht oder erschauert. Wohingegen Louis Favre, obwohl die treibende Kraft hinter dem extremen Sparkurs, von den meisten verehrt wird.

***

Nun rumpelt und pumpelt es bereits zwei Stunden im Schneckentempo die gewundene Tremola hinauf. Giovanni sitzt in sich versunken neben Postillion Alois Zgraggen, der mit weissem Vollbart und Ledergesicht an seiner Pfeife nuckelt und von Zeit zu Zeit die Peitsche knallen lässt. Dies hat natürlich keine Auswirkung auf die fünf schnaubenden Pferde, welche die überladene Postkutsche mühsam den Pass hochschleppen.

Da sein Gepäck keinen Platz mehr hatte, befindet es sich auf seinem Sitz im ersten Kompartiment. Dafür darf Giovanni die Fahrt vorn auf dem Kutschenbock mit der herausragenden Rundumsicht erleben. Bisher hat er diese in seinem Hader, ja seiner Wut über Stockalpers Befehl nicht wahrgenommen. Schade, denn der Tag ist blendend schön, mit stahlblauem Himmel, von der Sonne beschienenen zackigen Bergen mit weiss glitzernden Spitzen und davor saftig grünen Matten, auf denen braune Rinder weiden und von Ferne mit ihrem Glockengeläut die Fahrt begleiten.

Bisher hat Zgraggen geschwiegen, wahrscheinlich froh, keinen *schwätzigen* Passagier mitzuführen. Doch als es gegen die Passhöhe geht, meint er zu ihm: «Immer wieder wunderbar – ein Erlebnis! Ich habe den schönsten Beruf der Welt.»

Giovanni richtet sich auf, blickt zum Kutscher. Jetzt endlich wird er gewahr, welch überwältigende Natur sie passieren. Mit einem Schlag kehrt er ins Ist zurück.

«Das kann ich von mir nicht sagen.»

Nun interessiert sich Zgraggen entgegen seiner üblichen *Murrigkeit*. «Warum nicht? Sie sind doch Gotthard-Ingenieur und bauen diesen Teufelstunnel mit? Der nimmt mir in einigen Jahren die Arbeit weg!» Und brummend fügt er hinzu: «Ihr modernen Menschen meint, man könne den Gotthard besiegen! Ha, da täuscht ihr euch gewaltig.»

Nun wird Giovanni wacher. Er steht ja für das Gegenteil: «Da haben Sie nicht recht. Favre und wir alle werden das schaffen.»

«Glaube ich nicht! Der Grund, dass Sie als junger, schlecht bezahlter Ingenieur nach Göschenen müssen, beweist ja das Gegenteil. Ich bin im Bilde. Ich habe bereits fünf oder sechs ältere Ingenieure, die wegen Geldmangel entlassen wurden, nach Erstfeld gefahren. Mit den Zahlungen an die Italos hapert's auch. Der Favre-Kompanie geht klar das Geld aus. Ich schätze, in einigen Monaten ist dieser Tunnel leer und das Gewühle, Geschreie und Explodieren darin endlich vorbei. Im Übrigen werden Sie im Gegensatz zu den armen Kerlen, die sich beinahe für einen Gotteslohn krank oder in den Tod arbeiten, eine gute Wohnung in Göschenen finden, aber nur wegen der vielen Chefabgänge! Bilden Sie sich bloss nichts ein!»

Giovanni antwortet nicht mehr. Natürlich, was so ein Postkutscher erzählt, kann man nicht auf die Goldwaage legen, doch auch in Airolo hat er gespürt, dass sich die Finanzprobleme verschärfen. Hellwag hat mit ihm über die Budgetüberschreitung gesprochen und er wie versprochen mit Papa Francesco. Dagegen nimmt er mit einiger Freude die Botschaft auf, dass nun gute Wohnungen frei sind. Das wird seine Carolina mit dem kleinen Cecchino gerne hören.

***

Nach einer zügigen Abfahrt – der Fahrwind blies Giovanni um die Ohren, und ihm wurde angst und bange dabei – treffen sie in Hospental ein. Danach geht's, Gott sei Dank in ruhigerem Tempo, nach Andermatt zum Pferdewechsel.

Nach einem Teller Suppe mit Alpkäse, Brot und säuerlichem Wein mahnt Zgraggens Posthorn laut schallend zum Aufbruch. Alsdann fahren sie holpernd, aber nun doch gebremster die Schöllenenschlucht hinunter. Die Teufelsbrücke über die reissende und schäumende Reuss flösst Giovanni ein wenig Furcht ein, vor allem weil er so hoch oben auf dem Kutschbock sitzt.

In Göschenen angekommen, stecken sie fest.

«Zum Donner! Wir geraten gerade in den Schichtwechsel», raunt Zgraggen Giovanni laut ins Ohr, denn Geschrei, Geschwätz und wilde italienische Gesänge dröhnen durch die Luft. Gegen tausend Arbeiter kommen und gehen auf den Strässchen und Zufahrten zum Tunnelportal, wo ein kleiner Zug mit Pressluftlokomotive Arbeiter bringt und die neue Schicht hineinfährt.

Zgraggen ergänzt: «Herr Ingenieur, es hat keinen Sinn, noch bis zur Post auf dem Wagen zu bleiben. Steigen Sie ab. Das Büro der Bauleitung finden Sie dort hinten links auf der anderen Seite. Auf

Wiedersehen, bis ich Sie nach der Stilllegung des vermaledeiten Tunnels zurückfahre.»

Es ist tatsächlich nicht einfach, sich mit seinen zwei Taschen durch das Gewühl der stinkenden und schwitzenden Arbeiter zu kämpfen, viele mit nackten, verschmierten und schweissigen Oberkörpern. Niemand spricht ihn an. Sie schauen ihn mit seinem Rock, der Weste und dem weissen Kragen nur abschätzig an, als ob sie dächten: «Was will dieser junge Schnösel bei uns? Sicher wieder so einer, der sich noch nie die Hände schmutzig gemacht hat und in die Hosen pinkelt, wenn's knallt.»

Im Büro der Bauleitung wiederum sind einige Weisshemden bei der Arbeit und beachten ihn nicht. Erst auf seine Frage nach Oberingenieur Stockalper weist ihm ein breitschultriger Rothaariger mit kantigem Gesicht, der sich mit Meier vorstellt, die Richtung zu einer geschlossenen Tür. Giovanni stellt sein Gepäck ab, klopft und betritt nach einem scharfen «Herein» das Büro.

Ein untersetzter etwa Fünfzigjähriger mit schwarzem Vollbart und Goldrandbrille blickt ihn aufmerksam an und schüchtert Galli bereits damit ein. Man spürt, dieser Mann weiss, was er will, und ist rücksichtslos in der Durchsetzung seiner Vorhaben. Er verbreitet eine frostige Atmosphäre, sodass kaum einer wagt, sich mit ihm anzulegen.

«Sie sind also dieser Galli, den mir Chef Hellwag empfohlen hat. Nicht zuletzt weil ihr bekannter Vater mit dem italienischen König sozusagen auf Du und Du ist. Gut, aber nun können Sie beweisen, dass Sie selber etwas taugen. Dass die Favre-Kompanie an allen Ecken sparen muss, wissen Sie ja. Wir mussten sechs Ingenieure entlassen und zudem aus Kostengründen noch einige Mitarbeiter. In Zürich und Luzern ebenfalls. Am weit grösseren Sparprogramm, das vor allem die Zufahrten auf der Tessiner Seite betrifft, wird noch gearbeitet. – Nun zu Ihnen: Sie werden für mehrere Aufgaben eingesetzt: Mitarbeit bei der Vermessung des Vortriebsstollens, für die Zeichnung und Beaufsichtigung von Ausbauten des Tunnelprofils und anderes mehr. Da Sie fliessend Italienisch und Deutsch sprechen, sind Sie für eines besonders geeignet: Ich meine für die Vermittlung zwischen der Bauleitung und den italienischen Arbeitern. Es geht mir darum, dass diese zu den bisherigen, sicher nicht so guten Bedingungen weiterarbeiten.

Der Streik vom letzten Sommer darf sich nie wiederholen. Falls doch, mache ich Sie persönlich dafür verantwortlich. Noch Fragen?»
Giovanni getraut sich kaum zu reden, muss sich aber überwinden, um mehr Klarheit für die nächsten Schritte zu bekommen: «Herr Oberingenieur, dürfte ich Sie fragen ...»
Stockalper fährt ihm dazwischen: «Ingenieur Meier II, der Rothaarige draussen, zeigt Ihnen drei geräumte Wohnungen zur Auswahl. Danach geht's gleich mit ihm mit der Nachtschicht in den Tunnel. Er erklärt Ihnen alles Notwendige. Sie werden als Erstes zusammen Nachmessungen vornehmen. Alles Weitere werden Sie rechtzeitig erfahren. Ich danke und auf Wiedersehen.»

***

Es ist hier nicht der Ort, die permanente Finanzkrise des gesamten Gotthardbahn-Projekts und die damit verbundenen Querelen auf allen Ebenen zu erörtern, angefangen vom Verhältnis Louis Favres zum Präsidenten Alfred Escher, zwischen Letzterem und Bundesrat Emil Welti, zwischen dem Bund und den zur Mitfinanzierung verpflichteten Kantonen und schliesslich zwischen der Eidgenossenschaft, Italien und dem Deutschen Reich. Der Zusatzbedarf von hundertzwei Millionen Franken wurde durch Kürzungen auf den Zufahrten, hauptsächlich auf der Südseite, auf achtundzwanzig Millionen zusammengestutzt. Italien und Deutschland wollten ihre je zehn Millionen aber erst sprechen, als nach langem Hin und Her der Bund gewillt war, die Mehrheit des Schweizer Beitrags (viereinhalb der acht Millionen) zu übernehmen. Einzelne Kantone weigerten sich nämlich (in Zürich sogar nach einer Volksabstimmung), etwas beizutragen. Erst 1879 wurde nach einem Referendum der höhere Beitrag des Bundes legitimiert. Auch die privaten Finanziers mussten noch einmal zwölf Millionen aufbringen.
Die Konsequenz aus den Finanzquerelen, auch vor dem Bundesgericht: Alfred Escher musste auf Druck seines ehemaligen Freundes Bundesrat Welti als Präsident zurücktreten, und Oberingenieur Hellwag wurde mit einem goldenen Fallschirm von hundertsiebzigtausend Franken entlassen. Der neue Präsident der Gesellschaft hiess

Nationalrat Dr. Severin Stoffel. Dies geschah in den Jahren 1876 bis 1878/79 und belastete alle am Projekt Tätigen ungemein hart, so insbesondere Louis Favre, aber auch unseren Giovanni, der wie alle Verbliebenen noch mehr leisten musste und unter dem Spardruck litt. Am schlimmsten traf es die Mineure, deren Verhältnisse sich trotz Untersuchungsbericht et cetera überhaupt nicht veränderten.[45] Alle leiden, leiden... aber geben nicht auf.

Das ist etwas vorgegriffen, gilt es zu bedenken, wenn wir uns nun wieder dem konkreten Leben unseres Protagonisten in den folgenden sechs Jahren zuwenden.

***

«Ich kann nicht mehr... Ich will nicht mehr... Ich mag nicht mehr!» Und wieder schluchzt Carolina auf, vergisst, ihre triefende Nase zu schnäuzen, und schon gar, die Tränen wegzuwischen, die ihr übers Gesicht laufen.

Giovanni steht hilflos da, von oben bis unten mit Lehmspritzern beschmutzt, wie er gerade aus dem Tunnel gekommen ist. Das geht nun fast immer so, wenn er in ihre geräumige Wohnung nahe der Post in Göschenen heimkehrt. Zu allem Überfluss beginnt nun der Säugling Ceccheli zu schreien. Dies mit einer Kraft, als ob er schon jetzt als Tenor für eine Verdi-Oper übte, wie später oft in seinem Leben.

Seit Carolina in Göschenen wohnt, seit Mitte September also, ist sie todunglücklich und wird immer wieder von Depressionsschüben heimgesucht. Zumindest wenn Giovanni da ist, den sie für ihr un-

---

45 Der inspizierende Arzt Jakob Laurenz Sonderegger schrieb in seinem Bericht vom 30. März 1876: «Das Elend in den für die Arbeiter hergerichteten Quartieren übersteigt in der Tat alle Begriffe. In kleinen dumpfen Zimmern reiht sich Bett an Bett – elende, halb faule Strohsäcke.... Ich fand in Göschenen die Verhältnisse wenig verändert... Die Arbeiterkasernen auf Spekulation gebaut und vermietet, so skandalös wie früher; besonders bei dem grossen, von 240 Personen bewohnten Hause neben der Post; da liefen Exkremente an den Aussenwänden herab und lagen in Haufen auf Gängen und in Winkeln; die Zimmer und ihre Mobilien starren vor Schmutz, die Fenster sind fest verschlossen, die Luft ist abscheulich, tatsächlich schlechter als in den meisten Schweineställen, weil diese doch Gatterthüren und Luftlöcher haben. Eine Wasserleitung hat man gehorsamst erstellt, aber so, dass sie einfror und zerrissen wurde, den ganzen Winter nichts lieferte und auch jetzt noch ausser Funktion steht, obwohl es seit Wochen nicht mehr ernsthaft friert.»

glückliches Dasein in diesem engen, von stinkenden Arbeitern wimmelnden Kaff verantwortlich macht. Es stimmt ja auch. Ein Leben in Göschenen, einzig mit der Aufgabe, für den Kleinen zu sorgen, zu kochen und den Haushalt in Ordnung zu halten, aber ohne jedes Freizeitvergnügen bis auf zwei, drei Kontakte mit ebenso unglücklichen Ingenieursfrauen ist nun wirklich nicht erstrebenswert.

«Ich verstehe dich doch, Carolina! Dein Vater hat aber recht, wenn er darauf beharrt, die Frau gehöre zum Mann. Ich bin dir unendlich dankbar, dass du für mich sorgst, bei meiner zwölf- bis vierzehnstündigen Arbeitszeit und oft nur einen halben Tag frei am Sonntag.»
Carolina antwortet nicht, sondern schluchzt noch lauter.
Giovanni fährt fort: «Ich habe eine Idee. Mit der Hilfe meines Vaters können wir sicher einen Knecht und ein Hausmädchen anstellen. Das kostet nicht die Welt. Mein Pferd in Faido tausche ich gegen einen Maulesel. So könnt ihr jeden Tag bei schönem Wetter auf die Göscheneralp oder nach Andermatt reiten.»
Nun schaut sie ihm zum ersten Mal wieder in die Augen, putzt sich die Nase und meint: «Ja, gut. Du bist sowieso nur in der Nacht zu Hause. Mir wäre viel lieber, wir könnten nach Faido zurück. Das ist direkt ein Paradies im Vergleich zur Hölle hier.»

***

Vor allem seine Mutter hat Verständnis für das telegraphisch übermittelte Anliegen von Carolina, und Francesco unterstützt seinen Sohn mit hundertfünfzig Franken pro Monat. Damit beruhigt sich die angespannte Ehesituation schon in der folgenden Woche. Denn noch ist das Wetter angenehm mild, und Carolina kann jeweils nach der Hausarbeit auf die Göscheneralp reiten.
Was aber im Winter? Nach Luzern kann sie nicht, weil ihr autoritärer Vater dies strikt ablehnt. Hingegen würde Carolina mit dem kleinen Cecchino ohne Weiteres für zwei bis drei Monate in Gerra aufgenommen. Sie hat jedoch einige Hemmungen, den jungen, ungestümen Giovanni (ungeachtet seiner ausgedehnten Arbeitsstunden) zu lange mit dem achtzehnjährigen, schwarzhaarigen Hausmädchen und seinen kirschroten Lippen allein zu lassen.

So wird das Thema hin- und hergeschoben, bis dann tatsächlich der Winter mit riesigen Schneemassen einfällt und der Gotthardpass für Carolina und ihren Säugling unpassierbar wird.
Leider blieben ihre Qualen in Göschenen in den nächsten zwei Jahren Carolinas stetes Thema. Schliesslich aber setzte sie sich durch und durfte ein kuscheliges Häuschen in Faido beziehen, und zwar mit dem schönen Hausmädchen. Giovanni konnte seine Carolina nur noch von Zeit zu Zeit besuchen. Ich vermute, beide waren mindestens vorübergehend eher erleichtert.

***

Giovannis Aufgabengebiet verbreiterte sich fortwährend, denn Stockalper führte seine rigorose Sparpolitik weiter. Er entliess ältere, besser bezahlte Ingenieure und Vermesser. Er ersetzte sie, wenn überhaupt, durch junge, ehrgeizige Ingenieure, die sich mit einem geringeren Lohn zufriedengaben. Wegen Giovannis herausragender Führungsqualitäten und seines geschickten Umgangs mit den italienischen Arbeitern unterstellte Stockalper diese mehrheitlich ihm. Selbstverständlich ohne eine ihm zustehende Lohnerhöhung.
Zu diesem Zeitpunkt war der Tunnelbau fortgeschritten. Die meisten der möglichen Probleme waren bekannt, weshalb Stockalpers brutale Strategie dem Tunnelbau nicht zum Nachteil gereichte. Vielleicht sogar im Gegenteil, weil die unverbrauchten Ehrgeizlinge, frisch ab Polytechnikum, gut geführt mindestens ebenso viel brachten wie die durch die widrigen Verhältnisse ermüdeten Älteren.
Für Giovanni hatte das den Vorteil, dass er mit allen Bereichen zu tun bekam und damit eine Gesamtübersicht über das Projekt erhielt, welche ein Eisenbahnbauer braucht. Dies dürfte der Grund sein, warum er bereits nach dem Gotthard als selbstständiger Bahnbauunternehmer auftrat.
Es scheint mir in diesem Zusammenhang wichtig, dass man sich die widrigen Arbeitsverhältnisse und diese Lebenssituation im Tunnel vergegenwärtigt. Dazu möchte ich eine sehr plastische Beschreibung von Ernst Schenker und Fritz Aebli zitieren:

Mit den ... Maschinenbohrern ... rückten die beiden Abteilungen je um sechs bis sieben Meter im Tage vor. Der Schutt musste in Wägelchen zum Tunnel hinausbefördert werden. Je mehr die Arbeiten fortschritten, desto mehr Wägelchen rollten hin und her. Vor dem Durchbruch waren 754 solche Wagen im Tunnel.

Je tiefer die Arbeiter in den Berg drangen, desto höher war die Temperatur. Im Inneren des Berges zeigte das Thermometer bis 35 Grad.

Wegen der grossen Hitze setzten die Ingenieure die Arbeitszeit der Spitzengruppen auf fünf Stunden herab. Im Tagesmittel arbeiteten 2480 Männer auf den Werkplätzen, an den Tunnelenden und im Berginneren. Die Arbeiter im Inneren atmeten schwer. Die Tätigkeit des Körpers musste sich umstellen. Blutandrang zum Kopf, Schwindel, Druck im Schädel, Übelkeit und fortwährender Schweiss schwächten die Menschen von Tag zu Tag. Ihre Körpertemperatur stieg auf 38½ Grad, ihr Puls schlug 150 mal in der Minute. Weil die Menschen bei andauerndem Fieber arbeiteten, stellte sich ein quälender Durst ein.

An den blassen und gelben Gesichtern stellten die Ärzte das massenhafte Auftreten von Eingeweidewürmern fest. Über die Hälfte der Arbeiter musste wegen der Tunnelwurmkrankheit die Arbeit einstellen. Viele starben an den unheimlichen Schmarotzern. Jeden Monat verendeten bis zu zwanzig Maultiere und Pferde an Lungenschlag im Tunnel. Diese Tiere mussten sofort ersetzt werden, weil sie die Wagen mit Schutt von der Baustelle bis zur Rampe ziehen mussten.

[...] Täglich pressten die Pumpen [zweier Lokomotiven] 58 250 Kubikmeter Luft in den Berg. 300 Kilo Dynamit explodierten jeden Tag im Tunnel, jedes Kilo nahm 100 Kubikmeter Luft in Anspruch. Der Sprengstoff war neu, die Arbeiter wussten nicht damit umzugehen. Vier schwere Explosionen ereigneten sich in Göschenen, sieben Menschen fanden dabei den Tod, drei Baracken wurden zerstört.

Wie aus einer Zahnpastatube rückten Lehmschichten aus dem Berg hervor und füllten das bisher ausgehöhlte Tunnelgewölbe. Dann drang diese alles verschlingende Lehmwand wie ein gewaltiger Lindwurm durch den Tunnel vorwärts. «Der Berggeist kommt, rettet euer Leben!» riefen die Arbeiter und flohen eilig vor dem Ungeheuer. Kamen diese Lehmschichten endlich zum Stillstand, so musste wieder neu mit dem Aushub begonnen werden.

Die erstmalig verwendeten Bohrmaschinen verursachten einen unerträglichen Lärm. Knietief standen die Arbeiter oft im Wasser, wenn wieder einmal eine ergiebige Wasserquelle getroffen worden war. Oft ergoss sich auch ein eiskalter Wasserstrahl über die schweisstriefenden Körper der Männer. Am Anfang betrug die Wassermenge nur bis zu 30 Liter in der Sekunde, dann stieg sie auf 270 Liter. Bis zu 800.000 Liter in der Stunde strömten zum Berg hinaus. Mehr als zwei Jahre standen die Arbeiten [vor allem auf der Südseite] in einem Bache. Liesse sich dieses Wasser nicht praktisch ausnützen? fragte sich Louis Favre. Und er löste auch diese Aufgabe. Fortan trieb [kühlte] die Kraft des Wassers die [Pressluft-]Bohrmaschinen.[46]

Insgesamt starben beim Bau des Tunnels hundertneunundneunzig Arbeiter[47] und geschätzt über tausend danach an dieser berüchtigten Wurmkrankheit und der Lungenkrankheit Silikose.

***

Nun rumpelt und pumpelt es wieder eine gute Stunde die gewundene Tremola hinauf. Gewiss hätte der Herr Ingenieur auch mit der firmeneigenen Transportorganisation der Louis-Favre-Kompanie reisen können, doch an diesem Montag, dem 29. Juli 1876, hat er sich aus Zeitgründen für die offizielle Post entschieden. So sitzt Giovanni also wieder in sich versunken neben Postillion Alois Zgraggen, der mit noch längerem weissem Vollbart und Ledergesicht an seiner Pfeife nuckelt und von Zeit zu Zeit die Peitsche knallen lässt.

---

46 Ernst Schenker, Fritz Aebli: Unsere Gotthardbahn, in: Schweizerisches Jugendschriftenwerk Zürich Nr. 916, 1965, S. 19 f. Einfügungen in eckigem Klammern vom Autor.

47 «199 Arbeiter starben während der Bauarbeiten. Von den 171 Toten, die in der Unfallliste im Bundesarchiv erwähnt werden, wurden 53 Arbeiter von Wagen oder Lokomotiven zerquetscht, 49 von Felsen erschlagen, 46 durch Dynamit getötet. 23 kamen auf andere Art ums Leben, einer von ihnen ertrank. Schuld war nach offizieller Angabe der Zufall oder der Verunglückte selbst. Zahlreiche weitere Männer starben allerdings im Laufe der folgenden Jahre an den Spätfolgen von Unterernährung, Krankheiten und Verletzungen, die sie sich während des Tunnelbaus zugezogen hatten.» (https://de.wikipedia.org/wiki/Gotthardtunnel#Opfer)

Doch diesmal unterbricht er schon nach einer Stunde die Stille: «Sie habe ich doch vor gut drei Jahren hinübergefahren. Diesmal wirken Sie zufriedener.»

Giovanni schaut kurz auf, lächelt und meint: «Das stimmt. Mir geht's gut. Dem Tunnel auch, im Gegensatz zu Ihrer schwarzen Prognose. Klar, es gab grösste Schwierigkeiten zu überwinden, finanzielle und technische. Aber ich vermute, Ende des Jahres sind wir durch.»

Die Miene von Zgraggen verdüstert sich, und er gibt kurz angebunden zurück: «Warten wir's ab, junger Mann.» Und nun versinkt er wieder in sein Berufsschweigen, und eine Aura der Unnahbarkeit umhüllt ihn.

Giovannis gute Laune hat mehrere Gründe: Seit einer Woche weilt Louis Favre in Göschenen und hat noch einmal allen leitenden Ingenieuren Mut gemacht: Die Finanzkrise sei überwunden und er rechne mit dem Durchbruch in den Wintermonaten Dezember/Januar.

Trotzdem durfte Giovanni vereinbarungsgemäss seine monatlichen drei Urlaubstage in Faido antreten und somit Freitag, Samstag und Sonntag bei seiner Carolina und diesmal auch mit Papa und Mama in Faido verbringen. Das neu gemietete Häuschen ist geräumig und lässt nun Besuche zu, was die Stimmung von Carolina erheblich gebessert hat. Der kleine Cecchino, nun bald drei Jahre alt, ist anhänglich und mit ihm zu spielen eine Freude.

Dann überraschten ihn zwei Neuigkeiten.

Seine Mama nahm ihn zur Seite und sagte beinahe vorwurfsvoll, aber leise: «Mein lieber Giovanni, merkst du eigentlich nicht, dass Carolina wieder schwanger ist? Ihr ist regelmässig schlecht frühmorgens. Ach, ihr Männer versteht uns Frauen nicht.»

«Dass Mama mit zweiundzwanzig Kindern sich darauf besser versteht, ist wohl klar», denkt sich Giovanni, sagt dies aber nicht.

Mit der anderen Neuigkeit wartet Papa Francesco beim Abschied auf: «Ich bin wieder mehr im Piemont beschäftigt. Es gibt da ein Projekt, welches für dich nach dem Gotthardbau interessant ist. Wir würden sozusagen als partnerschaftliche Bauunternehmer in den Ausbau der Bahnstrecke Genua–Parma einsteigen. Gegenwärtig bin ich daran, mit zwei italienischen Bahningenieuren die Strecke zu begutachten, zu vermessen und selbstverständlich die Unterlagen des ersten Baus zu studieren.»

Auch dies erfüllt Giovanni mit Freude: Nun gibt es sowohl private wie auch geschäftliche Zukunftsaussichten. Am liebsten hätte er in den schönen, glasklaren Tag laut hinausgejauchzt, doch die Bittermiene von Zgraggen erstickt solche Anwandlungen sofort.

Nun läuft alles ab wie beim ersten Mal. In Göschenen stecken sie wieder fest. Abermals ist die Kutsche umgeben von wahrscheinlich Tausenden Menschen, mehr als beim ersten Mal. Aber es wird nicht gesungen, geschrien und gegrölt, sondern alle stehen stumm, mit trauriger Miene da und blicken in die Richtung des Magazins auf der anderen Seite des Flusses. Dort ist eine lange Reihe von Arbeitern zu erkennen, die hineingehen und auf der rechten Seite langsamen Schrittes und mit gesenktem Kopf wieder herauskommen.

Giovanni steigt vom Bock und fragt den Nächststehenden: «Was ist da los?»

Der dreht sich kurz zu ihm und sagt nur: «Louis Favre ist heute Morgen mit einem Besuch aus Lyon und zusammen mit Stockalper in den Tunnel gegangen und wurde einige Stunden später tot auf einer Bahre hinausgetragen. Er ist dort im Magazin aufgebahrt. Wir alle können von ihm Abschied nehmen.»[48] Bei den letzten Worten schüttelt es den grauhaarigen Arbeiter mit furchigem Gesicht. Ein tiefer Schluchzer kommt aus seiner Kehle, und er wendet sich ab.

Nun tönt es vom Kutschbock herunter: «Tja, Herr Ingenieur, jetzt scheint es doch noch nicht so weit zu sein mit Ihrem Höllenloch.»

Zornig dreht sich Giovanni um und ruft hinauf: «Und Sie, Zgraggen, werden der letzte Postillion hier gewesen sein und Ihr Horn an den Nagel hängen. Das garantiere ich Ihnen!»[49]

***

---

48 Am 19. Juli 1879 besichtigte Louis Favre mit einem befreundeten Ingenieur der Paris-Lyon-Mittelmeerbahn den Tunnel. Auf dem Rückweg klagte er über Müdigkeit, setzte sich hin und starb. Gemäss späterer ärztlicher Untersuchung sei die Todesursache ein Aneurysma im Bauchraum gewesen.

49 Alois Zgraggen ging tatsächlich als letzter Postillion in die Gotthardgeschichte ein und wurde nicht nur mit einem Lied, sondern auch mit einem Film geehrt: Der letzte Postillion vom St. Gotthard, Schweiz 1941.

Im «Weissen Rössli» in Göschenen, der jahrhundertalten Herberge am Säumerweg, dann an der Passstrasse und gegenwärtig das gehobenere Gasthaus für leitende Mitarbeiter und Besucher, ist es heute, am 28. Februar 1880, proppenvoll. Das Rundumgeschwätz in der Gaststube ist derart laut, dass man sein eigenes Wort kaum versteht.
Giovanni sitzt eingezwängt an einem Ecktisch und trinkt bereits den zweiten Grog. Seine Hände sind feucht, zittern leicht, denn die Spannung der letzten Tage wird für ihn immer unerträglicher. Stockalper hat ihn vor drei Tagen hierherbeordert, damit er auf sein Geheiss den vielen, vor allem ausländischen Journalisten die Nachmessungen im Tunnel erkläre. Im Dezember waren nämlich alle, die mit dem Gotthard zu tun hatten, nur von einer Frage beseelt: Treffen sie sich? Oder bohren sie aneinander vorbei? Sogar der Aktienkurs der Gotthardbahn-Gesellschaft sank wegen genüsslich bösartiger Artikel im Ausland in den Keller.
Die Folge: Die gesamte Tätigkeit im Tunnel wurde Anfang Dezember für vier Tage eingestellt, und Giovanni musste mit dem Vermessungstrupp die Richtung auf der Nordseite noch einmal exakt messen. Die Schlussfolgerung der Nachmessungen auf beiden Seiten ergab: Zwar könnten sich die Ingenieure Gelpke und Koppe seinerzeit in der Tunnellänge etwas geirrt haben, doch die Richtung stimmt eindeutig. Das grosse Weihnachtsgeschenk für alle bestand dann in einem dumpfen Grollen, das heisst den hörbaren «Schüssen» (Sprengungen) vom Gegenstollen am 24. Dezember 1879.
Giovannis Meinung ist nicht gefragt. Das bedeutet Langeweile einerseits und eben Spannung, ob der Durchstich endlich erfolgt, andererseits. Nun sitzen sie bereits den ganzen Tag im «Rössli», und er denkt: «Ich wäre viel lieber vorne im Tunnel und würde den lang ersehnten Moment miterleben.»
Doch da, nachdem ihm kurz vor sieben eine Schweinsbratwurst mit Kartoffeln von der überlasteten Serviertochter auf den Tisch geknallt worden ist, kommt ein Arbeiter mit rotem Kopf in den Gastraum, schaut sich kurz um, eilt zu Stockalper und übergibt ihm einen Zettel. Der liest kurz, steht auf, und augenblicklich herrscht im Raum eine ansteckende Stille, in der man eine Stecknadel hätte fallen hören können. Stockalper ruft ziemlich aufgeregt heraus: «*Messieurs, la sonde a passé!*»

Nun stehen alle auf, klatschen, jubeln und schreien durcheinander. Auch draussen branden Wellen von Freudengeschrei auf.
Endlich, nach acht Jahren, ist das Ziel erreicht! Der Durchschlag ist geschafft!
Auch Giovanni, der nun fünf Jahre dabei ist, erfüllt es mit Stolz, und er ist selbst überrascht, wie laut er in den Jubel einstimmt. Zuerst merkt er es nicht. Dann doch. Ein Postbote, mit ebenso freudigem Gesicht, drückt ihm ein Kuvert in die Hand: ein Telegramm. Zuerst zögert Giovanni. Dann siegt die Neugierde über den Jubel. Er öffnet es und liest:
«Lieber Giovanni. Gestern wurde deine Tochter Josefine geboren. Mutter und Kind wohlauf. Komm bald nach Faido. Deine Mama.»

***

Am nächsten Tag, am Sonntag, dem 29. Februar 1880 (es war ein Schaltjahr), zündete der Mineur Vercelli, der bereits am Mont Cenis in Frankreich den Durschlag sprengte, die letzte Mine der trennenden Wand, und die Mineure fielen sich jubelnd in die Arme. Die seitliche Nord-Süd-Abweichung betrug nur dreiunddreissig Zentimeter und die Höhenabweichung fünf Zentimeter.[50]
Giovanni blieb nur noch kurze Zeit auf der Nordseite in Göschenen, denn der neue Oberingenieur, Eduard Bossi, früher verantwortlich für die Südseite, kam seinem Gesuch um Versetzung nach Airolo nach. Nun arbeitete Giovanni in den nächsten zwei Jahren, bis zur hochoffiziellen Eröffnung des Gotthardtunnels am 1. Juni 1882, von dort aus und lebte bei seiner Frau und den zwei Kindern in Faido. Für ihn war der Eröffnungstag zugleich der gewünschte Kündigungstermin.
Bei der offiziellen Eröffnung durfte im Übrigen Alois Zgraggen in Airolo den ersten Postsack aus dem Zug tragen. Danach hat er das Posthorn wohl für immer an den Nagel gehängt.

---

50 NEAT, mit Laserinstrumenten: 10 cm seitlich.

Die Familie Galli reiste in der gleichen Woche nach Gerra ab, worüber sich Carolina von tiefstem Herzen freute: «Endlich dem engen Tal entronnen! Gott sei von Herzen gedankt!»

Giovanni dagegen empfand schon jetzt Wehmut beim Gedanken an die vergangenen sieben Jahre mit dem schwierigen und nun geglückten Bau des Gotthardtunnels. Diese Erinnerung wird ihn zeitlebens begleiten und ist sicher der Grund, weshalb er viele Jahre später in Rodi (nahe Faido) ein Ferienhaus baute.[51]

---

51 Nostalgieferiendomizile zu bauen, scheint in der Familie zu liegen: Meine Mutter Beatrice Galli hat im Ferienhaus von Giovanni viele schöne Sommerferien verbracht. Daher baute sie für sich und uns Kinder 55 Jahre später in Nante ob Airolo ein ähnliches. Dort verbrachte sie viele glückliche Jahre ihres Lebensabends. Auch bei mir kam eine Ferienwohnung wegen ähnlicher Nostalgiemotive zum Zuge: Aufgrund meiner Jugendzeit im Internat in Samedan habe ich eine Ferienwohnung in Samedan gekauft, 100 Meter von meiner damaligen Schule entfernt.

«Dieser Stockalper hat kein Verständnis für Menschliches, denn er kennt nur eines: den Vortrieb des Tunnels, der die Finanzierung bestimmt.»

«Immer wieder wunderbar – ein Erlebnis! Ich habe den schönsten Beruf der Welt», meint Postillon Alois Zgraggen kurz vor der Passhöhe.

«Favre und wir werden das schaffen.»

Louis Favre (1828–1879).

Göschenen, damals mit Eisenbahnbrücke.

«Mein Pferd in Faido tausche ich mit einem Maulesel. So könnt ihr jeden Tag bei schönem Wetter auf die Göschenenalp reiten.»

Impressionen des Tunnelbaus

Zuerst Transport mit Dampf-....

Jahrelang arbeitete Giovanni Galli am Tunnelbau, sechs davon auf der Nordseite.

…später mit Pressluftlokomotive.

19. Juli 1879: «Louis Favre ist heute Morgen mit dem Besuch zusammen mit Stockalper in den Tunnel gegangen und wurde einige Stunden später tot auf einer Bahre hinausgetragen.»

Der zweijährige Cecchino (wahrscheinlich im August 1878 in Luzern bei den Eltern von Carolina).

Telegramm an die Direktion in Luzern (28.2.1880, 9.00 Uhr).

Samstag, 28. Februar 1880 im weissen Rössli: «Ernest von Stockalper ruft ziemlich aufgeregt heraus: ‹Messieurs, la sonde a passé!› Nun stehen alle auf, klatschen, jubeln und schreien durcheinander und hören nun auch, wie draussen Wellen von Freudengeschrei heranbranden.»

Am Sonntag, dem 29. Februar 1880, es war ein Schaltjahr, zündet der Mineur Vercelli, der bereits am Mont Cenis in Frankreich den Durchschlag sprengte, die letzte Mine der trennenden Wand, und die Mineure fielen sich jubelnd in die Arme.

Ende Mai 1882.

Nun arbeitete Giovanni in den nächsten zwei Jahren, bis zur hochoffiziellen Eröffnung des Gotthardtunnels am 1. Juni 1882, von Airolo aus und lebte mit Carolina und den zwei Kindern in Faido.

19. Niklaus und Johannes als Unternehmer (1863–1871)

Wie der berufliche Werdegang der beiden Brüder sich in den 1860er-Jahren verändert, Johannes eine Familie gründet und schliesslich beide das Bourbaki-Elend des Deutsch-Französischen Krieges erleben.

Tagebuch Niklaus
Manchester, Sonntag, 18. Oktober 1863
Ich gebe ja zu, dass ich das Tagebuchschreiben nun bereits zwei Jahre unterlassen habe. Immerhin schreibe ich alle drei Monate nach Hause, und ich bin mir sicher, Ätti liest meine Briefe allen vor. Bestimmt mehrmals. Immerhin kommt durch mich die fremde, weite Welt in unsere recht begrenzte in Richigen.
Tatsächlich erlebe ich hier so viel Neues, das ich mir nicht hätte träumen lassen. Ich hatte unheimliches Glück. James öffnete mir die Tür zu einem Leben, welches mir völlig fremd war. Für mich ist das allerdings eine ernste, schwarz-weisse Umwelt, die man sich kaum vorstellen kann. Sie hat furchtbare Auswirkungen auf die Arbeiter und ihre Familien. Die weitverbreitete Not und der Hunger in dieser

Cotton Famine[52] sind unbeschreiblich. Eine grosse Hilflosigkeit überkommt mich, wenn ich dieses Leid täglich auf meinem Weg zur Arbeit mit ansehen muss. Es bleibt mir nichts anderes übrig, als mich innerlich zu härten, um das zu ertragen. Weiss nicht, ob mir das auch gelingt. Gott sei Dank entstehen nun sogenannte Relief Committees, um das Gröbste zu mildern.

Selbst bin ich auf der Sonnenseite mit der guten Stellung im Hauptkontor von Mr. Houldsworth. Hier lerne ich die Gesamtheit aller seiner Tätigkeiten kennen. Wie schon früher festgestellt, fliessen eigentlich alle Aktivitäten eines Unternehmens in die Buchhaltung, und die Bedeutung einer jeden wird durch den entsprechenden Geldbetrag bewertet. Zumindest ist das mein Eindruck. Ich erfahre viel und gebe mir Mühe, durch Überstunden noch mehr zu erfahren. Dieser William Henry Houldsworth und seine Familie, die ihn offensichtlich mitfinanziert, verfolgen ein durchdachtes Langfristkonzept. Einerseits baut er eine absolut moderne Mill in Reddish mit den neusten Maschinen, wodurch in Zukunft viele Arbeiter eingespart werden. Andererseits verwendet er seine grossen Baumwollvorräte aus den USA vor dem Bürgerkrieg, um an den gegenwärtig hohen Preisen zu verdienen. Sein Konzept: Er kauft für ein Butterbrot

---

52 Die von James Smith bzw. seinem Boss, dem 1887 zum Baronet geadelten William Henry Houldsworth, prognostizierte Cotton-Krise aufgrund der Abhängigkeit der ca. 2600 Fabriken (Mills) von der Baumwolle aus den Südstaaten der USA schlug durch den Lieferausfall wegen des Bürgerkrieges mit voller Wucht zu. Ähnlich wie in Irland bei der Kartoffelpest traf es jene Menschen, die von der Hand in den Mund lebten, unmittelbar. Hunger und Krankheiten waren die einschneidenden Folgen. Ein soziales Netz existierte nicht. Die Leute wussten nicht, ob und wie sie weiterleben sollten. Viele wanderten nach Australien und in die USA aus. Aber auch viele Fabrikbesitzer verloren ihre Fabrik und ihr Vermögen. Später entstanden Relief Committees, um das Schlimmste zu mildern. Obwohl die Arbeitsverhältnisse in Lancashire (bzw. Manchester) in der Spinnerei eine grenzenlose menschliche Ausbeutung bedeuteten (so insbesondere die Kinderarbeit), hat die Cotton Famine, die Baumwollhungersnot, nicht direkt mit dem Manchesterliberalismus zu tun. Dieser war eine politisch-ökonomische Strömung, die von Manchester ausging und damals von vielen berühmten Ökonomen in vielen Ländern als Wirtschaftstheorie propagiert wurde: Freihandel, reine Marktwirtschaft, Privatkapital und Wirtschaftsliberalismus (keine Zölle) in jeder Beziehung sind deren Eckpfeiler. Diese gelten ja auch heute noch, aber sozial eingegrenzt. Sie sind die Basis der westlichen (und zwischenzeitlich autoritären) Wirtschaftssysteme. (Heute die vier europäischen Freiheiten.) Der Begriff Manchesterliberalismus steht heute pejorativ für zu viel freien Markt. Aber fraglos wären die enormen industriellen Entwicklungen in der zweiten Hälfte des 19. Jh. (gerade in der Schweiz) ohne Handels- und Gewerbefreiheit und Garantie des Eigentums nicht möglich gewesen. Die heutigen Einschränkungen sind sozial berechtigt, wobei das Mass zwischen den beiden Polen sozial kontra liberal Gegenstand steter politischer Auseinandersetzung ist.

günstig gelegene Mills (Spinnereien) auf und betreibt diese mit dem Stammpersonal weiter. Jedoch mit der Absicht, wie er uns kürzlich im Kontor erklärte, alle diese kleineren Spinnereien zu modernisieren. Er kauft nur dort, wo ein Ausbau- beziehungsweise ein Einsparpotenzial besteht. Natürlich wird er mit Angeboten überhäuft. Das versteht sich, wenn man bedenkt, dass mehr als tausend Mills eingegangen sind.

Vielleicht sollte ich sogar ein schlechtes Gewissen haben, denn auch im Privaten bin ich sehr zufrieden: Ich singe seit zwei Jahren bei Charles Hallé, dem grossen deutsch-englischen Dirigenten und Gründer des Hallé Orchestra (1858). Obwohl ich bisher noch nie in der Free Trade Hall, wo er seine Konzerte in Manchester dirigiert, auftreten konnte, lerne ich bei den Proben unheimlich viel. Wie James gesagt hat, mischt er professionelle Sänger mit Laienbegabten, zu denen er mich offensichtlich zählt. Die Laien setzt er aber meist nur in Nebenrollen oder als Ersatz ein, zum Beispiel bei der Inszenierung einer Oper. Als Ersatz darf ich singen, aber bisher nicht vor Publikum. Wegen der beschränkten Freizeit kann ich ohnehin nur am Samstagnachmittag und am Sonntag dabei sein. Im Übrigen, gemäss Hallé, habe ich einen Bariton mit einer klaren, raumfüllenden Stimme. So ein Lob von berufener Seite tut mir gut.

Manchester, Sonntag, 8. Mai 1864
Diesmal muss ich einen Eintrag ins Tagebuch machen. So vieles hat sich seit vorletzter Woche verändert.
Seit Herbst proben wir bei Hallé die Oper *Macbeth* von Verdi. Es ist dies eine der wenigen Opern von Verdi, deren Libretto auf einem Drama von William Shakespeare beruht und die die Engländer deshalb lieben. In all den Monaten der Vorbereitung durfte ich die Rolle von Macbeth als Ersatzbariton mit üben. Selbstverständlich war von Hallé nie geplant, dass ich je auftreten werde. Für diese grosse Rolle unmöglich.
Diese Oper fasziniert mich. Sie handelt nicht, wie im Belcanto üblich, von Liebe und Eifersucht, sondern von einer machthungrigen Lady Macbeth, welche ihren Mann überredet, den König, der ihr Schloss besucht, in der Nacht zu ermorden. So wird Macbeth selbst König und sie Königin. Die Folge ist auch auf der Bühne ein stetes Hin und

Her von Schuld und Sühne und dem bittern Kampf um die Macht. Dem wird dann der neue König Macbeth zum Opfer fallen.
Inhaltlich ist Macbeth nicht die erhabenste Rolle. Aber sie zu singen ist wundervoll und beglückend. Es hat mir enorm Spass gemacht. Wie oft habe ich am Abend zu Hause die Gesangspartien geübt und dabei gedacht, wie schön es wäre, mal selbst vor Publikum zu singen.
Und genau das ist dann geschehen. Am Sonntag, dem 17. April, erfuhren wir kurz vor der Uraufführung, dass der Bariton, also Macbeth, wegen hohen Fiebers ausgefallen sei. Hallé schickte mich sofort als Ersatz auf die Bühne.
Was soll ich sagen: Es war überwältigend.
Obwohl ich wie zitterndes Espenlaub nervös die Bühne betrat, wurde ich sofort ruhig, als ich zu singen begann. Ich vergass das ganze Rundherum, bis auf Lady Macbeth und die anderen Sänger.
Der Applaus des Publikums, als der Vorhang fiel, brandete wie eine tosende Welle gegen uns und insbesondere gegen mich. Warum? Charles Hallé hatte anfangs verkündet, dass zum ersten Mal ein Laie als Ersatz auftreten werde, und zudem sei es noch ein Schweizer.
Das hatte Folgen. Am Montag musste ich sofort bei Houldsworth antreten, der mir überschwänglich gratulierte: «Mr. Steinmann, Sie haben Talent. Sie sind ein junger Mann, der einmal Grosses in seinem Leben erreichen wird. Das gilt es zu fördern. Nebenbei bemerkt, ich suche junge, dynamische Menschen im Geschäft, die nicht durch Traditionen und Vorurteile belastet sind. Ihr Freund James Smith ist so ein Mensch. Und Sie, mein lieber Steinmann, Sie sind es auch. Was ich sagen will: Smith und Ihnen erteile ich damit den Auftrag, jene Mills zu reorganisieren, die ich gegenwärtig aufkaufe. Sie beide sollen diese zum Laufen bringen. Das muss sehr schnell gehen, denn die Kaufgelegenheiten sind günstig, und wir haben genug Cotton am Lager, um zu produzieren. Sie werden das Kaufmännische reorganisieren und Smith die Technik der Spinnerei. Selbstverständlich werden die Anlieferung der Baumwolle und der Vertrieb der Fertigware von meiner Zentrale durchgeführt. So kombinieren wir die dezentrale Produktion mit dem zentralen Einkauf, der Lagerhaltung und dem Verkauf. Damit erhöhen wir den Profit, ungeachtet der gegenwärtig hohen Verkaufspreise mangels Angebot.»

Ich staunte über dieses Vertrauen in mich und seinen Vorschlag. Ich witterte meine grosse Chance instinktiv, wollte bereits den grossen Dank stottern …

Doch er durchkreuzte meine Absicht: «Selbstverständlich verdopple ich Ihr Salär und ersetze Ihnen alle Reisekosten. Insbesondere die Spesen für Samstag und Sonntag, damit Sie bei meinem Freund Hallé weitersingen können. Bei der nächsten Aufführung von Macbeth wird meine ganze Familie anwesend sein. Dank Ihres grossen Erfolgs, so hat mir mein Freund versichert, werden Sie weiterhin die Rolle des Macbeth singen.»

***

Tagebuch Johannes
Le Locle, Samstag, 16. September 1865
Tage des Zweifels: Eigentlich hatte ich mir vorgenommen, nie mehr Tagebuch zu führen, denn mein Leben in Neuenburg entsprach leider nicht den Erwartungen, an die ich anfänglich so enthusiastisch glaubte. Ich habe im Auftrag von Robert Patthey das zu bearbeitende Material zu den vielen Einzelteilproduzenten gebracht, die fertig bearbeiteten Stücke geprüft und eingesammelt. Bei den interessanten Uhrmachern zu Hause durfte ich eine Weile bleiben und lernend mitarbeiten. Insbesondere in Les Verrières, Fleurier, Les Ponts-de-Martel und einigen Orten mehr, wie hier in Locle.

Damit habe ich nun Übersicht über die einzelnen Arbeitsschritte der Uhrmacher in Heimarbeit gewonnen. Doch meine Zukunft sehe ich nicht in diesen Einzeltätigkeiten. Interessant ist sicher das Unternehmerische, welches Robert Patthey selbst in der harten Hand hat. Aber ich mache mir da keine Illusionen. Ich werde nie in meinem Leben genügend Finanzmittel haben, um Uhrenverleger respektive Uhrenhändler zu werden. Da braucht es viel Kapital. Aber ich bin selbst kein Bauer und möchte auch keiner werden. Doch etwas liegt mir im Blut: mein eigener Herr und Meister zu sein.

Meine Zweifel, die mich in der letzten Zeit so beschäftigen und nicht schlafen lassen: Habe ich denn überhaupt den richtigen Beruf gewählt? Hat das alles eine Zukunft für mich?

Neuenburg, Mittwoch, 20. Dezember 1865
Heute bekam ich die Gelegenheit, länger mit meinem Chef über meine Unsicherheiten zu sprechen.
Er gab mir eine ungewohnt offene Antwort: «Herr Steinmann, ich verstehe Ihre Zweifel. Ich kann Ihnen leider keine andere Stelle bei uns offerieren als jene, die Sie bisher gut ausgefüllt haben. Sie wissen, meine beiden Söhne werden die Firma bald übernehmen. Eine weitergehende Zukunft kann ich Ihnen daher bei uns nicht anbieten. Natürlich, Sie könnten ähnlich wie mein Bruder einen Uhrmacherladen in Bern oder anderswo eröffnen. Und warum nicht?»
Ich zögerte etwas mit der Antwort, denn meine Erfahrungen bei seinem Bruder in Bern und meine Erinnerungen an diese Zeit motivieren mich keinesfalls für eine derartige Zukunft. Das sagte ich ihm schliesslich ehrlich.
«Ja, mein Bruder ist ein Spezialfall und nicht gerade ein Vorbild in Sachen Geschäftsführung. Es gibt jedoch etwas anderes, was mir zunehmend Sorgen bereitet. Wenn Sie in die Uhrmacherei einsteigen wollen, müssen Sie bedenken: Zurzeit läuft unser Geschäft sehr gut. Es basiert aber auf dem veralteten Produktionsmodell der Heimarbeit. Soeben ist der amerikanische Bürgerkrieg beendet worden. Ich vermute, wenn in den USA Frieden eingekehrt ist, wartet die Uhrenproduktion mit modernster Technik auf. Als neuer, grosser Konkurrent in Europa treten die USA in allen Branchen auf, so auch bei uns. Das wird vieles verändern. Nun, das wird dann das Problem meiner Söhne sein. Oder andersherum: Wenn Sie eine unternehmerische Chance in einer anderen Branche haben, dann scheuen Sie sich nicht, zu wechseln. Dies würde ich allerdings persönlich bedauern, denn ich möchte Sie als verantwortungsbewussten Angestellten nicht gerne verlieren!»

Neuenburg, Sonntag, 21. Januar 1866
Nun bin ich wieder zurück, nachdem ich einen verlängerten Urlaub hinter mir habe. Da ist einiges passiert, was sich aufzuschreiben lohnt, obwohl mir zu Recht vorgeworfen wurde, ich käme der Tagebuchvereinbarung nicht nach. Stimmt, normalerweise habe ich wenig Lust hierzu.

Den Urlaub konnte ich verlängern, weil ich am letzten Freitag zur Musterung in Münsingen in meine Schützenkompanie im Bataillon 58 aufgeboten wurde. Das ist ja an sich nichts Besonderes. Doch diesmal berichtete unser Kompaniechef Schärrer stolz, dass wir vorgesehen seien, die neuen Armeegewehre zu testen, die zurzeit noch in der Entwicklung sind. Das seien Repetiergewehre, ähnlich wie sie im Bürgerkrieg in Amerika eingesetzt wurden. Leider wisse er noch nicht mehr. Für mich ist ein Gewehr mit modernem Verschluss und mit einem Magazin, das mehrere Patronen enthält, sauspannend.

Als Höhepunkt dieses Urlaubs bewegt mich aber anderes: Nachdem wir einmal mehr an Silvester im «Löwen», leider ohne unseren Engländer Niklaus, gesungen hatten, tanzte ich nur mit Marie Neuenschwander. Man fühlt beim Tanzen sofort, ob es eine innere Übereinstimmung gibt. Diese ist klar auf beiden Seiten vorhanden: Nach dem Ausklang des alten Jahres und dem Einläuten des neuen entflohen wir dem lauten Trubel und gingen schnurstracks in den Hof hinaus. Es war saukalt, was wir aber nicht spürten. Wir herzten und küssten uns derart leidenschaftlich, dass uns trotz der Kälte ziemlich heiss wurde. Leider ist Neujahr die falsche Jahreszeit, um irgendwo in einem Heuschober zu verschwinden und das, was in mir brannte, zu löschen. Obwohl sie vier Jahre jünger, erst neunzehn, ist, haben wir abgemacht, zu heiraten, sobald ich von Neuenburg zurück wäre. Denn in etwas ist die liebe Marie festgefahren: Sie möchte in Worb bleiben – das gibt mir zu denken.

Schliesslich hatten wir auf dem Fulpelz beim Neujahrsessen wieder eine Aussprache, die zu einem wichtigen Schritt führte: Christian wird seine Maria Meier heiraten und den stattlichen Bauernhof Buchholz in der Nähe von Thun von seinem Schwiegervater übernehmen. Damit verzichtet er als Ältester auf seinen Erbanspruch – den Fulpelz!

Da ich kein Bauer bin noch je sein werde, habe ich zugunsten von Fritz, der ja leidenschaftlich *bauert* und *metzget*, verzichtet. Ich habe dem Ätti natürlich nicht gesagt, dass ich zweifle, ob Fritz, der sich in Frankreich eine etwas lockere Art angewöhnt hat, sein Erbe langfristig wird halten können. Ich hoffe, er wird den Hof einmal gut bewirtschaften und die beiden Erbverzichte seiner Brüder in Ehren halten. Mit der Schuhmacherei dürfte jedoch Schluss sein, wenn mein Bruder Christian nach Thun abhaut.

Dann hat Ätti bei unserem Weihnachtsfamilienessen mit Müetis feinen *Apfelchüechli* drei Briefe von Niklaus vorgelesen. Er scheint in Manchester sehr erfolgreich zu sein und beabsichtigt nun irgendwo im Emmental eine Spinnerei aufzubauen. Wo er wohl das Geld hernimmt? Bei ihm scheint sich eine Liebelei, wenn auch auf Distanz, anzubahnen. Der Glückspilz hat sich eine reiche Burgdorferin geangelt. (Vielleicht ist sie die Quelle für seine Pläne.) Als Sänger ist er sogar in Manchester ringsum bekannt geworden.

Ja, die einen haben es leicht im Leben, die anderen müssen kämpfen.

***

Die bisherigen Tagebuchnotizen sind verbürgt. Niklaus scheint in Manchester auf einer Erfolgswelle zu reiten, obwohl das historische Umfeld das glatte Gegenteil bedeutet. Aufgrund der Aktenlage kann sein Förderer nur dieser William Henry Houldsworth gewesen sein, was dazu führte – auch dies ist verbürgt –, dass er in dessen Landgut ein und aus ging. Dies sicherlich mit zwei Konsequenzen: Aus dem Bauernsohn wurde in Kleidung, Manieren und Stil ein Gentleman, und zudem muss sein unternehmerischer Geist seinen Förderer überzeugt haben. Anders ist es nicht vorstellbar, dass Niklaus Steinmann 1869 die Spinnerei in Rüderswil im Emmental eröffnete. Damit wurde er gleichsam eine standesgemässe Partie zur Einheiratung in die Käsebaronfamilie Mauerhofer zu Burgdorf. Er wird 1876 Marie Mauerhofer heiraten, die Tochter von Fritz und Louise Mauerhofer-Dothaux, die Gründer der Käsehandlung in Burgdorf.

Ob die mittelfristigen Zukunftssorgen von Patron Patthey oder der Wunsch seiner Marie, in Worb zu verbleiben, die Ursache war, dass sich Johannes tatsächlich vollständig von der Uhrmacherei abwandte, wissen wir nicht. Jedenfalls heiratete er wohl Anfang 1870 Marie Neuenschwander (geboren 1846); ihr erstes Kind, Hans, kam 1871 zur Welt. Und wahrhaftig brach Anfang der 70er-Jahre die auf Heimarbeit basierende Uhrenindustrie praktisch zusammen. Das Uhrenexportvolumen von 18,3 Millionen in die USA sank auf 3,5 Millionen; Ähnliches galt für Europa. Die amerikanische Serienindustrieproduktion bedeutete zum Beispiel, dass die Herstellung einer Uhr dort zwanzig Stunden dauerte, in der Schweiz hingegen siebzig Stunden, wobei drei Viertel der Beschäftigten in Heimarbeit tätig waren.

Exakt in der Zeit der 60er-Jahre hatte sich der rasche Ausbau der Telegraphie, welche auf elektrischen Impulsen mit dem Morsealphabet basierte, in der Schweiz vollzogen: 1860 gab es erst 145 Telegraphenbüros, 1870 bereits 546; die Länge des Telegraphennetzes wuchs von 2885 auf 5158 Kilometer.[53] Die Eidgenössische Telegraphenwerkstätte, mitgegründet 1852 von Direktionsassistent Gustav Adolf Hasler, wurde 1865 privatisiert und zur Hasler AG (später Ascom) mit einer Beteiligung Alfred Eschers. Mit anderen Worten, die Telegraphie erlebte einen grossen Aufschwung.

Johannes nahm daran teil, indem er das Telegraphenbüro in Worb aufbaute, welches auch in der nächsten Generation (als Telefon- und Telegrammbüro) bis in die 1930er-Jahre in der Familie blieb. Ich gehe davon aus, dass Johannes neben der Telegraphie auch seine Dienste als Uhrmacher anbot, allerdings nicht im Übermass, denn die Entwicklung der Telegraphie war rasant. Das Volumen der Telegramme vervielfachte sich in den Jahren 1865 bis 1875. Nicht zuletzt, weil die anfangs teuren Tarife gesenkt wurden.

***

Tagebuch Niklaus
Manchester, Freitag, 30. März 1866
Es ist eigenartig. Seit ich vor zwei Jahren zum ersten Mal im Schloss von Mr. Houldsworth bei einem Liederabend singen durfte, hat sich mein Leben radikal verändert. Ich gehe sozusagen bei der Familie ein und aus, und mir scheint, sie schätzen nicht nur meinen Gesang, sondern auch mich als Person. Im Übrigen glaube ich, dass die Schweiz von den Engländern idealisiert wird. Oft lerne ich Ladies und Gentlemen kennen, die mir mit bescheidenem Stolz, wie das nur Engländer

---

53 Telegraphie: Ausstellungsdokumentation, Swisscom in der Schweizerischen Post.

können, von ihrer Reise durch die Schweiz erzählen. Insbesondere die Voralpen, ja selbst die Alpen haben es ihnen angetan. Mir scheint sogar, es gehört zum guten Ton der oberen Gesellschaft, dass man einen Sonnenaufgang auf dem Rigi erlebt hat. Natürlich habe ich kein Interesse, diesen sogenannten Touristen[54] ihre Freude an der Schweiz durch Berichte über die Realitäten bei uns zu trüben.

Grossen Erfolg habe ich immer wieder mit den Liedern von Franz Schubert. In Deutsch gesungen, zum Beispiel *Die Forelle*. Ich weiss gar nicht, wie oft ich diesen Fisch, der in unseren kleinen Gewässern oft zu sehen ist, dargeboten habe:

«In einem Bächlein helle,
Da schoss in froher Eil
Die launische Forelle
Vorüber wie ein Pfeil.
Ich stand an dem Gestade
Und sah in süsser Ruh
Des muntern Fischleins Bade
Im klaren Bächlein zu.»

Mich dünkt auch, wenn man da irgendwie dazugehört, erledigt sich das Geschäftliche wie von selbst. So haben wir einen Vertrag geschlossen, der zusammengefasst Folgendes enthält: Alle Spinnereimaschinen, welche wir bei den reorganisierten Mills ersetzen, bekomme ich für fünfzehn Pfund das Stück, und eine Serie Selfaktor kann ich dazukaufen. Für diese Maschinen, Verschiffung, Installation, die Erstellung des Gebäudes und für den Beginn der Fabrikation gibt Mr. Houldsworth mir einen Kredit von zehntausend Pfund. Verzinst zu fünf Prozent, rückzahlbar in acht Jahren, in Raten ab dem dritten Jahr. Gelingt mir das nicht, fällt die von mir gegründete Spinnerei in der Schweiz an ihn.

---

54 Nennen sich so, weil sie sich ab 1865 vom neuen Reisebüro Thomas Cook, Fleet Street in London, *tours* durch Europa organisieren liessen.

Seither beschäftige ich mich nur noch mit der Vorbereitung meiner eigenen Unternehmung – neben meiner üblichen Arbeit. Zum Singen bei Hallé komme ich praktisch nicht mehr.

Rüderswil, Freitag, 27. August 1869
Ich schreibe so gut wie nie mehr Tagebuch. Warum auch? Ich bin jetzt in der Gegend und kann von Zeit zu Zeit mit meinem glänzenden Zweispänner zum Fulpelz fahren und Ätti und Müeti besuchen. Zweifellos, Ätti wird älter. Er geht am Stock, und seine Schultern wirken eingefallen. Man spürt's: Alle sind enorm stolz auf mich und wie es mir gelang, die Spinnerei[55] aufzubauen und dass sie seit Anfang des Jahres voll funktioniert.
Nach den üblichen *Apfelchüechli* mit Kaffee, einigen Gesprächen über das Wie und Was sagt Ätti: «Mein lieber Niklaus, weisst du überhaupt, was heute vor zweihundertsechzehn Jahren mit einem Rüderswiler geschah?»
«Nein. Ist die Emme über die Ufer getreten und einer ertrunken? Für unsere Fabrik ist sie jedenfalls sehr nützlich.»
«Nein, nein. Der Rüderswiler Niklaus Leuenberger war Anführer der Bauern beim Aufstand 1653. An diesem Tag wurde er geköpft und geviertailt. Unser Vorfahre Hans hat ihn im Kriegsrat gut gekannt. Ich glaube, sie verfolgten dasselbe Ziel, waren aber nicht so hitzig wie der Führer der Radikalen, Ueli Galli, der alle gnädigen Herren massakrieren wollte. Vielleicht schade.»

Rüderswil, Samstag, 28. August 1869
In der heutigen Post findet sich zu meiner Überraschung ein Briefkuvert mit Schweizerkreuz darauf. Vom Eidgenössischen Militärdepartement. Mit Verwunderung reisse ich es auf, und da steht in gestochener Schrift:

---

[55] Wahrscheinlich übernahm Niklaus eine kleine Spinnerei in Rüderswil, die bereits vor 1862 bestand, und baute sie mit den neuen Mitteln aus. Später, nachdem er in Burgdorf mit Marie Mauerhofer verheiratet war, nahm er einen Partner namens Röthlisberger auf, worauf die Firma Steinmann & Röthlisberger hiess. Aufgrund der Geschichte der heutigen Firma ist anzunehmen, dass sich Letzterer vor allem um den operationellen Bereich kümmerte. 1906 wurde die Firma zur Spinnerei und Weberei Rüderswil AG. Da Niklaus Steinmann im Jahr 1900 gestorben war, gehe ich im Folgenden davon aus, dass seine Frau Marie die Anteile verkauft hat.

«Schütze Steinmann. Sie haben sich seit einigen Jahren der Dienstpflicht entzogen und sich nicht abgemeldet. Wir teilen Ihnen mit, dass Sie die entsprechenden Diensttage nachholen müssen. Sie melden sich umgehend bei Major Schärrer, Stabskompanie Bataillon 58, Bernstrasse 21, in Worb.»
Mein Gott, was wird da aus meiner Spinnerei, wenn ich so oft abwesend bin? Im Übrigen wäre es höchste Zeit, eine Frau kennenzulernen, die mir zur Seite steht und mich gerade jetzt vertritt.

***

Tagebuch Johannes
Worb, Sonntag, 31. Oktober 1869
Ich werde nicht mehr Tagebuch führen, Niklaus auch nicht. Ich will meine Einträge auch nicht mehr vorlesen. Nein, ich schreibe nur auf, was mir ausserordentlich wichtig erscheint, um mich später daran zu erinnern.
Heute geht mir, um es unverblümt zu sagen, mein Schwiegervater Johann Neuenschwander auf die Nerven. Schon wieder wird unsere Hochzeit verschoben. Er könne unserer Vermählung nicht zustimmen, solange mein neumodisches Telegraphenbüro unrentabel sei. Seine Frau Käthy (geborene Küenzi) dagegen würde uns noch so gerne verheiratet sehen. Leider hat sie in der Familie wenig zu sagen. Da die liebe Marie darauf besteht, dass man jungfräulich in die Ehe geht, bremst sie mich immer aus, wenn ich etwas zu leidenschaftlich werde. Auch für sie scheint das nicht ganz einfach zu sein. Vielleicht spielt der Altersunterschied doch eine Rolle. Kurz, lange halte ich es nicht mehr aus.
Den Telegraphiekurs in der alten Kaserne Ecke Speichergasse/Waisenhausplatz in Bern, zugleich auch die Telegraphenwerkstatt, habe ich mit Bravour bestanden. Ich darf mich jetzt Obertelegraphist nennen. Das Telegraphenbüro in Worb ist bestückt, und die Leitungen werden zurzeit von den Technikern der Hasler AG geprüft. Ohne falsche Bescheidenheit darf ich von mir sagen, dass ich sechzig Zeichen pro Minute problemlos abnehmen und senden kann. Für den nächsten Telegraphenwettbewerb habe ich mich bereits angemeldet.

Man hat mir jedoch gesagt, dass in Bern bereits ein erster Hughes-Fernschreiber installiert sei, der die Zeichen auf einem Laufband in Buchstaben umsetze. So auch in Zürich, Genf und Basel. Bis wir in den kleinen Dörfern über ein solch teures Gerät verfügen, dürfte es aber noch einige Zeit dauern. Eines ist klar: Die Nachfrage nach Telegrammen steigt sehr schnell an. Sozusagen täglich. Mein Einkommen ist zwar noch bescheiden, doch nimmt es damit stetig zu, denn es basiert auf dem Umsatz.

Ein Höhepunkt in diesem Herbst war der zehntägige Wiederholungskurs Ende September. Der Zufall wollte es, dass auch Niklaus dem Infanterie-Bataillon 58 zugeteilt war. Und man höre und staune: Er muss die ausgefallenen Dienste nachholen, obwohl er ja bereits neunundzwanzigjährig ist. Irgendwie finde ich das gerecht. Er ist dem Bataillonsstab zugeteilt.

Wir in der ersten Kompanie durften nun die Vetterligewehre fassen. Der reine Wahnsinn! Absolut nicht vergleichbar mit dem bisherigen Milban-Amsler-Ordonnanzgewehr (1863) mit Einzelschuss. Man kann sage und schreibe elf Patronen in das Röhrenmagazin einschieben und mit einer einfachen Hin-und-her-Bewegung laden und dann schiessen.

Wir taten in diesem Dienst eigentlich nichts anderes, als dieses Gewehr einzuüben und damit jeden Tag zu schiessen. Die Überlegenheit im Vergleich zum Vorgänger ist enorm. Allerdings hat es einen Haken: Wenn man den Verschluss zu wenig kräftig nach hinten zieht, um die leere Patrone auszuwerfen und nachzuladen, kann der Verschluss verklemmen. Ja, eine kräftige, schnelle Zug-Stoss-Bewegung ist die Voraussetzung, dass das Gewehr sicher funktioniert. Kommandant Schärrer und einige Inspektoren haben dies als Nachteil in einer hektischen Gefechtssituation bezeichnet. Ich glaube, der Konstrukteur dieses Gewehrs, Johann Friedrich Vetterli, ein Thurgauer, muss es noch perfektionieren, damit es als Ordonnanzwaffe eingeführt wird.

Als geübter Uhrmacher habe ich den Verschluss mehrfach zerlegt und für Major Schärrer meine technischen Überlegungen zur Verbesserung schriftlich festgehalten. Ich bin gespannt, ob etwas daraus wird.

Niklaus und ich sind an diesen Diensttagen oft am Abend zusammengesessen, so wie viele Jahre nicht mehr. Ich glaube, wir sind uns wieder nähergekommen. Schon unglaublich, wie geschickt er sein Leben aufgebaut hat.

***

Worb, Dienstag, 28. Februar 1871
Nun sind wir wieder zu Hause, Gott sei Dank. Als Erstes habe ich Vater Neuenschwander beigebracht, dass jetzt geheiratet wird. Punkt, Schluss. Nach alldem, was Niklaus und ich gesehen und erlebt haben, die Verletzten, die Kranken und die Toten, gilt es das Leben zu leben, solange man es kann. Er war sofort einverstanden und meinte sogar, noch vor Ende März solle die Hochzeit stattfinden. Der Grund ist leicht zu verstehen: Auch Worb beherbergt über dreihundert Bourbaki-Franzosen (im Kanton Bern knapp zwanzigtausend). Die Soldaten sind recht diszipliniert, wohingegen die französischen Leutnants von Anfang an den jungen Worberinnen nachgestellt haben. Man könnte von den subalternen Offizieren schon mehr Würde und Anstand verlangen, denn immerhin gewährt die Schweiz mehr als achtzigtausend Franzosen der bitter geschlagenen Bourbaki-Armee Gastrecht.
Warum es im Juli 1870 zu diesem entsetzlichen Deutsch-Französischen Krieg kam, habe ich nie begriffen. Hat etwas mit der Thronfolge in Spanien zu tun. Jedenfalls haben die Franzosen den Preussen den Krieg erklärt, wurden aber bereits Anfang September bei der Schlacht von Sedan in Nordfrankreich von allen Deutschen geschlagen. Bald darauf wurde Paris eingekesselt und von den Pickelhauben belagert. Bei uns wurde Oberst Hans Herzog zum General befördert und ein nicht allzu grosser Teil der Schweizer Armee zur Grenzbesetzung aufgeboten, denn der Bundesrat wollte sparen: Dem General standen nur etwa vierzigtausend Mann zur Verfügung. Unser Bataillon war daher nicht dabei. Gegen Ende des Jahres wurden grosse Teile der Truppen, ich glaube, etwa die Hälfte, entlassen.
Doch es kam anders. Unter einer neuen republikanischen Regierung in Frankreich – der gefangen genommene Napoleon III. hatte abge-

dankt – formierten sich in ganz Frankreich neue Truppen. So auch eine neue französische Ost-Armee unter General Charles Denis Bourbaki in Lothringen und im Elsass, das heisst an der Schweizer Grenze. Nun wurde unser Bataillon in diesem extrem kalten Winter aufgeboten und am 20. Januar nach Les Verrières transportiert. Wahrscheinlich, weil wir alle mit Vetterligewehren ausgerüstet wurden. Wir bezogen eine Art Beobachtunglinie an der Grenze. Am 24. Januar war die Stellung bezogen, wobei immer nur ein Drittel draussen in der Kälte Wache hielt.

Ich kann mich gut an ein Gespräch mit Niklaus erinnern. Er sagte mir: «Bist du dir bewusst, dass wir in der vordersten Linie stehen? Wenn sich diese Franzosen gegen die Preussen nicht halten können, was dann?»

Ich zögerte, denn mir wurde klar, was das heissen könnte. «Ja, dann besteht die Möglichkeit, dass sie sich über die Schweiz in Richtung Lyon zurückziehen.»

«Ja, und vielleicht verfolgt von den Pickelhauben. Was nichts anderes heisst, als dass wir so oder so die ersten Schweizer sind, die dran glauben müssen. Da nützen uns die schönen Vetterlis auch nichts mehr.»

Wie er das sagt, hören wir in der Ferne wie ein Gewitter das Donnern von Kanonen, ohne Unterbrechung. Kurz darauf treffen hohe Offiziere ein, die wir nicht kennen. Sie besehen unsere Stellungen, und mir scheint, sie sind ziemlich nervös. Den Gesprächsfetzen auf Französisch entnehme ich, dass sie exakt erwarten, worüber wir gerade gesprochen haben.

So ging das in den nächsten vier Tagen in einem fort, nur dass der Kanonendonner immer näher kam und die Spannung aller Soldaten und Offiziere mehr und mehr stieg. Der Wachdienst war unheimlich hart, denn das Thermometer fiel nun deutlich unter zehn Grad minus in der Nacht. Wir stopften Stroh unter die Uniformen und zogen alles an, wenn wir draussen Wache schoben. Ich glaube, es war der 31. Januar, als Major Schärrer uns am Abend orientierte, dass die französische Ost-Armee aufgebe und von der Schweiz aufgenommen werde. Man nenne das Internierung, nach den Regeln des neuen Roten Kreuzes. Wir müssten diese Armee entwaffnen, damit sie von unseren Truppen ins Hinterland begleitet werden könne.

Zugleich trafen weitere Bataillone bei uns ein, um uns zu verstärken. Ich glaube, es waren Luzerner.
Noch in der Nacht auf den 1. Februar ging's los.

***

Anstelle einer halbfiktiven Beschreibung, was damals bei der Aufnahme der Bourbaki-Armee an der Grenze bei Les Verrières (in etwas geringerem Umfang auch an einigen anderen Jura-Übergängen) geschah[56] und was die beiden Steinmänner miterlebten, sei der Oberbefehlshaber der schweizerischen Armee, General Hans Herzog, selbst zitiert:

Während der Nacht [1. Feb.] massierte sich immer mehr und mehr die französische Artillerie, untermischt mit Truppen aller Waffen bei Verrières les Français, unsere Vorposten vom Bataillon Nr. 58 von Bern (Commandant Schärrer), hatten die grösste Mühe, dem Drängen der Franzosen zu widerstehen, auf welche Meldung hin ich schon morgens 4 Uhr hatte Generalmarsch schlagen lassen, um die Truppen der Brigade Rilliet bei der Hand zu haben. Das Bataillon Nr. 66 (Commandant Hauser) von Luzern war bereits Tage zuvor nach St. Croix und Coté-aux-Fées gegangen, um die Verbindung mit der Brigade Grand herzustellen und diese wichtige Passage zu bewachen.
Sofort begann an der Grenze bei Meudon die Entwaffnung der einrückenden Franzosen, denen nicht nur Handfeuerwaffen und Seitengewehre, sondern auch das Lederzeug mit der Taschenmunition abgenommen werden musste, was keine kleine Arbeit war, besonders wenn grössere Körper von Infanterie anlangten. Zuerst waren es aber namentlich Geschütze, Caissons und Kriegsfuhrwerke aller Art, welche eintrafen, nebst einem bunten Gemisch von Truppen aller Waffen in den sonderbarsten Kostümen und meistenteils in dem bedauerungswürdigsten Zustande, sich mühsam in dem tiefen Schnee fortschleppend, viele mit bedenklich zerrissenem Schuhwerk, mit Holzschuhen

---

56 Man kann das heute noch im Bourbaki-Panorama in Luzern besichtigen.

oder bloss mit in Lumpen gewickelten Füssen daherkriechend. Die Pferde ganz steif von der in eisiger Kälte zugebrachten Mondscheinnacht, schon lange ohne Nahrung und ohne Winterbeschlag, vermochten sich kaum zu halten und hatten Mühe, die Geschütze und Fuhrwerke trotz der Stockschläge der Trainsoldaten fortzubewegen, die häufig zu Fuss nebenhergingen oder zu Pferde sitzend sich in mehrere Pferdedecken eingehüllt hatten, um sich vor der grimmigen Kälte zu schützen.[57]

Dass sich im Übrigen bei dieser über das ganze Land (exklusiv des Tessins) verteilten Internierung die Schweizer Bevölkerung vorbildlich verhielt, zeigt sich in einem interessanten Detail: Für die Ernährung der (gemäss Herzog) 83 301 Franzosen stellte das Kriegskommissariat l zu viel Brot und Lebensmittel bereit, die allerdings wegen der solidarischen Bevölkerung kaum gebraucht wurden und anschliessend verkauft werden mussten. Ein grosses Problem bestand jedoch bei der Fütterung der circa 10 600 französischen Pferde, nicht zuletzt weil «ein grosser Teil der französischen Reiter und Fahrer sich dem beschwerlichen Dienst der Pferdewartung zu entziehen trachtete»[58].

Bei Johannes und Niklaus haben diese einschneidenden Erlebnisse im Januar/Februar 1871 starke, bleibende Erinnerungen hinterlassen. Sie werden zeitlebens davon erzählen, wie die meisten Schweizer und Schweizerinnen, die ja alle in irgendeiner Weise von der Bourbaki-Internierung betroffen waren (wohl auch mit ungewolltem Nachwuchs).

---

57 Hans Herzog: Bericht über die Grenzbesetzung im Januar und Februar 1871, in: *Schweizerisches Bundesblatt Nr. 27*, 8. Juli 1871, S. 835 f.

58 Ibid., S. 842.

«Ich singe seit zwei Jahren bei Karl Hallé, dem grossen deutsch-englischen Dirigenten und Gründer des Hallé-Orchestras (1858). Gemässs Hallé habe ich eine klare raumfüllende Bariton-Stimme.»

Karl Hallé (1819–1895).

«Der Applaus des Publikums, als der Vorhang fiel, brandete wie eine tosende Welle gegen uns.»

«Wenn der Frieden einkehrt, wird die USA mit modernster Technik in der Uhrenindustrie aufwarten. Scheuen Sie sich nicht, die Branche zu wechseln, zum Beispiel in die Telegraphie.»

Telegraphenwerkstatt und Ausbildungszentrum, Ecke Waisenhausplatz / Speichergasse in Bern.

Wahrscheinlich übernahm Niklaus eine kleine Spinnerei in Rüderswil, die bereits vor 1862 bestand, und baute diese mit neuen Mitteln aus. Später nahm er einen Partner namens Röthlisberger auf. 1906 wurde die Firma zur Spinnerei & Weberei Rüderswil AG.

«Wir taten in diesem Dienst eigentlich nichts anderes, als dieses Gewehr einzuüben und damit jeden Tag zu schiessen. Allerdings hat es einen Haken: Wenn man den Verschluss zu wenig kräftig nach hinten zieht, um die leere Patrone auszuwerfen und nachzuladen, kann der Verschluss klemmen. Ich, als Uhrmacher gewohnt, habe den Verschluss mehrfach zerlegt. Ich glaube, der Konstrukteur dieses Gewehres, Johann Friedrich Vetterli, muss es noch perfektionieren, damit es als Ordonnanzwaffe eingeführt wird.»

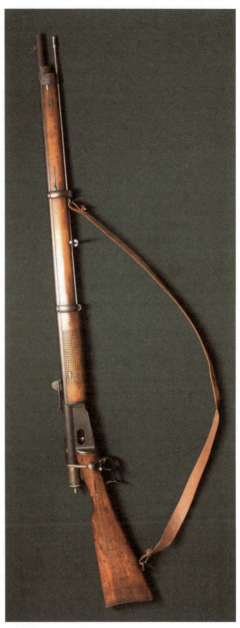

Vetterli w/1869/71 Cal. 10.4 x 38.

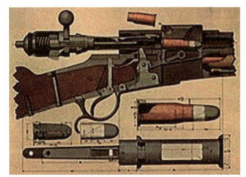

Verschlusssystem Vetterli.

Die eingeschlossene Ost-Armee unter General Charles Denis Bourbaki.

«Wir bezogen eine Art Beobachtungslinie an der Grenze. Am 14. Januar war die Stellung bezogen, wobei immer nur ein Drittel draussen in der Kälte Wache hielt. Wir stopften Stroh unter die Uniformen und zogen alles an, wenn wir draussen Wache schoben.»

Die Internierung der geschlagenen Bourbaki-Armee bei Les Verrières.

GALLI

20. Trauriges Eisenbahnbauen (1883–1894)

Wie die junge Familie Giovanni Galli durch den Tod zweier Töchterchen einerseits und die unterschiedlichen Wohn- und Bauorte andererseits belastet wird und Cecchino recht früh im Leben seinen Weg allein geht. Im Tessin brodeln die politischen Gegensätze und führen zu einer Neuordnung.

Gerra Gambarogno, März 1883
Am langen Tisch im düstern Esssaal des Cinque Fonti sitzen Francesco, seine Frau Mama Maria, Giovanni und Carolina. Sie schweigen sich beredt an. Carolina hat ein hochrotes Gesicht, während sich ihr Mann Giovanni am Bart kratzt und Francesco sich zurücklehnt, an seiner Pfeife nuckelt und wohl denkt: «Was geht mich das an? Es kommt sowieso, wie ich es mit Giovanni abgemacht habe.»
Mama Maria blickt versonnen auf ihren Teller. Sie möchte lieber keine Stellung beziehen zu dem heftigen Gespräch, das sich zwischen ihrem Sohn und dessen Frau mit den Zwischenbemerkungen ihres Mannes abgespielt hat. Besser, man hält sich aus diesen Schicksalsentscheidungen heraus, hilft aber danach, die Folgen erträglicher zu machen. Bisher ist sie mit dieser Maxime recht gut gefahren.
«Ich kann das nicht und ich will das nicht! Sechs Jahre Göschenen und Faido! Nein, nicht noch einmal. Wo liegt überhaupt dieses Borgotaro?[59] Sicher wieder so ein Nest, wo sich Füchse und Hasen Gute Nacht sagen.»
Carolina macht noch einmal ihren Standpunkt klar, obwohl sie weiss, dass sie gegen die geballte Macht der Galli-Männer kaum eine Chance hat. Allerdings kann sie sich diesen rationalen Argumenten nicht

---

59 Borgotaro ist eine Gemeinde (heute ca. 6600 Einwohner) in der Provinz Parma (Emilia Romagna), ungefähr in der Mitte der Bahnlinie La Spezia–Parma gelegen.

ganz entziehen und lediglich ihre heftige Emotion dagegensetzen. Ihr leuchtet auch ein, dass ihr Giovanni das Angebot vom Königlichen Verkehrsministerium, beim Ausbau der Bahnlinie Genua–La Spezia–Parma mitzuwirken, annehmen muss. Sie weiss ausserdem, dass die Mittel der Familie Galli wegen der vielen Kinder bald aufgebraucht sind. Ja, ihr Mann kann gar nicht anders: Als junger Bauunternehmer muss er diese Chance wahrnehmen. Nicht selbstverständlich für einen Tessiner und wohl nur dank des Commendatore Schwiegervater möglich. Trotzdem, sie will sich nicht noch einmal im Irgendwo vergraben lassen und im täglichen Einerlei der daheimbleibenden Ingenieursfrauen leben müssen, und das noch mit zwei Kindern in einer vollständig italienischen Umgebung. Sie halte das nicht mehr aus. Zum Mindesten meint Carolina das und vertritt es auf Schweizerdeutsch und deutlich.

Obwohl Giovanni wenig Sinn im Repetieren seiner Argumente findet, versucht er diese ruhig, wie gegenüber einer Kranken, zu wiederholen. Allerdings kommt ihm dabei im Redefluss ein neuer Einfall: «Carolina, natürlich kannst du mit den Kindern hier im Cinque Fonti eine Zeit lang verweilen. Insbesondere bis ich in dieser neuen, grossen Aufgabe Tritt gefasst habe. Ich habe eine Idee: Zu deiner Entlastung könnten wir Cecchino in die königliche Kadettenanstalt nach Pallanza[60] schicken. Das ist mit dem Dampfschiff etwa drei Stunden von hier. Ich bin mir sicher, als Enkel von Papa wird er auch als Tessiner aufgenommen. Später kann er uns nach Borgotaro folgen. Wenn es dort keine entsprechende Bildungsmöglichkeit gibt, stellen wir einen Hauslehrer an. Was nun unser kleines Josefinli[61] anbelangt, weiss ich durchaus, dass sie etwas schwächlich ist.»

«Kränklich... mein Lieber, kränklich. Bitte nicht schönfärben», wirft Carolina etwas zu heftig ein.

«Wir könnten sie, bis es ihr besser geht, bei Mama, ihrer lieben Oma, im Cinque Fonti lassen. Sie wird hier wohlumsorgt.»

---

60 Pallanza liegt am Lago Maggiore, ungefähr 40 km südwestlich von Gerra auf der linken Seite des Sees, und gehört zur Gemeinde Verbania.

61 Carolinas und Giovannis Tochter wurde 1880 geboren.

Sein Blick sucht bittend Mama. Diese lächelt und nickt.
«Aber, liebste Carolina, das Parma-Projekt wird mich sicher drei bis vier Jahre beschäftigen, und so lange kann ich nicht von dir getrennt leben. Du wahrscheinlich auch nicht von mir.»
Sowohl Francesco als auch Maria nicken zustimmend Carolina zu und versuchen, die immer wieder zu Traurigkeit neigende Schwiegertochter aufzumuntern. Nachdem vor zwei Jahren ihr drittes Kind, die kleine Linda, schon nach einem halben Jahr in Faido an etwas Grippeähnlichem gestorben ist, verstehen sie ihre Trauer durchaus. Doch auf Dauer wird diese Schwermut Carolinas für alle eine Belastung und ganz gewiss auch für sie selbst.
Der Tod von Kindern ist vielleicht der schwerste Schicksalsschlag für Eltern. Maria und Francesco haben deren fünf hinnehmen müssen, allerdings blieben siebzehn Kinder am Leben. Schwierig zu sagen, was in ihnen vorging, denn ganz klar, ein solcher Kindersegen ist eine Einmaligkeit, die in jenen Zeiten sehr viel Leben, sicher auch Freuden, aber vor allem tägliche grosse Belastungen bedeutete – und insbesondere im Cinque Fonti bei einer jeweils neunmonatigen Abwesenheit des Vaters in Nervi.

***

Im Frühling 1884 starb auch das vierjährige Josefinli; woran, ist unklar. Eine schwarze Wolke der Trauer legte sich erneut über die Familie von Giovanni und Carolina und durchdrang das tägliche Leben.
Verständlich, dass Letztere kaum aus ihrer Schwermut herausfand, wogegen die hohen beruflichen Anforderungen ihren Gatten ablenkten. So entwickelten sich die Ausbauarbeiten an der Linie Genua–Parma zu einem pekuniären Erfolg für den jungen Entrepreneur und sicherten seine Zukunft als Bahnbauunternehmer.
Nach dem Hinschied ihres Josefinli reiste Carolina sofort nach Borgotaro zu Giovanni, weil sie es im Cinque Fonti mit all den Erinnerungen an ihre Kleine nicht mehr aushielt. Sie wünschte gar, dass Cecchino sofort zu ihnen nach Borgotaro komme, wo sie ein kleines Juwel mit einem grösseren südländischen Garten bewohnten. Dies ging allerdings nicht so rasch, weil der Junge noch drei Jahre in der

königlichen Kadettenanstalt zu verbringen hatte, wie das vertragliche Pensum es vorschrieb. Auch unser Giovanni musste vorerst abklären, wo sich in Borgotaro eine entsprechende Bildungsinstitution fände. Zum Beispiel ein Internat, das Cecchino als Externer besuchen könnte, oder es würde eben ein Hauslehrer für ihn verpflichtet.

Cecchino selbst sprach nie viel über seine Kadettenzeit. Klar zeigte er sich mit einigem Stolz in seiner schwarzen Uniform mit den doppelreihigen goldenen Knöpfen und dem schicken Käppi, das ein königliches Wappen zierte. Was der inzwischen Zehnjährige dort aber erlebte, erfuhr zeitlebens niemand. Zweierlei gilt es festzustellen: Er vermied später jeden Militärdienst, was ihm auch immer gelang, und das Buch Die Verwirrrungen des Zöglings Törless[62] von Robert Musil fand sich ziemlich abgegriffen in seiner Bibliothek.

***

«Gerra, 10. November 1886
Lieber Giovanni,
Maria und ich haben uns gefreut, dass Ihr Euch in Borgotaro gut eingelebt habt und die Bauarbeiten, was Deine Lose an der Linie betrifft, bald zu Ende sein werden.
Die Idee, einen Hauslehrer für Cecchino anzustellen, auch wenn es ein junger Kaplan ist (Du kennst meine Auffassung zu allen Kirchenvertretern!), scheint gut zu funktionieren. Es schadet ja nicht, wenn er Latein lernt und die christlichen Werte eingeimpft bekommt. Ersteres wäre Voraussetzung, falls er Jurist oder Mediziner werden will, und bezüglich Letzterem stimmt es schon: Das Zusammenleben in einer Gesellschaft braucht einen Wertekanon, aber nicht zwangsläufig eine Religion und schon gar nicht die katholische Kirche. Ich bin

---

62 *Die Verwirrrungen des Zöglings Törless* (1906) ist der erste Roman von Robert Musil und gilt als eines der frühen Hauptwerke der literarischen Moderne. Törless und zwei Mitschüler ertappen den jüngeren Mitschüler Basini, eher ein weicher Junge, bei einem Diebstahl, halten dies aber geheim, um ihn bestrafen und quälen zu können. Er wird zu einem Versuchs- und Lustobjekt degradiert, und sadistische Handlungen finden statt. – Mit meinen Erfahrungen von acht Jahren Internat machte auch mich dieses Buch betroffen.

mir sicher, wenn Cecchino einmal älter ist und zur Vernunft kommt, tritt er in unsere traditionellen liberalen Stapfen. Vielleicht solltet Ihr überlegen, ob ihr ihn nicht so bald als möglich in ein freies Gymnasium schickt. Zum Beispiel nach Novara, wo ich immer noch zwei Professoren kenne.

Nun aber zu Dir, lieber Giovanni: Ich habe da etwas gehört, was nicht nur für Dich, sondern auch für Deine Carolina von Interesse ist. Es werden zurzeit Baulose für die Strecken Rothenburg – Emmen, aber auch Wohlhusen – Huttwil ausgeschrieben. Bewirb Dich doch bitte. Ich könnte mir vorstellen, wenn Ihr in Luzern wohnt, wird Carolinas Neigung zu Schwermut abklingen. In der Beilage findest Du die Ausschreibungsunterlagen. Mir scheint, Du hast nun inzwischen genügend positive Referenzen für eine Zusage. Falls es zu der seit Längerem erwarteten Ausschreibung der Gotthardbahn für die Strecke Luzern – Immensee kommt, nur zu, da kennt man Dich ja.

Besser, Du kommst nicht in den Tessin. Die politische Lage wird wieder unruhiger. Nachdem mit der Verfassungsrevision 1883 das Referendum eingeführt wurde, ist man daran, das Kirchengesetz im ultramontanen Sinn zu ändern. Der Tessin wird formell dem Bistum Basel angeschlossen. Ich sage Dir, das kommt nicht gut. Diese rücksichtslose Parteienherrschaft der ultramontanen Pfaffen, die zurzeit am Ruder sind, lässt nur Böses erahnen.

Trotzdem wäre es schön, wenn sich die Familie zu Weihnachten in Gerra versammelt. Mir selbst geht es zurzeit nicht so gut, irgendwie schlägt mein Herz etwas unregelmässig.

Es grüsst Dich, Carolina und Cecchino allerherzlichst
Dein Vater Francesco»

***

«Liebe Mama, lieber Papa,
ich weiss, dass Ihr es nur gut mit mir meint. Versteht mich doch. Nach nicht so lustiger Zeit in Pallanza kam ich hierher nach Borgotaro. Hier fühle ich mich, auch mit Kaplan Frederico, recht gut. Dass ich einige Freunde in der Nachbarschaft gewonnen habe, wisst Ihr ja… und jetzt nach Luzern? Pietro sagt, dort regne es stets und das Klima sei

viel kälter. Die deutsche Schweiz ist mir fremd. Tut mir leid, mir geht das zu schnell. Ich möchte lieber in Italien bleiben und in zwei Jahren, wie Opa es vorschlägt, nach Novara ins Gymnasium. Ich bin ja nicht allein. Mit mir kommt nicht nur Pietro, sondern auch Franco...»

Wir schreiben Samstag, den 6. März 1887. Die langsam sich neigende Märzsonne wärmt noch genügend, sodass die kleine Familie nachmittags draussen auf der Terrasse an einem reichlich bestückten Tisch beim Tee sitzen kann.
Carolina und Giovanni blicken ihren Sohn mit grossen Augen an. Ihr zehnjähriger Kadett Cecchino wirkt heute dezidiert und eindeutig reifer als andere Jünglinge in seinem Alter. Mag sein, dass die Kadettenanstalt und die immer noch zur Schwermut neigende Mutter diesen beschleunigten Reifeprozess bewirkt haben.
Es scheint im Moment, als ob sowohl Papa wie auch Mama etwas ratlos seien. Schweigen.
Es ist Carolina, die als Erstes antwortet: «Lieber Cecchi, du verstehst sicher, dass für mich ein Wechsel nach Luzern, meine Heimat, ein Lichtblick sondergleichen ist. Meine Eltern, Geschwister und viele Bekannte wohnen dort, insbesondere meine liebe Cousine Flösi Pfyffer von Altishofen, die ich lange nicht mehr gesehen habe. Papa hat nun den Vertrag für den Bahnbau Rothenthurm – Emmen. Für mich war dies das schönste Weihnachtsgeschenk. Ob du hierbleibst und, wie du es wünschst, bei der Familie von Pietro leben darfst, das soll aber Papa entscheiden.»
Und dieser tut es dann sogleich: «Ich verstehe dich, mein lieber figlio. Ich glaube nun auch, dass du deinen Weg hier im Piemont allein gehen kannst. Es stimmt: So wie es aussieht, werde ich nun vor allem in der deutschen Schweiz unternehmerisch tätig werden. Da stehen noch einige Bahnprojekte an. Auch solche, die Opa nicht in Aussicht gestellt hat. Zum Beispiel die ganze Albula-Linie von Thusis nach St. Moritz oder Reichenau – Ilanz befinden sich im Vorstudium. Auch drängt sich die Verbindung Luzern – Immensee der Gotthardbahn auf. Die wurde ja seinerzeit eingespart. Langer Rede kurzer Sinn: Cecchino, wir würden uns nicht mehr so oft sehen. Willst du das? Erträgst du das?»

«Das weiss ich, lieber Papa. Ehrlicherweise, ich sehe dich ohnehin nicht derart viel. Du bist ja stets am Arbeiten. Und, liebe Mama, ich glaube auch, dass du von deiner Familie mehr hast, als wenn du ständig mit mir allein hier in Borgotaro lebst. Mehr will ich dazu nicht sagen.»
Im weiteren Gespräch geht es nun um das Praktische. Gemeint ist die nötige Absprache mit den Eltern von Pietro, die selbstverständlich hierfür ein Kostgeld bekommen sollen, und anderes mehr. Die Abreise nach Luzern ist bereits auf Ende März geplant, weil die Arbeiten an der Rothenthurm – Emmen – Linie Ende April begonnen werden müssen. Papa Giovanni wird deshalb schon in den nächsten Tagen vorausreisen.

***

Wie Cecchino ohne Eltern in Borgotaro lebte, ist nicht bekannt. 1888 konnte er sie nicht einmal an Weihnachten besuchen. So schreibt er auf Italienisch an seine Eltern. (Das Original findet sich im Anhang.) Hier die Übersetzung:

«*Borgotaro, 23. Dezember 1888*
Liebste Eltern!
Auch in diesem Jahr darf ich Euch Gott sei Dank frohe Festtage wünschen, und wenn ich auf die vergangenen Tage zurücksehe, ist das schön in der christlichen universellen Welt.
Ich fühle heute, meine lieben Eltern, wie sehr Ihr mich liebt und wie sehr ich Euch liebe.
Ihr habt Euch viel Mühe gegeben, mich zu erziehen, mich in den Schulen zu halten, und danke für die vielen Vorteile, die Ihr mir mit Liebe gewährt habt.
Liebste Eltern, das Jesuskind soll Euch immer glücklich machen und Euch noch viele Jahre schenken.
In Liebe Euer Sohn
Cecchino»

1892 schreibt Cecchino aus Novara an seine Mama Carolina. Der Brief ist diesmal in zierlicher Schönschrift in gutem Deutsch geschrieben. Interessant scheint mir in beiden Briefen, mit welchem Respekt der Zwölf- beziehungsweise Sechzehnjährige an seine Eltern schreibt.

Novara, am 2. November 1892
Liebe, teure Mamma!
Zu deinem lieben Namenstage bin ich leider fern von Dir, gerade in der Zeit, wo ich Dir am liebsten meine Liebe zu Dir zeigen wollte, wo ich Dich, liebe Mamma, am meisten vermisse. Ich kann Dir dieses Mal kein grosses Geschenk darbringen, liebe Mamma, aber ich weiss, dass auch diese paar Zeilen Dir genügend sind, um Dir zu zeigen, dass Dein Bub an Dich denkt mit Liebe zu seiner teuren Mamma.
Alles Gute wünsche ich Dir, und was ich Dir am meisten wünsche, ist, dass Du mir lange, lange Jahre noch erhalten bleibst. Zudem wünsche ich Dir noch ein friedliches, häusliches Leben, was ich glaube, dass mein lieber Papa Dir das gewiss fortan immer bereiten wird. –
Noch ein Wort: Meinerseits verspreche ich Dir, mich so zu halten, dass Du immer Freude an mir hast, so auszufallen, dass ich nicht imstande bin, Dir alle Deine Mühe voller Sorgen und Kummer reichlich zu vergelten. Dieses Versprechen, das ich auch sicher halten werde, glaube ich, sei Dir lieber als alle die Geschenke.
Also, nochmals viel Glück... das wünsche ich Dir von ganzem, ganzem Herzen.
Dein treu Dich liebender Sohn
Cecchino

Mama Carolina hat auf diesen Brief folgenden Text geschrieben (und gemäss meiner Mutter hat sie ihn zeitlebens mit sich getragen):

Diese Worte meines lieben Sohnes haben mich stets unendlich beglückt und mir wohlgetan! Er war in meinem Leben meine Freude! Der liebe Gott vergelte es ihm.

***

Am 9. September 1890 um 6.45 Uhr bringt ein Telegrammbote folgendes Telegramm zur Ingenieurswohnung von Giovanni und Carolina am Rathausquai in Luzern:
«Lieber Giovanni. Komm sofort nach Hause. Papa geht es schlecht und es gibt grosse Schwierigkeiten im Tessin. Herzlich, Mama».
Giovanni wollte gerade aus dem Haus, als er das Telegramm bekommt, liest und… zögert: Kann das so wichtig sein, dass er die Baustelle heute verlässt und zum nächsten Zug rennt? Was da heisst, zuerst nach Zürich, dann über Zug bis Immensee und durch den Gotthard. Denn noch ist die Strecke Luzern– Immensee nicht gebaut, für deren Bau er sich schon beworben hat. Er schätzt, wenn er sich jetzt beeilt, dass er gegen Abend in Bellinzona eintreffen würde. Doch… sollte er nicht besser telegraphisch anfragen, ob es so wichtig und nötig sei, dass er noch heute nach Hause kommt? Giovanni geht noch einmal in die Wohnung hinauf, weckt Carolina und liest ihr das Telegramm vor. Dieses Gespräch lässt sich etwa so zusammenfassen: «Er ist dein Vater. Er hat sehr viel für dich getan, und bedenke: Er ist fünfundsiebzigjährig. Ich an deiner Stelle würde reisen.»
Andererseits stehen sehr wichtige Gespräche mit Schienenlieferanten an. So entschliesst er sich, nicht sofort zu reisen, aber sofort ein Telegramm zu schicken:
«Liebe Mama, selbstverständlich komme ich. Zuerst muss ich noch Dringendes erledigen. Wenn ich am Freitag reise, geht das auch? Herzlich, Giovanni».
Nachdem er das Telegramm aufgegeben hat, lässt er sich mit seinem Einspänner auf die Baustelle in Emmen fahren.
Am Abend ist bereits die Antwort von Mama Maria da:
«Giovanni: Musst du selbst wissen. Papa möchte dringend mit dir sprechen. Es geht ihm schlecht. Mama».
Natürlich ist Giovanni nun noch mehr hin- und hergerissen. Trotzdem entscheidet er, übermorgen, am Freitag, dem 12. September, mit dem ersten Zug zu reisen, damit er abends in Gerra sein wird.
Er meint, während des verbleibenden Tages alle anstehenden Probleme so weit zu besprechen und zu lösen, dass er auch längere Zeit zu Hause verbleiben kann. Dass Carolina mitreisen könnte, wird gar nicht erst erwogen.

Vor der Durchfahrt des Gotthardtunnels hält der Schnellzug traditionell an, und alle Passagiere treten auf das Perron, um die berühmte Gotthardsuppe zu essen.

Giovanni aber läuft ein kalter Schauer den Rücken hinunter. Wie er die Leute da sieht, die mit grosser Selbstverständlichkeit ihre Suppe löffeln, unbeschwert miteinander schwatzen und sichtliche Vorfreude auf die Fahrt durch den längsten Tunnel Europas zeigen, schlägt ihn heftig die Erinnerung in zwingenden Bann. Er sieht wieder das wirbelnde Durcheinander der erschöpften Arbeiter, wie sie in den Tunnel hineingehen mit ihren ausgezehrten Gesichtern und mit schweissigen Oberkörpern herauskommen. Dann hörte er wieder den ohrenbetäubenden Lärm der kreischenden Bohrer, der Dynamitexplosionen, spürt den beissenden Rauch und den Dampf. Wieder findet er sich im stickigen und stinkenden Tunnel, der die Augen tränen lässt und das Atmen mühsam macht. All das, was er da oben in den sechs Jahren Gotthard erlebt hat, überkommt ihn wieder.

«Ich glaube, ich werde hier nie durchfahren, ohne in diesen Erinnerungssumpf zu versinken. Es ging ja so vieles unnötig schief, und zu viele verloren hier ihr Leben. Ich hoffe nur, dass es mir bei meinen Bahnbauten besser gelingt, alles erträglicher für die Arbeiter zu machen.»

Diese Gedanken beschäftigen ihn noch während der ganzen Fahrt bis Bellinzona.

Als er mit seiner samtig grünen Reisetasche aus dem Zug steigt, hat er das Gefühl, in eine militärische Übung hineinzugeraten. Überall stehen blau-schwarze Infanteristen mit aufgepflanztem Bajonett herum. Bevor er das Geschehen erfassen kann, wird er von einem Korporal und zwei Soldaten angehalten. Wie im Übrigen auch alle anderen Passagiere, die in Bellinzona aussteigen.

Der Korporal bellt ihn in bernisch gefärbtem Italienisch an: «*Documento d'identità, per favore!*»

«Sie können Deutsch mit mir sprechen.»

«Ausweis bitte, und wo wollen Sie hin?»

«Ich bin *Ingegnere* Giovanni Galli von Gerra Gambarogno und will meinen kranken Vater besuchen. Was ist denn hier los? Warum diese Truppen, offenbar bernische?»

«Ich bin nicht befugt, Ihnen Auskunft zu geben.» Nach kurzem Studium seiner Papiere winkt er ihn durch.
Giovanni ist eine respektable Persönlichkeit. Man sieht sofort an Kleidung und Stil, dass er der Oberschicht angehört. Daher gelingt es ihm, vor dem Bahnhof einen Leutnant anzusprechen und um Auskunft zu bitten. Nach einigem Hin und Her scheint er dem jungen Berner zu imponieren, insbesondere weil er Ingenieur am Gotthardtunnelbau war. Er gibt ihm eine kurze Zusammenfassung, was hier vorgeht.
«Wir sind heute Morgen mit einem Sonderzug von Flüelen hier eingetroffen und erhalten gerade jetzt die Aufträge, wie wir eingesetzt werden. Andere Kompanien sind bereits in Aktion.»
«Wer ist ‹wir›? Und warum?»
«Wir sind zwei Bataillone Berner Infanterie, die in der Innerschweiz den Wiederholungskurs absolvierten. Vor zwei Tagen haben hier radikalliberale Aufständische das Regierungsgebäude und das Zeughaus gestürmt, einen Staatsrat erschossen und die ganze konservative Regierung verhaftet. Oberst und Nationalrat Künzli ist beauftragt, die Situation zu bereinigen. Was da heisst, Frieden und Ordnung herzustellen, die gewählte Regierung wieder einzusetzen und vor allem einen Bürgerkrieg im Tessin zu verhindern. Wir wissen nicht, wie viele Waffen die Aufständischen aus dem Zeughaus mitlaufen liessen. Es ist der Bundesrat selbst, der uns hierherbefohlen hat. Wir haben im Übrigen scharfe Munition gefasst und geladen!»
«Einen Staatsrat erschossen! Wissen Sie den Namen?»
«Ich bin mir nicht sicher. Ich glaube, es fiel der Name Rossi.»
Giovanni entfährt es mit zusammengekniffenem Mund: «Den kenne ich…» Und er vermeidet es, noch hinzuzufügen: «…diesen alten konservativen Sturkopf!»
Noch vor dem Eindämmern erreicht Giovanni das Cinque Fonti. Der Papa begrüsst ihn mit zittriger Stimme. Es zeigt sich, dass er zwar bettlägerig, aber gemäss dem anwesendem Dottore Orelli in einem stabilen Zustand sei. Sein Herz sei schwach, aber er glaube nicht, dass Francescos letzte Tage angebrochen sind.
Nur hat er sich in der letzten Zeit masslos aufgeregt, weil die Katholischen nach ihrem Wahlsieg die Wahlkreise so veränderten, dass das traditionell liberale Gerra nun drei katholische Räte nach Bellinzona

schickt. Das ist für Francesco ein absoluter Skandal. Im Herzen ist er für die Aufständischen, doch faktisch hat er nichts mit ihnen zu tun. Giovanni ist zwar froh, dass er in dieser kritischen politischen Situation zu Hause ist, doch er kann nur den Kopf schütteln, dass man sich in der heutigen modernen Zeit, wo der Fortschritt überall mit Händen zu greifen ist, immer noch in diesen alten politischen Gegensätzen verrennt.

***

Oberst Arnold Künzli verstand den Auftrag des Bundesrates zuerst falsch, indem er die bisherige katholisch-konservative Regierung wieder einsetzte. Er selbst sah aber ein, dass sich damit der Konflikt nicht löste. Der Bundesrat übergab ihm alsdann vorübergehend die Regierungsgewalt mit dem Auftrag, das politische System im Tessin derart zu organisieren, dass dieser permanente Konflikt ein für alle Mal beigelegt würde. Dies ist deshalb von grosser Bedeutung, weil im Tessin damit die gesamtschweizerische Zukunft vorweggenommen wurde.
Aus Lukas Leuzingers «Wie das Tessin zum Schweizer Proporzpionier wurde»[63] (Blog) drei Zitate:

In der Folge setzte Künzli die provisorische Regierung ab und setzte die von den Liberalen verlangte Abstimmung über die Ausarbeitung einer neuen Verfassung an. Nachdem das Volk dieser am 5. Oktober zugestimmt hatte, ging es nun darum, ein politisches System zu finden, das dem Kanton endlich friedliche und stabile Verhältnisse bringen würde. Oberst Künzli sollte recht behalten mit seinen Worten…: «Frieden und bessere Zustände können nur wiederkehren, wenn jede Partei die Vertretung in den administrativen und richterlichen Behörden erhält, die ihr nach ihrer Stärke gebührt, und wenn die vernünftigen Theile beider Parteien auf dieser Grundlage zu einer Verständigung gelangen.»

---

63 https://napoleonsnightmare.ch/2014/12/23/wie-das-tessin-zum-schweizer-proporzpionier-wurde/

Oberst Künzli organisierte in der Folge einige Versöhnungskonferenzen mit den zerstrittenen Parteien. Das Wahlsystem sollte damit definitiv verändert werden:

Unter dem Druck der Landesregierung stimmten die verfeindeten Parteien den bundesrätlichen Vorschlägen schliesslich zu. Am 5. Dezember 1890 verabschiedete der Grosse Rat ein Gesetz zur Wahl des Verfassungsrates nach dem Proporzsystem. Gleichzeitig wählte er zwei Liberale in den fünfköpfigen Staatsrat (der damals noch nicht vom Volk gewählt wurde). Zum ersten Mal wurde das Tessin im Konkordanzsystem regiert.

Natürlich gestaltete sich der Weg zum ersten Proporzsystem in der Schweiz nicht so einfach, und es gab einige Rückschritte. Doch gesamthaft verlief wegen des Putschversuchs und der Intervention des Bundesrates alles in einem geordneten demokratischen Prozess, und der Tessin ging damit der übrigen Schweiz politisch voraus:

Die Ironie der Geschichte ist, dass der freisinnige Bundesrat den Kanton Tessin zu zwei Neuerungen zwang, denen er sich auf Bundesebene vehement widersetzte: die Proporzwahl und die Konkordanz. Während er die Tessiner Konservativen dazu drängte, den Liberalen eine angemessene Vertretung in der Regierung zuzugestehen, verweigerte er genau das den Konservativen im Bundesstaat. Immerhin wurde 1891 mit Josef Zemp der erste Katholisch-Konservative in den Bundesrat gewählt. Auch von einer «gerechten Vertretung der Parteien» im Parlament, wie er sie im Tessin forderte, wollte der Bundesrat im Bezug auf den Nationalrat nichts wissen und sträubte sich bis 1918 dagegen, als das Volk die Proporzwahl der grossen Kammer annahm.

***

Nach herrlichen *Hors d'oeuvres variés* stossen Carolina und Giovanni mit einem kühlen Meursault 1890 im Kristallglas klingend an.
«Auf deinen Erfolg, mein Liebster, ich bin glücklich, so bleiben wir sicher noch zwei Jahre in Luzern.»

Wir befinden uns am 18. Oktober 1894 im Festsaal des «Hotel L'Europe», wo Giovanni seine liebe Carolina zu einem Festessen eingeladen hat. Es ist dies das erste Mal, seit Vater Francesco Ende des Jahres 1892 gestorben ist.

Doch der heutige Erfolg ist für Giovanni und die Familie gross, und er hebt mit den Worten an: «Wenn wir einmal unseren Sohn verheiraten, werden wir genau dieses Menu geniessen. Der heutige Vertragsabschluss mit der Gotthardbahn-Direktion für die Strecke Luzern – Immensee verdient es, dass wir ihn feiern. Die Vertragssumme beträgt 434 000 Franken, und ich erachte die Strecke nicht als besonders schwierig. Ich glaube, aus diesem Auftrag einen guten Gewinn zu erzielen.»

Nun wird die *Consommé princesse* serviert, und Giovanni ergänzt dazu: «Weisst du, liebe Carolina, natürlich versuchten die mich auch zu drücken. Am 30. September 1896 muss ich die Strecke übergeben. Für jeden Tag Überschreitung werden mir fünfhundert Franken belastet. Und wenn ein Drittel der Zeit überschritten wird, gar tausendfünfhundert Franken pro Tag. Ich musste die Kaution von fünf Prozent der Bausumme noch heute einzahlen, genau 21 700 Franken. Wie auch immer, es wird gut bis sehr gut kommen.»

Das Gespräch über den komplizierten Vertrag versiegt bald, denn Carolina in ihrem prächtigen weissen Kleid mit St. Galler Stickereien und dem blumigen Hut interessiert weit mehr, wie es danach weitergeht.

Giovanni redet hierzu nicht sehr präzise, nicht um den heissen Brei, sondern um eine *Truite de rivière* herum und kommt erst beim *Cœur de filet de bœuf à la française*, nach Insistieren seiner Gattin, genauer zur Sache: «Ich bin, wenn das Immensee-Projekt beendet ist, einundvierzig Jahre alt. Ich gebe dir recht, es ist an der Zeit zu überlegen, ob wir das unstete Bahnbauleben aufgeben. Aber, meine Liebe, wenn wir das tun, gehen wir bestimmt zurück ins Tessin, wo wir Gallis unsere Wurzeln haben.»

Nach dieser klaren Ansage herrscht beim *Poulet à la reine* Schweigen. Gleichzeitig nippen sie an einem Château Margaux 1882, denn beide haben sich in den letzten Jahren zu Bordeaux-Liebhabern entwickelt. Bei der *Aspic de foie gras l'Europe* meint Carolina dezidiert: «Gut,

mein Lieber. Ich komme selbstverständlich mit ins Tessin. Aber sicher nicht in das kleine Nest Gerra – oder andersherum, wir werden in Lugano wohnen, wo wie hier in Luzern ein Leben mit Stil möglich ist. Dem Vernehmen nach sogar etwas üppiger, dank der italienischen Haute volée, die ja Lugano oft besucht. Ein repräsentatives Heim erwarte ich selbstverständlich auch. Im Übrigen habe ich nun genug von diesem Hochzeitsdiner. Mein Magen beginnt schon zu rebellieren.»
«Einverstanden mit Lugano und einer schönen Villa. Im Tessin finden sich tatsächlich beste geschäftliche Möglichkeiten für mich. Meine Liebste – weisst du, was du da verpasst, wenn wir das Diner bereits beenden? Aber gut, gehen wir direkt zum *Pouding aux amandes* und den *Glaces l'Europe* über, denn es gilt in jedem Fall mit etwas Süssem abzuschliessen, und ein Gläschen Yquem 1869 wäre das beste Schmiermittel hierfür, würde ich als *Ingegnere* sagen.»
Die nachfolgende Konversation ist nach dem Grundsatzentscheid für Lugano entspannter, allerdings gehen sie etwas verstimmter vom überladenen Tisch, als Giovanni noch anfügt: «Falls die Albula-Linie Thusis – St. Moritz und Reichenau – Ilanz gebaut wird, würde ich mir gestatten, als Subunternehmer für einige Baulose mit meinem Betrieb dabei zu sein. Also nicht bei der mühevollen Ingenieursplanung, und zwar rein aus geschäftlichen Gründen. Meine Präsenz wäre da sicher weniger notwendig.»

«‹Wo überhaupt liegt dieses Borgotaro? Sicher wieder so ein Nest, wo sich Füchse und Hasen gute Nacht sagen.› Carolina will sich nicht noch einmal im Italienischen vergraben lassen und im täglichen Einerlei der daheimgebliebenen Ingenieursfrauen mit zwei Kindern leben müssen.»

Cecchino, sieben Jahre alt, und Josefinli, circa zweieinhalb Jahre alt.

«Cecchino selbst sprach nie viel über seine Kadettenzeit. Klar zeigte er sich mit einigem Stolz in seiner Uniform mit den doppelreihigen goldenen Knöpfen und dem schicken Käppi, das ein königliches Wappen zierte.»

Originalbrief von Cecchino an die Eltern vom 23. Dezember 1888 (Im Buch auf Seite 351).

Novara den 2. November 1892

Liebe, theure Mamma!

Zu Deinem lb. Namenstage bin ich leider fern von Dir, gerade in der Zeit, wo ich Dir am liebsten meine Liebe zu Dir zeigen thäte, wo ich Dich, liebe Mama, am meisten vermisse. — Ich kann Dir dieses Mal kein grosses Geschenk darbringen, lb. Mamma, aber ich weiss dass auch diese paar Zeilen Dir genügend sind, um Dir zu zeigen das Dein Bub an Dich denkt, mit Liebe an seiner teuren Mama. Alles Gute wünsche ich Dir, p. Das was ich Dir am meisten wünsche ist, dass Du mir lange u. lange Jahre noch erhalten bleibst. — Zudem wünsche ich Dir noch ein friedliches, häusliches Leben was ich glaube das mein lb. Papa Dir gewiss fortan immer bereiten wird. —

Original des Briefes von Cecchino vom 2. November 1892, den Carolina ihr Leben lang auf sich trug (erste Seite).
(Ganzer Brief im Buch auf Seite 352.)

«Ich glaube, ich werde hier nie durchfahren, ohne in diesen Erinnerungssumpf zu versinken. Es ging ja so vieles schief und zu viele Menschen verloren hier ihr Leben.»

Denkmal zum Tunnelbau 1872–1882 durch den Gotthard in Airolo.

«Vor zwei Tagen, am 10. September 1890, haben hier radikal-liberale Aufständische das Regierungsgebäude und das Zeughaus gestürmt und die ganze konservative Regierung verhaftet.»

Die liberale Kantonsregierung verlässt das Regierungsgebäude in Bellinzona.

Oberst Arnold Künzli, der vom Bundesrat im September 1890 beauftragt wurde, Frieden und Ordnung im Tessin wiederherzustellen, sagte: «Bessere Umstände können nur wiederkehren, wenn jede Partei die Vertretung in den administrativen und richterlichen Behörden erhält, die ihr nach ihrer Stärke gebührt, und wenn die vernünftigen Teile beider Parteien auf dieser Grundlage zu einer Verständigung gelangen.»

Auch von einer «gerechten Vertretung der Parteien» im Parlament, wie er sie im Tessin forderte, wollte aber der Bundesrat in Bezug auf den Nationalrat nichts wissen und sträubte sich bis 1918 dagegen, bis das Volk die Proporzwahl der grossen Kammer annahm.

Werbeplakat zur Abstimmung vom 13. Oktober 1918.

Francesco Galli starb Ende 1892. Hier sein Grab in Gerra Gambarogno (wurde erneuert).

Vertrag vom 16. Oktober 1894 zum Auftrag des Bahnbaus Luzern–Immensee mit Ingegnere Giovanni Galli & Cie. (erste und letzte Seite).

STEINMANN

21. Beginn der Verbindung zur Familie Mauerhofer (1875–1894)

Wie Niklaus dank seinem Bariton Marie Mauerhofer kennenlernt und heiratet. Leider bleiben sie kinderlos und nehmen daher Johanns Sohn Fritz zu sich und später auch Mäxli, den Sohn von Luise, Maries Schwester. Die neuen Familienverhältnisse erweisen sich als nicht einfach.

«Es ist so still geworden,
Verrauscht des Abends Wehn.
Nun hört man aller Orten
Der Engel Füsse gehen.
Rings in die Thale senket
Sich Finsternis mit Macht –
Wirf ab, Herz, was dich kränket
Und was dir bange macht.»[64]

Der Bariton von Niklaus füllt mit Schumanns «Abendlied» das *Säli* im Stadthaus Burgdorf so aus, dass die anwesenden Damen leicht erschauern und mit offenen Mündern und Herzen an seinen Lippen hängen. Darunter auch Marie Mauerhofer, die an diesem Samstag, dem 22. Mai 1875, mit ihrer Schwester Luise die Soirée organisiert hat. Wie kommt es zu diesem Auftritt von Niklaus?
Die Spinnerei in Rüderswil nahm ihn in den letzten Jahren vollständig in Anspruch. Er fand daher keine Zeit, sich um sein Privatleben zu kümmern. Trotz seines unternehmerischen Erfolgs ist es nicht ein-

---

[64] Das Gedicht «Ein geistlich Abendlied» des dt. Theologen, Schriftstellers und Kirchenlieddichters Gottfried Kinkel (1815–1882) wurde 1851/52 als Teil der Sechs Gesänge op. 107 Nr. 6 von Robert Schumann (1810–1856) vertont.

fach, in die gehobenere Gesellschaft Burgdorfs aufgenommen zu werden. Gerade als Unternehmer mit Hinblick auf eine spätere Nachfolge sollte er mit einunddreissig Jahren eine Familie gründen. Auch sonst fühlt er sich heiratsreif. Per Zufall hörte Niklaus von der seit 1869 bestehenden losen Vereinigung von etwa dreissig musikliebenden Damen und Herren Burgdorfs, die sich «Musikkränzchen» nennen. Unter der Leitung von Musikdirektor Agathon Billeter werden jeweils von November bis Juli monatliche Soireen abgehalten unter aktiver, aber auch passiver Teilnahme dieser gemischten «Kränzlisten».
So sieht Niklaus dank seiner klingenden Stimme eine Möglichkeit, der Burgdorfer Gesellschaft näherzukommen. Nachdem er Direktor Billeter vorgesungen hat, wird Niklaus sofort ins Kränzchen aufgenommen und darf bereits bei dieser Soiree im Mai sein stimmliches Talent vorführen. Begleitet wird er von den Geschwistern Hans und Rosa Gibi an Geige und Klavier.
Beim anschliessenden gemütlichen Zusammensein sitzen rechts neben ihm Marie Mauerhofer, links ihre Schwester Luise und vis-à-vis die Geschwister Fankhauser, Lea und Max. Letzterer hat kürzlich das Staatsexamen mit summa cum laude bestanden und nun eine ärztliche Praxis im *Städtli* eröffnet. Luise unterhält sich angeregt mit dem Mediziner, und Marie zeigt sich in hohem Masse an Niklaus' Spinnerei interessiert. Vielleicht auch an ihm selbst, denn sein «Abendlied» hat die Zwanzigjährige tief beeindruckt. Irgendwie scheinen Musik und Text ihrem leicht melancholischen Naturell zu entsprechen.
Das alles mündet schliesslich in der direkten Frage von Niklaus: «Morgen Sonntag hätte ich Zeit, Ihnen meine Fabrik in Rüderswil zu zeigen. Darf ich Sie dazu einladen, liebes Fräulein Mauerhofer?»
Sie nickt, und es wird vereinbart, dass er sie um vierzehn Uhr an der Lyssachstrasse 11 abholt, einem der Sitze der «Käsebaronen»-Familie Mauerhofer[65]. Natürlich in Begleitung ihrer Schwester Luise.
So kommt es dann, dass die drei am nächsten Tag in Niklaus' Einspänner sitzen und in lockeren Gesprächen losfahren. Doch bereits

---

[65] Zur Familie Mauerhofer und ihrer Käsehandelsfirma siehe Kapitel 24. Hier geht es um das Haus von Friederich Mauerhofer-Dothaux (1812–1874).

unten in Burgdorf verlässt Luise das Gefährt, um Doktor Fankhauser zu treffen, mit dem sie im Geheimen ebenfalls einen sonntäglichen Spaziergang vereinbart hat. Es ist ja klar, dass die verwitwete Mutter Mauerhofer-Dothaux keine Freude hat, wenn ihre Töchter den Nachmittag mit den jungen Galanen allein verbringen. Wie sich bald herausstellen wird, hat sie auch allen Grund zu Argwohn.
Mit einigem Stolz zeigt Niklaus Marie die zwei grossen Säle mit den englischen Spinnstühlen, welche an diesem Sonntag verlassen dastehen. Da zurzeit die Auftragslage nur durchschnittlich ist, hat er den Arbeitern heute freigegeben. Seine Fabrik erweist sich als verlassen und still: ein seltener Zustand. Deshalb hat Niklaus Marie auch den heutigen Besuch vorgeschlagen, da er sie so gerne ungestört in seine Arme schliessen möchte. Als sie auf der Treppe zum Kontor stehen und den Maschinensaal überblicken, sieht Marie ihn bewundernd an und meint: «Das ist alles sehr interessant, Herr Steinmann. Aber was ich wirklich gerne möchte, ist, Sie noch einmal mit Ihrer raumfüllenden Stimme in diesem Saal zu hören. Vielleicht die letzte Strophe des gestrigen ‹Abendlieds›, wäre das möglich?»
Er schaut sie etwas verwundert an: «Mach ich noch so gerne. Aber ohne Begleitung weiss ich nicht, ob es gelingt.»
Als er dann aus voller Brust singt, ist er selbst erstaunt, wie das in den Maschinensaal hineinhallt und diesen ausfüllt.

«Nun stehn im Himmelskreise
Die Stern' in Majestät;
In gleichem festem Gleise
Der goldne Wagen geht.
Und gleich den Sternen lenket
Er deinen Weg durch Nacht –
Wirf ab, Herz, was dich kränket,
Und was dir bange macht!»

Marie blickt ihn entzückt an und flüstert spontan, aber leise: «Darf ich Niklaus zu dir sagen?»
Statt einer Antwort schliesst er sie in seine Arme, drückt sie an sich, und ohne weitere Worte versinken sie in zuerst zärtlichen und dann

leidenschaftlichen Küssen. Nachdem sie sich nach empfundenen längeren Minuten voneinander gelöst haben, sagt Niklaus in ihr strahlendes Gesicht: «Darf ich dir jetzt noch das Baumwolllager zeigen?»
«Selbstverständlich gerne, lieber Niklaus.»
Im düsteren Lager, wo sich braunweisse Baumwollballen über Ballen häufen und die Raumtemperatur angenehm warm ist, kommen beider Sinne noch mehr in Fahrt. Wieder küssen und herzen sie sich ausgiebig, ohne an einen mahnenden Halt der viktorianischen Sitten zu denken. Und da passiert's, was in jener Zeit eher in bäuerischen Kreisen üblicher ist. Sie lassen sich allerdings nicht ins Stroh, sondern auf weiche Baumwolle fallen und werden ohne hemmende Konventionen einfach Mensch, ja, Mann und Frau.
Niklaus verhält sich achtsam, liebevoll – aber ohne Zurückhaltung. Denn mit seinen einunddreissig Jahren drängt es ihn verständlicherweise zu einer Frau, und zwar ohne all das, was in der damaligen besseren Gesellschaft mit der Brautfindung zusammenhängt, nämlich jahrelanges Werben und weitere Beschwernisse. Und sie, die liebe Marie, wird ihrer Bestimmung gemäss zur empfangenden Frau und fühlt sich bald eins mit ihrem Niklaus, denkt nicht über eventuelle Folgen nach.
Dass Niklaus am späten Nachmittag Marie die Ehe hoch und heilig verspricht, ist selbstverständlich. Sie ihrerseits freut sich, nicht nur einen stattlichen Ehemann in guten wirtschaftlichen Verhältnissen gefunden zu haben, sondern auch, weil der Gesang ihres künftigen Gatten sie derart verzückt, dass sie eine klingende Resonanz seiner tiefen Stimme in ihrem Körper verspürt. Das ist es wohl, was letztlich zu ihrer aussergewöhnlich schnellen Hingabe führte.[66]
Ende September 1876 sind sie dann auch glücklich verheiratet, und ihre Hochzeitsreise führt sie nach Italien, insbesondere ins für emmentalische Augen paradiesische Venedig. Der Eindruck der reichen palastähnlichen Häuser, die aus den sich spiegelnden Kanälen ragen, bleibt für immer haften. Sie bringen ihrer Verwandtschaft dann auch

---

66 Was an die Wirkung des berühmten Kastraten Farinelli (1705–1782) erinnert, bei dem die Frauen durch seine gewaltige, über mehrere Oktaven reichende Stimme oft zu einem Orgasmus gekommen sein sollen.

kleine Erinnerungsstücke von der schon damals in gehobeneren Kreisen üblichen Hochzeitsdestination heim: für Maries Schwester Luise eine köstliche Brosche und Ohrringe mit Mosaik und Goldeinfassung. Ziemlich genau ein Jahr später, am 6. September 1877, heiratet auch Luise ihren Dr. med. Max Fankhauser, wobei man den Eindruck gewinnt, die beiden hätten ihre Hochzeitsreise eins zu eins von Niklaus und Marie kopiert. Die Zeit der Werbung des Mediziners und der folgenden Verlobung zog sich nach den damaligen viktorianischen Sitten wesentlich länger hin als beim weniger konventionellen Schwager. Davon zeugt ein längerer Briefwechsel zwischen ihm, seiner Liebsten und seiner zukünftigen (verwitweten) Schwiegermutter. Der grosse Unterschied zwischen den beiden Schwestern bestand aber darin, dass Luise, obwohl stets kränklich und auch erst nach geraumer Zeit, im März 1882 einem kleinen Mäxli das Leben schenkte. Dagegen stellte sich bei Marie heraus, dass sie nach sechs Jahren Ehe sicherlich kinderlos bleiben würde.

***

Die gute Stube der Steinmanns in Worb ist überfüllt und auch überhitzt. Das neblige und kalte Novemberwetter hat niemanden nach draussen gelockt. So sitzt die ganze Familie eng beieinander: Johann und Elisabeth Steinmann mit ihren Kindern Hans (geboren 1871), Fritz (geboren 1872) und Frieda (geboren 1874) sowie der kleinen Marie (geboren 1877) und Martha (geboren 1878), Letztere in ihrem *Stubenwägeli*. Zu Besuch findet sich die Jugendfreundin der Hausherrin, Elsbeth Bärtschi, heute Frau Pfarrer Baumgartner, mit ihrem Gatten ein.
Die Tür zum Telegraphenbüro steht offen, sodass Johann bei einem Anmeldesignal jederzeit hinübereilen kann, um das Telegramm zu dechiffrieren. Leider ist der oft versprochene Fernschreiber «Hughes» bisher ausgeblieben, und Johann muss nach wie vor selbst den Text aus den schnellen Morsezeichen entschlüsseln und zu Papier bringen. Hier gilt es anzufügen, dass die sechsjährige Frieda so oft beim Vater im Büro mit dabeisitzt, dass sie ein erstaunliches Talent im Verstehen von Morsezeichen entwickelt hat und beinahe besser entziffert, als sie sprechen kann.

Alle sitzen entweder am grossen Esstisch oder auf den Hockern in der bereits etwas stickigen Stube. Fritz, mit einem Schulbuch auf den Knien, und Hans sitzen auf der warmen Bank des Kachelofens nebeneinander. Der gute Geist des Hauses, Anna Oberli, die zeit ihres Lebens treu im Steinmann'schen Haushalt mitgewirkt hat, schaut auch heute, dass alle genügend Kaffee, *Apfelchüechli* und Tee mit Honig zu trinken haben. Sie teilt alle Freuden und Leiden der Familie, sozusagen Tag und Nacht. Oft lacht sie nur, wenn die jungen Buben in ihrem Übermut Streiche verüben, die nicht mit ihrem Sinn für Ordnung und Genauigkeit übereinstimmen. Das hindert Anna jedoch nicht, sie hin und wieder am *Grännihaar* zu zupfen oder ihnen einen Klaps auf den Hintern zu geben.

An diesem Sonntagnachmittag herrscht keine ausgelassene Stimmung. Die Erwachsenen blicken ernst, und die Kinder sprechen nur leise miteinander.

Johann wiederholt bereits zum dritten Mal: «Jawoll, Todesstrafe! Auch im Kanton Bern sollte sie wieder vollzogen werden. Ich verstehe diese Zurückhaltung nicht. Schliesslich hat das Schweizervolk sie im Mai des letzten Jahres[67] entgegen der neuen Bundesverfassung von 1874 wieder eingeführt. Da stimme ich mit Pfarrer Strahm völlig überein.» Johann ist zwar der Hausherr, doch an dieser grundsätzlichen Frage scheiden sich die Geister der Anwesenden. Insbesondere die Frauen teilen diesen rigorosen Standpunkt nicht. Doch Frauen durften bei diesen neu eingeführten Referenden und Initiativen nicht mitstimmen. Vielleicht wäre dann das Ergebnis anders herausgekommen.

Es ist Elisabeth, die ihm entgegenhält: «Ich war am letzten Donnerstag bei der Abdankung der beiden Mordopfer von Biglen.[68] Ich finde es ja gut, wenn ein Pfarrer in seiner Predigt auf die Stimmung im Volk eingeht. Diese grässlichen Raubmorde vor acht Tagen, und das keine halbe Stunde Wegzeit von hier, sind entsetzlich und schlicht un-

---

67 Gemeint ist das Jahr 1879.

68 Über den Mord mit zwei Toten auf dem Gehöft Schafroth am 20. November 1880 ist nur die Abdankungspredigt von Pfarrer F. Strahm verfügbar, die im November 1880 mit einem Nachwort versehen unter dem Titel *Zum Raubmord in Biglen* als gedruckte Broschüre erschien.

menschlich grausam. Die Nachbarin, Marianne Gerber, die zu Hilfe eilen wollte und auch erschlagen wurde, habe ich persönlich gut gekannt. Ich verstehe die immense Empörung, die verbreitete Angst vor dem noch nicht gefassten Täter. Doch Gleiches mit Gleichem zu vergelten ist für mich als Christin nie gegeben. ‹Mein ist die Rache›, spricht der Herr.»

«Ist ja gut, liebe Elisabeth. Wir kennen deine menschlich christliche Auffassung», antwortet Pfarrer Baumgartner auf die Rede seiner Gattin. Diese gibt mit einem leicht stechenden Blick zurück: «Nein, nein, mein Lieber. Du warst ja nicht dabei. Dein Kollege Strahm hat einfach überzogen. Wenn er die Gründe für diese Morde mit der gegenwärtigen Politik in Zusammenhang bringt, geht das zu weit. Er schiebt diese Untaten den Radikalliberalen in die Schuhe, ‹welche ihre Ziele in schwindelhaftem Jagen nach weltlichen Scheingütern, Leibespflege, Weltgenuss und Geld, immer wieder Geld sehen›. Und solche Menschen hätten während Jahrzehnten den Kanton regiert. Nein, solche Polemik geht zu weit und ist eines Pfarrers unwürdig.»

Wieder versucht ihr Mann, seine in Rage geratene Gattin zu mässigen. Allerdings ohne grossen Erfolg.

Sie fährt laut fort: «Ja, nach Pfarrer Strahm sei es die radikalliberale Hinterlassenschaft, zum Beispiel das Schulgesetz und die Schulordnung, welche diese Schreckenstaten verantworte. Er sagt, das Land befinde sich in einem ‹entsetzlichen Belagerungszustand› und in Bern sei es bald so weit wie in ‹Italien mit seinen Räubern und Mördergeschichten›. Dieser Pfarrer polterte laut, dass sich ‹der Mörder, der ruchloseste Bösewicht und Blutvergiesser selbst eines bessern Schutzes durch das Gesetz sich erfreut, als der brave, ruhige Bürger im Berner Lande›. Mein lieber Mann, meine Lieben, ein Pfarrer darf einfach nicht derart politisch die Tat eines einzelnen Verbrechers uminterpretieren. Geht einfach nicht.»

Hier mischt sich nun Johann wieder ein: «Mag sein, liebe Elisabeth, dass Pfarrer Strahm in der Hitze des Entsetzens und der aufgebrachten Gemeinde etwas übertrieben hat. Aber ich muss ihm recht geben, wenn er die moderne Sozial- und Strafpolitik anprangert und wenn er gemäss veröffentlichter Predigt sagt, die Strafanstalten seien kostspielige ‹Versorgungsanstalten und eine oft willkommene Zufluchtsstätte für Taugenichtse und Tagediebe, die nicht arbeiten› und womöglich nur regelmässig ‹gut essen wollen›. Nein, ich bin für die Umsetzung des Volkswillens: Bei diesem Sauhund – Kopf ab!»

Nun meldet sich zum ersten Mal die zurückhaltende, bis anhin schweigende Elisabeth Steinmann: «Meint ihr nicht auch, dass dieses Gespräch, ja diese Auseinandersetzung nicht unbedingt vor unseren Kindern weitergeführt werden sollte? Es gibt viele Argumente für und gegen die Todesstrafe. Ich glaube aber, dass darüber noch lange gestritten wird. Seid doch zufrieden, dass in Bern die Konservativen und Altliberalen die Radikalen zurückgedrängt haben und in all diesen Fragen eine vernünftige, typisch bernische Zurückhaltung geübt wird. – Vielleicht wäre nun ein Themenwechsel fällig. Es gibt ja viel Positives, und an dieses sollten wir uns halten. Ich will den bösen Raubmord in Biglen keinesfalls ausblenden. Doch vieles hat sich in den letzten Jahren seit der Staatskrise 1877/78 zum Guten gewendet.» So halten alle Betroffenen inne, denn die Worte der Gastgeberin tun ihre Wirkung.

Pfarrer Baumgartner spricht nun, wenn auch etwas gesucht, ein Thema an, einfach um diese gedankenvolle Stille zu beenden und abzulenken: «Ich habe gehört, dass sich in der *Schwingerei* Neues tut. Man sei daran, einen Eidgenössischen Schwingerverband[69] zu gründen, welcher alle Kantone nach gleichen Regeln zusammenfasst. Das dürfte natürlich einige Zeit dauern. Bei den Schwingern in der Schweiz eine Übereinstimmung zu finden, scheint fast schwieriger, als sich auf eine neue Bundesverfassung zu einigen.»

Johann nimmt den etwas fernliegenden Ball auf, obwohl sein Interesse im Moment nicht gerade fürs Schwingen reicht: «Beim ersten Eidgenössischen Schwingfest war ich selbst dabei. Ein eindrücklicher Anlass. Immerhin der ganze Bundesrat, das diplomatische Korps und mehr als achttausend Besucher fanden sich an jenem 22. Juni 1873 im festlich dekorierten Münsingen ein. Ich hätte allzu gerne den ersten

---

69 Die Gründung erfolgte 1895, im selben Jahr fand das erste vom neuen Verband organisierte Eidgenössische Schwing- und Älplerfest statt (es waren aber bereits zuvor grosse Schwingfeste veranstaltet worden, so z.B. 1873 in Münsingen).

und zweiten Preis der beiden ersten Schwingerkönige heimgebracht, nämlich je ein Vetterligewehr! Dagegen kaum die Schafe für die dahinter Platzierten.»

So tröpfelt das Gespräch noch eine Weile bei allseitig geringem Interesse dahin. Bald verabschieden sich Herr und Frau Pfarrer Baumgartner, und die Familie beendet den Kaffee-und-Kuchen-Sonntagnachmittag.

***

Die 1870er-Jahre in der Schweiz, ebenso im Kanton Bern, waren politisch bewegt. Die Schwächen der 1848er-Verfassung wurden mit dem Entwurf der Verfassungsrevision von 1874 teils ausgeglichen, aber auch teils erneuert, wobei sich das in steten Auseinandersetzungen der liberalen Kräfte mit den katholischen und den reformierten Konservativen sowie den Föderalisten abspielte. Das Ergebnis kann als Übergang von der repräsentativen zur halbdirekten Demokratie bezeichnet werden. Die Rechtsanwendung sollte schweizweit einheitlich werden, die Niederlassungsfreiheit wurde erweitert, die Glaubens- und Wissensfreiheit gesichert, die Handels- und Gewerbefreiheit garantiert, das Militär neu strukturiert, und Körperstrafen sowie die Todesstrafe wurden abgeschafft. Letztere wurde eben in der Volksabstimmung vom Mai 1879 wieder eingeführt, jedoch in der Praxis bis zur definitiven Abschaffung (in der Friedenszeit) im Jahr 1942 nur in sechs Kantonen umgesetzt. In Bern wurde niemand mehr hingerichtet, auch nicht der Raubmörder von Biglen (falls man ihn überhaupt hat festnehmen können).

Nachdem im Ersten Vatikanischen Konzil 1870 die päpstliche Unfehlbarkeit zum Dogma erhoben worden war, heizte das den Kulturkampf in der Schweiz, insbesondere im Kanton Bern, erneut an. Die damalige radikalliberale Regierung besetzte den katholischen nördlichen Jura militärisch und wies die bischofstreuen Priester aus. Und das gegen den Willen der katholischen Bevölkerung. Erst als die Konservativen die Grossratswahlen 1878 gewannen, flauten diese bernischen Druckmassnahmen ab. Für die Gegenwart war dieser Konflikt von grosser Bedeutung, denn die Wunden, die damals bereits der problematischen

Vergangenheit[70] zugeschlagen wurden, führten 1979 schlussendlich zur Abtrennung des Nordjura von Bern zum Kanton Jura.

Die erwähnte Staatskrise der Jahre 1877/78 bestand im Folgenden: Der bernische Regierungsrat hatte der angeschlagenen Privatbahn Bern–Luzern im Geheimen einen Kredit von einer Million Franken gewährt. Als dies offenkundig wurde, lehnte das Berner Volk den Kredit ab. Darauf traten sämtliche Regierungsräte zurück. Es vergingen noch vier Jahre, bis alle Regierungsratsmandate wiederbesetzt waren. (Das heisst, mit den entsprechenden Auseinandersetzungen.) Man muss dies auch vor dem Hintergrund einer mehr oder weniger spürbaren Wirtschaftskrise verstehen.

Was nun die kinderreiche Familie Johann Steinmann betrifft, gilt tatsächlich, dass die Enge zum Problem wird. Johann hat sich von der Übernahme des Telegraphenbüros zu Worb wesentlich mehr Einkommen versprochen. Zugleich erfordert das Amt eine hohe Präsenz, sodass er auch als Uhrmacher kaum etwas zusätzlich verdienen kann. Vielleicht sind es diese unerfüllten Erwartungen, die ihn von Zeit zu Zeit aufbrausen lassen, wobei er von der Familie hin und wieder als ungerecht empfunden wird.

Zitat gemäss indirektem Zeitzeugen (Enkel) Norwin Meier:

Dagegen verstand Mutter Elisabeth Steinmann trotz der einfachen materiellen Verhältnisse und der Enge ihres Häuschens ihren sieben Kindern ein liebevolles Heim und eine sonnige Jugendzeit zu bereiten: Gleichsam aus dem Nichts heraus, konnte sie etwas gestalten, was die Kinder erfreute. Sie verstand es auch, unter den sieben Kindern, von

---

70 Das Verhältnis des Jura zu Bern ist vielschichtiger und nicht nur wegen des Kulturkampfs und der militärischen Besetzung problematisch. Der Nordjura gehörte zwar vor 1798 zum Fürstbistum Basel, wie auch der heutige Berner Jura, der nördliche Teil war aber zudem Bestandteil des Deutschen Reiches – im Unterschied zum Berner Jura, der mit Biel, Bern und der Eidgenossenschaft verbündet war. Der Berner Jura wurde auch von Biel aus reformiert, während der Nordjura katholisch blieb. Der Fürstbischof von Basel siedelte ja auch die Täufer im Südjura an, um das Land wirtschaftlich und politisch besser in den Griff zu bekommen. (Aber wahrscheinlich auch, um den Einfluss Biels und Berns zu schwächen.) Es war 1815 der Wiener Kongress, der Bern den Jura als Ersatz für die Waadt zusprach (die ja Bern viel lieber gehabt hätte). Der Jura blieb daher immer ein ungeliebtes Kind Berns; das lässt sich bis in die neuere Zeit verfolgen. Im Berner Jura hat es im Übrigen in der zweiten Hälfte des 19. Jh. auch noch andere Unruhen als den Kulturkampf gegeben, die mehr mit der Industrialisierung und dem Sozialismus zusammenhingen.

denen Hanneli als kleines Mädchen starb, einen Geist der Gemeinschaft und des Verstehens zu wecken, der über ihren Tod (1905) hinaus die Kinder bis zu deren Tod zusammenhielt und verband.

Gemäss Vorwort bleiben wir in diesem historischen Roman auf der genetischen Linie, die schliesslich zur ehelichen Verbindung der Familie Galli (meiner Mutter) mit der Familie Steinmann (meinem Vater) führte. Mit anderen Worten: Uns interessiert das weitere Schicksal des schon in frühen Jahren recht ehrgeizigen Fritz, das heisst meines Grossvaters väterlicherseits, sowie in der Galli-Familie jenes von Cecchino, meines Grossvaters mütterlicherseits. Die vielen anderen Nachkommen lasse ich in diesem Doku-Roman aus.

***

Das nun folgende Gespräch findet am 6. Dezember 1883, am Klausentag, statt, und zwar im Kontor der Rüderswiler Spinnerei.
Zum besseren Verständnis sei Folgendes vorausgeschickt: Dank der neuen Eisenbahnverbindung seit 1881 von Langnau nach Burgdorf bestand die Möglichkeit, dass sich die beiden Brüder wieder etwas näherkamen. Auch Fritz durfte bereits mehrfach mit zu Besuch nach Burgdorf und lernte dort den Schwager seiner Tante Marie, Max Fankhauser, kennen. Ihm imponierte dessen ärztliche Tätigkeit enorm, und im Geheimen wünscht er sich, auch einmal ein berühmter Arzt zu werden. Natürlich weiss Fritz, dass sich seine Eltern eine derart teure Ausbildung nicht leisten können.
Nun sind Fritz und seine Eltern von Niklaus und Marie nach Rüderswil eingeladen worden. Zuerst in die Fabrik und dann zum Klausentagsessen ins «Rössli» in Zollbrück. Warum wohl? Den Grund hierfür nannten sie nicht. Sie sagten nur, es sei ausserordentlich wichtig. Nachdem sie einmal mehr durch die kreischend laute Fabrik gegangen sind, kommt Niklaus im etwas leiseren Kontor ohne Umschweife zur Sache: «Meine Lieben, vielleicht habt ihr es vermutet, doch nun ist es offenkundig: Wir, Marie und ich, können leider keine Kinder bekommen. Wir möchten euch daher einen Vorschlag unterbreiten ...»
Nun sind die drei Eingeladenen gespannt, allerdings ahnen Elisabeth

und Johann bereits, worum es gehen könnte. Sie schauen sich vielsagend an, äussern sich jedoch noch nicht.

Niklaus hüstelt ein wenig, zögert und sagt dann: «Wir wissen, dass Fritz in der Schule nur Bestnoten schreibt. Wir haben ihn bei euren Besuchen gern bekommen. Es wäre doch schade, wenn der sehr begabte und zielstrebige Fritz nicht die entsprechende Ausbildung erhielte, um seine offenkundigen Talente zu nutzen. – Also, ich sage es direkt und unverblümt: Wir würden Fritz sehr gerne zu uns nehmen, damit er in Burgdorf das Gymnasium besuchen kann. Selbstverständlich würden wir ihm anschliessend auch das gewünschte Studium ermöglichen – ich vermute, aufgrund seines lebhaften Interesses an Schwager Max wird das wohl Medizin sein. Natürlich kann er euch jederzeit besuchen. Aber während der Schulzeit müsste er bei uns wohnen. Ihr wisst ja, dass wir in der Lyssachstrasse leben und ich zeitweise, wenn viel Arbeit ansteht, hier übernachte. So, das wäre unser Vorschlag. Es würde uns ausserordentlich freuen, wenn ihr damit einverstanden seid.»

Bevor die wenig überraschten Eltern antworten können, bestärkt Marie ihren Gatten: «Ja, es wäre uns eine grosse Freude, wenn wir zur Zukunft eures vielversprechenden Fritz etwas beitragen könnten. Der aufgeweckte Fritz mit seinem Bildungsdrang wird unser Heim beleben. Wir haben ihn schon immer in unser Herz geschlossen. Er könnte im nächsten Quartal ins Progymnasium eintreten, denn dann ist er ja zwölfjährig.»

Die Augen von Fritz leuchten auf, und bevor Ätti und Mueti etwas sagen können, bricht es beinahe respektlos aus ihm heraus, ohne vorherigen Dank für das grosszügige Angebot: «Darf ich dann auch zu den Kadetten? Ich habe sie schon mehrfach gesehen und so viel von ihnen gehört. Onkel Max war vor gut zwanzig Jahren ein berühmter Kadettenoberst. Das möchte ich auch einmal werden!»

Nun staunen die Eltern, denn von diesem geheimen Wunsch ihres Sohnes wussten sie nichts. Sie sind auch überrascht, dass Fritz bei den wenigen Besuchen in Burgdorf mit Maries Schwager Max Fankhauser so intensiv geredet und dieser ihm derart imponiert hat.

Was bleibt den überrumpelten Eltern Johann und Elisabeth da anderes übrig, als Ja zu sagen, und dies auch mit Überzeugung.

Johann antwortet für beide: «Wir sind gerührt und sehr dankbar, liebe Marie und lieber Niklaus. Es ist klar, dass wir uns für Fritz keine höhere Ausbildung leisten können. Obwohl wir ihn dadurch weniger sehen werden, gibt es nur eine Antwort: ja und noch einmal ja! Ihr helft uns damit im alltäglichen Leben. Fünf heranwachsende Kinder in unserem kleinen Haus sind nicht ganz ohne.»

Nach dieser generellen Übereinkunft fahren sie, die Details besprechend, im Zweispänner von Niklaus ins «Rössli» nach Zollbrück. Dort geniessen sie ein reichhaltiges Mittagsmahl. Fritz begeistert sich vor allem für die riesige Meringue, die es in Worb so nie zu essen gibt.

**

Bereits im Januar 1884 übersiedelte Fritz in die Wohnung seines Onkels Niklaus und seiner Tante Marie Steinmann-Mauerhofer und besuchte nun das Progymnasium in Burgdorf. Allerdings war er nicht das einzige Kind im Haushalt. Maries Schwester Luise war immer kränklicher geworden, und seit geraumer Zeit umsorgten Marie und die Grossmutter Mauerhofer-Dothaux den noch nicht zweijährigen Mäxli. Luise war oft am Kuren, und ihr viel beschäftigter Gatte Max Fankhauser war nicht in der Lage, sich um den Kleinen zu kümmern. Und dann geschah es: Am 17. Februar 1884 starb Luise Fankhauser-Mauerhofer im Alter von sechsundzwanzig Jahren an einer schweren Lungenentzündung. Das hiess nun, dass der kleine Mäxli im Haushalt von Tante Marie aufwachsen würde. Hierzu ein Zitat aus dem *Burgdorfer Jahrbuch 2004*:

Der kleine Mäxli wuchs nun im Hause Mauerhofer an der Lyssachstrasse 11 auf, umsorgt von seiner ängstlichen Grandmaman und seiner kinderlosen Tante Marie Steinmann-Mauerhofer.
Viel beschäftigt mit seiner Arztpraxis, widmete sich [Vater] Max in der Freizeit dem 1886 gegründeten Rittersaalverein (Schlossmuseum), dessen Präsident er bis an sein Lebensende blieb. Daneben besuchte er häufig Konzerte und Kunstausstellungen in der ganzen Schweiz und im nahen Ausland.

Sechs Jahre nach Luises Tod verheiratete er sich mit der um 21 Jahre jüngeren Pfarrerstochter Anna Hermann aus Thunstetten.[71]

Nun hatte Mäxli zwar eine neue Mama, doch zeigte die Stiefmutter ihm gegenüber leider wenig mütterliche Gefühle, und er lehnte sie auch innerlich ab. Trotzdem musste er zu seiner neuen Familie übersiedeln, was ihm schwerfiel, denn bei der Tante Marie und seinem jungen «Onkel» Fritz fühlte er sich wohl.
Wenn also in dem folgenden Zitat von «Onkel» Steinmann die Rede ist, handelt es sich um ebenjenen zehn Jahre älteren Fritz. Wobei eine deutliche Entfremdung zwischen Mäxli und seinem Vater, Dr. Max Fankhauser, festzustellen ist. Da wir zu Fritz' Jugendzeit in Burgdorf über keine anderen Quellen verfügen, sei wiederum aus dem Jahrbuch 2004 zitiert, worin die damaligen familiären Probleme etwas aufscheinen:[72]

Nach und nach erhielt Maxi noch drei Halbgeschwister, Werner, Elsa und Gerhard.
Trotz Loslösung aus der Familie Mauerhofer war deren Einfluss – besonders in materieller Hinsicht – auf Max junior immer noch bedeutend. Ein Vertrauensverhältnis zu seiner Stiefmutter wollte sich nicht einstellen.
Ein Brief des Vaters an seinen 15-jährigen Sohn gibt Einblick in die ganze Problematik. Max Junior war damals ein Jahr in Genf, gleich wie sein Vater vor 35 Jahren.

---

71 Heinz Fankhauser: 400 Jahre Fankhauser in Burgdorf: Aus Tagebüchern und Briefen meiner Grosseltern, in: *Burgdorfer Jahrbuch 2004*, S. 84.

72 Siehe Anm. 51, S. 85.

Burgdorf, 5. Februar 1897
Lieber Max!
Nun komme ich endlich dazu, dir den versprochenen Brief zu schreiben... Ich kann dir für manches allerdings nicht vollständige Erklärungen und vollgültige Beweise bringen. Du bist noch zu jung. Ich hoffe aber, du wirst mir als deinem Vater glauben. Denke mehr als bisher über das 5. Gebot nach und befolge es...
Deine 1. Frage lautet: Wieso haben Onkel und Tante Steinmann dich mir entfremdet? [...]
Sie haben mich dir allerdings entfremdet. Sie und besonders Onkel Steinmann haben dich meist so erzogen, wie wenn ich nicht auf der Welt gewesen wäre... Sie haben dich auch verzogen. Natürlich hat ein Kind diejenigen am liebsten, welche es möglichst gewähren lassen. Das ist aber nicht die rechte Erziehung. Es war eben ein Übel, dass wir unter demselben Dache (Lyssachstrasse 11) wohnten, und dass sie hauptsächlich an sich und wenig an mich dachten... Du wirst nun vielleicht selbst einsehen, dass Onkel Fritz's Charakter sich weit von dem lautern, geraden, tiefen, liebevollen Charakter deiner Mamma entfernt hat... Deine Onkel behandelten dich in manchem eben schon bald, wie wenn du erwachsen wärest, das war schlimm für deine Erziehung. Als du in die Schule gingest, wollten sie vor allem deinen Ehrgeiz anstacheln, weil sie eben selbst sehr ehrgeizig sind. Etwas Ehrgeiz ist gut, aber zu viel ist vom Übel... Das Prämierungssystem deiner Zeugnisse musste Onkel Steinmann auf meine Vorstellungen hin allerdings einstellen. Unter solchen Umständen war es dringend gegeben, dir eine zweite Mutter zu geben, wenn du schon dir einbildest, «es schadete mir». Dass die Geschwister deiner eigentlichen Mutter nicht Freude daran hatten, war sehr begreiflich..., zumal ich in ein anderes Haus (Grosshaus) zog... Auch konnte ich erst jetzt wieder von einem eigentlichen Familienleben sprechen. Ich hatte es lange genug entbehren müssen. Deine zweite Mutter hat die Aufgabe deiner Erziehung keineswegs leicht aufgefasst... Wenn sie dir nicht so viel nachliess wie Onkel und Tante Steinmann, so war dies nicht zu deinem Schaden, sondern zu deinem Heil, wenn du's schon nicht glaubst...[73]

---

73 A.a.O., S. 85.

Der Brief zeigt auch, dass Fritz schon früh Führungseigenschaften an den Tag legte, allerdings aus der Sicht des Schreibers nicht in positiver Weise. Zudem geht aus dieser Briefstelle und den folgenden klar hervor, dass Mäxli lieber bei seiner Tante und dem «Onkel» Fritz lebte, der ihn eben sowohl förderte wie forderte. Die Ambivalenz zu Vater Max (mit seiner jungen Frau und den drei Kindern) zeigt sich darin, dass er Fritz zu viel «gewähren lassen» vorwirft und andererseits zu viel Strenge, beispielsweise mit dem Prämiensystem. Dies und die Vorwürfe bezüglich Ehrgeiz und so weiter an meinen Grossvater deuten eher auf verletzte Eitelkeit und Vaterehre hin, weil er und seine Frau von Mäxli weniger geliebt wurden.

Marie Mauerhofer (1855–1928), seit 1876 Ehefrau von Niklaus Steinmann (1844–1900), hier mit Max, Sohn von Luise, der circa acht Jahre lang bei ihr aufwächst.

Luise Mauerhofer (1858–1884), verheiratet mit Dr. med. Max Fankhauser im Jahr 1878.

Das Haus von Friedrich Mauerhofer, Lyssachstrasse 11 in Burgdorf.

Friedrich Mauerhofer (1812–?), verheiratet mit Luise Dothaux, Eltern von Luise und Marie (sowie Fritz und Henri), Käsebarone in dritter Generation. Ursprünglich aus Trubschachen, seit 1857 in Burgdorf eingebürgert, wie sein Cousin aus der gleichen Generation, Johann Friedrich, mit dem er den Käseexport ausbaut.

Baumwolllager einer Spinnerei im Emmental.

«Die Strafanstalten seien kostspielige Versorgungsanstalten und eine oft willkommene Zufluchtsstätte für Taugenichtse und Tagediebe, die nicht arbeiten und womöglich nur regelmässig gut essen wollen. Nein, ich bin für die Umsetzung des Volkswillens: Bei diesem Sauhung, Kopf ab!»

1895 wurde der Eidgenössische Schwingerverband gegründet. Eidgenössische Veranstaltungen fanden bereits vorher statt: Hier das Plakat des zweiten Schwing- und Älplerfests in Zürich (1889).

Die Verfassung von 1874 schuf als Ergebnis eine halbdirekte Demokratie. Die Rechtsanwendung wurde schweizweit einheitlich, die Niederlassungsfreiheit erweitert, die Glaubens- und Wissensfreiheit gesichert, die Handels- und Gewerbefreiheit garantiert, das Militär neu strukturiert und Körperstrafen sowie die Todesstrafe wurden abgeschafft.

Berner Staatskrise 1877/78.

Der Regierungsrat gab der angeschlagenen Privatbahn «Bern – Luzern» im Geheimen einen Vorschuss von einer Million Franken (zu den circa acht Millionen für die Übernahme aus dem Konkurs). Als dies offenkundig wurde, lehnte das Berner Volk den Kredit ab. Darauf traten sämtliche Regierungsräte zurück.

«Darf ich dann auch zu den Kadetten? Ich habe sie gesehen und so viel von ihnen gehört. Max war vor 30 Jahren ein berühmter Kadettenoberst! Das möchte ich auch mal werden.»

Max Fankhauser (später Dr. med.) als Kadettenoberst im Jahr 1860.

Die Familie Mauerhofer im Jahr 1898.

GALLI

22. Lebenswenden bei Giovanni und Cecchino (1895–1898)

Wie Sohn Cecchino nach dem Schulabschluss Medizin studieren will, Giovanni sein unstetes Bahnunternehmerleben langsam beenden möchte und der liebe Cecchino auf der Polizei landet.

Am 26. August 1895 tritt Cecchino leise, ohne zu klopfen, in die Wohnung seiner Eltern am Park-Quai in Luzern ein. Er will sie an seinem Geburtstag überraschen. Hierfür ist er gestern extra bis Zürich gereist, hat dort übernachtet, um mit dem Frühzug um neun Uhr in Luzern einzutreffen. Die Überraschung ist gelungen; auch seinerseits. Mutter Carolina steht im Morgenmantel mit grossen Augen vor ihm, mit zunehmend strahlendem Gesicht, in das sich mittlerweile einige Sorgenfalten eingegraben haben. Sie schliesst ihren Cecchino in ihre Arme.
«Mama, Mama, schön, dich wiederzusehen. Aber wo ist Papa? Habt ihr denn nicht erwartet, dass ich an meinem Geburtstag komme? Ich habe ja geschrieben, dass ich heute kommen werde.»
«Aber nicht so früh am Morgen», gibt Mama Carolina zurück, die vor Freude weint und ein wenig schnieft. Sie hat ihren geliebten Sohn, seit er die Oberprima in Novara besucht, schon lange nicht mehr gesehen. «Papa arbeitet immer noch auf der im Mai eröffneten Bahnstrecke Huttwil–Wolhusen. Er ist gestern früh abgereist und lässt dich herzlich grüssen. Er hat dir jedoch einen Brief hinterlassen. Es tut ihm sicher leid. Mit seinem Augenblickstemperament ist er gestern gleich losgezogen, als er von Schwierigkeiten mit den Arbeitern hörte. Wie auch immer: Nun bist du da, mein liebster Sohn Cecchino.»
Dieser atmet tief durch, schüttelt den Kopf und hält mit beiden Händen jenen von Mama.
«Und ich wollte ihm heute zum Geburtstag mein Schlusszeugnis präsentieren... Ja, liebste Mama, ich konnte vorzeitig die Matura ab-

schliessen, weil das Gymnasium diese aus irgendwelchen politischen Gründen um drei Monate vorverlegt hat. Nun bin ich endlich wieder da und kann mit meinem Studium beginnen.»

Carolina umarmt ihren gross gewachsenen, stattlich gewordenen Sohn und hätte nun gerne Giovanni an ihrer Seite gehabt, denn diese Nachricht wird ihr Familienleben sicher verändern. Sie fragt: «Das heisst, du gehst noch in diesem Herbst an die Eidgenössische Technische Hochschule in Zürich? Und was ist dir lieber: Architekt oder Ingenieur?»

«Keins von beiden. Aber warum ist Papa an der Strecke Huttwil–Wolhusen? Ich habe gemeint, er baue Luzern–Immensee.»

«Stimmt, aber du kennst deinen Vater immer noch nicht ganz. Sein Unternehmerdrang wird immer heftiger. Er hat eine neue Art gefunden, noch mehr Geld zu verdienen. Er bietet überall mit seiner Unternehmung seine Dienste als Subunternehmer an. Er organisiert das mit seinem immer grösser werdenden Stammpersonal. Die notwendigen Arbeiter zu finden ist heute kein Problem. Ich sage es nicht so gerne: Er hat sich vielleicht einiges bei Louis Favre abgeschaut, was nicht seinen ursprünglichen guten Vorsätzen entspricht. – Aber was heisst das, du möchtest weder Architekt noch Ingenieur werden? Willst du die Familientradition und Papas Unternehmen denn nicht weiterführen? Lieber Cecchino, du bist der einzige Sohn der Familie Galli! Papa wird sehr enttäuscht sein.»

«Das weiss ich wohl, liebste Mama. Aber die Begründung hast du soeben selbst geliefert: Das unstete Leben eines Architekten und Generalunternehmers, so wie es die Gallis früher waren, und erst recht jenes eines nichtsesshaften Bahningenieurs, getrieben von mehr und mehr, liegt mir absolut nicht. Auch will ich nicht Arbeiter antreiben, weil ich stets unter Termindruck schwitze. Nein, Mama, ich will ein ruhigeres Leben, aber doch ein interessantes. Ich will einen Beruf, der mir erlaubt, auch meinen privaten Interessen nachzugehen. Weisst du, mich faszinieren immer mehr die Berge. Im Apennin bin ich bereits viel gewandert und sogar geklettert. Die Landschaften laden auch zum Zeichnen und Malen ein.»

Mama Carolina unterbricht die etwas ausschweifende Rede ihres Sohnes: «Komm endlich zum Punkt, Cecchino! Was willst du studieren?»

«Medizin – vielleicht mich später in Chirurgie spezialisieren. Das wird sich zeigen.»

«Medizin? Da fällst du tatsächlich aus der Familie, auch aus der meinigen. Medizin ist bestimmt das teuerste Studium. Darin sehe ich aber kein Problem, sofern Papa einverstanden ist. Er scheffelt genug Geld. Bist du wirklich überzeugt von diesem Entscheid? Weisst du überhaupt, was dich erwartet?»

«Mein Wissen über Medizin habe ich zwar nur aus Büchern, meine Vorstellung geht aber dahin, dass Arzt ein ortsgebundener Beruf ist. Du hast immer mit Menschen zu tun, und zwar geplagten, denen du hilfst. Wenn dir die Heilung einer Krankheit gelingt, schafft dir das sicher auch innere Befriedigung. – Liebe Mama, ich glaube nun doch, es war sehr gut, dass Papa heute nicht anwesend ist. So kann ich dir meine Zukunft in Ruhe darlegen, und ein Temperamentsausbruch von Papa kann mich auch nicht daran hindern. Im Gegenteil, du hast mehr Einfluss auf ihn als ich. So kannst du ihn auf meinen definitiven Entschluss etwas vorbereiten. Ich wäre dir sehr dankbar dafür.»

Nach einigen Augenblicken des Schweigens umarmt Mama Carolina ihren Sohn erneut und flüstert bewegt: «Mein liebster Cecchino, das werde ich gerne für dich tun – weil ich alles für dich tun würde.»

**

Carolina und Giovanni schreiten im Strom der Kirchenbesucher die grosse Treppe vor der Hofkirche St. Leodegar hinunter, wo sie vor einundzwanzig Jahren geheiratet haben. Am Sonntag, dem 26. November 1896, das heisst vier Tage nach ihrem Hochzeitstag, haben sie die Vormittagsmesse besucht. Es ist ziemlich kühl und windig in Luzern. Die wenigen Blätter, die eben noch an den Bäumen der Promenade hingen, wirbeln in der Luft herum. Carolina trägt einen kurzen grauen Flanellmantel über ihrem weiten Rock, ebenfalls aus grauem Flanell. Davon setzen sich der rote Seidenschal und ihr rot gesprenkelter, breiter Hut mit Schleife ab. Giovanni ist wie meist in Schwarz gekleidet, und weil es Sonntag und ihr Hochzeitstag ist, hat er einen Zylinder aufgesetzt.

Obschon Carolina leicht fröstelt, ihren Mantel enger um sich zieht, meint sie mit einem Seitenblick zu ihrem stattlichen Gatten (wobei sie das «stattlich» auf den sichtbaren Bauch bezieht): «Und, war es so schlimm?»
«Willst du eine ehrliche Antwort? Jedenfalls wäre ich froh, wenn wir nach beinahe anderthalb Stunden Bewegungslosigkeit noch ein wenig am Quai spazierten.»
«Ja, Giovanni, ich will eine ehrliche Antwort. Eigentlich kenne ich sie bereits. Immerhin sind wir seit unserer Hochzeit zum ersten Mal wieder in dieser Kirche, wenn ich von Cecchinos Taufe absehe.»
«Ja, du hast recht. Ich ertrage das rituelle lateinische Geschwätz dieser bunt gekleideten Hohepriester und Medizinmänner nicht und werde es nie ertragen. Dann noch dieser Kannibalismus, dass bei euch Katholiken bei jeder Messe das Fleisch von eurem Christus verspeist und sein Blut vom Priester getrunken wird.»
«Versündige dich nicht, Giovanni! Vergiss nicht, die Rechnung wird dir im Jenseits präsentiert!»
«Meine Liebe, es gibt kein Jenseits. Wir leben im Hier und im Jetzt. All diese religiösen Geschichten und Rituale wurden nur erfunden, damit die Kirche gemeinsam mit den weltlichen Mächten über das Volk herrschen kann. Aber da erzähle ich dir wirklich nichts Neues. Wir Galli sind liberale Denker und bleiben liberal. Ich achte aber die Meinung aller Menschen und so auch die deinige. Deshalb bin ich dir zuliebe, liebe Carolina, wegen unserem Hochzeitstag in Luzern in die Messe mitgekommen.»
Carolina schweigt, denn sie kennt die Meinung ihres Gatten bis zum Überdruss und weiss, dass es keinen Sinn hat, mit ihm über Religion zu diskutieren. Allerdings dünkt es sie, dass er in den letzten Jahren rigoroser geworden ist. Früher hegte er die Ansicht, sich als Unternehmer von politischen Strömungen fernzuhalten, weil dies dem Geschäft hätte schaden können.
Als ob er ihre Gedanken lesen könnte, fügt Giovanni an: «Ich weiss, was du denkst, meine liebe Carolina. Ich gebe es zu. In der letzten Zeit denke ich wieder mehr politisch liberal, und dies nicht zuletzt wegen dir.»
«Wegen mir? Wie kommst du auf diese abwegige Idee?»
«Du sprichst immer öfter davon oder drängst mich immer mehr, das Bahnbauen aufzugeben, um nach Lugano zurückzukehren. Ich habe

es dir ja auch versprochen. Aber wenn ich im Sottoceneri erfolgreich tätig sein will, muss ich mich entscheiden, und zwar klar. Du kommst nur zu Aufträgen, wenn du der einen oder der anderen Seite angehörst, und Lugano ist nun einfach liberal. Du siehst, meine liebe Carolina, ich bereite im Geiste unseren Wechsel vor.»

«Du Schlaumeier, du findest auch immer die richtige Argumentation. Vielleicht stimmt sie ja auch. Ich weiss, die Liberalen im südlichen Teil deines Kantons repräsentieren das Kapital. Aber bitte werde konkret: Wann ziehen wir um, und was wirst du tun?»

«Gute Frage. Ich habe dir schon oft gesagt, die Jahrhundertwende wird der richtige Zeitpunkt sein. Ich bin dann achtundvierzig Jahre alt. Zeit, um das hektische Leben auf den Baustellen zu beenden.»

«Das wäre in vier Jahren. Aber du hast dich mit Erfolg als Subunternehmer auf den Strecken Chur–Ilanz und Thusis–Filisur beworben ... Und dann noch die kleine Diensteisenbahn bei Au für die Rheinkorrektur[74]. Bist du sicher, zur Jahrhundertwende damit fertig zu sein? Hast du dann die Basis für ein neues Leben im Tessin geschaffen?»

«Liebe Carolina, ehrlicherweise gibt es dazu zwei Antworten. Die erste: Ich hoffe es, und ich werde in zwei Jahren mit den Vorbereitungen hierfür beginnen. Die zweite: Wann die verschiedenen Projekte beendet sein werden, ist zurzeit etwas schwierig zu beantworten.»

Carolina bleibt stehen, schaut ihrem Mann lange in die Augen, zögert etwas ... «Kurz, du weisst es nicht genau. Ich bin gerne hier bei meiner Familie in Luzern. Allerdings werden Papa und Mama immer älter. Sie werden ein bisschen zur Last, die meine Geschwister mittragen sollten. Auch gebe ich zu, das Klima im Tessin ist viel angenehmer. Mit anderen Worten, ich habe kein Problem, wenn wir so bald als möglich nach Lugano ziehen. Aber ich möchte eine standesgemässe Bleibe.» Weiter sagt sie nichts, und die «standesgemässe Bleibe» hängt wie ein Signal in der Luft.

---

74 Gemäss der Historie meiner Mutter arbeitete Giovanni an der Rheinkorrektur bei Au usw. Es liegt nahe, dass er nicht wegen der Flusskorrektur selbst vor Ort war, sondern wegen der hierfür notwendigen Schmalspurdienstbahn, welche die riesigen Materialmassen transportierte.

Giovanni blickt ihr ebenfalls in die Augen. «Kein Problem. Wenn wir definitiv nach Lugano zögen, kann es nur in eine von mir selbst geplante und gebaute Villa sein. Ich weiss auch schon wo, nämlich in Lugano Paradiso. Abgesehen davon ist der von mir gekaufte Bauplatz wunderschön.»

Ohne auf ihr Erstaunen einzugehen, fährt er fort: «Der Ortsname verheisst, dass unsere Villa, meine Liebe, unser Paradies sein wird. Ich möchte noch hinzufügen, dass das Ganze zudem seinen Sinn hat: Die Zeit des Bahnbaus geht bald zu Ende, die wichtigen Strecken sind alle gebaut. Ich gehe davon aus, dass die Privatbahnen bald verstaatlicht werden. Jedenfalls ist ein entsprechendes Gesetz in Vorbereitung.»[75]

«Über den Bauplatz sprechen wir noch... Das mit dem Ende der Bahnbauzeit hast du mir oft gesagt, und trotzdem bewirbst du dich immer wieder neu.»

«Auch das wegen dir. Ich will so viel Geld wie möglich auf die Seite legen, damit wir uns unabhängig von meiner Tätigkeit im Tessin ein gutes Leben leisten können. Mein Modell, nicht mehr an Planungen teilzunehmen, sondern als Subunternehmer jene Firmen zu unterstützen, die wegen des Termindrucks Strafzahlungen riskieren, hat sich bewährt. Auch wenn es zum Teil verschiedene Einzellose der jeweiligen Strecke sind, nehmen wir circa zehn bis fünfzehn Prozent des jeweiligen Gesamtumsatzes ein.»

«Gut. Ich freue mich aufs Tessin. Dort werde ich wohl eine vollständig neue Garderobe brauchen. Ich nehme an, das hast du einkalkuliert», meint Carolina schalkhaft.

Giovanni lacht auf und sagt, vielleicht etwas zu laut: «Mehrere, meine Liebe, mehrere. Du wirst gar nicht so viele Hüte kaufen können, wie der Platz in unserer Villa hergibt.»

«Spass beiseite. Sag mir, was du im Tessin anstellen willst, wenn du den Bahnbau hier aufgibst. Hast du Pläne?»

«Ja. Aber es könnte Unglück bringen, wenn man zu früh darüber spricht.»

---

75 Am 20.2.1898 wurde das Bundesgesetz betreffend Erwerb und Betrieb von Eisenbahnen und die hierfür gegründete SBB, welche ab 1902 die grossen Privatbahnen übernahm, vom Volk angenommen.

Worauf Carolina prompt antwortet: «Nicht gläubig, aber immerhin abergläubig ... Etwas mehr Vertrauen in die eigene Frau wäre schön.»
«Also gut, ich sag's dir – aber bitte zu niemandem ein Wort: In drei bis vier Jahren wird der Posten des Kantonsingenieurs im Tessin frei. Politisch betrachtet, liegt es an den Liberalen, diesen zu besetzen. Ich habe meine Fühler bereits ausgestreckt, und es sieht gut aus. Nebenamtlich natürlich. So könnte ich auch im Tessin als freier Unternehmer weiterhin tätig sein. – Und nun sage ich dir, meine liebe Carolina, was im Tessin zurzeit kaum ein Thema ist: Das kommende Geschäft liegt im elektrischen Strom, dessen Anwendung in Amerika, England und in anderen Ländern schwer im Aufschwung ist. Der Tessin ist in Sachen Elektrifizierung leeres Brachland. Das werde ich mir zunutze machen. Mit anderen Worten: Ich werde mich sowohl in meiner neuen Funktion wie auch als privater Unternehmer beim Ausbau der Elektrizität engagieren. Du wirst sehen, das wird ein grosses Geschäft. Das erste Wasserkraftwerk sehe ich bei der Verzasca vor, das ich auf eigene Rechnung bauen werde. Aber, Carolina, noch einmal: zu niemandem ein Wort.»
«Gut, lieber Giovanni, versprochen. Sag mir bitte noch, wenn du schon alles im Kopf hast, wie soll diese Galli-Villa denn heissen?»
«Carolina.»
Darauf folgt ein kurzes Schweigen. Dann gibt Carolina eine dezidierte Antwort: «Nein, das will ich nicht, denn früher oder später wird sie umgetauft. Hast du keine bessere Idee, die unsere Liebe allgemeiner ausdrückt?»
«Vielleicht Daphne, in die sich Apollo unsterblich verliebt hatte und sie verfolgte. Sie wurde schliesslich von ihrem Vater Zeus in einen Lorbeerbaum verwandelt. Daher der Lorbeerkranz als Ausdruck des Sieges. Damit ist sowohl unsere Liebe wie unser Erfolg mit Daphne vereint. Was meinst du dazu?»
Carolina nickt etwas überrascht. Sie überlegt sich, ob sie noch ein weiteres Thema bei diesem Herbst-Winter-Spaziergang anschneiden soll. Über den seit einem Jahr Medizin studierenden Cecchino haben sie noch nicht gesprochen. Doch dann verzichtet sie darauf, noch mehr Grundsätzliches zu bereden. Ihr mit Medizin weit vom Stamm fallender Sohn birgt vielleicht die Gefahr eines Temperamentsausbruchs

von Giovanni. Das dann doch lieber nicht, nachdem sie heute die gemeinsame Zukunft klarer vor Augen sieht.

***

«Noch einmal, wie heissen Sie? Wachen Sie endlich auf!»
Der schnauzbärtige, feiste Polizeikorporal Meier II mit einer von Schweiss glänzenden Glatze raunzt Cecchino noch einmal an. Dieser sitzt in sich zusammengesunken auf dem Holzstuhl vor dem Tisch des Polizisten und kämpft mit dem Schlaf. Sein Schädel brummt heftig, denn die Trunkenheit von gestern kreist immer noch in seinem Blut. Wir schreiben den 26. August 1898, und es ist acht Uhr morgens. Die Polizeiwache Bern stinkt nach Bohnerwachs, abgestandenem Rauch und Schweiss, und wenn es Cecchino nicht schon übel wäre, würde es ihm jetzt.
«Antworten, sofort!» schreit Meier II ungeduldig.
Cecchino hustet und sagt heiser: «Cecchino Galli.»
«Also ein *Tschingg*!»
«Nein, Tessiner», gibt Cecchino etwas fester zurück, doch die Zunge scheint ihm irgendwie im Wege zu sein, denn ein etwas lallender Ton schwingt mit.
«Also doch ein *Tschingg*. Was haben Sie hier in Bern zu schaffen? Geburtsdatum?»
«Bin Student, geboren 1876, 26. August.»
«Aha, ein Herr Student. Benimmt sich aber wie eine gestochene Sau, dann noch an seinem Geburtstag!»
«Was? Wie?»
«Ich stelle hier die Fragen. Zuerst mehr zu Ihrer Person. Sie sind also Student und wohnen wo?»
«Mansarde, Neuengasse 16.»
Cecchino fällt es schwer, diesem ungehobelten Polizisten Antwort zu geben. Aber er bringt es einfach nicht zusammen, was vorgefallen ist und warum er hier verhört wird. Wieder fallen ihm beinahe die Augen zu. Das ist verständlich, weil seine Nacht in der Untersuchungszelle höchstens drei Stunden gedauert hat.
«Woher stammen Sie? Was studieren Sie?»

«Ursprünglich bin ich aus Gerra Gambarogno, und in Novara in Italien habe ich das Gymnasium besucht. Meine Eltern wohnen jetzt in Luzern.»
«Von diesen *Tschinggenkäffern* noch nie gehört. Aber in Luzern, dieser Jesuitenstadt, war ich schon. Sind Sie etwa noch katholisch?»
«Ja, aber nicht so aktiv, denn die Familie Galli ist liberal.»
«Aha, also ein gottloser Katholik. Was machen Ihre Eltern in Luzern?»
«Mein Vater Giovanni ist Bahnbauer. Meine Mutter ist Luzernerin.»
«Aha, er baut an Bahnen, da gibt es Tausende, die zurzeit Bahnen bauen.»
Jetzt scheint Meiers Ton etwas interessierter, und Cecchino wacht auf, wenn auch immer noch leicht trunken. Nun geht es um die Familienehre.
«Mein Vater ist nicht irgendein Bahnbauer, sondern arbeitete sieben Jahre lang am Gotthardtunnel als Ingenieur, hat soeben die Strecke Luzern – Immensee fertig gebaut und betreut jetzt mehrere andere Bahnstrecken als freier Unternehmer.»
Meier II zögert, denn er ist nun doch ein wenig beeindruckt. «Aha, also ein *Söhnli* aus gutem und reichem Hause, das meint, es könne sich alles erlauben, sich besaufen und in den Unterhosen in den Gerechtigkeitsbrunnen springen, meine Kollegen anspritzen, und wenn sie ihn zurechtweisen, herauskommen und ihnen die Köpfe zusammenschlagen. Es ist das, *Söhnli* Galli, ein Delikt: nämlich tätlicher Angriff auf zwei Polizeibeamte im Dienst.»
Nun ist Cecchino überrumpelt, denn er kann sich bei Gott nicht erinnern, was da abgelaufen ist. Er und seine Zofingiabrüder haben im Sommer 1896 seine Taufe zum Fux gefeiert. Ganz traditionell: Mehrfaches Tauchen in den Gerechtigkeitsbrunnen bei Bern, ihn immer wieder umkreisen und dann einen Humpen Bier trinken, bis... bis? An mehr kann er sich nicht erinnern, bis er heute Morgen von einem Polizisten rau aufgeweckt wurde.
Er sagt sich: «Kann es wirklich sein, dass da etwas war? Es stimmt schon, wenn mir mein südländisches Temperament durchgeht, kann ich es kaum bremsen. Hin und wieder hat es ja auch in der Schule heftig geknallt, sodass ich zum Direktor und dann in den Karzer musste.»
Zu Recht nimmt Cecchino an, dass er auch dank seines prominenten

Vaters und Grossvaters nicht von der Schule gewiesen wurde. «Wenn diese Knallköpfe von Polizisten aber meinen, sie könnten mich zusammenstauchen, haben sie sich eben getäuscht. Allerdings, wenn dem so ist, wie der dicke Polizeikorporal behauptet, dann kann es tatsächlich Schwierigkeiten geben. Irgendeinmal hat mir ein Juristenkollege gesagt: Wenn du verhaftet wirst, entweder gar nichts sagen oder immer abstreiten, was auch immer sie behaupten.»
So antwortet er: «Herr Leutnant, ich weiss von nichts und schon gar nicht, was Sie mir da vorwerfen. Wir haben ein paar Gläser über den Durst getrunken. Aber ich würde mich nie getrauen, Herr Hauptmann, redlichen Polizisten etwas zuleide zu tun, denn sie bürgen ja für unsere Sicherheit, und in Bern besonders gut.»
Cecchino sinkt nach dieser langsamen, Wort für Wort vorgetragenen Rede erschöpft in sich zusammen. Meier II ist etwas irritiert und weiss nicht so recht, ob er ihn jetzt anschreien oder die beiden Zeugen rufen soll, die allerdings noch am Schlafen sind. Er schaut in den schriftlichen Rapport, blickt auf und sagt scharf: «Ich bin weder Leutnant noch Hauptmann, und Ihre geschleimte Anbiederung nützt Ihnen gar nichts. Der schriftliche Rapport ist da glasklar. Doch bevor wir fortfahren, interessiert es mich, wie Sie als *besoffener* Student in Bern Medizin studieren können. Vielleicht ist Ihnen nicht bewusst, dass delinquierende Studenten – kommt leider vor – von der Universität gewiesen werden. Also hopp, reissen Sie sich zusammen, geben Sie vernünftige Antworten.»
«Ich bin im fünften Semester und besuche gerade die zweite Vorlesung beim weithin berühmten Professor Dr. Theodor Kocher[76]. Ich werde nämlich Chirurg und möchte mich auf Unfallchirurgie spezialisieren.» Nun kommt Cecchino eine Idee, denn auch betrunken ist er nicht auf den Kopf gefallen. Daher fügt er hinzu: «Sie müssen wissen, in den Augen Professor Kochers bin ich einer der vielversprechenden Studenten, und er wäre wohl sehr enttäuscht, wenn ich sein Handwerk nicht bei ihm in Bern erlerne. Ich habe mich oft mit ihm unterhalten, denn er ist Altherr unserer Verbindung Zofingia

---

76 Zu Kocher siehe Fussnote 91, S. 455.

und hat als Student auch hin und wieder über die Stränge geschlagen. Heute ist er weltberühmt.»

Meier II kratzt sich sein Kinn, zwirbelt seinen Schnauz, lehnt sich zurück und überlegt: Natürlich will er keine Probleme mit der Universität und weiss, dass der Polizeidirektor Joliat gute Beziehungen zur Universität pflegt. Trotzdem, dem Studenten gehört eine Lehre verpasst.

«Also, Herr Galli, das ist ja gut und recht. Trotzdem – der Rapport ist eindeutig: Sie haben die beiden Polizisten angespritzt und deren Köpfe zusammengeschlagen. Sie können jetzt wählen: Wir bringen den Vorgang vor Gericht, oder Sie bekommen drei Tage Haft und eine Busse von hundertfünfzig Franken. Was jetzt?»

Cecchino denkt kurz nach, denn nun treten aus der Nebelkappe langsam die Erinnerungen wieder auf, und er glaubt nun doch, dass diese Polizisten sein Tessiner Temperament zu spüren bekamen. Die hundertfünfzig Franken bedeuten natürlich, in den nächsten vierzehn Tagen den Gürtel enger zu schnallen. Drei Tage Arrest sind zu überstehen, vor allem wenn… «Sie benachrichtigen aber weder meine Eltern noch die Universität. Dann bin ich nolens volens einverstanden. Oder anders, auf Deutsch: ohne Eingeständnis einer Schuld.»

Erneut zwirbelt Meier II den Schnauz und denkt: «Einverstanden, obwohl das Ganze nicht ganz legal ist. Dafür bereitet es jedoch keine weiteren Schwierigkeiten und vor allem keinen Papierkram.»

So sagt er: «Dann lasse ich Gnade vor Recht ergehen. Die Busse zahlen Sie mir sofort nach der Haft, die treten Sie gleich an. Dann können Sie endlich Ihren Mordsrausch ausschlafen. Im Übrigen tue ich das nur, weil ich ein Bewunderer bin von der grossen Leistung, die Ihr Vater am Gotthardtunnel erbracht hat. Ich habe einen Vetter, der hat drei Jahre dort unter schwersten Bedingungen geschuftet.» Und dann ruft Meier II laut nach draussen: «Abführen in die Zelle.»

***

Diese temperamentvolle, gesetzwidrige Geschichte um circa drei Uhr morgens bei Cecchinos Taufe zum Fux in der Zofingia in der Altstadt Bern ist verbürgt. Zum ersten Mal durch mich selbst. Oft verbrachte ich die Ferien bei meinen Grosseltern in ihrer Villa an der Bruggwaldstrasse in St. Gallen. Das Drumherum und die Zeit als Fünf- bis Siebenjähriger dort beschreibe ich hier kurz:

Ich bewunderte stets von ganzem Herzen meinen Grossvater Cecchino wegen seiner – aus steinmännischer Familiensicht – völlig unkonventionellen, ja originellen Art. Er liess mich oft Lumpenliedlein singen, zum Beispiel immer wieder: «*Es meine mängi Lüt, mir heige Lüs, was geit das angeri a, si bisse üs.*»[77] Oder er lief zum Entsetzen meiner Grossmutter nackt im Garten herum, und als sie – nicht zuletzt wegen mir, aber auch wegen des oberhalb angrenzenden Blindenheims – heftig intervenierte, bellte er zurück: «Die sind ja alle blind und sehen mich sowieso nicht.»

Bei unserer sittenstrengen Familie in Bern wäre dies völlig ausgeschlossen gewesen. Er brachte mich mit seiner Unverfrorenheit nicht nur zum Lachen, sondern ich lernte diese auch bei ihm, was mir im späteren Leben wohl mehr zum Vorteil als zum Nachteil gereichte.

Einmal zog er aus einer Schublade einen Strafbefehl, in dem er zu meiner Gaudi den obigen Tatbestand lachend vorlas. Was ich nicht mehr weiss, ist, ob Cecchino drei oder fünf Tage Arrest aufgebrummt bekam. Aber ich war total beeindruckt und bewunderte ihn wegen dieser Tat noch mehr. Grosspapi war schlicht *mein Grösster!*

Dass er über seinen Durst trinken konnte, empfand ich ohnehin als selbstverständlich, denn im Weinkeller lag ein grosses Fass Nostrano-Merlot, aus dem er jeden Tag mindestens eine Karaffe, wenn nicht zwei, von Ida, der hageren und stets schlecht gelaunten Haushälterin, abzapfen liess. Dazu keifte sie leise vor sich hin und drückte damit aus, dass sie das keinesfalls als sittenstreng billigte. Leider ist Grosspapi Cecchino trotz seiner, wie man heute sagen würde, Extremkletterei und Sportlichkeit mit zweiundachtzig an einer Leberzirrhose gestorben.

Im Übrigen hatte ich auch deshalb eine besondere Beziehung zu meinem Grossvater, weil er für sein Leben gern jasste. Ich gehe davon aus, dass diese Leidenschaft aus der Zeit seiner Bergtouren stammte, als er

---

77 «Es meinen viele Leute, wir hätten Läuse, was geht das andere an, sie beissen uns.»

mit seinen Freunden vom SAC[78] die Abende im flackernden Petroleumlicht der Berghütten mit Jassen verbrachte. Er lehrte mich dieses Spiel mit den deutschen Karten: Eichel, Rosen, Schilten und Schellen. Ich sehe ihn heute noch vor mir, wie er die Karten austeilte und die Punkte mit Kreide auf eine Schiefertafel kritzelte.

Er gewann praktisch immer. Während dieser Jasserei, vor allem als Grossmami und Grosspapi in Bern eine Wohnung über der unseren an der Sulgeneckstrasse 38 bezogen, erzählte er mir noch mehr sonderbare Geschichten aus seinem Leben.

Als ich in der Schule meinen ersten Aufsatz schreiben musste, und zwar zum Thema Lieblingsbeschäftigung, schrieb ich selbstverständlich über das Jassen mit meinem Grossvater. Natürlich hatte ich auch andere Lieblingsbeschäftigungen, aber keine, die sich so gut zum Aufsatzschreiben beim gestrengen Lehrer Uhlmann eignete.

Nachher habe ich in meinem Leben nie mehr gejasst.

---

[78] Schweizer Alpen-Club.

«Papa arbeitet immer noch auf der im Mai eröffneten Bahnstrecke Wolhusen-Huttwil.»

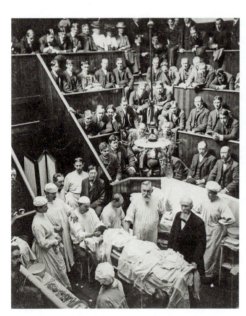

«‹Komm endlich zum Punkt, Cecchino! Was willst du studieren?› ‹Arzt – vielleicht später in Chirurgie spezialisieren. Das wird sich zeigen.›»

Carolina und Giovanni treten im Strom der Kirchenbesucher die grosse Treppe vor der Hofkirche St. Leodegar hinunter, wo sie vor 21 Jahren geheiratet haben.

Giovanni arbeitete 1886 und in den folgenden Jahren an der Rheinkorrektur bei Au. Es liegt nahe, dass er nicht am Fluss selbst, sondern am Bau der hierfür notwendigen Schmalspur-Dienstbahn tätig war, welche die riesigen Materialmassen transportieren musste.

«Ich werde mich sowohl in meiner Funktion als Kantonsingenieur wie auch als privater Unternehmer beim Ausbau der Elektrizität im Tessin engagieren. Das erste Wasserkraftwerk sehe ich bei der Verzasca vor, das ich auf eigene Rechnung bauen werde.»

Es gibt vom Verzasca-Kraftwerk, das Giovanni Galli dem Kanton schenkte, kein Bild. Hier der Ausbau, etwa im Jahr 1948.

Villa Daphne in Lugano-Paradiso. Gebaut 1900 von Giovanni Galli nach eigenen Plänen. Sie ist 1966 abgerissen worden und machte einer Bank Platz.

Der Gerechtigkeitsbrunnen in Bern – und die beiden Polizisten.

Cecchino fasst die beiden Polizisten im Nacken und schlägt ihre Köpfe zusammen, als «er und seine Zofinger Brüder im Sommer 1896 seine Taufe zum Fux traditionell durch mehrfaches Eintauchen in den Gerechtigkeitsbrunnen in Bern mit viel Bier gefeiert haben.» Die Folge: Verhaftung und mindestens drei Tage Arrest.

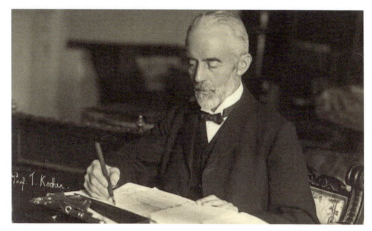

«Ich bin im fünften Semester und besuche gerade die zweite Vorlesung beim weitherum berühmten Professor und Nobelpreisträger Doktor med. Theodor Kocher. Ich werde nämlich Chirurg und möchte mich auf Unfallchirurgie spezialisieren.»

«Dass mein Grossvater Cecchino über seinen Durst trinken konnte, empfand ich ohnehin als selbstverständlich, denn im Weinkeller lag ein grosses Fass Nostrano, aus dem er jeden Tag mindestens eine Karaffe, wenn nicht zwei, von Ida, der hageren und stets schlecht gelaunten Haushälterin, abzapfen liess.»

«Oft verbrachte ich die Ferien bei meinen Grosseltern in ihrer Villa an der Bruggwaldstrasse 52 in St. Gallen (hier mit meiner Schwester Ursula). Ich bewunderte stets von ganzem Herzen meinen Grossvater wegen seiner aus steinmännischer Familiensicht völlig unkonventionellen, ja originellen Art. Er liess mich oft ‹Lumpen-Liedchen› singen – so immer wieder:»

**«Es meine mängi Lüt, mir heige Lüs,
was geit das angeri a, si bisse üs.»**

STEINMANN

23. Betty und Fritz verloben sich (1889–1902)

Wie Betty Mauerhofer auf Geheiss ihrer Mutter Adele ihr bisheriges Leben und den familiären Käsehandel in einem Aufsatz für ihren künftigen Ehemann Fritz Steinmann beschreibt.[79]

Am Sonntag, dem 16. November 1902, erscheint Betty verspätet zum Mittagstisch und sieht auch ziemlich verschlafen aus. Die ganze Familie sitzt schweigend da und blickt sie erwartungsvoll an. Dies ist für Betty ungewohnt. Normalerweise würde ihr Vater Max sie mit der zynischen Bemerkung «Auch schon auf, die junge Dame?» zurechtweisen, und ihre Mutter würde strafend blicken. Ihre Geschwister, der zwei Jahre ältere Bruder Walter und ihre jüngeren Schwestern Alice und Marie sowie der Nachzügler Max, würden kaum Notiz von ihr nehmen und weiterschwatzen. Heute aber scheint alles anders im spätklassizistischen Steinbau mit Walmdach, grosszügiger Terrasse und Garten an der Lyssachstrasse 6 in Burgdorf, und das nicht nur bei ihrer anwesenden Familie, sondern vor allem bei Betty selbst.

Warum? Die neunzehnjährige Betty durfte gestern zum ersten Mal am prominenten Altherrenball der Schülerverbindung Bertholdia teilnehmen. Fritz Steinmann, in der Mittelschulverbindung «Topf» genannt, hat sie vor vier Wochen hierzu eingeladen. Sehr formell über ihre Eltern.

Natürlich kennt Betty den elf Jahre älteren Fritz seit ihrer Kindheit, da er ja bei seiner Tante Marie Steinmann-Mauerhofer aufwuchs, im Haus an der Lyssachstrasse 11, das einst Maries Vater Friederich

---

[79] In den Kapiteln 24 und 25 wird nicht aus der Sicht der Männer, sondern der Frauen, nämlich meiner Grossmütter, berichtet. Wir überspringen daher, aber nur vorläufig, die Phase der Grossväter in der Zeit ihres Medizinstudiums und der ersten Schritte als praktizierende Chirurgen.

Mauerhofer-Dothaux gehörte, einem Cousin von Bettys Grossvater. Fritz und sie haben sich hin und wieder gesehen, vor allem bei Familienanlässen. Das letzte Mal im November 1900 bei der traurigen Beerdigung von Niklaus Steinmann, dem Onkel von Fritz, der mit sechsundfünfzig Jahren überraschend früh starb. Abgesehen davon hat sie ihn aus den Augen verloren. Er ist zum Medizinstudium nach Bern gezogen, wo er nun als Assistent fleissig seine wissenschaftliche Karriere vorantreibt.
Diese Einladung hat Betty auch deshalb überrascht, weil sie annahm, dass Fritz in seinem neuen Umfeld vielerlei Möglichkeiten eleganter Damenbegleitung hätte. Sie zögerte zuerst auch, zuzusagen, als ihre Eltern diese Einladung zum grossen Ball im herrschaftlichen Hotel «Guggisberg» nicht nur vorbrachten, sondern sie ermunterten: Immerhin kenne sie Fritz ja seit ihrer Kindheit und sowohl sie, die Eltern, als auch sie, Betty, könnten ihm ganz vertrauen. Im Übrigen sei Fritz Doktor und Oberarzt der Chirurgie an der Universität Bern beim prominenten Professor Kocher geworden, und eine Dozentur sei in Reichweite. Das gäbe doch sicher viel Interessantes, was sie von ihm erfahren könne, denn «man lernt ja nie aus im Leben».
Nun also steht sie, die liebe Betty, vor dem Mittagstisch und vor fragenden Gesichtern. Nur Vater Max brummt etwas vor sich hin. So etwas wie: «Was gibt's denn, Mädchen?»
Es gibt tatsächlich etwas. Betty kam gestern von Fritz begleitet nach Hause und konnte in dem Durcheinander des Erlebten, dem nach Mitternacht unerwartet Bedeutungsvollen, bis zum Morgen nicht einschlafen. Noch jetzt sieht sie sich beide zu den Klängen der Tanzkapelle – Klavier, Geige, Bassgeige, Trommel – beschwingt sich herumdrehen. Walzer, Tangos, Mazurkas, aber auch amerikanische Tanzmusik wie der Cakewalk und anderes wurde gespielt und animierte ungemein, das Tanzbein zu schwingen. Am liebsten liess sie sich aber im Walzer «dreivierteltakten». Die Damen trugen wie sie lange Röcke mit enger Taille und Schärpen und über der Brust weiss gestickte Bordüren. Die sogenannten Altherren in unterschiedlichstem Alter trugen Schwarz, und zwar Smoking oder Frack. Über deren gestärkte weisse Hemden zog sich quer das blau-weiss-blaue Verbindungsband der Bertholdia.

Es ging hoch her. Fritz und Betty liessen keinen Tanz aus. Sie fühlte sich in seinen Armen in geborgener Harmonie. Eigenartigerweise forderte kein anderer Galan Betty zum Tanz auf. Als ob es vereinbart gewesen wäre, hielten sich die übrigen Altherren bei der schönen Betty zurück.

Nun richtet sich Betty auf und sagt mit leisem Stolz in der Stimme: «Ich bin verlobt!»

Betty gewinnt den Eindruck, dass auf diese kurze Ansage nicht nur keine Reaktion erfolgt, sondern auch kein Erstaunen und bei den Eltern Max und Adele sogar ein kaum merkliches Schmunzeln.

Sie wiederholt: «Habt ihr gehört? Ich bin verlobt, und zwar mit Fritz!»

Tatsächlich, um Mitternacht nahm Fritz sie an der Hand, führte sie aus dem Gewühl der Tanzenden beiseite. Dann aber fasste er ihre beiden Hände, zog sie leicht zu sich, blickte ihr etwas länger in die Augen und sagte langsam, jedes Wort wie mit einem Gewicht versehen: «Betty, wir kennen uns ein Leben lang. Ich weiss daher auch, dass du die richtige Frau für mich und mein Leben bist. Ich mache es etwas unromantisch, so wie wir Ärzte halt sind. Kurz, die Diagnose lautet: Ich habe dich sehr gerne und möchte dich heiraten, und zwar so bald als möglich. Nun ist es an dir, mir diese Therapie zu verschreiben.»

Betty konnte gar nicht anders, denn sie spürte in sich ein warmes Gefühl aufsteigen, das ihr sagte, dass dies wohl wirklich das einzig Richtige für ihr Leben sei. «Ja, lieber Fritz… ja lieber Fritz, ich will es auch», flüsterte sie.

Er nahm sie in seine Arme, küsste sie – aber nur kurz. Denn plötzlich umgaben sie einige Altherren wie «Fink» (Karl Scheurer, später Bundesrat), «Merkur» (Henry Mauerhofer, Bruder von Marie), «Buch» (der Mäxli Fankhauser) und noch einige andere Verbindungskollegen. Sie schienen es geahnt oder sogar gewusst zu haben, denn schon wurde gratuliert, Champagner bestellt und bald angestossen.

***

Nachdem das traditionell opulente Sonntagsessen der Käsehändlerfamilie vorbei und für Betty klar geworden ist, dass dieser überraschende Heiratsantrag nicht nur mit dem Einverständnis von Papa

und Mama erfolgt ist, sondern mehr oder weniger auch auf deren Betreiben,[80] nimmt die Mutter sie an der Hand und sie gehen zusammen in deren Boudoir. Mama erklärt ihr beredt, dass dies eine ausserordentlich gute Partie darstelle und Fritz ihr ein grossartiges und sicheres Leben bieten werde. In den Augen der ganzen Familie Mauerhofer, und gemeint ist auch jene des grossväterlichen Cousins von drüben in der Lyssachstrasse 11, habe ihr künftiger Ehemann eine grosse Karriere vor sich.
Trotzdem ist Betty verunsichert und fragt: «Wie soll ich nach der überwältigenden Überraschung, die für euch alle und für seine ehemaligen Studentenkollegen keine ist, nun reagieren?»
Nach einigen beruhigenden Worten schlägt Mama Adele ihr Folgendes vor: «Weisst du, Betty, Fritz kennt dich zwar aus deiner Kindheit und von den jährlichen Familienanlässen. Über deinen Lebensweg der letzten Jahre weiss er aber wenig. Schreib doch darüber einen Aufsatz, so wie in der Schule. Berichte ihm, was für dich wichtig war und ist, und schenk ihm das zur offiziellen Verlobung, die wir für den Weihnachtstag vorschlagen. Da wird er ja sicher von der Uni und dem Inselspital loskommen.»
Betty zögert ein wenig, aber dann stimmt sie sogar mit Vorfreude zu, denn so eine Auslegeordnung des bisherigen Lebens gibt ihr irgendwie eine innere Sicherheit für diese so andere Zukunft als Professorenfrau.

**

---

80 In der damaligen Zeit war es durchaus üblich, dass die Eltern für ihre Töchter eine sogenannte «gute Partie» arrangierten, worunter man etliche Jahre (sieben bis zehn oder mehr) ältere, arrivierte Männer verstand. So verheirateten Max und Adele ihre Tochter Alice mit Prof. Dr. Walter Frei und Tochter Marie mit Ernst Lauterburg, Miteigentümer der Lauterburg Leinenweberei & Cie; Walter übernahm den Käsehandel. Nur Sohn Max schlug aus der Art und heiratete aus Liebe eine Jeanne Gay aus dem Wallis und zog mit ihr nach Paris, wo er ein kleines Hotel betrieb. Ihre beiden Töchter Colette und Monique heirateten Zwillinge, Roger und Pierre Durandin. – Diese arrangierten Partien hatten ihre Ursache auch im Erbrecht: Die Töchter erbten praktisch wenig, wurden aber dafür mit einer grosszügigen Mitgift ausgestattet («das grosse Dutzend», z.B. 144 Leintücher usw.). Der Betriebsanteil wurde meist nur einem Sohn vererbt, der das Geschäft weiterführte.

Lieber Fritz!

Meine Mama empfiehlt mir, Dir zu meinem bisherigen Leben einen Aufsatz zu schreiben. Ich gebe ihr recht, weil wir ja nie Gelegenheit und Zeit hatten, uns über unser beider Leben auszutauschen. Ich folge dabei ihrem Ratschlag, mich auf das, was mir wichtig scheint, zu beschränken.

In der Schule haben sie uns gelehrt, dem Aufsatz eine Struktur zu geben. Dem will ich folgen, indem ich zuerst zur Familie, dann kurz über die Kindheit und Schulzeit, übers interessante *Einwägen* der Käse und schliesslich meine Internataufenthalte im Welschen berichte sowie über meine derzeitige Arbeit.

Man nennt mich Betty. Getauft bin ich aber auf den Namen Maria Elisabeth, und geboren bin ich am 1. Juli 1883 in Burgdorf. Meine Familie kennst Du – aber vielleicht doch nicht ganz, denn unsere Familienverhältnisse sind zweifelslos kompliziert und durch unseren Käsehandel bestimmt.

Hier nur das Wichtigste: Wir Mauerhofers sind seit dem 18. Jahrhundert mit Käsehandel beschäftigt. Der Gründer hiess Johannes und lebte von 1737 bis 1799 in Trubschachen. Er hatte zwei Söhne: Johannes (1779–1840) und Christian (1781–1836). Sie lebten und arbeiteten im Mauerhofer-Haus. Darin finden sich sowohl die Büros und vor allem die Keller, wo die Emmentalerlaibe reifen.

Das ist wichtig, weil Du mit Deinem Stammvater Christian über Marie Steinmann verbunden bist und wir mit Johannes. Ich will nicht alle Vorfahren aufzählen. Wichtig ist für Dich vielleicht zu wissen, dass die beiden Brüder von Marie Steinmanns Vater Friederich (1812–1874) nach St. Gallen auswanderten und dort einen eigenen Käsehandel aufbauten. Er selbst und mein Grossvater Johann-Friedrich (1825–1889) zogen 1849 gemeinsam nach Burgdorf, weil sich da die Eisenbahnverbindungen für das Exportgeschäft besser eigneten und ein offeneres wirtschaftliches Klima herrschte. Daraus entstand die Mauerhofer & Co., welche nun mein Vater Max (geboren 1857) mit seinem Cousin Friedrich (geboren 1860, Marie Steinmanns Bruder) führen. Wir sind im Übrigen seit vielen Jahren Burger von Burgdorf, und Papa ist sogar Vizepräsident der Burgergemeinde.

Meine vier Geschwister kennst Du ja bestens: Walter wurde 1881 geboren, Alice 1884, Marie 1886 und Max 1889. Walter wird sich bald verheiraten und bereitet sich darauf vor, später einmal das Geschäft von Papa zu übernehmen. Wie Du weisst, wird der Käsehandel in Trubschachen vom Bruder Christian meines Grossvaters beziehungsweise von dessen Söhnen Adolf und Johann als von uns unabhängiges Geschäft weitergeführt.

Wir pflegen zu einigen Konkurrenten, also auch zu den Käsehändlern Roth und Bürki in Burgdorf[81], ebenso freundschaftliche Beziehungen wie innerhalb der Familien. So bereisten Papa und Mama kürzlich mit Roths das Mittelmeer und die Küstenstädte und haben uns lebhaft das mediterrane Leben geschildert, das aber auch gar nichts mit dem emmentalischen gemeinsam hat.

Das ist nicht selbstverständlich, sagt Mama immer wieder. Es gebe in anderen Branchen harte bis böswillige Auseinandersetzungen. Das war bei uns bisher nie der Fall. Allerdings habe ich den Eindruck, dass dieser Frieden, insbesondere mit den nun organisierten Milchproduzenten, gegenwärtig zu Ende geht.

So weit zur Familie, doch das meiste wirst Du ja bereits wissen.

Zu meiner Kindheit möchte ich nur sagen, dass man zum einen vieles vergisst und einem zum andern Eindrücke bleiben, die vielleicht von aussen gesehen nicht so auffällig für eine Kindheit sind. Deshalb will ich Dich nicht mit meinen Kindererlebnissen langweilen.

Etwas gilt es sicher zu vermerken, was mir eigentlich erst im Internat in Morges richtig bewusst wurde. Das Geschäft, also der Käsehandel, ist in unserer Familie so präsent wie die Luft zum Atmen. Von morgens bis abends wird zwischen den Eltern, den Angestellten und Kunden irgendein Thema des Handels besprochen. Anweisungen werden erteilt, Termine müssen eingehalten werden, und vor allem war und ist Vater entweder im Emmental oder im Entlebuch, zeitweise sogar in Freiburg auf Einkaufsreisen. Man nennt diese auch Einwägen. Ich komme darauf zurück.

---

81 Die Käsehandelsfirma Samuel Bürki & Co. wurde 1929 vom Bernischen Milchkäuferverband und dem Schweizerischen Milchkäuferverband aufgekauft und zur Milka Käse AG umfirmiert.

Darüber hinaus reist Vater ins Ausland wegen irgendwelcher Neukunden oder Ausstellungen, was da heisst, dass meine Mutter im Haus, das zugleich im Parterre die Büroräumlichkeiten beherbergt, das Zepter führt. Wir Kinder sind in dieser Geschäftsatmosphäre aufgewachsen. Für uns ist es selbstverständlich, dass da keine Leichtigkeit oder gar humorige, ja lustige Lebensweise aufkommt. Im Gegenteil, wenn ich unsere Kinder- und Jugendfotos betrachte, fällt mir die Ernsthaftigkeit der Gesichter auf.

Natürlich haben wir oft im Garten und auch im Quartier gespielt, denn die hier ansässigen Familien sind entweder im Käsehandel tätig oder im Leinenhandel, wie die Schmids und die Lauterburgs, kennen sich alle, und damit auch wir Kinder. Ausserhalb des Hauses hatten wir es oft lustig, spielten Streiche und wuchsen wahrscheinlich wie alle Kinder der gut situierten Familien Burgdorfs auf. Wir bekamen gediegene Sonntagskleider, in denen wir dem ausländischen Geschäftsbesuch mit einigem Stolz vorgeführt wurden. Das galt auch für den Winter, wo wir Mäntelchen mit Pelzkragen und Pelzmuffs trugen. Wenn es richtig kalt war, durften wir Schlittschuh laufen.

Nun aber zu Dir, lieber Fritz!

Du wirst Dich wahrscheinlich nicht an mich in dieser Kinderzeit erinnern. Du warst zwölf, als Du in die Lyssachstrasse kamst, und ich erst ein Jahr alt. Auch gingst Du gleich ins Gymnasium und bekamst die anderen Kinder des Quartiers kaum zu Gesicht. An etwas mag ich mich wie heute erinnern, und ich schildere es Dir so, wie ich es im Kopf habe.

Ich muss sieben und Alice sechs Jahre alt gewesen sein. Wir spielten mit einem Reifen auf der Strasse, freuten uns, wie leicht er sich rollen liess, als aus dem Nichts plötzlich Mäxli Fankhauser auftauchte und vor uns stand: «Ihr Meitschi könnt das überhaupt nicht. Ich zeige euch, wie wir Buben das besser können.»

Mit etwa diesen Worten entriss uns Mäxli in seinem blauen Matrosenanzug und mit seinem rothaarigen Strubbelkopf den Reifen und trieb ihn rasant vorwärts. So schnell, dass dieser in ein langsam herantrottendes Fuhrwerk schlitterte und das Pferd am Vorderbein traf. Dieses bäumte sich auf und konnte nur mit grosser Kraft des Kutschers vom Durchgehen abgehalten werden. Der Reif wurde überfahren und zerbrach in zwei Stücke. Alice und ich schrien auf und heulten los, was Mäxli völlig unberührt liess. Als das Fuhrwerk mit dem fluchenden Kutscher vorbei war, holte er die beiden Stücke, warf sie uns vor die Füsse und meinte schnodderig: «Da habt ihr euren Reifen.» Er wollte noch etwas hinzufügen, als Du, Fritz, als junger Mann mit einer Studentenmütze, von hinten herantratst, Mäxli am *Grännihaar* weggerissen und ihn heftig angeschrien hast: «Wenn du, Mäxli, den Mädchen Mauerhofer noch einmal so etwas antust, reiss ich dir die Haare aus.» Ich weiss, dass Mäxli trotzig losbrüllte und heimstürmte.[82] Du, Fritz, kamst mir vor wie der rächende Gott, und wir bewunderten Dich grenzenlos.

Über meine Schulzeit in der *Mädere*, das heisst der Burgdorfer Mädchensekundarschule, gibt es kaum etwas zu berichten, was Dich als angehender Professor interessieren könnte. Ich stelle einfach fest, dass die Trennung zwischen Knaben und Mädchen, je älter wir waren, je strenger wurde, von einigen kontrollierten Anlässen abgesehen (zum Beispiel dem Solennitätsball). So lernte ich ausserhalb der Familie kaum ein männliches Wesen kennen. Die Schule erwies sich als ziemlich erzieherisch, wobei sie an Tatzen[83] nicht sparten und bei absoluten Geringfügigkeiten Strafaufgaben verordneten. Es gab jedoch zwei, drei Lehrerinnen, an die ich mich gerne zurückerinnere.

Wichtiger wurde in dieser Zeit eindeutig das Geschäft meiner Eltern. Immer mehr konnten ich und meine Schwestern, Walter sowieso, Mama zur Hand gehen, wenn sie allein in Haus und Geschäft waltete. Walter ging, wann immer er konnte, mit Papa mit. Wir Mädchen zeigten uns des Öfteren den ausländischen Besuchern. Diese fremdländischen Menschen, seien es Deutsche, Franzosen, ja sogar Engländer und Russen, brachten einen Geist in unsere grosse Stube, der sich schwer beschreiben lässt. Ich bekam oft den Eindruck, die Welt sei bei

---

82 Die Witwe Marie Steinmann-Mauerhofer zieht nach dem Tod ihres Gatten in die Polieregasse 3 in Burgdorf, und Mäxli Fankhauser verlegt sich nach einem kurzen Versuch, Medizin zu studieren, auf die Jurisprudenz. Er lebt bei Tante Marie und erbt zuerst 90.000 Franken von der Grossmutter (1920) und später (1927) das ganze Vermögen von Marie, einschliesslich des Ertrags aus dem Verkauf der Spinnerei in Rüderswil.

83 Schläge auf die Handfläche mit dem Rohrstock.

uns zu Besuch. Je älter ich wurde, desto leichter fiel es mir, mit diesen Besuchern Kontakt aufzunehmen. Ich konnte das in der Schule gelernte Französisch spontan anwenden und lernte auch etwas Englisch. Die Russen sprachen nie Russisch, sondern Französisch.

Ganz klar, meine liebe Mutter hat mich gelehrt, wie man in einem weltoffenen Haushalt agiert, und ich glaube, in diesem Sinne werde ich Dir, lieber Fritz, einmal nützlich sein.

Als ich sechzehn wurde, stellte sich die Frage nicht, ob ich freiwillig die eher kaufmännisch ausgerichtete zehnte Klasse noch besuche. Das war selbstverständlich. Danach ging's ins Welsche, nach Morges, an die École supérieure communale des jeunes filles Maison de Seignieux.

Doch vorerst möchte ich Dir über die Geschäftsausflüge mit meinen Eltern berichten.

Für uns Mädchen war es wie ein Fest, wenn wir wieder einmal mit Papa zum *Einwägen*[84] mitdurften. In der Regel reitet oder fährt Papa allein und an schulfreien Tagen mit Walter in die mit uns verbundenen Käsereien in der näheren und weiteren Umgebung. Unter diesen gibt es einige, zu denen wir eine eigentliche Freundschaft pflegen. An einem schönen Augusttag wurde das Berner *Wägeli* mit beiden Kutschenpferden bespannt, und wir fuhren zu viert oder gar zu fünft zu einer der befreundeten Käsereien, zum Bespiel nach Lützelflüh, um das Mulchen, das heisst die Halbjahresproduktion, anzunehmen. Das ist im Übrigen der Ort, wo dieser konservative Pfarrer Bitzius unter dem Pseudonym Jeremias Gotthelf seine Bücher schrieb, wobei wir auf Geheiss meines Vaters recht früh das Buch *Die Käserei in der Vehfreude* hatten lesen müssen. Warum? Einmal wegen der Entstehung der Käsereien überhaupt und weil der darin vorkommende Käsefürstherr unserem Vorfahren Christian Mauerhofer in Trubschachen

---

84 «Die Tätigkeit eines Käsehändlers begann mit dem so genannten Einwägen, der Begutachtung und dem Einkauf der Ware. Nach der Herstellung mussten die Laibe zunächst zwei bis drei Monate in der Käserei verbleiben, bis die hauptsächliche Gärung abgeschlossen und der Käse transportfähig war. Das Einwägen der Sommerproduktion, das heisst aller ab dem 1. Mai hergestellten Laibe, begann daher im August. Parallel hierzu begann auch das so genannte Käsejahr am 1. August; das heisst, die Bücher der Firma wurden an diesem Datum begonnen und schlossen am 31. Juli des folgenden Jahres ab.» (Dorothee Ryser: Von der Dorfkäserei zu den Märkten Europas: der Käsehandel im 20. Jahrhundert am Beispiel der Firma Mauerhofer Söhne & Co., Diss. 2011, Basel, S. 64)

nachempfunden sei. Allerdings fand ich diese Bücher eher langfädig und langweilig, doch für den Deutschunterricht mussten wir noch zwei weitere lesen, eins davon war *Uli der Pächter*. O Gott!

Vorne auf dem Kutschbock sassen jeweils Papa und Walter, der das *Wägeli* führen durfte, aber stets begleitet von mahnenden Kommentaren unseres Vaters. Hinten auf der gepolsterten Bank sass Mama in der Mitte und links und rechts wir Mädchen. Wir genossen die frühmorgendliche Fahrt, denn so oft kamen wir ja nicht aus Burgdorf heraus.

In der Käserei in Lützelflüh bei der Familie Ramseier zum Beispiel wird, wie jeweils auch bei den anderen *Einwäge*-Besuchen, zuerst ein deftiges Frühstück serviert mit *Züpfe*, Käse, *Hamme*, Konfitüre und Kaffee. Das tut gut, denn wir sind um sieben Uhr nur nach einem *Tassli* heisser Milch losgefahren, und die Stunde an der frischen Luft macht hungrig.

Kurz nach neun steigen wir mit Vater, dem Käser, seinem Sohn und den beiden Hüttenknechten in den Keller hinunter, wobei vieles zwischen Papa und Ramseier «vorbesprochen» ist. Der unverkennbare Geruch des jungen Käses ist das Erste, was einem bereits am Treppeneingang entgegenschlägt. Unten angekommen, kehrt Stille ein, wobei wir Kinder ohnehin zu schweigen haben. Vater geht den hölzernen Bankungen an den Wänden entlang, auf denen die Emmentaler der Sommerproduktion[85] waagrecht liegen. Keiner sagt ein Wort. Noch einmal geht er auf und ab, besieht sich jeden Laib, um schliesslich dem Käser zu sagen: «Diesen, diesen, diesen und diesen, und diesen auch und den dort hinten ebenso wollen wir prüfen.»

Der Käser sagt nichts, gibt seinem Sohn einen Wink, der auf jeden der bestimmten Käse ein Holzstückchen legt. Dann bringt Käser Ram-

---

85 «Die Anzahl der gelagerten Laibe schwankte je nach Jahreszeit und gemäss dem Produktionszyklus. Im Herbst, nach dem Einwägen der ersten Sommerkäse, begannen sich die Lager allmählich zu füllen. Dieser Prozess war im Februar abgeschlossen, als die Lager einen Höchststand erreichten. Im Frühjahr wurde die Produktion reif und der Verkauf begann. Die Lager leerten sich. Mit dem Beginn des neuen Käsejahres am 1. August befanden sich idealerweise nur noch wenige Laibe des Vorjahres an Lager. Derselbe Prozess wiederholte sich, um sechs Monate verschoben, mit dem Winterkäse. Da die Winterproduktion aber immer kleiner ausfiel als diejenige des Sommers, waren die Lagerbestände während der Sommermonate auch entsprechend niedriger.» (Ryser, a.a.O., S. 68)

seier die Waage vor den ersten der Käse. Sein Sohn und die Knechte heben den schweren Käselaib auf den Tisch. All das erfolgt ohne Worte, mit ernsten Gesichtern, denn von dem, was jetzt kommt, hängt ja schliesslich das Einkommen des Käsers und seiner ihn beliefernden Milchbauern ab. Auch ist die Prüfung der Käse ein seit vielen Jahren eingeübter Akt. Ja, man könnte eigentlich von einem Ritual sprechen. Papa zieht eine Art Metallhalbröhre mit Horngriff aus der Tasche. Nun sagt er: «Fritz, so wollen wir denn wieder einmal.» Und mit dem Ohr ganz nahe am Käselaib beginnt er, diesen mit dem Horngriff abzuklopfen.

Ich werde nie verstehen, wie Papa durch dieses Klopfen herausfinden kann, ob es viele, regelmässige, grössere oder kleine Löcher im Emmentaler hat. Das braucht wohl jahrelange Erfahrung, die man bereits als Junge gewinnt. Deshalb hält Walter nun auch sein Ohr näher an den Käselaib.

Papa murmelt: «Nicht schlecht. Kommt gut. Wir wollen einmal den *Böhrlig* besehen.» Und schon bohrt er mit dem Griff das Röhrchen tief in den Laib hinein, dreht es langsam wieder zurück. Dann nimmt er den *Böhrlig* heraus und beurteilt ihn sorgfältig. «Farbe ist gut, Elastizität auch gut.»

Er riecht daran, kostet ein kleines Stück und nickt wiederum zufrieden zu Käser Ramseier hin, der seinerseits den *Böhrlig* kostet. Indem er das Entnommene wieder hineinsteckt, sagt der Vater: «Fritz, wie immer, auf dich kann man sich verlassen. Aber lass uns jetzt noch die anderen Laibe ansehen.»

Und so geht das nun bei jedem einzelnen Laib weiter. Ganz offensichtlich ist Papa mit dem geprüften Käse des Sommermulchens von Ramseier zufrieden. Nun geht es ans Wägen. Das ist uns Kindern dann doch zu viel, denn es dauert und braucht auch viel Kraft. Beim Wägen der circa hundert Kilogramm schweren Stücke helfen die beiden Hüttenknechte mit. Anschliessend werden jeweils die Preise, die Zahlungskonditionen und der Transport in das Käselager in Burgdorf besprochen. Doch wir Kinder sind nicht mehr dabei und können mit den kleineren Kindern der Ramseiers draussen an der Sonne spielen.

Das Abreiben und Salzen der Käselaibe in den Kellern unserer Firma[86] während der nächsten sechs Monate kannst Du dir ja vorstellen.
Etwa um dreizehn Uhr geht's in den «Ochsen» zu Berner Platte mit Bohnen, Sauerkraut, Kartoffeln, aller Art von Gesottenem und Geräuchertem, was uns Kinder nicht so begeistert wie die riesigen Meringues zum Dessert. Diese Mittagessen ziehen sich in der Regel über Stunden hin. Die Erwachsenen bekommen wegen dem Zuspruch zum Waadtländer Weissen und Roten rötere Gesichter. Ihre Gespräche werden lauter, wohl auch, weil politischer. Wir Kinder dürfen den Tisch nach dem Dessert zum Spielen nach draussen verlassen.
Diese Schlemmereien nach dem *Einwägen* haben Tradition. Oft kommt Papa, wenn er allein zu Pferd zum *Einwägen* geht, ziemlich bettschwer nach Hause – milde ausgedrückt. Das gilt vor allem dann, wenn er als ehemaliger Kavalleriewachtmeister bei einem Käser einwägt, mit dem er Militärdienst leistete. Mama sagt dann spitz: «Ist ja gut, dass dein Hengst Mars seinen Heimweg von selbst findet.»
Lieber Fritz! Mein Jahr im Welschen in der École des jeunes filles in Morges, das gar nicht so lange zurückliegt, hat zwar durchaus bleibende Eindrücke hinterlassen, aber ich frage mich, ob Dich das interessiert. Oder andersherum: Weisst Du, es gibt da Erlebnisse, die einen recht tief ins Seelenmark treffen. Über die möchte ich nicht schreiben. Ich werde Dir gerne, wenn wir uns nähergekommen sind, davon erzählen.
An dieser Stelle nur drei Wichtigkeiten: Für mich war die Vorbereitung eine Zeit der Freude, weil die Schule den Eltern eine recht umfangreiche Garderobenpflicht auftrug. Mindestens zwei Alltags-

---

86 «Im Keller wurden die Laibe, je nach gewünschtem Reifegrad, mehrere Monate lang gelagert. Um eine optimale Reifung zu erzielen und keine Abwertung der Qualität zu riskieren, war regelmässige und sorgfältige Pflege gefragt. Dies war Aufgabe der Salzer, welche durch die Firma angestellt wurden. Die Laibe wurden alle vier Tage gewendet und mit einer Salzlösung gebürstet, was ihnen den salzigen Geschmack verlieh. Die Salzer arbeiteten mit einfachen Hilfsmitteln. Die Laibe wurden von Hand herausgehoben und auf dem Salztisch – einem einfachen hölzernen Gestell – gewaschen und gesalzen. Um die höher gelegenen Laibe zu erreichen, wurde der so genannte Bock benutzt: eine Vorrichtung auf Rädern, auf welche der Salzertisch aufgesetzt wurde.» (Ryser, a.a.O., S. 68)

röcke, vier Schürzen, ein Abendessenkleid, ein Sonntagskleid, und ich staunte, weil es auch einen Ballrock zu schneidern galt. Unsere Familienschneiderin musste Überstunden leisten. Mama und ich verbrachten Stunden, ja Tage mit dem Auswählen der Stoffe, des modischen Zuschnitts und dem Anprobieren.

Mit dem Zug ins Welsche zu reisen war für mich neu und aufregend. Als wir bei Chexbres aus dem Tunnel fuhren, sah ich als Erstes die riesigen grünen Weinberge des Lavaux und dann als Zweites den hellblau glitzernden Genfersee und die Schemen der Höhen des Chablais und von Savoyen. Herrlich die blütenreichen Bäume und überhaupt die bunte Landschaft! Von Lausanne nach Morges ging es mit einem langsameren und rauchigeren Zug. Dort angekommen, wurden wir mit einer edlen Kutsche abgeholt.

Dieses Internat war kleiner, als ich es mir vorgestellt hatte. Wir waren intern achtzehn Mädchen ähnlichen Alters. Da ich nicht zu Beginn des Schuljahres eintrat, kannten die anderen sich schon gut und beäugten mich als Neue mit einiger Skepsis. Das ist eben eine der schmerzlichen Erfahrungen. Zunächst gelang es mir nicht, Anschluss zu finden oder gar eine oder zwei Freundinnen. Im Gegensatz zu Burgdorf zählte mein Herkommen da nichts. Alle Mädchen waren aus gutem, ja reichem Hause. Es fanden sich sogar einige deutsche Mädchen aus adligen Kreisen, die in der Schweiz Französisch lernen sollten.

Eine Lehre begriff ich sehr früh. Sie besteht darin, sich zurückzuhalten, nicht hervorzutun und die Sache auf sich zukommen zu lassen. So fand ich mit der Zeit einige nette Freundinnen. Doch gerade die Mädchen aus den höhergestellten Familien blieben mir fremd. Sie schauten auf mich als Emmentalerin herab.

Das Schwergewicht im Unterricht lag auf den Sprachen Französisch und auch Englisch. Da ich von der Bedeutung und dem Nutzen von Sprachkenntnissen im Leben wusste, gab ich mir ausserordentlich Mühe, davon zu profitieren. Daneben galt ein wesentlicher Anteil des Unterrichtes dem gesellschaftlich richtigen Benehmen, der Führung eines grossen Haushaltes (bis hin zum und einschliesslich Tischdecken für grosse Diners) und auch den gängigen Tänzen. Für Letzteres tanzten wir Mädchen anfänglich zusammen. Im Winter wurden ausgewählte Jungen aus einem Internat in Lausanne zum Tanzunterricht eingeladen.

Hierzu gilt es vorauszuschicken, dass in dieser École supérieure nach einem strengen Grundsatz gelebt wurde: Wir Mädchen durften keinerlei Kontakt zu Männern haben. Gingen wir spazieren, erfolgte das in Zweierreihen unter Führung von zwei Erzieherinnen, eine vorn und eine hinten. Daher wurden diese Tanzabende von einem greisen Tanzlehrer geleitet, und zwar mit einer ausgetrockneten älteren Jungfer am Klavier. Wie zu erwarten, unter strengster Aufsicht. Denn wiederum achteten die zwei Erzieherinnen wie Habichte darauf, dass kein Pärchen entwischte, und falls es eines versuchen sollte, würden sie sich wie Habichte darauf stürzen. Tatsächlich gelang es einmal einer Luise aus Luzern, mit einem Jungen zu verschwinden, was offenbar zu spät festgestellt wurde. Wir sahen sie anderntags am Morgen mit ihren Koffern, wie sie von der Kutsche abgeholt wurde. In dieser Hinsicht gab es in dieser Schule kein Pardon.

Zusammenfassend: Es war eine interessante und menschlich lehrreiche Zeit. Zum ersten Mal im Leben musste ich mich allein bewähren und hatte keine stützende Familie im Rücken. Ich glaube, dass mir das schliesslich gut gelang. Mit dem erlernten Wissen und diesen menschlichen Lehren konnte ich mir ein neues Selbstbewusstsein erschaffen. Darüber hinaus dünkt mich, dass dieser gesellschaftliche Unterricht und das Achten auf die richtige Kleidung mich für die Zukunft in einem grösseren Haus gut vorbereiteten.

Lieber Fritz! Als ich aus Morges zurückkam, arbeitete ich sofort im Kontor von Papa. In der Schule und in Morges wurde auf eine saubere Handschrift genauestens Wert gelegt, das kam mir jetzt zugute. Jeder Brief muss sauber und leserlich geschrieben werden, denn er geht nicht nur an den Empfänger, sondern wird auch mittels eines komplizierten Verfahrens für unsere Ablage kopiert. Es gebe jetzt Durchschlagpapier, heisst es, und in Amerika sei bereits eine Schreibmaschine erhältlich. Dies würde meine Tätigkeit bei den Empfangsbestätigungen, bei Rechnungen und den allgemeinen Briefen mit den Kunden sicher erleichtern.

Bald hatte ich mich daran gewöhnt, täglich Dutzende von Briefen zu lesen. Nicht nur in Deutsch, sondern auch in Französisch, Englisch

und sogar in Spanisch. Letztere musste ich mit dem Wörterbuch entziffern. Ich arbeite mit der hierfür seit vielen Jahren angestellten Meieli Schönholzer zusammen.
Alles war anfangs sicher interessant und herausfordernd, doch mit der Zeit wiederholt es sich. Allerdings muss ich, was Mengen und Preise anbelangt, häufig bei Papa nachfragen, sofern Jungfer Schönholzer nicht Bescheid weiss. Oft habe ich auch die Gelegenheit, bei Buchhalter Kaspar Kümmerli hineinzuschauen, wie er im Hauptbuch mit gestochener Schrift die Ein- und Ausgänge notiert. Ich verbessere so meine Kenntnisse in Buchhaltung.
Lieber Fritz, ich bin ja so froh, dass Du mich von dieser Tätigkeit erlöst. Auf die Länge kann mich das hier nicht begeistern, denn etwas hat sich in mir in Morges verändert. Ich lernte eine offenere Welt kennen – und sei mir nicht böse (Papa muss ich den Bericht ja nicht zeigen), aber Burgdorf ist nicht der Nabel der Welt. Und der Käsehandel ist im Prinzip etwas einseitig.
Ich freue mich von Herzen, mit Dir einen Haushalt zu gründen und damit in eine mir unbekannte, spannende Welt einzutreten: die der Medizin.
Ich kann mir vorstellen, dass da Vielfältiges auf mich zukommt, und ich danke dem Herrgott, dass Du mir die Chance dazu gibst.
Deine Dich sehr verehrende
Betty

***

Die Heirat zwischen Betty Mauerhofer und Fritz Steinmann fand erst am 1. Oktober 1903 in Burgdorf statt. Denn nach der Verlobung am 25. Dezember 1902 war es nicht «so bald als möglich» gegangen: Zum einen wollte Fritz das gemeinsame Heim in Bern mit Betty bezugsbereit gestalten, und zum andern erhielt er die Berufung, für vier Monate an der Charité in Berlin zu operieren. Dies konnte und wollte er im Interesse seiner Karriere nicht ablehnen.
In der europäischen Politik herrschte damals eine relative Stabilität. Die bewaffneten Konflikte hatten sich mehr oder weniger in fernere Gebiete und insbesondere auf den Kampf um die Kolonien verlagert.

Die Stabilität drückte sich auch im sogenannten Goldstandard aus, das heisst in der allgemeinen Konvertibilität der Währungen in Gold. Das bedeutete stabile Wechselkurse, was das Exportgeschäft natürlich enorm erleichterte.

Diesbezüglich entstanden dunklere Wolken durch zunehmende Schutzzölle, zum Beispiel mit Deutschland. Anderseits wurde in den angelsächsisch beeinflussten Ländern der Welt der liberale Handel hochgehalten.

Der immer mehr um sich greifende, eher romantische Nationalismus hatte das Exportgeschäft bisher nicht gestört, auch nicht der zunehmende Militarismus in Deutschland. Noch arbeiteten die Generalstäbe im Geheimen an ihren militärischen Offensivplänen, sei es in Frankreich, Deutschland oder in Österreich. Wenn man Stefan Zweigs *Die Welt von Gestern*[87] liest, hat sich das explosive Gemisch, welches sich dann beim Ausbruch des Ersten Weltkrieges 1914 gigantisch entlud, für den Normalbürger damals nicht angekündigt.

Im Käsehandel in der Schweiz verlief es nicht so friedlich. Nachdem die Milchproduzenten sich organisiert hatten, entstanden wettbewerbliche Auseinandersetzungen in zunehmend stärkerer Form. Der Kampf innerhalb der Käsebranche verschärfte sich:

Auf der einen Seite standen die mittlerweile organisierten Milchproduzenten, auf der anderen die Käseexporteure. Streitpunkt war die Qualität der Milch sowie der Milchpreis.
Die Uneinigkeit, die mit der Zeit zu einem regelrechten «Käsekrieg» ausartete, fand ein abruptes Ende: Der Erste Weltkrieg brach aus, der Bundesrat unterband den Export von Lebensmitteln. Im gleichen Jahr wurde die Schweizer Käseunion gegründet, in der die Käseexporteure, die Milchproduzenten und die Käser vereint waren.[88]

---

87 Die Lebenserinnerungen des Schriftstellers und Übersetzers Stefan Zweig (1881–1942) erschienen posthum 1942.

88 Bewegte Geschichte mit Käse und Bier, in: Burgdorfer Stadtmagazin Nr. 2/Sommer 2019, S. 7.

Mit anderen Worten: Die Zeit der grossen Käsebarone ging damit zu Ende. Die allumfassende Käseunion übernahm unter der Verantwortung des Bundes die Förderung und den Vertrieb der Hartkäsesorten, nämlich Emmentaler, Greyerzer und Sbrinz. Der Vertrieb erfolgte mit festgesetzten Preisen und einheitlich hohem Qualitätsstandard, der scharf kontrolliert wurde. Dies war nichts anderes als ein staatlich verordnetes wirtschaftliches Kartell, das bis zum 15. Januar 1999 den Käsemarkt weitgehend bestimmte, das heisst, bis das neue Kartellgesetz von 1995 und das neue Landwirtschaftsgesetz von 1998 wirksam wurden. Damit verlor der Schweizerische Skiverband seinen Hauptsponsor und die nationalen Skihelden mussten nicht mehr in Emmentaler Skianzügen zu Tal fahren.

«Heute aber scheint alles anders im spätklassizistischen Steinhausbau mit Walmdach, grosszügiger Terrasse und Garten an der Lyssachstrasse 6 in Burgdorf.»
Hier verbrachte Betty bis zur Heirat ihre Kindheit und Jugend.

Die Familie Mauerhofer, 1891.

Die Familie Mauerhofer, 1899.

Betty zögerte zuerst, als ihre Eltern diese Einladung zum Bertholdia-Ball im herrschaftlichen Hotel Guggisberg nicht nur vorbrachten, sondern sie ermunterten, zuzusagen.

Mäxli, etwa sieben bis acht Jahre alt.

«‹Ihr Meitschi könnt das überhaupt nicht. Ich zeige euch, wie wir Buben das besser können.›
Mit diesen Worten entriss uns Mäxli den Reifen und trieb ihn rasant vorwärts. So schnell, dass dieser in ein langsam herantrottendes Fuhrwerk schlitterte und das Pferd am Vorderbein traf.»

Einwägen des Emmentaler Käses als eine Art ritueller Akt.

Der Käsebohrer mit dem Böhrlig, das heisst der Probe des Emmentalers.

Transport der Mulchen (Halbjahresproduktion) nach Burgdorf und Lagerung des Emmentalers im Keller von Mauerhofers.

Ecole supérieure communale des jeunes filles Morges.

Die Heirat zwischen Betty Mauerhofer und Fritz Steinmann fand erst am 1. Oktober 1903 in Burgdorf statt. Sie hatten sich zwar bereits am 25. Dezember 1902 verlobt, aber eine frühere Heirat war nicht möglich, weil Fritz noch vier Monate an der Charité in Berlin operierte.

GALLI

24. Cecchino und Thaddea Schelbert – eine Liebesheirat (1906)

Wie der junge Arzt Cecchino aus reinem Zufall Thaddea kennenlernt, wie sich beide ineinander verlieben und vier Monate später heiraten.

Ich gestatte mir, zu Beginn dieses Kapitels zuerst einen Brief von Cecchino Galli zu zitieren:

St. Gallen, 16. Februar 1906
Sehr geehrtes Fräulein!
Zürnen Sie mir, verehrtes Fräulein, bitte nicht, wenn ich, nebst dem gestatteten Kartengruss, mir erlaube, noch einen kleinen Blumengruss beizufügen.
Die Walzerklänge sind verrauscht, das Schlitten-Geklingel ist verstummt, und der Ernst des alltäglichen Lebens und der Praxis hat wieder sein Recht gefordert.
Doch eins ist geblieben, und zwar für mich die süsse Erinnerung an die schönen, verflossenen Stunden, und... die Sehnsucht.
Empfangen Sie nochmals herzlichsten Dank und meine besten Grüsse... wollen Sie auch Ihrem verehrten Vater meine Grüsse übermitteln.
Mit vorzüglicher Hochachtung, Ihr ergebener
Dr. C. Galli

Und nun den Kommentar dazu von meiner Mutter, Dr. Beatrice Steinmann-Galli:

So fing es an...
Am Samstag, den 10. Februar 1906, wollte der junge Arzt Francesco Galli, den jedermann nur Cecchino nannte, über das Wochenende zu seinen Eltern nach Lugano fahren. Seit knapp einem Jahr hatte er in

St. Gallen an der Langgasse eine Praxis für allgemeine Chirurgie, er war ledig und dreissig Jahre alt. St. Gallen gefiel ihm nicht besonders, aber er hatte am dortigen Kantonsspital sechs Assistentenjahre verbracht. Die augenblicklichen politischen Verhältnisse im Tessin waren für eine Niederlassung in Lugano oder Bellinzona nicht so günstig. Die Gallis waren alle Radikale – sein Vater Giovanni war es sogar in besonderem Masse und hatte sich stark exponiert. Trotzdem war er in jenen Jahren Vicesindaco von Lugano und Grossrat im Tessin.

Cecchino war ein guter Sohn. Überdies langweilte er sich in St. Gallen, wo man dem Tessiner nicht besonders freundlich entgegenkam. So reiste er denn oft nach Lugano.

An jenem Samstag musste er in Arth-Goldau den Zug wechseln und verfehlte aus irgendeinem Grund den Anschluss. Ärgerlich und verstimmt sass er im Bahnhofbuffet vor seinem Bier. Da trat ein Bekannter, Herr Eduard Hürlimann, in den Saal und rief: «Eh, der Cecchino, komm heute mit nach Brunnen an den Revolverball, ist der Ball von der Revolverschützen-Gesellschaft. Was willst du auf den Spätzug warten, es wird ja Mitternacht, bis du in Lugano bist.»

«Ich habe keinen Frack mit», sagte Cecchino (so fein war man damals). «Du kannst den Frack von meinem Bruder Karl haben», sagte der Eduard, dessen Vater die grosse Kalk- und Zementfabrikation an der Muota bei Brunnen besass.

Und so, mit geliehenem Frack und geliehenem Frackhemd, wegen eines verpassten Zuges, ging Cecchino an den Ball der Revolverschützen. Und dort traf ihn der Blitz.

Er sah die kleine, zarte Thaddea Schelbert, 23½ Jahre alt, mit schwarzen Haaren und dunkelblauen Augen. Sie trug ein weisses Kleid. Er dachte: «Die oder keine!»

***

Im hellen, von der Mittagssonne beschienenen Wohnzimmer mit Blick auf den Vierwaldstättersee sassen Cecchino und Eduard vorerst stumm am Mittagstisch. Eduard noch verschlafen, Cecchino bereits hellwach, denn in ihm tummelten sich die Erinnerungen an die vergangenen Stunden des rauschenden Balls im Seehotel «Waldstätterhof». Das Fräulein Thaddea Schelbert setzte sich nicht nur in seinem Kopf, sondern, wie von Amors Pfeil getroffen, bis tief in seinem Herzen fest. Zwar wusste er von ihr einiges, aber noch nicht genug: Sie konnten sich nur während des Tanzes unterhalten, denn sie sassen nicht am selben Tisch. Immerhin erfuhr er, dass sie die Tochter des renommierten Arztes Dr. Josef Schelbert in Brunnen war und seinen Haushalt führte. Ihre Mutter habe vor vier Jahren zunehmend gekränkelt und sei, nachdem sie fünf Kindern das Leben geschenkt hatte, gestorben. Auch zwei Geschwister verstarben früh: der kleine Erich mit drei Jahren durch ein vergiftetes Bonbon, das ihm eine irrsinnige Frau gegeben hatte, und Ruthli erkrankte mit neun Jahren an Tuberkulose. Dass er von Thaddeas schwerem Schicksal bereits im Laufe des Abends bei leisen Gesprächen vor und nach dem Tanz erfuhr, deutet für ihn an, dass sie ihren Geschwistern noch immer nachtrauert. (Diese Trauer wird sie ihr ganzes Leben lang begleiten.) Natürlich beeindruckte Cecchino vor allem ihre auffallende Schönheit: Das zarte Gesicht mit den roten Lippen, die schwarzen, hochgesteckten Haare im Kontrast zu den blauen Augen, ihre zierliche Figur, eingehüllt in ein fast schleierartiges weisses Ballkleid – sie wirkte auf ihn wie eine zur Welt heruntergeflogene Elfe.

Zum anderen spürte er ihre Ernsthaftigkeit, begründet im Verlust ihrer Mutter und ihrer Geschwister einerseits und im verantwortungsvollen Vorstehen des grossen Haushalts ihres Vaters andererseits. Dessen Praxis hat Cecchino als Mediziner natürlich interessiert. Nach Thaddeas Schilderungen scheint ihr Vater bei den wohlhabenden und reichen Kurgästen in Brunnen und Morschach ein bekannter Arzt zu sein und ausserdem ein beliebter Dorfarzt, der von den Einheimischen nur sehr geringe Honorare verlangt.

Nach seinem inneren Hin und Her und der klaren Schlussfolgerung «sie und keine andere» bricht Cecchino die etwas verschlafene Stille am Mittagstisch bei Hürlimanns, an dem auch Vater Karl sitzt, Zeitung liest und leise vor sich hin brummt, für sich das Gelesene kommentierend: «Ich möchte Fräulein Thaddea Schelbert heute noch einmal sehen. Wie stelle ich das an?»

Nun blickt Eduard auf, der bisher lustlos in einem Rührei herumgestochert hat, und meint: «Einfache Sache. An diesem wunderschönen

Wintertag laden wir sie zu einer Schlittenfahrt nach Schwyz ein. Was meinst du, Papa?»

Dass Eduard dies an seinen Vater richtet, ist insofern berechtigt, als weder Cecchino noch er selbst mit diesem Ansinnen direkt an Thaddea Schelbert herantreten können. Hierfür brauchte es die Erlaubnis ihres Vaters, und am besten würde daher Vater Hürlimann diese erwirken. Dieser legt die Zeitung nieder und hat in seiner rührigen und unternehmerischen Art sofort begriffen, um was es da geht: um die Vermittlung eines überschwänglichen Herzens.

Hier muss nachgetragen werden, dass Karl Hürlimann bereits Ende 1880 Kalk für den Tunnelbau im Gotthard lieferte und dadurch mit dem Ingenieur Giovanni Galli in Berührung gekommen war. Die Bekanntschaft setzte sich fort, insbesondere beim Bahnbau Luzern–Immensee und bei anderen Bahnbauten unter der Leitung von Cecchinos Vater. So hat Giovanni wohl auch Eduard kennengelernt, denn der arbeitet ebenso wie seine beiden Brüder Gustav und Karl im väterlichen Betrieb mit, welcher im Übrigen ab den 1890er-Jahren Hürlimann & Söhne AG heisst.

Vater Hürlimann meint spontan: «Dann rufe ich am besten Josef an, wir sind ja Freunde.»

Hier gilt es anzumerken, dass 1906 nur wenig Privilegierte in Brunnen über ein Telefon verfügten, sicher aber der Gemeindepräsident (und Fabrikant) und ebenso der Arzt Dr. Schelbert. Ob die Zentrale in Brunnen selbst oder aber in Schwyz lag, lässt sich heute nicht mehr klären. Jedenfalls geht Hürlimann an den Apparat im Korridor, bittet um die Verbindung, und dann hört man ihn laut ins Wandmikrofon schreien. Nach einem kurzen «Wie geht's?» kommt er gleich zur Sache: «Josef, Eduard möchte mit seinem Gast Dr. Cecchino Galli deine Thaddea heute Nachmittag zu einer Schlittenfahrt nach Schwyz einladen. Das Wetter ist dafür hervorragend geeignet. Ich hoffe, du hast nichts dagegen. Galli hat für deine Tochter ziemlich Feuer gefangen, da kann er sich in der Kühle der Fahrt mit ihr etwas beruhigen...»

«...»

«Ja, Josef, ich kenne ihn und die Familie schon seit Langem. Keine Sorge...»

«...»

«Der Vater? War bis vor Kurzem ein grosser Bahningenieur und Unternehmer. Ich habe ihn damals beim Gotthardtunnel kennengelernt und später bei Bahnbauten mit ihm Geschäfte gemacht. Hat immer pünktlich bezahlt. Heute nennt man ihn auch den ‹König von Lugano›. Er ist Vicesindaco, Grossrat und Kantonsingenieur und betreibt daneben seine Unternehmungen weiter. Heute vor allem in der Elektrizitätswirtschaft.»
«…»
«Ja, er will den Tessin elektrifizieren. Er baut bei der Verzasca gegenwärtig ein Werk. Schade, dass ich nicht liefern kann. Zu weit weg.»
«…»
«Cecchino? Dreissigjährig. Hat nicht nur eine eigene Praxis in St. Gallen, sondern zudem kürzlich eine kleine Unfallchirurgie-Klinik eröffnet. Abgesehen davon: Er sieht flott aus, ‹sportlich›, wie man heute sagt. Er klettert auf alles, was in grosse Höhen ragt. Mit anderen Worten, Josef, wenn man einmal den Begriff ‹standesgemäss› verwenden kann, dann in diesem Fall.»
«…»
«Gut, sie kommen in einer Stunde angespannt vorbei und holen deine Tochter, warm angezogen, ab. Auf bald, beim Frühschoppen am nächsten Sonntag.»
Zurück am Tisch, bellt er kurz: «So, meine Lieben, ihr wisst, was ihr zu tun habt – und benehmt euch bitte wie Gentlemen», und liest in seiner Zeitung weiter.

***

So stehen die beiden bereits fünfzig Minuten später mit dem grossen Pferdeschlitten der Hürlimanns und einem Pferdeknecht auf dem Bock vor dem grossen Arzthaus der Schelberts. Josef erbaute es 1881, und es ist noch heute eine der repräsentativsten Privatbauten in Brunnen. Vier dorische Säulen zieren die Eingangspforte und tragen die grosse Terrasse mit Balustrade in der Beletage. Im Parterre finden sich die Praxisräume mit kleiner Klinik, und die zwei oberen Stockwerke werden von der Familie privat genutzt. (Noch heute ist der klassizistische Bau die Praxis zweier Ärzte mit deren Privatwohnungen.)

Minuten später trotten sie nun zu dritt, in warme Pelzdecken eingehüllt, über den glitzernden Schnee Richtung Schwyz, vorbei an der schneebedeckten kleinen Kapelle, die Apollonia, der Schutzpatronin der Zahnärzte, gewidmet ist. Was genau zwischen Thaddea und Cecchino im Beisein von Eduard besprochen wurde, wissen wir nicht. Aber was daraus folgte, ist verbürgt. Ich gestatte mir wiederum, meine Mutter aus ihrem Familienbericht zu zitieren:

Jetzt reiste Cecchino nicht mehr ins Tessin, sondern jeden Sonntag ins Arzthaus nach Brunnen. Die Brunner Damen, die Hürlimanns und Fassbinds und Aufdermauers, beobachteten alles durch die Fenstervorhänge. «Ich konnte fast nicht mehr ins Dorf», erzählte Thaddea später. Die Leute fragten: «Gibt's was?» Und schon am dritten Sonntag fragte Cecchino: «Liebes Fräulein, darf ich bei Ihrem Vater um Ihre Hand anhalten?» Thaddea sagte Ja, und der Papa, Dr. med. Josef Schelbert, sagte auch Ja.
Und dann, erst dann, sagten sie sich zum ersten Mal Du und gaben sich den ersten Kuss… im Jahre 1906. Heute ist das alles anders.

***

Im Folgenden einige familiengeschichtliche Ergänzungen: Meine liebe Grossmutter Thaddea empfand sich als Urschweizerin und erklärte oft: «Mitten auf der Welt liegt Europa, mitten in Europa die Schweiz, und mitten in der Schweiz ist der Kanton Schwyz, und dort im Zentrum befindet sich Brunnen.»
Tatsächlich kommen die Schelberts seit Hunderten von Jahren aus dem Muotatal. Ursprünglich sind sie über den Pragelpass aus Glarus eingewandert. Nachweislich fielen zwei Schelberts bei der Schlacht von Näfels am 9. April 1388 (Kanton Glarus), wobei die Urschweizer mit einer Mannschaftsstärke von circa sechshundertfünfzig Eidgenossen gegen circa sechstausend Ritter und deren zahlreiche Waffenknechte und Söldner siegten. Die habsburgischen Feinde liessen circa eintausendsiebenhundert Tote auf dem Schlachtfeld und im angrenzenden Sumpf von Weesen. Die Eidgenossen verloren «nur» fünfundfünfzig Mitstreiter, worunter eben die zwei Schelberts. Auch

diese Geschichte erzählte meine Grossmutter Thaddea immer wieder. Ihre direkten Vorfahren lebten im Muotatal und waren Bauern. Ihr Grossvater Sepp Anton Schelbert (geboren 1819) heiratete Veronika Betschard von Schwyz. Ihr Sohn Josef erwies sich als sehr intelligent, wollte studieren, was sich aber die Eltern nicht leisten konnten. Auch hier muss, ebenso wie bei Fritz Steinmann, ein wohlhabender Förderer eingegriffen und ihm das Studium der Medizin finanziert haben. Josef habe aber mit seinen ersten Ersparnissen dem Förderer bald alles zurückbezahlt.

In Brunnen eröffnete Thaddeas Vater die Praxis und gliederte eine kleine Klinik an. Weil Brunnen ein internationaler Kurort mit grossen Hotels war und offenbar auch mit kränklichen Gästen, gelangte Josef Schelbert bald zu einem erbaulichen Wohlstand, der sich in dem bereits beschriebenen Arzthaus materialisierte.[89]

Der junge Arzt heiratete 1881 Marie Wessner aus St. Gallen, deren Vater als Lehrer und sogar als Bezirksammann amtete. Die eigentlich Tüchtige der Familie war jedoch ihre Mutter Maria Theresia, geborene Stärkle. Sie baute in den 1850er-Jahren eine Firma namens «Wessner-Staerkle, Nouveautés, Kleiderstoffe, Tücher, Confection Waaren» auf und brachte die Firma zum Blühen, beschäftigte zwanzig bis dreissig

---

[89] Auszug aus dem Lebenslauf zu Dr. Josef Schelbert (1856–1923) von Archivar Josias Clavadetscher: Josef Schelbert ist 1856 in Muotathal geboren. Er war eines von neun Kindern. Er absolvierte das Gymnasium im damaligen Kollegium Maria Hilf in Schwyz sowie in den Stiftsschulen Einsiedeln und Engelberg. Schelbert entschloss sich zur medizinischen Laufbahn. Er besuchte die Universitäten Zürich, Bern und Wien. Er heiratete Maria-Theresia Wesmer aus St. Gallen. Seine Gattin ist relativ früh verstorben. Das Paar hatte fünf Kinder. Schelbert erbaute sich anfangs der 1880er-Jahre ein sehr schönes Bürgerhaus mitten in Brunnen (Bahnhofstrasse 31), das noch heute als Arztpraxis dient. Er wirkte 27 Jahre in Brunnen als Allgemeinpraktiker (1882–1909). Er war alleiniger Arzt im Dorf und zuständig für die Nachbargemeinden Morschach, Riemenstalden, Sisikon (UR) und Seelisberg (UR). In den Sommermonaten war er zudem für die zahlreichen internationalen Touristen der Region tätig. Schelbert war jeweils mit einem Einspänner (Break, gezogen von einem Schimmel) unterwegs. Er hat offenbar auch verschiedentlich Patienten in schlechter wirtschaftlicher Lage das Honorar gestrichen oder sogar finanzielle Unterstützung geleistet. Schelbert war im damaligen Kurverein Brunnen (Belle Epoque!) Mitbegründer der örtlichen Wasserversorgung, hatte verschiedene Mandate der politischen Gemeinde inne, so zwei Amtsperioden als Gemeindepräsident von Ingenbohl (Brunnen) und von 1904 bis 1908 auch Kantonsrat. Mitglied der liberalen Partei (Freisinn). 1909 übersiedelte Schelbert im Alter von 53 Jahren nach Zürich. In Zürich heiratete er Helene von Roederstein und baute in Zürich-Fluntern einen Landsitz (Kraftstrasse 22). Weiter war er als Kurarzt in Fideris (GR) und Flims (GR) tätig. Schelbert ist am Mittwoch, 11. April 1923, in Zürich im Alter von 67 Jahren an einem Herzinfarkt unerwartet verstorben.

Schneiderinnen und Hilfskräfte. Von ihr liegt ein intensiver Briefwechsel mit ihrer Tochter Marie vor, Thaddeas Mutter, der sich über zwei Jahrzehnte erstreckt. (Allerdings in der alten Schrift, von mir nicht lesbar und wahrscheinlich für die vorliegende Saga nicht von Bedeutung.) Wie bereits erwähnt, entsprossen der Ehe fünf Kinder, wobei zwei leider früh starben. 1902, nach dem Tode ihrer Mutter, musste Thaddea den Haushalt ihres Papas führen. Das war nicht einfach. Ihre jüngeren Brüder Gustav und Werner beanspruchten sie von Zeit zu Zeit recht intensiv. Zu der Zeit jedoch, als Thaddea Cecchino kennenlernte, begannen sie mit ihrem Studium: Gustav Jurisprudenz und Musik, Werner Medizin.
Zu Ersterem lohnt sich ein Zitat aus der Familiengeschichte meiner Schwester Veronika Gonin:

Gustav war übrigens ein eigener Charakter. Heute würde man sagen, ein Aussteiger. Er studierte zwar Jus, bemerkte aber dann, er wolle nicht das Wachhündlein der Menschheit sein, und zog nach Paris. In der Familie hatte die Musik immer einen grossen Stellenwert gehabt. Grossmama war in Gesang ausgebildet. Die Familie Schoeck, die auch in Brunnen lebte, zählte zum Freundeskreis, und bei Einladungen wurde immer musiziert. So fühlte sich auch Gustav zum Musiker berufen. Leider fehlte es ihm an Fleiss. Aber in der Familie wurde von einer unvollendeten Oper berichtet. In einer Schlüsselszene hätten Skelette auf einem Segelschiff getanzt. Heute wäre das nichts Besonderes, doch damals – vor dem Ersten Weltkrieg – war das schon sehr avantgardistisch. Bald lernte er eine hübsche Pariserin kennen und lieben. Sie war die Mätresse eines reichen Industriellen, und bald machte sich die Nachbarschaft über das Verhältnis lustig: «Monsieur Gustave boit le vin de ma cave.»
Doch die Verbindung hielt bis zum Tod, obschon – damals noch schockierend – sie nie den heiligen Bund der Ehe eingegangen waren.
Noch eine andere lustige Geschichte: Die beiden liessen sich auf dem Lande in der Nähe von Paris in einem kleinen Haus nieder und züchteten Hühner. Die harten Zeiten des Zweiten Weltkrieges scheinen sogar Gustav zum Arbeiten angeregt zu haben. Jedenfalls standen die beiden vor dem Problem, wie man 800 Eier in das von Deutschen besetzte Paris bringen konnte, um diese dann auf dem Schwarzmarkt zu verkaufen.

An Fantasie mangelte es den beiden nicht, und so packten sie die Eier in einen Sarg, organisierten einen von schwarzen Pferden gezogenen Leichenwagen, und so zogen sie in Paris ein. Die deutschen Wachen hätten sogar salutiert, berichtete Grossmama.

So weit meine Schwester Veronika.
Auch Werner Schelbert fiel durch eine ausserordentliche Vita auf, allerdings im hochbürgerlichen Sinne, war er doch einer der Gründer des Zürcher Yacht Clubs und dessen langjähriger Präsident. Aus einem Nachruf entnehmen wir Folgendes:

Dr. Werner Schelbert wurde 1884 in Brunnen als Sohn eines angesehenen Landarztes geboren. Seine Gymnasialstudien absolvierte er in St. Gallen. Hierauf begab er sich in die Universitäten Zürich, München und Kiel, um sich zum Mediziner heranzubilden. Er spezialisierte sich auf das Gebiet der Chirurgie und der Urologie. Nach einer Assistenzzeit in Glarus, Genf, Zürich und Paris liess er sich 1917 in Zürich nieder. Im Jahre 1913 hatte er Gelegenheit, als Mitglied einer Ärztemission im Balkankrieg den Verwundeten zu helfen. Im Ersten Weltkrieg wirkte Dr. Schelbert zuerst als Oberarzt und nachher als Chefarzt einer MSA[90]. Betrachtet man sein Leben in der Gesamtheit, so entdeckt man, dass der Verblichene immer wieder, wenn der Kriegsbrand auflodert, sein alltägliches Wirkungsfeld verliess, um seine Kräfte Sanitätsaufgaben zu widmen. Auch im Jahre 1940 erreichte ihn wieder der Ruf des Vaterlandes.
Wer Dr. Schelbert noch in seiner rüstigen Zeit gekannt hat, erinnert sich gerne auch an den begeisterten Alpinisten, Skifahrer und Segler. Er gehört zu den Pionieren des Skilaufs in der Schweiz. Zeit seiner frühen Jugend galt aber seine besondere Liebe dem Segelsport.
Er besass eine schöne Yacht auf dem Zürichsee und pflegte im Kreise des Yacht Clubs, dessen langjährigen Präsident er war, viele Freundschaften.

***

---

90 Abkürzung für «Militärsanitätsanstalt».

Thaddea Schelbert
Bahnhofstrasse 31
Brunnen/Schwyz
Dienstag, 22. Mai 1906

Liebster Cecchino!
Natürlich verstehe ich, dass Du das schöne Wetter ausnutzen willst, um am nächsten Wochenende, am 27. Mai, in Deinen «geliebten Bergen» zu klettern, und am übernächsten ebenfalls. Du kannst Dir vorstellen, wie sehr ich Dich vermisse.
Nach wie vor muss ich hier für den Haushalt sorgen. Unsere liebe Klara ist ja arbeitsam, aber ohne Anweisungen und Kontrolle geht es nicht. Mit anderen Worten, ich muss bald eine tüchtige Haushälterin suchen, wenn ich nach unserer Hochzeit zu Dir nach St. Gallen umziehe.
Die Vorbereitungen für unsere Hochzeit schreiten voran, und morgen gehe ich bereits zur dritten Anprobe meines Hochzeitskleides. Es wird Dich überraschen.
Das Hotel «Eden» hat Papa bereits Menu-Vorschläge unterbreitet, die er mir nur halbherzig zur Einsicht gab und vielleicht mit «jemand» anderem bespricht. Damit komme ich zu meiner grössten Sorge: Ich glaube, mein Vater ist im Beginn, eine Frau näher an sich heranzulassen. Ich muss gestehen, ich sehe das nicht gerne.
Mehr per Zufall habe ich sie mit meinem Vater, erstaunlicherweise an einem Donnerstagnachmittag, am Quai spazierend angetroffen. Schon von Weitem hatte ich den Eindruck, die beiden kennen sich gut und sprechen recht vertraut miteinander. Als ich vor ihnen stand, zeigte sich mein Vater, für mich das erste Mal, etwas verlegen. Wohingegen die Frau mich eher etwas schnippisch musterte. Er stellte mich der Dame vor. Sie ist offensichtlich eine Adlige, nämlich eine Helene von Roederstein. Also eine Deutsche. Wie ich später von meinem Vater erfuhr, natürlich ein oft gesehener Kurgast und verwitwet. Zweifellos möchte sie sich bei meinem Vater häuslich niederlassen.
Mir läuft es da kalt den Rücken herunter. Sie wirkt auf mich, tut mir leid, wenn ich dies hier ungehörig schreibe: vornehm, arrogant und etwas dümmlich. Sicher ist sie schön und reich und insofern eine interessante Partie für meinen Vater. Doch trotzdem, warum gerade eine solche?

In einem werde ich strikt sein, und ich hoffe, liebster Cecchino, Du wirst mich unterstützen: Diese Frau kommt nicht an unsere Hochzeit. Dass Papa nach meinem Wegzug aus Brunnen wieder heiratet, ist ja kaum zu vermeiden. Das kann ich nachvollziehen. Aber dass es gerade eine solche Dame sein muss, welche ihre Nase so weit oben hält, dass beinahe die Sonne hineinscheint: nein. Und dann wird sie diese wahrscheinlich in alles stecken. Das darf nicht sein.
Liebster Cecchino, um unserer Liebe willen komm gesund von den Bergen zurück und bald nach Brunnen. Denn Deine starke Hand fehlt mir gerade jetzt, wegen der sich neu anbahnenden Geschichte.
Deine Dich über alles liebende
Thaddea

Zu Helene von Roederstein schreibt meine Schwester Veronika:

Sie war schön, reich, kinderlos, vornehm und dumm. Eine eifrige Leserin von Courths-Mahler-Romanen. So benahm sie sich auch.
Denn da war einmal ihr verstorbener Ehemann, der liebe Karl selig. Er muss zwar ein ziemliches Ekel gewesen sein. Wenn er spät abends heimkam, hat er «das Bärchen gemacht», wie sich die Stüüf (Stiefmutter) vornehm ausdrückte. Das heisst: Er war so stockbesoffen, dass er nur noch auf allen vieren die Treppe hochkam. Das scheint öfters vorgekommen zu sein. Trotzdem, nach jedem Streit mit meinem Urgrossvater – aus dem Bauernsohn Sepp hatte sie einen José gemacht – stand sie würdig auf und rauschte mit ihren langen Gewändern zur Tür hinaus, indem sie verkündete: «Ich gehe aufs Grab meines lieben Karl selig.» Das tat sie regelmässig.

***

Meine Mutter schildert die zwei Monate später folgende Hochzeit kurz und bündig:

Thaddea und Cecchino vermählten sich am 17. Juli 1906 in der Kirche des Klosters Ingenbohl bei Brunnen. Sie wurden von einem verwandten Pfarrer Alois Föhn getraut. Brautführer war Herr Gottfried Kiener aus Bern, Brautführerin Anni Fassbind (später verh. mit Arnold Kälin von Einsiedeln).

Das Hochzeitsessen war im Hotel «Eden» in Brunnen, das dem Maler Schöck-Fassbind gehörte, dem Vater des Komponisten Othmar Schöck. In der Traurede sagte der Pfarrer Föhn den Spruch, den Papa lebenslang nicht vergessen hat: «Ein Wermutstropfen fällt in den Freudenbecher dieses Tages... nämlich dass eine Tochter der freien Urschweiz einem Untertanen die Hand zum Bunde reichte...»
Die Schelberts waren nämlich ungeheuer ahnenstolz. Ihre direkten Vorfahren Werni und Kuoni Schelbert fielen bei der Schlacht von Näfels und werden im Fahrtbrief erwähnt. Seit Näfels haben die Schelberts auch das ewige Mitlandleute-Recht von Glarus.

Das Menu, das Vater Schelbert ausgewählt hatte, war ziemlich opulent. Vielleicht ging es tatsächlich auf die Ratschläge der künftigen «Stüüf», Helene von Roederstein, zurück.

Wir wünschen dem Brautpaar nachträglich von Herzen noch einen guten Appetit.

***

Wir schreiben Sonntag, den 12. August 1906, zehn Uhr morgens im «Grand Hotel Saas-Fee» und sehen im grossen Speisesaal durch die mannshohen Fenster die grandiosen Viertausender im morgendlichen Sonnenlicht glänzen.
Cecchino und eine noch immer erschöpfte Thaddea sitzen am Frühstückstisch in keineswegs heiterer Stimmung. Thaddeas Gesicht, zwar braun gebrannt, dennoch ein wenig bleich, schaut mit etwas distanziertem Blick auf diese Bergwelt, sie zeigt keinerlei Interesse mehr an ihr. Sie wiederholt, ohne ihren Gatten anzuschauen, leise und deutlich: «Mein Lieber: nie wieder!»
Cecchino blickt sie mit einer «Ich weiss nicht so recht wie antworten»-Miene an, hüstelt, hält sein Tessiner Temperament zurück und meint zögernd: «War doch wunderschön, herrlich und, zugegeben, schon auch ein wenig anstrengend. Aber immer schönstes Wetter. Was will man mehr?»

«Noch einmal: mit mir nie mehr. Du kannst gerne alle Berge der Schweiz abkraxeln, einfach ohne mich. Mir tut der hinterste und letzte Knochen weh. Ich wusste auch nicht, dass ich so viele Muskeln habe, die schmerzen können. Tagelang habe ich meine Angst unterdrückt und brav in deine Kamera gelächelt. Unsere Nachkommen werden glauben, wenn sie diese Fotos bestaunen, ich sei eine begeisterte Berggängerin. Nur werden es die einzigen Bilder sein, die mich mit dir in diesen luftigen Höhen zeigen. Auch in einer Sänfte bringst du mich nie mehr da hinauf. – Cecchino, ich liebe dich und habe dies aus Liebe zu dir mitgemacht. Aber nun, mein Lieber, lässt du mich mit derartigen Expeditionen auf über viertausend Metern, über riesige Gletscher hinweg, für die nächsten fünfzig Jahre in Ruhe.»

Eine so lange Rede mit derart deutlichen Worten von Thaddea ist für Cecchino eher ungewohnt. Tatsächlich hat sie auf dieser Hochzeitsreise beziehungsweise beim Hochzeitsbergsteigen immer gute Miene zum anstrengenden «Spiel» gemacht. Nun aber, am letzten Tag, bevor sie zurückreisen – notabene anfänglich zu Pferd, auch dies für sie eher ungewohnt –, macht Thaddea aus ihrem Herzen keine Mördergrube mehr. Sie will dieses gemeinsame Bergkapitel für den weiteren Verlauf ihrer Ehe beenden.

Was war passiert? Am Montag, dem 23. Juli, fuhren sie mit einer gemieteten Kutsche – wenn's kühl wurde, in Decken eingehüllt – über die Schöllenenschlucht hinauf nach Andermatt und von dort über den Oberalp ins Wallis. Der Rhonegletscher, der Ausfluss der jungen Rhone, all das beeindruckte Thaddea durchaus. Es war eine herrliche, wenn auch zeitweise holprige Fahrt. Nach zwei Tagen konnten sie sich im Hotel «Mont Cervin» in Zermatt einnisten. Da war die Bergwelt für sie noch in Ordnung.

Einen ersten Ausflug auf gut begehbarem Pfad in die Zermatter Berge nach Findelen erlebte sie zwar als anstrengend, war aber beeindruckt von der Schönheit dieser Bergwelt. Auch die Fahrt anderntags mit dem Bähnchen auf den Gornergrat belohnte Thaddea mit dem überwältigenden Blick aufs Matterhorn, das Klein Matterhorn, Breithorn, die Zwillinge Pollux und Castor, den Monte Rosa und die Dufourspitze. Auch das wiederum beeindruckte sie tief, überhaupt die verschiedenen Ausflüge im Zermatter Gebiet, obwohl diese sie an ihre körperlichen Grenzen brachten. Gott sei Dank hielt sich Cecchino noch zurück, mit ihr auf einen dieser Viertausender hochzusteigen.

Die Reise von Zermatt nach Saas-Fee mit der Kutsche und zweitägiger Übernachtung in Visp war noch erträglich. Der Ritt zu Pferd nach Saas-Fee erinnerte sie daran, dass ihr Rücken vielleicht doch zu wenig an derartige Strapazen gewöhnt war.

In Saas-Fee bezogen sie eine Suite im zwölf Jahre zuvor eröffneten «Grand Hotel». Dieses bot ihnen jeglichen Luxus, denn die Hoteliers Lagger und Stampfer wussten, was ihre internationalen, vor allem englischen Gäste erwarteten. Nach einigen Ruhetagen machten sie zwei, drei leichte Angewöhnungstouren, welche Thaddea trotz schmerzender Beine noch klaglos mitmachte.

Aber dann überraschte sie Cecchino am Mittwochabend, dem 8. August, mit den Worten: «Liebste Thaddea, ich habe zwei Bergführer gebucht, die uns und ein weiteres Ehepaar auf das Allalinhorn führen. Das wird die Krönung unserer Hochzeitsreise sein. Allerdings müssen wir morgens um halb vier aufstehen und spätestens um halb fünf losgehen. Diese Tour wird lange über den Gletscher führen, und das dauert schon ein bisschen.»

Thaddea, die nicht gerade als fanatische Frühaufsteherin galt, äusserte aus Liebe zu ihrem jungen Gatten keine Bedenken. Nicht zu vergessen, dass in den Nächten aus einem anderen Grund der Schlaf etwas verkürzt wurde.

Für Thaddea wurde das viel zu anstrengend und wegen der dünnen Luft noch zunehmend. Es ging über sechs Stunden, bis sie nach einer kurzen, für sie schwierigen Kletterei den Gipfelfelsen auf 4027 Metern erklommen (mein Grossvater gibt 4034 Meter an). Die Männer in ihren Hosen und Gamaschen hatten sicher die geeignetere Kleidung als die Frauen mit ihren langen, weiten Röcken, die beim leichtesten Windstoss zwischen ihren Beinen flatterten. Insgesamt waren sie bestimmt mehr als zehn Stunden unterwegs. Am Abend sank Thaddea völlig erschöpft ins Bett und konnte sich vor lauter Schmerzen kaum mehr rühren.

Tja, diese Hochzeitsbergsteiger-Reise, die mein Grossvater sehr schön mit Fotos dokumentiert hat, dürfte insofern bereichernd gewesen sein, als damit für die Zukunft ihrer Ehe die Frage der Bergsteigerin definitiv geklärt wurde.

Eine Auffälligkeit zum Schluss: Cecchino Galli fotografierte präzise fachmännisch und beeindruckte bereits hier mit Panoramafotos. Das Fotografieren wurde zu seinem Hobby, das sich, notabene vor dem Ersten Weltkrieg, so weit entwickelte, dass er Farbfotos und dreidimensionale Bilder erstellen konnte. Bei Letzteren handelte es sich um Glasscheibchen mit identischen Fotos, die man in eine Art Feldstecher hineinschieben konnte, wodurch sich dreidimensionale Bilder ergaben. Wie er das fertiggebracht hat, weiss ich nicht. Jedenfalls habe ich, als ich etwa sieben- oder achtjährig bei den Grosseltern in St. Gallen in den Ferien weilte, diese Bilder enorm bewundert und immer wieder angeschaut. Leider sind sie verloren gegangen.

Original des ersten Briefes
von Cecchino Galli an
Thaddea Schelbert vom
16. Februar 1906.

Thaddea Schelbert, circa 1805/1806.

«Gesicht mit roten Lippen, die
schwarzen hochgesteckten Haare
im Kontrast zu den blauen Augen,
ihre zierliche Figur eingehüllt im
leicht schleierartigen, weissen Ballkleid, sie wirkte auf ihn wie eine
auf die Welt heruntergeflogene Elfe.»

Die Eltern von Thaddea, Joseph
und Marie-Theresia Schelbert-Wesmer,
etwa 34/35 Jahre alt.

Das «Doktorhaus» der Schelberts an der Bahnhofstrasse 31 in Brunnen.

«Der schöne Cecchino»
vor seiner Verlobung in seiner
Praxis in St. Gallen.

Dr. med. Joseph Schelbert gab sein
Einverständnis für die Schlittenfahrt seiner
Tochter mit dem verliebten Cecchino.

«Meine Schwester
Veronika schreibt zu
Helene von Roederstein:
‹Sie war schön, reich,
kinderlos und dumm.
Eine eifrige Leserin von
Courths-Mahler-
Romanen. So benahm
sie sich auch.›»

Helene von Roederstein.

Karl Hürlimann, Gründer und Besitzer der
Kalkfabrik Hürlimann und Söhne AG in
Brunnen, Vater von Eduard, der Cecchino
an den Revolverball eingeladen hat.

Gemälde ihrer Schwester,
der bekannten Malerin
Ottilie von Roederstein.

«*Die Leute fragten: ‹Gibt's was?› Und schon am dritten Sonntag fragte Cecchino: ‹Liebes Fräulein, darf ich bei Ihrem Vater um Ihre Hand anhalten?› Thaddea sagte ja und der Papa, Dr. med. Joseph Schelbert, sagte auch ja. Und dann, erst dann, sagten sie sich zum ersten Mal Du und gaben sich den ersten Kuss... im Jahre 1906.*»

17. Juli 1906 – Die Hochzeitstafel im Hotel Eden – Brunnen

Diner

Hors d'œuvres variés

Consommé Princesse

Truites de rivière au bleu
Sauce mousseuse

Cœur de filet de bœuf à la française
Sauce aux champignons

Filets de poulet à la reine

Aspic de foie gras Belvédère

Sorbets au Maraschin

Asperges en branches
Sauce Hollandaise

Faisan de Bohême en volière
Salade à l'italienne

Pouding aux amandes

Glaces à l'Eden

Tartes à la Nelson

Pièces montées en nougat

Fruits et Desserts

Das Hochzeitspaar in Zermatt.

Hinfahrt — Auf der Teufelsbrücke

Saas Fee

Auf dem Feejoch 3812

Gipfelfelsen d. Allalinhorns 4034 m.

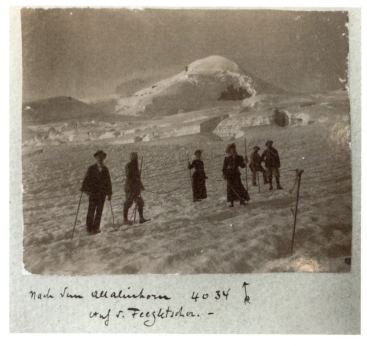

Nach dem Allalinhorn 4034
auf d. Feegletscher. –

25. Schusswirkungen und Steinmann-Nagel (1903–1912)

Wie Fritz Steinmann vom Oberassistenten des Nobelpreisträgers Professor Emil Theodor Kocher[91] zum Privatdozenten und zum Gründer des Spitals Engeried wurde, wie seine Innovation der Nagelextension ihn weltweit berühmt machte und er bei den Kaisermanövern 1912 als Beobachter zugegen war.

Die Hochzeitsfeier von Betty und Fritz am 1. Oktober 1903 im Hotel «Guggisberg» in Burgdorf zeigte ähnliche Züge einer grossbürgerlichen Feier wie bei Thaddea und Cecchino. Allerdings war das Menu nicht in Französisch, sondern emmentalisch bieder in Deutsch gehalten.

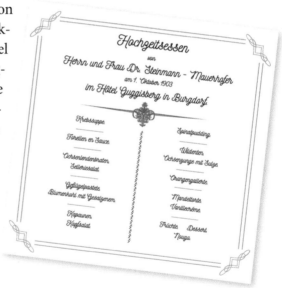

---

91 «Emil Theodor Kocher (25.08.1841, Bern – 27.07.1917, Bern) o. Prof. für Chir. in Bern. Sein rasch wachsendes internationales Ansehen brachte ihm Berufung auf die Lehrstühle nach Prag, Bonn, Wien und Berlin ein, er blieb jedoch 45 Jahre lang in Bern, baute die Chir. im Inselspital auf und begründete die grosse Berner Chirurgenschule. Schwerpunkte: Infektionen, Schusswunden, Hernien (1895 Schenkelbruchpfortenverschluss), Magenchir., Gallenchir. (1878 zweiseitige Cholezystotomie; 1895 Choledochoduodenostomie zur Umgehung einer Papillenstenose), Verletzungen der Wirbelsäule, Schädeltrepanationen und v.a. Kropfoperationen sowie Studien über die Ursachen und Folgen der Kropferkrankung. Kocher erhielt 1909 den Nobelpreis für seine Arbeiten über die Funktionsweise, Krankheiten und Chirurgie der Schilddrüse.» (Christoph Weisser: Chirurgenlexikon – 2000 Persönlichkeiten aus der Geschichte der Chirurgie, Berlin 2019).

Würde man den Vergleich der beiden Hochzeiten weiterspinnen, dürfte man feststellen, dass der anschliessende gesellig-tanzende Teil bei den Berner Steinmännern und Mauerhofern eher verhaltener ausfiel als bei den katholischen Innerschweizern und vor allem der Tessiner Familie Galli, wobei sich da Giovanni durch sein impulsives und überschwängliches Temperament hervortat. Es ist anzunehmen, dass sich das frisch getraute Ehepaar früher in sein Hochzeitszimmer im Hotel «Guggisberg» zurückzog.

Dort wartete auf die beiden eine sinnliche, körperliche Neuheit. Es ist davon auszugehen, dass Mutter Adele ihre keusche Tochter sachlich, vorsichtig umschreibend vorbereitet hat auf das, was da so auf sie zukommt. Dagegen hat sich Fritz medizinisch eingehend damit befasst, allerdings war es aufgrund seiner enormen Arbeitszeit im Studium und als Assistent von Theodor Kocher bei der damaligen Sittenstrenge kaum zu praktischen Übungen gekommen.

Kurz: Der Vorgang muss ziemlich erfolgreich gewesen sein, denn exakt neun Monate und zehn Tage später, am 10. Juli 1904, kam das Töchterlein Hanni zur Welt. Sie war bereits als Säugling ein Bummerli, was sie das ganze Leben lang blieb.

Betrachtet man den Fritz' täglichen Arbeitsaufwand als Assistent, als Forscher, Praktiker und auch als medizinischer Publizist, versteht man, warum der Sohn Bernhard erst am 9. Mai 1908 und der Sohn Hanspeter erst am Abend des Grossen Krieges, das heisst am 12. März 1918, zur Welt kam. Für Privates hatte der karriereorientierte, wissbegierige Fritz Steinmann offenbar nur wenig Zeit.

Im von ihm verfassten Nachruf auf Professor Dr. Kocher gibt es eine interessante Stelle, die zeigt, wie sehr die Assistenten von dieser Koryphäe zeitlich beansprucht wurden. Warum? Im Gegensatz zu den anderen Kliniken der Universität mussten seine Assistenten die Krankheitsgeschichten selbst führen und besassen keine Unterassistenten wie in den anderen Kliniken, die diese Aufgabe erfüllten:

Lebhaft ist in mir die Erinnerung, wie der Verstorbene zweimal in der gleichen Woche den ganzen Tag von morgens 8 Uhr bis abends 8 Uhr in der Klinik verbrachte. Wie wollte da der Assistent klagen über zu viel Arbeit? «Der Achtstundentag ist nur für den sogenannten Arbeiter»,

sagte der Chef zu einem Assistenten, der erlahmen wollte. So trieb die enorme Leistungsfähigkeit des Chefs die Assistenten zur Anspannung aller ihrer Kräfte an. Kocher kannte keinen Feierabend.
So hat mancher wohl geseufzt, wenn er noch tief in die Nacht hinein seine Anamnesen und Befunde aufnehmen musste.[92]

***

Hauptmann Martin Burger, Adjutant, öffnete Fritz die Tür. Obwohl doch bereits dreiunddreissig Jahre alt und seit fünf Jahren Sanitätshauptmann, betrat er etwas nervös das grosse Büro von Oberst Dr. Alfred Mürset, seit 1899 Oberfeldarzt der Eidgenössischen Armee. Er klopfte eine Achtungsstellung, grüsste und meldete: «Herr Oberst, Hauptmann Steinmann.»
«Ruhn, nehmen Sie Platz.»
Fritz schaute gespannt zu dem etwas fülligen Oberst mit grauem Schnauz, Glatze und Zwicker auf der knolligen Nase und sagte nichts. Denn den Grund seines Aufgebots zum Chef aller Sanitätsoffiziere konnte er nur erahnen. Doch schnell begriff er, worum es ging.
«Hauptmann Steinmann, ich habe kürzlich mit Ihrem Chef, Professor Kocher, gesprochen, auch mit dem Ihnen aus dem Dienst bestens bekannten Oberst Heinrich Bircher. Und nun können Sie sich vorstellen, um was es geht?»
«Ich vermute es, Herr Oberst. Aber ich wäre dankbar um ein klärendes Wort.»
«Professor Kocher hat in den späten Achtzigerjahren bereits Schussversuche durchgeführt. Und Oberst Bircher hat Sie bereits einmal darauf angesprochen, ob Sie nicht eine derartige Studie auf dem letzten Waffenstand durchführen möchten. Erinnern Sie sich?»
«Natürlich, Herr Oberst. Aber warum bin ich hier?»
«Die Armee hat grosses Interesse an einer Vergleichsstudie des bisherigen Ordonnanzrevolvers Modell 1882 mit der neuen Ordonnanzpistole 1900, der sogenannten Parabellum. Es interessiert natürlich

---

92 Fritz Steinmann: Nachruf Prof. Dr. Theodor Kocher, Bern, August 1917.

die Schussleistung und vor allem auch die Wirkung auf den menschlichen Körper aus verschiedenen Distanzen. Die neue Pistole ist leichter, hat eine höhere Schusskadenz und ist treffsicherer. Das wissen wir. Aber es gilt das ganze Offizierskorps davon zu überzeugen. Da haben wir an Sie gedacht. – Ich habe mir gestattet, mit Ihrem Chef Rücksprache zu halten. Er wäre einverstanden, dass er diese Studie als Ihre Habilitation annimmt.»
Unser Hauptmann Steinmann hebt die Augenbrauen, schluckt leer und denkt: «Ich hätte gerne ein anderes Thema gehabt, an dem ich intensiv arbeite. Wenn Kocher es aber so will, muss ich mich halt fügen.» Er antwortet: «Das tönt vielversprechend, Herr Oberst. Das ist aber nicht einfach und braucht viel Unterstützung durch Fachleute.»
«Hauptmann Steinmann, das ist uns klar. Sie haben die ganze Unterstützung der Eidgenössischen Waffenfabrik, aber auch weiterer Fachleute wie zum Beispiel unseres Armeefotografen. Ebenso selbstverständlich ist es, dass wir diese Studie mit allen Kräften unterstützen – damit meine ich auch, dass wir die Publikation subventionieren werden.»
Im folgenden Gespräch geht es um die Kontaktaufnahme zu den Direktoren der Waffenfabrik, Ludwig von Stürler und F. Marti. Was die Schusswirkungen an Knochen, Schädel und Weichteilen betreffe, müsse er sich dann mit Professor Kocher und der Pathologie in Verbindung setzen.
Fritz wird sich bewusst, dass ihm diese Arbeit für das wissenschaftliche Fortkommen nützlich sein wird, ihn aber in seiner jetzigen Tätigkeit deutlich zurückwirft. Sein Hauptanliegen betrifft nämlich die Unfallchirurgie, insbesondere die hohen Invaliditätsfolgen nach der Behandlung von Frakturen: Die starke Verkürzung und Steifigkeit der Gelenke, die Muskelatrophie und einiges mehr waren ihm ein Dorn im Auge. Das erforderte unbedingt eine bessere Methode. Aber sei's drum, dann geht es eben jetzt ans Schiessen und sich wieder an den Pulverdampf gewöhnen.
Das Gespräch endet mit folgenden Worten: «Herr Oberst, ich danke Ihnen für diesen Auftrag, der ja nicht nur militärisch für diese Waffen, für die Kriegschirurgie im Allgemeinen, sondern wahrscheinlich auch für die Forensik von Bedeutung sein wird.»

Als Fritz am Abend Betty von dieser Studie berichtet, macht sie grosse Augen. Sie ist zwar gut gelaunt, denn Fritz durfte sich wegen dieses Armeetermins von der Klinik freinehmen und kann einmal rechtzeitig mit seiner Frau zu Abend essen und mit Hanni ein bisschen spielen. Doch auch bei Betty ist die Begeisterung für diese zeitraubende Studie bei alldem, was ihr Gatte gleichzeitig aufbaut, begrenzt. Neben seiner wissenschaftlichen Tätigkeit und praktischen Arbeit am Inselspital hat Fritz 1903 im Erdgeschoss ihres Heims am Hirschengraben 5 eine Praxis eröffnet. Er will auch Privatpatienten mit orthopädischen Problemen behandeln. Im Weiteren bemüht er sich mit Kollegen, für seine künftigen Absichten eine Klinik zu finden, die vor allem die Asepsis ins Zentrum stellt. Das alles würde sich durch diese Studie, neben seinem eigentlichen Metier, verzögern.
Betty meint daher aufmunternd: «Lieber Fritz, ich kann dir dabei vielleicht etwas behilflich sein. Ich zeichne ja recht gut und vor allem ab. Diese Studie wird wohl viele Bilder haben. Ich stelle mich dir für das Zeichnen gerne zur Verfügung.»
Das kommt Fritz entgegen, und der weitere Abend verläuft in einer rar gewordenen trauten Zweisamkeit.
Allerdings gibt es etwas in ihrem Leben, was sie sich, wenn möglich, nicht nehmen lassen möchten: ihre gemeinsame Fechtstunde am Sonntagmorgen.

***

Die Studie selbst dauerte wohl knapp zwei Jahre (1905–1906) und wurde Anfang 1908 in der Haller'schen Buchdruckerei in Bern unter dem Titel *Die Schusswirkung des schweiz. Ordonnanzrevolvers (Mod. 82) und der schweiz. Ordonnanzpistole (Mod. 1900)* publiziert. Die Studie umfasst 167 Seiten und ist mit über 200 Abbildungen und 21 Tafeln vorzüglich ausgestattet. Geheimrat Prof. Dr. Carl Garrè, der ebenfalls bei Kocher promoviert worden war und 1907 als ordentlicher Professor für Chirurgie an die Universität Bonn berufen wurde, schreibt dazu:

Eine experimentelle Studie über die ballistische Wirkung der beiden Waffen auf tote Ziele und spez. auf die menschliche Leiche. Die am lebenden Menschen mit diesen Geschossen beobachteten Verletzungen sind aufs sorgfältigste gesammelt und zum Vergleich mit den experimentell gewonnen Resultaten beigefügt; die ersteren finden darin ihre Bestätigung. Das Resultat der Untersuchung zeigt, dass die schweiz. Armee in der neuen Ordonnanzpistole eine ganz vorzügliche Waffe besitzt, die in Bezug auf Treffsicherheit und Durchschlagskraft der Gewehrwirkung in der Zone von 1200 bis 1500 Meter entspricht.

Die Habilitation enthält einen forensisch interessanten Teil, nämlich über Nahschüsse und Schmauchspuren, der vielleicht noch heute von Interesse ist und die Forensik der damaligen Zeit vorangebracht hat. Den eigentlichen Auftrag des Militärdepartements dehnte Fritz damit klar aus.[93]

Im letzten Satz seiner Studie schreibt Fritz zusammenfassend, bei der Pistole handle es sich «um eine wirkliche Kriegswaffe, deren manstopping-power... sich schon auf Distanzen geltend machen wird, welche für Kurzwaffen noch nicht in Betracht fiel».

Dieser englische Begriff des man stopping ist noch heute beim Combat-Schiessen geläufig, ja zentral.

***

«Es ist so weit, lieber Steinmann, ich glaube, Sie können mit Ihrer Nagelextension an die Öffentlichkeit treten. Sie haben mich über-

---

93 Diesbezüglich sei der Kommentar hierzu von Prof. Dr. E. Richter, Breslau, im *Zentralblatt für Chirurgie* zitiert: «Seine besondere Aufmerksamkeit hat S. weiterhin den Nahschüssen – d. h. Schüssen von 0 bis zu etwa 2 m Distanz – zugewendet und sie durch Experimente geprüft, deren Ergebnisse besonders den Gerichtsarzt interessieren dürften, namentlich gegenüber Fragen, ob in zweifelhaften Fällen Mord, Selbstmord oder Unfall vorliegt. Als Ziel dienten bei diesen Versuchen menschliche Leichen und weisses Baumwolltuch, auf welchem letzterem Eigentümlichkeiten dieser Nahschüsse besonders scharf hervortreten. 21 Tafeln geben die Resultate dieser besonderen Experimente genauer wieder. Interessant ist dabei die Verschiedenheit der nächsten Wundumgebung je nach der Verwendung von Schwarz- oder Weisspulver, worüber bisher Erfahrungen kaum veröffentlicht sind. Die Beschreibung von elf Schüssen auf den lebenden Menschen [es handelt sich dabei um Opfer von Selbstmorden – Anm. d. Autors] durch die zu den Versuchen verwendeten Ordonnanzwaffen, nebst deren Krankengeschichten bzw. Obduktionsresultaten, bringen die Bestätigung der durch die Experimente gewonnenen Erfahrungen.»

zeugt. – Steinmann, mir scheint, das Jahr 1907 wird für Sie sogar der Paukenschlag Ihres Lebens werden, der noch lange in die Zukunft, aber auch schon jetzt weithin schallt.»
Der hagere Professor Dr. Theodor Kocher sieht Fritz über seine Brille freundlich an. Normalerweise legt er eine eher strenge bis ruppig fordernde Art an den Tag, und so ist dies für seinen ehemaligen Schüler und seit zwei Monaten PD ungewohnt. Die medizinische Fakultät hat am 27. Februar seine Habilitation nach einem glänzenden Vortrag vor dem Fakultätskollegium angenommen und ihm die Venia Docendi verliehen. Das heisst, er trägt den Titel Privatdozent (PD). Allerdings konnte er das Manuskript (mit Beilagen von Fotos, Zeichnungen und Tafel) nicht in gedruckter Form präsentieren. Dies wird noch einige Zeit beanspruchen und die Arbeit voraussichtlich im nächsten Jahr im Verlag Haller publiziert.
«Vielen Dank, Herr Professor. Ich glaube auch, dass wir nun genügend praktische Erfahrungen mit der Nagelextension gewonnen haben, um damit an die Fachöffentlichkeit zu treten. Ich wurde vom medizinischen Bezirksverein in Bern für einen Vortrag am 28. Mai eingeladen. Dort werde ich die neue Methode zu den verbesserten Behandlungen von Frakturen präsentieren. Mit Ihrer Unterstützung, Herr Professor, könnte man diesen Vortrag zum Mindesten als vorläufige Mitteilung im deutschen *Zentralblatt für Chirurgie* publizieren. Sie kennen ja die Herausgeberschaft.[94]»
«Selbstverständlich helfe ich Ihnen da, Herr Steinmann, aber Sie werden mir ja die Publikation vorgängig zustellen. Versuchen Sie, Ihre Ergebnisse und praktischen Erfolge möglichst einfach darzustellen, denn Ihre Methode ist ebenfalls einfach. Sie kann aber enorme Verbesserungen in der Frakturbehandlung bewirken. Daher könnte man bei Ihnen den berühmten Satz anwenden: ‹Alles Grosse ist einfacher Art›. Daher bleiben Sie auch in der Schrift einfach.»
«Da stimme ich Ihnen vollumfänglich zu. Noch ein Wort zum Paukenschlag: Da haben Sie, verehrter Lehrer, wohl recht. Meine Praxis ist eröffnet, die neue Methode wird lanciert, denn den Titel des Privat-

---

94 K. Garrè, Bonn/F. König, Berlin/E. Richter, Breslau.

dozenten trage ich dank Ihnen. Schliesslich muss ich Ihnen etwas gestehen, was ich noch nicht berichtet habe.»
«Und das wäre?»
«Ich bin seit einem Jahr auf der Suche nach einer Möglichkeit für eine Klinik und bin Anfang des Jahres fündig geworden. Und zwar im Engeried. Wir, und damit meine ich meinen Freund Dr. Hans Guggisberg und einige weitere Kollegen, haben bereits im vergangenen Dezember in aller Stille die Genossenschaft Privatklinik Engeried gegründet. Der Bau ist geplant, und die Arbeiten sollen bald beginnen. Wir hoffen, noch Ende dieses Jahres, das heisst im Dezember 1907, zu eröffnen.»
Was Fritz verschweigt, ist, dass sein Schwiegervater Max Mauerhofer Mitgründer und erheblicher Mitfinanzier der Genossenschaft ist.
Theodor Kocher schmunzelt, hüstelt und meint dann lächelnd: «Mein lieber Steinmann, das zwitschern die Spatzen schon längst von den Dächern. Meinen Sie, Sie können so was in der Stille unternehmen, ohne dass es mir nicht stante pede von irgendwo berichtet wird? Wissen Sie, verehrter ehemaliger Oberarzt, es liegt nicht an mir, Sie darauf anzusprechen. Ich bin froh, dass Sie das nun taten. Selbstverständlich kann ich nichts dagegen haben, denn mit der neuen Methode werden Sie weiteren Zulauf an Patienten haben, und die einfacheren Fälle sind nur eine Belastung für unser Unispital. Trotzdem, Sie sind Privatdozent und bleiben damit unserer Fakultät verbunden.»
Das Gespräch wird noch kurz über das Vorgehen beim Vortrag und mit einigen Hinweisen zur Publikation fortgeführt. Wie immer bei Kocher steht bereits der nächste Termin an. Nach einer knappen halben Stunde geht dieses Gespräch am denkwürdigen 15. März 1907 zu Ende.
Dieses erfolgreiche «Paukenschlag-Jahr» fand seinen Widerhall auch im engen Privaten: Am 9. Mai 1908 wurde mein Vater Bernhard Steinmann geboren.

***

Bei der von Friedrich Steinmann entwickelten Methode der Nagelextension handelt es sich um ein vereinfachtes und in verschiedenerlei Hinsicht verbessertes Verfahren der Streckung eines gebrochenen Gliedes, damit die Bruchstelle wieder in ursprünglicher Lage verwächst. Man muss sich bewusst sein, dass in der damaligen Zeit gemäss Fritz Steinmann «2/3 der Invaliditätsschädigungen auf die Frakturen entfallen. So können wir ermessen, welchen nationalökonomischen Fortschritt die geringste Besserung dieser Behandlung darstellt.»

Hier ist die erste Beschreibung der von Fritz vorgenommenen Nagelextension:

Ich glaube nun, heute in dem von mir als Nagelextension bezeichneten Verfahren eine Methode vorführen zu können, welche alle diese Nachteile nicht besitzt. Nehmen wir als Beispiel eine Femurdiaphysenfraktur[95]*. Meine Behandlung derselben ist folgende: Ich nehme zwei sehr spitze, schlanke, vernickelte Stahlnägel von 6–8 cm Länge mit breitem Kopf, sterilisiere dieselben durch Kochen und schlage sie mit einem Hammer beiderseits am unteren Femurende durch die desinfizierte Haut und die Weichteile in die Kondylen*[96] *ein. Als Einschlagstelle wähle ich jeweilen den oberen Rand des Kondylus und richte die Spitze schräg abwärts gegen den jenseitigen Epikondylus*[97]*.*

Zum Einschlagen werden die Nägel mit einer ebenfalls sterilisierten Zange gefasst. An die etwa 1 cm aus der Haut hervorragenden Kopfenden der Nägel können mittels Schnur oder besser Draht und der gewöhnlichen Extensionseinrichtung beliebige Gewichte angehängt werden. Die Extension ist in wenigen Minuten eingerichtet.[98]

In der Publikation geht er auf weitere Details der Extensionsmethode ein und sieht den Vorteil vor allem in der Schmerzlosigkeit beim Gewichtszug und der Absenz der Nebenwirkung der bisherigen Verfah-

---

95 Oberschenkelhalsbruch; Femur ist der Oberschenkelknochen.

96 Gelenkfortsätze; die knöchernen Teile eines Gelenks.

97 Knochenvorsprünge in der Nähe des Kondylus.

98 Friedrich Steinmann: Eine neue Extensionsmethode in der Frakturenbehandlung, in: *Zentralblatt für Chirurgie*, 1907, Nr. 34/32, S. 938 ff.

ren. Insbesondere bei offenen Beinbrüchen kann die Nagelextension problemlos eingesetzt und die Wunde behandelt werden, wogegen das bei den bisherigen Verfahren unmöglich oder sehr problematisch war. Auch lockern sich die zwei Nägel nach vier bis fünf Wochen, sodass sie sich leicht entfernen lassen. In der Fussnote sind die Schlussfolgerungen des Erfinders zitiert.[99]

Betrachtet man den weiteren Verlauf der Publikationen von Fritz, gehen diese bis zum Weltkrieg in zwei Richtungen.

Die eine besteht in der zunehmenden praktischen Erfahrung mit der Nagelextension für verschiedenste Frakturen sowie der Differenzierung des Verfahrens, und zwar nicht nur aus Steinmanns Sicht, sondern auch aus der jener Chirurgen, die sich die Methode zu eigen machten. Zum anderen setzte sich Fritz intensiv mit deren Gegnern auseinander, die sogenannten anderen Schulen anhingen. Denn es gab bereits damals Verfahren, um diese Streckung herbeizuführen. Die besten Resultate zeigten sich bei Bardenheuer, bei dessen Methode die Gewichte an starken Heftpflasterverbänden angebracht wurden. Die Nebenwirkungen waren jedoch fatal. Es konnten Dekubitus (Wundliegen durch Druckbelastung), Gangrän (Gewebe ohne ausreichende Blutversorgung, zum Teil Gasbrand), Muskelatrophie (Muskelschwund) und so weiter auftreten. Ja, es folgten aus diesen sogar Amputationen.

Doch die Methode von Steinmann setzte sich durch und gewann durch ihre Einfachheit auch in der Kriegschirurgie grosse Bedeutung (allerdings in den Sanitätsanstalten der Etappen).

Sogar heute wird der sogenannte Steinmann-Nagel, im Englischen *Steinmann Pin,* noch in verschiedenen Fällen angewendet. Zu ergänzen ist vielleicht, dass während des Krieges aus Mangel an entspre-

---

99 «Dies die wesentlichsten Eigenschaften meiner Nagelextension. Sie braucht einige aseptische Vorsichtsmassnahmen, etliche anatomische Kenntnisse und häufig eine kurze Narkose, ist dagegen einfacher und rascher besorgt als die Heftpflasterextension, erlaubt die sofortige Anwendung grosser und besser wirkender Gewichte, ist für den Patienten beim stärksten Zug schmerzlos, schliesst jegliche Reizung der Haut, Zirkulationsstörungen, Dekubitus und Gangrän vollkommen aus und braucht deshalb keine intensive Kontrolle. Sie gestattet die sofortige Aufnahme der gymnastischen Behandlung und ist bei komplizierten Frakturen in gleicher Weise verwendbar wie bei den unkomplizierten.» (Ebd.)

chenden Nägeln auch Draht verwendet wurde. Das führte zu einer Art Ergänzungsmethode eines Professors Kirschner, dem sogenannten Kirschner-Draht.

***

Kurzer Exkurs zum Engeriedspital. Der *Festschrift aus Anlass des 75-jährigen Bestehens der Privatklinik Engeried in Bern*[100] entnehmen wir:
Am 8. Dezember 1906 war die Genossenschaft Privatklinik Engeried gegründet und notariell beurkundet worden. Zum ersten Präsidenten wurde der Hauptinitiant, Dr. Friederich Steinmann, gewählt. Als Sekretär-Kassier amtete Dr. Hans Guggisberg. Mitglieder des ersten Genossenschaftsvorstands waren Dr. Alfred Huswirth, nachmaliger Stadtarzt vom Bern, und Dr. T. F. Studer. Zum Architekten wurde Hr. Friedrich Häusler bestimmt. Bereits im Februar 1907 wurde am Riedweg, am Rande der Stadt, der Bau in Angriff genommen, und schon im Juni des gleichen Jahres konnte – trotz eines Streiks der Zimmerleute – die Aufrichte gefeiert werden. Eröffnet wurde die Klinik, die fünfundzwanzig Betten aufwies, am 1. Dezember 1907. Der Bau hatte hundertzweiundsechzigtausend Franken gekostet, bei einer Überschreitung des Kostenvoranschlags um nur tausend Franken.
Die Klinik erwies sich wegen Fritz Steinmanns grosser Reputation von Anfang an als Erfolg. Bereits 1910 wurde auch mit der Schwesternschule begonnen, welche stetig ausgebaut wurde, da die Nachfrage nach Pflegerinnen ständig zunahm. Das erste Ärztekollegium wurde bald erweitert, und der Druck hinsichtlich eines Ausbaus erhöhte sich. Aber erst 1927 konnte ein Nebengrundstück erworben und das Spital auf eine Kapazität von fünfzig Betten erhöht werden.[101]

---

100 Ulrich Frey: Festschrift zum Anlass des 75jährigen Bestehens der Privatklinik Engeried in Bern, Privatklinik Engeried, Bern 1982.

101 Für heutige Verhältnisse kaum mehr vorstellbar waren die beiden Operationssäle. Der aseptische Saal befand sich in der Westecke des Altbaus, der Abendsonne zugewandt, was bei Notfalloperationen, die im Sommer am späten Nachmittag ausgeführt werden mussten, chirurgisches Arbeiten bei unerträglicher Hitze bedeutete.

1943 wurde die Genossenschaft in eine Aktiengesellschaft umgewandelt. Das heisst, sowohl Fritz (gestorben 1932) als auch seine Frau Betty (gestorben 1942) erlebten das nicht mehr. 1965 wurde ein völlig neues Spital mit hundertzwanzig Betten auf dem Gelände der ehemaligen Familienpension «Bois Fleury» eröffnet und das alte Spital in ein Alters- und Pflegeheim umgewandelt.

Im Januar 1998 ging das Engeriedspital an die Sonnenhof-Klinik und diese 2012 wiederum an die Lindenhofgruppe im Besitz der Stiftung Lindenhof Bern.

Wir kommen auf die Schwesternschule zurück, weil Betty Mauerhofer diese Schule später leitete. Auch die Gründung des Sonnenhofspitals wird uns noch kurz beschäftigen. Dieses entstand nämlich aus einer familiären, nicht gerade erfreulichen Geschichte.

***

Die folgenden Jahre darf man wohl als Jahre der Konsolidierung bezeichnen. Sei es im Wissenschaftlichen, das heisst vor allem im Ausbau der neuen Methode, sei es im Engeriedspital, aber ebenso im Privaten. Auch die vierköpfige Familie forderte Fritz sicherlich etwas mehr. Es scheint sich damals der Beginn eines gesellschaftlichen Lebens einzustellen, in dem sich seine beruflichen Erfolge widerspiegeln. Später, nach dem Ersten Weltkrieg, wird sich das noch intensivieren.

Wenn wir diese Konsolidierungsphase beiseitelassen, scheint sich jedoch 1912 eine neue Erfahrung anzubahnen, die vermutlich mit dem folgenden Schreiben des Oberfeldarztes begann:

Eidgenössisches Militärdepartement   5. August 1912
Oberfeldarzt

Herr Hauptmann!
Wir möchten Sie anlässlich des vorgesehenen Manövers des 3. Armeekorps vom 4.–5. September in die Beobachtergruppe einladen. Diese Manöver finden unter Beisein des deutschen Kaisers Wilhelm II. statt. Im Gefolge des Kaisers befinden sich hohe Militärs, angeführt vom Generalstabschef des deutschen Heeres, Generaloberst von Moltke.

Darunter befindet sich auch der Generalstabsarzt im Range eines Generalleutnants Werner Steuber.
Dieser möchte Sie anlässlich dieses Manövers kurz sprechen. Und zwar über die Bedeutung der Nagelextension für die Kriegschirurgie.

Antritt: 4. September in Wyl, Bahnhof, um 8.00 in Uniform.
Oberst Karl Hauser
Oberfeldarzt

***

Die sogenannten Kaisermanöver am 4./5. September 1912 galten als eigentlicher militärischer und gesellschaftlicher Höhepunkt in der deutschen Schweiz, welche mehrheitlich deutschfreundlich gesinnt war. Beteiligt waren zwei Divisionen im Raum Untertoggenburg (Wyl/Kirchberg) mit über eintausenddreihundert Offizieren und knapp dreiundzwanzigtausend Soldaten. Die Übungsleitung stand unter dem Kommandanten des 3. Armeekorps, Ulrich Wille, der im August 1914 beim Beginn des Ersten Weltkriegs von der vereinigten Bundesversammlung zum General gewählt wurde.
Aber warum Kaisermanöver?
Bereits 1908 war Kaiser Wilhelm II. an den Schweizer Gesandten in Berlin mit der Frage herangetreten, ob er nicht, notfalls sogar inkognito, die Schweizer Armee in Aktion begutachten könne. Erst 1912 war der Bundesrat mit diesem Ansinnen einverstanden, aber verbunden mit einem offiziellen Staatsbesuch in Bern (mit Staatsdiner im Bahnhof Bern), ähnlich wie bereits die Könige und Präsidenten der übrigen Nachbarländer empfangen worden waren.
Den Hintergrund des Besuches konnte man nur erahnen, er wurde erst bei Kriegsbeginn im August und September 1914 offenbar: Der deutsche Generalstabschef Alfred Graf von Schlieffen hatte 1905 die Strategie entworfen, schnell mit dem rechten Flügel gegen die Franzosen vorzustossen, das heisst über die neutralen Niederlande, Belgien und Luxemburg, um die ganze französische Armee inklusive Paris einzuschliessen und zu vernichten. Sobald dies geschehen sei, würde man sich den mit den Franzosen verbündeten Russen zuwenden, de-

ren Mobilisierung bekanntlich lange dauern würde. Als Voraussetzung für diesen sogenannten Schlieffen-Plan galt, dass die Schweiz ihrer Neutralitätsverpflichtung nachkam und mit einer ausreichend starken Armee eine französische Umgehung durch die Schweiz verhinderte.
Wilhelm II. und sein grosses militärisches Gefolge, darunter Generalstabchef Helmuth von Moltke, gelangten nach der Beobachtung dieses Schaumanövers tatsächlich zu der Überzeugung, dass die Schweiz auch wegen des schwierigen Juragelandes fähig sei, die linke Flanke des Reiches im Krieg mit Frankreich zu schützen.
Es macht keinen Sinn, diese Manöver hier weiter zu beschreiben. Das Besondere jedoch zeigte sich in der grossen Anteilnahme der Bevölkerung: Geschätzte hunderttausend Zuschauer verteilten sich um das Manövergelände und schauten mit brandendem Applaus und Hurrarufen den Truppen zu.
Betrachtet man die Stummfilme von diesen Manövern, versteht man auch, warum in den ersten Tagen nach Ausbruch des Krieges, den sogenannten Grenzschlachten im August 1914, Hunderttausende Soldaten blutig niedergemäht wurden: Mit grosser Selbstverständlichkeit wurde gemäss der damaligen Militärdoktrinen in Reih und Glied angegriffen, so auch bei diesen Manövern. Dies trotz der enormen Feuerkraft der neuen Maschinengewehre und auch der 7,5-Zentimeter-Feldkanonen mit hoher Schusskadenz, wie sie die Schweiz und vor allem die Franzosen besassen.
Eine Randnotiz auch hier: Der Schlieffen-Plan ging bekanntlich in der brutalen Realität des Krieges schief. Moltke entzog dem rechten Flügel wegen des unerwartet schnellen Vorrückens der Russen in Ostpreussen zwei Korps und ein weiteres auf Drängen des bayerischen Kronprinzen Rupprecht, der als Oberbefehlshaber der 6. Armee deren Anfangserfolge im Raum Metz im Elsass ausbauen wollte. Die berühmte Schlacht an der Marne mit den heiligen Pariser Taxis, welche die Soldaten fortlaufend an die Front brachten, führte bekanntlich zum vierjährigen und schrecklichen Stellungs- und Materialkrieg im Westen (der Roman dazu: *Im Westen nichts Neues* von Erich Maria Remarque).

***

«Herr General? Hauptmann Steinmann. Sie wünschten mich zu sprechen.»

Fritz befindet sich etwa dreissig Meter entfernt vom Kaiser und meldet sich nach einem Hinweis von Oberfeldarzt Hauser bei Generalleutnant Steuber an. Neben ihm stehen bereits die ihm bestens bekannten Kollegen Zollinger und Ledergerber. Sie haben sich offenbar bereits mit dem Sanitätsgeneral unterhalten.

Der tritt zu Fritz und sagt preussisch knapp: «Herr Hauptmann, wir kennen Ihre neue Extensionsmethode. Auch Ihre hochinteressanten ballistischen Studien. Um es kurz zu machen, wie bei Ihren Kollegen: Die Heeresleitung des Reiches würde sich erfreut und erkenntlich zeigen, wenn Sie im Falle eines grösseren militärischen Konfliktes unserem leitenden Militärchirurgen mit Rat und auch mit Tat zeitweise zur Verfügung stünden.»

Fritz zögert ein bisschen, denn dies würde sicher eine längere Abwesenheit von der Praxis, der Universität und seinem Engeriedspital bedeuten. Andererseits ist die hohe Zahl an Verwundeten, die bei einem modernen Krieg täglich anfallen, und zwar mit den unterschiedlichsten Verletzungen, eine aussergewöhnliche Gelegenheit, sich als Unfallchirurg praktisch weiterzubilden. Das kann er einfach nicht ablehnen.

So antwortet er: «Jawohl, Herr General. Selbstverständlich stehe ich Ihnen in so einem schlimmen Fall, der hoffentlich nie eintritt, zeitweise zur Verfügung. Das setzt aber voraus, dass der schweizerische Bundesrat und der Generalstab mit einem solch vorübergehenden Engagement eines Schweizers einverstanden sind.»

«Herr Hauptmann, das ist bereits geklärt. Wobei selbstverständlich das Neutralitätsprinzip der Schweiz beachtet wird.»

Bevor Fritz sich noch einmal äussern kann, wird der Generalleutnant von einem hohen Offizier mit Pickelhaube gerufen, und die Audienz ist beendet. Im Folgenden fachsimpelt Fritz noch ein wenig mit den Berufskollegen, die dieses Angebot bereits vor ihm bekommen haben.

***

Als das Manöver zu Ende geht, wendet sich der vom Schweizer Militär zufriedengestellte Kaiser Wilhelm II. leutselig an einen gedrungenen Infanteristen (in dieser Division fanden sich die Appenzeller) und sagt zu ihm: «Soldat, was machen Sie aber, wenn wir mit hunderttausend Soldaten in die Schweiz einrücken?»
Dieser gibt in dialektgefärbtem Hochdeutsch zurück: «Dann stellen wir diesen auch hunderttausend Soldaten gegenüber.»
Antwortet Wilhelm II.: «Dann greifen wir eben mit zweihunderttausend aktiven Soldaten an.»
Der Appenzeller gibt schlagfertig zurück: «Dann haben diese es eben mit zweihunderttausend wilden Schweizern zu tun.»
Der Kaiser darauf: «Und wenn wir mit vierhunderttausend wohlausgerüsteten Mann kommen?»
«De schiesse mir äbe zwöimol!»[102]

---

102 «Dann schiessen wir eben zweimal.»

† Oberst Dr. Alfred Mürset, Oberfeldarzt.

Die **Schusswirkung** des schweiz. Ordonnanzrevolvers Modell 1882 und der schweiz. Ordonnanzpistole Modell 1900

Von **Dr. Fritz Steinmann**
Dozent der Chirurgie an der Universität Bern. Lehrer der Kriegschirurgie an den schweiz. Sanitäts-Offiziersbildungsschulen.

Verlag und Druck:
Haller'sche Buchdruckerei in Bern
1908

«Obwohl doch bereits 33 Jahre alt und seit fünf Jahren Sanitätshauptmann, betrat Fritz leicht nervös das grosse Büro von Oberst Dr. Alfred Mürset, seit 1899 Oberfeldarzt der Eidgenössischen Armee.
Er klopfte eine Achtungsstellung, grüsste und meldete: ‹Herr Oberst, Hauptmann Steinmann.›»

Der Ordonnanzrevolver, 1882.

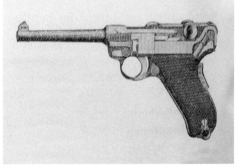

Die Ordonnanzpistole, 1900.

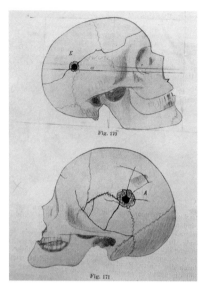

Fig. 170
Fig. 171

«Die Studie umfasst 167 Seiten und ist mit über 200 Abbildungen und 21 Tafeln vorzüglich ausgestattet. Prof. Dr. Garré, Bonn, dazu: ‹Eine experimentelle Studie über die ballistische Wirkung der beiden Waffen auf tote Ziele und spez. auf die menschliche Leiche. Die am lebenden Menschen mit diesen Geschossen beobachteten Verletzungen sind aufs Sorgfältigste gesammelt.›»

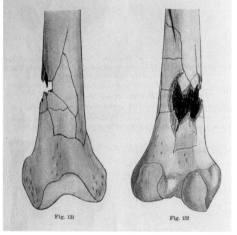

Fig. 131   Fig. 132

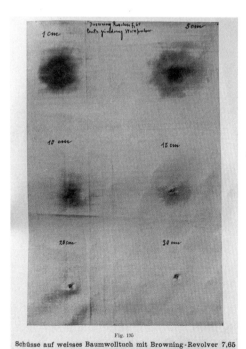

Fig. 195
Schüsse auf weisses Baumwolltuch mit Browning-Revolver 7,65
Zentralzündung — Weisspulver
Distanz 1—30 cm

«Die Habilitation enthält einen forensisch interessanten Teil, nämlich über Nahschüsse, Schmauchspuren, die vielleicht noch heute von Interesse sind.»

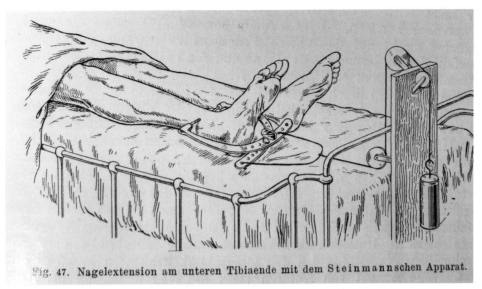

Fig. 47. Nagelextension am unteren Tibiaende mit dem Steinmannschen Apparat.

Februar 1908, Geburtsstunde der Nagelextension nach Steinmann: «Ich glaube, dass wir nun genügend praktische Erfahrungen mit der Nagelextension gewonnen haben, um damit in die fachliche Öffentlichkeit zu treten. Ich wurde vom medizinischen Bezirksverein Bern für einen Vortrag am 28. Mai eingeladen. Dort werde ich die neue Methode von Frakturen präsentieren.»

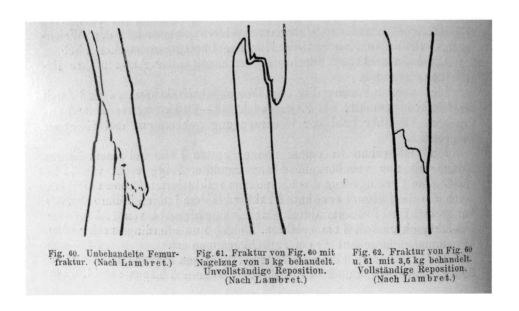

Fig. 60. Unbehandelte Femurfraktur. (Nach Lambret.)

Fig. 61. Fraktur von Fig. 60 mit Nagelzug von 3 kg behandelt. Unvollständige Reposition. (Nach Lambret.)

Fig. 62. Fraktur von Fig. 60 u. 61 mit 3,5 kg behandelt. Vollständige Reposition. (Nach Lambret.)

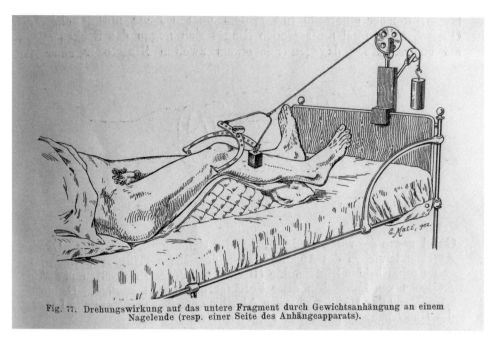

Fig. 77. Drehungswirkung auf das untere Fragment durch Gewichtsanhängung an einem Nagelende (resp. einer Seite des Anhängeapparats).

«Steinmann sieht in der Methode vor allem den Vorteil in der Schmerzlosigkeit beim Gewichtszug und der Absenz der Nebenwirkung der bisherigen Verfahren. Vor allem bei offenen Beinbrüchen kann die Nagelextension problemlos eingesetzt und die Wunde behandelt werden, wogegen das bei den bisherigen Verfahren unmöglich oder sehr problematisch war.»

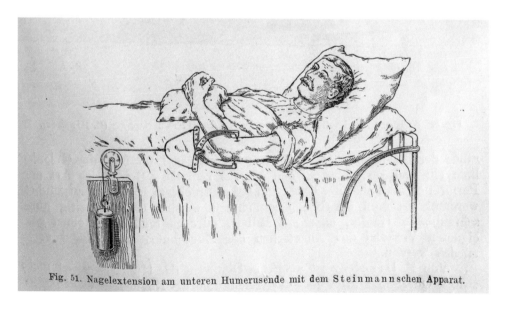

Fig. 51. Nagelextension am unteren Humerusende mit dem Steinmannschen Apparat.

Prof. Dr. med. Fritz Steinmann (links) beim Einsetzen des Nagels (circa 1910–1911), aus seinem Lehrbuch von 1912 «Die Nagelextension bei Knochenbrüchen».

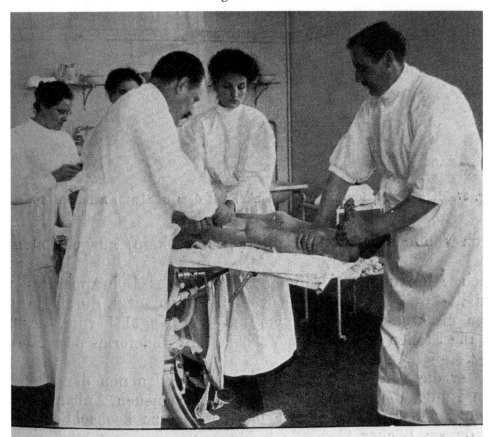

Fig. 36. Durchbohren des Extensionsnagels durch das untere Femurende.

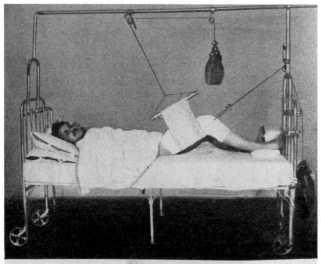

Fig. 73. Nagelextension mit Seitenzug nach vorn. (Nach Waegner.)

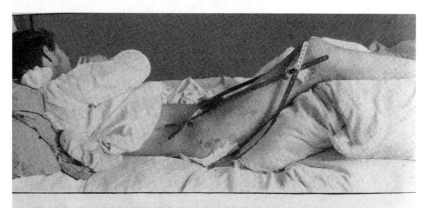

Fig. 87. Schienennagelextension am Oberschenkel nach Steinmann.

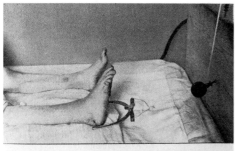

gelextension am Kalkaneus mit dem Steinmannschen Apparat bei komplizierter in Abduktion stehender Malleolusfraktur.

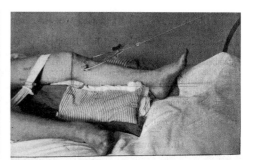

Fig. 43. Nagelextension am Tibiakopf mit dem Steinmannschen Apparat.

Die Privatklinik Engeried, gegründet von Fritz Steinmann am 8. Dezember 1906 und am 1. Dezember 1907 eröffnet. 1910 wurde sie mit einer Schwesternschule erweitert.

1927 wurde das Spital ausgebaut und die Kapazität auf 50 Betten erweitert, stets mit dem Präsidenten Prof. F. Steinmann.

Die sogenannten Kaisermanöver fanden am 4. bis 5. September 1912 in der Ostschweiz statt. Kaiser Wilhelm II. hat sich dafür eingeladen, bzw. die Manöver fanden für ihn und seinen Generalstab statt.

Auf dem Feldherren-Hügel bei Kirchberg, Kanton St. Gallen (Namen von rechts nach links).

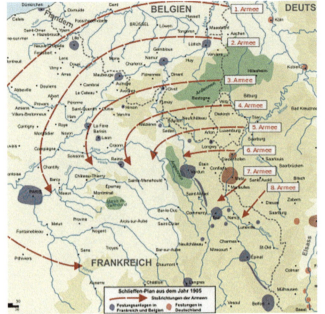

«Der Generalstabschef Schlieffen entwarf 1905 die Strategie, mit dem rechten Flügel gegen die Franzosen schnell vorzustossen, das heisst über die neutralen Niederlande, Belgien und Luxemburg, um so die ganze französische Armee, inklusive Paris, einzuschliessen und zu vernichten. Voraussetzung: Die Schweizer Armee verhindert eine französische Umgehung durch die Schweiz.»

«Wilhelm II. und sein grosses militärisches Gefolge kamen nach der Beobachtung dieses Schaumanövers tatsächlich zur Überzeugung, dass die Schweiz auch wegen dem schwierigen Juragelände fähig sei, die linke Flanke des Reiches im Krieg mit Frankreich zu decken.»

Der Witz vom zweimal schiessenden Schweizer Soldaten wurde mit Postkarten weit verbreitet und ergänzt. Hier die welsche Version.

GALLI

26. Giovanni, wie er leibt und lebt (1900–1918)

Wie Giovanni die Stufen des Erfolgs in Lugano erklimmt und sich grosszügig zeigt, mit dem ersten Auto im Tessin die Menschen erschreckt und wie seine Enkelin Bice den Menschen Giovanni farbig schildert.

Giovanni projektiert, realisiert und politisiert in einem fort, seit er in Lugano mit Carolina in der von ihm gebauten «Villa Daphne» lebt. Dazu ist einiges erwähnenswert (und auch im *Historischen Lexikon der Schweiz* vermerkt): Der West-Quai von Lugano, das heisst die grosse Promenade am See, wurde von ihm mit dem Kollegen Rocco Gaggini in den Jahren 1906 bis 1908 geplant und realisiert. 1904 wurde er zum Vizebürgermeister (Vicesindaco) gewählt und ebenso in den Grossrat des Tessins (1904–1908). Die Eisenbahn von Lugano nach Tesserete wurde unter seiner Leitung in der Zeit von 1905 bis 1907 elektrifiziert. Die Voraussetzung dazu war aber ein Elektrizitätswerk, nämlich das Verzasca-Werk bei Tenero. Dieses hat er auf eigene Rechnung um 1900 gebaut und es Lugano übereignet.
Eine gewisse Grosszügigkeit war den Gallis nie abzusprechen. Giovannis Bruder Philipp, der neunundneunzig Jahre alt wurde, hat 1930 zusammen mit Cecchino Galli der Gemeinde Gerra das Familienhaus Cinque Fonti geschenkt, damit daraus ein Altersheim würde.[103]
Giovanni wurde Präsident der Tessiner Sektion des Schweizerischen Ingenieur- und Architektenvereins (SIA) und Herausgeber der Zeitschrift *Rivista Tecnica della Svizzera Italiana*.
Sicher gäbe es noch mehr Erfolge zu berichten, aber es gab auch Misserfolge. Meine Schwester Veronika Gonin-Steinmann schreibt dazu:

---

[103] Laut Beatrice Galli wurde das Ricovere Cinque Fonti später an einen Deutschen verkauft, um mit dem Geld ausserhalb des Dorfes ein modernes Altersheim zu bauen.

Doch leider blieb Giovanni das Glück nicht treu. Beim Bau einer Bahnlinie (könnte am Lago di Lugano sein) erwiesen sich die geologischen Verhältnisse als unerwartet schwierig. Es kam zu hohen Kostenüberschreitungen, die damals vom Unternehmer getragen werden mussten. Nachtragskredite waren noch unbekannt. Mein Urgrossvater verlor sein ganzes Vermögen, da er auch Geld in eine Porzellanfabrik investiert hatte, die Konkurs machte. Meine Grosseltern besassen noch einige ihrer Porzellanprodukte. Sie waren so scheusslich, dass der Untergang dieser Firma kaum erstaunte.
Mein Urgrossvater trug das Unglück mit Würde. Als ihm sein Sohn wegen der unglücklichen Investitionen Vorhaltungen machte, erhielt er eine klare, knappe Antwort: «Ich habe es verdient, ich darf es auch verlieren.»
Später scheint er es doch wieder zu einigem Wohlstand gebracht zu haben. Er lebte weiter mit seiner Frau in Lugano, baute in Rodi in der Leventina ein Ferienhaus, wo er mit seinen Enkeln den Sommer verbrachte.

Hier gilt es anzumerken, dass dieser Konkurs der zwei Porzellanfabriken in der Magadino-Ebene zeitlich nicht exakt dokumentiert ist. Ich habe eine grosse Kaffeetasse bei meinem Grossvater gesehen, deren Form einem ziemlich hässlichen Kopf mit langer Nase entsprach. Bei ihrem Anblick habe ich die Pleite auch verstanden.
Der Satz «Ich habe es verdient, ich darf es auch verlieren» ist in der Familie inzwischen zu einem geflügelten Wort geworden, das auch ich beherzigen werde, falls es einmal so weit kommen sollte.
Giovanni besass das erste Auto im Tessin, mit der Autonummer 1, nämlich einen Martini[104] 16 HP-Phaeton, an dem er permanent herumbastelte. Hierzu zwei anekdotische Hinweise: Wenn Carolina und er am Sonntag mit dem Martini knatternd und rauchend herumfuhren, reagierten die heimischen Tessiner mit fuchtelnden Fäusten oder

---

104 Martini war die erfolgreichste Schweizer Autofabrik (1897–1934); sie produzierte in Frauenfeld und Neuenburg qualitativ hochwertige Autos, konnte aber gegen die internationale Konkurrenz nicht bestehen.

warfen ihnen faule Tomaten oder Kastanien nach. Mein Urgrossvater sagte darauf jeweils zur indignierten Carolina unter dem breiten Hut mit Schleier: «Siehst du, wie sie dich beneiden!» Keine Fahrt ging ohne Panne ab, und einmal verbrannte sich Carolina ihre Hand an der kochend heissen Kühlerhaube. Danach trug sie nur noch weisse Seidenhandschuhe.

Die Urenkel, das heisst Beatrice (geboren am 19. Juli 1907) und Hans (geboren am 30. März 1910), die Kinder von Cecchino und Thaddea, spielten im Hause von Giovanni eine grosse Rolle. Veronika schreibt dazu:

Vor allem das kleine Mädchen Beatrice Giuseppina, genannt Bice, meine Mutter, die in Aussehen und Charakter ganz in die Tessiner Familie schlug, vergötterte er. Schon damals bestand er darauf, sie solle einmal studieren. Doch als diese gegen den Willen ihres Vaters Cecchino Nationalökonomie zu studieren begann, lebte Giovanni schon lange nicht mehr.

Das Ferienhäuschen, genannt *Villino*, führte ihn an die Stätte seiner Gotthardtunnel-Zeit zurück. Er hat es später sogar mit dem Namen meiner Mutter geziert.

***

An dieser Stelle erhebt sich die Frage, ob wir in diese Steinmann-Galli-Saga einen Exkurs von fünfzehn Seiten aufnehmen. Gemeint ist die gekürzte Artikelserie meiner Mutter von 1953, die ich zu ihrem achtzigsten Geburtstag zu einem Büchlein mit dem Titel *Entschwundene Sommer – Ein Erinnerungsblatt* zusammengefasst habe.

Da sie die damalige Zeit vor dem Weltkrieg aus eigener Erfahrung, die originelle Persönlichkeit von Giovanni und das Leben der Galli-Familie facettenreich und literarisch farbig beschreibt, habe ich mich in Absprache mit meinem Lektor Peter Balsiger entschieden, diesen Text hier zu integrieren. Er verleiht meinem etwas trockenen chronologischen Bericht in der zweiten Hälfte der Familiensaga ein wenig tessinisches Temperament.

«Der West-Quai von Lugano, das heisst die grosse Promenade am See, wurde von Giovanni Galli mit dem Kollegen Rocco Gaggni in den Jahren 1906 bis 1908 geplant und realisiert.»

«Die Eisenbahn von Lugano nach Tesserete wurde unter Leitung von Giovanni Galli in der Zeit von 1905 bis 1907 elektrifiziert.»

Carolina, Thaddea und Giovanni Galli, 1908 mit etwa 55 Jahren, als er besonders aktiv im Tessin war (Vicesindaco von Lugano, Grossrat, Kantonsregierung, Unternehmer).

«Er lebte weiter mit seiner Frau in Lugano, baute in Rodi in der Leventina ein Ferienhaus, wo er mit seinen Enkeln den Sommer verbrachte. Das Ferienhäuschen, genannt Villino, führte ihn an die Stätte seiner Gotthardtunnel-Zeit zurück. Er hat es später mit dem Namen meiner Mutter geziert.»

«Wenn Carolina und er am Sonntag mit dem Martini knatternd und rauchend herumfuhren, reagierten die heimischen Tessiner mit fuchtelnden Fäusten oder warfen ihnen faule Tomaten oder Kastanien nach. Mein Urgrossvater sagte darauf jeweils zur indignierten Carolina (mit breitem Hut und Schleier): ‹Siehst du, wie sie dich beneiden!›»

«Keine Fahrt ging ohne Panne ab und einmal verbrannte sich Carolina ihre Hand auf der kochend heissen Kühlerhaube. Danach trug sie nur noch weisse, seidene Handschuhe.»

«Die Urenkel, das heisst die Kinder von Cecchino und Thaddea: Beatrice, geboren am 19. Juli 1907, und Hans, geboren am 30. März 1910, spielten im Haus von Giovanni Galli eine grosse Rolle.»

Bice und Hans mit Helene von Roederstein.

Die Kinder mit ihrem Vater Cecchino.

Ingegnere Giovanni Galli

*Porträt aus dem Jahr 1914, im Alter von 61 Jahren.
Das heisst in etwa dem Alter, wie ihn die Kinder von
Cecchino im Villino (Rodi TI) erlebt haben.*

Beatrice Steinmann-Galli

Entschwundene Sommer

Ein Erinnerungsblatt

Bern 1953/1987

Jedes Jahr, wenn sich die hochsommerliche Zeit nähert, muss ich an die Sommerferien meiner Jugend denken. Das ist nun schon so lange her, dass sich die Zeiten, die Orte und sogar ich mich selber beinahe zur Unkenntlichkeit verändert haben. Viele Leute gehen nicht mehr im Sommer, sondern im Winter oder sogar zweimal in die Ferien, man zieht nicht mehr in die Nähe, sondern möglichst in die Ferne, und die innere Ruhe, mit der man einst die hohe Zeit des Jahres und der Sonnenfülle erlebte, sie ist verloren gegangen. Es gibt immer noch sonnensatte Wiesen, über denen wie ein dichter, warmer Schleier das Summen der Insekten schwebt, noch immer gibt es grüngoldene Lärchenwälder, Himbeerduft und die grossen feuchten Blätter im Schatten alter Berghütten. Aber es ist alles anders geworden, weil wir anders geworden sind. Wir haben alle Angst, dass das allzu kurze Leben möglicherweise noch kürzer sein könnte, und man möchte aus ihm mehr und mehr herauspressen, den letzten Tropfen, auch wenn er bitter sein sollte.

Damals aber gab es für uns Kinder noch keine Angst. Der Begriff der Vergänglichkeit war noch nicht an uns herangetreten, und der Sommer war wirklich die hohe Zeit des Jahres, da die beiden Schalen der Waage zitternd im Gleichgewicht ruhten.

Unser Elternhaus war eher «düster», ein sogenannter «Geschäftshaushalt», in dem wir Kinder, ein jüngerer Bruder und ich, so ungefähr überall im Wege standen. Wir wurden mehr mit Strenge und Sorgfalt als mit besonderer Liebe erzogen, nach dem Grundsatz, dass die Strenge der Erziehungsmaximen dann auch in den Kindern unter Umständen wirke. Niemand hatte Zeit, sich um uns zu kümmern, und wenn wir nicht gerade unglücklich waren, so waren wir jedenfalls auch nicht glücklich. Glücklich, völlig wunschlos und erfüllt glücklich, waren wir nur während vier Wochen im Jahre, vier Wochen, die sich oftmals infolge unserer zarten Gesundheit und mit Hilfe eines Arztzeugnisses auf sechs Wochen verlängern liessen: während der Sommerferien.

Diese Zeit verbrachten wir Jahr für Jahr bei unseren Grosseltern im Tessin, in einem winzigen Nest des Livinentales. Es war kein Kurort, wenn es auch zwei Hotels aufwies. Es gab weder eine Konditorei noch ein Tearoom, kein Kurorchester, keine Badegelegenheit, keine Hochtouren, keine Tennisplätze und keinen Coiffeur. Aber es gab eine Menge Ferienleute. Die beiden Hotelchen waren stets überfüllt. Viele vornehme Mai-

länder Familien hatten ihre eigenen Sommervillen (mit abgetrennten Dienerschaftshäusern), und es gab zahllose Mietwohnungen – aber alle diese Feriengelegenheiten waren doch nicht so zahlreich, dass es irgendwann oder irgendwo den Eindruck von Menschenmenge hervorgerufen hätte.
Alle diese Leute waren hier den ganzen Sommer lang. Sie vergnügten sich auf die Art der damaligen Zeit. Man machte Ausflüge in den Wald und setzte sich auf die grünen Bänklein des örtlichen «Verschönerungsvereins». Die Damen stickten Decken und machten «Frivolité». Einmal während des Sommers stieg man auf eine zwei Stunden entfernte Alp, genoss die Aussicht, trank kuhwarme Milch, und die Damen fürchteten sich vor dem Stier. Sie hielten sich dann in der Nähe der Herren, welche kühn behaupteten, dass sie die Damen verteidigen würden, notfalls bis zum letzten Blutstropfen. Es gab viel Gequietsche und lautes Heldentum. Viel später erst erfuhr ich, dass es auf jener Alp niemals einen Stier gegeben hat. Jeden Abend traf man sich am Bahnhöflein, schaute den Expresszügen nach, die nie anhielten, und zählte die Wagen der Güterzüge. Die Damen begutachteten gegenseitig ihre Kleider und besprachen die neuesten Möglichkeiten für eine Verlobung. Es gab in jeder «Saison» mindestens eine Verlobung. Man ging sonntags in die Messe, und zwar in eine kleine Kapelle, die nur im Sommer für die Fremden geöffnet war. In dem eleganten Glanz, den man dort entfaltete und der mich jeweils beinahe überwältigte, schaute der heilige Martin, dem die Kapelle geweiht war, mit seinem fleckigen blauen Mantel eher dürftig drein.
Trotz alledem war diese Welt der «Fremden» nicht unsere Welt. Wir hatten unser eigenes kleines Haus, das Villino, das mein Grossvater in übergrosser Liebe zu mir mit meinem eigenen Namen geschmückt hatte. Ich war stets überaus stolz darauf, in einem Haus zu wohnen, das meinen eigenen Namen trug. Auch war mein Grossvater Vicesindaco von Lugano und Grossrat, und es erschien uns deshalb so ziemlich aller irdische Glanz auf unserem Hause konzentriert zu sein. Wir hatten einen Obst-, einen Beeren- und Gemüsegarten, Herrlichkeiten und Reiche, die von der Magd Claudina in einer im Tale kaum gekannten Ordnung gehalten wurden, wir hatten Hühner, einen Fischtrog, in dem die Fische nach fünf Tagen unweigerlich eingingen, und nicht Rote Johannisbeersträucher, wie andere Leute, sondern Weisse und einen Strauch

mit Schwarzen. Und wir hatten ... (vor dem Ersten Weltkrieg) ein Auto und eine Garage! Der Wahrheit die Ehre zu geben, das Auto lief selten oder nie. Man konnte keine fünfhundert Meter mit ihm fahren, ohne dass es Tücken entwickelte wie ein bockbeiniger Esel, es kochte über wie eine Pfanne mit Blumenkohl, sobald man ihm die geringste Steigung zumutete, es schwitzte schwarzes Öl, und es hätte sich wahrscheinlich auch noch auf einem indischen Seidenteppich Nägel eingefangen, so boshaft war es, aber es trug die Kantonsnummer 1 und war Grossvaters Herzensliebling, der gleich nach uns figurierte.

Grossvater war Ingenieur und versuchte mit List, Geduld und seinem ganzen technischen Können, den «Martini» zum Gehen zu bewegen. Hie und da liess dieser sich auch darauf ein, aber meist nur, um uns ein paar Kilometer talauf- oder talabwärts zu narren und schmählich im Stich zu lassen, zu husten, asthmatisch zu rasseln und unter üblen Gerüchen schwarzes Öl zu schwitzen. Wir Kinder wurden dann in den Schatten einer Osteria gesetzt, tranken Himbeersirup und knabberten Biscotti, während Grossvater temperamentvoll herumfuchtelte, unter den Wagen kroch und radikale Redensarten von sich gab, die den frommen Talleuten das Grausen beibrachten. Gewöhnlich kam man dann spätabends auf irgendeine Weise heim, hatte einen überladenen Magen und versprach Grossvater noch im Entschlummern, es nie und niemals den Eltern zu erzählen, wie furchtbar spät man ins Bett gekommen war. Alle diese Dinge waren ausserordentlich, und sie gefielen uns auch ausserordentlich. So merkten wir nie, dass Grossvater ein wirkliches Original war, ein feuriger Tessiner Patriot mit einer etwas wilden politischen Vergangenheit, und dass diese zauberhafte Welt des Sommers mit ihm einmal dahingehen würde.

Damals, als wir Kinder ins obere Tessin in die Sommerferien fuhren, war dies etwas Besonderes. Einmal war die Reise lang, sie nahm einen guten Tag in Anspruch, und dann wurde man dabei noch ausserordentlich schmutzig. Man langte gewöhnlich mit einem entzündeten Auge an, da man sich trotz mündlicher und schriftlicher Warnungen zu weit hinausgelehnt und Kohle ins Auge bekommen hatte. Auch litt man Durst. Der Zug hielt zwar häufig, und an allen Bahnhöfen gab es Brunnen, aber man schien solche Brunnen damals als eine Art Automatenbuffet für Typhusbakterien aufzufassen und hätte, selbst bei Gefahr des Verdurstens, nie von diesem Wasser getrunken. Während meiner ganzen Jugend sah ich nie jemanden an einem Bahnhofbrunnen Wasser trinken. Der an einem Kettchen angehängte Trinkbecher schien vollends bepelzt mit Bakterienkulturen zu sein; ich habe nie einen Verwegenen gesehen, der so tollkühn gewesen wäre, einen solchen Becher an den Mund zu führen. Die Vermutung liegt nahe, dass man kaum in einer Wirtschaft je ein unberührtes Glas vorgesetzt bekam… aber damals waren die Bakterien frisch erfunden, oder wenigstens nur kurze Zeit vorher, und Fortschritt und Bildung machten sich überall bemerkbar. So war es ausdrücklich verboten, «in den Wagen zu spucken», begreiflich, dazu waren schliesslich die Spucknäpfe da, die in den Drittklasswagen recht oft zu finden waren.

Wir assen also harte Eier und Schinkenbrot und tranken lauwarmen Lindenblütentee aus einer filzüberzogenen Feldflasche. Der Tee schmeckte nach Blut und verursachte noch mehr Durst. Wir kannten die Strecke beinahe auswendig, aber dies war eben das Schöne daran. So zählten wir Jahr für Jahr die Tunnels – wie leicht hätte ein neuer entstehen können! –, stellten entzückt fest, dass das Inseli im Lowerzersee noch stand und der Schokoladenstein immer noch aussah wie echte Suchard-Schokolade. In Göschenen bekam man jeweils einen Teller Suppe. Nicht dass wir dieser Suppe je viel nachgefragt hätten. Wir trafen es betrübend oft auf Gerstensuppe mit roten Rüben, die wir hassten, aber der hochstirnige Mann, der in würdevollem Gehrock hinter einem blendend weissen Tisch die Suppe schöpfte, war ein Dichter. Wir hatten zwar damals noch nie etwas von ihm gelesen, aber er war ein aufstrebender Dichter, unsere weibliche Begleitung flüsterte es ehrfurchtsvoll, und schliesslich schenkt einem nicht alle Tage ein Dichter einen Teller voll Suppe ein. Ich wenigstens habe es nie mehr erlebt.

Als wir etwas grösser waren und bereits zur Schule gingen, durften wir die Reise allein unternehmen. Darauf waren wir ungeheuer stolz, denn kein Kind unserer Bekanntschaft reiste je allein. Man «vertraute» uns jeweilen dem Kondukteur an, dem man einen Franken in die Hand drückte. Was der gute Mann mit uns anfangen sollte, ist mir nie klar geworden. Keiner belästigte uns je mit Fragen, auch wechselte er gewöhnlich in Erstfeld. Vielleicht hat er uns jeweils vor Kindsraub bewahrt,

wer weiss? Aber das Vertrauen dauerte auch nur bis Göschenen – dann reiste uns gewöhnlich Grossmutter entgegen. «Allein durchs Loch reisen» – dies schien allen doch zu viel. Also stand Grossmama jeweils in einem grauen Seidenkleid (etwas noch Heikleres besass sie im ganzen Kleiderschrank nicht, aber dies galt als «gediegene Reisekleidung») in möglichster Nähe des Dichters und winkte mit einem Spitzentüchlein, damit wir sie gleich sähen und zurückwinken konnten. Wir winkten mit Vehemenz und vollführten ein Indianergeheul. Grossmama schätzte im Allgemeinen solche Ausbrüche nicht sehr, umso weniger, als auch ihr Gatte zu ihnen neigte und solche Äusserungen nicht zu dem passten, was sie als «gute Erziehung» zu bezeichnen pflegte. Aber unser Geheul und Gewinke zog unweigerlich auch die Aufmerksamkeit des Dichters auf sich. Er hielt dann einen Augenblick mit Suppenschöpfen inne, schaute missbilligend auf uns, wohlwollender auf die elegante Grossmama und deutete dann eine Art Verbeugung vor ihr an. Ja, so fein war man damals. Wir schätzten es zu wenig. Heute, da man es schätzen würde, sind die Sitten etwas rüder.
Dann, unter Grossmamas Fittichen, fuhren wir ins «Loch». Damals bot man einem etwas fürs Geld, die Fahrt durch den Gotthardtunnel dauerte zweiundzwanzig Minuten, und hie und da hielt der Zug mittendrin ein paar Minuten und wartete auf den Gegenzug – Minuten atemloser Spannung. «Wenn ihr jetzt allein gewesen wäret…», sagte Grossmama dann warnend. Wenn wir allein gewesen wären, schrecklicher Gedanke! Was hätte passieren können, war zwar unerfindlich, aber es schien Möglichkeiten gegeben zu haben. Grossmama musste das wissen, denn Grossvater war beim Bau der Gotthardbahn dabei gewesen. Als blutjunger Ingenieur, frisch verheiratet mit Grossmama. Grossmama war noch mit der Postkutsche über den Gotthard gefahren, der Postillion hiess Herr Zgraggen und konnte mit der Postkutsche einen Fünfliber exakt überfahren. Grossmama erzählte die Geschichte jährlich, sie war der Beginn und Auftakt zur zauberhaften Welt der Sommerferien.
Auch Grossvater hatte sein jährliches Programm, das indessen nie an Reiz verlor. Er schmückte das Villino mit Fahnen, grossen, mächtigen Fahnen, zwei Meter im Quadrat gross. Zuerst einmal die Schweizerfahne, dann selbstredend die blau-rote Tessiner Fahne. Weil er Grossmama in Luzern kennengelernt hatte, hing eine blau-weisse Luzerner

Fahne über dem Balkönchen, und da er, wie schon erwähnt, Vicesindaco von Lugano war, vervollständigte die feuerrote Stadtfahne mit den vier geheimnisvollen Buchstaben «LVGA»[105] den Flaggenschmuck. Zwischenhinein gab es lange Wimpel in Rot-Weiss und Rot-Blau. Es war schwer, in all dem Farbengewoge noch das kleine weisse Haus zu sehen. Wir sahen es trotzdem schon im Einfahren. Jedenfalls bemerkten es die «Fremden» und die Dorfeinwohner. Jeder wusste, dass jetzt die Bambini ankamen. Viele müssige Leute standen am Bahnhof, um die süd-stürmische Begrüssung mitzuerleben, mit der uns Grossvater in die Arme riss. Wir Kinder hatten das fürstliche Gefühl, dass die Hälfte der Menschen an den Bahnhof gekommen war, um uns zu empfangen, und merkwürdigerweise war dies sogar wahr. Es gab so wenig Unterhaltung in dem kleinen Ort, dass Ankünfte und Abreisen ein gesellschaftliches Ereignis waren. Wir selbst gingen nachher wohl jeden zweiten Tag an den Abendzug, um zu sehen, «wer etwa gekommen sei».
Trotzdem empfanden wir unsere eigene Ankunft als etwas Besonderes. Und dann hüpften wir schmutzig und vergnügt an Grossvaters Händen die Halde hinauf ins Villino. Auf der Schwelle stand, übers ganze Gesicht strahlend, abgrundhässlich und bodenlos gütig, in weisser, gestärkter Schürze, mit dicken schwarzen Wollstrümpfen und Zoccoli, die Magd Claudina. Selbstverständlich, dass sie uns laut weinend abküsste und sofort einen so hohen Teller frisch gebackener Küchlein hereinbrachte, dass man schon vom Anblick Bauchweh bekam. Auf dem Tisch standen grosse Platten mit Salami und Salametti, Glasschälchen mit Mostarda, den Senffrüchten, die ich so heiss liebe, und mit Panettone. Es war wie das Schlaraffenland. Ich habe später im Leben an grossen Banketten teilgenommen, ich sah Empfänge mit Riesenbuffets, aber nie wieder hatte ich das Gefühl von Reichtum und Fülle so sehr wie damals, als drei, vier Platten den kleinen schwarzen Eichentisch im grosselterlichen Esszimmer bedeckten.
Zu all den Sonderbarkeiten des grosselterlichen Haushaltes gehörte auch eine Glacemaschine. Nirgends gab es Glace zu kaufen, wir aber bereiteten sie uns selber. Grossmama bereitete irgendeine Creme, und

---

105 Die vier Anfangsbuchstaben des Ortsnamens (mit dem lat. V als U).

wir holten Schnee von irgendeiner Lawine. Es gab Jahre, in denen man weit den Berg hinaufsteigen musste, und andere, in denen der Tessinfluss noch im Juli sich durch den Lawinenschnee frass und unter einer dicken Decke gurgelte. Die Glace war nicht sehr kunstvoll. Man konnte sie nur mit Mühe aus dem Gestänge der Maschine grübeln, und stellenweise schmeckte sie nach rotem Viehsalz, da wir denn solches zur Erhöhung der Kältewirkung in den Schnee streuten und immer von diesem Gemisch eindrang.

Die Glacemaschine war eine grossväterliche Erfindung, wie er denn überhaupt, seit er nicht mehr Bahnen baute und sich mehr dem bewegten politischen Leben des Kantons widmete, allerhand technische Wunderwerke erfand, die den täglichen Gang des Haushaltes belebten. Selbstverständlich konnte man in jedem Zimmer klingeln, sowohl in die Küche wie in den Keller, die Garage oder den Garten. Im Hausgang war ein grosses Schaltbrett, wo man an herunterfallenden Schildchen ablesen konnte, wo geklingelt worden war. Wir Kinder amüsierten uns reichlich mit dem System – einen andern Nutzen hatte es kaum, denn Claudina liess sich bei aller Gutmütigkeit nirgends her- oder hinklingeln.

Selbstverständlich hatten wir auch ein Haustelefon, mit dem wir uns gegenseitig verständigten – eine äusserst praktische und notwendige Einrichtung in einem Vierzimmerhaus, von denen keines mehr als vier Meter im Geviert gross war. Besonders zu denken und zu studieren gab Grossvater das Problem des Ohrs des Dionysius, eine Einrichtung, bei der man die Gespräche in einem anderen Zimmer abhören konnte. Dies konnte man bei den dünnen Wänden unseres Villino zwar ohnehin, aber da wir Kinder genügend Lärm verursachten, konnten feinere Unterhaltungen daneben nicht laufend verfolgt werden. Grossvater konstruierte also das Problem des Ohrs des Dionysius, und zwar von seinem Büro aus ins Esszimmerchen.

Nun behielt meine Grossmutter die damenhaften Allüren der Stadt auch während des Sommeraufenthaltes auf dem Lande bei. Nicht nur ging sie nie ohne Hut zur Messe und immer tadellos angezogen ins Dorf, sie hielt auch eisern an ihrem «Jour fixe» fest, einem bestimmten Tag in der Woche, an dem irgendwelche Damen zum Tee kamen, auf der Veranda herumsassen und grosse Platten mit Törtchen vertilgten. An und für sich hatten wir den Jour fixe nicht ungerne. Wir wurden dann völlig Grossvater überlassen, der mit uns auf Unternehmungen zog, zu denen er sonst nie die Erlaubnis erhalten hätte und die regelmässig auf eine Weise endigten, dass wir neuerliche Schwüre leisten mussten, nie und nimmer der Grossmama, am allerwenigsten je etwas den Eltern zu Hause von unsern Erlebnissen zu erzählen. Es waren unvergessliche Nachmittage, und zum Schluss waren auch noch viele Törtchen übrig. Claudina hasste den Jour fixe. Sie hatte eine Unmenge Arbeit, kämpfte bis zu Tränen mit den Tücken eines Holzbackofens und musste zudem ihre armen, an Zoccoli oder Stoffpantoffeln gewöhnten Füsse in Lederschuhe zwängen.

An solchen Tagen erschien sie wie ein hoffnungsloser Bauerntrampel, ihre Liebe wirkte blöd, und ihr gelbliches Gesicht war noch hässlicher als sonst. Aber nicht einmal in solchen Momenten hätte sie uns aus der Küche geschoben oder unsere «Hilfe» beim Rühren von Zucker und Eiern, beim Hacken von Mandeln und Sieben von Mehl abgewiesen. Wir waren dabei, von Herzen dabei, standen im Wege und setzten uns in den Kopf, ihr wenigstens den «Corriere della Sera» vorzulesen. Am Nachmittag waren wir dann aus dem Weg.

Dies ging so, bis Grossvater das Ohr des Dionysius wiederfand. Man konnte mit ihm wirklich nett eine Unterhaltung im Esszimmer abhören, nicht immer deutlich zwar, aber die Damen pflegten sich in ziemlicher Lautstärke zu unterhalten. Grossvater versprach sich einen Heidenspass von der Sache. Beim ersten Jour fixe ging es auch prächtig. Grossvater schickte uns ein wenig fort in den Wald, angeblich um Erdbeeren zu holen. Abends beim Essen servierte er dann Grossmama seine Erlebnisse. Tut Signorina R. wirklich immer so geziert? Und glaubte die alte Schachtel von Signora S. wirklich, dass sie den Arzt vom Sanatorium einfangen konnte? Und dann, was Signora Gh. von ihrem marito erzählt habe, das war doch allerhand, wirklich interessant. Niemand hätte dem alten Gh. zugetraut...

«Pas devant les enfants!», erklärte Grossmama fest. In solchen Momenten sprach sie Französisch, ein sanftes Klosterfranzösisch. «Pas devant les enfants», hiess es häufig. Wir nannten den Ausdruck: die Badewanne! Aber beim nächsten Jour fixe stopfte Grossmama ein Sofakissen in das Ohr des Dionysius, und Grossvater wunderte sich ernsthaft, weshalb heute der Empfang so schlecht gewesen sei. Vielleicht hing es mit den

Schwingungen zusammen, und er versuchte mir die Sache zu erklären. Leider reichte meine mathematische Begabung nie weiter als bis zum indirekten Dreisatz.

Mit der Zeit gab Grossmama auch den Jour fixe auf, wenigstens während des Sommeraufenthaltes der lieben Enkelkinder. Als wir uns nämlich, treu vereint mit Grossvater, an einem solchen Tag in der Nähe des Villino langweilten, schlug Grossvater zur Belebung des Nachmittages vor, wir sollten ein Wettbrüllen veranstalten. Nichts konnte uns willkommener sein. Wir schrien wie am Spiess, was die Lungen hergaben. Grossvaters Stimme aber übertönte alles, er dröhnte, er orgelte, das Brüllen eines wütenden Stieres muss dagegen wie Windgeflüster getönt haben. In solchen Augenblicken war er stets voll und ganz dabei.

Plötzlich kam eine Schar von aufgescheuchten Damen angeflattert. Zuvorderst, mit verrutschten Löckchen, Grossmama, Donna A., schreckensbleich, sogar Claudina trat unter die Küchentür. «Um Gottes willen, was hat es gegeben, was ist los, ist jemand tot...», schrie und zeterte man durcheinander.

«Wir wollten nur...» Wir wurden von vernichtenden Blicken durchbohrt.

Eine Viertelstunde später war das Haus leer und Grossmama gebrochen in ihrem Sessel. «Wie konntet ihr nur», jammerte sie. «Solch ein Schrecken! Es hätte uns töten können. Die Gräfin Riva war einer Ohnmacht nahe...» «Es ist nur päpstlicher Adel, und wir sind Radikale», donnerte Grossvater, dessen Stimme sich noch nicht zur normalen Stärke hatte zurückschrauben können.

Für diesen Sommer gab Grossmama ihre gesellschaftlichen Ambitionen auf, und bald darauf zerstreute der Weltkrieg die bunte Gesellschaft, und das kleine Dorf wurde stiller und verlassener.

In den düsteren Monaten, in denen ich in der deutschen Schweiz zur Schule ging und ferne der bunten grosselterlichen Welt leben musste, pflegte ich jedes Druckerzeugnis zu verschlingen, das von meiner tessinischen Heimat, von Land und Leuten jenseits des Gotthards zu berichten wusste. Daran war entschieden kein Mangel – nur, ich legte das meiste bald enttäuscht beiseite.

In den sogenannten «Tessiner Geschichten», die man in Zeitschriften und Heftchen zu lesen bekam, gab es wohl grollende alte Tessiner Bäu-

erlein, aber nie jene schwarz gekleideten Herren, die man mit einem Knicks grüssen musste, die in grossen Bibliothekzimmern sassen und rauchten oder zu endlosen politischen Sitzungen in unser Haus kamen. Freilich waren dies städtische Erscheinungen, und die Geschichten ignorierten unsere Städte. Aber selbst in unserem Sommerdorf in der Leventina waren die Leute interessanter.

Da wohnten uns gegenüber, aber an der Landstrasse unten, in einem riesengrossen alten Steinhaus Monsieur und Madame G. Meine Grossmama sprach prinzipiell von ihnen per «Monsieur et Madame», obwohl es Tessiner waren. Aber Monsieur G. hatte sein halbes Leben als Ingenieur in Paris verbracht und hatte sich nun auf seine alten Tage ins Heimatdorf zurückgezogen, wo er offenbar recht beträchtliche Ersparnisse behaglich verzehrte. Madame G. sprach mit Grossmama nur Französisch und stellte in jeder Unterhaltung mit einem leichten Seufzer fest, dass zwischen Paris und dem Livinerdorf ein gewisser Unterschied herrsche, ach ja, «vous pouvez bien le croire, ma chère». Grossmama fand, dass dies für das Dorf sicher zutreffe, für Lugano, wo sie schliesslich den Hauptteil des Jahres verbrachte, nur in ganz geringem Masse. Man hatte die Oper, mit Kräften aus Mailand, und die Grosseltern besassen eine ständige Loge, wie sich das für Mitglieder des Stadtparlamentes so gehörte.

Während der Sommermonate wohnte Signor A. in unserem Dorf, in einer hübschen rot-weissen Villa mit Dienerschaftshaus und einem Tennisplatz. Wir standen mit der Familie A. nur auf Grussfuss, was ich bedauerte, denn die Familie schien mir der Gipfel der Vornehmheit. Ich bin nicht sicher, ob Grossmama nicht meiner Meinung war. Signora A. und ihre Töchter bezogen ihre Kleider aus Mailand und Paris, ihre zahlreichen Dienstboten hatten sogar Manieren und trugen stets Lederschuhe an den Füssen, wodurch sie weniger herumschlurften, als dies bei den Köchinnen sonst der Brauch war. Aber Signor A. sympathisierte mit den Konservativen, ging täglich zur Kirche und benutzte sogar einen Rosenkranz, was uns für einen Mann als Höhepunkt der Bigotterie vorkam. Natürlich gingen Grossmama und wir Kinder häufig zur Messe und hatten Rosenkränze in allen Farben und an allen möglichen heiligen Orten geweiht und gekauft, aber man fand, für einen Mann schicke sich dies weniger, und Grosspapa als alter Radikaler belegte solche Män-

ner mit einem politischen Vokabular, unter dem «Kirchenspringer» und «Ohrenkratzer» noch die feinsten Ausdrücke waren. Das Interessanteste an Signor A. aber war, dass er keinen Beruf besass und nie einen besessen hatte. Er betrieb ein wenig historische Studien und führte das Leben eines Grandseigneurs; er war übrigens nicht Schweizer.
«Aber woraus lebt er denn, woher hat er denn das viele Geld?», pflegten wir Kinder immer wieder interessiert zu fragen.
«Seine Mama war eine Freundin des Königs Viktor Emanuel II.», erwiderte dann Grossmama vorsichtig. «Sie waren eng befreundet, und da hat er halt der alten Dame seinerzeit das alles geschenkt. Sie war eine wunderbar schöne, vornehme Frau…»
«Sie war Kunstreiterin», warf dann mein Grossvater grimmig ein, der fürstliche Manieren nicht ausstehen konnte.
«Sängerin, begnadete Sängerin», warf Grossmama dazwischen.
Worauf dann gewöhnlich eine jener heftigen und leidenschaftlichen Streitereien zwischen meinen Grosseltern entbrannte, die sie auch nach fünfundvierzigjähriger Ehe noch mit der gleichen Glut, mit denselben Wutausbrüchen und stürmischen Versöhnungen durchführen konnten wie als junge Eheleute. Dies machte das Leben im Villino stets angenehm angeregt.
Mit dem Weltkrieg wurde es in unserem Dorfe laut und unruhig. Eine neue Osteria tat sich auf, in der zwei landfremde Italienermädchen servierten, und wenn sie auch nicht gerade Bänder ins Haar flochten, so entsprachen sie doch ungefähr dem, was man in der deutschen Schweiz unter «südlichem Temperament» verstand. Sie trugen weisse, dünne Blusen, was unsere einheimischen Mädchen in den abgeschabten, stets schwarzen Kleidern missbilligend vermerkten. Irgendwie wirkten die beiden Dinger laut und farbenprächtig, und unsere stillen Dorfeinwohnerinnen mit den sittsam niedergeschlagenen Augen, den schmalen, bleichen Gesichtchen sahen neben ihnen mager und arm aus. Die Soldaten waren laut und fröhlich, tranken etwas mehr, als man es hierzulande gewohnt war, und erfüllten das absterbende kleine Dorf, in dem von Jahr zu Jahr mehr Einwohner abwanderten und die Häuser und Ställe verfielen, mit ihrer kräftigen und gesunden Gegenwart. Daneben taten sie ohne Zweifel viel Gutes. Sie legten Waldwege an, auf denen es sich endlich gefahrlos gehen liess, sie räumten auf, flickten Dächer und

teilten Suppen aus. Leider erklärten sie: «Suppe für die arme Bevölkerung!», worauf nur ein paar Zugezogene, ein paar Korbmacherkinder und das Jüngste einer kranken Witwe mit dem Kesselchen anstanden und manche Leute, die die Suppe bitter nötig gehabt hätten, lieber bei Ziegenmilch und Polenta blieben. Man hatte seinen Stolz.
Grossvater war in Friedenszeiten Hauptmann gewesen, jetzt war er alt, bekam aber auf seine Bitten hin noch irgendwelche Funktionen, die ihn ausserordentlich beschäftigten und von denen er gerne und geheimnisvoll erzählte, dass die Verantwortung ihn drücke – was sie jedoch keinesfalls tat. Es muss irgendetwas mit Eisenbahnbrücken gewesen sein, von denen er allerdings allerhand verstand, da er beim Bau der meisten dabei gewesen war, und überdies nahm er seit einigen Jahren die Stelle eines Kantonsingenieurs ein. Höhe- und Glanzpunkt des Krieges war der Besuch General Willes in unserem Hause. Der General besichtigte die Stellungen im oberen Tessin, und ich weiss nicht mehr, welchem Umstand wir es zu verdanken hatten, dass er uns im Villino besuchte.
«Zum Tee...», sagte Grossmama.
«Du bist nicht ganz bei Verstand», erklärte Grossvater. «Ein General und Tee...»
Grossmama sagte: «Dann wenigstens Marsala.»
Grossvater sagte: «Barbera und Salami!»
Ich war nicht dabei, als der General kam, obwohl Claudina vorgeschlagen hatte, mein Bruder und ich sollten dem General zweistimmig etwas vorsingen. Grossmama war eher für ein Gedicht, einen Blumenstrauss und einen Knicks meinerseits. Aber Grossvater schob alle seine radikalen politischen Grundsätze beiseite und nahm die Hilfe der Kirche in Anspruch, indem er uns zum alten Kaplan schickte und augenrollend drohte, uns unter keinen Umständen in der Nähe des Villino herumzutreiben. Der Kaplan stieg mit uns die Lawinenzüge hinauf und suchte Erdbeeren. Nachher ging er mit uns Boccia spielen. Fromme Geschichten erzählte er nie.
Wir kamen noch schmutziger als sonst nach Hause, und Grossmama dankte dem Himmel, dass der General schon seit Stunden wieder weg war. Was dem Kaplan nur wieder einfiel! Er war ein Bauernpfarrer, fertig, ein Bauernpfarrer, und sie wusste wohl, warum sie nicht zu ihm beichten ging, sondern ihre Sünden aufbeigelte, bis sie sie im Herbst im

Ganzen bei einem städtischen und weltlicheren Diener des Allmächtigen abladen konnte. Der General hatte übrigens weder den aufgestellten Tee noch den Marsala angerührt, sondern Barbera getrunken und Salami gegessen. Er hatte sich sofort mit Grosspapa in dessen Arbeitszimmer zurückgezogen, mit einem Schwarm von Begleitern, versteht sich, und Grossmama sass allein auf der Veranda und schien sich geärgert zu haben. Offenbar nicht nur wegen des Barbera. Grosspapa war vergnügt, lief wichtig herum und redete wieder viel von Verantwortung.
In jenen Kriegsjahren tat Grossvater zwei Ziegen zu. Eine sehr kapriziöse junge Dame, die ich «Mia» nannte, und einen kohlschwarzen, langhörnigen Teufel, von dem ich nie begriff, wieso es eine Ziege war und nicht ein Bock. Das Vieh sah genau aus wie der Teufel in meinem Märchenbuch. Es war auch genauso boshaft und liess sich nur von Claudina melken, und dies nicht immer. Mia liess sich sogar von mir melken. Natürlich zeigte mir Claudina den Kniff, wie man die Daumen abwinkeln musste und mit den Fingerknöcheln sanft streicheln. Hatte ich den Kessel voll schäumender Milch, so brachte es der Teufels-«Bock», wenn man nicht sehr aufpasste, immer noch fertig, mir auch diesen Kessel umzuwerfen. Impertinenter- und bezeichnenderweise war die Milch des schwarzen «Bockes» besser als diejenige der sanften Mia.
In meinen Kinderaugen war der Krieg eine friedliche Zeit. Das Unangenehme war bloss, dass Grossvater sich nach und nach von allen politischen Geschäften zurückzog, dafür umso mehr in den Osterien, wo er mit uns Boccia spielen ging, seine Ansichten kundtat und mit jedermann Streit bekam. Neutralität ist nicht eine Sache südlichen Temperamentes, und so reserviert Grossvater gegenüber Deutschschweizern oder Fremden sein konnte, so kühl er seine Berechnungen anstellte, in seiner engeren Heimat und bei einem Glase Nostrano geriet er in Feuer. Er nahm leidenschaftlichen Anteil am Krieg, besonders an den Kämpfen in den Dolomiten. Die Leute im Dorf interessierten sich mehr für die Westfront. Daneben gab es lokale und Kantonswahlen. Grossvater schlug mit der geballten Faust auf den Tisch, dass wir glaubten, die graue Granitplatte müsse mitten durchbrechen. Aber wir sassen angeregt hinter unsern Sirupgläsern und versuchten den Diskussionen zu folgen. Zeigten wir Anzeichen von Langeweile und Drang, nach Hause zu kommen, so liess uns Grossvater einen neuen «Frambes» kommen und bestellte

weitere Biskotti. Wurde es allzu langweilig, so konnte man immer noch sich drücken, hinters Haus schleichen und in die rauchige Küche gehen. Dort bekamen wir Salami, einen Schnifel Piorakäse und wurden wegen irgendetwas bewundert. Wegen unserer Schuhe, den Matrosenkleidern oder wegen unserer Grösse. Auch gab es da immer irgendwelche junge Katzen, schwarze Hühner und einen Fischtrog mit Forellen. Den Forellen fragten wir zwar nicht viel nach. Grossvater war ein leidenschaftlicher Fischer, es gab ungefähr täglich einmal Forellen, und wir fanden diese Dinger nichts Besonderes. Wir hätten lieber einmal eine Cervelat gehabt. Solche aber gab es beim Metzger nicht, und wenn einmal etwas Ähnliches an den Wänden hing, so behauptete Grossmama, dass sie ihnen nicht traue.

Der Krieg ging vorbei und liess das kleine Bergdorf so still zurück, wie es niemals vorher gewesen war. Die guten Mailänder Familien kamen nun nicht mehr her – ihre Gärten verwilderten, ihre Tennisplätze wurden langsam zu grossen Blumenbeeten, auf denen wilde Stiefmütterchen, blaue Glockenblumen und rote Bergdisteln sich um den Platz stritten, und nach und nach zerfielen auch ihre Häuser. Aber dies war wenig im Vergleich zu dem, was sich im Dorf, namentlich im alten Oberdorf, abspielte. Vielleicht war es nichts Besonderes, dass innerhalb von wenigen Monaten eine ganze Reihe von alten Leuten durch den Tod dahingerafft wurden. Der Tod hatte sich so sehr an seine reichen Ernten gewöhnt, dass er nun einholte, was ihm schnittreif zu sein schien und sich seit manchem Jahr unbeobachtet und verschont wähnte. Aber in die leeren Häuschen und Wohnungen der rasch hintereinander Entschwundenen zog niemand mehr. Hie und da gab es ein paar Erben, die ein Bett oder eine Kommode wegführten, noch öfters aber wurde einfach ein Schlüssel ans Wandbrett im Pfarrhaus gehängt, für den Fall, dass sich einmal jemand meldete, der in das verlassene Gemäuer einziehen wollte. Es meldete sich niemand.

Denn, ach, nicht nur der Tod leerte die Häuser. Zwei, drei Familien zogen fort, übers Wasser, in der sichern Gewissheit, dort über Nacht reich zu werden.

«Vielleicht dass wir dann wieder einmal herkommen, wenn wir alt sind, sterben tut man am liebsten daheim...», aber sie dachten noch keineswegs ans Sterben, sondern der brennende Wunsch nach einem

besseren Leben flackerte in ihren Augen. Die Zurückbleibenden schauten ihnen neidisch nach. Sie sahen schon nicht mehr die magern Bündel ihrer Habe, die fadenscheinigen Kleidchen, die eisenbeschlagenen, unförmigen Schuhe, sondern bereits den zukünftigen Glanz und Erfolg und Reichtum, der sie heimlich umfloss. Wann würden sie wohl zurückkehren, sich schöne Häuser bauen, alle Tage Fleisch essen und auf dem Friedhof oben eine grosse Familienkapelle bauen, aus Marmor und Bronze? Sollte man da zurückbleiben? Ach nein, man zog fort – wenn auch nicht gerade übers Wasser oder ins Ausland, so doch in die deutsche Schweiz, die mehr Verdienst und Auskommen bot. Namentlich die jungen Mädchen zogen fort, und schliesslich hauste im Oberdorf nur noch ein alter Junggeselle, ein sonderbarer Kauz, dessen ganze Haushalttätigkeit zu unserem Ergötzen darin bestand, dass er jeden Morgen sein Nachtgeschirr zum Auslüften aufs Fensterbrett stellte.

Das Dorf hatte sich geändert, die Leute änderten sich, und eines Tages machte ich die erschreckende Entdeckung, dass auch ich selbst mich zu ändern begonnen hatte. War Grossvater wirklich älter und schwieriger geworden, oder vertrug ich plötzlich seine Art nicht mehr? Wenn er mich stürmisch und laut mit Freudentränen am Bahnhof begrüsste, war er ja eigentlich nicht anders als früher, da ich mich in seiner Liebe vor allen Dorfbewohnern gesonnt hatte. Es waren nun lange nicht mehr so viele Leute am Bahnhof zur Begrüssung der Bambini wie früher, aber auch vor den wenigen begann ich mich zu schämen. Ich zog Grossvater rasch fort, angeblich, um möglichst bald ins Villino zu kommen. Ich wollte auch nicht mehr über die Dorfstrasse, sondern über die «Abkürzung», die aussen herum führte. Und wie immer tat Grossvater alles, was ich wollte, zog über die Abkürzung rasch ins Villino hinauf, und dazu sang er laut, aus voller Kehle, ein lustiges Tessinerlied, das einmal meine besondere Vorliebe gewesen war – jetzt schämte ich mich, suchte ihn zu unterbrechen und fing eine Art Konversation an. Grossvater freute sich und sagte, man sehe, dass ich Verstand bekäme. Er habe immer gesagt, aus mir werde noch einmal was, ich sei und bleibe eben sein Herzblatt. Da schämte ich mich noch mehr.

Im Villino selbst schien alles beim Alten geblieben zu sein, und dort fand ich mich auch wieder. Noch immer naschte ich gerne die Weissen Johannisbeeren, half Claudina in der Küche und sass stundenlang mit

einem Buch im Garten. Grossvater war wieder voller Erfindungen, aber sie waren etwas weniger abenteuerlich als früher. In diesem Sommer brachte er eine Sonnenuhr an, die zu seiner höchsten Freude exakt ging. Exakt nach seinen und offenbar den astronomischen Begriffen, denn hatten wir bisher «exakt um Mittag», nämlich um Punkt zwölf Uhr, gegessen, so hatte man sich nun nach der Sonnenuhr zu richten, und das war eher etwas später – ich begriff es zu seiner Enttäuschung nie ganz. Nur an Regentagen ass man «exakt» nach der Stubenuhr.
In diesem Sommer legten wir auch einen Felsgarten an. Das Schönste daran war, dass wir die Lage jedes Steines mit einer Wasserwaage festlegen durften. Wir holten auf den Alpen Blumen, die wir einsetzten: Steinbrech, Alpenrosen, Anemonen und Primeln und eine kleine Bergföhre. Mein Bruder und ich taten noch ein Übriges und holten vier Tännchen im Wald, die wir an anderen Stellen des Gartens einpflanzten. Darüber schalt Grossvater. Dies war eigentlich verboten, und wenn die Tannen dann gross wurden, musste jedermann unsern Frevel sehen. «Ach wo», widersprach Grossmama mit alter Streitlust, «kein Mensch wird diese Tännchen je sehen, sie werden den ersten Winter nicht überleben, unrecht Gut gedeiht nicht.» Das war eine schmerzliche Aussicht, aber wenigstens der Felsgarten schien sich günstig zu entwickeln. Welche Freude, wenn er dann in andern Sommern blühte!
Ich habe ihn nie blühen gesehen. Denn dies war unser letzter Sommer, eigentlich der letzte Sommer unserer Kindheit.

***

Um 1953:

In diesem Sommer bin ich, nach vielen, vielen Jahren, zum ersten Mal wieder «heim» ins Livinerdorf gefahren. Es war ein ganz anderes Dorf, eine ganz andere Welt. Als ich einst fortfuhr, hatte ich den Eindruck, dass alles zu Ende ginge, Tod und Verlassenheit drohten, weil nur die Alten blieben. Aber das Leben geht nicht nur weiter, es baut auch immer wieder neu auf. Unser Villino stand noch, aber man sah es kaum mehr – unsere vier gefrevelten Tännlein hatten dem Spruch vom unrechten Gut getrotzt und waren mächtige Schirmtannen geworden, die das Häus-

lein umhüllten wie einst die Fahnen meines Grossvaters und darüber hinaus weit überragten. Und die alten verfallenen Häuser, wo waren sie? Ich weiss es nicht. Einige waren weg, an ihrer Stelle standen saubere neue Häuser, andere waren renoviert, frisch gestrichen. Die Wege waren sauber und fest, nirgends mehr rann in den engen Dorfgässlein die trübe Jauche. Es war alles viel sauberer. Es gab an der Dorfstrasse eine Menge kleiner Geschäftlein, es gab Tankstellen, Garagen, ein Tearoom, einen Gasthof. Es gab, wunderbarerweise, keine Wehmut mehr über Entschwundenes, sondern Freude, dass alles weitergeht und dass es eben doch langsam aufwärtsgeht.

Ich war dann noch auf dem Friedhof und suchte meine alten Freunde – und da waren sie denn auch, samt und sonders, und sie erleichterten das Wiederfinden erheblich durch den merkwürdigen Brauch, auf ihrem Grabkreuz ihre Fotografie anzubringen. Aber sonst – auch da oben – hatte sich manches geändert. Die Gräber waren schlichter geworden, viel, viel einfacher. Der Pomp des Totenkultes war verschwunden, lebende Blumen blühten in Fülle auf allen Gräbern. Und war dies nicht ein tröstliches Zeichen, dass nicht mehr wie einst die Lebenden ärmlich hausten, die Toten aber prunkten, sondern dass nun die Lebenden schlicht und sauber, fleissig und erfolgreich im Dorf wohnten, während ihre Vorfahren einfach einer seligen Urständ entgegenschlummern?

Fotos aus der Zeit von
Beatrice Steinmann-Galli

Entschwundene Sommer

Ein Erinnerungsblatt

Bern 1953/1987

Bice und Hans mit Eltern und Grosseltern in Lugano.

«Unser Elternhaus war eher ein ‹düsteres›, ein sogenannter ‹Geschäftshaushalt›,
in dem wir Kinder, ein jüngerer Bruder und ich, so ungefähr überall im Weg standen.
Wir wurden mehr mit Strenge und Sorgfalt als mit besonderer Liebe erzogen.»

Bice und Hans, circa 1912.

Bice und Hans mit Vater und Mutter.

Auch beim Spielen mit den Kindern scheint Cecchino Wert auf Disziplin zu legen.

Die Geschwister in einem der ersten Autos von St. Gallen, einem Martini (circa 1915).

Bice und Hans werden älter.

«In Göschenen bekam man jeweils einen Teller Suppe. Nicht, dass wir dieser Suppe je viel nachgefragt hätten. Wir trafen betrübend oft auf Gerstensuppe mit roten Rüben, die wir hassten.»

«Dann, unter Grossmamas Fittichen, fuhren wir ins ‹Loch›. Damals bot man einem etwas fürs Geld, die Fahrt durch den Gotthardtunnel dauerte zweiundzwanzig Minuten und hie und da hielt der Zug mittendrin ein paar Minuten und wartete auf den Gegenzug – Minuten atemloser Spannung.»

«Es gab so wenig Unterhaltung in diesem kleinen Ort, dass Ankünfte und Abreisen ein gesellschaftliches Ereignis waren. Wir selbst gingen wohl jeden zweiten Tag an den Abendzug, um zu sehen, ‹wer etwa gekommen sei›. Trotzdem empfanden wir unsere eigene Ankunft als etwas Besonderes.
Und dann hüpften wir schmutzig und vergnügt an Grossvaters Händen die Halde hinauf zum Villino.»

Bahnhof Airolo.

Faido.

Leben und Arbeiten in der Leventina, circa 1909/1910

Die Autorin, Dr. rer. pol. Beatrice Galli

(genannt Bice), circa 1953, als sie die Reihe «Entschwundene Sommer», ein Erinnerungsblatt, schrieb.

Liebes Mami

Zu Deinem achzigsten Geburtstag möchte ich in grosser Dankbarkeit für alles was Du für mich in Deinem Leben getan hast, an die Artikelserie «Entschwundener Sommer» aus Deiner Feder erinnern. Ich glaube, sie handelt von jener Zeit in Deinem Leben, wo Du wirklich glücklich warst. Ein Glück, das Du später in Deinem geliebten «Nante» wiedergefunden hast und das Dir noch möglichst lange vergönnt sein möge.

       In Liebe Dein Sohn This

Ursellen, den 9. Juli 1987

STEINMANN

27. Fritz zieht in den Krieg (1914)

Wie Fritz nach Ausbruch des Ersten Weltkrieges im September 1914 verschiedene Kriegslazarette des deutschen Heeres in Nordfrankreich besucht und dann auf einem Hauptverbandsplatz das Grauen des Krieges hautnah erlebt.

Betty sitzt am Samstag, dem 28. Juni 1914, im Lehnstuhl auf der Veranda des gemieteten Bootshauses in Leissigen und liest den neuesten Roman von Hedwig Courths-Mahler, *Die Bettelprinzess*. Das kann sie sich nur leisten, wenn Fritz nicht im Châlet-artigen, in den See hinaus gebauten Bootshaus mit Wohnung weilt. Er würde ziemlich allergisch auf diese leicht kitschigen Liebesromane reagieren, die Betty oft im Geheimen liest. Von Zeit zu Zeit blickt sie hinüber zum grünen Beatenberg, der sich im glitzernden See spiegelt, und geniesst die Ruhe des Vormittags, begleitet vom regelmässigen Plätschern der leichten Wellen, die leise ans Bootshaus treffen.

Sie geniesst diesen Samstagvormittag ohne jedes Müssen, weil die einheimische Haushalthilfe Vreni Luginbühl mit der zehnjährigen Hanni und dem sechsjährigen Bernhard spazieren geht. Da, ganz ungewohnt, klingelt schrill das neu installierte Wandtelefon. Neu, weil Fritz, auch wenn er Zeit für die Familie hat, dennoch für die Klinik erreichbar sein muss. Mit einigem Aufwand konnte er sich an das Netz der Gemeindeverwaltung anschliessen.

Betty legt ihren gerade liebesspannend werdenden Roman zur Seite, geht in die Stube, nimmt den Hörer ab und sagt in die Sprechmuschel am Apparat: «Bist du's, lieber Fritz?»

Ohne Begrüssung sagt dieser kurz: «Betty! Ein Serbe hat den Erzherzog Franz Ferdinand und seine Gattin in Sarajewo erschossen. Das kann Probleme geben. Kurzer Rede langer Sinn, Liebes: Ich bleibe lieber in Bern, denn ich möchte nicht von internationalen Informationen abgeschnitten sein.»

Tatsächlich gab es damals in der Schweiz kein Radioprogramm – dieses wurde erst 1923 eingeführt –, und in Leissigen musste man bis zum folgenden Tag auf die neuesten Ausgaben des Berner Tagblatt und des Bund warten, ganz zu schweigen von den Sonderausgaben.
Dann plaudern sie noch ein bisschen, wie es im Engeried geht und wie in Leissigen. Alltägliches halt. Betty müsste lügen, wollte sie behaupten, dass sie zutiefst enttäuscht wäre. Zwar würde sie den Sonntag nicht mit Fritz verbringen, doch dafür kann sie nun genüsslich ihren Roman weiterlesen. Was aber wegfällt, ist der übliche Ausflug mit dem Ruderboot, denn Fritz rudert für sein Leben gern. Sie wären am morgigen Sonntagnachmittag mit den Kindern auf den Thunersee hinausgeglitten, hätten sich etwas schaukeln lassen, und vielleicht hätte Fritz gar einen Wurm gebadet, um eine Äsche zu fangen.
Im Nachhinein könnte man die ersten zwei Wochen des Juli 1914 als die Ruhe vor dem grossen Sturm bezeichnen. Niemand glaubte in jenen Wochen, dass dieses Attentat der Auftakt zu den blutigsten menschenfressenden vier Jahren wäre. Die Königshäuser waren einander verwandtschaftlich verbunden, und dass sie ihre Völker in einen Weltkrieg treiben würden, war für normale Menschen nicht denkbar – für deren Generalstäbe aber schon.
Doch dann ging es Schlag auf Schlag. Am 23. Juli erfolgte das kaum erfüllbare Ultimatum an Serbien durch die Österreicher mit einer Frist von achtundvierzig Stunden. Die Militärs, vor allem der Generalstabschef Conrad von Hötzendorf der K.-u.-k.-Monarchie, trieben bewusst zum Krieg mit Serbien und glaubten, den Krieg lokal beschränken zu können. Als die Serben das Ultimatum nur wegen einem Punkt, dem Souveränitätsverlust, ablehnten, mobilisierten sie zugleich, denn sie wussten den Bündnispartner Russland an ihrer Seite. Andererseits sicherte Wilhelm II. dem alten Kaiser Franz Joseph I. in «Nibelungentreue»[106] die volle Unterstützung des deutschen Reiches in einem kommenden Krieg zu. Daher erklärte am 28. Juli Österreich-Ungarn Serbien den Krieg.

---

[106] Der Begriff wurde erstmals vom dt. Reichskanzler Bernhard Fürst von Bülow in seiner Rede im Reichstag am 29. März 1909 gebraucht und meinte die unbedingte Bündnistreue des Deutschen Reiches zur Donaumonarchie Österreich-Ungarn.

Es ist hier nicht der Ort, die Mobilmachungen, insbesondere von Deutschland zur Vermeidung eines Zweifrontenkriegs (Schlieffen-Plan), darzustellen und zu schildern, wie innert kürzester Frist der Kontinent in Flammen stand. Zu erwähnen wäre allerdings, dass die Völker im Begeisterungstaumel in diesen sinnlosen Krieg zogen, der ein Zeitalter beendete und in Deutschland aufgrund viel zu harter Friedensbedingungen im Versailler Vertrag notabene Hitler erst ermöglichte.
Am Sonntag, dem 2. August, mobilisierte die Schweiz, und tags darauf wurde Korpskommandant Ulrich Wille zum General und Oberbefehlshaber der Schweizer Armee gewählt.
Betty und die Kinder verblieben in Leissigen, und zwar auf Geheiss von Fritz: «Ich schicke dir Geld, kauf Lebensmittel ein, so viel du kannst. Leissigen ist sicherer, denn wir wissen nicht, wie sich das entwickelt und ob eine der Armeen durch die Schweiz marschieren will.» Fritz selbst musste als Sanitätshauptmann in eine Militärsanitätsanstalt, kurz MSA, einrücken. Mit der Mobilmachung veränderte sich auch in der Schweiz das Alltagsleben vollständig, und dies auch in allen hier beschriebenen Familien.
Immerhin konnten die Steinmanns, da Fritz Arzt war, ihren Benz 10/25 PS weiterfahren. Dagegen wurden die Telefonlinien bis auf die lokalen gekappt.
Dann ging's los.

∗∗∗

Ich besitze sämtliche Publikationen meines Grossvaters, schön gebunden in sechs Bänden. Natürlich habe ich nicht alles studiert, aber doch in einiges hineingelesen. Es gibt ein Wort, das mir einmalig scheint und wahrscheinlich auch einmalig auftritt: das Wort «Sehnsucht». Der entsprechende Satz findet sich in seiner *Kriegschirurgischen Betrachtung aus dem gegenwärtigen Kriege* gleich am Anfang:

Es ist klar, dass mich beim Beginn des gegenwärtigen Krieges die Sehnsucht erfasste, der Kriegschirurgie, mit welcher ich mich bis dahin mehr theoretisch beschäftigte und welche ich während einiger Zeit an unserer Sanitätsoffiziersbildungsschule gelehrt hatte, auch praktisch näherzutreten.[107]

In meiner Jugendzeit wurde zu Hause des Öfteren von dem berühmten Grossvater gesprochen, vor allem vom Engeriedspital und dem Steinmann-Nagel. Doch nie wurde die im Folgenden geschilderte Episode aus seinem Leben erwähnt. In dem mir zur Verfügung gestellten Literaturverzeichnis seiner sämtlichen Publikationen bin ich eher zufällig auf sie gestossen. Und wiederum zufälligerweise erfuhr ich, dass meine Halbschwester Barbara diese Bücher mit seinen Veröffentlichungen aufbewahrt, so wie unser Vater sie hinterlassen hat.
Wir werden uns nun daher dieser Episode zuwenden, denn immerhin sagte Fritz Steinmann darüber, er habe gut zehntausend verletzte Soldaten gesehen, teilweise auch behandelt und sogar ein Spital mit zweitausend Betten geleitet.

***

Nach den aufreibenden Zollformalitäten fährt Fritz nun im rüttelnden Zug der Reichsbahn, der soeben den Badischen Bahnhof in Basel verlassen hat. Was er da an jenem 25. September 1914 vorhat, ist ausserordentlich und für viele, insbesondere für seine Betty, fraglos unverständlich. Seine hohe Stirn glänzt, die Septembertage sind nach wie vor ziemlich warm. Das Fenster öffnet man besser nicht, denn sonst weht der Dampfrauch ins Erste-Klasse-Coupé hinein, das er zurzeit noch für sich allein hat. Auch will er zu seiner Ausgehuniform eines Sanitätshauptmanns der Schweizer Armee, allerdings mit einer grossen Rotkreuzbinde am Arm und einem aufgenähten Schweizerkreuz links auf der Brusttasche, Sorge tragen.
Die von der deutschen Botschaft ausgefertigten Dokumente sind zwar lückenlos und unzweifelhaft, trotzdem haben die deutschen Zollbeamten, begleitet von zwei Pickelhauben tragenden Soldaten,

---

[107] Friedrich Steinmann: Kriegschirurgische Betrachtung aus dem gegenwärtigen Kriege, in: *Schweizerische Rundschau für Medizin,* 16/11 (1916), S. 201–209.

telefonisch im Irgendwo des Deutschen Kaiserreiches nachgefragt, ob dieser Sanitätshauptmann und PD Dr. med. Fritz Steinmann zu Recht nach Deutschland und später unter Begleitung eines Offiziers in die seit einem Monat eroberten Gebiete in Nordfrankreich reisen darf.
Fritz hat für diese Zweifel Verständnis, auch wenn er ihretwegen erst den sechs Stunden später fahrenden Zug besteigen konnte. Die grosse Kriegsoffensive der deutschen Armeen war durch die Gegenoffensive der Franzosen und Engländer vom 6. bis 9. September in deren Flanke an der Marne ins Stocken geraten. Sie mussten sich auf eine Linie beim Fluss Aisne zurückziehen. Man grub sich ein. Damit begann der Stellungskrieg und das immer tiefere Sicheingraben in Mutter Erde. Klar glaubte im September noch niemand, dass dies ein jahrelanger Zustand würde, und hoffte auf einen baldigen weiteren Vormarsch in Richtung Paris.
Fritz weiss, dass die Bewilligung des Oberfeldarztes Hauser zur Annahme der Einladung der Deutschen Botschaft auf das seinerzeitige Gespräch mit dem Generalstabsarzt Steuber bei den Kaisermanövern zurückzuführen ist. Positiv wirkte sich da sicherlich aus, dass er zuvor im grenznahen Konstanz bereits Lazarette besucht hatte. Fritz dachte damals:

Ich konnte eine ordentliche Zahl der in den dortigen Reservelazaretten liegenden Verwundeten beim Verbandwechsel besichtigen und einer Anzahl operativer Eingriffe beiwohnen. Es war mir aber bald klar, dass der Besuch von Reservelazaretten kein vollständiges Bild der gegenwärtigen Kriegsverletzungen zu geben imstande ist, sondern dass zu der Vervollständigung desselben der Besuch auch weiter nach vorne gelegener Sanitätsanstalten notwendig ist. Ich ergriff deshalb mit Freuden eine Ende September 1914 sich bietende Gelegenheit zu einer Reise an die deutsche Front nach Nordfrankreich, welche mir Gelegenheit bot, eine Anzahl von Etappensanitätsanstalten des deutschen Westheeres zu besichtigen und nachher einige Zeit in grossen Kriegslazaretten an der deutschen Westgrenze zu verbringen.[108]

---

108 Ebd.

Dann schweifen seine Gedanken zu der lieben Betty. Selbstverständlich versteht er sie, wenn sie sagt: «Nein, nein, Fritz, das kannst du uns nicht antun. Die Kinder und ich sind es ja gewohnt, dass wir dich kaum sehen und deine breit gefächerte Arbeit dir so am Herzen liegt. Das bist du, und ich liebe dich, mein lieber Patriarch. Aber dass du jetzt für Wochen in ein Kriegsgebiet ziehen willst, nur um noch mehr Elend, Schwerverwundete aller Art zu behandeln, nur um dich weiterzubilden, da reicht mein Verstand nicht mehr hin. Du gehst in dem noch heissen Kriegsgebiet ein Risiko ein – ein sehr grosses Risiko sogar, das deine Familie, besonders aber mich als deine Ehefrau trifft.»
Im Prinzip gibt Fritz ihr recht, und als er sich nun auf der sofaähnlichen Bank dieses alten Waggons (die modernen laufen wohl Richtung Front) durchschütteln lässt, überkommt ihn doch ein ungutes Gefühl.
«Vielleicht bin ich tatsächlich etwas von der Möglichkeit verblendet, sehr viel für meine Unfallchirurgie-Praxis zu lernen, ohne die Umstände, wo das stattfindet, zu beachten. Kann sein. Aber wie ich Betty sagte, es gibt in mir einen unstillbaren Drang, vorwärtszukommen, und das dort, wo ich dieses auch vermag: in der Unfallchirurgie.»
Doch da wäre noch Bettys Einwand: «Weisst du, Fritz, du wirst sehr viel Leiden, sterbende Menschen, Tod und Vernichtung sehen, und das in einem ungeheuren Ausmass. Das weiss sogar ich, das naive Mädchen aus den Emmentaler Käselanden. Meinst du nicht auch, du könntest dabei abstumpfen? Vielleicht sogar, ohne es zu wollen, menschlich zynisch und distanziert werden und gesamthaft Schaden an deiner Seele nehmen?»
Selbstverständlich hat Fritz diesen Einwand beiseite gewischt. Zum einen sei er es gewohnt, mit bös-blutigen Unfällen umzugehen, und zum andern helfe er ja mit, das Leiden von vielen zu lindern, wie er es mit dem Eid des Hippokrates geschworen habe.
Wie auch immer, ihn drängt es aus seiner Profession heraus, an den – unter dem Aspekt Sanitätswesen und Unfallchirurgie – Ort des Geschehens zu reisen. Betty hat es schliesslich akzeptiert, allerdings mit einem Anflug von Traurigkeit im Gesicht.

***

Wie war das Sanitätswesen der deutschen Armee organisiert? Pro Bataillon gab es einen sogenannten Truppenverbandsplatz mit einem Stabsarzt und seinen Assistenten, die für die Erstversorgung zuständig waren und somit den – sehr gefährlichen – Transport der Verwundeten nach hinten überhaupt erst ermöglichten. Dieser Platz lag in der Regel frontnah in einem Unterstand oder Bunker, wohin der Sanitätsunteroffizier und die vier Krankenträger pro Kompanie die Verletzten schleppten. Danach wurden sie, nicht minder gefährdet, mit Leerfahrzeugen zum Hauptverbandsplatz transportiert, sofern sie sich nicht aus eigener Kraft fortbewegen konnten.

Dort erfolgte die erste ärztliche Behandlung und, wenn erforderlich, eine Notoperation. Dieser Ort lag etwa fünf bis acht Kilometer hinter den Kampfstellungen und befand sich immer noch in Reichweite der französischen Artillerie. Danach wurde weitertransportiert in die Feldlazarette, das heisst ortsfeste, improvisierte Einrichtungen zum Beispiel in Schulen oder Kirchen. Erst von dort aus ging es weiter in die Kriegslazarette, wo, gegebenenfalls durch weitere Operationen, vorrangig die stabile Heilung angestrebt wurde. Wie weit das Zusammenspiel mit den weit dahinterliegenden, in Deutschland befindlichen Reserve- beziehungsweise Etappenspitälern reichte, ist nicht zu ermitteln. Es wird wohl in Abhängigkeit von der Genesungsdauer und der raschen Wiederverwendung im Frontdienst erfolgt sein.

Fritz hatte in den folgenden Wochen Gelegenheit, verschiedene Kriegs- und Feldlazarette zu besuchen. An einen Hauptverbandsplatz hingegen gelangt er nie, weil eben die Gefährdung durch die feindlichen Geschosse zu gross gewesen wäre, insbesondere auf der Fahrt dorthin. Erst recht bleibt es ihm verwehrt, auf einem Truppenverbandsplatz die Auswirkungen des kriegerischen Geschehens zu beobachten.

Wo die Lazarette in Nordfrankreich lagen, die er besuchte, geht aus seinen Schriften nicht hervor. Wohl wegen der Geheimhaltung, an die er sich in seinem Bericht hielt. Erst im Frühjahr 1916 durfte er in zwei Artikeln seine Erfahrungen publizieren, was er recht ungeschminkt tat (vielleicht sogar im Einverständnis mit der deutschen Führung, die sehr wohl von den Missständen wusste). Hier ein Auszug aus seinen Beobachtungen bezüglich der Organisation und der chirurgischen Qualität in diesen Lazaretten:

Ein ausserordentlich wichtiger Punkt ist die Organisation des ärztlichen Dienstes. Es fiel mir in deutschen Lazaretten auf, dass vollständig verschiedenwertige chirurgische Abteilungen dicht nebeneinander bestanden. Während an der einen, wo ein vollwertiger Chirurg an der Spitze stand, der Betrieb ein tadelloser war, traf man daneben Abteilungen, deren chirurgischer Betrieb gewaltige Mängel zeigte, welche nur durch unzureichende Vorbildung des die Abteilung führenden Arztes für die ihm erwachsende kriegschirurgische Aufgabe ihre Erklärung fanden. Als ich mich gegenüber zünftigen Chirurgen über das Gesehene äusserte, wurde mir die Antwort zuteil, dass meine Konstatierung für sie nichts Neues bedeute, dass sie die erwähnten Mängel selbst lebhaft und schmerzlich empfänden, dass aber daran nicht viel zu ändern sei aus folgendem Grunde:

In Deutschland schliessen viele Ärzte in Friedenszeiten einen Vertrag mit Militärstellen ab, nach welchem sie verpflichtet sind, sich im Kriege der betreffenden Stelle zur Verfügung zu stellen zum Spital- und Lazarettdienst. Im betreffenden Vertrage ist dem Vertragsarzt freie Behandlung garantiert, das heisst, es muss ihm in der Behandlung freie Hand gelassen werden. Das hat zur Folge, dass eine ganze Reihe von Ärzten sich als Kriegschirurgen aufspielen, deren Vorbildung sie nicht im geringsten dazu befähigt. Eine Reihe von Ärzten will geradezu die Gelegenheit benutzen, um Chirurg zu werden. In naiver Unschuld werden Indikationen zur Amputation gestellt in Fällen, bei denen man sicherlich ohne Verlust der Extremität zum Ziele käme. Reaktionslos im Körper eingekeilte Geschosse, welche absolut keine Störung machen, werden von diesen Pseudochirurgen in den ungünstigsten Verhältnissen angegangen, und die Patienten, die ja gewöhnlich einer solchen Entfernung nur zu zugänglich sind, sie meistens geradezu verlangen, infiziert.

Ich habe durchweg die Erfahrung gemacht, dass je weniger der die Verwundetenbehandlung leitende Arzt von Chirurgie verstand, umso mehr operiert und speziell amputiert wurde.

Erst recht war es Fritz ein Anliegen, näher an die Front zu kommen, weil er erfahren wollte, wie die Triage auf dem Hauptverbandsplatz erfolgte und wie man die Erstoperationen durchführte.

Bisher hat ihn jeweils ein Oberassistenzarzt begleitet, wenn Fritz für zwei, drei Tage ein weiteres Feldlazarett besuchen durfte. Heute, am Mittwoch, dem 27. Oktober, will es der Zufall, dass ihn der Korpsarzt im Range eines Obersten im Zug begleitet, was auch weniger Kontrollen mit sich bringt. Das anfänglich eher zurückhaltende Gespräch intensiviert und öffnet sich zunehmend, nachdem Oberst von Zitzewitz verstanden hat, wer da das Coupé mit ihm teilt. Selbstverständlich kennt er die Steinmann'sche Nagelextension. So ergibt es sich, dass Fritz ihm offen und ehrlich seine bisherigen Erfahrungen mit den Kriegs- und Feldlazaretten darlegt.

Auch hier lautet die Antwort: «Tja, Herr Hauptmann, das wissen wir wohl. Wir müssen diesen Missstand unbedingt in den nächsten Monaten verbessern. Allerdings fehlen uns da gerade Koryphäen, wie Sie es sind. Uns ist auch klar, dass allen Spitälern und Lazaretten ein leitender Chirurg vorstehen sollte, der die Indikation abgibt und ungeeignetes Personal ausmerzt.»

«Da bin ich mit Ihnen sehr einverstanden, Herr Oberst. Aber warum hat man es nicht schon früher getan?»

«Da gibt es verschiedene Antworten. Die wichtigste: Unser Offensivplan setzte auf grosse Schnelligkeit. Am rechten Flügel rückte man bis zu vierzig Kilometer am Tag vor. In der Hitze dieser schnellen Gefechte kamen alle rückwärtigen Dienste kaum nach und gerieten in Verzug. Wir waren schon froh, wenn es uns gelang, frontnahe Hauptverbandsplätze einzurichten und Transportkapazitäten bereitzustellen, um die Verwundeten in die rückwärtigen Lazarette zu bringen. Sie müssen sich vorstellen, was es heisst, eine Millionenarmee so schnell vorwärtszubewegen, und das bei laufenden Gefechten. Die Nachschublinien sind verstopft, und die erste Priorität bleibt da ganz klar immer die Erhaltung der Kampfkraft, also Nachschub von Munition und Fourage jeder Art, zum Beispiel die riesigen Mengen von Heu für die Kavallerie. Jetzt, im vorübergehenden Stellungskrieg, können wir beim Sanitätswesen die Sache ruhiger angehen. Nachdem die wesentliche örtliche Organisation steht, werden wir uns auch um Ihr Anliegen kümmern. Warten Sie's ab.»

Fritz denkt nun auch, dass er diesen riesigen militärischen Feldzug zu wenig bedacht hat und vielleicht aus seiner Friedenserfahrung vorschnell urteilt. Selbstverständlich werden die deutschen Sanitätsverantwortlichen Verbesserungen anstreben.

Nun möchte er ein anderes Thema anschneiden, wenn er schon die Gelegenheit hat, einen so hochrangigen Sanitätsoffizier zu sprechen: «Herr Oberst, was mich natürlich schon lange interessiert und mir aus Sicherheitsbedenken verwehrt war, ist der Besuch eines Hauptverbandsplatzes. Nach welchen Kriterien erfolgt dort die Triage, wie verhindert man Infektionen, und wie stellt man die Transportfähigkeit her? Diese Fragen beschäftigen mich. Gäbe es nicht eine Möglichkeit, dass ich in Ihrem Befehlsbereich einmal so einen Platz besuchen könnte?»

Der Korpsarzt lehnt sich zurück, schaut ihn durch seinen Zwicker lange an und krault sich den weissen Backenbart. Fritz sieht, wie er hin und her überlegt. Dieser Oberst von Zitzewitz scheint ihm überhaupt eine Mischung aus Arzt und Militär zu sein, wobei Letzteres durch seine lange Karriere in der Reichswehr gegenüber dem Arztberuf sogar an erster Stelle steht.

Immer noch schweigend, zündet sich von Zitzewitz umständlich eine Zigarre an, pafft und sagt schliesslich: «Herr Hauptmann Steinmann, das ist gegen die Regel und gegen die Vereinbarung mit der schweizerischen Behörde. Doch Sie sind ja nicht nur ein berühmter Chirurg, sondern ebenfalls Militär. Ich werde Ihnen im Rahmen unseres Korps von Below diese Möglichkeit eröffnen. Was aber der Vorbereitung bedarf. Sobald wir an unserem Standort angekommen sind, kümmere ich mich darum, und ein Leutnant wird Sie zu einem HVPL führen. Allerdings müssen Sie sich mit einer entsprechenden Felduniform ausrüsten, und vor allem unterschreiben Sie mir ein Revers, dass dies auf eigene Verantwortung geschieht.»

Fritz freut sich, fragt jedoch in einem Punkt nach: «Gibt es bei der Triage Regeln? Anweisungen? Oder fällt das allein in die Kompetenz des jeweiligen Stabsarztes?»

Wieder schaut ihn der Oberst von Zitzewitz aus zusammengekniffenen Augen an und meint dann: «Wir sind im Krieg. An erster Stelle steht die Kampfkraft. Es ist klar, dass dies die Triage beeinflusst. Die Kampfkraft besteht bekanntlich aus Kriegsmaterial aller Art, aber auch aus Menschenmaterial. Das Menschenmaterial dauert in seiner Herstellung weitaus länger als Kanonen und Granaten. Daher geht es sicher auch darum, jene zu favorisieren, die leicht verletzt sind oder deren Heilung einen baldigen Wiedereinsatz ermöglicht. Und dann besteht das Kriterium selbstverständlich darin, wie gross die Überlebenschance eines Verwundeten ist unter Einbezug der Erschwernisse beziehungsweise der Verschlechterung des Zustandes beim Transport. Ganz klar, diese Triage ist schwierig und selbstverständlich nur dann anzuwenden, wenn eine grosse Zahl Verwundeter anfällt. Ja, Steinmann, das ist die brutale Kriegswirklichkeit. Ich war jetzt sehr offen zu Ihnen, möchte aber nicht zitiert werden.»

Das gibt Fritz schwer zu denken. Das folgende Gespräch dreht sich mehr um seine Erfahrungen auf dem Gebiet der Frakturbehandlung in der Schweiz, die Anwendungsmöglichkeit der Nagelextension bei Kniefrakturen et cetera. Nachdem sie an ihrer Destination angekommen sind, trennen sie sich.

Tatsächlich steht anderntags ein Leutnant in Feldmontur mit grauer Pickelhaube vor Fritz' Unterkunft mit dem Auftrag, ihn im Raum Chemin des Dames an einen Hauptverbandsplatz zu führen. Oberst von Zitzewitz hingegen hat Fritz nie mehr gesehen und nie mehr etwas von ihm gehört.

***

Schon seit mehreren Stunden stampft und rüttelt es in diesem langen Zug der Feldbahn, der im Schritttempo auf den krummen Schienen Richtung Front fährt. Ringsum herrscht Dunkelheit. In der Ferne sieht Fritz eine Linie, die immer wieder blitzend aufleuchtet und wo schwache Lichter kurz stehen bleiben, wahrscheinlich Leuchtschirme. Das dumpfe Donnern der explodierenden Granaten hört sich wie ein Gewitter an und lässt seine Nackenhaare erstarren. Nun spürt er selbst, dass er einem Gegenuniversum, nämlich der höllischen Kriegswelt, entgegenfährt.

Bald wird angehalten und auf klapprige kleine Laster umgeladen, aus den ersten Waggons Material für den Verbandsplatz. Danach folgt eine dunkle Masse von Soldaten mit schweren Tornistern und langen Gewehren, die ab da zu Fuss in dieser Dunkelheit in die Reservestellung marschieren müssen.

Der Begleiter von Fritz, ein blutjunger Sanitätsfähnrich, hat im Zug eine Zigarette nach der andern geraucht. Die von Zeit zu Zeit aufleuchtende Glut zeigte Fritz ein nervöses und bleiches Gesicht. Keine Frage, der junge Mann fürchtet sich schrecklich vor seinem ersten Fronteinsatz. Fritz übermannt ein flaues Gefühl. Trotz Rotkreuzbinde am linken Arm über seinem grauen Feldanzug weiss er wohl, dass Artilleriebeschuss keinen Unterschied zwischen Sanität und kämpfenden Truppen macht. Bekanntlich sind es ja gerade die Krankenträger, die überdurchschnittliche Verluste erleiden.

Nach dem Umladen geht es in holpriger Fahrt wiederum nur schrittweise weiter. Nach wie vor herrscht tiefste Dunkelheit, bis auf den näher kommenden, blitzenden und aufleuchtenden Horizont. Beide sitzen zusammengedrängt vorn beim Fahrer des Sanitätslasters, dessen Laderaum mit Kartonschachteln und Verbandsmaterialkisten angefüllt ist.

Der Fahrer, ein Soldat mit zottigem Bart im runzligen Gesicht, fährt stoisch und raunt den Mitfahrern zu: «Noch etwa vier Kilometer, dann sind wir im Dorf. Der Verbandsplatz ist in den grossen Kellern der zerschossenen Schaumweinhandlung untergebracht.» Dann fügt er mit bitterem Lachen hinzu: «Anfangs gab es bei erfolgreichem Transport ein oder zwei Flaschen von dem Sprudel. Doch jetzt wurde der Wein requiriert.»

Fritz nickt und übertönt mit seiner Stimme das ratternde Motorengeräusch: «Und was transportieren Sie zurück?»

«Dumme Frage. Natürlich Verwundete. An einem Grosskampftag wie kürzlich beinahe schichtweise. Gewöhnungsbedürftig. Im Übrigen kommen wir jetzt in die Reichweite der grossen Geschütze des Franzmanns. Falls sie in unserer Nähe einschlagen, sofort aus dem Wagen und in den seitlichen Gräben in Deckung gehen.»

Damit ist die Konversation beendet, bei gleichzeitig steigender Spannung. Die Bewölkung reisst auf, und nun sieht Fritz im Mondlicht etwa einen halben Kilometer entfernt Ruinen, zerschossene Häuser, Trümmer, dazwischen ein seltsam aufragender Kamin, wie ein göttlich mahnender Finger. Ohne fragen zu müssen weiss er, dass sie das Ziel, nämlich den Hauptverbandsplatz des verstärkten Bataillons, erreicht haben.

Dann blitzt und donnert es mehrfach zu ihrer linken Seite in etwa dreihundert Metern Entfernung.

Der Fahrer schreit: «Diese Idioten! Warum müssen die gerade jetzt feuern, wo wir anfahren? Das ist eine Abteilung schwerer Artillerie, die vor einer Woche hinter diesem Hügel Stellung bezogen hat. Passt auf, die Antwort wird gleich kommen.»

Kaum hat er geendet, orgelt und pfeift es. Links und rechts blitzend, leuchtend, ohrenbetäubend die Granateinschläge, welche den Laster wie ein Erdbeben durchschütteln. Der Fahrer springt im Nu aus dem Führerhaus in den Graben. Der Fähnrich zögert, doch Fritz, dessen Gedärm sich zusammenkrampft, hat kapiert, dass es um Sekunden geht. Er lässt sich rechts vom Fahrersitz in den Graben fallen. Der Fähnrich steigt langsam aus, irgendwie starr vor Schock, und taumelt zwei, drei Schritte nach vorn, benommen und ohnmächtig, unfähig, das Geschehen überhaupt zu erfassen. Und schon schlagen wiederum schwere Granaten ein und bedecken Fritz mit Erde. Ringsum pfeifen die Splitter wie böse Hagelkörner durch die Luft.

Danach richtet sich Fritz kurz auf und sieht, wie der Fähnrich ohne Kopf, mit einem Springbrunnen von Blut aus seinem zerfetzten Hals, noch zwei Schritte vorwärtstaumelt und wie ein Blutsack in sich zusammenfällt.

Kriegshölle pur!

Da hört er im Lärm des Krieges den Schrei des Fahrers: «Kriecht sofort nach vorn, weg vom Wagen und seinem Benzintank!»

Fritz begreift und kriecht, wie in der Rekrutenschule oft geübt, im Graben vorwärts. Kaum hat er zwanzig Meter zurückgelegt, orgelt und pfeift es wieder, und die ersten drei Wagen fangen in den Explosionen Feuer und brennen wenig später lichterloh.

Fritz denkt: «Nur weg von hier, die Franzosen schiessen falsch und treffen anstelle der deutschen Batterien die Strasse. Am besten versuche ich den Verbandsplatz zu Fuss zu erreichen.» Hinter sich hört er scharfe Befehle, Geschrei und bereits lautes Stöhnen von Verletzten, aber er weiss, als Erstes muss er von hier weg.

Nun kommt der ganze Abschnitt, so auch das Dorf unter Streufeuer. Wie Fritz die Champagnerhandlung und den Verbandsplatz in deren tiefen und verzweigten Lagerkellern im Kreidefelsen erreicht, lässt

sich heute nicht mehr rekonstruieren. Es ist wie in einem bösen Traum. Allerdings sieht er am Dorfeingang die wehende Rotkreuzfahne und herbeieilende Sanitäter mit Verwundeten auf den Tragen.
Unten angekommen, erstaunt ihn die relative Ruhe auf dem durchorganisierten Hauptverbandsplatz, wenn man vom Gestöhne und einzelnen Schreien der Verletzten absieht. Rechter Hand erblickt Fritz die frisch angekommenen Verwundeten in einem breiten Kellergewölbe. Vor ihm weitere Stöhnende und ein Feldpriester, der von Mann zu Mann geht. Links befindet sich eine Art Vorbereitungs- und Waschraum, in dem Rotkreuzschwestern die blutigen Uniformen aufschneiden, Verletzungen freilegen und die Verwundeten waschen, damit die Sanitätssoldaten sie etwas gesäubert in den durch einen Vorhang abgeteilten OP-Raum tragen können. Dort sieht Fritz die zwei Ärzte, die an blutüberströmten Tischen arbeiten, und Sanitätssoldaten, welche die Verwundeten auf die Tische heben oder in den nächsten Keller tragen. Ein Tisch ist noch frei.
Sie haben ihn erwartet. Deshalb erfolgt bis auf ein kurzes Nicken keine Begrüssung, sondern nur ein: «Helfen Sie bitte mit, Herr Doktor – ist ja Ihr Fachgebiet, Hauptmann Steinmann, Sie wurden uns angemeldet.»
Sofort werden ihm blaue Gummihandschuhe, ein weisser Mantel und eine Gummischürze hingehalten – und Fritz weiss, was zu tun ist. Die routinierten Schwestern Ulla und Vro helfen ihm dabei. Es geht meistens um mittlere bis schwere Verletzungen der Extremitäten.
An der Triage ist er, ohne sie zu bemerken, vorbeigegangen. Fritz weiss aber, wo die Unglücklichen, die mit ihren schweren Bauch- und Lungenverletzungen et cetera unter dem Druck der Vielzahl ausgeschieden sind, nun mit dem Tode ringen. Den Priester, der sie seelsorgerisch betreut, hat er ja gesehen.
Bei den Verletzungen gilt es mit einer Alkohol-Jod-Lösung zu desinfizieren, eine Tetanusspritze zu setzen, erste kleine Noteingriffe vorzunehmen, zu verbinden, allenfalls zu fixieren. Die Verbundenen werden im nächsten Keller für den Transport bereitgestellt und natürlich erneut mit Morphium beruhigt, solange vorhanden.
Und so geht es den ganzen betrüblichen Tag lang weiter bis in den späten Abend hinein. Immer neue Verwundete ohne Unterlass…

Offenbar hat sich aus einem kleineren Scharmützel ein Grosskampftag entwickelt, mit vollem Einsatz aus allen Rohren. Erst mit dem Eindunkeln der Nacht beruhigt sich dieses örtliche Angreifen und Gegenstossen mit schwerem Artilleriefeuer auf die Hauptkampfstellungen, aber auch auf die heranführenden Nachschubwege. An einen Verwundetentransport ist erst nach Mitternacht zu denken. Die Situation wird immer prekärer, denn sowohl das Morphium wie das Verbandsmaterial sind fast aufgebraucht. Der Nachschub ist ja ausgefallen. Gott sei Dank sind diese Champagnerkeller riesig, sodass trotz der grossen Zahl an Verwundeten genügend Platz vorhanden bleibt.
Fritz arbeitet, mit blutüberströmten Ärmeln, wie ein Automat und beginnt, was er vorher nie tat, nervös Zigaretten dazu zu rauchen. Das Glas Cognac, das ihm von Zeit zu Zeit gereicht wird, trinkt er in einem Zug aus.
Bei alldem denkt er nur eines: «Nie wieder! Nie wieder ... ich will zurück in die Schweiz. Zur lieben Betty und den Kindern!»

Betty sitzt am Samstag, den 28. Juni 1914, im Lehnstuhl auf der Veranda des gemieteten Bootshauses in Leissigen und liest im neuen Roman von Hedwig Courths-Mahler, «Die Bettelprinzess».

«Das Fenster öffnet man besser nicht, sonst kommt der Dampfrauch ins 1. Klasse-Coupé hinein, denn er will zu seiner Ausgehuniform eines Sanitätshauptmanns der Schweizer Armee Sorge tragen.»

Sanitätshauptmann der Schweizer Armee, 1914.

«Ich ergriff deshalb mit Freuden eine Ende September 1914 sich bietende Gelegenheit zu einer Reise an die deutsche Front nach Nordfrankreich, welche mir Gelegenheit bot, eine Anzahl von Etappensanitätsanstalten zu besichtigen und nachher einige Zeit in grossen Kriegslazaretten an der deutschen Westgrenze zu verbringen.»

Der schnelle Vorstoss der Deutschen endet im September 1914 an der Marne und führte zum Stellungskrieg.

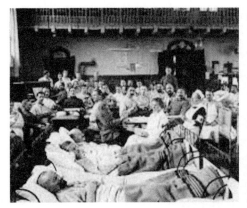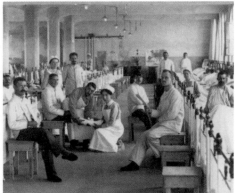

Kriegslazarette im Westen.

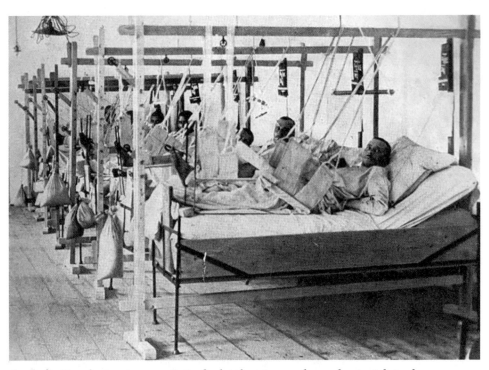

Auch die Nagelextension von Fritz findet ihre Anwendung, da sie sich in der Orthopädie ebenfalls in Deutschland durchgesetzt hat.

104. Ein Hilfsplatz.
(Serbien)

«Pro Bataillon gab es einen sogenannten Truppenverbandsplatz (auch Hilfsplatz genannt) für die Erstversorgung. Dieser Platz lag in der Regel frontnahe, wenn möglich in einem Unterstand oder einem Bunker, wo der Sanitätsunteroffizier und die vier Krankenträger pro Kompanie die Verletzen heranschleppten. Danach wurden sie nicht minder gefährdet mit Leerfahrzeugen oder mit eigener Kraft zum Hauptverbandsplatz transportiert.»

Der Hauptverbandsplatz:

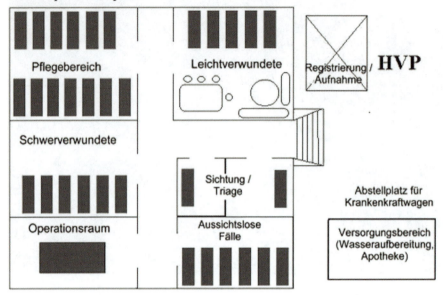

«Hier erfolgte die erste ärztliche Behandlung und eine eventuelle Notoperation. Dieser Ort lag in etwa fünf bis acht Kilometer hinter den Kampfstellungen und befand sich immer noch in Reichweite der französischen Artillerie.»

«Schon seit mehreren Stunden stampft und rüttelt es in diesem langen Zug der Feldbahn, der im Schritttempo auf den krummen Schienen Richtung Front fährt.»

«Bald wird angehalten und auf klapprige, kleine Laster umgeladen: aus den ersten Waggons Material für den Verbandsplatz.»

«Nun kommt der ganze Abschnitt, so auch das Dorf unter Streufeuer. Schwierig zu rekonstruieren, wie Fritz die Champagner-Handlung und den Verbandsplatz in ihren tiefen und verzweigten Kellern erreicht.»

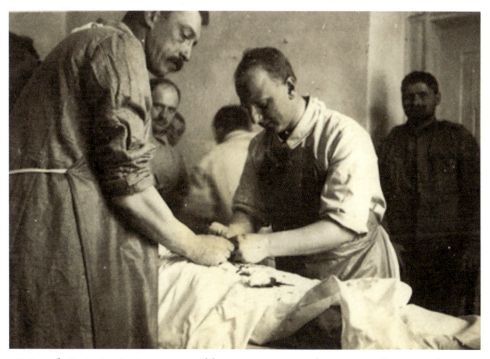

«Fritz arbeitet wie ein Automat und beginnt, was er vorher nie tat, dazu nervös Zigaretten zu rauchen. Das Glas Cognac, das ihm von Zeit zu Zeit gereicht wird, trinkt er in einem Zug aus. Seine Ärmel sind blutüberströmt. Und er denkt nur noch eines: ‹Nie wieder! Nie wieder ... ich will zurück in die Schweiz.›»

GALLI

28. Der Berg ruft, Cecchino! (1912–1918)

Wie Cecchino mit Leib und Seele nicht nur sämtliche Viertausender der Schweiz (exklusiv Matterhorn) besteigt, sondern auch beinahe nebenberuflich im SAC-Vorstand mitwirkt und darüber Familie und Beruf eher nebensächlich lebt.

Sie sind erschöpft. Oskar Buchenhorner äussert sich als Erster, immer noch etwas schneller atmend: «Das war hart, hätte ich nicht gedacht, und jetzt noch dieser happige Abstieg ins Tal.»
Die anderen Teilnehmer der Erklimmung des Dammastocks (3630 m) und auch des Eggstocks (3555 m), alles Vorstandsmitglieder des Schweizer Alpen-Clubs, Sektion St. Gallen, nicken zustimmend und greifen in ihren Sack mit der restlichen Zwischenverpflegung, oder sie trinken in langen Zügen aus ihren Feldflaschen.
Cecchino spricht als Nächster: «Ja, das hatte es in sich. Vielleicht sind wir auch zu spät aufgebrochen, aber der Anstieg bis hier zum Moosstock von Gwüest aus macht diese Tour eindeutig zu lang.»
Wiederum nicken seine Kameraden mit schweissnassem Gesicht zustimmend, denn obwohl bereits halb sechs Uhr nachmittags, scheint die Sonne an diesem herrlichen Julisamstag auch gegen Abend noch brennend.
Die Gruppe ist am späten Nachmittag des Freitags, dem 12. Juli 1912, in Göschenen eingetroffen und noch am selben Abend auf die Göscheneralp nach Gwüest hochgewandert. Dort bereiten sie sich auf die hochalpine Bergtour vor und nächtigen in zwei Alphütten, die Cecchino vorgängig organisiert hat.
Andreas Ludwig sagt lakonisch: «Wir hätten eben um halb fünf, nicht erst um sechs Uhr aufbrechen sollen. Wir wissen ja, es geht in den Bergen immer länger, als man aufgrund der Karte plant.»
Fritz Rau meint zustimmend: «Tja, aber nach einer harten Arbeitswoche ist das Aufstehen am Wochenende eben immer ein Kraftakt.

Ich glaube, wir sollten ein bisschen militärischer werden.»

Hugo Kessler lacht. «Du bist gerade der Richtige für militärische Töne. Aber wir haben es geschafft. In zwei bis drei Stunden sind wir wieder in Gwüest und können uns von der nicht ganz einfachen Tour erholen.»

Dazu ergänzt Cecchino: «Da hast du zwar recht, aber schöner wäre es, wenn wir bereits hier eine Unterkunft hätten. Etwas deutlicher ausgedrückt: Schaut euch doch diesen Platz genauer an. Wäre geeignet für eine Hütte. Es ist ja unser SAC-Auftrag, am richtigen Ort und an der richtigen Stelle Schutzhütten zu errichten. Was meint ihr?»

Nun geht ein ziemliches Palaver los, das man als vertiefend, auch zugleich zustimmend interpretieren kann. Denn sicher ist, dass die Stelle beim Moosstock (rund 2440 m) auf dem terrassenartigen Vorsprung gut geschützt ist und eine gute Aussicht auf das Göschenental und die umliegenden Berge bietet, insbesondere auf das Sustenhorn, den Horenfellistock, den Fleckistock und wie diese Stöcke alle heissen.

Arnold Janggen, der Präsident des Komitees, steht wie zu einer Ansprache auf, sucht sich einen etwas erhöhten Platz an der Seite und spricht in die kletterbegeisterte Runde: «Ihr habt recht. Hier muss eine Hütte her. Wir sind aufgerufen, diese Hütte exakt an dieser Stelle, wo ich stehe, zu bauen. Ich sage euch, warum dem ein besonderes Gewicht zukommt: Ihr wisst von den zwei wichtigen Zukunfts-Menetekeln an unserer Bergwand. Im nächsten Jahr, 1913 also, findet die Schweizerische Landesausstellung in Bern statt, und 1914 übernehmen wir das Zentralkomitee des SAC für drei Jahre und ich in aller Bescheidenheit das Präsidium. Wir könnten diese Hütte jetzt vorbereiten und auf der Landesausstellung als Symbol für die Bedeutung des Schweizerischen Alpen-Clubs vorstellen. Im folgenden Jahr werden wir sie mit unseren Mitgliedern hier oben fertig einbauen. Das würde die grosse Bedeutung des SAC in der Schweiz unterstreichen und darüber hinaus zeigen, dass wir St. Galler eine umtriebige und moderne Sektion sind.»

Es braucht ein wenig Überzeugungsarbeit und die Unterstützung des Tessiner Temperaments von Cecchino, um diesen Vorschlag als einstimmigen Beschluss ad hoc zu verabschieden. Danach geht es mit einiger Verspätung unter der Führung Hartmanns, eines weiteren

Kameraden aus dem St. Galler SAC-Vorstand, zum Abstieg in die Göscheneralp in den Weiler Gwüest. Nach einer Portion fetter Älpler-Makkaroni, mit reichlich Nostrano heruntergeschwemmt, nächtigen sie dort erneut in den zwei Alphütten.

***

Ein solch spontaner Beschluss ist leichter gefasst als durchgeführt. Ganz klar braucht es trotz eines enthusiastischen Vorstandes einen oder zwei Hauptträger der Idee, welche die Führung übernehmen, um das Ganze in der herausfordernden Praxis umzusetzen. Meiner Vermutung nach waren das der Präsident Arnold Janggen und Cecchino. Letzterer hat nicht nur von seinen Vorfahren unternehmerisches Talent mitbekommen, sondern ist auch sehr handwerklich veranlagt.
Worum geht es? Zuallererst müssen alle Mitglieder der St. Galler Sektion (die möglicherweise den Namen Pilatus trug) überzeugt werden. Danach steht die Finanzfrage an und an dritter Stelle der Terminplan; beide erweisen sich naturgemäss als nicht einfach. Als Voraussetzung gilt es, die Direktion der Landesausstellung von der Präsentation der künftigen Dammahütte zu überzeugen. Dazu braucht es die Unterstützung der Mehrheit der anderen SAC-Sektionen.
Mit anderen Worten: Eine weit ausholende Lobbyarbeit steht vor der Tür mit entsprechenden Hürden, Treffen und den damit verbundenen Reisen. Zwei Vorstandsmitglieder, wahrscheinlich Fritz Rau und der Präsident selbst, erstellen den Finanzplan: Alle Mitglieder sollen ihren Obolus beitragen, und auch grössere Spender werden angegangen. Cecchino verspricht sich einiges von der eng befreundeten Familie Willy Forster (sein Tennispartner), deren St.-Galler-Spitze-Produktion grosse internationale Erfolge verbucht. Wo es aber sicher hapert, ist beim Terminplan. In einem Jahr ist das schlicht nicht zu schaffen.
Und da geschieht das grosse Wunder: Die Landesausstellung in Bern wird wegen der Probleme mit ihrer Organisation und der verzögerten Betriebsaufnahme der Lötschbergbahn um ein Jahr verschoben, auf 15. Mai bis 15. Oktober 1914.

Naturgemäss ging es bei dieser zweiten Landesausstellung (die erste hatte 1896 in Genf stattgefunden) wie auch bei den folgenden um die Auseinandersetzung der Ideen, der Frage nämlich: «Wie repräsentieren wir die Schweiz?» Diesmal konzentrierte sich die Auseinandersetzung auf die Frage, ob die ländliche oder aber die städtisch-industrialisierte Schweiz im Vordergrund stehen sollte.

Erstere setzten sich durch, als eine Art Rückbesinnung auf die ländliche Kultur der Schweiz, aber wie stets mit einer Demonstration der militärischen Neutralität. In Wikipedia werden noch heute fünf Attraktionen der Ausstellung erwähnt, die meisten im Zusammenhang mit einem Dörfli und der Landwirtschaft. Als fünfte wird aufgeführt: «Ein Exponat der Ausstellung, die Dammahütte des Schweizerischen Alpen-Clubs, ist bis heute an ihrem neuen Standort erhalten geblieben.»[109]

In die Ausstellung fiel bekanntlich der Beginn des Ersten Weltkrieges (so wie in jene von 1939 der Beginn des Zweiten). Am 1. beziehungsweise 3. August, als die Schweiz mobilisierte, wurde die Messe für zwei Wochen geschlossen. Aber wie bei der Ausstellung von 1939 stand danach das unabhängige und verteidigungsbereite Schweizertum vermehrt im Zentrum.

Die Dammahütte selbst wurde nach Torschluss der Ausstellung in ihre Einzelteile zerlegt und in Göschenen zwischengelagert, um sie in den darauffolgenden Sommern 1915 und 1916 auf dem Terrassenvorsprung beim Moosstock mühselig aufzubauen. Sicher standen wegen der Grenzbesetzung nicht alle Mitglieder dafür zur Verfügung. Wohl auch deshalb konnten die begeisterten SAC-Mitglieder erst am 9. August 1916, also während der verlustreichen Somme-Offensive der Briten, die Hütte unter dem Dammastock einweihen.

Doch vorerst drehen wir das Rad der Geschichte zurück zur Familie von Cecchino.

***

---

109 https://de.wikipedia.org/wiki/Schweizerische_Landesausstellung, Abschnitt «1914 in Bern».

Wir befinden uns im repräsentativen neoklassizistischen Gebäude der Notkerstrasse 10 in St. Gallen hinter der imposanten Tonhalle. Im Parterre befinden sich die Praxis und die Klinik von Dr. med. C. Galli (die er bis 1911 gemeinsam mit Dr. Jung führte) und im ersten Stock die Privatwohnung. Dort kommt Cecchino endlich aus seiner Dunkelkammer heraus, nachdem Thaddea schon mehrfach an die Tür geklopft und zum Abendessen gebeten hat. Nach einer verkürzten Sprechstunde ist er am frühen Nachmittag dort verschwunden, um nicht nur die neusten Fotofilme zu entwickeln und zu vergrössern, sondern seine ersten Versuche mit der Farbfotografie zu machen, wie er sie einer wissenschaftlichen Publikation aus Paris entnommen hat. Ohne auf seine Frau und seine beiden Kinder einzugehen, die da etwas verlegen herumstehen, schreit er beinahe: «Es ist mir gelungen, schaut her!»

Er zeigt der näher tretenden Thaddea, der siebenjährigen Bice und dem vierjährigen Hans ein Foto von den dreien im Ruderboot auf dem Luganersee: Der kleine Hans steht an den Rudern, und Thaddea im ärmellosen roten Rock sowie Bice sitzen auf den Bänken. Das Blau des Sees und das Grau des Bootes wirken noch etwas blass, doch es ist das die erste Aufnahme, die Cecchino nach zeitraubenden Versuchen in Farbe geschafft hat.

«Seht doch eure naturgetreuen Gesichter! Ist doch nicht zu vergleichen mit den schwarz-weissen Fotos.»

Thaddea sieht ihren Gatten bewundernd an: «Du bist einfach ein Tausendsassa, mein lieber Mann.»

Auch die beiden Kinder schauen gebannt auf das Bild, aber nicht gerade mit heller Begeisterung, denn das Aussergewöhnliche ist bei ihrem Vater die Regel. Als sie zu Tisch gehen und Ida die Suppe serviert, welche Köchin Gaby wie stets etwas versalzen hat, kramt Cecchino noch eine Postkarte aus der Westentasche. Er reicht sie Bice hinüber: «Hier noch ein Kartengruss von Papa und Mama, die du ja hoffentlich bald lesen kannst.»

Bice nimmt die Karte entgegen, freut sich, aber lesen kann sie nach ihrem ersten Schultag am Montag, dem 28. April 1914, natürlich noch nicht. Daher lässt sich Thaddea von Bice die Karte geben und liest vor:

«Weisst du, Cecchino, Bice kam heute Mittag begeistert aus der Schule zurück. Ich hoffe, dass dies auch anhält. Als ich sie in die Schule begleitete, habe ich mit der Lehrerin gesprochen, einem etwas molligen Fräulein Bornhauser. Mir scheint, dass es eine verständige Person für Kinder ist. Nun aber, Bice, sag mal: Wie war es denn heute? Papa hat ja noch nichts davon gehört.»

Cecchino fährt dazwischen: «Das kann warten. Es gibt noch etwas Wichtigeres zu besprechen.»

Thaddea fällt einmal mehr auf, wie sich ihr Mann des Öfteren an ihren beiden Kindern unbeteiligt zeigt. Wegen ihrer grossen, vielleicht gar hörigen Verehrung für Cecchino getraut sie sich nie, ihm zu widersprechen, ihm zum Beispiel heute zu sagen, er solle doch seiner Tochter die Gelegenheit geben, von ihrem ersten Schultag zu berichten. Und leider muss sie sich eingestehen, dass ihr Mann sich seinerzeit auch wenig an der Geburt von Josephine Beatrice erfreute. Der erste Satz von Cecchino am Morgen des 9. Juli 1907, als er das Mädchen sah, lautete: «O verfluecht – es Meitli!»

Dieser Satz lässt sich nicht aus ihrer Erinnerung tilgen. Leider kommt diese Haltung hin und wieder, wie gerade heute, durch sein Desinteresse an Bice zum Ausdruck. Darüber hinaus merkt Thaddea, dass ihr Vollmann, geschickter Chirurg, besessener Bergsteiger, Skisportler, Tennisspieler, Maler, versierter Fliegenfischer und professioneller Fotograf, auch immer weniger Freude am kleinen Sohnemann hat. Schon früh ist erkennbar geworden, dass Hansli ein leises, an der Mutter hängendes Kind ist und bereits in diesem Alter nicht den Männlichkeitsvorstellungen seines Vaters entspricht. Leider wird sich das in den späteren Jahren immer deutlicher bestätigen.

Und zwar ganz konkret und fatal, wie mir seine Tochter Sabine mitteilte. Ich zitiere das hier, damit die Ambivalenz des Familienlebens unter dem Patriarchen Cecchino deutlicher wird. Sicher hat er sich auch als guter und an seinen Kindern interessierter Vater gezeigt, sofern ihm der Sinn danach stand. Dazu existieren einige fotografische Zeugnisse. Trotzdem gibt das Folgende doch sehr zu denken:

Der Knabe entsprach dann aber keineswegs seinen Erwartungen an einen männlichen Nachkommen. Hans war völlig anders veranlagt als er. Sehr musisch begabt, sanft, eher unsportlich und unsicher.
Cecchino soll zum Beispiel um vier Uhr morgens ins Zimmer von Hans gekommen sein und sagte: «So, Bubeli, ufschtah, Rasen mähen!»
Mein Vater zuckte immer zusammen, wenn sein Vater hinter ihm stand. So entwickelte er einen krankhaften Schuldkomplex und Verfolgungswahn. Die Folge war ein halbjähriger Klinikaufenthalt in einer psychischen Anstalt. Da war er Anfang zwanzig, bevor er meine Mutter kennenlernte... [...] Der berufliche Erfolg meines Vaters war eher schwach. So hatte er zeitlebens Angst, dass seine Arbeit nicht geschätzt würde. Er litt auch immer darunter, dass er zu wenig verdiente und auf den Verdienst meiner Mutter zählen musste. Meine Mutter hat mir erzählt, Cecchino sei immer extrem nett zu ihr gewesen, vielleicht weil sie eine Frau war und Hans doch noch unter die Haube gekommen ist.[110]

---

110 Sabine Galli, Tochter von Hans (November 2020). Ihre Schwester Dorothea ergänzte: Leider hätte sich ihr Vater in der Ehe mit Lydia Wildberger in der gleichen Situation befunden. Seine Frau war absolut dominant und hätte ihn, aber auch die Kinder, in ähnlicher Weise aus einer tiefreligiösen Motivation heraus belastet. Insbesondere sie, Dorothea, hätte sehr unter ihrer Mutter und ihrer puritanischen Art gelitten, mit ähnlichen späteren Auswirkungen wie bei ihrem Vater (Juli 2021).

Auch meine Mutter hat mir in einem Brief vom 24. November 1958 in mahnenden Worten – wegen meines schlechten Schulzeugnisses – berichtet, wie es bei ihrem Vater zuging, wenn dieses nicht seinen Erwartungen entsprach:
Gerade in Deinem Alter hatte ich sehr, sehr grosse Schwierigkeiten damit und mehr als oft den völligen «Verleider». Bei meinem Vater gab es dann allerdings, wie er sagte, «kei Bire». Man musste einfach, und bei den Zeugnissen hagelte es Ohrfeigen.

Das ist alles vorgegriffen, wobei ich aus eigener Erfahrung weiss, dass meine Grossmutter in Abwesenheit ihres Mannes verständnisvoll-sanft war und sicher viel ausgeglichen hat. Aber die direkte Auseinandersetzung mit ihm scheute sie, weil sie ihn eben im wahrsten Sinne des Wortes abgöttisch liebte. So konnte er ungehindert seine breit gefächerten Interessen ausleben, auch wenn das auf Kosten der Familie ging.
Doch zurück zum Abendessen nach dem ersten Schultag von Bice.
Cecchino sagt zu Thaddea: «Thaddeli, wir müssen am 15. Mai nach Bern zur Eröffnung der Landesausstellung, und zwar der ganze Vorstand mit seinen Frauen. Stellt sich die Frage, wo wir übernachten. Ich habe zuerst an meinen seinerzeitigen Assistenzkollegen bei Kocher, Fritz Steinmann, gedacht, denn alle Hotels sind ausgebucht. Aber den kann ich vergessen, denn der ist ein absoluter Streber, und wir hatten das Heu wirklich nicht auf der gleichen Bühne. Sonst kenne ich aber niemanden mehr in Bern. Vielleicht kennt dein Vater oder die stolze von Roederstein jemanden? Sonst müssen wir eben in Thun, Biel oder Solothurn übernachten, falls dort überhaupt noch etwas frei ist.»
Thaddea glaubt nicht, dass ihr Vater und ihre *Stüüf* ihnen da helfen können. Für sich denkt sie aber: «Warum hat das sonst so rührige Central Comité des SAC nicht früher daran gedacht, wenn sie sich schon so intensiv mit ihrem Damma-Ausstellungsprojekt befasst haben? Oder hat es nur Cecchino für uns vergessen?»
Dann reden sie noch eine Weile über die Nationalausstellung, seine nächsten Kletterpläne, und die Kinder verschwinden leise in ihre Zimmer.

***

Wenn ich mir die dokumentarische Hinterlassenschaft meiner beiden Grossväter ansehe, ist da ein Unterschied wie Tag und Nacht. Von Fritz Steinman besitze ich sechs ansehnliche Bücher mit sämtlichen der medizinischen Fakultät der Universität Bern bekannten Publikationen: sechsundsechzig an der Zahl, von 1898 bis zur letzten im Jahr 1932, als er mit sechzig Jahren allzu früh verstarb. Von Cecchino besitze ich mehrere grosse Fotoalben, die er alle selbst gestaltet hat. Auffallend ist die erstaunliche Qualität aller Fotos, mit Skizzen links und rechts in Weiss, die auf sein zeichnerisches Talent hinweisen. Dagegen gibt es nur ganz wenige Texte. Ehrlicherweise muss man zugeben, dass diese ziemlich trivial sind.

Es gilt also, die Bilder zu interpretieren und daraus den einen oder anderen Schluss zu ziehen. Die Fotografien der Alben erstrecken sich über einen Zeitraum von 1906 bis in die Dreissigerjahre (vielleicht gibt es noch mehr Fotoalben, die mir aber nicht zur Verfügung stehen). Ich habe die Bilder nicht gezählt, aber es dürften Hunderte sein.

Und damit beginnen wir mit der Zeit des Ersten Weltkrieges. Da hat Cecchino tatsächlich ein Fotoalbum gestaltet mit dem seltsamen Titel «Freud und Leid geteilt mit einem ‹Räuchli› – in den Kriegsjahren 1914–1916» (aber auch einige Jahre dazu).

Schweift man querbeet durch die Fotos, geht es da allein um Kletter- und Skitouren, um Berghütten und vor allem um das gesellige Zusammensein auf Gipfeln, an Bergseen, beim Rasten und in den Berghütten. Im Gegensatz zu den Fotografien von seiner Familie in den beiden anderen Fotoalben finden sich hier nur lachende Gesichter in den unterschiedlichsten Situationen. Obschon diese Fotos in der Zeit des grässlichen europäischen Menschenschlachtens geschossen wurden, sieht man dies keinem einzigen an. Man gewinnt sogar den Eindruck, dass hier eine Art verschworene Bündelei von Männern herrscht, die unabhängig vom Weltgeschehen die von den mobilisierten Wehrfähigen und ausländischen Touristen verlassenen Berge geniessen. Man sieht meinen Grossvater Cecchino und seine Kameraden mit minimaler Bekleidung in den Bergseen herumtollen, sich sogar gegenseitig umarmen. Aus heutiger Sicht könnten falsche Schlüsse gezogen werden, aber damals gab es wohl noch keine innere Zensur bezüglich des korrekten Verhaltens als Begleitfotograf. Auch scheint Cecchino im Winter von den verschneiten Tannen enorm fasziniert zu sein. Immer wieder finden sich Bilder von solch pittoresken Bäumen an den unterschiedlichsten Orten. Einer der seltenen Kommentare findet sich bei einer solchen:

Ich geb des Südens ganze Pracht
um eine schneebedeckte Tanne!

Und das von einem Tessiner!
Doch gehen wir den Fotografien und Zeichnungen chronologisch nach. Vorerst stellen wir fest, dass da die unterschiedlichsten Berge, verteilt über die ganze Schweiz, vorkommen.
Im Mai 1914 scheint der Vorstand eine Art Rettungsschlitten zur Anwendung im Schnee und zugleich im trockenen Gelände entwickelt zu haben. Auf dem Foto steht Cecchino neben dessen Spitze, und sein Kommentar lautet nur: «Das Rettungsvehikel wird flügge/ Mai 1914».
Wo das war, bleibt unklar. Vielleicht auf der Hochalp in der Nähe des Säntis, wo wir ihn mit einem ebenfalls fast nackten Bergfreund sehen, wie sie sich gegenseitig eine Toscanini anzünden.

Hierzu eine persönliche Erinnerung: Mein Grossvater hatte tatsächlich im Ersten Weltkrieg zu wenig Vorräte an Toscaninis und Brissagos. Danach meinte er zu seiner Thaddea: «Das passiert mir nicht noch einmal.» Deshalb kaufte er Ende der 1930er-Jahre mehrere grosse Holzkisten gefüllt mit jenen beiden Typen von Sargnägeln, die wir seinerzeit «Stinker» nannten. Nach seinem Tod 1956 musste Grossmami eine volle Kiste von etwa hundert mal vierzig mal dreissig Zentimeter Grösse entsorgen, obwohl er im Krankenbett noch täglich unaufhörlich gepafft hatte, was mich oft zum Husten brachte.

Während des Attentats von Sarajewo scheinen Cecchino und seine Kollegen Campo Tenzia ob Faido nicht nur bestiegen, sondern auch die entsprechende Hütte inspiziert zu haben. Nicht genug: Im gleichen Monat erklommen sie auch das Wildhorn ob dem Lauenental sowie den Gipfel Mouveran im Wallis. Den Bildern nach war Letzterer schneebedeckt, und wie man aus den begleitenden Zeichnungen von Trauben, brutzelnden Würsten und dampfendem Kaffee in Kacheln schliessen kann, wurde da das Hüttenleben ausgiebig genossen. Den Kriegsausbruch beziehungsweise die Mobilisierung am 3. August 1914 scheint die Männergruppe am und in einem Ruderboot auf dem Blausee bei Kandersteg erlebt zu haben. Hier gilt es zu bedenken, dass Cecchino achtunddreissig Jahre alt und seine Kollegen in ähnlichem Alter waren und daher nicht einrücken mussten.

In der Zeit der schlimmen Grenzschlachten scheint diese mobile Berggruppe das Gotthardgebiet heimgesucht zu haben. Immerhin bringt Cecchino hier einen kleinen Kommentar an: «In der Kriegsangst über Hütten und Bergschründe in militärischer Konsignation. Damma – Gotthard August 1914».

Und so geht das in einem fort: Im Januar 1915 im Gebiet von Arosa mit Skiern und Schneeschuhen. Im Sommer 1915 auf dem Alpsteingipfel und drum herum. Dann wiederum im Berner Oberland mit den vielfältigsten Bergfotos. Dazu die Illustration beispielsweise eines WC-Häuschens mit drei Luftlöchern in Form von Herzchen – ziemlich realistisch gezeichnet.

Ein kleiner Kommentar zu einer Reihe von Winterfotos: «Unser Sorgenkind im Pizol, 21. November 1915». Gemeint ist eine Berghütte, die auf einem verschneiten breiten Bergrücken steht.

Es würde viel zu weit führen, all den Bergtouren dieses Comité Central nachzugehen. Ein Ereignis nimmt jedoch noch ziemlichen Raum im Album ein: die Einweihung der bereits beschriebenen Dammahütte am 9. August 1916. Allerdings muss die Gruppe vor dieser Einweihung noch drei Touren durchgeführt haben: das Renfenhorn (Nähe Meiringen) und der Tossengipfel daneben, und schliesslich ging's vor der Einweihung noch husch auf den Dammastock selbst.

Dies muss eine grosse Feier der SAC-Sektion St. Gallen gewesen sein. Auf dem Erinnerungsfoto finden sich vor der Hütte etwa fünfundvierzig bis fünfzig Männer, teilweise mit Krawatte, und, soweit zu erkennen, keine einzige Frau. Tatsächlich hatte sich der SAC im Jahr 1907 mit grosser Mehrheit seiner Mitglieder zum reinen Männerclub erklärt und die Frauen ausgeschlossen. Der Zusammenhang besteht vielleicht in einer etwas militärischen Sicht des Bergbegehens. Das liessen aber die Bergsteigerinnen nicht auf sich sitzen und gründeten 1918 einen eigenen Verein, den Schweizerischen Frauen-Alpen-Club (FSAC). Erst 1980 fusionierten die beiden Clubs.

Eine der letzten Touren dieser Männergruppe im Weltkrieg endete auf der Jungfrau, gemäss Cecchino auf 4166 m (tatsächlich heute 4158 m). Auf der Albumseite mit den Gipfelbildern schreibt er:

Wo man bergsteigt,
Kannst du fröhlich lachen –
Böse Menschen
Machen ärgere Sachen!

***

Dann aber ging im Juni 1918 dieses Lachen zu Ende: Die Spanische Grippe (erste Welle) brach aus und veränderte das Leben aller von Grund auf, insbesondere all jener, die im Gesundheitswesen arbeiteten, und so auch das des Dr. med. Francesco Ricardo Galli, genannt Cecchino.

Auch wurde die Unruhe in den weniger bemittelten Kreisen, das heisst der Arbeiterschaft, wegen der Teuerung spürbar – und die marxistisch-leninistische Revolution in Russland stand wie ein Menetekel...

nicht an einer Bergwand diesmal, sondern im bürgerlichen Alltag an den Wänden der Bürgerhäuser. Grosse Veränderungen drohten nun auch die in den Höhen der Bergwelt abgehobenen Männer aus dem Tritt zu bringen.
So wurde Trittsicherheit zum beherrschenden Thema.

Landesausstellung Genf, 15. Mai – 15. Oktober 1914.

«Die anderen Teilnehmer der Besteigung des Damma-Stocks (3630 m) und des Egg-Stocks (3555 m), alles Mitglieder des SAC-Vorstands der Sektion St. Gallen, nicken zustimmend.»

«Wir könnten diese Hütte jetzt vorbereiten und an der Landesausstellung als Symbol für die Bedeutung des Schweizer Alpenclubs vorstellen. Im Jahr danach werden wir sie mit unseren Mitgliedern hier oben fertig einbauen.»

«Er zeigt den Kindern und Thaddea ein Foto mit den Drei im Ruderboot auf dem Luganersee. Es ist die erste Aufnahme, die Cecchino nach zeitraubenden Versuchen in Farbe geschafft hat.»

«‹Weisst du, Cecchino, Bice kam heute Mittag begeistert von ihrem ersten Schultag zurück. Ich hoffe, dass diese auch anhält. Nun aber Bice, sag mal: Wie war es denn heute? Papa hat ja noch nichts davon gehört.›
Cecchino fährt dazwischen: ‹Das kann warten. Es gibt noch etwas Wichtigeres zu besprechen.›»

«Da hat Cecchino tatsächlich einen Bildband gestaltet mit dem seltsamen Titel ‹Freud und Leid geteilt mit einem Räuchli – in den Kriegsjahren 1914–1916›.»

«Man sieht meinen Grossvater Cecchino und seine Kollegen in minimaler Bekleidung in den Bergseen herumtollen, sich sogar gegenseitig umarmen.»

«Im Mai 1914 scheint der Vorstand eine Art Rettungsschlitten zur Anwendung im Schnee und zugleich im trockenen Gelände entwickelt zu haben.»

«Den Kriegsausbruch am 3. August 1914 hat die Männergruppe offenbar in einem Ruderboot auf dem Blausee bei Kandersteg erlebt.»

«Und so geht das in einem fort: Im Januar 1915 im Gebiet von Arosa mit Skiern und Schneeschuhen.»

«Im Sommer 1915 auf dem Alpsteingipfel. Dann wiederum im Berner Oberland mit den vielfältigsten Bergfotos.»

STEINMANN

29. Fritz zieht wieder in den Krieg (1915–1918)

Wie Fritz gegen den Willen von Betty und seinen Kindern im Mai/Juni 1915 während der grossen Offensive der Mittelmächte gegen die Russen in Galizien ein riesiges Etappenspital übernimmt und leitet, dabei die Erfahrung mit rund zehntausend Verwundeten macht (und später wissenschaftlich verarbeitet).

«Wo bist du mit deinen Gedanken, Fritz? Warum willst du mir nicht erzählen, was da in Deutschland geschah? War es so schrecklich?»
Es ist nicht das erste Mal, dass Betty von ihrem Mann zu erfahren versucht, was in den deutschen Lazaretten geschah, was er erlebt hat – vom frontnahen Hauptverbandsplatz weiss sie aber nichts. Fritz ist wortkarg geworden. Man merkt, dass er über vieles nachdenkt, obwohl er routiniert sein Tagespensum an Sprechstunden, Operationen, Betreuung der Patienten und Vorlesungen abwickelt. Auch im Engeried spürt man wieder die lenkende Hand des zurückgekehrten Chefs. Natürlich möchten auch Bubu (Bernhard) und Hanni mehr von seinen Erlebnissen in Deutschland erfahren, denn der Krieg ist auch in der Schweiz allgegenwärtig. Jung und Alt sprechen über nichts anderes, als was da so grenznah von der Schweiz geschieht. Auch vor den Kindern.
Natürlich gibt Fritz auch Antworten: «Weisst du, Betty, ich habe viel gesehen, viel gelernt, weiss auch ganz klar, was man besser machen kann. ‹Es gibt wirklich eine Kriegschirurgie, denn erstens sind die Schussverletzungen prinzipiell anders geartete Verletzungen als die Grosszahl der Verletzungen in der Friedenspraxis.›[111] Und zweitens hatte ich sonst nie die Gelegenheit, in so kurzer Zeit so viele und vielfältige Verletzungen zu sehen und wie man diese am besten verarztet.»

---

111 Steinmann: Kriegschirurgische Betrachtungen aus dem gegenwärtigen Kriege, S. 526

«Ich sehe klar, dass dich dies beschäftigt. Würdest du denn noch einmal gehen?»

«Ich weiss es nicht. Aber ich weiss, sicher nicht so. Vor allem zuschauen zu müssen, wie zum Teil offenkundige chirurgische Fehler von Pseudochirurgen gemacht werden, das könnte ich nicht mehr. Ich will dir nicht erzählen, was ich da miterleben musste. Andererseits verstehe ich, dass am Anfang eines so grossen Krieges viele Fehler passieren. Vielleicht sind die medizinischen noch die geringsten im Verhältnis zu den militärischen, wo Generäle reihenweise Soldaten ins Feuer der Maschinengewehre und der französischen 7,5-cm-Schnellfeuerkanonen schickten. Unvorstellbar.»

«Am liebsten würde ich mir die Ohren zuhalten. Krieg ist einfach entsetzlich. Ich bin so froh, dass wir bis jetzt verschont geblieben sind. Aber noch einmal: Würdest du wieder gehen, wenn du selbst entscheiden und chirurgisch Einfluss nehmen könntest?»

Fritz schweigt, denkt nach und meint dann zögernd: «Ja ... vielleicht doch ... Aber da brauchst du keine Angst zu haben, meine liebe Betty. Ich glaube kaum, dass man mir als Schweizer eine leitende Funktion in einem deutschen Kriegsspital anbietet.»

**

Dieses Gespräch dürfte im Laufe des Winters 1914/15 stattgefunden haben, und tatsächlich meldeten sich die Deutschen nicht mehr. Aber:

Im Frühjahr 1915 wurde ihm die Stelle eines Leiters und Chefchirurgen in einem 2000 Betten zählenden österreichischen Etappenspital angeboten. So war er von Mai bis Juli 1915 als Leiter der chirurgischen Abteilung in Bielitz tätig.[112]

**

---

112 Marcelin O. Draenert: Kriegschirurgie und Kriegsorthopädie in der Schweiz zur Zeit des Ersten Weltkrieges, Diss. Heidelberg 2011.

Bevor Fritz diesen Ruf annimmt, erneut in den Krieg zu ziehen, setzt das einige Gespräche, ja Auseinandersetzungen in Gang, und zwar nicht nur mit Betty, sondern auch mit der knapp fünfzehnjährigen Hanni an der Seite der besorgten Mutter. Sogar der siebenjährige Bubu hat inzwischen einiges über die Grausamkeit des modernen Krieges gehört. Zu Recht fürchten alle drei, dass dieser Ruf an die Ostfront Papa ernsthaft in Gefahr bringt. Bei ihnen steht eben die Familie an erster Stelle und erst nachher das berufliche Weiterkommen von Fritz, das bereits sehr weit gediehen ist.

Vor allem Betty denkt darüber nach, was wäre, wenn Fritz nicht mehr oder körperlich schwerbehindert zurückkäme. Deshalb stellt sie ihm die Frage, wie Hanni und Bubu ohne ihn aufwachsen würden.

Seine Antwort darauf (und vielleicht relativ typisch für die damalige Vater-Kinder-Beziehung): «Mein Liebes, zum Ersten ist die Gefahr in einem Etappenspital sehr gering. Was die Kinder anbelangt, hatten sie auch bisher wenig von mir – und viel mehr von dir. Mir scheint es wichtig, dass sie mit Gleichaltrigen aufwachsen. Unsere Verwandtschaft ist ja mit gleichaltrigen Kindern gesegnet. Martha[113] zum Beispiel hat mit Albert und Norwin im grossen Pfarrhaus viel Platz. Ich glaube, das Landleben dort, wo wir herstammen, tut den beiden gut und ist gesund. Kurz: Schick sie, so oft du kannst, zu Martha nach Vechigen. Mein Entscheid, nach Österreich zu gehen, ist aber gefällt. Warum? Ich werde nie mehr im Leben eine so grosse Klinik mit Tausenden von Fällen in meinem Spezialgebiet leiten können. Das ist einmalig.»

Und damit ist die Diskussion beendet. Anfang Mai fährt er in einer mehrtägigen und etwas mühseligen Reise durch Österreich Richtung Nordgalizien. Er weiss aber, dass er von seinen Kollegen Ledergerber und Zollinger empfangen und im Barackenspital Bielitz eingeführt wird, denn sie haben ihn ja dem Sanitätsamt der österreichisch-schlesischen Landesregierung vorgeschlagen.

Vechigen wurde tatsächlich in der Kinder- und Jugendzeit von Hanni und Bernhard (ähnlich wie für die Kinder von Cecchino Galli im

---

113 Fritz' Schwester, verheiratet mit Pfarrer Adolf Meyer in Vechigen.

Villino in Rodi) Ort der unbeschwerten Kindheitserlebnisse. Norwin Meyer schreibt dazu:

Vechigen war ein Paradies für uns Kinder, für die Nichten und Neffen (und später auch für die Grosskinder der Pfarrersfamilie). Regelmässig kam Bubu (Bernhard Steinmann) zu uns in die Ferien; er war zu diesem Zwecke eigens mit einem Vechigen-Gilet ausstaffiert worden… (Später gesellten sich Hanspeter, Hans, Max und Paul Steinmann zu uns; sie wurden von ihrem älteren Vetter Bümi (Albert) so gedrillt, dass nachher die Rekrutenschule für sie keinen Schrecken mehr bedeutete). Golden waren sie, die Zeiten in der Weite und Einfachheit des Landlebens. Was wurde da nicht alles an Streichen ausgeheckt und ausgeführt! Während des Ersten Weltkrieges (1914–1918) erstellten wir zum Entsetzen der Nachbarn Schützengräben im Hühnerhof, lieferten uns im Herbst mit heruntergefallenen unreifen Äpfeln Gefechte und hielten im Winter mit Schneeballschlachten die Dorfbewohner in Spannung. Diese wilde Bubenatmosphäre wurde durch die Anwesenheit der beiden eher scheuen Kusinen Hanni Steinmann und Dori Riniker kaum gemildert.[114]

***

Im Unterschied zum Stellungskrieg im Westen kann man im Osten von einem Bewegungskrieg mit von Zeit zu Zeit erstarrten Fronten sprechen. Die Armee der K.-u.-k.-Monarchie rückte im August/September 1914 ins ehemalige Königreich Galizien und Lodomerien gegen die Russen vor. Nur mit anfänglichem Erfolg. Dann trieben Letztere die österreichischen Truppen weit zurück und schlugen die Österreicher nachhaltig. Ihre Verluste: 324 000 Tote und Verwundete sowie 130 000 Soldaten in russischer Gefangenschaft. Das Offizierskorps der Österreicher wurde fast ganz dezimiert. Nur dank des deutschen Sieges bei Tannenberg durch General Hindenburg wirkte sich der Sieg der Russen in Galizien nicht noch fataler aus. Die Fronten erstarrten.

---

[114] Norwin Meyer, Steinmann-Chronik, S. 827.

Erst in den Monaten Mai /Juni 1915 kam es dann zur grossen Gegenoffensive der Mittelmächte, getragen durch zwei deutsche Armeen (11. und 4. Armee) mit einer Durchbruchsschlacht bei Gorlice-Tarnów, knapp hundertfünfzig Kilometer östlich von jenem Etappenspital Bielitz. Um die Grössenordnung dieser Schlacht zu verstehen: In der Literatur wird von 250 000 russischen Gefangenen und 100 000 Toten und Verwundeten gesprochen. Präzise ist der «Sanitätsbericht über das deutsche Heer» bezüglich der 11. Armee vom 1. bis zum 10. Mai: verwundet 11 470, gefallen 2634.[115]

Exakt zu diesem Zeitpunkt hat Fritz Steinmann dieses grosse Etappenspital mit zweitausend Betten und fünfhundert Mitarbeitern übernommen. So kann man sich vorstellen, welch ungeheures Aufkommen an Verwundeten von Mai bis Juli 1915 in seiner Verantwortung lag.

***

Nach der kurzen Einführung von drei Tagen durch Fritz Zollinger, der wieder in sein Etappenspital Dzieditz zurückmusste, stellte Fritz gegenüber seinem Namensvetter fest: «Ich glaube, es gibt da etwas Grundsätzliches, welches man sofort ändern sollte. Wie in Frankreich ‹machen die Extremitätenschüsse gewöhnlich circa vier bis fünf Sechstel der Kriegsverletzungen aus, sind also das wichtigste Gebiet der Kriegschirurgie›[116]. Das Hauptproblem besteht ja hauptsächlich in den Infektionen. Zu Recht steht zunächst der Schutz vor Sekundärinfektionen mit Jod und sterilen Verbänden und gegen die primären Infektionen der Abfluss für das Wundsekret et cetera an.[117] Aber bei diesen inneren Infektionen durch die heftigen Seitenwirkungen der Geschosse und Splitter könnte man vielleicht noch eine Verbesserung erzielen.»

---

115 Vgl. https://de.wikipedia.org/wiki/Schlacht_bei_Gorlice-Tarnów, Abschnitt «Verluste».

116 Friedrich Steinmann: Kriegschirurgische Erfahrungen über die Schussfakturen der Extremitäten, in: *Schweizerische Rundschau für Medizin*, 1916.

117 Vgl. Draenert, S. 231.

«Und das wäre?», gibt Zollinger mit hochgezogenen Augenbrauen zurück. Ihn erstaunt es doch etwas, dass Steinmann nach so kurzer Zeit schon weiss, was man besser machen kann.
«Mein Lieber, ich muss dir keine Vorlesung über innere und äussere Infektionen halten, wobei die Ersteren unser Hauptproblem sind. Ich glaube, der menschliche Körper hat mehr Kraft, mit diesen Infektionen fertig zu werden, wenn man ihm von Anfang an genügend Ruhe gibt. Mit anderen Worten: Die vielen septischen Nachblutungen sind ‹vor allem auf ungenügende Fixation zurückzuführen›[118]. Man müsste die Verbandsplätze anhalten, ja diesen befehlen, mit dem entsprechenden Material mehr und bessere Fixationen zu verwenden. Du, mit deinen Verbindungen zum offiziellen Sanitätsdienst, könntest da wirksam eingreifen.»
«Interessant. Aber mit welchem Material?»
«Mit Eisenblech.»
Fritz zeigt seinem erstaunten Kollegen ein Modell aus Karton, das er an einem Patienten angefertigt hat. Es zeigt eine Schiene mit «zwei Ohren zum Umgreifen des Leibes, zwei Ohren zum Umgreifen des Oberschenkels, zwei zum Umgreifen des Unterschenkels»[119].
Tatsächlich setzt Steinmann das dank seiner Kollegen Zollinger und Ledergerber durch. Schon einige Tage danach stellt Fritz folgendes fest:

Durch die Anordnung und Durchführung einer konsequenten besseren Fixation mit Schienen und Schienenbrückengipsverbänden konnte ich meine von den Ärzten ungläubig aufgenommene Voraussage, dass die Nachblutungen von jetzt an aufhören müssten, aufs ‹Schönste› verwirklichen. Die Nachblutungen verschwanden sozusagen vollkommen aus dem täglichen Programm, und das Operationspersonal hatte sich bald über Arbeitsmangel zu beklagen. Dieser eklatante Effekt der ausgiebigen Fixation erlöste die Ärzte sozusagen aus der Suggestion, als ob die septischen Nachblutungen eine unvermeidliche Erscheinung bei den in-

---

118 Draenert, S. 205.

119 Draenert, S. 205.

fizierten Schussfrakturen seien, und verhalf der neu eingeführten Therapie zu einer willigeren Anwendung.[120]

***

Ohne ausschweifend zu werden, gilt es noch zwei äussere Umstände hervorzuheben: Zum einen spricht Fritz des Lobes voll und eingehend über das gut ausgerüstete Barackenspital:

Es war denn auch alles vorhanden, grosse Aufnahmeräume, reichlich ausgestattete Baderäume mit eigenem Badmeister, weite Verbandsäle, lichte, luftige Krankensäle, ein eigenes Operationshaus mit blendenden Operationsräumlichkeiten und Röntgenlaboratorium usw. usw.[121]

Zum Zweiten wurde das Lazarett in Bielitz wie die anderen in jener Gegend damals von Verwundeten überschwemmt, welche im Mai und Juni 1915 von den Karpatenkämpfen und beim Durchbruch an der Dunajec noch direkt aus dem Schützengraben kamen.[122]
Privatdozent Doktor Fritz Steinmann hinterliess noch weitere Spuren der Veränderung in den österreichischen Lazaretten. Da wäre seine Nagelextension[123], die dann und danach des Öfteren eingesetzt wurde. Dann erfand er eine Luft- und Sonnentherapie.[124] Bei Ersterer ging es darum, durch ein Röhrensystem mit angehängten Gummischläuchen Sauerstoff in die Wunden zu bringen, und für Letztere wurde eine breite Terrasse gebaut, um die offenen Wunden der Sonne auszusetzen. Beide scheinen einigen Erfolg verzeichnet zu haben.
Summa summarum hat Fritz in diesem Spital grosse und reiche Erfahrungen für sein Spezialfach, die Unfallchirurgie, sammeln können

---

120 Friedrich Steinmann: Kriegschirurgische Erfahrungen über die Schussfrakturen der Extremitäten, in: Correspondenz-Blatt für Schweizer Ärzte 66/42 (1916), S. 1359 ff.

121 Ebd.

122 Vgl. Steinmann: Kriegschirurgische Betrachtungen aus dem gegenwärtigen Kriege.

123 Vgl. Draenert, S. 234 ff.

124 Vgl. Draenert, S. 241 ff.

und dabei seine ausserordentliche Innovationfähigkeit unter Beweis gestellt. Über den menschlichen Aspekt mit den über zehntausend Verwundeten (und wohl auch vielen Sterbenden), die er in kurzer Zeit (in Frankreich) und in diesem Spital gesehen hat, schweigt er sich aus. Trotzdem dürfte das Wort von Erich Maria Remarque in seinem weltberühmten Buch *Im Westen nichts Neues* vielleicht auch bei ihm zugetroffen haben: «Erst das Lazarett zeigt, was der Krieg ist.»

***

Fritz verarbeitet seine Tätigkeit an der Front in den bereits zitierten «Kriegschirugischen Betrachtungen» und «Kriegschirugischen Erfahrungen». Danach ging er nie mehr in den grossen Krieg und widmete sich seiner praktischen und vor allem wissenschaftlichen Tätigkeit, nicht mehr dem Kriegsthema. Allein aus den Jahren 1916 bis Ende des Weltkrieges stammen elf Publikationen. Neben der Nagelextension geht es da um Bauchhernien, Magenrupturen, Ulcuskrankheiten und anderes mehr.

Dieses auffällige Sich-nicht-mehr-mit-dem-Krieg-Beschäftigen muss sicher seine Gründe haben. Vielleicht wurde ihm selbst bewusst, dass der Krieg einfach entsetzlich ist und auch Spuren hinterlässt, die es ihm immer schwieriger machen würden, sich in das normale Leben eines Arztes und Wissenschaftlers einzufügen.

Es könnte aber auch sein, dass Betty und vor allem sein Schwiegervater Max Mauerhofer, der Mitfinanzier des Engeriedspitals, ein definitives Veto eingelegt haben. Vielleicht musste Fritz dieses auch gegen seine Neigung befolgen. Es gilt hierbei in Betracht zu ziehen, dass er nie mehr in seinem Leben ein Spital von dieser Grössenordnung leiten durfte (höchsten zwanzig bis vierzig Betten). Auch eine solche «attraktive» medizinische Ausnahmesituation stellte sich nicht mehr ein, wenn wir von der Spanischen Grippe absehen, die ihn weniger betraf.

Wir wissen es nicht, aber die Beendigung seiner medizinischen Kriegsabenteuer ist augenfällig.

«Meine Schwester Martha, verheiratet mit Pfarrer Adolf Meyer in Vechigen, hat mit Albert und Norwin im grossen Pfarrhaus viel Platz. Ich glaube, das Landleben tut den Kindern gut und ist gesund.»

Bielitz 1915

«Im Frühjahr 1915 wurde ihm die Stelle eines Leiters und Chefchirurgen in einem 2000 Betten zählenden österreichischen Etappenspital angeboten.»

«In den Monaten Mai und Juni 1915 kam es zur grossen Gegenoffensive der Mittelmächte, getragen durch zwei deutsche Armeen mit einer Durchbruchsschlacht bei Gorlice und Tarnow, knapp 150 Kilometer östlich vom Etappenspital Bielitz.»

«Um die Grössenordnung dieser Schlacht zu verstehen: In der Literatur wird von 250 000 russischen Gefangenen und 100 000 Toten und Verwundeten gesprochen.»

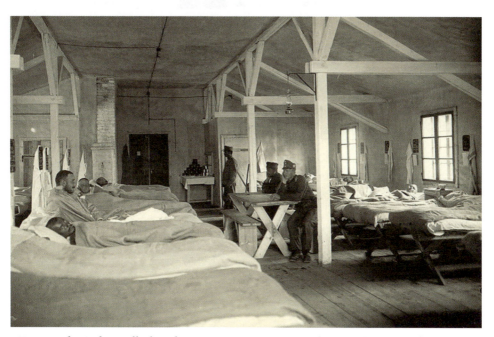

«Fritz ist des Lobes voll über das gut ausgerüstete Barackenspital. Es war denn auch alles vorhanden, grosse Aufnahmeräume, reichlich ausgestattete Baderäume, weite Verbandsäle, lichte, luftige Krankensäle, ein eigenes Operationshaus usw. usw.»

«*Wie in den französischen Lazaretten machen die Extremitätenschüsse gewöhnlich circa vier bis fünf Sechstel der Kriegsverletzungen aus, sind also das wichtigste Gebiet der Kriegschirurgie.*»

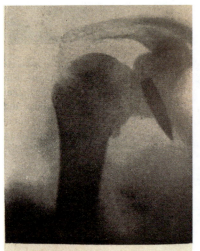

«*Das Hauptproblem besteht in den Infektionen. Zu Recht steht zunächst der Schutz vor Sekundärinfektionen mit Jod und sterilen Verbänden und bei den primären Verletzungen der Abfluss für das Wundsekret an. Aber bei diesen inneren Infektionen durch Geschosse und Splitter könnte man noch eine Verbesserung erzielen.*»

Fig. 14. Durchschuss des Humeruskopfes durch das franz. Spitzgeschoss auf 500–600 m mit Fraktur.

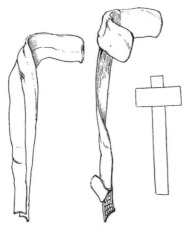

«‹Interessant. Aber mit welchem Material?› ‹Mit Eisenblech.› Fritz zeigt seinen erstaunten Kollegen ein Modell aus Karton, das er an einem Patienten angefertigt hat.»

Fig. 36. Links: Oberschenkelbeckenschiene, aus zwei armierten Gipsschienen hergestellt. Rechts: Oberschenkelbeckenschiene. Armierte Gipsschiene, von der ein Teil als T das Becken umgreift (unten aufgeklappt, um die Armierung zu demonstrieren).

Fig. 37. Improvisierte Eisenblechschiene zur Fixation der Oberschenkelschussfrakturen.

«*Die vielen septischen Nachblutungen sind vor allem auf ungenügende Fixation zurückzuführen. Man müsste auf den Verbandsplätzen befehlen, mit dem entsprechenden Material mehr und bessere Fixationen zu verwenden.*»

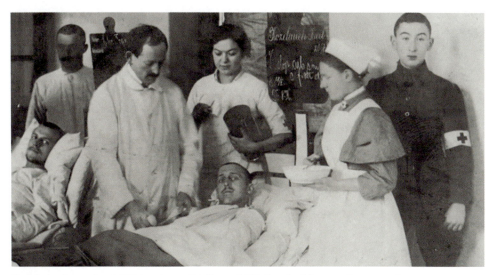

Bei dem Arzt, der 1915 in einem Bielitzer Militärspital fotografiert wurde, könnte es sich um Fritz Steinmann handeln.

Fig. 39. Licht-Luftbehandlung der Wunden im Militärbarackenspital Bielitz.

«Dann erfand er eine erfolgreiche Luft- und Sonnentherapie: Durch ein Röhrensystem mit angehängten Gummischläuchen wird Sauerstoff in die Wunden gebracht und auf einer breiten Terrasse wurden die Wunden der Sonne ausgesetzt.»

30. Aufregende Zeiten im Hause Cecchino (1918–1920)

Wie Cecchino in seinen mannigfaltigen Interessen, Tätigkeiten und Steckenpferde wegen zwei grossen äusseren Ereignissen, nämlich der Spanischen Grippe und dem Landesstreik von 1918, aber auch wegen Krankheit und Tod in der Familie sich vorübergehend einschränken muss.

Cecchino tut das, was er nach dem Nachtessen am liebsten tut: Er spielt virtuos Klavier und singt lauthals eine Arie aus einer Verdi- oder Puccini-Oper. Natürlich in der italienischen Originalversion. Diesmal ist es die Partie «Libiamo ne' lieti calici» («Lasst uns aus Kelchen der Freude trinken») aus der Traviata von Verdi. Neben ihm auf dem kleinen Tischchen steht selbstverständlich auch ein Kelch neben einer Karaffe Nostrano. So befeuchtet er mit dem erdigen Tessiner Wein zwischendurch seine trockene Kehle.

Heute, an diesem Februartag des Jahres 1918, geniesst er seinen Gesang besonders. Ihm ist nämlich ein lang gehegter geheimer Wunsch in Erfüllung gegangen, den er erst heute seiner Familie am Tisch stolz verkündet hat. Damit wurde auch der wahre Grund seiner zweiwöchigen Abwesenheit offenbar, über den er bisher nicht einmal Thaddea orientiert hat. Sie glaubte ihn auf einer langen Hüttentour im Schnee. Denn bestimmt hätten alle es ihm ausreden wollen.

Er verkündete feierlich: «Heute habe ich es geschafft – und zwar hin und zurück!»

Da weder Thaddea noch Bice oder Hans ihn verstanden hatten, fragte Erstere nur zögerlich nach. Sie wusste schon, dass da irgendetwas folgen würde, was ihr besser nicht zu Ohren käme. «Was meinst du mit ‹hin und zurück geschafft›, mein allerliebster Spinner?»

Cecchino lacht und sagt langsam, mit Stolz in der Stimme: «Ihr wisst doch, dass ich den grossen Wunsch hegte, einmal in meinem Leben eine Lokomotive C 5/6 der SBB zu führen, und zwar auf der Gotthardstrecke, die mein Vater ja mitgebaut hat. Im vorigen Jahr habe ich an einigen Tagen das Metier von einem befreundeten Lokomotivführer gelernt, mit Erlaubnis der Oberen der SBB. Immer dann, wenn ich in den Tessin fuhr und wieder heimkam, stand ich auch im warmen Führerstand. Damit man mich selbst führen liess, musste ich während den letzten zwei Wochen täglich mitfahren und üben. Gestern, meine Lieben, habe ich zum ersten Mal von Erstfeld nach Biasca die starke Dampflokomotive allein geführt, und als mein Kollege wieder zurückfahren musste, habe ich wieder die Lokomotive bedient. – Kurz, den seit meiner Kindheit gehegten Wunsch konnte ich mir heute mit meinen zweiundvierzig Jahren endlich erfüllen.»
Dass er das tatsächlich konnte, dürfte nicht zuletzt auf die guten Verbindungen seines Vaters zur SBB zurückzuführen sein, der als ehemaliger Bahnunternehmer am Gotthard tätig war. Diese Geschichte ist erstaunlich, aber wahr.
Darum haut Cecchino temperamentvoll in die Tasten und schmettert lauthals seine Operngesänge durchs Haus.
Persönlich habe ich ihn nie am Klavier erlebt, dagegen oft singen hören, wobei ich nicht wusste, dass es sich hierbei um Opern handelte. Was ich aber immer wieder hörte, waren ähnliche Musik und Gesänge aus seiner grossen Schallplattensammlung (mit den alten 78ern auf Vinyl). Dabei handelte es sich gemäss meiner Cousine Sabine Galli ausschliesslich um italienische Opern, eben insbesondere von Verdi und Puccini, deren Partituren sie von Cecchino geerbt hat. Ich glaube selbst gehört zu haben, wie mein Grossvater von Caruso, dem Anfang des 20. Jahrhunderts so berühmten Operntenor, geschwärmt hat.

***

Es dürfte nicht lange nach diesem persönlichen Erfolg gewesen sein, geschätzt im März 1918, als Cecchino erneut in überschwänglicher Freude nach Hause kommt und seiner Familie, die seine temperamentvollen Ausbrüche allerdings gewohnt ist, wiederum laut verkün-

det: «Meine Lieben, nun habe ich wieder etwas erreicht, was mein und wohl auch euer Leben verändern wird: Ich wurde heute zum ersten Kreisarzt des Kantons St. Gallen der Schweizerischen Unfall- und Versicherungsanstalt, der SUVA, ernannt. Das ist eine interessante Aufgabe, die viel leichter einzuteilen ist – neben einem regelmässigen Erwerb, der auch weniger zufallsabhängig sein wird als die zum Teil doch anstrengende Unfallchirurgie. Natürlich werde ich wie bisher Patienten weiterbehandeln, insbesondere die italienischen Bauarbeiter, aber wohldosiert. Das ist doch schön?»
Bevor seine Gattin etwas dazu sagen kann, meldet sich die etwas vorwitzige Bice zu Wort. Thaddea selbst lehnt sich zurück und denkt über die Folgen dieser Neuigkeit für die Familie nach. Sie glaubt nämlich nicht an erhebliche Änderungen, denn konkret heisst das doch nur, dass ihr verehrter Gatte noch mehr Zeit für seine vielen Nebentätigkeiten und Steckenpferde haben wird. Ja, vielleicht wird er vermehrt irgendwo sein, aber eben nicht zu Hause.
«Papa, was ist das, SUVA?», fragt Bice. «Was machst du denn da? Was ändert das für uns?»
Cecchino überlegt: Soll er oder soll er nicht ausführlicher auf diese Frage eingehen? Da er weiss, dass auch seine Frau diese Frage aufbringen wird, holt er aus: «SUVA ist die Kurzform für ‹Schweizerische Unfall- und Versicherungsgesellschaft›. Es ist bereits zwanzig Jahre her, dass das Schweizer Volk darüber abgestimmt hat, eine obligatorische Unfallversicherung einzuführen. Damit werden alle Arbeitenden eine Unfallversicherung haben, und die Spätfolgen sind abgedeckt. Erst vor sechs Jahren, 1912, begann die eigentliche Arbeit, indem zuerst in Luzern ein grosses Verwaltungsgebäude erbaut wurde. Nun ist die Schweiz in Kreise eingeteilt, wo sich Agenturen um die Verunfallten bemühen. Dafür brauchen sie jeweils einen Kreisarzt. – Was werde ich tun müssen? Ich muss überprüfen, ob der Verunfallte auch die richtige Behandlung bekommt. Damit verbunden ist selbstverständlich eine Kostenkontrolle. Nicht alle Ärzte sind gute Menschen. Es ist möglich, dass ein Arzt der Versicherung zu viel berechnet, da gegenüber dem Normalfall sein Verdienst garantiert ist. Schliesslich gibt es auch bleibende Schäden, ich meine die Invaliden. Diese erhalten lebenslang einen Kostenzuschuss. Hier muss ich überprüfen, ob der Arzt dem Verunfallten nicht zu viel zuspricht.»

Natürlich versteht Bice das nicht auf Anhieb. In der Folge reden sie noch eine geraume Weile über seine künftige Aufgabe, bis dann der Patriarch abrupt aufsteht und sagt: «So, nun ist es aber genug. Mama, du kannst es den Kindern noch weiter erklären, ich möchte jetzt wie stets meinen Abendgesang anstimmen.»
Sagt's, geht in sein Büro, und schon erzittert das Haus von irgendwelchen Klängen einer italienischen Arie.

***

Betrachtet man die Fotoalben meines Grossvaters, welche er mit grossem Geschick gestaltet hat, könnte man den Eindruck einer heilen Welt bekommen. Zum Mindesten in seiner Familie und in seinem nahen Umfeld. Das ist aber keineswegs der Fall, und es wäre auch falsch zu meinen, dass die damaligen Bürgerfamilien in einer glückseligen Blase gelebt haben, nicht beachtend, was um sie herum geschah. Im Gegenteil, sie lasen Zeitungen, bekamen Informationen aus erster Hand von Reisenden aus den Kriegsländern, und vor allem sahen sie mit eigenen Augen, wie Teile der Bevölkerung zu leiden hatten.
Ohne hier eine Geschichtslektion zu halten, sind im Prinzip drei Bereiche der Beunruhigung, vielleicht gar Angst zu nennen, welche auch in die wohlgeordneten Häuser der weniger betroffenen Schweizer und Schweizerinnen drängten.
Beginnen wir mit dem Krieg: Im Januar 1918 wurde zwischen dem Deutschen Reich und dem Bolschewiken Lenin der Friedensvertrag von Brest-Litowsk geschlossen. Lenin hatte man 1917 die Durchreise durch das Kaiserreich in einem versiegelten Zug aus der Schweiz gestattet, damit er in Russland eine Revolution anzettelte. Die Waffen schwiegen im Osten bereits im Dezember 1917, und das Deutsche Reich konnte einen Teil der frei werdenden Truppen an die Westfront verschieben. Deshalb kam es ab 21. März 1918 zur letzten Grossoffensive des Deutschen Heeres (genannt Operation Michael oder Kaiserschlacht). In den ersten Aprilwochen war ihr ein Durchbruchserfolg beschieden. Mit anderen

Worten, der Krieg erreichte im Westen einen neuen Höhepunkt.[125]
Aber in den Monaten März und April 1918 rechnete in der Schweiz noch kaum jemand mit einem Ende dieses grässlichen Krieges, und die Grenzbesetzung mit den Tausenden Soldaten (ohne Lohnausgleich) hielt an.
Zum Zweiten beunruhigten die Bürgerlichen die erstarkenden revolutionären Kräfte nicht nur in Russland, wo der Zarismus im Oktober 1917 weggefegt wurde. In der Folge ergab sich eine revolutionäre Situation in Europa, die sich nicht nur gegen die herrschenden Adligen und Militärs, sondern auch ganz allgemein gegen das Bürgertum richtete.

Im Herbst 1918 rauschte der Sturm der Revolution durch Mittel- und Südosteuropa. Politische Massenstreiks und Antikriegsdemonstrationen hatten in Wien ihren Ausgang genommen und sich via Budapest und die Tschechei nach Deutschland ausgedehnt. Im September gingen die bulgarischen Bauernsoldaten nach Hause und riefen die Republik aus. Im November meuterten Matrosen und Soldaten des Marinestützpunkts in Kiel und verbreiteten die Idee einer deutschen Revolution. Die Republik wurde ausgerufen, und der Kaiser setzte sich in die Niederlande ab.
In Bayern wurde die sozialistische Republik erklärt, im Frühjahr 1919 die Münchner und die Ungarische Sowjetrepublik. Die Revolution hatte von Wladiwostok bis an den Rhein die alten Regimes gestürzt. Die Dynastien der Romanow, der Habsburger, der Hohenzollern und der Ottomanen waren aus der Weltgeschichte verschwunden.[126]

Zum Dritten ist es verständlich, dass man eine ähnliche Entwicklung in der Schweiz befürchtete. Umso unverständlicher ist, dass der zunehmenden Verelendung der eigenen, durch lange Militärdienst- und längere Arbeitszeiten belasteten Arbeiterschaft nicht kräftiger ent-

---

125 Diese Offensive war nach dem Kriegseintritt der USA im April 1917 strategisch nicht zu gewinnen. So endete die Frühjahrsoffensive schliesslich mit einer Niederlage und der zunehmenden Einsicht der Heeresführung, dass ein Waffenstillstand in diesem Krieg die einzige verbleibende Lösung sei.

126 Hans Fässler: ‹Lebhafte Unruhe›, ‹Beifall›, ‹Heiterkeit›, in: 80 Jahre Generalstreik 1918–1998, Kantonaler Gewerkschaftsbund St. Gallen (Hrsg.), St. Gallen 1998, S. 7.

gegenwirkt wurde. Die Preise für Lebensmittel stiegen während des Krieges unaufhaltsam an, zum Beispiel das Grundnahrungsmittel Kartoffeln von acht Franken für hundert Kilogramm im Jahr 1914 auf sechzig Franken 1918. Der Brotpreis verdoppelte sich im gleichen Zeitraum, und der Fleischpreis stieg ebenfalls um ein Mehrfaches. Andererseits stiegen die Arbeiterlöhne nicht gleichermassen:

Die Arbeiter litten unter den rasch steigenden Lebenshaltungskosten. Da die Löhne nur langsam und weniger stark angehoben wurden, kam es zu einem Reallohnverlust von durchschnittlich mindestens 30 Prozent. Hunderttausende mussten in der Schweiz ein kärgliches Dasein fristen; in der Stadt St. Gallen war 1918 ein Drittel der EinwohnerInnen zum Bezug von verbilligten Lebensmitteln berechtigt.[127]

Zu Recht befürchtete man in den bürgerlichen Kreisen sowie in den noch starken Bauernlanden, die ja erheblich profitierten (bis zu sechsfachem Einkommen), soziale Unruhen mit der Möglichkeit einer Revolution, wie man diese im Ausland mitverfolgte.
Es versteht sich, dass die Sozialdemokraten (und Sozialisten) unter der Führung von Nationalrat Robert Grimm sich radikalisierten und mit neuen Strukturen die sozialen und wirtschaftlichen Ungerechtigkeiten bekämpfen wollten.

***

«Was will nun der von mir?», ruft Cecchino beim Frühstück mit gerunzelter Stirn aus, nachdem er das Telegramm gelesen hat. Die ganze Familie ist seit Ende Mai in einem Urlaub im gemieteten Jägerhaus bei Oberburg (südwestlich von Gossau). Das Häuschen ist nur sehr einfach eingerichtet und hat auch kein Telefon. Heute Morgen um halb acht ist ein Telegrammbote mit dem Velo eingetroffen und hat Papa die folgende Meldung gebracht:

---

[127] Max Lemmenmeier: ‹Hoch die Solidarität! Es lebe die neue Zeit!›, in: 80 Jahre Generalstreik 1918–1998, a.a.O., S. 13.

«Bitte sofort zurückrufen, Alfred Tzaut, Direktor SUVA».
Natürlich interessiert sich die ganze Familie, worum es da geht.
Cecchino erklärt kurz: «Ich weiss es auch nicht. Tzaut ist seit Gründung der SUVA ihr Direktor unter dem Präsidenten Paul Usteri, den ich persönlich kenne. Meine Lieben, das heisst, ich muss mit dem Velo nach Burgau hinunterstrampeln. Das Taxi kommt erst übermorgen, um uns abzuholen.»
So geschieht es, dass Cecchino anderthalb Stunden später mit dem Direktor Tzaut in der Poststelle Burgau telefoniert, wobei dieses Gespräch nach kurzer Begrüssung etwa so verläuft: «Was verschafft mir die Ehre, Herr Direktor Tzaut?»
«Machen wir es kurz, Herr Dr. Galli. Sie sind unser neuer Kreisarzt im St. Gallischen. Wie Sie wissen, scheint diese Grippe einen schnellen und bedenklichen Verlauf zu nehmen. Nachdem die Truppenkommandanten im Jura die kranken Soldaten nach Hause geschickt haben, breitet sich diese sogenannte Spanische Grippe in Windeseile aus, und alle Spitäler haben bereits ihre Kapazitätsgrenzen überschritten, so auch in St. Gallen.»
Cecchino unterbricht: «Wusste ich nicht. Wir sind seit vierzehn Tagen auf dem Lande. Aber mit Verlaub, was hat das mit der SUVA und mir zu tun? Wir sind doch keine Krankenversicherung. Diese wurde doch vom Volk im Jahr 1900 abgelehnt.»
«Formal haben Sie recht. Aber wir glauben im Präsidium und Direktorium, dass auch die SUVA, soweit das geht, sich solidarisch verhalten muss. Was heisst das? Sie sind ja nicht nur Kreisarzt, sondern haben auch eine Privatklinik.»
«Richtig.»
«Und mit wie vielen Betten im Maximum?»
«Wir haben zehn Zimmer mit je zwei Betten. Aber warum? Ich brauche diese für meine Patienten.»
«Wir meinen, dass alle unsere Kreisärzte auch etwas zur Bekämpfung der Epidemie beitragen sollten. Brauchen Sie denn wirklich alle Zimmer? Und wie viele Pflegerinnen arbeiten bei Ihnen?»
«Sie haben recht. Die Klinik ist nicht voll ausgelastet, denn sie war für zwei Ärzte ausgelegt. Zurzeit habe ich zwei Pflegerinnen.»
«Und wenn Sie jetzt Ihre Tätigkeiten etwas zurückfahren, könnten Sie

doch sieben bis acht Zimmer für Grippepatienten zur Verfügung stellen.»
«Vielleicht. Und wer bezahlt mir den zusätzlichen Aufwand?»
«Mit dieser Frage habe ich gerechnet. Zum einen haben Sie Ihr festes Salär bei uns, und zum anderen werden wir Ihnen pro Patient sieben bis acht Franken pro Tag vergüten. Natürlich können Sie sich weigern. Ihr gutes Recht. Aber wie versteht die Öffentlichkeit in dieser Zeit eine nicht belegte Klinik? Auch könnte ich mir vorstellen, dass sich dann unser Verhältnis eintrüben wird, offen gesagt. Wissen Sie, Herr Dr. Galli, die SUVA will in der ganzen Schweiz ein Zeichen setzen: Wir helfen mit, diese nationale Krise zu meistern.»
Cecchino versteht den Wink mit dem Zaunpfahl, und es bleibt ihm wohl oder übel nichts anderes übrig, als zuzustimmen.

***

Tatsächlich war sich Cecchino wegen seiner Abwesenheit nicht bewusst, wie schnell die Epidemie sich ausbreitete. Es erstaunt ihn, dass das grosse, moderne Kantonsspital bereits voll ist und man hektisch daran sei, zusätzliche Bettenkapazitäten zu schaffen. Beispielsweise durch Ausbau der Kaserne mit sechshundert Betten oder eben durch Mobilisierung aller Privatspitäler. Also hiess es, so schnell wie möglich mit der Familie nach St. Gallen zurückzukehren. Cecchino überlegte sicher auch, ob er sie der Epidemie wegen nicht besser hierliesse, doch ohne Auto und ohne vorsorgliche Vorräte kam das wohl nicht in Betracht. Andererseits wusste er als Arzt, dass es bei der Organisation seiner Klinik für Grippekranke eine saubere Trennung zwischen Klinik und Wohnung besonders zu beachten galt.
In der Folge waren die Spanische Grippe, ihre Bekämpfung und die Massnahmen zur Nichtansteckung das Hauptthema der Familie von Cecchino und Thaddea. Allerdings nicht nur bei ihr, sondern in der ganzen Schweiz, ähnlich wie heute in der Covid-19-Pandemie.
Es gibt da einige Unterschiede. Aber einer ist offensichtlich: Die Entwicklung der Spanischen Grippe war so rasch und weiträumig, dass man Gesellschaft und Wirtschaft dem normalen Gesundheitssystem nicht anpassen konnte, sondern dieses mit vielerlei und grosszügigen Improvisationen erweitern musste. Zwar klangen nach der ersten Welle

die Infektionsraten ab, aber das Problem war sicher nicht aus der Welt. Etwas hat bereits die erste Welle verschärft, nämlich die soziale Unrast der wegen des Krieges Benachteiligten, die teilweise bereits Hunger litten. Wie dargelegt, musste ein ganzes Drittel der St. Galler Stadtbevölkerung durch Lebensmittelverbilligungen unterstützt werden.

Man muss also feststellen, dass sich die bereits angesprochenen sozialen Verwerfungen durch diese Grippeepidemie und damit die Ängste des Bürgertums im Sommer 1918 noch verschärften. Die «Klassengegensätze» nahmen zu.

Da das Kapitel zur Zeit der zweiten Welle der Covid-19-Pandemie im November 2020 geschrieben wurde, zitieren wir hier ausführlicher aus dem Bericht:

Die Grippe geht um, 1918–1919 [Kanton St. Gallen] *Die sogenannte Spanische Grippe erfasste in zwei Wellen etwa zwei Millionen Menschen in der Schweiz [mit rund 25 000 Toten]. Im Kanton St. Gallen traten die ersten Fälle im Jahr 1918 in der zweiten Hälfte Mai auf, wie die Sanitätskommission im Jahresbericht schreibt. […]*

In der Stadt St. Gallen wurden 20 218 Krankheitsfälle registriert, wovon 1505 an einer Lungenentzündung erkrankten. Sie trat auf, wenn Grippeviren die Lunge schwächten und das Immunsystem schädigten. Die eingedrungenen Bakterien konnten bei schlechtem Verlauf innerhalb von ein paar Tagen zum Tod des Erkrankten führen. Die mangelnde Ernährung während der Kriegszeit (Erster Weltkrieg) und die kalte Witterung konnten die Bedingungen verschlechtern. […]

Der Verlauf einer erst unbekannten Krankheit *[…] Die Spanische Grippe kam nicht in einem Mal, sondern wellenförmig. Die erste, mildere Grippewelle ging im Frühjahr beziehungsweise im Frühsommer 1918 durch Europa und die USA. Dabei starben verhältnismässig wenig Menschen. Sie wurde daher als harmloser eingestuft als die Grippeepidemie von 1889 bis 1890. Nach der Sommergrippe setzte die zweite Welle im September beziehungsweise Herbst ein und endete im November 1918. Die Schweizer Bundesbehörden setzten ab 15. Oktober 1918 auf eine obligatorische Anzeigepflicht der Ärzte, und neben der Meldepflicht setzte das Schweizerische Gesundheitsamt auf weitere Schutzvorkehrungen wie Versammlungsverbot, Tanzanlässe oder Schliessung* von Schulen, Kinos und Märkten. Mit solchen Massnahmen sollten Menschenansammlungen vermieden und damit eine Eindämmung der Seuche erzielt werden. Mit dem Jahreswechsel 1918/1919 kam es erneut zu einer hohen Sterberate. Mancherorts auf dem Globus erfolgte eine vierte Welle im Jahr 1920.

Behördliche Massnahmen Im Kanton St. Gallen traten die ersten Grippefälle in der zweiten Maihälfte 1918 auf. Entsprechende Massnahmen gegen die Epidemie zu erlassen war von Anfang an Angelegenheit der Kantone, welche im Austausch mit dem schweizerischen Gesundheitsamt standen. Allerdings wurden innerhalb des Kantons St. Gallen keine einheitlichen Vorschriften verhängt, sondern es war den einzelnen Gemeindeinstanzen überlassen, wann sie die Verordnungen zur Eindämmung der Seuche für angemessen hielten. Hingegen reichte die Sanitätskommission des Kantons dem Regierungsrat im Jahr 1918 Vorschläge wie den Erlass eines Tanzverbots sowie das Verschieben der Grossratssession und von Gemeindeversammlungen ein. Des Weiteren sollten Jahrmärkte aufgehoben werden. In Bezug auf Viehmärkte sollte kein vollständiges Verbot erfolgen, da mit zu hohen wirtschaftlichen Einbussen zu rechnen war.

Im Juli 1918 kam es zu einem ersten Todesfall in der Stadt St. Gallen. [...] Danach häuften sich die Fälle, und nach 483 gemeldeten Fällen Ende Juli 1918 setzten erste Massnahmen ein. Die Räume zur Hospitalisierung der Erkrankten wurden ausgedehnt, denn der Platz im Kantonsspital St. Gallen war nicht ausreichend. So wurden zusätzliche Notspitäler bereitgestellt. Auf diese Weise konnte die Kaserne in St. Gallen mit 600 Betten den grössten Platz für die Grippepatienten aus Zivilbevölkerung und Militär zur Verfügung stellen. Zusätzlich wurde für genügend Pflegepersonal und genügend Medikamente sowie Desinfektionsmaterial gesorgt.

[...] Die Trambahnunternehmen erhielten die Aufforderung, die Wagen regelmässig zu desinfizieren. Die Hotels und Wirtshäuser sollten das Geschirr gründlich reinigen, und Wäschereien sollten die Wäsche aus «Grippehäusern» separat kennzeichnen, um ihr Personal auf die besondere Behandlung hinzuweisen. Neben dem genannten Verbot von Ansammlungen grösserer Menschenmengen, wurden auch Gottesdienste gekürzt beziehungsweise auch das Leichenmahl an Beerdigungen untersagt, insbesondere bei an Grippe verstorbenen Personen.

[...] Anfang November 1918 wurden «Grippeplakate» erstellt und [weiträumig] angeschlagen. Der Grund war ein drittes Hoch mit 583 gemeldeten Grippefällen. Diese standen im Zusammenhang [mit dem] anlässlich des Generalstreiks in St. Gallen einberufenen Militär.
Die Präventionsmassnahmen beeinflussten auch den Schulbetrieb. Die kantonalen und städtischen Schulen in der Stadt St. Gallen legten zusammen mit dem Bezirksarzt die Dauer der «Grippeferien» fest, um eine Ausdehnung der Erkrankungen bei den Schülern zu verhindern. Die Sommerferien wurden bis Mitte September verlängert. Nach kurzer Öffnung wurden die Schulen von 10. Oktober bis 8. November erneut geschlossen, da sich zu viele Schüler krankmeldeten. [...] [Auch die] Übungen des Kadettenkorps [wurden] nach den Sommerferien eingestellt.[128]

***

Wir schreiben den 13. November 1918 und befinden uns im kleinen Säli des Hotels «Hecht». An einem langen Tisch sitzen mehrere schwarz gekleidete Männer mit ernsten Mienen und rauchen Zigarren oder Pfeife. Vor ihnen liegen Papiere und jeweils eine Pistole oder ein Revolver. Von draussen hört man Geschrei, Pfeifen, Höhnen und Beschimpfungen aus der menschenüberfüllten Stadt. Zwar finden in St. Gallen keine eigentlichen Protestmärsche der streikenden Arbeiterschaft (und/oder militärische Gewalt) wie in anderen Staaten statt. Doch alles ist auf den Beinen in den Gassen und Strassen. Arbeitswillige werden behindert, die Trams fahren nicht, und im Hauptbahnhof kommen weder Züge an, noch gehen welche ab. Ausnahme: Gestern zwei Züge der ankommenden Truppen.
Das Oltner Aktionskomitee unter Führung von Robert Grimm hat den Generalstreik beschlossen und diesen gesamtschweizerisch durchgesetzt. Der Bundesrat bot rund hunderttausend Mann Truppen auf, und zwar vornehmlich bäuerliche Regimenter, weil er diese auf bürgerlicher Seite wusste, und ging auf keine der Forderungen der Arbeiterschaft ein. Auch nach dem abgebrochenen Streik nur auf

---

[128] https://www.sg.ch/kultur/staatsarchiv/uber-uns/historische-einblicke/2018-grippe.html.

zwei: die Proporzwahl des Nationalrates und die 48-Stunden-Woche, dagegen nicht das Frauenstimmrecht, die AHV, staatlicher Import/Export, Neuorganisation der Armee, Vermögensabgabe zur Deckung der Staatsschulden und so weiter.

Das Säli ist rauchgeschwängert, die Gespräche finden unter sichtlicher Anspannung statt, zeitweise in einem wilden Durcheinander, dann wiederum gefolgt von nachdenklicher Stille.

Worum geht es hier?

Im Beisein von Stadtammann-Stellvertreter Hermann Scherrer wollen die anwesenden Persönlichkeiten eine Art paramilitärische Organisation zur Unterstützung der Polizei und des Militärs gründen: eine Bürgerwehr.

Nun ergreift Scherrer das Wort: «Darf ich zusammenfassen? Ihr seid also bereit, diese Bürgerwehr zur Unterstützung der Behörden zu gründen, zu organisieren und vor allem den Widerstand gegen die Streikenden oder gar Revolutionäre in geordnete Bahnen zu lenken. Ich kann euch versichern, dass der Gemeinderat dieses Anliegen unterstützen wird.»

Der Advokat Arnold Janggen, ausserdem SAC-Präsident, der auch hier eine führende Rolle einnimmt, antwortet: «Richtig, und die Betonung liegt auf ‹in geordneten Bahnen›! Wir möchten nicht den Kampf zwischen den Parteien zusätzlich anheizen, sondern mithelfen, die bisherigen demokratischen Strukturen in St. Gallen zu erhalten. In diesem Sinne sind wir wohl alle hier bereit, voll und ganz bei dem Aufbau einer Bürgerwehr mitzuhelfen.»[129]

---

[129] «Auf die Unterstützung einer Bürgerwehr konnten Militär und Polizei damals in St. Gallen noch nicht zählen. Aber bereits am 14. November 1918 empfahl die konservative Gemeinderatsfraktion dem Stadtrat, ‹sofort zur **Bildung einer Bürgerwehr** nach dem Beispiel anderer Städte (Basel) zu schreiten›. [...] Einen Monat später formierte sich die **Bürgerwehr St. Gallen, die sich am 17. Dezember 1918** ihre Statuten gab. Die neu geschaffene Organisation bezweckte, ‹unter Ablehnung des Klassenkampfes für die Aufrechterhaltung der verfassungs- und gesetzmässigen Sicherheit, für Ruhe und Ordnung, insbesondere auch für den Schutz des Arbeitsrechtes und der individuellen Freiheit verteidigungsweise einzutreten›. Aus diesen Formulierungen geht deutlich hervor, dass sich die Bürgerwehr als Reaktion auf den Generalstreik verstand. Laut einem Kreisschreiben des kantonalen Polizei- und Militärdepartements durften die Gemeindebehörden gewisse Bürgerwehren als Organe zur ‹Ergänzung und Verstärkung der Polizei› erklären und mit Waffen und Munition versehen. Am 25. April 1919 übertrug deshalb der St. Galler Stadtrat dem Stadtammann die Oberaufsicht über die Bürgerwehr und verlieh ihr damit die **Stellung einer behördlich aktivierten Hilfstruppe.**» (Marcel Mayer: Die Grippe geht um, 1918–1919, Kanton St. Gallen, S. 17 f.; Hervorhebungen M. Steinmann)

Alle nicken, nur Cecchino fügt noch etwas hinzu: «Ich sehe den Sinn einer Bürgerwehr ein. Wir sehen ja, dass die gut zweitausend Mann der vier Bataillone zur Verstärkung der hiesigen Polizei bereits jetzt eine erhebliche Reduzierung durch die zweite Welle der Spanischen Grippe erfährt. Als Arzt muss ich hinzufügen, dass diese Truppenaufgebote und Menschenansammlungen da draussen diese Epidemie noch zusätzlich verschärfen und viel grössere Anforderungen an unser Sanitätswesen stellen werden als im Sommer. Auch dieses gilt es zu unterstützen. In diesem Sinne bin ich sehr wohl bereit, in der Führung mitzuarbeiten – aber sicher nicht mit Waffen, obwohl wir ja alle zurzeit eine auf uns tragen, die uns unbequem drückt.»

Dies erklärt nun auch, warum vor jedem Mitglied des künftigen Zentralvorstandes eine Waffe liegt.[130]

Nun ergreifen auch andere das Wort, doch Cecchino wird ans Telefon gebeten. Er geht zur Rezeption, und am Apparat ist Thaddea. «Cecchino, Hans hat es nun auch. Er hat über vierzig Grad Fieber und ist im Delirium. Bitte komm sofort nach Hause und hilf mir.»

Das tut er unverzüglich und denkt weder an den Streik noch an die Bürgerwehr, sondern nur mehr an seinen achteinhalbjährigen Sohn, der in Todesgefahr schwebt.

***

Die Grippe hatte den kleinen Hans schwer getroffen und eine schlimme Lungenentzündung verursacht. Mit allen Vorsichtsmassnahmen und der intensiven Pflege durch die Eltern während vier Wochen überlebte Hans nur knapp. Es blieb aber eine Schädigung

---

130 «Die Bereitschaft des Stadtrates, die Bürgerwehr als Ordnungskraft zur Unterstützung der Polizei anzuerkennen, hängt wohl nicht zuletzt damit zusammen, dass sich mehrere etablierte Persönlichkeiten in dieser paramilitärischen Organisation engagierten. **In deren provisorischem Zentralvorstand** sassen im Dezember 1918 an der Spitze der Kaufmann und Oberstleutnant Philipp Heitz, sodann Amtsträger wie Rudolf Keel, damals Kantonsrichter und später katholisch-konservativer Stadtrat, Albert Rüesch, vor der Stadtvereinigung Gemeindeammann von Straubenzell, des Weiteren Advokaten wie Arnold Janggen (SAC-Präsident) oder **Ärzte** wie Rudolf Richard, **Franz [Francesco] Galli** oder Eduard von Wyss. Im Februar 1919 zählte die Bürgerwehr nach eigenen Angaben rund **900 Mitglieder**.» (Marcel Mayer, a.a.O.)

seiner Lunge, die schliesslich zu einem Lungenkrebs führte, woran er bereits mit dreiundsechzig Jahren starb.

Wie sehr sich Cecchino dann wirklich an dieser Bürgerwehr beteiligte, entzieht sich meiner Kenntnis. Ich bezweifle aber ein grosses Engagement. Den Fotoalben entnehme ich, dass bereits im Januar 1919 die SAC-Männergruppe eine grössere Skitour unternahm und im September erneut den Gipfel des Jungfraujochs zu Fuss erklomm. Auch liess es sich die Familie nicht nehmen, die langen Sommerferien im Engadin zu verbringen, aber auch andere Ausflüge zu unternehmen. Kurz, aufgrund der Alben muss man schliessen, dass ab 1919 das gewohnte Leben im Hause Galli wieder seinen Fortgang nahm.

Im Mai 1920 wurde dieses jedoch unterbrochen: Vater Giovanni erkältete sich bei einer verregneten Tour in der Leventina, bekam ebenfalls eine Lungenentzündung und verstarb.

***

Thaddea sitzt auf ihrem Bett mit grün-golden besticktem Überzug. Sie trägt ihr langes Haar offen und kämmt es mit regelmässigen Strichen.

Sie denkt nach. Wir schreiben den 27. Mai 1920, vier Tage nach dem Ableben von Giovanni Galli. Cecchino ist allein zur Beerdigung seines Vaters gefahren. Nach einigen Gesprächen hat das Paar beschlossen, dass Thaddea mit den Kindern nicht zu dem traurigen Ereignis mitfahren und in St. Gallen bleiben wird. Die Beerdigung ist nicht dokumentiert. Sie muss aber eine bedeutende für das Dorf Gerra gewesen sein, bei der die politische Prominenz, insbesondere die Liberalen, des Verstorbenen und auch der vergangenen «Kampfzeiten» im Tessin gedachte. Der Regierungspräsident kondolierte der Familie im Namen der Gesamtregierung und hob Giovannis Verdienste als Grossrat, Kantonsingenieur vom Tessin und sein Engagement für die Öffentlichkeit (Vicesindaco von Lugano) hervor.[131] Thaddea kämmt und kämmt, blickt aus dem Fenster mit seinen grünen Samtvorhängen in den sonnigen Frühlingstag. Vieles geht ihr durch den Kopf und vor allem einige Fragen, die sie immer wieder beschäftigen. Zum Beispiel: Warum interessiert sich Cecchino nicht mehr für seine Kinder und widmet ihnen mehr Zeit? Warum gelingt es ihm nicht, zu ihrer Stiefmutter ein umgängliches Verhältnis herzustellen? Natürlich ist Helene von Roederstein eine arrogante kleinadelige deutsche Dame. Trotzdem, es würde den Umgang mit ihrem Vater Josef sehr erleichtern. Aber wenn er zum Beispiel unter ein Familienfoto «Heraus… mit der Schwiegermutter!» schreibt, scheint seine Beziehung zu ihr unverrückbar schlecht.

Auch sein gebrochenes Verhältnis zur Religion und zur Kirche ist für Thaddea, die im Kloster Ingenbohl zur Schule ging, nicht immer einfach zu ertragen. Natürlich, wenn sie am Sonntag zur Messe mit den Kindern in die Kirche St. Finden geht, pflegt Cecchino den Frühschoppen im Hotel «Hecht» mit seinen Bergkameraden und anderen Freunden. Oft dauert das recht lange, und das sonntägliche Mittagessen mit ihm fällt aus.

Selbstverständlich kennt Thaddea die erzliberale Tradition der Familie Galli und weiss, dass sich da nichts ändern lässt. Wie bereits Francesco immer wieder feststellte: «An mein Sterbebett kommt mir nie ein Priester», betont Cecchino das ebenso, wobei er in eines seiner Fotoalben schrieb:

---

131 Die Tessiner Regierung schreibt der Trauerfamilie am 26. Mai 1920: *La notizia dell'improvviso decesso dell' Ing. Giovanni Galli, già Deputato al Gran Consiglio e già Capo Tecnico Cantonale ha dolorosamente impressionato questo Consiglio, che ebbe campo di apprezzare altamente le esimie qualità ed il costante amore ed interesse per la pubblica cosa. – Alla famiglia in orbata dal suo venerato Capo presentiamo i sensi del più profondo cordoglio e della più viva simpatia per la sciagura che l'ha colpita, – interpreti con ciò dei sentimenti del paese cui l'illustre estimato ebbe a prestare ognora, con devozione, la sua valida opera ed il suo brillante impegno. – Coi sensi del più profondo ossequio. – Per il consiglio di stato, il presidente: Bonzanigo Angelo.* Übersetzung: «Die Nachricht vom plötzlichen Tod von Ing. Giovanni Galli, ehemaliges Mitglied des Grossen Rates und ehemaliger technischer kantonaler Chef, hat den Staatsrat schmerzlich betroffen. Seine hervorragenden Qualitäten, das konstante Interesse und seine Hingabe an die öffentlichen Angelegenheiten schätzten wir ausserordentlich. – Den Hinterbliebenen sprechen wir unser tiefes Beileid und grosse Anteilnahme an dem Unglück aus, das unseren verehrten Chef getroffen hat. Seine illustre Persönlichkeit, die Hingabe an seine Arbeit und sein grosses Engagement in den Diensten unseres Landes schätzten wir ausserordentlich. – In diesem Sinne mit tiefstem Respekt. – Für die Kantonsregierung der Präsident, Bonzanigo Angelo».

Und wenn ich einst sterb
Ich werd's nicht mehr erleben
So pflanzt auf mein Grab
Einen ... Vogelbeerbaum.

Thaddea kann mit solchen Sprüchen nichts anfangen, und sie betet oft. Heute insbesondere, dass Gott diesen verirrten Seelen der Galli-Männer gnädig sei. Ohne die Hände zu falten, sondern immer noch ihr glänzendes schwarzes Haar kämmend, wiederholt sie leise dieses kurze Gebet. Immer wieder.
Doch da! Es öffnet sich die Tür zum Zimmer, und ein kalter Schauer läuft ihr über den Rücken.
Da tritt Giovanni, der Vater ihres lieben Cecchino, ein – kräftig und aufrecht, so wie sie ihn seinerzeit kennengelernt hat. Er geht drei Schritte auf sie zu, blickt sie ruhig an, irgendwie seltsam lebendig. Er spricht langsam, jedes Wort betonend: «Sag's dem Cecchino, es gibt ein Jenseits!», verschwimmt und löst sich auf. Vorbei ...
Dies hat meine Grossmutter immer wieder erzählt und keinen Zweifel daran gelassen, dass es sich nicht um eine Illusion handelte. Gilt zu wissen, dass sie eine eher nüchterne Innerschweizerin war, wobei sie als eine ihrer Lieblingsbeschäftigungen bis ins hohe Alter die Buchhaltung pflegte, seinerzeit wohl für die Praxis und immer im Privaten. (Fürs Buchhalten hat Cecchino weder Geduld noch die erforderliche Genauigkeit aufgebracht.)
Ja, was soll man dazu sagen. Nachdem ich Ähnliches von meiner ersten Ehefrau Mika über ihren verstorbenen Mann gehört habe, denkt man schon etwas ernster darüber nach.

«Ihr wisst doch, dass ich den grossen Wunsch pflegte, einmal in meinem Leben eine C 5/6 Lokomotive der SBB zu führen, und zwar auf der Gotthard-Strecke.»

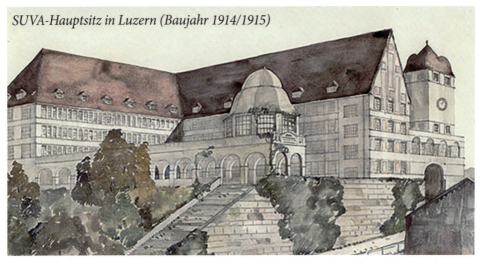

SUVA-Hauptsitz in Luzern (Baujahr 1914/1915)

«SUVA heisst: Schweizerische Unfall- und Versicherungsgesellschaft. Vor sechs Jahren, nämlich 1912, begann sie mit der eigentlichen Arbeit, indem zuerst in Luzern ein grosses Verwaltungsgebäude erbaut wurde. Nun ist die Schweiz in Kreise eingeteilt. Dafür brauchen sie jeweils einen Kreisarzt, und ich wurde heute zum ersten Kreisarzt des Kantons St. Gallen ernannt.»

«Im Januar 1918 wurde der Friedensvertrag von Brest-Litowsk von den Deutschen mit dem Bolschewiki Lenin abgeschlossen.»

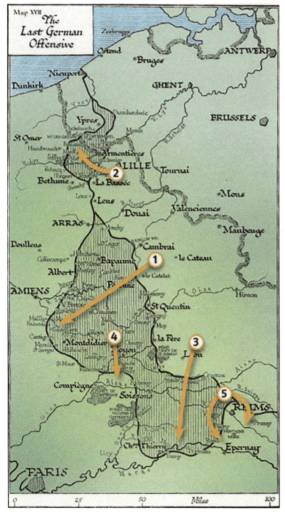

«Das Deutsche Reich konnte einen Teil der frei werdenden Truppen an die Westfront verschieben. Deshalb kam es im März 1918 zur letzten Grossoffensive des Deutschen Heeres. Ihr strategischer Misserfolg führte schliesslich am 8. November 1918 zum Waffenstillstand.»

«*Die ganze Familie ist seit Ende Mai in einem Urlaub im gemieteten Jägerhaus bei Oberburg (südwestlich von Gossau). Das Häuschen ist nur sehr einfach eingerichtet und hat auch kein Telefon.*»

Die Ausbreitung der Spanischen Grippe war so rasch und weiträumig, dass man nicht Gesellschaft und Wirtschaft dem normalen Gesundheitssystem anpassen konnte, sondern dieses mit vielerlei und grosszügigen Improvisationen erweitern musste.

Im Notspital in Buchs pflegen Ordensschwestern und Sanitätspersonal grippekranke Soldaten.

«Etwas hat bereits die erste Welle verschärft, nämlich die soziale Unrast der wegen des Krieges Benachteiligten, die teilweise bereits Hunger litten. Ein ganzes Drittel der St. Galler Stadtbevölkerung musste mit Lebensmittelverbilligungen unterstützt werden.»

«Das Oltener Aktionskomitee unter Führung von Nationalrat Robert Grimm hat den Generalstreik beschlossen und diesen gesamtschweizerisch durchgesetzt.»

«Der Bundesrat ging auf keine der Forderungen der Arbeiterschaft ein und bot circa 100 000 Mann Truppen auf. Vornehmlich bäuerlich geprägte Regimenter, weil er diese auf bürgerlicher Seite wusste.»

Statuten
des
Schweizerisch. Vaterländischen Verbandes.

Art. 1.

Unter dem Namen „Schweizerischer Vaterländischer Verband" schließen sich die Bürgerwehren und vaterländisch gesinnten Vereinigungen der Schweiz zu einem Verbande zusammen. Sie bekunden diese Absicht durch Anerkennung der vorliegenden Statuten. Der Verband bildet einen Verein im Sinne der Art. 60 ff. Z. G. B.

«Darf ich zusammenfassen? Ihr seid also bereit, diese Bürgerwehr zur Unterstützung der Behörden zu gründen, zu organisieren und vor allem den Widerstand gegen die Streikenden oder gar Revolutionäre in geordnete Bahnen zu lenken. Ich kann Euch versichern, dass der Gemeinderat dieses Anliegen unterstützen wird.»

«Giovanni Galli erkältete sich bei einer verregneten Tour in der Leventina, erlitt dann eine Lungenentzündung, an der er im Mai 1920 verstarb.»

«SAG'S DEM CECCHINO, ES GIBT EIN JENSEITS!»

Die Tessiner Regierung schreibt der Trauerfamilie am 26. Mai 1920.

31. Fritz wird fünfzig (18. September 1922)

Wie Fritz nach jahrelangem Kämpfen mit der Fakultät nun als erfolgreicher ausserordentlicher Professor an seinem fünfzigsten Geburtstag bei einer besonderen Meniskusoperation Rückschau hält und über seine Zukunft nachdenkt.

«Nun bin ich also fünfzig Jahre alt geworden und komme, was auch Betty meint, einfach nicht zur Ruhe. Obwohl ich ihr versprochen habe, heute früher zu Hause zu sein, weil sie ein kleines Essen im engsten Familienkreis vorbereitet, spüre ich, dass ich nicht rechtzeitig zu Hause eintreffen werde. Die Visiten heute Morgen bei meinen Patienten konnte ich nicht verschieben, und den Meniskusnotfall, der mir am Vormittag zugewiesen wurde, habe ich wieder einmal spontan angenommen. Ja, Kollege Rieser hat mich sogar inständig gebeten, zwei seiner Notfälle zu operieren. Es ist und bleibt die Faszination des Operierens, der ich mich einmal mehr nicht entziehen kann. Ehrlicherweise.
Es ist eigenartig. Seit ich im März mein Referat auf der Jahresversammlung 21 der Gesellschaft Schweizerischer Unfallärzte publiziert habe, werden mir laufend Patienten zugewiesen, weil die konservative Behandlung zwei bis drei Monate dauert und oft nicht zum Ziel führt. Im Prinzip hat sich auch alles, was ich damals festgestellt und mit Statistiken untermauert habe, bestätigt. Zum überwiegenden Teil sind die Meniskusverletzungen Längsrisse, die dem Faserverlauf folgen und deren Rissflächen mehr oder weniger senkrecht auf den Gelenkflächen stehen.[132] Ohne falsche Bescheidenheit, mittlerweile besitze ich grosse Fertigkeit in diesen Operationen. Wenn alles nor-

---

132 Vgl. Fritz Steinmann: Unfallmedizinische Studie der Meniskusverletzung des Kniegelenkes, in: *Schweizerische Rundschau für Medizin*, 1922, S. 133–141.

mal läuft, könnte ich um vier Uhr fertig sein. Meine Gehilfen haben das notwenige Material, das heisst die sterilen Tücher und Instrumente, inzwischen sorgfältig vorbereitet. Ich weiss, dass ich vielleicht alle schon langweile, wenn ich immer wiederhole: Bei der Meniskusoperation handelt es sich um eine Gelenksöffnung, die strengste Asepsis erfordert.

Nachdem ich gut sieben Minuten meine Hände bis zu den Ellbogen gewaschen habe, mir der Operationsmantel, die Maske und die Haube angelegt wurden, betrete ich den Operationssaal.[133] Der Patient, ein Herr Ötterli, etwa vierzig Jahre alt und ziemlich beleibt, liegt bereits in Narkose. Er erlitt vor wenigen Tagen einen Stolpersturz, der zu einer unmittelbaren schmerzhaften Blockade des rechten Kniegelenkes führte. Der Patient kam vor drei Stunden an Gehstöcken humpelnd in meine Praxis. Meine klinische Untersuchung erbrachte den dringenden Verdacht auf eine Meniskusverletzung. Trotz verschiedener, etwas schmerzhafter Handgriffe konnte das Knie nicht deblockiert werden. Somit wird eben eine konservative Therapie nicht erfolgversprechend sein. Nach dem Drängen von Rieser entschliesse ich mich im Einverständnis mit Patient Ötterli zum operativen Vorgehen um 14.30 Uhr. Ich erklärte ihm, mein oberstes Ziel sei es, ihm nicht noch mehr Schaden zuzufügen, sondern ihn von seinem Schmerz zu befreien.

Während meines Händewaschens und der Einkleidung haben meine Gehilfen den Patienten zur OP vorbereitet. Das verletzte Bein wird mit Karbolsäure vollständig gewaschen und mit dampfsterilisierten Tüchern abgedeckt. Mein Assistent, Dr. Meier, der Praktikant Nicolet und die OP-Schwester sind dazu sorgfältig von mir ausgebildet und geschult worden.

Schwester Füeg reicht mir die sterilen Baumwollkompressen, um meine Hände zu trocknen. Weiter hilft sie mir beim Anziehen meines OP-Mantels und der Gummihandschuhe. Ich fühle mich wohl in ihrer Nähe, da ich mich zu hundert Prozent auf sie verlassen kann. Ich

---

133 Bei den folgenden Textabschnitten handelt es sich um den adaptierten Text von Dr. med. Pierre Hofer, St. Gallen, den er mir für dieses Buch erstellt hat.

weiss, dass sie sehr klare Vorstellungen betreffend Asepsis hat. Nur so wird meine geplante OP erfolgreich sein. Auch hat sie ein wachsames Auge auf meinen Assistenten, obwohl ich ihm vertrauen kann.

Ich kontrolliere noch kurz die Lagerung. Die Esmarch'sche[134] Blutsperre ist angelegt, die Narkose so weit gut. Die Schwester reicht mir das Skalpell. Aufgrund meines Untersuchungsbefundes muss die Meniskusläsion auf der Innenseite des Kniegelenkes liegen. Ich ertaste den Gelenkspalt und durchtrenne die Haut längsverlaufend auf einer Länge von fünf Zentimetern direkt über dem Gelenkspalt. Teils stumpf, teils scharf präpariere ich direkt auf die Gelenkkapsel. Diese ist wegen des Ergusses prall gespannt. Vor dem Eröffnen der Gelenkkapsel ist es wichtig, eine akribische Blutstillung durchzuführen. Diese erfolgt mit der Elektrogalvanik. So gelingt eine saubere Übersicht. Assistent Meier quengelt mir das Knie auf. Die Kapsel wird eröffnet. Ein massiver Erguss entleert sich. Ich sehe nichts. Das OP-Licht ist ungenügend und muss gerichtet werden. Der Erguss wird ausgetrocknet. Mein Assistent muss nun mit noch grösserer Kraftanstrengung das Knie weiter aufquengeln. Meine Vermutung bestätigt sich. Der Innenmeniskus wurde durch den Fehltritt separiert. Ein Teil ist tief ins Gelenk eingeschlagen und blockiert. Mit einer Kocherklemme gelingt es mir, diesen zu fassen und schlussendlich ganz zu entfernen. Das Gelenk ist nun wieder frei beweglich. Da das übrige Kniegelenk, soweit beurteilbar, normal erscheint, bin ich überzeugt, dass es dem Patienten gut gehen wird.

Die Gelenkkapsel wird mit Katgut verschlossen. Mein Assistent übernimmt den weiteren Gelenkverschluss. Da Praktikant Nicolet ausserordentlich talentiert ist, darf er unter der Aufsicht von Meier die Haut mit einem geflochtenen Seidenfaden schliessen. Nun gilt es, einen aseptischen Verband mit sterilisierten Kompressen anzulegen, zusätzlich mit einer kompressiven Wickelung. Die Esmarch'sche Blutsperre kann gelöst werden. Es blutet nicht. Dem Patienten wird es gut gehen, er kann aufwachen.

---

134 Unter Esmarch'sche Blutsperre wird die indirekte Blutstillung (präoperative Blutleere) mittels einer starken Gummibinde um die Gliedmassen verstanden.

Kaum wird Ötterli hinausgeschoben, kommt Assistent Meier zurück und berichtet mir, dass Dr. Rieser mit dem zweiten Patienten draussen wartet und ultimativ wünscht, dass wir diesen auch noch operieren, denn der Schmerz der Meniskusblockade sei unerträglich und ein wirklicher Notfall.

Nun stehe ich also vor dem Dilemma, dass sich mein Nachhausekommen definitiv verzögern wird, wenn ich zustimme. Tja, was soll ich tun? Ehrlicherweise ist mein Drang, noch einmal zu operieren, grösser als der, nach Hause zu fahren. Ob das inzwischen zur Sucht geworden ist? Oft sage ich mir, es sind vier Gründe, warum ich immer wieder, ja bei jeder sinnvollen Gelegenheit zum Skalpell greife: der faszinierende, fokussierende Vorgang des Aufschneidens und Arbeitens am lebendigen Körper, die unmittelbare Herausforderung, ein Problem zu lösen, dabei die Gehilfen mit kurzen Kommandos zu leiten und schliesslich mittelfristig zu sehen, dass der Patient geheilt sein wird. Zufriedene Gesichter inklusive.

Nicht unmittelbar, aber von Zeit zu Zeit meine neuen Erkenntnisse niederzuschreiben, sie der Fachwelt publizistisch mitzuteilen, befriedigt mich schon sehr. Vor allem die positive Resonanz darauf. Tja, mein wissenschaftlicher Ruf und klar auch mein Ehrgeiz sind sicher meine erstrangigen Lebensantriebe – vielleicht sogar meine wichtigsten. Was habe ich nicht alles auf mich genommen hierfür! Das riesige, tagtägliche Pensum seit Studienbeginn, das mühsame Ertragen von diesem und jenem in der medizinischen Karriere, die Gefahren des Krieges und dann die jahrelangen Fakultätsintrigen ... ach Gott, ach Gott.

Gut, der Erfolg blieb nicht aus: Die internationale Anerkennung meiner Nagelextension, die gut gehende Praxis, das Engeriedspital, meine Spezialität wie die der Meniskusoperation, das alles ist schon ausserordentlich ... Den pekuniären Erfolg und auch die Neider nicht zu vergessen. Aber wer den Neid nicht ertragen kann, soll nicht den Erfolg anstreben.

Und nun bin ich also fünfzig! Sozusagen ohne Pause sind diese Jahre verflogen, wenn ich mal von den wenigen Zeiten mit meiner Betty und den Kindern absehe.

Doch statt zu sinnieren, muss ich dem rührigen Meier eine Antwort geben. Besser noch einmal fragen.

«Doktor Meier, um wen geht es da und wie alt ist er? Haben Sie die klare Diagnose?»

Seine Antwort trifft mich wie ein Schlag: «Ein Herr Howald, etwa sechsundfünfzig und nur die Diagnose von Dr. Rieser.»

«Doch nicht Professor Max Howald, der Gerichtsmediziner?»

«Ja genau, der ist es.»

«Dann gehen Sie hinaus, machen Sie mir eine exakte Diagnose und bringen Sie mir diese schriftlich! Ich werde ihn, falls notwendig, um 17.00 Uhr operieren. Bereiten Sie alles vor. Ich möchte den Patienten nur im eingeschläferten Zustand sehen. Noch etwas: Rufen Sie meine Frau an und richten Sie ihr aus, ich sei wegen einer Operation an Gerichtsmediziner Howald verhindert, pünktlich zu Hause zu sein. Sie wird es sofort verstehen. Nun lassen Sie mich für eine Weile allein.»

«Professor Max Howald!», denkt Fritz. «Wenn ich mir vorstelle, dass dieser intrigante Kerl sich von mir operieren lassen muss, dann wird es tatsächlich ein schlimmer Notfall sein. Ihm gelang es, trotz meiner bis dahin über vierzig Publikationen, zwei Lehrbüchern und internationalen Erfolgen, mich mit der vereinigten Neidfakultät während sechs oder sieben Jahren als ausserordentlichen Professor zu verhindern. Das hat mich aufreibende Arbeit und enorm Nerven gekostet, jene von Betty inklusive. Es war zeitweise kaum ein anderes Gesprächsthema zwischen uns mehr möglich.[135]

Wenn ich für jemanden Hassgefühle im Leben entwickelt habe, so dem Howald und seinen egoistischen Machenschaften gegenüber. Der Fall war ja klar: Ab 1912 gab es wegen der SUVA die bundesrätliche Verordnung, die Unfallmedizin zum Prüfungsfach aufzuwerten. An allen anderen Universitäten wurde dieses Fach einem Dozenten wie mir übertragen, der dafür eine ausserordentliche oder ordentliche Professur erhielt. Nur in Bern nicht. Erst 1914 wurde ich mit einem beschränkten Lehrauftrag abgespeist. Als Prüfungsfach blieb die Unfallmedizin bei Howald: Ein Gerichtsmediziner sei der Richtige hierfür. Doch besser nicht daran denken: Ich werde einfach ein Knie vor mir haben, das es zu operieren gilt. Wie von irgendjemanden! Und ope-

---

135 Siehe Exkurs «Fakultätsintrigen», S. 614 ff.

rieren muss ich, denn erstens ist es ein Notfall, und zweitens gilt es gerade wegen Howald, meine Kunst zu beweisen.
Besser ich denke einmal weg von der Medizin und an etwas anderes. Woran lohnt es sich mit nun fünfzig Jahren zu denken?
Das ist gar nicht so einfach. Es ist natürlich schon so: Wir Mediziner, vor allem in den Kliniken und Universitäten, leben in einer Blase und nehmen die übrige Umwelt nur wie durch einen Nebelschleier wahr. Wir konzentrieren uns gut zwölf Stunden im Tag auf unser Fachgebiet, diskutieren nur unter Gleichen und sehen die Menschen, sofern sie nicht dem Gesundheitswesen angehören, meist als Patienten – in ihrer Leidenssituation und kaum in ihrer normalen Lebensrolle. Das ergibt automatisch ein autoritäres Gefälle. Von der Familie abgesehen natürlich, die aber auch einbezogen ist. So vor allem Betty. Eine bessere Buchhalterin als sie gibt es einfach nicht. Und auch nach der Habil zeichnete sie mir Skizzen für meine Publikationen.
Doch die Sorgen der Mehrheit sind zurzeit anderer Art. Ja, ich weiss, wir erleben in der Schweiz eine enorme Wirtschaftskrise mit Konkursen, und nun ist mit neunzigtausend Arbeitslosen gar ein Höhepunkt erreicht. Die Exportindustrie leidet unter dem Währungsverfall der umliegenden Länder, insbesondere im kriegserschütterten Deutschland, nicht zuletzt wegen des ruinösen Versailler Vertrags. Die Löhne sinken allenthalben, bei den öffentlichen Stellen gar bis zu dreissig Prozent. Wir Mediziner sind da aber weniger betroffen und die Unfallmediziner wegen der SUVA überhaupt nicht.
Ja, wir sind und ich bin ausserordentlich privilegiert.
Aber ich will jetzt an das Schöne und Positive der letzten Jahrzehnte denken, wenn ich vom beruflichen Erfolg einmal absehe. Da wäre doch einiges, aber immer zeitlich begrenzt.
So die Gymnasialzeit in Burgdorf, das ‹freie Studentenleben›, das Militär, insbesondere ab Leutnant bis zum Hauptmann, und dann natürlich die Heirat mit Betty, unsere Kinder und überhaupt die Familie im neuen Zuhause, in dem ich leider zu selten bin. Auch die engeren Verwandten und zwei, drei Freunde nicht zu vergessen…
Aber für sie habe ich viel zu wenig Zeit. Genau besehen sind die eigentlichen Freunde jene vor der Zeit meines Erfolges. Dieser und die gesellschaftliche Anerkennung bringen viele neue Freunde, aber es

sind nur ‹sogenannte›. Leider verbringt man die wenige Zeit neben dem Beruflichen dann mehr mit diesen als mit den eigentlichen.
Ich glaube, die wichtigste Zeit erlebte ich diesbezüglich am Gymi in Burgdorf, eigentlich in der Verbindung Bertholdia. Wir waren eine verschworene Gemeinschaft und mussten unser recht ausgelassenes Verbindungsleben gegenüber einer eher kritischen bis feindlichen (Lehrer-)Umwelt behaupten, insbesondere beim misstrauischen Rektor Maag. Neben der Schule fand unser ganzes Leben im Verein statt, und meine Freundschaften von damals haben sich bis heute gehalten. Fink zum Beispiel, der heutige Bundesrat Karl Scheurer[136], ist der Götti von Bubu, unserem Bernhard.
Dass die Verbindung vorübergehend geschlossen wurde, der Schulpräsident Hass, von Beruf Staatsanwalt, eine echte Anklagerede vor der ganzen Schule hielt und zugleich als gnadenloser Richter amtete, machte uns zu eigentlichen Märtyrern. Die von uns stenografierte Rede habe ich auswendig gelernt und sie als Persiflage noch oft, so auch in der Zofingia, meiner späteren Studentenverbindung, zur Gaudi aller vorgetragen. Vielleicht könnte ich sie heute noch.
Kurz darauf hatte man aber ein Einsehen, und wir durften mit einigen Limitierungen das Verbindungsleben wieder aufnehmen. Etwas konnten diese Pädagogen aber nicht bestreiten: Wir waren schulisch die Besten und Interessiertesten. Neben Singen, Biertrinken und Bummeln hielten wir uns Vorträge und diskutierten uns die Köpfe heiss. Als bester Maturand musste ich die Abschlussrede halten. In Absprache mit den Verbindungsbrüdern habe ich den Dank an die Lehrer nur auf die Vermittlung des Wissens bezogen, aber zugleich unterstrichen, dass wir in Bezug auf Charakterbildung eine bessere Führung und Förderung der Persönlichkeit erwartet hätten. Die Lehrerschaft war nicht erbaut. Sie haben jedoch geschwiegen, denn die Zeit ihrer Machtausübung war endgültig vorbei.
An die RS von siebenundfünfzig Tagen unmittelbar nach der Matur im März 1891 gibt es nicht viele positive Erinnerungen: Exerzieren und Bahren-mit-Gewichten-Tragen füllte praktisch die Lehre zum

---

136 Karl Scheurer (1872–1929), Bundesrat von 1920 bis 1929, FDP.

Sanitäter auf. Natürlich gab es auch Fachunterricht, vor allem das Verbinden von fiktiven Wunden. Wir Medizinstudenten durften dabei mithelfen, die Rekruten anzulernen. Als Waffe hatten wir einen Säbel, das heisst weder Gewehre noch Pistolen, im Krieg also völlig unnütz. In der Offiziersschule im Sommer 1894 war das schon anders. Damals konnten Offiziersanwärter von der RS direkt in die Aspirantenschule (wie zum Beispiel auch der Artillerist Henry Guisan, der spätere General). Alles war interessanter. Wenn ich vom Medizinischen wieder absehe, gefielen mir das Revolverschiessen und besonders der Reitunterricht. Jedem Aspiranten stand ein gutmütiges Pferd zur Verfügung. An die gute Kameradschaft erinnere ich mich auch gerne. Doch nach der Offiziersschule sahen wir uns selten, es sei denn diesen oder jenen im Studium.

Im Gesamten jedoch sind für mich die Militärerinnerungen etwas Positives. Mir gefiel der strukturierte Tag, das Leben oft in der freien Natur, insbesondere beim Ausreiten. Der Zeitdruck war weit weniger gross als in meiner üblichen Tätigkeit als Chirurg. 1903 beförderte mich der Bundesrat zum Hauptmann, was mich sehr befriedigte. So habe ich von der Militärkarriere profitiert, indem ich meine Habilitation über ein im Prinzip militärisches Thema schreiben konnte. Dazu erhielt ich die Unterstützung des Oberfeldarztes Mürset, eines engen Freundes von Kocher.

Nachdem ich 1914/1915 im grossen Krieg gewesen bin, weiss ich, dass unsere Ausbildung mit der modernen Kriegsrealität nichts, aber auch gar nichts zu tun hatte. Gott sei Dank sind wir in der Schweiz verschont geblieben.

Mein Glück ist Betty. Max, mein Schwiegervater, hat das sehr geschickt eingefädelt, nicht nur bei mir. In der Burgdorfer Zeit ging es zwar in der Bertholdia feucht und fröhlich zu, aber die Gelegenheit, ein Mädchen ernsthaft kennenzulernen, ergab sich nie. So auch bei Fink, der auch später bei seiner grossen Karriere nie dazu kam. Bis heute ist er noch Junggeselle. Mir ging es ähnlich. Während des Studiums erst recht; während der ellenlangen Tage bei Kocher und dem Schreiben meiner Publikationen konnte ich gar keine Frau kennenlernen. Auch in der Zofingia nicht, wo ich mit wenig Enthusiasmus mitmachte. Mit der Bewilligung der Regierung, ab 1902 eine

Praxis zu betreiben, wurde mein heutiger Schwiegervater Max wohl hellhörig und hat das mit Betty eingefädelt.
Das versteht er ja sehr gut. Seine Tochter Alice bekam Walter Frey zur Frau, heute ordentlicher Professor der medizinischen Klinik. Marie verheiratete er mit Ernst Lauterburg, dem Inhaber der Leinenweberei in Langnau; dieser lebt eine in jeder Beziehung unternehmerische und politische Karriere.
Betty und ich sind ein hervorragendes Gespann, und seit wir im letzten Jahr die Villa an der Alpeneggstrasse 1 mit der angebauten Praxis gekauft haben, zeigt sich das noch deutlicher. Sie ist die eigentliche Herrin von ‹Haus und Hof›, handelt und führt ganz in meinem Sinne. Gewohnt, seit ihrer Jungend ein grosses Haus zu führen, zeigt sie herausragende Eigenschaften, auch wenn es um die Erziehung unserer drei Kinder geht. Ich staune immer wieder, wie es Betty gelingt, sie einerseits anzuspornen und ihnen andererseits zu helfen, wo es sinnvoll ist. Zugegeben, ich bin viel zu wenig zu Hause und oft lange abwesend. Aber das hat mir diese Karriere ermöglicht, und ohne Betty hätte ich keine Chance dazu gehabt. Sie zieht mit mir am selben Strang, und das seit dem ersten Tag. Aus einer etwas arrangierten Hochzeit entstand nicht nur Zuneigung, sondern auch eine eigentliche Liebe – die Chemie stimmte ja.
Nun bin ich also bereits seit achtzehn Jahren Vater. Ob ein guter Vater, sei dahingestellt. Sicher ist: Ich hatte und habe zu wenig Zeit, mich ausreichend um die Kinder zu kümmern. Ich muss das einfach vertrauensvoll Betty überlassen. Zwar nehme ich die Zeugnisse von Hanni und Bubu jeweils zur Kenntnis, doch besprechen und unterschreiben tut sie Betty. Mit dem quirligen vierjährigen Hanspeter komme ich kaum klar. Da fehlt mir das Gefühl. Hanni macht ihren Weg an der Höheren Mädchenschule. Doch auch hier fehlt mir das richtige Gefühl.
Hingegen interessiert mich Bubu mehr. Er scheint mir im eigentlichen Sinne introvertiert. Er hält sich zurück, erzählt wenig. Aber offensichtlich ist er intelligent, fleissig und scheint als Kamerad geschätzt zu sein. Wahrscheinlich, weil er gut zuhören und beobachten kann. Bümi und Nor[137] sind ja nun täglich bei uns zum Mittagessen, seit sie

---

137 Albert und Norwin Meier.

in Bern das Progymnasium besuchen. Ich weiss, dass sich Bubu in Vechigen bei ihnen zu Hause freier und wohler fühlt. Zum Mindesten sagte mir Adolf[138] das einmal geradeheraus. Ich muss wohl einsehen, dass meine Person, meine Dominanz, meinen Sohn einschüchtert. Was sicherlich auch auf die grosse Altersdifferenz zurückzuführen ist. Für mich ist aber klar, er muss Mediziner werden und einmal das Engeried übernehmen. Aber garantiert nicht als Chirurg. Dafür fehlt ihm die Dynamik und bestimmt auch die notwendige Angriffigkeit im Vorgehen. Ich glaube, Innere Medizin könnte der richtige Ansatz für seine Zukunft sein. Warten wir es ab.

Etwas darf ich bei diesem Zurückdenken nicht vergessen: Joggeli! Unser Boxerhund Joggeli gehört seit einigen Jahren zur Familie und macht mir immer wieder persönlich Freude. Ich glaube, dass es mir auch gelang, ihn recht gut abzurichten.

Nun muss ich aber aufhören mit rückblickendem Sinnieren. Jetzt gilt es, mich mit sorgfältiger Asepsis für den Eingriff vorzubereiten, Hände zu waschen und einzukleiden.

Doch bevor ich zu Howald hineingehe und das Skalpell ansetze, noch kurz ein Gedanke zu den nächsten zehn Jahren: Was möchte ich?

Ganz klar, das Engeried muss ausgebaut werden; vierundzwanzig Betten sind zu wenig. Dann mein Traum der Leitung einer öffentlichen Chirurgie, verbunden mit einem Ordinariat. Den gebe ich nicht so schnell auf. Ich war, bin und werde hartnäckig sein. Vielleicht gelingt es mir in einer städtischen Klinik.

Im Privaten, hoffe ich, geht alles weiter wie bisher. Sicher will ich meinem Daheim mehr Zeit widmen, dieses eignet sich ja sehr für ein offenes Haus mit mehr Gästen. Das würde Betty freuen. Für mich persönlich strebe ich ein neues, grosses Auto an, ein Buick-Cabriolet, mit dem wir von Zeit zu Zeit ausfahren können. Dafür müssten wir natürlich eine neue Garage bauen.

Tja, jetzt muss ich hinein und nolens volens dem Howald sein Knie aufschneiden...»

***

---

138 Alberts und Norwins Vater Adolf Meier.

Im August 1932 starb Fritz Steinmann kurz vor seinem sechzigsten Geburtstag. Er litt an einer Lungenentzündung und dann an einer Embolie. Allerdings ging es ihm schon im Jahr vorher nicht gut. Sein Herz ertrug die hohe Arbeitsbelastung nicht mehr. Oft zeigte er sich nach dem Operieren erschöpft. Eine grosse Reise 1931 nach Rapallo und Portofino zur Erholung brachte nicht mehr viel.
Seine gesteckten Zehnjahresziele aber hat er beinahe vollständig erreicht. Am 23. August 1928 konnte der Erweiterungsbau Ost vom Engeried[139] in Betrieb genommen werden, womit die Klinik eine Kapazität von fünfzig Betten aufwies. Am 11. April 1929 hat er als vom Gemeinderat gewählter Chefarzt für Chirurgie seinen Dienst in der städtischen Krankenanstalt Tiefenau aufgenommen. Bis Ende des Jahres konnte die chirurgische Abteilung 3383 Pflegetage vermerken.
Norwin Meier hebt in seiner Geschichte von 1968 zu Betty und Fritz hervor:

Beide waren sehr anregende, weltoffene Menschen und führten ein ungemein gastliches Haus, in dem jedermann sich wohlfühlte.

Auch dieses Ziel erreichte Fritz.
Und 1924 erhielt er die Baubewilligung für eine Garage in der Alpeneggstrasse, darin sein Traumauto: ein Buick Model 23-Six-45 five-passenger touring car.
Sein Streben nach einer ordentlichen Professur wurde ihm aber nie erfüllt.

---

[139] «Für heutige Verhältnisse kaum mehr vorstellbar waren die beiden Operationssäle. Der aseptische Saal befand sich in der Westecke des Altbaus – der Abendsonne zugewandt – was bei Notfalloperationen, die im Sommer am späten Nachmittag ausgeführt werden mussten, zu einer unerträglichen Hitze führte. Daneben, in der Südwestecke, befand sich ein kleiner Operationssaal. Beide Säle waren vom Gang her direkt zugänglich. Es ist heute fast unbegreiflich, dass namhafte Chirurgen wie Prof. Dr. Fritz Steinmann, Dr. Albert Scabell, Dr. André Nicolet, Dr. Eric Bühlmann und viele andere mehr in diesen einfachen Operationssälen eine anspruchsvolle und erfolgreiche operative Tätigkeit entfalten konnten. Vor allem die hohen Anforderungen der Asepsis, die vom Gründer der Klinik immer wieder als Hauptgrund für die Schaffung einer eigenen Klinik genannt wurde, ist unter diesen Umständen erstaunlich.» (U. Frey, E. Leuenberger, H. Steinmann: Festschrift zum Anlass des 75jährigen Bestehens der Privatklinik Engeried in Bern, Privatklinik Engeried, Bern 1982)

Exkurs (für Interessierte)

Fakultätsintrigen – Der langwierige und steinige Weg von Fritz Steinmann zum ausserordentlichen Professor

Im Jahr 1912 wird nicht nur die SUVA gegründet, sondern in diesem Zusammenhang auch vom eidgenössischen Parlament eine Motion zur Verordnung deklariert, wonach die Unfallmedizin als obligatorisches Lehr- und Prüfungsfach an den medizinischen Fakultäten eingeführt werden soll.[140]

Als versierter Unfallchirurg fühlte sich Fritz Steinmann berufen, sich hierfür bei der Fakultät beziehungsweise der Kantonsregierung anzubieten:

Da nun das Fach, entgegen einigen theoretischen Einwänden, durch den Zwang der Tatsachen zum medizinischen Lehr- und Prüfungsfach avanciert ist, so muss durchaus gefordert werden, dass der Unterricht an Ärzte übertragen wird, die erstens chirurgisch, zweitens aber auch speziell in der Unfallmedizin ausgebildet sind und mit der Behandlung und Begutachtung der Unfälle vertraut sind. Die Eidgenossenschaft hat ein Recht zu fordern, dass der Unterricht so gestaltet werde, dass er den Ärzten und damit der Schweizerischen Unfallversicherung (SUVA) wirklich zum Nutzen gereicht. Gegenüber dieser Forderung müssen alle anderen Interessen zurücktreten.

In einem neunseitigen Gutachten erteilt ihm Professor Dr. Max Howald, Gerichtsmediziner an der Universität Bern, eine Abfuhr, die von der kantonalen Regierung übernommen wird:

Dieser Unterricht wird denn auch schon lange in Bern vom gerichtlichen Mediziner gegeben, und es war dabei von «grauer Theorie» und von «toter Bücherweisheit» nicht die Rede. Die Behauptung von Herrn

---

140 Vgl. A. Tzaut: Vorlage zur Motion Pometta, Luzern, 15.04.1914.

Steinmann, wonach er als erster das Fach der Unfallheilkunde gelesen habe, ist nicht richtig.[141]

Sicher grösstenteils aus Eigeninteresse kommt Howald zu dem Schluss:

Mit dem, was vorher angeführt worden ist, beweisen wir zur Evidenz, dass der gerichtliche Mediziner zum allermindesten ebenso gut qualifiziert ist, den Unterricht in der Unfallheilkunde zu besorgen, wie der Chirurge, der die Unfallpatienten behandelt.[142]

Da nutzt Fritz auch seine zehnseitige Gegendarstellung an die Fakultät nichts. (Wohl mit dem Hintergrund, dass die chirurgische Abteilung unter Professor Theodor Kocher keine neue chirurgische Disziplin wollte.)

Da mir keine Gelegenheit gegeben worden ist, von eventuellen weitern gegen mein Gesuch erhobenen Einwänden Kenntnis zu nehmen, so kann ich auf solche auch nicht antworten. Ich bin aber überzeugt, dass sie nicht Stand halten gegenüber dem zwingenden Schluss, dass nur einer über ein Fach lehren soll, der es selbst ausübt oder ausgeübt hat.[143]

Immerhin bescherte der Druck der Öffentlichkeit (Presseartikel) und die Realisierung der Verordnung an anderen Universitäten Fritz zwei Jahre später doch einen Lehrauftrag.

Sitzung Regierungsrat, 6.2.1914
635. Hochschule Lehrauftrag. – Dem Privatdozenten für Chirurgie Dr. F. Steinmann in Bern wird ein Lehrauftrag erteilt für praktische Unfallmedizin, unter Ausschluss der Lehre von der Begutachtung von Unfällen. Auf 1.4.1914 wird ihm das Dozentenhonorar von 600 Fr. jährlich zuerkannt.
An die Direktion des Unterrichtswesens

---

141 Max Howald: Gutachten zur Unfallmedizin vom 05.07.1912, S. 5.
142 Ebd., S. 7.
143 Aus Fritz Steinmanns Gegendarstellung an die Fakultät vom 09.07.1912, S. 10.

Howalds Domäne wird also geschützt, und mit dem Auftrag ist kein Obligatorium mit Prüfungspflicht und schon gar keine Beförderung zum ausserordentlichen Professor verbunden. Auch hier bleibt Bern die Ausnahme. Dafür wird Fritz von der chirurgischen Abteilung schikaniert, was ihn im Sommersemester 1914 dazu führt, sich direkt an die Kantonale Regierung zu wenden:

Geehrter Herr Regierungspräsident! Geehrte Herren Regierungsräte! Sie haben mir am 6.2.1914 den Lehrauftrag für praktische Unfallmedizin erteilt. Es ist mir nun unmöglich, diesem Lehrauftrage in richtiger Weise nachzukommen, ohne dass mir das nötige Unfallpatientenmaterial zur Verfügung steht. So muss ich zu meinem Bedauern für das laufende Semester darauf verzichten, die verlangte Vorlesung über Unfallmedizin zu halten.

Er unterbreitet vier Vorschläge, wie man die Unfallmedizin in Bern auf den neusten Stand bringen könnte: Erstens den Ausbau des Inselspitals oder zweitens die Erhöhung der Bettenzahl in dem 1913 gegründeten Gemeindespital Tiefenau oder drittens, das Unfallkrankenmaterial der Chirurgischen und Poliklinik dem Unfallmediziner zur Verfügung zu stellen, oder schliesslich viertens einen entsprechenden Ausbau des Engeriedspitals zu subventionieren.
Darauf folgen Rügen seitens der Fakultät, Querelen und schliesslich eine deutliche, fünfzehnseitige Stellungnahme am 26. Juni 1915, die alle Anliegen von Fritz ablehnt, und zwar immer aufgrund der Meinung von Howald:

Dem schon seit langer Zeit bestehenden Bedürfnisse der zukünftigen praktischen Ärzte entsprechend hat der Vertreter der gerichtlichen Medizin in Bern die Unfallmedizin seit 1903 im Unterrichte in weitgehender Weise berücksichtigt. Es wäre daher weder sachlich noch persönlich gerechtfertigt, wenn demselben das Examen in Unfallmedizin und damit die Kontrolle über seine Lehrtätigkeit genommen würde...

Und zu den vier Vorschlägen von Fritz:

Alle Vorschläge auf Schaffung von der Chirurgischen Klinik unabhängigen Unfallspitälern sind für uns unannehmbar, denn der Vorschlag, welcher darauf hinausläuft, das Unfallmaterial von der Chirurgischen Klinik zu trennen, kommt einer derartigen Schädigung des chirurgischen Lehrmaterials gleich, dass er nicht ernstlich diskutiert werden kann.

Bezüglich Poliklinik wird zwar pro forma zugestimmt, es seien aber zurzeit die baulichen Verhältnisse nicht dazu gegeben.
Auch im Jahr 1916 geht das Hin und Her weiter, wobei sich Fritz insbesondere beklagt, dass er keinen Einfluss auf die Auswahl des Demonstrationsmaterials habe. Hier erhält er am 15. Juni 1916 Unterstützung vom Direktor des Unterrichtswesens. Seit der Nobelpreisträger Kocher schwer erkrankt ist und sein Stellvertreter und ältester Sohn Dr. Albert Kocher ihn vertritt, ist der Ton der Regierung etwas distanzierter. Fritz wird im Weiteren durch eine Eingabe im März 1917 von seinen Hörern unterstützt.
Nachdem Theodor Kocher am 27. Juli 1917 das Zeitliche gesegnet und Fritz einen der Nachrufe verfasst hat, hapert es aber immer noch. Am 17. Oktober muss sich Fritz nun wegen der Freigabe eines Schranks für die Krankengeschichten an die Regierung wenden, so wie früher schon, insbesondere mit der Beschwerde, dass ihm die richtige Wahl der Patienten für die Vorlesungen verunmöglicht sei, denn die meisten Fälle seien bis jetzt für ihn unbrauchbar. Nun fragt die Regierung Professor Fritz de Quervain in Basel um seine Meinung an, der am 3. November 1917 eine kooperative Lösung vorschlägt, wie in Basel und Zürich üblich, womit er die Anliegen von Fritz unterstützt.
Das führt nun dazu, dass in Bern zum Mindesten Kandidaten die praktische Unfallmedizin besuchen und im Staatsexamen auch geprüft werden. Damit hat Fritz erreicht, dass die praktische Unfallmedizin zum Prüfungsfach erhoben wird. Aber noch fehlt ihm der Professorentitel. Da die Fakultät hierzu wieder keinen Finger rührt, schreibt Fritz am 28. Januar 1918 ein Gesuch an den Regierungsrat. Zwei Punkte aus diesem Schreiben seien hier hervorgehoben:

*2. Alle Lehrer der Unfallmedizin an den schweizerischen Hochschulen ausser mir sind ausserordentliche oder ordentliche Professoren.
[...]
5. Ich habe während fast 10 Jahren als Assistent der chirurgischen Klinik und Arzt der chirurgischen Poliklinik im Dienste des bernischen Staates gestanden und seither während 11 Jahren über Unfallmedizin und Frakturen gelesen. Dabei habe ich jahrelang das Demonstrationsmaterial zu den Vorlesungen selber beschaffen müssen, was nicht nur mit Zeit- & Geldopfern verbunden war, sondern eine Beeinträchtigung meiner Privatpraxis darstellte.*

Die zur Stellungnahme aufgeforderte Fakultät antwortet nach reichlich verflossener Zeit am 20. Juli 1918 auf fünf Seiten, wie immer mit Bezug auf die Fähigkeiten von Professor Max Howald. Der Schluss lautet kurz und bündig:

Die Fakultät kommt deshalb, unter aller Anerkennung der wissenschaftlichen Leistungen von Herrn Dr. Steinmann, zu dem Schlusse, dass die Schaffung eines Extraordinariates weder auf dem Gebiete der Unfallmedizin, noch auf demjenigen der Verletzungschirurgie durch die gegenwärtigen Verhältnisse gerechtfertigt ist.

Da hilft Fritz seine siebenseitige Gegendarstellung vom 19. November 1918 gar nichts, auch wenn er auf personelle Unstimmigkeiten hinweist. Hier geht es klar um eine typische Fakultätsintrige aufgrund persönlicher Interessen, Neid auf Fritz' grossen internationalen, aber auch pekuniären Erfolg mit dem bereits 1907 gegründeten Engeriedspital. Dann aber, nach einer Eingabe der Gesellschaft schweizerischer Unfallärzte und des Vorstandes der Schweizerischen Gesellschaft für Chirurgie vom 19. Mai 1919, ändert der Regierungsrat seine Meinung und befördert Fritz endlich zum ausserordentlichen Professor – wobei er beinahe salomonisch gleichzeitig Professor Dr. Max Howald zum ordentlichen Professor beruft:

Ich beehre mich, Ihnen die Mitteilung zu machen, dass Sie der Regierungsrat heute zum ausserordentlichen Professor ernannt hat

mit einem Lehrauftrag für praktische Unfallmedizin unter Ausschluss der Lehre von der Begutachtung der Unfälle. Besoldung Fr. 1000.– (p/a).
Der Direktor des Unterrichtswesens, Bern, 4. Juli 1919

***

Bundesrat Karl Scheurer ist seit dem Gymnasium ein enger Freund von Fritz (in der Verbindung trägt er den Namen Fink; beide sind auch in der Zofingia, wo Fritz «Topf» heisst). Er schreibt in seinen persönlichen Memoiren (undatiert) über die Gymnasialzeit in Burgdorf, so auch über Fritz, was im Zusammenhang mit dieser Auseinandersetzung vieles über ihn aussagt:

Steinmann war der intelligenteste von uns: dazu gründlich, wenn etwas ihm passte; mit einigen Gedanken, die nicht selten die Lehrer in Verlegenheit setzten; hartnäckig in der Verfolgung eines Zieles; dabei ein guter, fröhlicher Kamerad. Die Schroffheit und das anscheinend rücksichtslose Wesen, die ihm vorgeworfen worden sind und ihm viele Gegner zugezogen haben, kamen niemals aus einem schlechten Charakter, sondern aus der Hingabe an einen als richtig angesehenen Gedanken, den er mit der ihm angeborenen Kraft und Zähigkeit, manchmal aber auch in eckiger Weise verfolgte.

***

Auch mein Vater, Professor Dr. med. Bernhard Steinmann, hatte aus anderen Gründen mit ähnlichen Problemen wie sein Vater zu kämpfen, wobei er sie nicht mit derartiger Aktivität betrieb, ja sie eigentlich erlitt. Auch mir selbst erging es ähnlich. Der Datenvergleich der Beförderungen ist da aufschlussreich:

Fritz Steinmann, Jg. 1872, Privatdozent 1908, mit 36 Jahren, a.o. Professor 1919, mit 47 Jahren, das heisst 11 Jahre später.
Bernhard Steinmann, Jg. 1904, Privatdozent 1943, mit 35 Jahren, a.o. Professor 1958, mit 49 Jahren, das heisst 15 Jahre später.

Matthias Steinmann, Jg. 1942, Privatdozent 1970, mit 28 Jahren, a.o. Professor 1989, das heisst 19 Jahre später, allerdings 1984, also 14 Jahre später, Honorarprofessor.

Interessant ist doch, dass alle Steinmanns zwar je nach Fach in ordentlicher Zeit beziehungsweise sogar früh habilitierten, dann aber erst, etwa im gleichen Alter, mit siebenundvierzig beziehungsweise neunundvierzig Jahren zum Professor befördert wurden, was eindeutig auf klare Widerstände in den Fakultäten hinweist (und sicher nicht auf mangelnde Verdienste).

Die Familie Steinmann im Jahr 1922

Fritz Steinmann mit 50 Jahren.   *Betty Steinmann-Mauerhofer mit 44 Jahren.*

Ihre drei Kinder

Hanny, 18 Jahre alt.   Hanspeter (Buba), 4 Jahre alt.   Bernhard (Bubu), 14 Jahre alt.

Unfallmedizinische Studie der Meniscusverletzung des Kniegelenks.*

Von Prof. Dr. **Fr. Steinmann**, Bern.

Die Verletzungen der Menisken des Kniegelenks haben unfallmedizinisch eine grosse Bedeutung. Dies allerdings nicht wegen ihrer Zahl, zählte doch im Jahre 1908 Ziegler auf 80,000 Unfälle der Schweizer. Unfallversicherungs-A.-G. «Winterthur» bloss 874 Verstauchungen des Kniegelenks und davon bloss 36 mit Beteiligung der Menisken. Dieser Prozentsatz von 0,045 hat sich allerdings wohl infolge genauerer Diagnostik der Knieverletzungen seither gehoben. Wir können uns zum Beispiel die relative Seltenheit der Verletzung in der französischen Literatur gegenüber derjenigen

Der erste Artikel zur Meniskusoperation von Fritz Steinmann in der Schweizerischen Rundschau für Medizin vom 22. März 1922. Es dürfte das erste Zeugnis einer operativen Lösung zur Behebung von Meniskusblockaden weltweit sein.

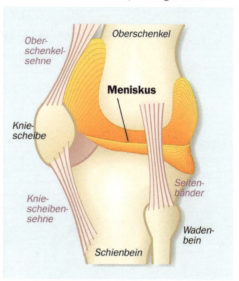

So ist das Knie aufgebaut

Zwei Knorpelscheiben (innerer und äußerer Meniskus) halten den Oberschenkelknochen an seinem Platz und dämpfen zugleich Stöße.

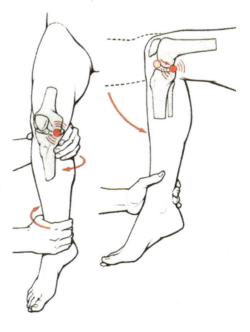

Steinmann I (ruckartige Außenrotation bei 30° Knieflexion)

Steinmann II (Anbeugen)

Meniskuszeichen, dargestellt für die Prüfung des Innenmeniskus. Die Schmerzprovokation bei Meniskusaffektionen erfolgt durch Kompression des Gelenkspaltes (gemäss M. Saegesser «Spezielle Chirurgische Therapie»).

Bundesrat Karl Scheurer, Couleurname «Fink» in der Studentenverbindung Bertholdia, Götti von Bernhard (1872–1929, von 1920 bis 1929 Bundesrat).

«Im Gesamten sind für mich die Militärerinnerungen etwas Positives. Mir gefiel der strukturierte Tag, das Leben in der freien Natur, insbesondere beim Ausreiten. Der Zeitdruck war weit weniger gross als in meiner üblichen Tätigkeit als Chirurg. 1903 beförderte mich der Bundesrat zum Hauptmann, was mich sehr befriedigte.»

Die Villa an der Alpeneggstrasse 1 mit angebauter Praxis. Hier im Jahr 1945 beim Umbau durch Dr. André Nicolet, der das Gebäude nach der Scheidung seiner Frau Hanny Steinmann abgekauft hat.

Das Traumauto von Fritz: ein Buick, nämlich das Modell «23-Six-45 five passenger touring car».

«Etwas darf ich bei diesem Zurückdenken nicht vergessen: Joggeli!»

«Unser Boxer Joggeli gehört seit einigen Jahren zur Familie und macht mir immer persönlich Freude. Ich glaube, dass es mir auch gelang, ihn recht gut zu dressieren.»

Der kränkliche Fritz in den Erholungsferien in Rapallo am 18. Dezember 1931. Trotz diesen Ferien vom Dezember 1931 bis Januar 1932 starb er ein halbes Jahr später im August 1932.

Rapallo.

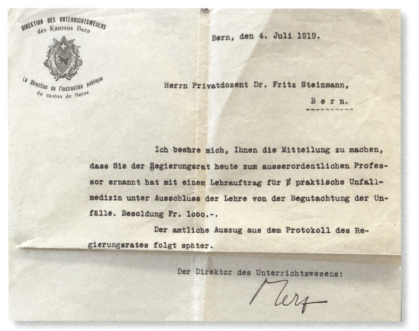

Zum Exkurs:
Am 4. Juli 1919 wird Fritz Steinmann endlich mit 47 Jahren, trotz enormer internationaler Bekanntheit, zum ausserordentlichen Professor ernannt. Dies nach langen Fakultätsintrigen, verursacht durch Prof. Dr. Max Howald, Gerichtsmediziner.

GALLI

32. Cecchino wird fünfzig (14. August 1924)

Wie Cecchino zur Feier seines fünfzigsten Geburtstages mit Conrad Forster-Willi[144] den Piz Bernina, mit 4049 Metern der höchste Berggipfel der Ostalpen, besteigt und dort an sein bisheriges Leben zurückdenkt.

«Wie immer hat Thaddea verstanden, dass ich die Besteigung eines Gipfels der Feier meines Geburtstages zu Hause vorziehe, oder andersherum: Sie ist gewohnt, dass meine Wünsche ihr Befehl sind. So haben wir am Samstagabend, dem 21. August, meinen fünfzigsten nur im Familienkreis zusammen mit Forsters, unseren lieben Freunden, gefeiert. Natürlich sprachen wir vor allem über die Besteigung des Piz Bernina zu Ehren meines Geburtstages am nächsten Dienstag, dem 24. August. Bei dem stabilen Sommerhoch und den milden Temperaturen ist das sehr gut möglich.
Warum mit dem Ehepaar Forster? Conrad will unbedingt mitkommen. Er hat ja einige Bergerfahrung. Unter meiner Führung und gut vorbereitet, scheint mir das machbar. Für mich ist es das fünfte Mal, dass ich den berühmten Biancograt zum Gipfel besteige. Mit Ausnahme des Matterhorns habe ich ja jeden Viertausender der Schweiz bestiegen. Das Hore nicht, weil es mir seit jeher unsympathisch ist. Zu populär, vom eingebildeten Whymper[145] gut zehn Jahre vor meinem Geburtsjahr bestiegen, womit er meine lieben Italiener gedemütigt hat. Wir kommen überein, dass wir morgen, Sonntag, mit meinem treuen Fiat 502d via Chur, Thusis und mit genügend Reservebenzin über den

---

144 Conrad Forster-Willi gründete 1904 ein Stickereiunternehmen, das grossen internationalen Erfolg hatte. Noch heute gilt in der Haute Couture die Forster Rohner AG als weltberühmt. Damals war die St. Galler Stickerei einer der grössten Exportartikel der Schweiz überhaupt.

145 Der brit. Bergsteiger Edward Whymper (1840–1911) gelangte insbesondere durch die Erstbesteigungen des Matterhorns (14.07.1865) und 1880 des Chimborazo (6263 m ü.d.M.) in Ecuador zu Berühmtheit.

Julier nach Pontresina fahren, besser gesagt, zum Teil holpern. Dort im ‹Kronenhof› werden wir übernachten. Ich schätze, wenn wir um sechs Uhr fahren, sind wir spätestens zum Abendessen dort, das Kochen und Abkühlen des Kühlers auf dem Julier inklusive. Dann am Montagmorgen nochmals Ausrüstungs- und Materialkontrolle und mittags Abmarsch durch das Val Roseg zur Tschiervahütte (gut 2580 m).
So der Plan.
Wir beenden den Abend früh, damit Conrad nach unserem Gespräch seine Vorbereitungen noch ergänzen kann.
Die Fahrt anderntags verläuft ohne Probleme, abgesehen von der längeren Abkühlungspause auf dem Julier. Nach reichlichem Nachtessen im ‹Kronenhof› gehen wir mit einiger Bettschwere zeitig zur Ruhe. Nach dem Frühstück fühle ich mich ganz in der Rolle des Bergführers. Ich befehle noch einmal Auslegeordnung unserer Ausrüstung.
Die Ausrüstung besteht aus einem Vierzig-Meter-Hanfseil mit dreissig Millimetern Durchmesser, einer Gaslampe und pro Rucksack einem Paar Gamaschen, drei Eishaken, langen Fausthandschuhen aus Wolle, warmer Wollmütze, Sonnenbrille mit Seitenschutz, langem Holzstock und Pickel mit langem Holzschaft, geschmiedeten Steigeisen mit acht Zacken und zwei Frontzacken sowie Esswaren für zwei Tage und Tee.[146] Als quasi Führer habe ich noch Kompass, Höhenmesser, Feldstecher, Karte, Zündhölzer, ein wenig Zeitungspapier, zwei Eisenschraubkarabiner, einige kurze Hanfschnüre von ein bis zwei Metern Länge und fünf normale Eisenkarabiner sowie eine kleine Apotheke bei mir.
Von Pontresina geht's nun zur Tschiervahütte, was etwa zwölf Kilometer und achthundertsiebzehn Höhenmeter bedeutet. Dafür benötigen wir vier Stunden und fünfzehn Minuten. In der Schutzhütte angekommen, zünden wir ein Feuer an, um uns zu wärmen und etwas Essen zu kochen. Pfannen und Geschirr sind in der Hütte vorhanden. Wir gehen früh zu Bett, nachdem wir nochmals unsere Rucksäcke für den morgigen strengen Aufstiegstag kontrolliert haben.

---

146 Bei den Textabschnitten handelt es sich um den adaptierten Text von David Bär, Bergführer und Skilehrer, Samedan.

Bereits um drei Uhr fünfzehn ist Tagwache, und nach kurzem Frühstück marschieren wir um vier Uhr los. Der Himmel ist sternenklar, und es ist ziemlich kühl. Nach kurzem Gang über die Moräne gelangen wir bereits auf den Gletscher. Hier wird angeseilt, und fünf Schlaufen werden direkt um den Oberkörper gebunden, damit ein Sitzgurt entsteht. Das Seilende wird beim Bauchnabel abgebunden. Conrad binde ich das Seilende um seinen Oberkörper und sichere es mit einem Spierenstich[147]. Zwischen uns sind nun zwanzig Meter Seil mit eingeknüpften Knoten, die sich bei einem Spaltensturz in den Schnee fressen und auf diese Weise den Stürzenden abfangen. Der eine Bergkamerad kann dann den andern hochziehen, sofern der Gestürzte nicht selbst an den Knoten nach oben zu klettern vermag.

Der Gletscher ist heute sehr verschneit, und ein Spaltensturz ist unbedingt zu vermeiden. Es ist immer ein schwieriges Unterfangen, einen gestürzten Bergsteiger aus einer Spalte zu retten. Wir haben aber einen langen Holzstock zur Sondierung möglicher Spalten. Und der Pickel mit dem langen Schaft schützt uns vor allzu tiefen Stürzen. Vor allem aber dient er als Aufstiegshilfe.

Über den Vadret da Tschierva geht es nun hoch zur Fuorcla Prievlusa (3427 m). Wir haben nach der relativ milden Nacht guten Trittschnee hier. Wir brauchen bis jetzt noch keine Steigeisen. Nur ganz am Schluss gilt es nach dem Bergschrund, der wenig offen ist, noch über ein paar Felsen hochzukraxeln. Von der Fuorcla Prievlusa müssen wir im nun doch harten Schnee zwei grosse Arme rechts (auf der Morteratschseite) umgehen. Also Steigeisen anziehen. Der ausgesetzte Firngrat des Biancograt wird nun immer steiler, schmaler und führt uns auf seiner Schneide, der ‹Himmelsleiter›, hoch zum Piz Alv (Pizzo Bianco, 3995 m). Die Verhältnisse sind so gut, dass wir keine Eishaken brauchen und gemeinsam am gestreckten Seil hochsteigen können. Da der harte Trittschnee uns genug Sicherheit gibt, müssen wir nicht ständig zwischensichern.

Vom Pizzo Bianco geht es zuerst abwärts, und wir müssen uns im Dülfersitz zwanzig Meter abseilen. Das Seil ist um einen stabilen Fels-

---

147 Der standardmässige Seilendknoten beim Bergsteigen.

zacken gesichert. Nun folgen wir dem Felsfirngrat weiter und steigen wieder gemeinsam am Seil fünfzig Höhenmeter hoch. Die Aussicht ist traumhaft, und links und rechts von uns geht es mehrere Hundert Meter steil abwärts. Hier wäre ein Sturz absolut tödlich.

Nun müssen wir uns noch zweimal zwanzig Meter im Dülfersitz abseilen, hier brauchen wir eines der mitgenommenen Seilstücke und einen Eisenkarabiner. Wir lassen das Seilstück am Felszacken hängen, damit wir uns auf dem Rückweg nicht am scharfen Felszacken abseilen müssen, der unser Seil durchtrennen könnte. Nun kommen wir in eine Scharte. Von hier geht es nun sehr steil nochmals hundert Meter aufwärts im Firn zum höchsten Punkt auf 4047 Meter, dem Piz Bernina. Wir haben nun nach gut sechs Stunden den Gipfel bei guten Verhältnissen erklommen.

Conrad atmet schwer, scheint vom letzten Abschnitt erschöpft, strahlt aber übers ganze Gesicht. Er wirkt glücklich, und das bin ich auch. Einfach ein herrliches Gefühl, nach einem anstrengenden und hohe Aufmerksamkeit erfordernden Aufstieg auf der Spitze zu stehen und ringsum in die Ferne zu blicken. Unbeschreiblich für mich als wenig begabten Worthandwerker. Jedenfalls sind alle Mühen des harten Aufstiegs sofort vergessen. Eines ist sicher: Ich möchte dieses Gefühl trotz meiner fünfzig Jahre noch möglichst lange immer wieder erleben. Sozusagen solange mich meine Beine tragen und mein Atem reicht. [148]

Die Luft ist dünn und kalt, aber es weht kein Wind. Also keine weiteren Probleme, wenn man vom Abstieg absieht.

Nun aber geht's ans Gratulieren.

‹Herr Conrad Forster-Willi! Ich gratuliere Ihnen allerherzlichst zur Besteigung des Piz Bernina mit 4047 Höhenmeter. Sie haben eine

---

[148] Das letzte Mal kletterte Cecchino mit 70 Jahren auf den Piz Bernina, mit der Folge einer Nierenblutung, die seine Bergkarriere definitiv beendete. Meine Mutter hat mir das mehrmals erzählt. Damals fand ich das aussergewöhnlich und wenig glaubwürdig. Nun bin ich aber selbst mit 69 Jahren von Rorschach nach Santiago gepilgert, mit 76 noch einmal und im gleichen Jahr im Herbst wieder den ganzen Spanischen Jakobsweg (mit über 70 bin ich nach Rom, Berlin und Wien gewandert, bei einer durchschnittlichen Tagesleistung von 23 bis 27 km). Das beweist mir im Nachgang, dass man mit 70 und älter mit einiger Fitness durchaus zu aussergewöhnlichen körperlichen Leistungen fähig ist. Allerdings war mein letzter Jakobsweg (mit 77 Jahren) in Spanien von ca. acht Wochen von ziemlichen Muskelschmerzen begleitet.

hervorragende Leistung…›, und schon unterbricht mich Conrad: ‹Cecchino, ist dir die Höhe zu Kopf gestiegen? Warum plötzlich so formell? Wir sind doch seit mehr als sechzehn Jahren *Duzis*!›
‹Herr Forster, unterbrechen Sie mich nicht. Ich spreche als Bergführer zu Ihnen, und zwar weil bei einer Besteigung von mehr als dreitausend Metern man nun als Bergsteiger sich einander Du sagt. Das, mein lieber Conrad, ist sehr viel mehr wert als ein Duzis im Flachland. Du darfst mir jetzt als Bergsteiger Cecchino sagen.›
Nun ist Conrad doch etwas überrascht, umso mehr, weil ich zwei kleine Fläschchen (ein Deziliter) aus dem Rucksack nehme und ihm eins in die Hand drücke. Wir reichen uns die Hände und stossen miteinander an. Dann meine ich mit einem Grinsen: ‹Küssen können wir uns nach dem erfolgreichen Abstieg. Der hat es nämlich in sich und fordert oft mehr als der Aufstieg, weil wir ja schon ziemlich abgearbeitet sind.›
Nun rasten wir eine gute halbe Stunde lang auf dem Gipfel und ziehen uns dazu noch wärmer an. Es ist immer noch windstill und ganz ruhig. Eine Dohle kommt noch in unsere Nähe und bettelt um Essen. Wir haben aber nicht zu viel mitgenommen, sodass wir nichts abgeben können. Wir geniessen schweigend unseren Tropfen Wein und den lauwarmen Tee sowie ein Stück Brot und einen Landjäger.
Beide hängen wir nun unseren Gedanken nach, und ich beginne mir bewusst zu werden, dass ich fünfzig bin. Vielleicht sind zwei Drittel meines Lebens vorbei.
Bin ich heute, an meinem fünfzigsten Geburtstag, nicht nur auf einem markanten Gipfel, sondern zugleich auf dem Gipfel meines Lebens? Vielleicht, ich hoffe es nicht. Klar, aufs Ganze gesehen darf ich mich als Glückspilz bezeichnen. Alles kam und kommt fast immer gut.
Geboren in einer wohlhabenden, seit Jahrhunderten bekannten Familie im Tessin und mit berühmtem Vater und Grossvater, war mein Weg geebnet. Die Schulen in Italien habe ich in bester Erinnerung, wenn ich von den seltsamen Erfahrungen in der königlichen Kadettenanstalt absehe, und auch die Resultate waren entsprechend. Die Tür zu meinem Wunschstudium stand mir offen. Die Entscheidung für die Universität Bern erwies sich als Glücksfall: Mein Lehrer in Chirurgie war der Nobelpreisträger Theodor Kocher.

Alles ging immer wie am Schnürchen. Natürlich musste ich krampfen. Doch im Gegensatz zu meinen Streberkollegen genoss ich auch das Leben nebenher. Nicht in einer Studentenverbindung. Nein, nein. Bier saufen mit militärischer Disziplin ist mir nun wirklich nicht gegeben und schon gar nicht, mir mit einem Säbel das Gesicht zerschneiden lassen. Auch habe ich seit den Kadetten nie grosses Verständnis für das Militär aufgebracht. Da kam ich glückvoll mit ein paar Ausreden davon. Vielleicht wollten sie keinen Tschingg, weil deren Disziplinlosigkeit beim Berner Militär nicht gern gesehen wurde (Aushebung in Bern).

So erlebte ich den Krieg ziemlich im Normalbetrieb und vor allem des Öfteren mit meinen nicht eingezogenen SAC-Kollegen auf den Bergen, wo wir nun keine Auslandsalpinisten mehr antrafen. Wir empfanden uns beinahe als eine Art Männerbund. Dass einzelne Chirurgenstreber nach Deutschland, Österreich oder Frankreich reisten, um dort ihr blutiges Handwerk für die Kriegsverrückten zu verrichten, habe ich nie verstanden. Dafür hatte ich mehrere Male Gelegenheit, bei Sauerbruch in Zürich zu assistieren, was sicher ebenso lehrreich war. Auch das ein Glücksfall.[149]

Wie auch immer: Mit Glück bekam ich die Assistentenstelle im Kantonsspital St. Gallen, obwohl das ein furchtbares ‹Kaff› mit viel Regen, Feuchtigkeit und keineswegs mit mediterraner Wärme ist. Für mich hatte es aber grosse Vorteile. Schon mit neunundzwanzig Jahren konnte ich eine Gemeinschaftspraxis mit Klinik eröffnen, die in kürzester Zeit gut lief. Ist auch nicht selbstverständlich.

Als damals für die Toggenburger Bahn die Tunnels gebaut wurden, kamen die Muratori und Mineure mit ihren Verletzungen zu mir, da ich der einzige Italienisch sprechende Arzt in der Gegend war. Auch das wiederum kann ich aufs Konto ‹Lebensglück› buchen. So wurde

---

149 Meine Grossmutter sagte mir dazu, die Herren Chirurgen hätten am Vorabend stark gebechert und seien immer noch unter ein wenig Alkoholeinfluss in den Operationssaal geschritten. Das ist wohl nicht nur ihrer eher prüden Fantasie entsprungen. Das einzig Negative, was mir hingegen mein Grossvater vom ersten Krieg berichtete, war der Mangel an Brissagos. Seine Vorkehrungen, damit ihm das im Zweiten Weltkrieg nicht wieder passierte, haben dazu geführt, dass sich noch nach seinem Tode eine grosse Kiste dieser langen Stinker im Estrich fand.

ich zum sankt-gallischen Unfallchirurgen schlechthin und später zum Kreisarzt der SUVA. Das Interessante: Die Wohlhabenden von St. Gallen kamen bei Unfällen ebenfalls zu mir. So ergaben sich neue Beziehungen. Ehrlicherweise fühle ich mich aber mit den Muratori und Mineuren heimischer, denn meine Sehnsucht nach Italien beseelte mich damals wie auch heute noch.
Vielleicht gar wieder mehr. Darüber muss ich noch nachdenken.
Ein Glücksfall ebenso, dass mich Eduard in Arth-Goldau aus dem Zug ins Tessin holte und ich am Revolverball in Brunnen Thaddea als Liebe und Partnerin meines Lebens gewinnen durfte.[150]
Doch Glück erscheint mir im ersten Teil meines Lebens immer als eine Art Türöffner. Es lag dann an mir, durch die Tür zu gehen, dies zu erfassen und zu gestalten. Ich glaube doch, dass ich das leidlich getan habe.
Mein grösstes Glück nicht im Sinne einer Türöffnung, sondern eines sich immer wiederholenden Zustandes empfand und empfinde ich genau jetzt, wo ich mit kaltem, bereits nassem Hintern hier im Schnee sitze: Die Berge! Die Bergkameradschaft! Das sich immer wieder erhebende Gefühl, unter grosser Anstrengung ein Ziel erreicht zu haben. Wie ich oft feststelle, birgt dieser Glückszustand Suchtcharakter. Den gibt man nur auf, wenn man muss. Doch ehrlicherweise ist auch ein anderes Glück damit verbunden. Nun besteige ich diese Gipfel seit rund dreissig Jahren, und noch nie bin ich abgestürzt oder verunfallt. Jedes Mal ging's gut, wenngleich oft nur ganz knapp am Abgrund vorbei. Da ich ausser dem *Hore* alle Schweizer Viertausender erkletterte, einige davon mehrmals, und mich, oft nackt, mit meinen Kameraden in kalten Bergseen getummelt habe, ist es sehr erstaunlich, dass ich nie einen gesundheitlichen Schaden davontrug. Auch das geht aufs Konto meines Lebensglücks.
Wäre ich gläubig, müsste ich gerade heute, an meinem fünfzigsten, Gott danken für all das. Aber ich bin es eben nicht. Gut, ich darf das Schicksal nicht herausfordern, und in diesem Sinne wäre nun eher ein bisschen Demut angebracht. Vor allem vor dem heftigen Abstieg.

---

150 Vgl. Kapitel 24.

Eines ist sicher, das hat sich in den letzten Jahren immer mehr verstärkt: Ich, Cecchino Galli, lebe nicht für die Arbeit, sondern ich arbeite für ein vielschichtiges und interessantes Leben. Damit sind nicht nur meine Hobbys wie Fotografieren, Malen, Fliegenfischen und Klavierspielen mit lautem Gesang gemeint. Nein, auch das Familienleben ist von grosser Bedeutung. Aber ehrlicherweise in den letzten Jahren nicht immer gleich gewichtig.

Ja, vielleicht sieht nun die Sonne, die mich so herrlich anstrahlt, eine, zwei, drei Sorgenfalten in meinem Gesicht. Aber umgekehrt nach Nietzsche: ‹Du grosses Gestirn! Was wäre dein Glück, wenn du nicht die hättest, welchen du leuchtest!›[151] Mein Vater würde einen solch zusammenhanglosen Spruch als *fuga cerebrale del senile* (‹senile Hirnflucht›) bezeichnen.

Vorweg gibt es da auch ein grosses und aktuelles Glück zu benennen: Der Kauf des Grundstücks an der Bruggwaldstrasse 52 und die nun seit einem guten halben Jahr von uns bezogene Villa mit Park. Die beiden Erbschaften, so traurig der Tod meines Vaters und jener des Schwiegervaters waren,[152] haben uns das ermöglicht. Für Thaddea, Bice und Hans und für mich ergibt das ganz andere Lebens- und Erlebensumstände.

Nun haben wir im Prinzip mit meinen Vorfahren in Gerra oder meinem Vater mit der Stadtvilla ‹Daphne› in Lugano gleichgezogen. Es ist dies in gesellschaftlicher Hinsicht ein anderes Niveau. Da lassen sich Einladungen und Feste feiern, und die Kinder können ihre Freunde und Freundinnen einladen, ohne dass man sich gegenseitig stört. Zudem finden sich in der Nachbarschaft Conrad und seine Familie und auch Lämmlis, die vielleicht reichsten St. Galler neben den Stoffels.

Klar, eine lang andauernde Ehe wird zur Gewohnheit, die oft stärker bindet als das Verliebtsein, denn das verschafft beiden materielle und psychische Sicherheit. Das und grösser werdende Kinder sind nicht ewiges Glücklichsein. Im Gegenteil, je länger alles dauert und je grösser die Kinder, desto grösser werden die Probleme, zum Mindesten bis heute.

---

151 Friedrich Nietzsche: *Also sprach Zarathustra*, Teil I,1 (1883).
152 Giovanni Galli starb 1920, Josef Schelbert 1923.

Zugegeben, das liegt auch ein bisschen an mir. Ich bin ungeduldig, und Temperamentsausbrüche können mich, ähnlich wie Vater, völlig übermannen. Dann sehe ich vielleicht rot, weil zu schwarz. Das ist sicher nicht einfach für die Betroffenen. Jaaa, ich sollte Schläge in der Erziehung nur dosiert und angemessen einsetzen. Leichter gesagt als getan. Aber hin und wieder bin ich einfach wütig und schwer zu bremsen. Lassen wir das hier oben. Dies sind typische Ausrutscher von Vätern, die beruflich sehr belastet sind. Ich bin da nicht der Einzige, und wenn die Gewitterwolken jeweils vorbei sind, scheint ja wieder die Sonne.

Kann sein, dass meine Gedanken wegen dem Mangel an Sauerstoff hier oben etwas sprunghaft sind. Trotzdem, auf Thaddea, Bice und Hans muss ich schon noch einen Erinnerungsblick werfen. Ich darf mich da aber nicht verlieren, denn wir sollten aufbrechen, damit wir noch am Tag in die Schutzhütte Marco e Rosa kommen. Trotzdem, Thaddea und die Familie nach immerhin zwanzig Jahren Ehe bedürfen einer Rückschau.

Thaddea zu heiraten war mein grosses Glück. Aber wie jede Ehe verlief sie in verschiedenen Phasen. Wenn wir ein entsprechendes Tier wären, würde ich von *häutlen* sprechen. Die Kunst besteht wohl darin, dass man auch in der nächstfolgenden Haut noch zusammenleben kann. Klar, nach der Hochzeit ging es erst einmal, medizinisch ausgedrückt, um das Biologische. Wir beide haben das vor der Hochzeitsnacht nicht ausgelebt – ich kaum und Thaddea überhaupt nie.

Dies ist anfangs immer etwas enttäuschend. Die Vorstellungen darüber sind wie in vielem grösser und vielschichtiger als dann die Realität. Leider spielen auch im Bett die religiösen und kulturellen Vorurteile mit. Aus dieser Zeit stammen Bice und dann Hans. Mit den Kindern kam dann auch der erste *Häutelungsprozess*, wobei sich dies, wenn ich ehrlich bin – und hier oben will ich das –, bereits auf der Hochzeitsreise abzeichnete.

Ich schleppte das arme Thaddeli auf das Allalinhorn, und damit erledigte sich die gemeinsame Bergkameradschaft für immer. Das hatte sie völlig überfordert. Sie kümmerte sich nun um den Haushalt, die Erziehung der Kinder und liess mir völlig freie Hand in meiner Bergleidenschaft und den übrigen Hobbys. Auch kümmerte sie sich um das Finanzielle und die Buchhaltung, sowohl geschäftlich wie privat. Eigentlich konnte ich dank ihrer tun und lassen, was immer ich wollte. Und doch war und ist Mammeli, so nennen wir sie heute, immer für mich da.

War ich ihr genügend dankbar hierfür? Gut, wir haben jedes Jahr mindestens eine grosse Reise nach Italien unternommen und des Öfteren Ferien in unserem kleinen Ferienhäuschen, aber auch im Engadin gemacht. Auch liess und lasse ich sie machen, was sie wollte und will, natürlich eingeschränkt durch ihre Pflichten. Doch viel daneben hat sie nicht gemacht – hierfür ist Mammeli zu zurückhaltend und auch etwas ängstlich. Sie steht mir, muss ich zugeben, trotz meiner Launen stets zur Seite und zur Verfügung.

Ja, ich weiss. Es ist für sie nicht immer leicht. Ich bin temperamentvoll, bin aufbrausend, ich kann dramatisieren und dabei übertreiben. Aber im Grunde ihres Herzens und des meinigen wissen wir, dass wir trotz der unterschiedlichen Charaktere zusammengehören.

Gut, gut, ich hätte vielleicht nicht so oft und hart in die Erziehung eingreifen sollen. Hans ist nicht mein Typ, er ist zu schwächlich, zu weich und eingeschüchtert, auch zu *gstabig*, was mich oft reizt. Ich habe mir eben einen richtigen Galli-Sohn vorgestellt, wie mein Papa und mein Grosspapa: dynamisch, kraftvoll, zielstrebig und energisch. Das fehlt ihm total. Meine Versuche, ihn auf die Spur zu bringen, waren alle vergeblich. Disziplinierungsversuche wie hin und wieder eine Tracht Prügel oder das Verbieten seines geliebten Klavierspiels nutzten da nichts. Ich glaube, ich muss mich nun, nach sechzehn Jahren, damit abfinden, dass er so ist, wie er ist. Wird wohl irgendwie aus der Schelbert-Linie stammen; da gab es ja auch einen Priester. Aber ob ich mich daran halten werde?

Da ist Bice doch ein anderer Mensch. Ein Mädchen, eben kein Junge, leider. Ich stelle mir ein Mädchen wie Thaddea vor: schön, eher zierlich, weiblich, nachgiebig und dem Schönen zugetan. Bice fällt durch das Gegenteil auf: Sie besitzt auffallend viel Energie. Sie ist dynamisch, zielstrebig und betreibt auch intensiv Sport. Im Eiskunstlauf zeigt sie erstaunliches Können. Nun ist sie neunzehn Jahre alt, hat die Matur recht gut bestanden und will jetzt in Bern sogar Ökonomie studieren. Das ist doch absolut kein Studium für eine Frau, wenn überhaupt.

Mein Versuch, ihr das auszureden, fruchtete nicht. Ja mir schien sogar, dass sie einfach von zu Hause wegwollte. Sie machte mir sogar einige eigentlich freche Vorwürfe. Daher habe ich ihr jede Unterstützung verweigert. Da meinte sie etwas schnippisch, sie habe etwas von Grosspapa geerbt und könne gut selbst verdienen. Und notabene: Sie wolle eine berufstätige Frau werden, so wie ein Mann. Dazu schüttelte sie ihren Bubikopf, der letzte deutsche Modeschrei. Frauen imitieren Männer, und das ist gar nicht unsere schweizerische Art. Diese favorisiert in den bisherigen Zwanzigerjahren das Heimatliche, also vor allem das Trachtentragen. Am riesigen Trachtenfest in Zürich, wo wir alle dabei waren, betonte der Festredner ausdrücklich, dass man sich gegen die Modetorheiten des Auslands wehren müsse, wie zum Beispiel gerade gegen den Bubikopf. Also eine Trotzreaktion von Bice. Lange Haare, vor allem schwarze wie bei uns im Ticino, sind doch wunderschön. Bice könnte das, Mannweiber entsprechen einfach nicht unserer Galli-Art.

Was wohl bei den beiden noch herauskommt?

Nun noch die Schlussfolgerung: Was will ich in den Jahren, die mir als aktiver Mensch noch bleiben, tun und was erreichen? Was soll ich mir nun für die nächsten zwanzig Jahre vornehmen? Was lohnt sich, und was lohnt sich nicht mehr? Genauer, was will ich noch im Leben? Wenn ich mir das in der kurzen Zeit, die mir hier oben noch bleibt, bedenke, lässt es sich auf einen Nenner bringen: Nichts anderes als bisher, aber von dem einen mehr und von dem andern weniger!

Beruflich möchte ich weniger arbeiten, und auch die SUVA wird mir langsam zu viel, obwohl ich als Kreisarzt ein regelmässiges Einkommen habe. Länger als zehn Jahre mache ich das nicht mehr. Nachdem wir nun einigen Wohlstand erreicht haben und eigentlich vom Vermögen leben könnten, fahre ich die Privatpraxis etwas zurück.

Alles andere: weiter so. Ich möchte mehr Zeit für die Malerei, denn sie braucht auch Zeit und Musse, sonst wird es ein Pfusch. Auf die Berge, solange ich kann. Vielleicht im Winter etwas weniger, damit wir mehr Zeit zum Reisen haben. Besser noch, in den Wintermonaten ab in den Süden. Ich meine, nach Nervi und dort fern vom üblen Klima in St. Gallen, gemütlich ohne Druck die Tage, ja Monate verbringen. Das wäre es!

Allerdings liegen mir die politischen Umstände mit diesem Duce Benito Mussolini überhaupt nicht. Ich hasse diesen faschistischen Schreier, seit zwei Jahren autoritärer Diktator. Aber im täglichen Leben in Nervi wird er wohl kaum von grosser Bedeutung sein. Wichtig dabei: Die Kinder sind nun alt genug, dass Thaddea und ich problemlos länger von zu Hause weg sein können. Selbstverständlich will ich nach wie vor im Sommer im Engadin Fliegenfischen. Auch das Fotografieren gilt es nicht zu vergessen – alles wie bisher auch.
Etwa so stelle ich mir meine und unsere Zukunft vor. Mir ist auch klar, dass das nur Schritt für Schritt geht.
Aber fertig jetzt. Nun gilt es auch Schritt für Schritt, ohne auszurutschen und ohne Pausen, nach unten zu steigen. Zu lange habe ich bei meiner Gedankenbilanz verweilt.»

***

Nicht sofort, aber zehn Jahre später, 1936, gab Dr. med. Cecchino Galli das Amt als Kreisarzt der SUVA ab. Allerdings wurde er weiterhin aufgrund seiner grossen Erfahrung (aber auch Strenge) mit Gutachten beauftragt.
Die Praxis baute er schrittweise ab und sein Ziel, die Wintermonate in Nervi zu verbringen, auf. Von seinem sechzigsten Lebensjahr an mietete er mit Thaddea an der Stätte des Wirkens seines Grossvaters eine Villa mit Personal. Cecchino sprach genuesischen Dialekt und feilschte täglich genussvoll auf den Märkten, besonders auf dem Fischmarkt.
Das Fliegenfischen pflegte er weiter. Ich kann mich an ein ledergebundenes Album voller bunter Fliegen mit den entsprechenden Angelhaken erinnern. So wie seine vielen Angelruten bastelte er diese ebenfalls sorgfältig selbst.
Auch das Fotografieren perfektionierte er. Zu den bereits vor dem ersten Krieg üblichen Panorama- und Farbfotos entwickelte er ein dreidimensionales System: Das waren zwei rechteckige Fotos auf einer Glasscheibe (circa zehn mal vier Zentimeter), die man in ein Holzkistchen schob und durch zwei Gucklöcher (wie bei einem Feldstecher) dreidimensional bestaunen konnte.

Viel Zeit nahm er sich für das Kunstmalen. Seine Spezialität waren zwei Arten von Landschaften: Gebirge und Bergseen einerseits, Küsten und Landschaften in Italien, insbesondere rund um Nervi, andererseits. Hin und wieder versuchte er sich im Kopieren berühmter Meister in den Museen. Meine Ferienwohnung in Samedan ist mit seinen Ölbildern dekoriert, die gut ins Engadin passen.
Ich habe meinen Grossvater nur einmal bei einem Temperamentsausbruch – nicht meinetwegen – erlebt. Im Gegenteil, er widmete sich mir oft. Nachdem die Grosseltern 1953 nach Bern übersiedelt waren und den oberen Stock (als unsere Familie noch intakt war) bewohnten, haben wir fast jeden Tag zusammen gejasst.
Rückblickend glaube ich, ich wäre der Sohn gewesen, den er sich gewünscht hätte. Etwa ab 1956 fesselten ihn die schweren Arthrosen ans Bett. Er verräucherte trotzdem mit seinen beissenden Toscaninis das Schlafzimmer und las meist nur noch Karl May. Die etwa siebzig Bände habe ich geerbt. Doch leider ist diese Grosspapi-Lektüre bei unserem Umzug nach der Scheidung meiner Eltern verschwunden. Dagegen nicht seine mächtige bronzene Kleopatrafigur, die den Moment ihres Selbstmordes zeigt. Nackt liegt sie da, mit der kleinen tödlichen Schlange auf ihren Brüsten. Diese Kleopatra war das stete Ärgernis meiner viktorianischen Grossmami. Sie wollte die schwere Belle-Epoque-Skulptur (um 1880–1890, von G. Broggi) sofort nach seinem Tod entsorgen. Ich habe sie heimlich «gerettet». Noch heute steht das Kunstwerk im gelben Fumoir meines Schlösschens.
Später unterstützte Cecchino trotz seiner anfänglichen Weigerung doch noch seine Tochter Bice und erst recht, als ihre junge Familie wegen der wissenschaftlichen Ambitionen meines Vaters, der kaum Geld verdiente (im Gegensatz zu Mami), wirtschaftlich zu kämpfen hatte. Vaters Mutter, Betty Steinmann, war dazu nicht in der Lage, weil ein grosser Teil von Fritz' Vermögen mit den riesigen Spekulationen des weltberühmten Zündholzkönigs Ivar Kreuger verloren ging. (Wie auch bei Tausenden von Vermögenden auf der Welt). Ebenso gab Grosspapi Cecchino der Familie von Hans einen erheblichen Zustupf in Form eines zinslosen Darlehens für ihren Hauskauf, denn zu seiner Schwiegertochter Lydia unterhielt er ein herzliches Verhältnis.

Die Ehe von Thaddea und Cecchino schien sich nach dem Wegzug der Kinder und wahrscheinlich auch wegen der gemeinsamen Aufenthalte in Nervi und im Engadin erneut zu häutlen. Sie fanden wieder zu einer liebevollen Partnerschaft. Davon zeugt der folgende letzte Brief von Cecchino an Thaddea:

St. Gallen, 19. Juli 1943

Liebes Mammeli,
gestern wurde mir der Abschied von Dir sehr schwer, ich kam mit nassen Augen nach Brunnen herunter. Warum, weiss ich eigentlich selber nicht, vielleicht die Erinnerung, dass ich Dich vor 37 Jahren dort kennen, lieben & heiraten durfte. Das Gefühl, dass wir, inzwischen gealtert, nicht mehr von uns lassen sollten, das Gefühl, dass Du dort oben auf dem Axenstein allein & ich zu Hause in der leeren Bude, nur mit der blöden Ida. – Kurz & gut, jetzt ist es wieder vorüber. – Drunten in Brunnen war es märterlich heiss, enorm viel Publikum, Chilbi etc.
Der Zug von Brunnen ab 5.37 ist schon recht, ab Goldau 6.10 mit direktem Wagen bis St. Gallen. – Empfehle Dir diesen. – Nur gestern war enorm viel Sonntagspublikum, in Rapperswil. Schweizerisches Jodlerfest. Da kamen beständig Drittklassleute herein. – Ankunft St. Gallen mit halber Stunde Verspätung. – Bruggwald 9.30. – Ida im Bett. – Ich sehr hungrig, nichts mehr gegessen seit Mittag. – (2 Eier, Butterbrote, Erdbeeren & kühlen Wein.) Heute seit 6.40 Uhr wieder auf der Unfall-Krampfanstalt[153]. Enorm viel Arbeit, dazu eine stumpfsinnige Hitze, die alle krank macht.
Liebe liebe Mamma, bitte bitte geniesse die paar Tage in Brunnen & Axenstein. – Dann lasse ich Dich nicht mehr allein und nehme Dich mit ins Engadin. – Hier sonst nichts Neues.
Empfange viel liebe Schmützeli & Grüsse von Deinem Cecchino

---

153 Gemeint ist die SUVA.

Exkurs (für Interessierte)

Der Abstieg am 25./26. August[154]

Nun geht es über den schmalen und ausgesetzten Firngrat abwärts zum Nebengipfel la Spadla (4017 m). Ich gehe hier nun hinter Conrad und halte ihn am straffen Seil, damit ich ihn, wenn er ausrutschen sollte, noch halten kann oder notfalls auf die andere Seite des schmalen Firngrats springen könnte. Bei la Spadla angekommen, abwärts über den Spallagrat in abwechslungsreicher Abkletterei im Schwierigkeitsgrad II–III und um Felszacken sichernd, steigen wir circa hundertfünfzig Höhenmeter ab, teilweise seile ich zu Forster ab.
Der letzte Teil ist so steil, dass ich Conrad mit meinem zweiten Seilstück und einem Eisenkarabiner mittels Halbmastwurf[155] wieder ablasse. Ich kann mich dann zur halben Strecke abseilen und klettere das letzte Stück bis zu Conrad ab. Einen Sturz meinerseits könnte Conrad nicht halten, und ich würde ihn mit in den Tod reissen. Ein schlaffes Seil erzeugt zu viel Weg und hohe Kräfte, die der Seilpartner nicht mehr halten kann. Auch würde bei einem Sturz das Hanfseil über eine scharfe Felskante durchgeschnitten.
Nun läuft aber alles gut, und ich steige zu Conrad ab, ohne einen Stein zu lösen. Conrad zieht das Seil ein, um nicht zu viel Schlappseil zwischen uns zu haben. Von hier aus geht es weniger steil am langen und gestreckten Seil südwärts hinunter zur Schutzhütte Marco e Rosa (3609 m), die 1913 eröffnet wurde (minus 452 Höhenmeter, 1,11 Kilometer, 1,5 Stunden Marsch und Abseilzeit). Für den Abstieg bis zur Schutzhütte brauchten wir zwei Stunden.
Das Panorama auf der italienischen Seite ist so toll, und die gegenüberliegenden Gipfel Crast' Agüzza, Piz Argient und der Piz Zupò sind zum Greifen nah, auch die Bellavista zeigt sich mächtig am heutigen Tag.
Ich zünde ein Feuer an mit dem wenigen Holz, welches noch da ist. Es wärmt uns. Conrad ist von der heutigen Tour völlig erschöpft, so-

---

154 Gemäss David Bär, vgl. FN 146, S. 630
155 Knoten zum Abseilen und zur dynamischen Sicherung des Kletterpartners.

dass er sich sofort hinlegen muss und ein wenig döst. Ich bereite uns aus Schnee, der haufenweise um die Schutzhütte herumliegt, warmes Wasser. Wir gehen am Abend bereits früh, um 20.30 Uhr, schlafen, nachdem wir den Sonnenuntergang genossen haben und es dunkel und kalt geworden ist. Denn der morgige Abstiegstag wird nochmals anstrengend. Es ist eine kalte und klare Nacht. Das Schlafen auf dreieinhalbtausend Metern bekommt Conrad nicht so gut, das ist er nicht gewohnt. Die Anstrengungen des letzten Tages machen sich am Morgen zusätzlich bemerkbar.

Heute, am 25. August 1926, ist es klar, und die Sonne scheint. Es geht nun über den sogenannten Buuch und das Labyrinth abwärts nach Morteratsch Bahnhof. Es liegen noch minus 1712 Höhenmeter, zehn Kilometer Distanz und sechs Stunden reine Marschzeit vor uns. Der Weg ist steil, und der Schnee wird, je tiefer wir kommen, immer weicher. Durch das Labyrinth ist Führungstechnik gefragt, denn man kann nicht einfach gerade hinab durch ein Labyrinth. Es geht mal links, mal rechts, immer schön um die möglichen Spalten herum und so lange als möglich im flacheren Gletschergelände bleibend. Und an steilen Stellen rückwärts hinuntergehend mit dem langen Pickel in einer Hand und der Pickelspitze eingerammt im Schnee.

Im oberen Teil brauchen wir noch unsere Steigeisen und den Pickel. Ab 2300 Metern sind die Steigeisen nicht mehr nötig, da es flacher wird und wir guten Trittschnee vorfinden. Den Pickel nutzen wir von da an eher als Gehstock. Es ist immer noch ein Stück bis zur Eisenbahnstation Morteratsch, und unsere Beine werden immer müder, die Schultern immer schwerer. Wenn wir Pausen machen, dann immer am gestreckten Seil. Denn die Schneebrücken über den Gletscherspalten werden nach unten hin immer instabiler. Einen Spaltensturz wollen wir unbedingt vermeiden, da wir müde sind und das noch mehr an unseren Kräften zerren würde. Wir sind aufeinander angewiesen, auch wenn ich die Führungsrolle habe. Aber allein nicht angeseilt auf dem Gletscher unterwegs zu sein, würde Lebensgefahr bedeuten. Vor allem wenn man die Spalten unter sich nicht sieht und der Gletscher nur wenig mit Schnee überdeckt ist, wie das im unteren Teil der Fall ist. Und mit Steigeisen aus einer Gletscherspalte zu kommen geht viel einfacher als ohne.

Wir gelangen nach sieben Stunden (insgesamt eine Stunde Pause) todmüde am Bahnhof Morteratsch an. Wir sind glücklich und stolz, eine solch grosse Leistung vollbracht zu haben. Der Zug kommt in circa einer Stunde. Wir setzen uns hin, geniessen noch unseren letzten Marschteeschluck und ein kleines Stück Käse, welches übrig geblieben ist. Wir schauen zurück und mit dem Feldstecher hinauf zum Biancograt und dem höchsten Gipfel Graubündens. Zusätzlich schaue ich noch, ob ich meine Abstiegsroute wiedererkenne im Gletscherfeld. Sicher werde ich diesen Berg wieder begehen. Mehr als einmal. Der Zug kommt dann auch aus Tirano durch das Puschlav über den Berninapass und nimmt uns mit bis nach Pontresina. Den Abend feiern wir bei einem exquisiten Nachtessen und zwei Flaschen Veltliner – bald gehen wir wankend, aber selig zu Bett. Ich glaube, wir fahren nicht allzu früh zurück nach St. Gallen.

«Conrad Forster will unbedingt mitkommen. Er hat ja einige Bergerfahrung. Unter meiner Führung gut vorbereitet, scheint mir das machbar, da ich den berühmten Biancograt zum Gipfel bereits fünf Mal bestiegen habe.»

Conrad und Cecchino mit circa 40 Jahren.

Der treue Fiat 502 d.

Der Aufstieg.

Auf dem Biancograt. *Piz Bernina, 4049 m.*

«Wir haben nun nach sechs Stunden den Gipfel bei guten Verhältnissen erklommen. Conrad atmet schwer, scheint vom letzten Abschnitt erschöpft, strahlt aber über das ganze Gesicht.»

«Vorweg gibt es da auch ein grosses Glück zu benennen: Der Kauf des Grundstückes an der Bruggwaldstrasse 52 und die nun seit einem guten halben Jahr von uns bezogenen Villa mit Park.»

«Hans ist nicht mein Typ, er
ist zu schwächlich, zu weich
und eingeschüchtert, auch
zu gstabig, was mich oft reizt.»

«Da ist Bice doch ein anderer Mensch.
Ein Mädchen, nicht ein Junge, eben leider.
Sie besitzt auffallend viel Energie. Sie ist
dynamisch, zielstrebig und betreibt auch
intensiv Sport. Ihr Bubikopf sei der letzte
deutsche Modeschrei. Frauen imitieren
Männer, was nicht unsere schweizerische
Art ist.»

Garage

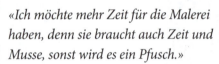

«Ich möchte mehr Zeit für die Malerei haben, denn sie braucht auch Zeit und Musse, sonst wird es ein Pfusch.»

«Besser noch in den Wintermonaten ab in den Süden. Ich meine nach Nervi und dort fern vom üblen Klima in St. Gallen, gemütlich ohne Druck die Tage, ja Monate verbringen.»

STEINMANN

33. Bernhard, zielstrebig und fleissig
(1927–1931)

Wie Bernhard nach der Matur zielstrebig in den Fussstapfen seines Vaters Medizin, allerdings Innere, studiert, die Gebirgs-Sanitätsrekrutenschule in Andermatt ihm einen interessanten Ausgleich eröffnet und das Verbindungsleben für ihn nur eine Pflichtübung ist.

Bernhard geht in Gedanken versunken und nicht allzu schnell über die Kirchenfeldbrücke in Bern. Er nimmt den schönen und milden Frühherbsttag nicht wahr. Nicht einmal wenn das Tram rumpelnd und nah an ihm vorbeifährt oder ihn ein Motorrad knatternd mit Abgasen eindeckt. Auch für die Autos, die hinter den Velofahrern her hupen, hat er kein Auge, kein Ohr. Er selbst radelt heute nicht. Er ist sonntäglich gekleidet, mit silberner Krawatte und sogar einem weissen Pochettli. Von aussen gesehen ein junger, eleganter Mann mit schwarzen Haaren, rundglasiger Brille und ernstem Gesichtsausdruck. Er wirkt abwesend und in sich gekehrt.
Am heutigen Freitag, dem 23. September 1927, das weiss er sicher, hat sich sein Leben verändert. Aus Sicht der Lehrer des Gymnasiums, ja der überkommenen gesellschaftlichen Traditionen ist er nun matura, schulabschlussreif.
Sozusagen lebensreif, was immer man darunter verstehen mag.
Vor anderthalb Stunden wurde ihm sein Maturazeugnis überreicht, welches ihm keine Überraschung eröffnete, wenn man von Dr. Roth, seinem Klassenlehrer, absieht, der laut und vernehmlich sagte: «Herr Steinmann, hier Ihr Maturazeugnis. Wie immer ‹gut› bis meist ‹sehr gut›. Sie haben sogar den Meyer-Preis gewonnen. Das kommt, meine Damen und Herren», hier richtet sich der Klassenlehrer an alle, «nur selten vor. Das setzt eine Sechs in allen naturwissenschaftlichen Fächern voraus. Herr Steinmann, ich gratuliere

Ihnen herzlich. Der Preis wird Ihnen morgen an der Maturafeier überreicht.»

Wie immer, wenn er sich plötzlich im Zentrum der Aufmerksamkeit findet, reagiert Bernhard, genannt Bubu, verlegen. Er weiss nicht so recht, was er antworten soll. Dies ist auch nicht nötig, denn die ganze Klasse klatscht spontan. Bubu ist nicht unbeliebt. Er kann gut zuhören und gibt keine übereilten und unüberlegten Antworten. Er ist ausserordentlich fleissig, trägt dies aber nicht durch Besserwisserei nach aussen. Bubu ist also keineswegs ein unangenehmer Streber. Man könnte sogar meinen, seine Tendenz zur Langsamkeit sei eine bewusste Strategie im Umgang mit der Umwelt.

Er denkt: «Klar, ich bin nun einmal so. Ein introvertierter Charakter sei ich gemäss meinem Vater. Das mag ja sein. Aber irgendwie habe ich einfach Hemmungen gegenüber den anderen und halte mich lieber ein wenig im Hintergrund.»

Mitten auf der Brücke bleibt er stehen, und indem er auf das Schwellenmätteli mit den sprudelnden Aareschwellen blickt, wird er sich bewusst, dass sich nun sehr vieles ändern wird.

«Ja, ich darf schon auf eine gute Schulzeit zurückblicken. Die Ausflüge mit den Kameraden, das Bergwandern, die Ferien in Vechigen bei Bümi und Nor, die während der Woche immer bei uns zum Mittagessen weilten... Damit ist es wohl in der nächsten Zeit unwiderruflich vorbei.»

Noch einmal lässt er die grosse Reise des letzten Sommers vor seinem inneren Auge Revue passieren, auf der er nach bestandener Autoprüfung mit siebzehn Jahren[156] den Buick von Papa chauffieren durfte bis ans Meer. Unvergessen blieb neben vielem Schönen und Verwunderlichen die Reifenpanne, die er bestens bewältigte und bei der ihm Buba trotz seinen erst acht Jahren erstaunlich geschickt zur Hand ging. Mama und Hanni standen umher oder fotografierten die Gegend. In diesem Sommer hatte es bis auf einen gemeinsamen

---

156 Gemäss dem 1926 in Paris unterzeichneten Internationalen Abkommen über Kraftfahrzeugverkehr konnte man damals die Autoprüfung bereits mit 16 Jahren machen. Nach der ersten schweizerischen Verkehrsgesetzgebung von 1933 wurde das Alter auf 18 Jahre angehoben.

Bummel über Schloss Utzigen nach Vechigen keine Ausflüge oder Reisen gegeben. Nein, er hatte sich in seinem Zimmer verbarrikadieren müssen, um sich auf die mündliche und schriftliche Matura vorzubereiten.

«Nun gibt es sicher keine Ferien mehr. ‹Die schönen Tage von Aranjuez sind nun zu Ende›[157], und nun fängt das Leben B an, wie meine Mama zu sagen pflegt. Es gilt jetzt, das Medizinstudium anzufangen und mich diesem mit voller Kraft und Hinwendung zu widmen.

Natürlich fühle ich immer den Druck des grossen und allgegenwärtigen Vorbildes meines Vaters, wobei er mir diesen Druck nicht vermittelt. Er ist einfach da. Meine allerliebste Mama dagegen hat ihre Verehrung für ihn mir gegenüber immer indirekt oder direkt ausgedrückt. Man könnte hin und wieder glauben, Papa sei ihr Gott und sie seine Prophetin.»

«Natürlich», sagt sich Bubu, «ich kann gar nicht anders, als ihm nachzustreben. Er hat wohl recht, in mir nicht den Chirurgen, sondern eher einen Inneren Mediziner zu sehen. Ich bin schon froh, dass er mich nicht zu diesem blutigen Handwerk zwingt. Auf die Länge wäre das meine Sache sicher nicht. Es freut mich, dass ich wie er seinerzeit die Propädeutika, 1 und 2, in Genf studieren darf. Zwei Jahre fern von zu Hause in der welschen Schweiz tun mir sicher gut. Allerdings gilt es in den Semesterferien, die Rekrutenschule und danach die Aspirantenschule für Mediziner hinter mich zu bringen. Ich freue mich auch, dass der Aushebungsoffizier meinem Wunsch nachkam und mich den Sanitätern des Gebirgsarmeekorps zugeteilt hat: RS in Andermatt! Da werde ich gratis und franko eine Gebirgsausbildung im Klettern und Skifahren erhalten.»

In das Hin und Her, Vor und Zurück seiner Gedanken versunken, geht Bubu langsam zur Alpeneckstrasse, wo ihn seine Mutter Betty unter der Tür schon mit Spannung erwartet.

«Bubu! Reichlich spät. Du hast doch das Zeugnis bereits um zehn Uhr erhalten.»

---

157 Der berühmte Beginn von Friedrich Schillers Drama *Don Carlos*: «Die schönen Tage von Aranjuez / Sind nun zu Ende. Eure Königliche Hoheit / Verlassen es nicht heiterer.»

«Ja, Mama. Du verstehst sicher, dass wir noch eine Weile zusammensassen und ein Glas Weisswein zum Anstossen tranken. War ja bisher verboten. Und alle haben insbesondere mir zugeprostet.»

«Ja warum?»

Ohne eine Antwort zu geben, greift Bubu nach dem Maturitätszeugnis aus festem Papier mit entsprechendem Wäppchen Bern und der Schweiz darauf und überreicht es Mama.

Sie studiert es und meint dann: «Gut, Bubu, nicht schlecht. Aber warum prostet man dir deswegen zu?»

«Wenn du genau hinsiehst, Mami, wirst du feststellen, dass ich in allen naturwissenschaftlichen Fächern eine Sechs habe. Damit wird mir morgen an der Maturafeier der Meyer-Preis überreicht. Schade, dass Papa nicht dabei sein wird.»

«Schön und gut, Bubu. Weisst du, bedeutsam wird es erst, wenn du die Habilitation abschliesst. Doch immerhin, für das Studium der Medizin hast du eine gute Ausgangslage.»

***

Diese Reaktion der Mutter ist überliefert. Ebenso, dass trotz grosser Verehrung seines Vaters für die Mutter dies wie eine kalte Dusche auf ihn wirkte. Meine Schwester Veronika schreibt dazu:

Für meinen Vater Bernhard war die Berühmtheit seines Vaters eher eine Belastung. Er stand schon in der Schule unter dem Druck, Superleistungen zu erbringen. Als er bei der Maturität den Meyer-Preis gewann (je eine Sechs in Mathematik, Chemie, Physik und Naturheilkunde) und das Resultat stolz zu Hause präsentierte, hiess es: «Das ist nichts; wenn du die Habilitation schreibst, dann ist das etwas.» So bemühte er sich ein Leben lang um die Professur. Er erhielt sie aber erst mit neunundvierzig Jahren.

Diese Episode ist deshalb von Bedeutung, weil sie für das steht, was das Leben meines Vaters zum Mindesten in der ersten Hälfte seines Lebens bestimmte: der Druck nämlich, Professor zu werden, ähnliche Erfolge wie sein Vater zu erzielen und überhaupt ganz im Sinne einer akademisch-bürgerlichen Familie zu leben. Diese Zwanghaftigkeit betraf sowohl sein Äusseres, das heisst seine unmittelbare Umwelt wie seine Familie, als auch sein Inneres. Dass er dabei einen eigentlichen Tunnelblick nur für die medizinische Wissenschaft entwickelte und die gesellschaftliche, wirtschaftliche und vor allem politische Umwelt jener zunehmend kritischen Lage wohl nur wenig wahrnahm, davon später.

***

Wir schreiben Sonntag, den 14. April 1930. Papa Fritz und Bubu sitzen auf weissen Korbstühlen im Garten der Alpeneggstrasse am ebenso weissen Tisch und trinken Kaffee. Der erste warme Frühlingstag lädt zum Verweilen im Garten, ganz nach dem Motto: «Der Maiensonne junges Glühen triebweckend in die Erde dringt.»[158] Die Forsythien blühen bereits mit ganzer Kraft, gelber wäre gar nicht möglich. Tulpen haben die Schneeglöckchen abgelöst. Würde es so bleiben, stünde ein herrlicher Frühling vor der Tür.
Natürlich ist es nicht selbstverständlich, dass Fritz seinen Sohn, seit dieser Student ist, um ein Gespräch gebeten hat. Betty und Hanspeter sind angewiesen, sie nicht zu stören. Vor den beiden liegen zwei gelbliche Dokumente. Beide rauchen. Fritz eine Zigarre und Bubu eine Zigarette in seiner besonderen Art: Er zündet eine Norton an und lässt diese, ohne zu inhalieren, einfach vor sich hin qualmen. Eine seltene Manie, die ihm zeitlebens bleiben wird. Nur die Frequenz wird häufiger, das heisst, später zwei Päckchen pro Tag.
Papa beginnt zu reden, indem er eines der zwei Blätter in die Hand nimmt und meint: «Nicht schlecht, Bubu, gar nicht schlecht. Bis auf die Fünf in Physiologie überall eine Sechs, ja man könnte dies als ausgezeichnet bezeichnen.»
Bubu gibt leise zur Antwort: «Du aber hast in allen Bereichen des Propädeutika eine Sechs geschrieben...»
«Da hast du recht. Aber beim Ersten war ich deutlich weniger gut. Wie auch immer, du hast es geschafft und beste Voraussetzungen für

---

158 Zitat aus dem Studentenlied «Student sein» (1906) von Josef Buchhorn.

das Medizinstudium, und das wie ich in Genf. Allein schon wegen der Sprache ist das nicht einfach. Ich kann mich da gut erinnern. Hast du dich schon fürs Studium an der Uni in Bern eingeschrieben?»
«Ja, fürs Sommersemester Anfang Mai.»
«Gut, wir hatten ja kaum Gelegenheit, miteinander zu sprechen. Wie war das in Genf? Hast du besondere Erinnerungen, hast du gar eine Genferin kennengelernt?»
«Das habe ich schon früher erzählt. Ich war nur an der Uni und in meiner Bude am Lernen. Du hast recht, Papa. Es ist tatsächlich sehr anspruchsvoll, alles in Französisch zu lernen, auch wenn ja vieles in Latein bezeichnet ist. Wie du weisst, war ich in den Sprachen nie so gut wie du – und an Literatur sowie Geschichte eben wenig interessiert. Doch mit der Zeit ging's ganz gut. Nein, Neues und Besonderes gibt es weniger zu berichten.»
«Aber von der RS im letzten Sommer in Andermatt hast du auch nicht viel erzählt. Da hat sich sicher viel Interessantes für dich ergeben?»
Bubu lächelt, und man sieht ihm an, dass er an die Tage in Feldgrau mit beissender Uniform zurückdenkt. Nach einigem Zögern gibt er zur Antwort: «Wenn ich einmal vom Militärischen absehe, das heisst vom Exerzieren, dem sinnlosen Herumrennen oder auch Warten, habe ich sehr viel dazugelernt. Du weisst, wir gingen oft und gut geführt, so auch von ansässigen Bergführern, auf die umliegenden Gipfel. Wir lernten den aktuellen Stand der Klettertechnik kennen und übten uns mit dem Transport von Verletzten auf den Bahren in schwierigem Gelände. Wir kamen sogar zum Skifahren, denn in der Höhe hatte es noch Schnee. Ich würde sagen, lieber Papa, zu Berg gehen und Skifahren könnte sich zu meinem Hobby neben der Medizin entwickeln. Ich bin schon seit Juli 1926 im SAC.»
«Als Mediziner kann ich nur zu einem Ausgleich raten. Vor allem mit Bewegung. Sicher ist, der Weg zur Gesundheit ist ein Fussweg. Aber du weisst, dass ich mich bisher praktisch nicht daran gehalten habe. Chirurgie und das wissenschaftliche Verarbeiten der gewonnenen Erkenntnisse sind einfach zu zeitaufwendig. Ich nehme mir fest vor, das nach meinem sechzigsten zu ändern. Vielleicht könnten wir dann zusammen hin und wieder bergwandern gehen, das würde mich freuen. Jetzt aber habe ich einfach zu viel am Hals. Die Chirurgie, die Praxis,

die Vorlesungen, das Engeried, nun auch das Tiefenauspital, das Präsidium der Kantonsärzte und die Studentenverbindung. Ja, ich sollte wirklich kürzertreten. Aber das ist leider leichter gesagt als getan.
Im Übrigen, mein Lieber, du siehst es ja selbst, dass wir in unruhigen und wirtschaftlich schwierigen Zeiten leben. Die politische Unrast in Deutschland nimmt zu. Der Zusammenbruch der New Yorker Stock Exchange am Schwarzen Donnerstag im vergangenen Oktober hat sich über die ganze Welt ausgebreitet. Auch wir in der Schweiz sind nun von der Weltwirtschaftskrise betroffen, das weisst du. Der schnelle Gewinn und die Gier führten zu diesem Crash. Ich schaue zwar nicht hin, da Mama fürs Finanzielle verantwortlich ist – aber unter uns, ich glaube, auch sie hat einiges verloren. Ich will es lieber gar nicht wissen.
Wie auch immer, die Zeiten sind schlimm, könnten aber noch schlimmer werden. Das habe ich im Krieg zur Genüge erlebt. Alle Booms wurden in der Geschichte mit Crashs beendet. Die Bäume sind noch nie in den Himmel gewachsen, das hätte man wissen können.
Warum ich dir das so ungewohnt ausgiebig erörtere? Lieber Bubu, das Beste ist eine fundierte Ausbildung, und zwar insbesondere in der Medizin. Dies scheint mir krisensicher, und das gilt sogar im Krieg. Das habe ich erlebt. Da hat man leider und notgedrungen noch mehr zu tun. Im Übrigen bin ich der Auffassung, dass du das Zeug zum Wissenschaftler hast. Du bist gründlich, fleissig und intelligent. Ich bin sicher, dass dein Weg zum Professor leichter und ebener sein wird als der meinige. Du weisst, ich kam von ganz unten. Du aber wirst es einfacher haben... und sogar Vorlesungen bei mir und deinem Onkel Walter Frey[159] besuchen. – So, das wäre meine Sonntagspredigt an dich mit gleichzeitiger Gratulation zum Propädeutikumsexamen am 30. März.»
Bubu hat die ungewohnt lange Rede seines Vaters mit grossen Augen verfolgt. Wie immer lässt er das Gesagte erst auf sich wirken, bevor er antwortet. Er räuspert sich und will anheben, als sein Vater gleich

---

[159] Der Internist Dr. Walter Frey (1884–1972) war mit Alice, einer Schwester von Fritz' Ehefrau Betty, verheiratet.

fortfährt: «Etwas möchte ich unterstreichen. Es war von grossem Vorteil für dich, dass dein Götti selig[160] und ich dich bereits zu Beginn deiner Genfer Jahre als Verbindungsgöttis in der Zofingia angemeldet haben. Da gehörst du einfach dazu. Das war etwas ungewöhnlich, aber immerhin war dein Götti Fink Bundesrat und hatte in der Verbindung das grösste Gewicht. Deine Anwesenheit an der Beerdigung als junger Verbindungsfuchs wurde wohlwollend registriert. Ich kann dir auch verraten, dass er es war, der seinerzeit als Militärvorsteher deinen Wunsch Wirklichkeit werden liess, die RS beim Gebirgskorps zu machen. – Nun zur Zukunft: Schliesslich darfst du nicht vergessen, dass du dann das dritte oder vierte Semester im Ausland absolvieren solltest. Ich war seinerzeit in Leipzig. An was denkst du?»
Bubu ist ziemlich überfordert und sagt einfach, damit etwas gesagt ist: «Ich glaube, Wien.»
Im gleichen Augenblick, als er spricht, treten wie gerufen Mama, Buba und dahinter Hanni mit ihrem Verlobten André Nicolet hinzu.
Bubu ist erleichtert, weil er auf dieses unerwartete «Geschütz» seines Vaters nun nicht eingehender antworten muss.

***

Kurz danach, am 5. Mai 1930, nimmt Bernhard sein klinisches Studium an der Uni Bern auf. Nun geht es zur eigentlichen Sache, die ihn interessiert. Schon im ersten Semester besucht er zwei Vorlesungen seines Onkels Walter zur Perkussion und zur Untersuchung des Urins. Ein Kurs eines Freundes seines Vaters, Professor Guggisberg, in der Geburtshilfe steht ebenfalls schon an. (Die Gebühren für alle Kurse betrugen jeweils 23,65 Franken.)

---

160 Der am 14. November 1929 infolge einer missglückten Kropfoperation verstorbene Bundesrat Karl Scheurer war zeit seines Lebens äusserst aktiv. So verbesserte er die im allgemeinen Pazifismus heruntergekommene Schweizer Armee mit verschiedenen Reorganisationsmassnahmen. Unter Scheurers Führung besichtigte König Ferdinand I. von Rumänien im Jahr 1924 die Armee (Fritz war übrigens dabei). Bei seiner Abdankung sprach Fritz für die Zofingia die Worte: «Als Zeichen des Dankes für alles, was du uns gegeben hast, zum Dank für deine Treue, gibt dir die geliebte Zofingia ihre Farben mit ins Grab, das deine irdische Hülle aufzunehmen bereit ist. Du aber wirst fortleben in uns als anfeuerndes Beispiel, recht Berner und Schweizer zu sein. Wir werden dich nie vergessen.»

Das Leben unter dem heimischen Dach erscheint Bernhard nun schwieriger als früher: In den Jahren in Genf war er sein eigener Herr und Meister und konnte sein Tun und seltenes Lassen selbst bestimmen. Zu Hause aber herrscht nach wie vor Betty mit starker Hand, und hinter ihr der grosse Schatten ihres Mannes. Bubu bleibt wie vorher der ältere Bub, obwohl er ja jetzt bereits zweiundzwanzig Jahre alt ist. Ja es hat sich noch etwas verschärft: «Mama ist geiziger geworden und hält mich einfach zu kurz. Ob das mit der Anspielung von Papa wegen eines Finanzverlusts zu tun hat?», denkt Bernhard. Aber es ist nicht seine Art, nachzufragen oder gar mehr zu fordern. Verwundert zeigt er sich jedoch, dass immer noch grössere Gesellschaften für Kollegen und Freunde ausgerichtet werden. Das sogenannte offene Haus wird gepflegt. Er ist froh, dass er wegen des Studiums nicht oder nur kurz daran teilnehmen muss.

Natürlich beunruhigen auch ihn die immer deutlicher werdenden Wirtschaftsprobleme in der Schweiz. Zu oft sieht er Demonstrationen von Arbeitslosen auf dem Bundesplatz, und die Zeitungen schreiben täglich davon. Die Journalisten erteilen dem Bundesrat besserwissend Ratschläge, als ob sie die Rezepte gegen die Krise wüssten.

Bernhard ist froh, dass er in den Sommerferien in die Aspirantenschule für Mediziner einrücken darf. Speziell die Unfall- und Katastrophenmedizin interessiert ihn, weil er alle Schriften seines Papas gelesen, ja eingehend studiert hat. Trotzdem ist Bernhard nach wie vor der Überzeugung, dass seine Richtung nicht die Chirurgie sein wird, sondern die Innere Medizin. Das sieht Papa Fritz ja ebenso.

Als brevetierter Leutnant nimmt er das Studium im Wintersemester 1930/31 wieder auf. Das Besondere dabei: Er besucht das erste Mal Vorlesungen seines Papas (zum Thema Frakturen) und wie bisher Kurse bei Onkel Walter und Freund Guggisberg, dies neben allen anderen.

In der Zofingia macht er zwar gerne mit, doch ihm scheint, dass es zwei Arten von Verbindungsbrüdern gibt: die einen, die voll und ganz dabei sind, sich nicht nur vollständig mit dem Verbindungsleben identifizieren, sondern bis zur Trunkenheit Bierrituale pflegen, und die anderen, die korrekt, aber etwas zurückhaltend sind, eher beobachtend und Exzesse vermeiden. In diesem Sinne zählt sich «Bubu», so nun auch sein Verbindungsvulgo, zu Letzteren. Seine Mitgliedschaft war ja vor allem durch seinen Vater und seinen Götti arrangiert worden.

Nachdem sich Hanni und André verlobt haben, findet ihre Hochzeit am 12. Februar 1931 statt. Nach der kirchlichen Trauung in der Heiliggeistkirche nehmen siebzig Personen ihren Platz an der U-förmigen Hochzeitstafel im «Bellevue» ein. Bernhard sitzt auf der Seite neben einem schwatzigen Fräulein Kaiser, das er bisher nicht kannte. Dies entlastet ihn, denn gerade längere Tischgespräche sind seine Sache nicht. Gott sei Dank hat er vis-à-vis seinen Cousin Hans Lauterburg[161], mit dem er sich gut versteht, und seine rechte Nachbarin wendet sich stets nach rechts. Etwas verwundert ist Bubu darüber, dass seine Eltern nicht in der Nähe ihrer Tochter Hanni sitzen, sondern zusammen mit Engeriedkollegen deutlich abgesetzt auf der Seite. Vielleicht will Papa ein wenig Distanz halten zu seinem Oberarzt – denn diese Position hat André inzwischen inne –, damit es an Hannis Hochzeitstag nicht zu medizinischen Alltagsgesprächen kommt. Aber wer weiss, vielleicht gibt es auch andere Gründe für die seltsame Tischordnung. Ihm selbst wird André immer etwas fremd bleiben. Er ist bestimmt ein attraktiver, schöner Mann und ein herausragender Chirurg, jedoch für ihn etwas zu offensichtlich ehrgeizig. Aber André ist nun schlicht sein Schwager, und Hanni muss mit ihm leben – allerdings nun auch an der Alpeneggstrasse.

Gegen Ende des Wintersemesters 1930/31 sagt ein Studienkollege so nebenbei zu Bubu: «Ich finde, dein Vater sieht schlecht aus. Er ist so bleich, und mich dünkt, hin und wieder sei er etwas ausser Atem. Leidet er an etwas?»

Bernhard ist erstaunt. Doch nach diesem Hinweis seines Kollegen muss auch er feststellen, dass Vater in der letzten Zeit nicht mehr gleich am Abend in seinem Arbeitszimmer an einer Publikation schreibt, sondern sich immer früher zurückzieht. Es ist eben so: Wenn man im Alltäglichen nahe beim andern ist, fällt einem eine langsame Veränderung nicht so schnell auf. Bernhard nimmt sich vor, einmal

---

161 Sohn von Marie (Bettys Schwester) und Ernst Lauterburg.

aus Sicht eines angehenden Mediziners mit Papa zu reden. Er will ihm vorschlagen, eine Auszeit zu nehmen, zum Beispiel eine grosse Reise zu machen. Unglücklicherweise spricht er zuerst mit Mama, die ihm zwar zustimmt, aber betont, dass Papa sicher keine Ratschläge von ihm entgegennehmen wird. Sie werde selbst mit ihm reden, denn auch sie würde sich über eine solche Auszeit freuen.

Im Winter 1931/32 wurde diese Reise unternommen, eine sechswöchige Fahrt entlang der Italienischen Riviera, wobei sie in Rapallo und Portofino länger verweilten. Nach der Italienreise führte Fritz sein breites Spektrum an Aktivitäten wie vorher fort. Vielleicht wurde sein Immunsystem dadurch derart geschwächt, dass seine folgende Lungenentzündung fatal verlief.

Wie bereits erwähnt, ist Fritz im gleichen Jahr gestorben.

Die Maturaklasse von Bernhard, genannt Bubu, am 23. September 1927 (Bubu, dritter von links unten).

«*Nach bestandener Autoprüfung durfte Bubu mit 17 Jahren den Buick von Papa chauffieren. Es ging durchs Rhonetal bis ans Meer. Unvergessen blieb neben dem vielen Schönen und Verwunderlichen die Reifenpanne, die er bestens bewältigte.*»

«Natürlich fühle ich immer den Druck des allgegenwärtigen Vorbildes meines Vaters, wobei er mir diesen nicht vermittelt. Er ist einfach da. Meine allerliebste Mama dagegen hat in Verehrung für ihn mir diesen immer indirekt oder direkt ausgedrückt.»

Im Frühjahr 1930 schliesst Bubu (2. von links vorne) die vier Propädeutikasemester mit Bestnoten in Genf ab.

Sanitäts-Sommerrekrutenschule in Andermatt 1929: «Wir lernten den aktuellen Stand der Klettertechnik kennen und übten uns mit dem Transport von Verletzten auf den Bahren im schwierigen Gelände. Wir kamen sogar zum Skifahren, denn in der Höhe hatte es noch Schnee.»

Nachdem die New Yorker Börse am 24. und 25. Oktober 1929 zusammengebrochen war, breitete sich die Weltwirtschaftskrise auf der ganzen Welt aus. Auch die Schweiz wurde ab 1930 davon betroffen.

«Natürlich beunruhigen Bubu die deutlich werdenden Wirtschaftsprobleme in der Schweiz auch. Oft sieht er Demonstrationen von Arbeitslosen auf dem Bundesplatz oder in den Strassen.»

Herr Leutnant Bernhard Steinmann schiesst mit dem Karabiner 11.

Bubu (in der Mitte) als Fux-Major.

Die Mitgliedschaft in der Studentenverbindung Zofingia scheint vor allem von seinem Vater und seinem Götti Bundesrat Karl Scheurer arrangiert worden zu sein.

34. Bice kämpft sich durch (1926–1928)

Wie Bice ohne Unterstützung des Vaters ihr Wunschstudium in Ökonomie beginnt, verbunden mit verschiedenen Nebenbeschäftigungen, insbesondere bei der Pro Juventute, und den Eiskunstlauf in Genf pflegt, wobei eine besondere Affäre Spuren hinterlässt.

Sie schweigen sich an. Beide mit roten und erhitzten Köpfen. Da herrscht ziemlich dicke Luft im Arbeitszimmer von Cecchino an diesem Samstag im März 1926. Bice schaut nicht etwa verschüchtert vor sich hin, vielmehr schweift ihr Blick über das Zimmer mit den dunklen Möbeln, die Bücherwand, über den schweren Eichentisch mit der Schiefereinlage, wahrscheinlich aus dem Bündnerland, und über die dunkelblau bezogenen Sessel und Papas Ruhebett. Auf diesem pflegt Cecchino nach dem Nachtessen jeweils ein Nickerchen zu machen, wozu dann Thaddea sagt: «Ceccheli, das hat doch keinen Sinn – geh doch gleich ins Bett.»

Heute sitzt er mit den Hosenträgern über seinem offenem Hemd aufgerichtet in dem mit reichen Holzschnitzereien verzierten, hohen, ausladenden Renaissancestuhl und bellt noch einmal: «Nein, Bice, nicht einverstanden – und wenn du daran festhältst, werde ich dir jede Unterstützung streichen.»

Sein kleiner weisser Foxterrier Garibaldi zu seinen Füssen hebt den Kopf, spitzt die Ohren, so als würde er denken: «Jetzt geht es wieder einmal los.»

Die schlanke Bice sagt nichts, wirft nur ihren schwarzen Bubikopf in den Nacken, verschränkt die Arme über ihrem blauen, eng anliegenden Kleid mit weissem Kragen und schweigt weiter. Sie hat nämlich vor drei Tagen die Matura bestanden und ein rechtes, wenn auch nicht glänzendes Maturazeugnis erhalten. In Sprachen und Geschichte erzielte sie Sechser, hingegen nur knappe Noten in Mathematik und den übrigen naturwissenschaftlichen Fächern. Bices ausdrucksvolles Gesicht ist zwar jetzt gerötet, doch eigentlich bleich, weil sie wegen der Maturavorbereitungen nie an die frische Luft kam.

Cecchino versucht es etwas sanfter: «So versteh mich doch, meine Liebe. Ich bin einverstanden, geh ruhig einige Monate nach Genf und lerne besser Französisch. Spiele Tennis, und im Winter perfektioniere deinen Eiskunstlauf, das darf auch sein. Sehr gut. Dann aber kommst du mit uns nach Nervi. Dort, das kann ich dir versprechen, gibt es einige Familien, die wir gut kennen. Die sind von Rang und Namen, so wie zum Beispiel die Spinolas. Ich bin mir sicher, darunter sind junge Männer, die dir gefallen werden. Es ist nun einfach mein Wunsch, dass du und letztlich auch wir wieder näher zu unserer Heimat rücken. Die ist nun einfach nicht in der deutschen Schweiz.»

Er streicht über seine kurz geschnittenen Haare, hustet, zündet trotzdem eine Toscanini an und fährt dann ungeachtet des Schweigens seiner trotzköpfigen Tochter fort: «Sei doch ehrlich, Bice. Immer hat es dir so gut bei Opa im Ferienhaus in Rodi gefallen. Du sprichst fliessend Italienisch und siehst, mit Verlaub, wie eine echte Galli aus...»

Er zieht die Mundwinkel nach unten und setzt etwas leiser hinzu: «Nicht wie dein Bruder Hans – der lange *Gstabi*.» Dann wieder lauter: «Schau, Bice, generell sind Frauen nicht geeignet zum Studieren, und insbesondere nicht in der Ökonomie. Das war und bleibt doch praktisch immer Männersache. Daher glaube ich, dass du dich in dem Studium nicht wohlfühlen wirst. Nimm dir ein Beispiel an Mama: Sie hatte und hat jedenfalls mit mir ein gutes Leben.»

Bice schaut ihn mit zunehmender Distanz an, verkneift ihren Mund zu einer schmalen Lippenstellung und sagt kurz und bündig: «Nein, Papa – und auch zum letzten Mal: nein. Ich werde studieren, und zwar Nationalökonomie, weil mich diese besonders interessiert. Mein Berufsziel ist, wenn sich das ergibt, Journalistin. Ja sogar politische Journalistin. Da ist man am Puls der Zeit, und die Zeiten ändern sich. Damit auch das Leben der modernen Frau. Das ist spannend. – Wie auch immer, wenn du mir keinen Beitrag zum Studium gibst, dann tant pis. Ich kann selbst für mich sorgen. Abgesehen davon, das Legat von Grosspapa reicht fürs Erste in Genf aus. Punkt.»

Nun ist es mit dem sanften Ton von Cecchino vorbei. Er schlägt mit der Faust auf den Tisch, dass seine Kaffeetasse scheppert. «So mach

doch, was du willst, und werde unglücklich. Von mir kriegst du keinen Rappen. Fertig.»
Er steht brüsk auf, geht aufgebracht zur Tür und schlägt diese so laut zu, dass Thaddea aufgeschreckt herbeieilt.

***

Bice sitzt mit aufgestützten Armen auf ihrem altmodischen Nussbaumbett in verzweifeltem Gedankensturm. Das Sommersemester in Genf ist beinahe zu Ende, und mehr und mehr wird ihr bewusst: «Hier kann ich nicht bleiben. Das geht nicht.»
Zu viel Aussergewöhnliches und Belastendes hat sie aus der Bahn geworfen.
«Verdammt noch mal. Das mir das passieren muss. Alles hat so gut begonnen», murmelt sie in ihrem karg eingerichteten Zimmer mit Schreibtisch, Kommode, geblümter Waschschüssel und zwei, drei Stichen von Genf und einem mit Reformator Calvin. Sie nimmt ihr Zimmer aber nicht wahr. Es tut ihr nicht leid, dass sie nicht länger bei den zwei altmodischen Tanten, den Schwestern Durance, an der Genfer Route de Florrisant 57 im Quartier in der Nähe des Universitätsspitals wird wohnen müssen. Diese frömmlerischen, engherzigen Calvinistinnen wünscht sie schon lange zum Teufel. Wenn man sich vorstellt, dass diese von ihren fünf beherbergten Studentinnen gar verlangen, im Korridor nicht zu lachen und schon gar nicht am Abend auszugehen, ist das mehr als antiquiert. Dann diese polizeiähnliche Hausordnung, welche praktisch alles Tun und Lassen der Pensionärinnen reguliert. Zum Beispiel dürfen sie nur zweimal in der Woche das Bad benutzen.
Das kümmert Bice aber im Augenblick nicht.
Sie denkt über die letzten Monate nach. Sie hatte sich das Leben auf eigenen Füssen einfacher vorgestellt und nicht erwartet, dass einem eigentliche Fallen gestellt würden. Das Intermezzo in Zürich begann schon so: Nachdem sie sich vor der Matura vorsorglich bei einem Herrn Dr. XY als Privatsekretärin in Teilzeit beworben hatte, wurde sie zwar angenommen, sogar mit Wohnung inklusive, auf Wunsch gar modern oder alt eingerichtet, aber auch mit persönlicher Bedie-

nung des Chefs – im Bett. Daher der Entschluss, das Studium der Nationalökonomie nicht in Zürich, sondern in Genf zu beginnen und dort zum Mindesten ein Jahr lang zu bleiben. Ihre mangelnden Französischkenntnisse erlaubten ihr allerdings keinen Nebenerwerb. Es galt, mit dem Dreitausend-Franken-Legat von nonno Giovanni den Lebensunterhalt zu bestreiten. Dies ist der Grund für die Unterkunft bei den engherzigen Protestantinnen; für Genf ist diese nämlich ausserordentlich günstig.

«Ich hatte Glück, genauer: Wetterglück. Nach dem milden Januar und Februar – ich glaube, der wärmste seit 1867 – begann in diesem Monat dieser extreme Temperaturrückgang mit beträchtlichem Schneefall. Nicht genug, im April und Anfang Mai ging es ebenso kalt weiter. Tja, wenn es umgekehrt gewesen wäre, hätte ich das Paarlaufen nie gelernt. Dass man noch Anfang Mai Eiskunstlauf betreiben kann, habe ich in St. Gallen nie erlebt.»

Nun schweifen Bices Gedanken vom Eis weg zu dem, weswegen sie im Moment so verzweifelt ist. Nachdem sie sich in Nationalökonomie eingeschrieben hatte und Vorlesungen belegte, etwa zur praktischen und theoretischen Nationalökonomie, Einführung in die Rechtswissenschaft und so weiter, ging es ihr vor allem um die Einführung in die doppelte Buchführung. Diese gilt als Voraussetzung für die Fortsetzung des Studiums nach dem entsprechenden Examen, dauert aber zwei Semester. Das eben ist mit ein Grund ihrer Verzweiflung: Wenn sie jetzt nach Zürich wechselt, müsste sie mit diesem Fach noch einmal von vorn beginnen.

Warum will sie fort?

Nachdem Bice sich als Mitglied des Ostschweizer Eissportverbands St. Gallen, Appenzell und Glarus, dem sie schon seit drei Jahren angehört, bei dem entsprechenden Verband in der Suisse Romande angemeldet hatte, durfte sie umgehend dem Club des Patineurs de Genève beitreten. Dort winkte ihr das Glück nach einer kurzen Eislaufdemonstration. Sie solle Paarlauf trainieren, denn ein Partner mit gleichwertigem Können, André X, sei zurzeit ohne Partnerin. In der Folge trainierte sie mit ihm, wann immer sie konnte. Sie harmonierten ausgewogen und gut miteinander. Bald konnten sie nicht nur Pirouetten drehen, sondern auch schwierigere Sprünge meistern.

André war ein schlanker Jüngling, einen Kopf grösser als sie, mit dichtem schwarzem Haar, etwas weichen Gesichtszügen und in seiner Gesamterscheinung eher mediterran. Seine Bewegungen zeigten sich harmonisch, ja tänzerisch. Man könnte versucht sein zu sagen, etwas weiblich. Leicht zu verstehen, dass André ein sensibler Mensch ist und Bice sich mit kritischen Bemerkungen zurückhalten muss. Er neigt nicht zu Widerstand, sondern eher dazu, seine Fühler einzuziehen. Direkte Kritik führt also zu keiner Leistungsverbesserung. Diplomatie ist angesagt.

Dank der besonderen Kälte konnten sie das Training im ersten Teil ihres Studiums weiterführen. So vernachlässigte Bice dieses bis auf die Buchhaltung, wo eben Ende Wintersemester die Prüfung drohte. Ja sie verbrachten auch oft nebenher Zeit miteinander. Sie genossen das Mittagessen und manchmal sogar das Abendessen zusammen.

Ganz klar, Bice entwickelte für den gleichaltrigen Jüngling warme Gefühle. Sie schätzte an ihm seine Anständigkeit und die Absenz von jeglicher draufgängerischen Männlichkeit, wie sie sie von ihrem Vater zur Genüge kannte. Es verwunderte sie trotzdem, als Anfang Mai nach einer erfolgreichen Kür zu Strauss-Walzer-Klängen André die Augen erst niederschlug, dann wieder öffnete und sie direkt anblickte: «Beatrice, wir harmonieren gut im Kunstlauf, und ich glaube, auch sonst. Ein Leben mit dir als Frau kann ich mir sehr gut vorstellen.»

Bice antwortet errötend: «André, ist das ein Heiratsantrag?»

André hüstelt und antwortet: «Ja, Beatrice. Ich will mich mit dir verloben.»

Zuerst weiss Bice nicht, was antworten. Doch dann sagt sie sich: «Warum nicht? André ist ein liebenswerter Mensch, zurückhaltend und anständig. Verloben heisst nicht unbedingt gleich heiraten, wie der Brauch es vorschreibt. Im Notfall kann ich ja noch aussteigen.»

Deshalb sagt sie: «Mein lieber André, ja, ich will auch. Aber bitte eine Bedingung: Wir machen eine stille Verlobung, denn ich möchte meine Eltern noch nicht mit einbeziehen.»

«Selbstverständlich. Doch möchte ich dich meinen Eltern vorstellen.»

Wie es weiterging und warum sie jetzt verzweifelt auf dem Bett sitzt, sei hier sinngemäss erzählt, wie meine Mutter es meiner Schwester Veronika schilderte: Zuerst ging alles gut, auch der Besuch zum

Abendessen bei seinen Eltern, die sich mit der Verbindung einverstanden erklärten. Doch Ende Juni, kurz vor dem Ende des Semesters, dann der eisige Schock, als sie sich beim Club nach André erkundigte, weil er seit Tagen nichts mehr von sich hatte hören lassen: «Er hat sich das Leben genommen, ja, mit einer Schachtel Schlaftabletten.»

So die brutale, ihr an den Kopf geworfene Nachricht des Clubkassiers. Die Augen voller Tränen, eilt sie nach Hause und schliesst sich in ihrem Zimmer ein.

Andertags hat sie sich jedoch gefasst und will gerade aus dem Haus zur Uni, als ein blonder Jüngling vor der Tür steht, den sie nur einmal mit André zusammen gesehen hat. Frédéric der Name.

Dieser schreit sie an: «Du bist schuld am Tod von André!»

Den sprudelnden Beschuldigungen entnimmt sie den Unsinn, die sich zierende Zurückhaltung seiner Verlobten hätte bei André derartige sexuelle Spannungen ausgelöst, dass er zum Selbstmord getrieben worden wäre.

Bice geht sofort ziemlich aufgelöst in den Club und spricht ihren Trainer an. Dieser nimmt sie beiseite und sagt ihr Folgendes: «Nein, nein, Beatrice, da hast du keine Schuld. Deine Verlobung war nichts anderes als eine Scheinverlobung. Wir wussten das von Anfang an. André ist... war homosexuell, und die gesellschaftliche Ächtung hat ihm innerlich immer mehr zu schaffen gemacht. Er war zum Zerreissen angespannt. Allein das Eiskunstlaufen hat ihn etwas entlastet. Er wollte mit dir nichts anderes als nach aussen hin demonstrieren, dass er ein normaler Mann sei. Auch das wussten wir. Dieser Frédéric, der dich so beschuldigt hat, war sein eigentlicher Partner.»

Nach Erhalt der Testate reiste Bice aus Genf ab und kehrte nicht mehr zurück.

***

Als sie in St. Gallen zu Hause in Bruggwald eintraf, lieferte sie der Mutter keine Erklärung für ihr unangekündigtes Kommen, nahm nur eine kleine Mahlzeit in der Küche zu sich und verschwand in ihrem Zimmer. Dort blieb sie drei Tage, ging nur hinunter, um sich etwas Essen und Trinken zu holen. Sie gab weder auf Drängen der Mutter noch gar auf polterndes Nachfragen ihres Vaters Auskunft. Die Eltern sahen bald ein, dass da irgendetwas in Genf passiert sein musste, worüber ihre Tochter mit ihnen nicht sprechen wollte. Sie liessen sie in Ruhe und sagten sich, es werde sich schon geben.

Am Morgen des vierten Tages, am Mittwoch, dem 28. Juli 1926, kam Bice zum Frühstück herunter und sagte der Mama kurz und bündig: «Mami, ich möchte einen Kurs in Maschinenschreiben und einen Kurs in Buchhaltung in der Handelsschule St. Gallen besuchen. Meines Wissens werden derartige Kurse in den Sommerferien angeboten.»

So gingen die beiden alsbald in die Stadt, durchaus auch zum Einkaufen, denn die Garderobe von Bice musste nun doch etwas aufgefrischt werden. Thaddea hielt sich zurück, verstand aber, dass irgendetwas in der Seele ihrer lieben Tochter geschehen war, worüber sie einfach nicht sprechen wollte oder konnte.

In der folgenden Woche konnte sie tatsächlich in diese beiden Kurse einsteigen, obwohl sie bereits angefangen hatten. Sie entwickelte dabei einen beinahe leidenschaftlichen Einsatz. Beim Buchhaltungskurs bestand nämlich ihre Absicht, so weit zu kommen, dass sie Ende des Wintersemesters an der Uni Zürich das Buchhaltungsexamen bestehen konnte. Das Erlernen des Maschinenschreibens gefiel ihr gut und spornte sie zu ähnlichem Ehrgeiz an wie beim Eiskunstlauf. Sie wollte noch in den Semesterferien an einem Schnellschreibwettbewerb teilnehmen. Auch hier unterstützte ihre Mutter die Absichten ihrer Tochter, sie kaufte ihr sogar eine Schreibmaschine und zwei Pakete Papier. Als Erstes tippte Bice Goethes *Leiden des jungen Werthers* ab, was ja sicher ihrer aktuellen Befindlichkeit entsprach. Danach griff sie zu dem soeben erschienenen Buch *Die sieben Säulen der Weisheit*[162] von Thomas Edward Lawrence, worin er seine ergreifenden Erlebnisse im Ersten Weltkrieg in Arabien schildert. Insbesondere das Leben mit den Beduinen in den Wüsten von Saudi-Arabien faszinierte sie,

---

162 Unter dem Titel *Lawrence of Arabia* wurde das Wüstenepos 1962 mit Peter O'Toole in der Hauptrolle verfilmt und erhielt sieben Oscars. Es war der Lieblingsfilm meiner Mutter – nicht wegen der kriegerischen Geschehnisse, sondern wegen der Wüstenaufnahmen und der Beduinen.

ebenso die philosophischen Abschweifungen von Lawrence. Auch sein erfolgreicher Feldzug nach Damaskus gegen die Osmanen mit arabischen «Guerillas» war ihr neu. (Ich glaube, von daher stammt die Sehnsucht meiner Mutter nach der Wüste, die sie sich später mehrfach erfüllte.)

Daneben ging Bice oft spazieren, insbesondere in den Wäldern ob dem Bruggwald. Sie fuhr auch zweimal nach Zürich, um ein Zimmer zu mieten. Sie wollte im Oktober zu Semesterbeginn mit ihrem Nationalökonomie-Studium fortfahren.

Mehr wissen wir nicht aus dieser Zeit, ausser dass sie nach wie vor kein Geld von ihrem Vater erhielt oder vielleicht starrköpfig nicht annahm. Das Zerwürfnis liess sich vorläufig nicht heilen. Immerhin gab ihr die Mutter circa tausend Franken mit. Zweifellos wusste Cecchino davon und tolerierte es.

Bice scheint auch hin und wieder mit kleinen Aushilfsarbeiten etwas verdient zu haben. So arbeitete sie unter anderem bei einem Archäologen. Natürlich nutzte ihr wohl auch ihre Schreibmaschinenfertigkeit.

(Als ich Anfang der 1960er-Jahre als Bundeshausjournalist für die Basler *National-Zeitung* arbeitete, wie Bice ja seit den Dreissigern für verschiedene Ostschweizer Zeitungen, habe ich oft gestaunt, wie rasend schnell sie schrieb und sich dazu noch mit einem unterhalten konnte. Ich glaube, sie schrieb so schnell, wie sie sprach. Ich bin also sicher, dass sie den Schnellschreibwettbewerb gewonnen hat, die es bis Mitte der 90er-Jahre noch gab.)

Doch das Finanzielle wurde immer enger. Es war ein Glücksfall, dass die Pro Juventute Bice nach ihrem zweiten Semester in Zürich ein längeres Engagement anbot.

Das folgende Zeugnis zeigt, was sie dort tat, und deutet nur an, wie es endete:

Zürich, den 13. Februar 1929

PRO JUVENTUTE
ZENTRALSEKRETARIAT

Zeugnis
Wir bestätigen Fräulein Beatrice Galli gerne, dass sie sich in der Zeit vom 1. Oktober 1927 bis 20. Juli 1928 auf unserem Zentralsekretariat als Freiwillige betätigt hat. In der Zeit vom 1. Oktober 1927 bis zum April 1928 widmete sie dieser Arbeit neben ihrem Studium vier halbe Tage, nachher täglich fünf Stunden. Die erste Zeit war sie in unserer Abteilung für Mutter- und Säuglingshilfe beschäftigt und wurde dort vor allem eingeführt in die mit der Veranstaltung von Wanderausstellungen für Säuglings- und Kleinkindhilfe zusammenhängenden Fragen. Ihre rasche Auffassung des Wesentlichen, verbunden mit stets gleichbleibender Arbeitsfreudigkeit auch bei wenig interessanten Aufgaben, ermöglichten es uns, ihr gelegentlich selbständige Aufgaben zu übertragen. Im Sommer 1928 wurde sie mit verantwortungsvollen Aufgaben aus unserer Arbeit für die Kinder der Landstrasse beschäftigt, die sie mit ausserordentlichem Fleiss und Gewissenhaftigkeit erledigte. Wir bedauerten daher lebhaft, dass ihre Zeit ihr späterhin nicht mehr gestattete, uns weiterhin zu helfen.
Wir wünschen Fräulein Galli auf ihrem ferneren Lebenswege besten Erfolg.
Pro Juventute
Der Zentralsekretär:
Dr. Loeliger.

Das Wesen dieses fatalen Projektes Kinder der Landstrasse ist in Wikipedia treffend zusammengefasst:

Das Hilfswerk für die Kinder der Landstrasse entstand 1926 als Projekt der halbstaatlichen schweizerischen Stiftung Pro Juventute. Sie wurde unter der Leitung von Alfred Siegfried auf die Beine gestellt mit der von ihm formulierten Intention: «Wer die Vagantität erfolgreich bekämpfen will, muss versuchen, den Verband des fahrenden Volkes zu sprengen, er muss, so hart das klingen mag, die Familiengemeinschaft auseinanderreissen». Mit Unterstützung der Vormundschaftsbehörden wurden

Kinder von Fahrenden, insbesondere Jenischen, und ihre Familien systematisch und gegen den Willen der Betroffenen gewaltsam auseinandergerissen. Bis 1972, als das Projekt nach öffentlichem Druck eingestellt wurde, waren davon rund 600 Kinder betroffen. Ziel von Kinder der Landstrasse war es, die Kinder dem Einfluss der als asozial beurteilten minderheitlichen Lebensverhältnisse zu entfremden und sie an die vorherrschende mehrheitsgesellschaftliche Lebensweise anzupassen. Ein weiteres Ziel war die Entwicklung der Kinder zu «brauchbaren» Arbeitern für die Gesellschaft. Das «Hilfswerk» wurde 1973 aufgelöst.[163]

Es ist aber klar, dass Bice dieses Hilfswerk vorerst nicht in Frage stellte, war dessen Initiator doch Bundesrat Heinrich Häberlin[164] (FDP), Stiftungspräsident Pro Juventute. Es gab wohl zwei Komponenten, die zu diesem Projekt führten. Zum einen sicher eine ideologische: Man wollte die schädlichen Eigenschaften von nicht genehmen Randgruppen ausmerzen und verfolgte diese auch aus rassenhygienischen Gründen. Zum anderen darf nicht vergessen werden, dass zu dieser Zeit die Armut generell und gerade bei den Fahrenden sehr hoch war. Man sah Kinder zerlumpt und für ihre Eltern bettelnd in den Städten. Nach kurzer Zeit entdeckte Bice jedoch, dass die Wegnahme der Kinder nichts Gutes verhiess. In ihrer neuen Umgebung, seien es Privatfamilien oder Heime, erkrankten sie bald. Das ertrug Bice nicht und kündigte ihren Posten bei der Pro Juventute bereits im Juli 1928. Dies dürfte wohl der Grund sein, dass ihr erst ein halbes Jahr später, im Februar 1929, von der Leitung ein Arbeitszeugnis (immerhin doch ein recht gutes) ausgestellt wurde, obschon sie es früher benötigt hätte.
Wie sie diese anschliessenden Sommerferien verbrachte, wissen wir nicht. Kann aber sein, dass Bice erneut bei der archäologischen Gruppe mitmachte, von der meine Schwester mir erzählte. Dabei erwähnte sie noch eine lustige Begebenheit: Der Rheinhafendirektor, den Bice irgendwo kennengelernt hatte, war so begeistert von ihr, dass

---

163 https://de.wikipedia.org/wiki/Kinder_der_Landstrasse.

164 Heinrich Häberlin war in dieser Zeit der Kollege von Karl Scheuer (FDP) und interessanterweise auch Trauergast an der Beerdigung von Josef Schelbert, dem Vater von Thaddea.

er ihr trotz seines beinahe pensionsreifen Alters einen Heiratsantrag machte, mit folgendem Hinweis: «Meine Witwe erhält achthundert Franken Pension, und auch die Impfungen sind gratis.»

Sicher suchte Bice nach einer Stelle, um erneut ihr Studium zu finanzieren. Schliesslich fand sie die Ausschreibung für eine Lehrerin in den Fächern Kaufmännisches, Deutsch und Sport des Hochalpinen Töchterinstituts Ftan[165] im Unterengadin.

Ihre Bewerbung war erfolgreich, allerdings mit der Bedingung verbunden, mindestens ein Jahr intern als Lehrerin zu wirken. Sie muss sich noch in den Ferien vorgestellt haben. Der Beginn war auf Ende Oktober 1928 angesetzt. Das bedeutete ein Jahr Unterbruch des Studiums. Da sie nach wie vor keine finanzielle Unterstützung vom Vater Cecchino erhielt, entschloss sie sich, die Stelle mit einem Jahr Auszeit von der Uni anzunehmen.

---

[165] Diese Mädchenschule wurde 1793 gegründet und 1913, nachdem die Rhätische Bahn das Unterengadin erreichte, in einem repräsentativen Gebäude ob Ftan, das ob Scuols liegt, ausgebaut. Das Institut zog vor allem Töchter aus höheren Kreisen aus Deutschland und Italien an. Das Pendant für Knaben ist das 1904 gegründete Lyceum Alpinum in Zuoz.

«Bice begann das Studium der Nationalökonomie nicht in Zürich, sondern an der Universität Genf. Und sie wollte mindestens ein Jahr dort bleiben.»

«Sie solle Paarlauf trainieren, denn ein Partner mit gleichwertigem Können, André X, sei zurzeit ohne Partnerin. In der Folge trainierte sie mit ihm, wann immer sie konnte. Sie harmonierten ausgewogen gut miteinander.»

Es gibt nur dieses Bild von Bice auf dem Eis mit einer Schülerin in Ftan.

«Als sie in St. Gallen zu Hause eintraf, gab sie keinen Kommentar für ihr unangekündigtes Kommen ab, nahm nur eine kleine Mahlzeit in der Küche zu sich und verschwand in ihrem Zimmer. Dort blieb sie drei Tage, kam nur hinunter, um sich etwas Essen und Trinken zu holen. Sie gab weder auf das Drängen der Mutter oder gar auf das polternde Nachfragen ihres Vaters Auskunft. Diese sahen bald ein, dass da irgendetwas in Genf passiert ist, worüber ihre Tochter mit ihnen nicht sprechen will.»

«Ziel von ‹**Kinder der Landstrasse**› war es, die Kinder dem Einfluss der als asozial beurteilten minderheitlichen Lebensverhältnisse zu entfremden und sie an die vorherrschende mehrheitsgesellschaftliche Lebensweise anzupassen.»

«Ein weiteres Ziel war die Entwicklung der Kinder zu ‹brauchbaren› Arbeitern für die Gesellschaft. Das ‹Hilfswerk› wurde 1973 aufgelöst.»

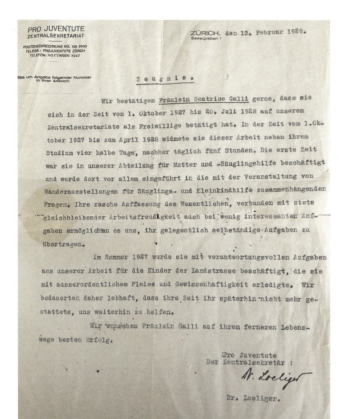

«Jedenfalls hat Bice bald entdeckt, dass die Wegnahme der Kinder nichts Gutes verhiess. In den neuen Umgebungen, seien das Privatfamilien oder Heime, erkrankten diese bald. Das ertrug sie nicht und kündigte ihren Posten bei der Pro Juventute bereits im Juli 1928.»

«Schliesslich fand sie die Ausschreibung für eine Lehrerin in den Fächern Kaufmännisches, Deutsch und Sport des Hochalpinen Töchterinstitutes Ftan im Unterengadin. Ihre Bewerbung war erfolgreich, allerdings verbunden mit der Bedingung, mindestens ein Jahr intern als Lehrerin zu wirken.»

35. Studieren und zu Berg gehen (1931–1933)

Wie Bernhard hart studiert, in Wien Gulasch kochen lernt und dank seiner Bergpassion seine künftige Frau kennenlernt.

Betrachtet man aufgrund der zur Verfügung stehenden Dokumente das Leben von Bernhard Steinmann während seines Studiums, ergibt sich ein zwiespältiges Bild.
Zum einen weisen alle schriftlichen Dokumente auf ein dichtes und intensives Arbeiten in allen medizinischen Fächern hin. Zehn Bestätigungen von dreimonatigen Praktika und ein volles Testatheft nicht nur mit Pflichtvorlesungen deuten dies an. Er leistete bis Ende Oktober 1932 ein ganzes Pensum an der medizinischen Poliklinik, selbst während jener Zeit, als sein Vater todkrank darnieder- und schliesslich im Sterben lag. Nach mündlichen Hinweisen hat er nicht allzu sehr unter seines Vaters Ableben gelitten. Der direkte Druck des Vaters fiel weg, und der indirekte verminderte sich wohl, was wahrscheinlich auch zu einer psychischen Entlastung führte.
Bei der Betrachtung seines wissenschaftlichen Werdegangs nach dem Staatsexamen zeigt sich klar, dass er sein Leben vollumfänglich auf das Fernziel einer medizinischen Professur ausrichtete. Die verschiedenen Praktika, Zeugnisse und Empfehlungen seien hier stellvertretend anhand einer Beurteilung von Professor Wegelin vom 27. März 1935 skizziert (wobei das ein wenig vorgegriffen ist):

Herr Bernhard Steinmann war am Pathologischen Institut der Universität Bern als Volontär-Assistent angestellt... Er hat während dieser Zeit sich mit grossem Fleiss und Geschick an den Sektionen und mikroskopischen Untersuchen beteiligt.[166]

Neben Fleiss und Gewissenhaftigkeit ist wohl seine grosse Selbstdisziplin hervorzuheben. Auch war Bubu wenig spontan und hielt eigentlich immer Mass. (Nur in einem galt das später, nach seiner Heirat, nicht mehr: Er ass gern und viel, wurde pastös, beinahe dick. So erlitt er einen Leistenbruch und musste eine entsprechende Bauchbinde tragen.) Man könnte generell sagen: Im Fleiss und der Ruhe lag seine Kraft, neben seiner angeborenen Intelligenz. Als wären sie von Gott gegeben, hat er Autoritäten und Institutionen wohl nie in Frage gestellt.

Zum andern jedoch sind da die Fotoalben aus jener Zeit, welche keineswegs das gleiche Bild vermitteln. Hier finden sich zum überwiegenden Teil Berg- und im Winter Skitouren. Es scheint dies die einzige Ausgleichsbeschäftigung in Bernhards karger Freizeit gewesen zu sein. Auch eher leichte Klettertouren wurden abgelichtet; so sieht man ihn erstaunlicherweise mit einer etwa gleichaltrigen, ziemlich attraktiven Kletterkollegin am Seil. Ob das von einer Romanze begleitet war oder ob gar noch andere weibliche Begleiter eine Rolle gespielt haben, wissen wir nicht. Gemäss meiner Mutter war das nicht der Fall.

Auffallend sind jedoch die vielen Aufnahmen von ausgelassener Hüttenkameradschaft. Beim Essen, Singen und Musizieren oder gar in den Betten geht es, nach den Fotos zu urteilen, recht hoch her. Allerdings bleibt Bubu da eher im Hintergrund. Dabei haben ihn auch mir bekannte Freunde begleitet, nämlich Eric Bühlmann und «Rüssel» (E. Körber), sein Verbindungsbruder. An beide mag ich mich erinnern, sei es von Besuchen her und vor allem aufgrund der gemeinsamen Zeltferien in Frankreich und Italien in den späten Vierziger- und frühen Fünfzigerjahren. Eric Bühlmann war auch mein Götti.

---

[166] Bei dem Pathologen Prof. Carl Wegelin (1879–1968) war Bernhard bis zum 27.03.1935 tätig. Er war damals bereits verheiratet und ohne Einkommen. Auch später hat er aus wissenschaftlichem Interesse Assistenzstellen mit sehr geringem Verdienst angenommen. Meine berufstätige Mutter sorgte für den entsprechenden Ausgleich.

Nicht zu vergessen ist Bubus Aufenthalt in Wien von April bis Juli 1931. Neben den Vorlesungen leistete er Arbeit in verschiedenen Praktika, so insbesondere in der Gynäkologie, die er dann auch in Bern besuchen sollte (die Anwesenheit bei drei Geburten im November 1932 wird bestätigt). Fotos aus jener Zeit zeigen, wie er seine Freizeit in der «Wien bleibt Wien»-Atmosphäre genossen hat: Man sieht ihn im Prater oder reitend auf einem schwarzen Araberpferd. Auch eine Donaufahrt beim berühmten Kloster Melk findet sich in diesem Album.

Im Übrigen brachte Bubu von Wien etwas nach Hause, was ihm sein Leben lang blieb: ein herausragendes Rezept für ungarisches Gulasch! Es war das Einzige, was er selbst kochen konnte und hin und wieder kochte. Es stammte aus einem Wiener Café für Studenten, das zu Wochenbeginn grosse Mengen Gulasch kochte, damit sich die Studis für die Woche eindecken konnten. Dort habe Bubu gelernt, wie man das ursprüngliche Magyarengericht kocht.

Zusammenfassend: Für Bubu, meinen Vater, standen in den Jahren 1930 bis 1933 Studium und Praktika absolut im Zentrum, jedoch begleitet von Ausflügen in die Berge im Sommer und im Winter. (Die krisengeschüttelte Umwelt, der Aufstieg der Nazis und der Frontenfrühling in der Schweiz scheint die Medizinstudenten in ihrer privilegierten Medizinerwelt nur wenig beschäftigt zu haben.) Diese Lebensweise angehender Akademiker hatte noch lange Bestand: Man studierte, unterzog sich den institutionellen Gegebenheiten und ging in der Freizeit meist z' Berg.

***

«Tatsächlich, Rüssel hat recht. Der Föhn hat den Schnee weggeputzt, und der auf der Südseite gelegene Pfad dürfte damit schneefrei sein», sagt sich Bubu nach einer guten Stunde Aufstieg von Kandersteg zum Oeschinensee. Sein Ziel: die SAC-Blüemlisalphütte auf 2835 Metern und am Sonntagmorgen früh noch aufs Schwarzhore, falls der auf der Nordseite des Grates führende Pfad sich ebenfalls als schneefrei erweist. Dann am Nachmittag zurück nach Hause zum Weiterschanzen. Bernhard ist zurzeit in den letzten Vorbereitungen aufs Staatsexamen, welches Mitte Mai mit den praktischen Prüfungen beginnen wird. Die mündliche Prüfung folgt danach, und wenn alles gut geht, hat er am 15. Juni 1933 die eidgenössische Medizinalprüfung bestanden. Man könnte etwas übertrieben sagen, er habe Tag und Nacht dafür gearbeitet – was man eben in der Verbindungssprache schanzen nennt. Teilweise zusammen mit Farbenbruder Rüssel.

Das Hauptproblem bestand und besteht darin, dass in der Alpeneggstrasse einfach zu viel Betrieb herrscht, den Buba, der herumbellende Joggi (Mamas schwarzer Boxer), aber auch Hanni veranstalten, und erst während der Nacht ein wenig Ruhe einkehrt. Hanni wohnt mit ihrem Gemahl André Nicolet auch in der Familienvilla, ja das Paar bewohnt sogar das ehemalige Schlafzimmer von Papa und Mama. Wie selbstverständlich leben nach dem Tod von Papa nun alle aus Kosten- und praktischen Gründen unter einem Dach. Auch hat André ohne Zögern, aber natürlich mit Mamas Einverständnis, die Praxis an der Alpeneggstrasse übernommen, wahrscheinlich auch wegen seines Beitrags zu den allgemeinen Haushaltungskosten. Erstaunlicherweise gelang es ihm auch, Fritz' Nachfolge als Chef der Chirurgie im Tiefenauspital anzutreten, und selbstverständlich ist er im Engeried in gleicher Weise wie sein ehemaliger Chef tätig und geachtet.[167]

«Es ist ja schon verwunderlich, wie André so problemlos das volle medizinische Erbe von Papa antreten konnte und als Unfall- und Orthopädiechirurg in diesen Praxis- und Spitalräumlichkeiten weitermacht», denkt Bubu. «Ja, Rüssel hat schon recht, dass er mir heute eine kleine Auszeit verschrieb. Aber danach muss ich noch einmal Gas geben.»

---

167 Es ist tatsächlich erstaunlich, wie leicht André Nicolet (Götti meiner Schwester Veronika) zum eigentlichen medizinischen Erben von Prof. Fritz Steinmann wurde. Das ging sogar noch weiter: Im Laufe des Zweiten Weltkrieges entwickelte sich eine seiner Affären so weit, dass die (kinderlose) Ehe mit Hanni 1945 geschieden wurde. Hanni, die im April 1942 die Alpeneggstrasse 1 als Erbteil Bettys erhalten hatte, verkaufte das Anwesen an ihren Exmann und zog aus. Damit wurde André Nicolet auch privat der Nachfolger von Fritz. Allerdings führte das kurze Zeit später – Nicolet war frisch verheiratet und hatte zwei Kinder (geb. 1947 und 1950) – dazu, dass mein Vater ihm den Austritt aus dem Engeried nahelegte. Dies wiederum hatte 1957 die Gründung des Sonnenhofspitals durch Nicolet und seine Kollegen Arnold Kappert und Jean Kohler (beide Orthopäden) zur Folge. Dieses Schwergewicht besteht heute noch. (Auch ich liess mich 1964 während der Offiziersschule am Meniskus, wahrscheinlich von Nicolet selbst, operieren.) André Nicolet starb 1965 mit 65 Jahren am Operationstisch.

Nun beginnt der steile Aufstieg vom See aus über Oberbärgli zur Hütte. Das sind immerhin knapp tausenddreihundert Meter Höhendifferenz, das heisst gut dreieinhalb Stunden.
«Dann bin ich spätestens um zwei Uhr oben und kann mich in der Hütte einrichten. Ob es oben viele Berggänger hat?»
Die Sonne brennt an diesem 15. April schon recht heiss, und er ist froh um seinen Hut. Der Schweiss rinnt ihm immer stärker über die Stirn. Der ganze Körper wird feucht vom Schwitzen. Die Jacke hat er auf den Rucksack geschnallt. Er atmet ziemlich schnell und pausiert öfter, als er gedacht hat. Der Grund hierfür ist einfach: Seit dem Tod seines Vaters und wegen der intensiven Arbeit für das Staatsexamen hat Bubu höchstens kleine Bummel unternommen, aber keine Bergtour mehr.
Natürlich hat Bernhard die Ereignisse in Deutschland mitbekommen und auch die Machtergreifung durch Adolf Hitler. Aber er war und ist zu beschäftigt, als dass er Zeit hätte, in Ruhe über diesen wahrscheinlich weltgeschichtlichen Vorgang mit unklarer Perspektive nachzudenken. Das will er nun bei diesem schweisstreibenden Aufstieg vielleicht ein wenig nachholen. Diese Polithysterie und dieses Führertum sind ihm vollständig fremd. Bubu versteht die Deutschen nicht mehr. Aber auch nicht die Schweizer, die bei den Fronten die Nazis kopieren und sich zunehmenden Zuspruchs erfreuen, was man «Frontenfrühling» nennt. Für ihn ist nur eines klar: In Deutschland oder Österreich arbeiten, so wie Papa im Ersten Weltkrieg, kommt für ihn nicht in Frage. Wenn's hochkommt und es dem wissenschaftlichen Fortkommen dient, könnte er aber eine begrenzte Assistenzzeit in Deutschland zusagen.[168]
Als er endlich oben bei der aus- und einladenden Blüemlisalphütte ankommt, sitzt davor auf der Bank eine junge Frau, wahrscheinlich in ähnlichem Alter wie er, und sonnt sich. Sie ist schlank, hat glattes schwarzes Haar, und die Augen ihres harmonischen Gesichts sind geschlossen. Sonst ist niemand zu sehen.

---

168 Allerdings war Bubu ein Vertreter der medizinischen Zunft, die durch Desinteresse an Politik und aktuellem gesellschaftlichem Geschehen gekennzeichnet ist. Eine apolitische Haltung ist meiner Erfahrung nach typisch für viele Mediziner: Die zeitliche und mentale Inanspruchnahme ist einfach zu gross, als dass man auch hier kompetent sein könnte.

Bubu geht auf sie zu, legt den Rucksack ab und hüstelt. Die Frau blinzelt, sieht ihn an und lächelt.
«Da haben Sie mich gerade beim Einnicken erwischt. Mein Bruder ist mit zwei hier Angetroffenen auf dem Weg aufs Schwarzhore. Mein Schuhwerk ist dafür untauglich.»
Bubu staunt, wie leicht es dieser schönen Frau gelingt, ihn ohne Zögern anzusprechen. Nun erzählt er seinerseits, dass er am heutigen Tag quasi zur Entspannung von der Examensvorbereitung hier hinaufgegangen ist. Nachdem sie ihrerseits beredt und mit temperamentvoller Gestik erklärt hat, es gehe ihr ähnlich, denn sie publiziere zurzeit ihre Dissertation in «Nat.-Ök.»[169], beginnen beide über ihre Studiengänge zu sprechen. Auch dass es für Bubu nicht immer einfach ist, sich konzentriert aufs Examen vorzubereiten, kommt zur Sprache. Erst nach einiger Zeit stellt sich Bubu vor: »Ich bin Bernhard Steinmann, man nennt mich Bubu, und auf dieser Höhe können wir uns ja Du sagen.»
«Selbstverständlich. Ich bin Beatrice Galli aus St. Gallen, aber man sagt mir Bice. Wohnen tue ich an der Vereinsstrasse in Bern.»
Da lacht nun auch Bubu und meint, für ihn ziemlich mutig: «Da wohnen wir ja nur etwa dreihundert Meter auseinander, können uns also einmal zum Kaffee treffen.»
«Warum nicht? – Aber ich mache dir einen Vorschlag, Bubu: Meine Wohnung hat Platz genug, und tagsüber bin ich in der Stadtbibliothek. Komm zu mir, da kannst du in Ruhe arbeiten. Was meinst du?»
Nach einigem zögerlichen Hin und Her aus bürgerlichem Anstandsverhalten siegt für Bubu die Logik der Vorteile des Vorschlags für sein Examen: Bei den aktuellen Gegebenheiten zu Hause können seine Vorbereitungen zum «Staats» nicht ausreichend sein. Er sagt der netten, temperamentvollen Bice zu.
Was danach geschah, wissen wir nicht. Meine Vermutung: Das Galli-Temperament dürfte während der längeren Zweisamkeit in der gemeinsamen Wohnung zu einem anderen Ausgleich geführt haben, den Bubu bisher nicht kannte.

---

169 Nationalökonomie.

Aber am Sonntag, dem 25. Juni 1933, nachdem Bubu zehn Tage zuvor das Staatsexamen mündlich mit 5,4 und praktisch mit 5,6 abgeschlossen hat, verloben sich die beiden in St. Gallen in der Bruggwaldstrasse, im Haus der Eltern von Bice.

«In seinem Fotoalbum finden sich hauptsächlich Aufnahmen von Berg- und (im Winter) Skitouren. Es scheint dies die einzige Ausgleichsbeschäftigung in Bubus karger Freizeit zu sein.»

«Auffallend sind die vielen Aufnahmen von ausgelassener Hütten-Kameraderie. Beim Essen, Singen und Musizieren, oder gar in Betten fotografiert, geht es da recht hoch zu und her. Allerdings bleibt Bubu da eher im Hintergrund.» (Bubu, 3.oben links).

«Klettertouren sind da auch abgelichtet. Es erstaunt, ihn mit einer etwa gleichaltrigen, ziemlich attraktiven Kletterkollegin am Seil zu sehen. Ob das von einer Romanze begleitet war, wissen wir nicht.»

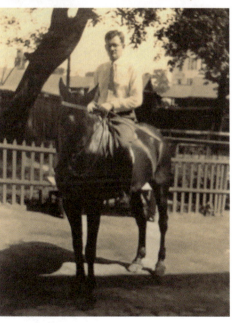

«Fotos aus der Zeit in Wien zeigen, wie Bubu in seiner Freizeit die ‹Wien bleibt Wien›-Atmosphäre genossen hat: Man sieht ihn auf dem Prater oder reitend auf einem schwarzen Araberpferd.»

«Natürlich hat Bernhard die Ereignisse in Deutschland mitbekommen und auch die Machtergreifung durch Adolf Hitler. Aber er war und ist zu beschäftigt, um über diesen weltgeschichtlichen Vorgang mit unklarer Perspektive nachzudenken, wie auch über die nationale Front.»

Der «Frontenfrühling» bezeichnet den vorübergehenden Aufschwung, den rechtsextreme, dem Faschismus nahestehende Gruppierungen in der Schweiz im Frühjahr 1933 erlebten. Erstmals erwähnt wurde der Begriff «Frontenfrühling» gegen Ende April 1933 von der Neuen Aargauer Zeitung (Wikipedia).

«Nun beginnt der steile Aufstieg vom Oeschinensee aus über Oberbärgli zur Hütte. Das sind immerhin knapp 1300 Meter Höhendifferenz, das heisst gut dreieinhalb Stunden.»

«Als er endlich oben bei der aus- und einladenden Blüemlisalp-Hütte ankommt, sitzt davor eine junge Frau, wahrscheinlich in ähnlichem Alter wie er, auf der Bank und sonnt sich.»

Die Verlobung am 25. Juni 1933 in St. Gallen.

GALLI

36. Glückseligkeit und Alltag in der Krise
(1930–1933)

Wie Bice im alpinen Internat Ftan Bündner-Oberland-Meisterin im Eiskunstlauf wird, an der Universität Bern als zweite Frau in Nationalökonomie abschliesst und in den Krisenjahren als politische Journalistin zu arbeiten beginnt.

Eine Welle des Glücks durchläuft den langsam sich entspannenden Körper von Bice. «Ja, das ist mir jetzt gelungen! Voll gelungen!»
Nun hört sie lauten Applaus rund um das Eisfeld und herausstechend das Schreien ihrer Lieblingsklasse 7a, die sich wie ein Rudel pelziger Tiere an der Bande zusammengerottet hat. Es sind ihre Schülerinnen, die sich mit Bice am Sonntag, dem 9. Februar 1930, auf dem gefrorenen See von St. Moritz eingefunden haben und ihr nun mit lautem Geschrei zujubeln. Alles Mädchen aus gutem Hause, meist aus Deutschland, eingemummelt in ihre Pelzmäntel, darunter sogar einige Nerze, und mit bunten Winterkappen auf dem Kopf. Es ist ein wunderschöner Tag, weiss glitzernd der Schnee, die Bergrücken und zackigen Gipfel rundherum in einen kristallblauen Himmel ragend. Der See ist am Rande der Mitte, das heisst unterhalb des «Palace Hotel», sauber gefegt und für die Bündner-Oberland-Eiskunstlaufmeisterschaft sauber präpariert.
Es ist das erste Mal, dass Bice an einem Eiskunstlaufwettbewerb teilnimmt. Ihre Klasse hat sie zur Anmeldung gedrängt. Sie ist nämlich auch deren Sportlehrerin, und neben den Handelsfächern und Deutsch übt sie mit ihnen regelmässig Eiskunstlauf auf der Eisbahn des Instituts.
Seit Anfang Oktober wohnt und unterrichtet Bice dort. Es ist für sie gut angelaufen. Das Verhältnis zu ihren Schülerinnen entwickelte sich zu mehr als nur Kollegialität. Man könnte gar meinen, sie sei selbst

eine Schülerin. Das Fotoalbum von ihr bestätigt diesen Eindruck klar. Anderseits scheint sie zugleich von ihren Schülerinnen sehr verehrt worden zu sein. Im heutigen Sinne könnte man von ihrem Fanclub sprechen.

Bice geht langsam in Richtung Schiedsrichtertisch. Die Urteile sind da. Die zwei Schiedsrichter und die Schiedsrichterin halten eine Neun und, juhu!, zweimal eine Zehn hoch. Das zu ihrer Kür, welche Bice zu den scheppernden Strauss-Walzer-Klängen lief. Gestern bei der Pflicht erhielt sie zweimal eine Neun und eine Zehn. Noch bevor sie am Tisch steht, weiss sie: Das wird ein Spitzenresultat.

«Es hat sich doch gelohnt», denkt sie, «noch einmal zu den Strauss-Klängen zu laufen, wie seinerzeit mit André. Die Pirouetten und der Rittberger sind mir heute fehlerlos gelungen, wie die anderen Sprünge auch. Nun gilt es aber die letzte Konkurrentin abzuwarten. Der zweite Rang ist mir jedoch sicher.»

Die Schiedsrichter geben keinen Kommentar ab. So geht sie zu ihren pelzigen Schülerkolleginnen. Ursula fällt ihr spontan um den Hals, und Bice küsst sie, nicht ganz lehrerinnengemäss, auf die Wangen. Kein Zweifel, Ursula – auch «Schwänzli» genannt, was von ihrem Stundenschwänzen kommt – ist ihr Liebling. Dies zeigt Bice jedoch nicht so deutlich, dass man von einer ungleichen Behandlung der übrigen Schülerinnen sprechen könnte. Irmela oder Lilo zum Beispiel und einige andere unterhalten ebenso herzliche Freundschaften zu Bice. (Auf Irmela von Langen werde ich später zurückkommen, denn sie heiratet den potenziellen Gauleiter der Nazis in der Schweiz und lebt ab 1936 in der Nähe der deutschen Botschaft.)

Doch wenn man das Album meiner Mutter Bice genauer betrachtet, sind mehr als drei Seiten dieser adretten Ursula gewidmet, sei es im Winter an Maskenbällen, sei es beim Schlittschuhlaufen oder im Sommer irgendwo auf einer Alp. Der Schluss, dass es sich um eine Lieblingsschülerin oder gar mehr gehandelt hat, liegt auf der Hand. (Für mich stellt sich beispielsweise die Frage, warum meine ältere Schwester, geboren 21. Juni 1937, auf den Namen Ursula getauft wurde. Es ist das erste Mal, dass in den Familien Galli und Steinmann dieser Name gewählt wurde. Der Grund hierfür scheint mir naheliegend.)

Es sind kaum fünf Minuten im Gruppengeplauder vergangen, da hören sie einen mageren Applaus, schauen aufs Eisfeld, dann auf das Schiedsgremium und wissen: «Hurra, Bice hat es geschafft.»
Sie ist die Meisterin im Bündner-Oberland-Eiskunstlaufen geworden. Und schon geht auch das Gratulieren der Offiziellen los, gefolgt von einer kleinen Siegesfeier. Dann eilt die pelzige Gruppe zum Bahnhof, um noch rechtzeitig den Zug nach Scuol zu erwischen. Die Vorgabe des Direktors lautete nämlich: «Ihr seid alle zum Nachtessen zurück.»
Im Rückblick könnte man feststellen: Ftan war wohl eines der glücklichsten Jahre im Leben meiner Mutter. Sie war beliebt, hatte Herzensfreundinnen, und die Widrigkeiten des Alltags in den durch die Weltwirtschaftskrise geschüttelten Zeiten blieben aussen vor. In diesem kleinen Universum von Töchtern der Reichen gab es höchstens «Sörgelchen», aber keine Sorgen, schon gar keine existenziellen. Für die meisten, insbesondere die Deutschen, dürfte Ftan eine Insel der Glückseligen in ihrem Leben bedeutet haben. Unwiederbringlich.
Nach einem wunderschönen Sommer mit zwei- bis dreimal Landhockey pro Woche und verschiedenen Ausflügen, einmal bis auf den Gotthard, kam im Herbst die Familie, angeführt von Cecchino, zu Besuch. Nun schienen ihm die sportlichen Erfolge seiner Tochter und ihr selbstständiges Sichdurchbeissen zu imponieren. Das Zerwürfnis wurde definitiv aus der Welt geschafft: Wenn Bice Ende Oktober 1930 ihr Engagement in Ftan beendet hätte, werde er sie in Zukunft voll und ganz in ihrem Studium unterstützen.
Auf seine Frage: «Warum kommst du nicht früher herunter?», lautet Bices Antwort: «Für den 19. Oktober, den fünfzigsten Geburtstag des Direktors – wir nennen ihn Papa –, habe ich mit meinen Girls eine besondere Produktion eingeübt, und die Kostüme dazu werden zurzeit gefertigt. Ich kann und will meine Lieben da nicht allein lassen. Also fahre ich anderntags ab, denn dann ist das Jahr voll. Ich werde euch dann Fotos mitbringen.»

***

Bice begann in Bern im Wintersemester 1930/31 wieder zu studieren. Wegen des einjährigen Unterbruchs musste sie einiges nacharbeiten.

Ihr ganzes Wirken und Streben galt nun dem Studium, denn ihr Ziel war es, im Wintersemester 1932/33 zu promovieren. Dann hätte sie die erforderlichen acht Semester absolviert, wenn auch an verschiedenen Universitäten, und könnte die Dissertation Anfang 1933 fertig haben.

Natürlich fiel Bice auf, dass sie oft die einzige weibliche Hörerin war, hin und wieder waren sie auch zu zweit und in den Examensseminaren sogar zu dritt. Trotzdem, Ökonomie erwies sich, wie von Papa Cecchino vorausgesagt, als eine Männerdomäne. Zudem galt das Fach damals noch als «billig», das heisst mit wenig Aufwand verbunden, und daher mussten die seltenen Studentinnen eng, sozusagen Körper an Körper mit Studenten, in den überfüllten Hörsälen sitzen. Vielleicht suchten gar einige Kommilitonen bewusst den Körperkontakt.

Die Studentinnen waren mit drei Arten des Umgangs konfrontiert: Einige umschwärmten sie, andere ignorierten die Fräulein, und die Dritten zeichneten sich durch spitze, ja sexistische Bemerkungen aus. Eine junge Frau hatte es in einem Männerstudium daher nicht gerade leicht.

Doch Bice biss sich auch hier durch, und durch ihren Fleiss und ihre Intelligenz gelang es ihr, bei zwei, drei Professoren aufzufallen. Insbesondere galt das für den über die Schweizer Grenzen hinaus bekannten Alfred Amonn, Dozent für theoretische und praktische Nationalökonomie, der später ihr Dissertationsvater wurde. Aber auch von Professor Hans Töndury, Betriebswirtschaftler und in den Jahren 1930/31 Dekan, sowie Professor Richard König wurde sie gefördert. Dagegen war der Obligationsrechtler Professor Theodor Guhl eher ein Vertreter der dritten Umgangsart, denn auch den Professoren war die weibliche Teilnahme am Nat.-ök.-Studium noch etwas ungewohnt.

Ende des Sommers bestand Bice das Nat.-ök.-Examen mit dem Prädikat «magna cum laude» («grosses Lob»).

Von der Eröffnung der mündlichen Prüfung in OR erzählte sie oft. Nachdem sie auf dem Prüfstuhl vor dem Tisch von Professor Theodor Guhl Platz genommen hat, schaut er ihr tief in die Augen, wartet gar fast eine Minute, was sie natürlich verunsichert. Dann eröffnet er die Prüfung wie folgt: «Fräulein Kandidatin Galli, stellen Sie sich vor, wir hät-

ten ein Verhältnis.» Dann, nach einer Pause, in der meine Mutter ganz verlegen wird und wie eine Tomate errötet, fügt er nonchalant hinzu: «Ein Vertragsverhältnis! An was haben Sie gedacht, Fräulein Galli?»
Ob sie da eine gute Note erzielt hat, ist nicht überliefert. Doch die anfängliche Verlegenheit und Unsicherheit dürfte so gross gewesen sein, dass Bice sicher nicht das Maximum ihrer Kenntnisse vermitteln konnte.
Im Übrigen hat sie bewusst viele Vorlesungen in Recht besucht, so im Privatrecht beim berühmten Peter Tuor, aber auch Staats- und Völkerrecht, und zwar aus folgendem Grund: Die Zeiten wurden politisch immer schwieriger – das neue Deutschland unter den aufkommenden Nationalsozialisten, die Wirrnisse um den Völkerbund und so weiter –, was für Bice bedeutete, dass Rechtsfragen für eine politische Journalistin zunehmend von Bedeutung sein würden. Es ist auch klar, dass in dieser Männerwelt die Stellung der Frau ein immer wichtigeres Thema war. Vor Weihnachten 1932 reichte sie bei Professor Richard König die Dissertation ein.
Nach einer kurzen Auszeit, in der sie den stillgelegten Sport nachholte, so im Eiskunstlauf, aber auch im Skifahren, wurde sie am 13. Februar 1933 promoviert. Thema: «Die Schweizerfrau im Handels- und Bureauberuf»[170].
Diese Thematik war damals keinesfalls selbstverständlich, und die politischen Diskussionen während der Wirtschaftskrise in der Schweiz gingen eher dahin, Doppelverdiener zu verpönen: Frauen sollten den Männern nicht noch Stellen wegnehmen. Frauen in öffentlichen Ämtern konnte bei Verheiratung sogar gekündigt werden. Das damalige Frauenbild war eben noch ganz und gar geprägt vom Gedanken, dass die Frau für Familie, Betreuung und Erziehung der Kinder verantwortlich sei. Natürlich regten sich auch in der Schweiz die gegenteiligen Auffassungen, und lautstark wurde das Frauenstimmrecht verlangt. (Allerdings erst im Jahre 1971 mit Erfolg.)

---

170 Ihre Dissertation «Die Schweizerfrau im Handels- und Bureauberuf» wurde 1934 als 9. Heft in den *Berner wissenschaftlichen Abhandlungen* publiziert, herausgegeben von Prof. Dr. Alfred Amonn, Prof. Dr. Hans Fehr, Prof. Dr. Richard König, Prof. Dr. Hans Töndury. Dass meine Mutter als erste Frau in dieser Reihe publizieren durfte, ist auffallend.

Im Laufe des Frühjahrs 1933 fand Bice eine Anstellung als Journalistin bei der Schweizerischen Mittelpresse[171], welche durch die Wirtschaft finanziert wurde. Auch deshalb pflegte die Nachrichtenagentur einen rechts-bürgerlichen Ansatz. In diesem Sinne bediente sie tagesaktuell, aber auch mit Grundsatzartikeln alle Zeitungen der Schweiz. Insbesondere unterstützte die Agentur die Kriseninitiative aus bürgerlichen Kreisen, die ebenso vom Volk abgelehnt wurde wie linken Kriseninitiativen der SP und der Gewerkschaften. Doch der Bundesrat begann nun vermehrt mit aktiver Krisenbekämpfung.

Gleich in einem ihrer ersten Artikel erwies sich Bice als klare Gegnerin des Frauenstimmrechts. Weil die damalige Argumentation vor allem von Akademikerinnen unterstützt wurde, sei der Artikel hier zitiert:

SCHWEIZER MITTELPRESSE BERN
Blatt 12., 3. April 1933
Gegen die Verpolitisierung der Frau

Die Schweizerische Liga gegen das politische Frauenstimmrecht hielt am Sonntag in Bern seine vierte Jahresversammlung ab, welche leider nicht so gut besucht war, wie es die Ziele und Bestrebungen der Liga wohl verdienten.
Die Liga hat es sich zum Ziele gemacht, die Verpolitisierungsbestrebungen der Frau, wie sie im Kampf um das Frauenstimmrecht zutage treten, zu bekämpfen. Irgendwelche neuen Rechte für die Frau, nur damit einem Prinzip Genüge getan werde, scheinen ihr nicht wichtig. Wichtig ist ihr aber in erster Linie das Wohl des Staates, die Einheit der Familie und die Bewahrung wahrer Frauentums-Ideale, welche durch die Verpolitisierung der Frau aufs stärkste erschüttert würden. Die Erfahrungen, welche man in den Jahren nach dem Kriege in jenen Ländern mit politischem Frauenstimmrecht gemacht hat, sind nicht dazu angetan, um eine Übertragung dieses Prinzips auf Schweizerboden zu wünschen.

---

171 Später wurde die Nachrichtenagentur in Schweizerische Politische Korrespondenz (SPK) unbenannt; erst 1993 stellte sie ihren Agenturdienst ein.

Das Beispiel Deutschlands zeigt, dass das Frauenstimmrecht nicht das Mittel war, um, wie die Frauenrechtlerinnen behaupten, «eine wesentliche Verbesserung der politischen und parlamentarischen Sitten» herbeizuführen.

Die Liga hat in der kurzen Zeit ihres Bestehens einen recht erfreulichen Aufschwung genommen. Aber es liegt in der Natur der Sache, dass gerade jene, welche sich geistig voll und ganz mit den Zielen der Liga einig fühlen, die Stillen im Lande sind, sich ihrer Familie, Mann und Kindern widmen, ihren sozialen und caritativen Werken in der Stille nachgehen, und sich nicht gerne, sei es auch bei einer noch so unterstützungswerten Vereinigung, in den Vordergrund spielen. So kann die Liga zwar nicht mit denselben imposanten Zahlen wie ihre Gegnerinnen, die Frauenrechtlerinnen, auftrumpfen, dafür aber der wärmsten Sympathie des allergrössten Teiles des Schweizervolkes gewiss sein.[172]

Dies ist ein Paradox bei meiner Mutter, das noch bis zur Abstimmung zum Frauenstimmrecht 1971 anhielt. Denn nach ihrer Auffassung können Frauen in ihrem angestammten Bereich und im Beruf durchaus aktiver Teil der Gesellschaft sein. Ihre Dissertation (1934) endet mit den Sätzen:

Die Frauenarbeit im Handel ist aus der heutigen Wirtschaft nicht mehr wegzudenken, geschweige denn zu vertreiben. Sie lässt sich aber weder von der männlichen noch von der weiblichen Seite her in bestimmte und gewünschte Bahnen lenken. Sie unterliegt den allgemeinen Gesetzen der Wirtschaft und der Zeit.

---

172 «Im Jahr 1928 nahm die Schweizer Liga gegen das politische Frauenstimmrecht den Kampf gegen die ‹Verpolitisierung der Schweizerfrauen› auf. 1944 wurde in Interlaken das Weibliche Aktionskomitee gegen das Frauenstimmrecht ins Leben gerufen, das in der ‹Beteiligung der Frau in Partei und Politik eine Gefahr für unsere Familien und für die Einigkeit der Frauen unter sich› sah. 1945 folgte der kleine Groupe d'anti-féministes, 1951 der Schweizerische Frauenkreis gegen das Frauenstimmrecht, 1958 das Frauenkomitee gegen die Einführung des Frauenstimmrechts in der Schweiz, 1959 schliesslich der Bund der Schweizerinnen gegen das Frauenstimmrecht, den Ida Monn-Krieger präsidierte. Die wuchtige Ablehnung des Frauenstimmrechts in der ersten eidgenössischen Abstimmung im gleichen Jahr gab den Gegnerinnen Auftrieb.» (Urs Hafner: Gleichmacherei heisst Untergang, in: NZZ Geschichte Nr. 32, 2021: Frauenstimmrecht, wieso sagten die Männer erst 1971 Ja?, S. 40)

Trotzdem war es ihr einfach wichtig, dass die Frau die Seele der Familie sei und dass durch die Verpolitisierung eine Entseelung stattfinden könnte, insbesondere in der wichtigen Funktion der Frau als moralische und religiöse Erzieherin der Kinder.

Das ist insofern paradox, als Bice selbst ein Leben lang berufstätig und die zweite politische akkreditierte Journalistin im Bundeshaus war. Sie verschaffte sich in dieser Männerwelt weiterum Achtung und Respekt. Nach heutigen Begriffen würde man sie sicher als emanzipierte Frau, aber nicht als Emanze bezeichnen.[173]

Wie bereits im vorigen Sommer ging sie ein- oder zweimal im Jahr mit ihrem Bruder auf eine Bergwanderung, so auch am 15. April 1933 aufs Hohtürli, weil das milde Wetter dazu einlud.

Was dann geschah, wissen wir bereits. Sie lernte den ruhigen Bubu kennen (sozusagen das Gegenteil ihres Vaters), und am Sonntag, dem 25. Juni, fand wie erwähnt die Verlobung in St. Gallen statt.

Auf diese und die Heirat am 3. März 1934 gehen wir gleich ein.

---

173 «Meist waren es bürgerliche Akademikerinnen, Journalistinnen und Schriftstellerinnen, die der politischen Emanzipation der Frauen den Riegel schieben wollten. Die Historikerin sieht bei allen Aktivistinnen ähnliche Befürchtungen am Werk: vor der Vermännlichung der Frauen, der Zerstörung der Geschlechterordnung, dem Untergang der Nation, dem Aufstieg des Sozialismus oder gar der katholischen Kirche.» (Ebd., S. 40 f)

Ftan, die Insel der Glückseligkeit *(bei den Töchtern aus reichem Hause).*

«Seit anfangs Oktober wohnt und unterrichtet Bice dort. Es ist für sie gut gelaufen. Das Verhältnis zu ihren Schülerinnen war mit der Zeit mehr als nur kollegial. Man hätte sogar meinen können, sie selbst sei eine Schülerin.»

«**Ursula** fällt Bice spontan um den Hals und Bice küsst sie nicht ganz lehrerinnengemäss auf die Wangen. Kein Zweifel, Ursula, auch Schwänzli genannt, was von ihrem Stundenschwänzen kommt, ist ihr Liebling.»

Der Maskenball (Frühling 1930).

Die Girls-Gruppe

«Am 19. Oktober 1930 zum 50igsten Geburtstag des Direktors, wir nennen ihn Papa, habe ich mit meinen Girls eine besondere Produktion eingeübt und die Kostüme dazu werden zurzeit gefertigt. Ich kann und will meine Lieben da nicht allein lassen.»

Irmela von Langen (später von Bibra).

Adolf Hitler wird am 30. Januar 1930 Reichskanzler, was die Welt erschüttert.
Nur sechs Tage später wird Bice promoviert.

Protokollauszug der
juristischen Fakultät
vom 6. Februar 1930.

Promotion zum Dr. rer. pol.
mit Magna cum Laude.

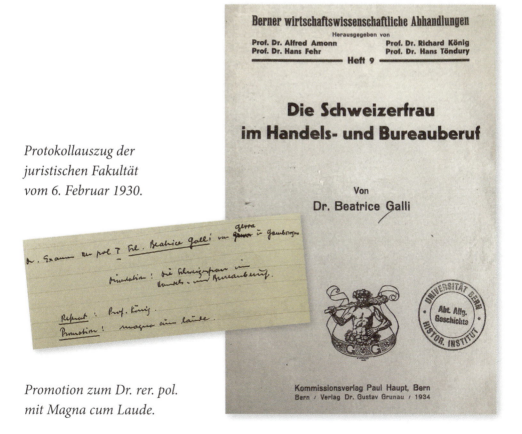

In der Sammlung:

Berner wirtschaftswissenschaftliche Abhandlungen

sind bis jetzt erschienen:

Heft 1: *Prof. Dr. Hans Töndury:* Wesen und Aufgabe der modernen Betriebswirtschaftslehre. Preis Fr. 4.50.

Heft 2: *Dr. Hans Herrli:* Die Façonwerte in der Bilanz. Preis Fr. 6.—.

Heft 3: *Dr. Olga v. Segesser:* Die berufliche Ausbildung der Frau im Gewerbe. Preis Fr. 4.—.

Heft 4: *Dr. Albert Mächler:* Die privaten Versicherungsunternehmungen und ihre Besteuerung in der Schweiz. Preis Fr. 3.60.

Heft 5: *Dr. Michel de Kalbermatten:* L'aggravation du risque en matière d'assurance. Preis Fr. 4.50.

Heft 6: *Dr. Franz Stiner:* Firmen als Mitglieder einer Kollektiv- oder Kommanditgesellschaft. Preis Fr. 3.60.

Heft 7: *Dr. William Lüthy:* Die Bewegung der Spargelder in der Schweiz. Preis Fr. 4.—.

Heft 8: *Dr. Hans Erni:* Das technisch-industrielle Materialprüfungs- und Versuchswesen und seine wirtschaftliche Bedeutung. Preis Fr. 5.—.

Heft 9: *Dr. Beatrice Galli:* Die Schweizerfrau im Handels- und Bureauberuf. Preis Fr. 4.50.

«Die Frauenarbeit im Handel ist aus der heutigen Wirtschaft nicht mehr wegzudenken, geschweige denn zu vertreiben. Sie lässt sich aber weder von der männlichen noch von der weiblichen Seite her in bestimmte und gewünschte Bahnen lenken. Sie unterliegt den allgemeinen Gesetzen der Wirtschaft und der Zeit.»
(Dr. Beatrice Galli)

«Wie bereits im letzten Sommer ging sie ein- oder zweimal im Jahr mit ihrem Bruder auf eine Bergwanderung, so auch 1933 am 15. April auf Hohtürli, weil das milde Wetter dazu einlud.»

«Sie lernte den ruhigen Bubu kennen (sozusagen das Gegenteil ihres Vaters).
Am Sonntag, dem 25. Juni, fand dann die Verlobung in St. Gallen statt.»

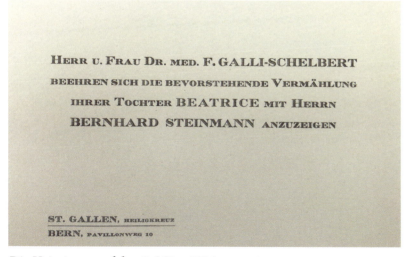

Die Heirat war auf den 3. März 1934 angesetzt.

STEINMANN-GALLI

37. Eheanfang in *struben* Zeiten (1933–1937)

Wie Bice und Buba sich verloben, heiraten und Bubu ohne Rücksicht auf politische Umstände verbissen seinen Weg in der medizinischen Wissenschaft geht, während Bice im Gegensatz dazu als politische Journalistin am Puls der Zeit arbeitet.

Die zweite Hälfte des Juni 1933 macht wenig Freude im St. Gallischen. Der Himmel zeigt sich meist bedeckt mit zeitweiligem Regen, und die Temperatur bleibt ständig kühl. Cecchino hat vor vierzehn Tagen zur Verlobung seiner Tochter mit Bernhard Steinmann eingeladen und macht sich Sorgen. Wenn die acht Gäste (neben der vierköpfigen Familie) innerhalb des Hauses verweilen müssen und der schön hergerichtete Park nicht genutzt werden kann, wird's eng. Doch o glückliches Wunder, ein Zwischenhoch schiebt sich am Sonntag, dem 25. Juni 1933, von Osten heran. Es klart auf, die Sonne scheint kräftig, und alles trocknet ab. Ein mildes Lüftchen lädt trotz des sich erhitzenden Tages zum Draussensein ein.
Cecchino freut das besonders, weil er sich bei der Verlobung nun mit Fotografieren beschäftigen kann und nicht gezwungen ist, sich mit diesem jungen Mediziner und dessen familiärem Anhang intensiver zu unterhalten. Allerdings gibt es da Dr. André Nicolet, Unfallchirurg wie er selbst und offenbar der Funktionalerbe des berühmten Vaters Fritz Steinmann. Der könnte allenfalls noch interessant sein.
Die Heirat wird im Bernbiet stattfinden, auf Wunsch der beiden Jungen dann, wenn sie ihre Dissertationen beendet haben. Da ist zu befürchten, dass dort eine fettig-deftige Bernerplatte aufgetischt wird, natürlich mit Suurchabis, den er schon immer verabscheut hat. Die Riesenmeringue mit Schlagrahm zum Dessert, das geht ja noch, aber der fette Emmentaler davor, sicherlich zu erwarten wegen der Käsebaroneltern der Mutter, auf den kann er verzichten.

«Deshalb serviere ich ihnen heute lauter Familienrezepte aus dem Tessin, und dazu natürlich vom besseren Nostrano, das heisst von Balestras Spezial», sagt sich Papa Galli, und schon läuft ihm beim Gedanken an den reichhaltigen Primo Piatto, dann das Capretto und den Pollo Ticinese mit Polenta und Steinpilzen das Wasser im Mund zusammen. Nach dem Eintreffen der Gäste serviert Ida einen Bianco del Ticino, und nach dem Begrüssungsgeplauder von einer guten halben Stunde bittet Cecchino sie, sich auf der linken Terrasse zu gruppieren. Für den ersten Fototermin.
«Ihr Lieben – Beatrice, Bernhard, setzt euch in die Mitte. Neben Bernhard bitte Mama Carolina. Neben Bice du, meine liebe Thaddea. Darf ich Sie bitten, Frau Professor Steinmann, sich jetzt hinter Bernhard zu stellen, und du, Hans, sowie Hanspeter und Sie, verehrter Herr Kollege Nicolet mit Ihrer Frau Hanna, hinten links. Ihr müsst noch ein wenig zusammenrücken, sonst bringe ich euch nicht aufs Bild. Du, Helene von Roederstein, kannst ja mit deiner Freundin auf dem Sims rechts sitzen... So ist's gut.»
Nachdem Cecchino einige Bilder geschossen hat, bittet er André Nicolet nach vorn, gibt ihm seinen Fotoapparat und erklärt ihm diesen. Dann setzt sich Cecchino links neben seine Mutter und damit an den linken äusseren Rand der Gruppe.
Es fällt bei diesen Bildern auf, dass Cecchino als Einziger nicht lacht und sogar die Mundwinkel nach unten zieht. Wahrscheinlich kann er seine geringe Begeisterung für diese Verlobung nicht verbergen. Bernhard, den er ja bereits kennengelernt hat, scheint ihm ein zurückhaltender, etwas verbohrter Mediziner zu sein, der trotz seines glänzenden Examens an einer oberspeziellen Dissertation, nämlich «Zur Eisenspeicherung im tuberkulösen Gewebe» arbeitet. Ein Thema, das er, Cecchino, schlichtweg nicht versteht. «Wie kann man auch!» Nun, es ist wohl anzunehmen, dass sich Bernhards Chef, Professor Dr. Carl Wegelin, als Pathologe für das spezifische Thema interessiert, mit dem er seinen Volontär beauftragt hat.
So denkt sich Papa Galli beim Fotografieren: «Ich habe meine Bice nie ganz verstanden und verstehe sie auch heute nicht, obwohl sie eigentlich durch und durch eine Galli ist. Dieser Nicolet, das wäre ein Mann für sie gewesen. Aber der hat sich, wohl aus opportunistischen

Gründen, vor zwei Jahren mit dieser etwas drögen Hanni, der Tochter seines Chefs, verheiratet. Für ihn glücklicherweise kurz vor dem Tod des grossen Erfinders des Steinmann-Nagels. Aber wo Zuneigung beziehungsweise die Liebe hinschlägt, bleibt immer ein Geheimnis. Ich habe jedenfalls meine Thaddea ganz aus Liebe geheiratet.»
Nachdem die gesamte Gruppe fotografiert ist, will er noch Einzelfotos schiessen. Doch vorher nimmt er die Gelegenheit zu einer kurzen Ansprache wahr: «Es ist ein grosser Moment für einen siebenundfünfzigjährigen Vater, wenn sein studiertes Töchterlein unter die Haube kommt. Ich freue mich natürlich, meine Lieben, wenn ihr Thaddea und mich, und zwar möglichst bald, zu Grosseltern macht. Ich wünsche euch beiden, liebe Bice, lieber Bernhard, alles erdenklich Gute auf eurem gemeinsamen und von so unterschiedlichen beruflichen Interessen geprägten Lebensweg!
Gestatten Sie mir aber noch eine Bemerkung: Wir alle wissen, was in Deutschland abläuft. Mein intellektueller, Kunst studierender Sohn Hans hat die Bücherverbrennung vom letzten Monat[174] ungeheuer erregt erlebt. Die Kulturnation Deutschland verbrennt sich sozusagen selbst. Und für Erregung über das, was da geschieht, gibt es noch viele andere Gründe. Doch vorläufig gilt es für uns, die Wirtschaftskrise in der Schweiz zu meistern... Nun meine Bitte an Sie, und das nicht zuletzt wegen meiner lieben Stiefschwiegermutter, Frau Helene von Roederstein – Sie kennen wohl alle ihre Schwester Ottilie, die berühmte Porträtmalerin im Nachbarland: Die Politik soll heute kein Thema sein. Heute ist ein Glückstag. Um das Glück unserer Kinder geht es. Wir werden also politische Themen meiden, denn da gibt es wirklich nicht viel Glückliches zu bereden. So wird uns dieser Tag auch in allerbester Erinnerung bleiben. Prosit und ein Hoch auf Bice und Bubu! – Ich werde nun noch einige Fotografien schiessen, bevor wir ein typisches Tessiner Menü zusammen geniessen.»

***

---

174 Am 10. Mai 1933.

Tessiner Galli-Rezepte

Tessinerplatte – Primo Piatto
Tessiner Brot
Salametti
Coppa
Prosciutto crudo
Bresaola
Tessiner Alpkäse

***

Capretto oder Coniglio Ticinese
Fleischstücke in eingekochter Butter anbraten.
Reichlich frischen Rosmarin darübergeben.
Zwei Knoblauchzehen. Salzen.
Zwei zerschnittene Tomaten und nochmals Butter nachgeben.
Jetzt gut schliessender Deckel darauf.
Es entwickelt sich dann Dampf bzw. Saft, und darin schmort das Fleisch.
Geht auch im Backofen, muss aber öfters gewendet
und Butter nachgegeben werden.
Ca. 45–60 Minuten.

***

Huhn auf Tessiner Art – Pollo cacciatore
Huhn in Stücke zerschneiden.
In Fett anbraten.
Frischen Rosmarin darüber verteilen.
Sehr viele gemischte Waldpilze mitdämpfen.
Mit Rotwein ablöschen.
Eventuell noch frische Tomaten dran.

Kirschentschu
180 g Weissbrot oder Weggli in heisser
Milch einweichen und durchs Passevite treiben.
60 g Butter
150–180 g Zucker
4 Eigelb schaumig rühren.
Dann hinzugeben:
100 g gemahlene Haselnüsse
1 TL Zimt
1 kg entsteinte schwarze Kirschen
2 EL Mehl, ein halbes Päckli Backpulver
4 Eierschnee
Die Springform mit Alufolie auslegen
Backen in Mittelhitze 50–60 Minuten
Auskühlen lassen. Puderzucker darübersieben.

***

Himbeer-Bavaroise
2 frische Eigelb mit 50 g Zucker verrühren.
1 Packung tiefgefrorene Himbeeren auftauen.
Einige schöne Exemplare für die Garnitur beiseitelegen.
Wenn man frische Himbeeren hat, braucht es mehr Zucker, ca. 120g.
Alles gut mischen.
6 Blatt Gelatine (vielleicht 2 Blatt rote) auflösen in 6 EL Wasser,
leicht erwärmen.
Unter die Masse rühren.
Jetzt sehr rasch zwei schon vorher steif geschlagene Eiweiss
und 2 dl sehr steifen Rahm darunterheben und alles noch
ein bisschen schlagen.
In den Kühlschrank stellen.
Garnieren mit Einzelbeeren und Rahm, erst kurz
vor dem Servieren.

***

Cecchino gelang es, in den Fotos das Glück der beiden Verlobten sichtbar und bleibend festzuhalten. Wie es aber bis zur Heirat weiterging, wissen wir nicht. Auch von der Hochzeit selbst gibt es keine Bilder und keine Dokumente, bis auf die Tatsache, dass sich Bernhard und Bice am Samstag, dem 3. März 1934, in der Kirche in Vechigen das Jawort gaben und die ganze Hochzeitsgesellschaft in Worb das Hochzeitsessen einnahm, vermutlich im «Löwen» mit der gefürchteten Bernerplatte. Sicher waren bei diesem Anlass die verzweigte Familie Mauerhofer wie auch die Vechiger und Worber Steinmanns gut vertreten, wohingegen Bice nur ihre Eltern begleiteten.
Vielleicht wurde sie an diesem Tag zum ersten Mal mit dem ruhigen und teils selbstgerechten Berner Geist konfrontiert, der kaum mit jenem der Gallis im Tessin vergleichbar ist. Was ich von meiner Mutter persönlich sicher weiss, ist, dass sie sich im familiären Umfeld der Mauerhofers nie ganz wohlgefühlt hat.
Nach ihrer Promotion an der Alma Mater Bernensis für Nationalökonomie erhielt sie alsbald eine Vollzeitstelle als politische Journalistin bei der Schweizerischen Mittelpresse. Diese wurde von Samuel Haas geführt, der die Agentur 1917 gegründet hatte. Bice verstand sich gut mit ihm, und er schätzte ihre Initiative und die energische Frau. Auch mit ihrem Kollegen Elvezio Simen arbeitete sie gut zusammen.[175]
Bice wurde Anfang 1935 als Bundeshausjournalistin akkreditiert, als zweite Frau in dieser politischen Männerwelt. Dazu schreibt sie als Bundeshausredaktorin dem Chefredaktor der Appenzeller Zeitung im Zusammenhang mit ihrem siebzigsten Geburtstag:

Fräulein Ilse Hohl hat in den Neunzigerjahren des letzten Jahrhunderts mit der Berichterstattung aus dem Bundeshaus für die Appenzeller Zeitung begonnen und hat im Jahre 1935 meine ersten Schritte auf dem schlüpfrigen Parkett des Bundeshauses geleitet. Ich habe Ilse Hohl

---

175 Der bekannte Publizist Peter Dürrenmatt (1904–1989), Cousin von Friedrich Dürrenmatt, arbeitete ab 1940 ebenfalls bei der SMP bzw. der Schweizerischen Politischen Korrespondenz (SPK). Später war er Chefredaktor bei den Basler Nachrichten und Dozent für Journalistik an der Universität Bern (und mein persönlicher Förderer daselbst).

hochverehrt – sie arbeitete hier bis zum 76. Altersjahr –, aber ich glaube nicht, dass Sie mich so lange erdulden müssen.[176]

Bice schrieb zu unzähligen Themen in dieser Krisenzeit, zum Beispiel «Krisenopfer und Privatwirtschaft», «Der Bürgersinn erwacht», «Gegen die Doppelverdiener», «Steigender Goldbestand der schweizerischen Nationalbank» und bei der (dreissigprozentigen) Abwertung des Frankens am 29. September 1936 einen Artikel mit grossem Nachhall: «Ein Franken bleibt ein Franken».
Sie trug mit ihrem Verdienst den Grossteil des gemeinsamen Haushaltes am Vereinsweg 2 und ermöglichte es somit ihrem Ehemann, der sich völlig der Wissenschaft verschrieben hatte, auch Volontärstellen anzunehmen.
Bubu, der am 13. Februar 1935 schliesslich ebenfalls promoviert worden war, arbeitete also nur an seiner wissenschaftlichen Weiterbildung: Bis zum 27. März 1935 am Pathologischen Institut bei Professor Carl Wegelin, danach assistierte er vom 1. April 1935 bis zum 1. Mai 1936 im Frauenspital Bern bei Professor Hans Guggisberg, dem Kollegen seines Vaters und Mitbegründer des Engeriedspitals. Allerdings scheint die Gynäkologenzeit nicht die erfolgreichste gewesen zu sein, denn Guggisberg bestätigt zwar Bernhards Aufenthalt in der Klinik, qualifiziert ihn aber nicht. (Später wurde Bubu von seinem Onkel Professor Dr. Walter Frey ermahnt, die Sache «in Ordnung» zu bringen.)
Was danach geschah, hat einen Vor- und Verlauf, der vielleicht zum ersten Ehezerwürfnis zwischen Bice und Bubu geführt hat. Was ist passiert?
Die dramatischen politischen Entwicklungen in Deutschland seit der Machtübernahme durch Hitler beschäftigten die demokratisch gesinnten Schweizer intensiv. Die sogenannten Fronten in der Schweiz übernahmen das ideologische Gedankengut der NSDAP und versuchten mit zum Teil aggressiven Aktionen, diesem in der Schweiz zum Durchbruch zu verhelfen. Diese Gruppierungen zeigten sich ebenso «nationalistisch, völkisch, antikommunistisch, antiliberal und

---

[176] Tatsächlich bis zu ihrem 80. Lebensjahr!

meist auch antisemitistisch»[177] wie die deutschen Nazis. Doch es gelang ihnen nie, aus ihrer Minderheit herauszukommen. Sie wurden teilweise auch vom Bundesrat und den Kantonsregierungen eingeschränkt oder verboten. Doch bisher geschah noch wenig, was den Nationalsozialismus in der Schweiz durch Ereignisse zu internationaler Ausstrahlung brachte.

Das änderte sich am 4. Februar 1936. David Frankfurter, Student der Medizin im achten Semester in Bern und Jude, reiste spontan nach Davos und erschoss den Führer der NSDAP Schweiz, Wilhelm Gustloff. Nun geriet die Schweiz in den Fokus der deutschen Nazis, ja Hitlers persönlich, und erschütterte auch die übrige Welt. (Am Prozess gegen Frankfurter im Dezember 1936 nahmen hundertfünfzig Journalisten aus aller Welt teil.)

Und warum beschäftigt das unser junges Ehepaar?

Bubus angeheirateter Onkel Walter Frey war nach einer langen Karriere in Deutschland, zuletzt als Chefarzt am Stuttgarter Katharinenhospital, 1929 zum ausserordentlichen Professor und Institutsdirektor der Inneren Medizin in Bern gewählt worden. Er galt als prominenter Mediziner (zeitweise Dekan der Medizinischen Fakultät und Rektor der gesamten Universität Bern) und verfügte über ein weitverzweigtes Netzwerk in Deutschland, das auch nach der Machtübernahme der Nazis weiterbestand. Als Mentor von Bubu arrangierte er für ihn eine Volontärstelle am innermedizinischen Institut der Universität Leipzig, und zwar bei Professor Dr. Paul Morawitz. Dieser galt ebenfalls als grosse Kapazität der «alten Schule» und war nicht Mitglied der NSDAP. (Noch heute verleiht die Deutsche Gesellschaft für Kardiologie jährlich den Paul-Morawitz-Preis.) Am 26. Februar 1936 lud er Bernhard Steinmann ein, ab 1. Mai bei ihm als Volontär zu arbeiten. Kaum hat Bubu jedoch die Stelle in Leipzig angetreten, stirbt Professor Morawitz unerwartet am 1. Juli. Nun stellt sich für Bernhard die Frage: zurückgehen oder bleiben? Obschon ihm sein Onkel Walter am 10. Juli die Möglichkeit einer Stelle ab August am Physiologischen Institut bei Professor Alexander von Muralt, nachmaliger Gründer

---

177 https://de.wikipedia.org/wiki/Frontenbewegung, Abschnitt «Ideologie».

des SNF, in Bern eröffnet, bleibt Bernhard in Leipzig bei Morawitz' Nachfolger, Professor Dr. Max Hochrein. Dieser ist seit 1933 NSDAP-Mitglied und nichtplanmässiger ausserordentlicher Professor für Innere Medizin. Es ist klar, dass Hochrein mit seinen neununddreissig Jahren nur dank des neuen Auswahlprinzips im NS-Staat zum Institutsdirektor gewählt wurde:

Die Ergänzung des Lehrkörpers unterlag starkem Einfluss von aussen durch eine Berufungskommission mit gesicherter NS-Zusammensetzung. Es wurden vor allem jüngere systemtreue Professoren gefördert.[178]

Bei Bubu überwog das wissenschaftliche Interesse und Fortkommen politische Bedenken. Die damaligen Geschehnisse in Deutschland, die sichtbare Entrechtung, ja Verfolgung der Juden und so weiter muss er sicher registriert haben.
Auch waren nachweisbar 73,5 Prozent des Lehrkörpers an der medizinischen Fakultät in Leipzig Mitglieder der NSDAP, und ein Ordinariat zur «Rassenhygiene» wurde für die Medizinstudenten für obligatorisch erklärt. Der Ordinarius für Pädiatrie, Werner Catel, «war an der Kinder-‹Euthanasie› in der Zeit des Nationalsozialismus massgeblich beteiligt»[179,] hat sich also aktiv an der Ausmerzung sogenannten unwerten Lebens beteiligt. Diese «Aktion T4» auf Anweisung von Hitler begann zwar erst 1939, doch der Geist, der damals an der medizinischen Fakultät in Leipzig mitherrschte, ist offensichtlich.
Bernhard fügt sich aber unter Professor Hochrein gut ein. Das zeigt sich an zwei Indizien. Erstens trägt Hochreins Habilitationsschrift (1928) den Titel «Über den Kreislaufmechanismus bei der Hypertension» (Bluthochdruck) und jene von Bernhard rund vierzehn Jahre später, 1942, publiziert in Leipzig, den Titel «Über den Kreislaufmechanismus beim Hochdruck». Zweitens kann sich Bubu in diesem Umfeld nicht besonders unwohl gefühlt haben. Dazu finden sich zwei

---

178 https://research.uni-leipzig.de/agintern/UNIGESCH/ug237.htm (Geschichte der Universität Leipzig).
179 https://de.wikipedia.org/wiki/Werner_Catel.

Schreiben von Hochrein[180] an ihn. In einem Brief vom 22. Oktober 1936 lesen wir unter anderem:

Sie sind uns immer ein lieber und hilfsbereiter Kamerad gewesen. Wir werden Sie daher auch stets in bester Erinnerung bewahren und freuen uns, wenn wir in irgendeiner Weise Ihnen zur Verfügung stehen können.

Und im hervorragenden Zeugnis Hochreins vom 20. September 1936 heisst es:

Durch sein gutes medizinisches Wissen, seine aufopfernde Hilfsbereitschaft und sein kameradschaftliches Wesen war er als Mensch und Kollege an der Klinik sehr beliebt.

Die guten Beziehungen zu Deutschland, auch zu den Nationalsozialisten, drücken sich in der Herausgabe der wissenschaftlichen Arbeiten Bernhard Steinmanns aus: Von 1935 bis Frühjahr 1944 erscheinen vierzig Publikationen, davon siebenundzwanzig in Deutschland: zu rund zwei Dritteln im Julius Springer Verlag in Berlin und der Rest in Leipzig oder Dresden. Während des Krieges ab 1939 bis zur letzten Publikation im Mai 1944 sind es neunzehn Publikationen (und wie erwähnt 1942 seine Habilitationsschrift). Ab 1943 wurde die medizinische Fakultät Leipzig bombardiert und zu zwei Dritteln zerstört. Die Medizinstudenten mussten als Pflegepersonal an die Front.[181]
Was die Tätigkeit ihres Mannes in Deutschland und insbesondere die Folgen der Gustloff-Affäre für Bice bedeuteten, darüber gleich mehr.

***

---

180 Max Hochrein bekleidete im September 1936 auch ein militärisches Kommando in Berlin, wo er die Zeit fand, eine Publikation von Bernhard positiv zu evaluieren, über die er ihm in diesem Brief schreibt.

181 Vgl. https://research.uni-leipzig.de/agintern/UNIGESCH/ug241.htm und https://research.uni-leipzig.de/agintern/UNIGESCH/ug236.htm (Geschichte der Universität Leipzig).

Gestern Abend, am Samstag, dem 3. Oktober 1936, ist Bubu ziemlich erschöpft mit dem letzten Zug aus Basel angekommen und hat den schweren Koffer zu Fuss an den Vereinsweg hinaufgeschleppt. Zu so später Stunde steht kein Taxi mehr im Milchgässli (das dem neuen Bahnhof zum Opfer fiel). Da geht der fülliger gewordene Bernhard Steinmann immerhin einen knappen Kilometer bergauf und über die Grosse Schanze und gerät dabei ein wenig ausser Atem. Es ist daher verständlich, dass er trotz der langen Trennung von Bice nach einer kurzen Umarmung und einem eher pflichtschuldigen Kuss erschöpft ins Bett fällt und losschnarcht.

Anderntags sitzen die beiden nach einem reichlichen Frühstück am Küchentisch und beginnen miteinander zu reden. Hier gilt es anzumerken, dass Bubu seit Ende April nicht mehr in die Schweiz gekommen ist und sie sich praktisch nur brieflich ausgetauscht haben. Ferngespräche nach Leipzig erwiesen sich als schwierig und teuer. Daher telefonierten sie selten und meist nur kurz im Sinne von: «Wie geht's?», «Was machst du?», «Hast du alles, was du brauchst?»

Nun aber besteht erheblicher Nachholbedarf.

Bice beginnt: «Du kannst dir nicht vorstellen, wie froh ich bin – du bist wieder zurück. Ich habe dich vermisst. Weisst du, es war nicht immer einfach.»

«Warum?»

«Zum Ersten hast du mir gefehlt. Wenn ich an unser Reislein ins Tessin zum Heimatort der Gallis in Gerra-Gambarogno im letzten März denke, da waren wir vereint und sehr glücklich. Hin und wieder sah ich mir unser Tessiner Fotoalbum und auch jenes der Verlobung an. Ich muss gestehen, da kamen mir die Tränen. Aber es gibt noch einen anderen Grund, warum ich froh bin, dass du wieder zurück bist.»

«Und der wäre, meine liebe Bice?»

«Es ist nicht immer einfach zu erklären, warum du im gegenwärtigen Deutschland arbeitest. In meinem Umkreis kenne ich niemanden, der Freude hat an diesem Diktator mit Schnäuzchen. Alle verabscheuen dieses totalitäre Regime, die Aufmärsche, die Inszenierungen, die Propaganda und die latente Gewalt, insbesondere gegen die entrechteten Juden. Die Auswanderung von deutschen Juden in die Schweiz hat deutlich zugenommen, und die erzählen Geschichten, da graut

es einem. Im Übrigen wird in der Schweizer Presse mit Ausnahme des nazifreundlichen Zürcher Tagesanzeigers oft berichtet, was da in Deutschland vorgeht… Meinem Vater habe ich besser nichts von deinem Aufenthalt in Leipzig gesagt. Er hasst Hitler leidenschaftlich.»
«Aber Bice, du musst doch zugeben, das Bild Deutschlands hat sich mit der Olympiade vor zwei Monaten ziemlich geändert.»
«Das glaube ich persönlich nicht. Zugegeben, Hitler ist eine grosse Propagandashow gelungen. Doch erinnere ich dich: Das IOC hat ganz knapp, mit achtundfünfzig zu sechsundfünfzig Stimmen – Letztere unter Führung der USA –, einen Boykott der Spiele wegen des Rassismus der NSDAP abgelehnt. Im Übrigen hat der NS-Staat nach der Gustloff-Tötung allen Juden in Deutschland das Bürgerrecht entzogen. Auf Gustloff komme ich noch… was du nicht weisst, Bubu, das Attentat hat sogar eine Auswirkung auf uns. Trotzdem, du bist zurück, und ich bin froh darüber. Aber ehrlicherweise, ich erwarte von dir, dass du nie mehr in diesem Land unter seinem Führer arbeitest. Es wäre mir zutiefst zuwider und würde unsere Ehegemeinschaft nachhaltig in Frage stellen. Ich weiss, Bubu, du verstehst mich da sicher.»
Bubu zögert, denkt nach und zündet sich dazu eine Norton an. «Ja… ja… Bice. Du musst verstehen, dass ich die Gelegenheit nutzte, am Morawitz-Institut die Innere Medizin vertieft kennenzulernen. Dies hat mich zu einer Art Lebensentscheidung geführt. Ich gehe nicht mehr ans Pathologische Institut von Wegelin zurück, denn ich habe mich entschlossen, Innerer Mediziner zu werden.»
«Aber warum bist du nach dem Tod des berühmten Morawitz nicht zurückgekommen? Ich habe Onkel Walter im Juli zufällig in der Stadt getroffen. Er bedauerte mich nicht nur als Strohwitwe, sondern erzählte mir von seinem Angebot an dich in der Klinik von Muralt.»
«Muss ich mich jetzt für mein wissenschaftliches Interesse rechtfertigen? Kein Problem. Aber ich finde, du gehst ja auch unabhängig von mir deinen beruflichen Weg. Für mich steht fest: Ich sehe meine Zukunft als Wissenschaftler mit dem Endziel einer Professur in Innerer Medizin. Ganz nach dem Vorbild von Onkel Walter. Ich weiss auch, dass ich im nächsten Sommer bei ihm als Volontär anfangen kann. Und zu deiner Beruhigung: Am 1. November trete ich eine Hilfsassistenz im physiologischen Institut bei Professor von Muralt an.»

«Ja gut. Da können wir ja jetzt eigentlich Herbstferien machen. Ich werde hierfür Urlaub einreichen.»
«Sicher, meine Liebe. Einige Tage sind schon drin. Aber ich muss noch für meinen ehemaligen Chef in Leipzig eine Publikation zum Thema ‹Über das Elektrokardiogramm bei Kohlenoxydvergiftung› fertigstellen.»[182]
Bice zögert, schaut ihm etwas distanziert in die Augen: «Mit anderen Worten, du sagst mir, dass du weiterhin in Deutschland publizieren wirst? Findest du das richtig? Sind denn in der Medizinischen Fakultät in Leipzig nicht Nazis tonangebend? Und dein Chef – ein Nazi?»
«Mag sein. Aber das interessiert mich nicht, sondern nur die Medizin und die Wissenschaft. Wenn du da Erfolg haben willst, ist die Schweiz allein zu klein. Du musst dich in der ganzen wissenschaftlichen Welt bekannt machen. Zugegeben, die politische Entwicklung ist nicht angenehm. Aber ich komme nicht darum herum, meine neuen Beziehungen zu nutzen. Mein Chef, Professor Hochrein, fördert mich in dieser Hinsicht ausserordentlich. Im Übrigen publiziert auch das Institut von Onkel Walter im aufstrebenden Deutschland, vor allem in Leipzig und Berlin. Das kannst du mir nicht verbieten.»
Bubu spricht das in einem harten Ton, den sie bisher nicht an ihm kannte. Sie spürt, dass dem Wunsch – oder ist es ein Zwang? –, Professor der Medizin zu werden, ein beinahe archetypisches Streben zugrunde liegt. Will Bice ihre Ehe nicht schon im Frühstadium gefährden, muss sie hier nachgeben. Es ist wohl besser für ihre gemeinsame Zukunft, das Thema Publikationen nicht mehr anzuschneiden.
«Ja gut, Bubu. Ich sehe ein, dass du deinen Weg gehen musst und ich den meinen. Selbstverständlich verantwortungsbewusst.»
Bubu nickt, irgendwie wie abwesend.
Da fährt Bice fort: «Es gibt noch eine Entwicklung, die uns, oder besser mich persönlich betrifft. Wie du weisst, hat der Bundesrat nach der Ermordung des NSDAP-Führers Gustloff diese zentrale Leitung in der Schweiz verboten und ist gegenüber dem Drängen der Deutschen hart geblieben. Vielleicht ist es wegen der anstehenden Olym-

---

[182] Sie erschien Anfang 1937 im Verlag Theodor Steinkopff, Leipzig/Dresden.

piade nicht so repressiv vorgetragen worden. Nun hat im Juni ein Herr Sigismund von Bibra in der deutschen Botschaft diese Funktion informell übernommen und baut jetzt die Geschäftsstelle der NSDAP in der Schweiz exterritorial aus. Kurz vorher hat er eine ehemalige Schülerin, ja eine Freundin von mir aus Ftan geheiratet, Irmela von Langen. Ich habe sie bereits mehrmals getroffen. Sie ist zutiefst unglücklich, denn diese Hochzeit wurde zwischen den zwei kleinadeligen Familien arrangiert. Ihr einundzwanzig Jahre älterer Mann, der sich schon als künftigen Gauleiter der Schweiz sieht, ist ihr zuwider. Kurz nach der Hochzeit hat er sie bereits geschlagen. Ich hielt es für meine Pflicht, als Bundeshauskorrespondentin die Bundesanwaltschaft über diese Beziehung zu orientieren. Ich habe aber mehrfach betont, dass dies rein privater Natur sei. Ich ging dabei auch nicht auf den Wunsch nach Informationsbeschaffung ein. Ich bin keine Agentin und werde nie eine sein. Ich wollte dir das nur sagen, damit du im Bilde bist, wenn wir Irmela sehen oder falls sie uns besuchen sollte.» Dann plätschert das Gespräch wieder ganz im Privaten weiter, und nach Fertigstellung der Publikation verreisen sie einige Tage. Der goldene Herbst im Engadin lockt beide an. Die Liebe überwiegt dann das etwas zu ernste Gespräch, und beide sind froh, wieder zueinandergefunden zu haben.
Vierzig Wochen später, am 21. Juni 1937, kommt ihr Töchterchen Ursula zur Welt.

***

Zur Sichtweise meines Vaters hier eine erste persönliche Bemerkung: Auch ich verdanke meine wissenschaftliche und geschäftliche Karriere Deutschen und Deutschland. Mein Doktor- und Habilitationsvater war Professor Dr. Egon Tuchtfeldt, Schüler von BRD-Wirtschaftsminister und Professor Karl Schiller. Professor Dr. Dieter Stolte, Intendant des Zweiten Deutschen Fernsehens (ZDF), habe ich die Einführung meines Zuschauermesssystems Telecontrol 1985 in Deutschland zu verdanken (ich war auch Mitglied der ARD-ZDF-Medienkommission). Die GfK (Gesellschaft für Konsumforschung) Nürnberg kaufte mir im Jahr 2000 meine Firmengruppe Telecontrol ab. Schliesslich verlieh mir im Jahr 2007 der deutsche Bundespräsident Horst Köhler das Bundesverdienstkreuz 1. Klasse. Allerdings befand ich mich nicht in einem politischen Zwiespalt, und ich bin sehr froh darüber.

Auf die für mich nicht verständliche Publikationstätigkeit meines Vaters im Krieg bis 1944 gehe ich später ein.

Von der Verlobung am 25. Juni 1933 gibt es einige Bilder…

…von der Hochzeit jedoch nicht. Hier das Paar im November 1934, das heisst circa acht Monate nach der Vermählung.

«Am 4. Februar 1936 erschoss David Frankfurter, Student im 8. Semester Medizin in Bern und Jude, in Davos den Führer der NSDAP Schweiz, Wilhelm Gustloff.»

Die Entrechtung der Juden wurde darauf noch unerbitterlicher.

«Bubu erhielt im Mai 1936 eine Volontärstelle am innermedizinischen Institut der Universität Leipzig, und zwar beim berühmten Professor Dr. Paul Morawitz.» († 1. Juli 1936).

«Er bleibt bis Oktober 1936 in Leipzig beim Nachfolger von Morawitz, Professor Dr. Max Hochrein. Dieser ist seit 1933 NSDAP-Mitglied und nicht planmässiger ausserordentlicher Professor für Innere Medizin. Bubu erwähnt das in seinen späteren Curricula vitae nicht.»

In der medizinischen Klinik in Leipzig.

«Aber Bice, Du musst doch zugeben, das Bild Deutschlands hat sich mit der Olympiade vor drei Wochen ziemlich geändert.» «Das glaube ich persönlich nicht. Zugegeben, Hitler ist eine grosse Propagandashow gelungen.»

«Von 1935 bis Frühjahr 1944 finden sich 40 Publikationen von B. Steinmann, davon 27 in Deutschland zu circa zwei Dritteln im Julius Springer Verlag in Berlin und der Rest in Leipzig und Dresden. Während des Krieges, 1939 bis zur letzten Publikation im Mai 1944, sind es 19 Publikationen im Nazi-Deutschland.»
Beispiele von 1939 bis 1944:

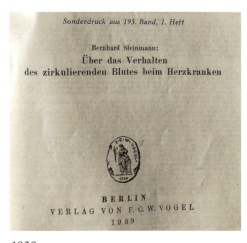

1939

1940

1941

1942

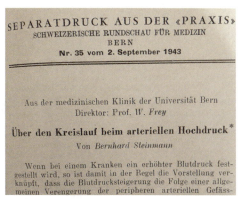

1943

1944

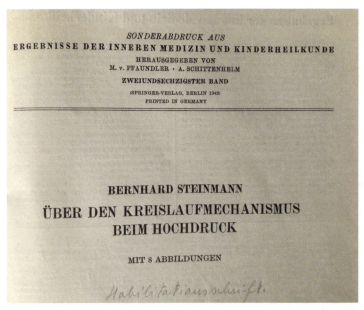

Die Habilitationsschrift von Bubu (Berlin, 1942).

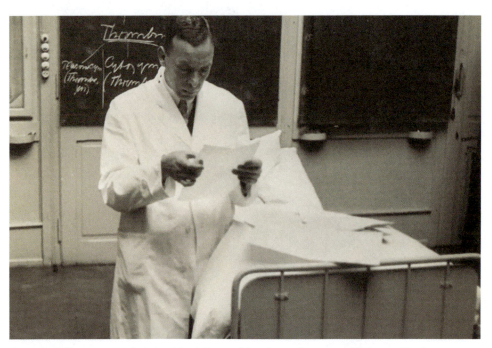

Seine Publikationstätigkeit im Nazi-Deutschland wurde massgeblich von Professor Walter Frey unterstützt, dessen Assistent er ab 1937 und Oberarzt von 1943–1946 war.

«Am 21. Juni 1937 kommt ihr Töchterchen Ursula zur Welt.»

FAMILIE STEINMANN-GALLI

38. Vater und Mutter in den Kriegsjahren (1939–1945)

Wie die Kriegsjahre verliefen, ergibt sich aus den Erzählungen meiner Mutter und kaum von meinem Vater selbst. Allerdings sagen Fotos mehr über ihn aus.

Zunächst stellt sich jedoch die Frage, an welchem Punkt diese *Emmentaler-Nostrano-Steinmann-Galli-Saga* überhaupt enden soll. Bin ich schon zu weit gegangen, als ich das Leben meiner Eltern wie von aussen betrachtet einbezog? Nach einigen Bedenken kam ich zum gegenteiligen Schluss, weil mit der Heirat die beiden Familien zusammenfanden. In ihren Kindern vereinten sich das unterschiedliche Herkommen und die so verschiedenen Temperamente sozusagen in einer «Blutsvermischung». Aus dem ersten Treffen des Steinmann Hans mit Ueli Galli im Bauernkrieg wurde nun eine Familie.
Damit stellt sich die Frage auch eingeschränkter: Soll ich oder soll ich nicht in die Lebensläufe von meinen Schwestern und mir eintauchen? Zuerst wollte ich mit der Geburt von Ursula aufhören. Doch dann gewann der Gedanke die Oberhand, dass das Leben während der Kriegsjahre aus der Sicht von meiner Mutter, meinen Schwestern und mir doch von allgemeinerem Interesse sein kann. Immerhin haben wir alle persönliche Erinnerungen an eine historisch bedeutende Zeit der Schweiz. Es soll aber nur um das Leben der Familie im damaligen Alltag gehen.
Das Glück wollte es nämlich, dass meine Schwestern kleine Essays zu damals verfasst haben, die sie mir erst beim Schreiben dieses Kapitels zustellten. Meinerseits habe ich einiges von meiner Mutter erfahren. Selbst kann ich mich aber nur anekdotisch an dies oder jenes ziemlich zusammenhanglos erinnern. Ende des Krieges war ich ja erst drei Jahre alt.

Erzählungen meiner Mutter
Als Ursi das Licht der Welt erblickte, wohnten die Eltern noch am Dittlingerweg 10, nahe dem Gymnasium Kirchenfeld, in Bern. Die Dreissigerjahre waren schwer gewesen und blieben es während des Krieges. Mami verdiente mehrheitlich das Haushaltsgeld, weil Vater eine schlecht bezahlte Assistentenstelle am Institut für Innere Medizin bei seinem Onkel Walter Frey angenommen hatte, was ihn davon abhielt, eine Praxis zu eröffnen (bis er neununddreissig Jahre alt war). Wegen der Belastung als junge Mutter dreier Kinder musste Bice ihr Engagement bei der Mittelpresse anfänglich reduzieren: Sie war nur noch für die von ihr geschaffenen, wöchentlich erscheinenden Frauenseiten verantwortlich. Da schrieb sie zu vielerlei Themen, zum Beispiel «Die praktische Mode», «Die Velomode» und «Das Wäscherinnen-Znüni». Immer auch Rezepte verschiedenster Gerichte, so auch «Zwetschgenkuchen mit wenig Zucker». Viele ihrer Rezepte kochte sie und setzte sie Papi zum Test vor, welcher gemäss on-dit davon immer gewichtiger wurde.
Als sie im Frühling 1939 erneut schwanger geworden war, suchten die beiden eine neue, grössere Bleibe mit Garten. Sie fanden sie erst 1940 nach Ausbruch des Krieges in einem kleinen Häuschen mit Garten an der Wabersackerstrasse 115 in Köniz, die Bernhard mit Hilfe seiner Mutter Betty finanzierte. Nach dem Kauf Anfang April zogen sie mit ihren zwei kleinen Töchterchen im August ein. Vroni war ja bereits am 21. Dezember 1939 zur Welt gekommen.
Nach der Generalmobilmachung veränderte sich das Leben meiner Mutter gänzlich. Vater musste sofort einrücken, und sie musste für das Haus, die kleinen Kinder sorgen und zugleich ihr Berufsleben wieder aufbauen. Und das unter den kargen Verhältnissen während der folgenden Kriegsjahre.
Ich glaube, das ist eine der grössten Lebensleistungen meiner Mutter. Wie wir gleich lesen werden, war mein Vater fast nie anwesend und im Alltag und ohne jegliches praktische Talent schlicht keine Hilfe. Natürlich hatte meine Mutter eine (sicher schlecht bezahlte) Hilfskraft; laut meiner Schwester Vroni hiess sie Rosa. (Auf eine weitere, besondere Hilfe kommen meine Schwestern noch.)

Hinweise zu Vater

Was ich über ihn weiss, stammt von meiner Mutter, teils aus meinem Aktenstudium, auch aus seinem Fotoalbum, aber fast nichts von ihm selbst.

Es lässt sich etwa so zusammenfassen: Nachdem er Ende der Dreissigerjahre zum Sanitätshauptmann befördert worden war, verbrachte er mindestens die Zeit der ersten Mobilmachung im Gebirgssappeur Bataillon 3 (Geb. Sap. 3). Er hatte dort aber nicht viel zu tun. Sie befanden sich anfänglich im Fricktal, später auch in anderen Gebieten, und zwar oft hoch zu Ross. Betrachtet man seine Fotos aus dem Aktivdienst, scheinen die Offiziere des Bataillonsstabes eher ein «lässiges» Leben geführt zu haben. Ich weiss von ihm selbst, dass er vormittags in der Regel ausgeritten ist. Zu welchen Einheiten er bei späteren Einberufungen stiess, ist mir nicht bekannt. Kann sein, dass er auch in einer Militärsanitätsanstalt (MSA) Dienst tat, weil er später als Major Chefarzt einer solchen in der Lenk oder in Kandersteg wurde.

Die zivile Zeit während des Krieges verbrachte mein Vater zu mehr als hundert Prozent im Institut, weil er neben der üblichen Tätigkeit eines Assistenten wegen seines Lebensziels, Professor zu werden, unermüdlich publizierte, und zwar wie bereits ausgeführt bis zum 8. Mai 1944 mehrheitlich in den bisherigen deutschen Verlagen in Leipzig und Berlin. Dies ist auch deshalb erstaunlich, weil Leipzig und die Universität am 3. September 1943 und am 29. Februar 1944 schwer bombardiert wurden.

Ich bin sicher, dass meine Mutter nichts davon wusste, denn später, nach der Scheidung, als sie tief verletzt an dieser ständig kaute, hätte sie mir das erzählt.

Verständlich, dass meine Mutter sich sozusagen als alleinerziehend empfand. Sie kümmerte sich um Haus und Kinder in den damaligen Mangeljahren und arbeitete zugleich als Bundeshausjournalistin weiter. Sie sagte mir einmal, als ich zur Welt gekommen sei (27. Mai 1942), habe Papa nur zweiundvierzig Franken im Monat verdient. Nach dem Teuerungsrechner sind das 436 Prozent mehr nach heutiger Kaufkraft, das heisst 225 Franken. Auch wenn das so vielleicht nicht ganz stimmt, waren es der Verdienst meiner Mutter und die Zuschüsse meines Grossvaters, welche uns ein bescheidenes Durchkommen in diesen schweren Zeiten ermöglichten.

Vielleicht wurde durch den Tod von Grossmutter Betty am 6. April 1942 (sie wurde nur neunundfünfzig) die wirtschaftliche Lage der Familie entspannter. Denn es ist anzunehmen, dass Papi trotz seines sprichwörtlichen Geizes aus dem verbleibenden Erbe etwas zum Haushalt beitragen musste.

Neben diesem traurigen Ereignis gab es aber auch freudigere Ereignisse in der Familie. Unter anderem meine Geburt mit der Taufe bei Pfarrer Fuchs in der Kirche zu Köniz, auf die meine Schwester Ursi im folgenden Kapitel eingeht.

Die Affäre mit Irmela von Bibra
Auch aus historischen Gründen sei die Freundschaft mit Irmela von Bibra-von Langen besonders hervorgehoben. Ich möchte das nicht selbst tun, sondern den entsprechenden Abschnitt aus Peter Balsigers Buch *Matthias Steinmann – Herr der Quoten* zitieren. Er lebte 1964 ein Jahr lang bei meiner Mutter, als ich wegen meiner «Militärkarriere» meist abwesend war. Aufgrund ihrer Erzählung kam es zu folgendem Passus in seinem Buch:

Es herrschte Krieg, die Schweiz war von den Achsenmächten umzingelt, die Angst der Menschen überlagerte alles, die Bedrohung war allgegenwärtig. Deutschlands Armeen waren ungeschlagen. Man rechnete sogar mit einem Angriff der Wehrmacht auf die wegen der Alpen-Transitverbindungen strategisch wichtige Schweiz.
Der Krieg – und die Angst der Menschen – hatte einen prägenden Einfluss auf die Erziehung des kleinen Matthias. Der Vater, ein Arzt, war als Sanitätshauptmann praktisch ständig im Aktivdienst. Die Mutter, eine Journalistin im Berner Bundeshaus, dem Sitz der Schweizer Regierung, musste die Familie quasi alleine durchbringen. Matthias war das jüngste von drei Kindern, die Schwestern Ursula und Veronika waren 1937 und 1940 geboren worden.
Beatrice, Matthias' Mutter, eine temperamentvolle Tessinerin, war als Journalistin ganz nahe am Zentrum des politischen Geschehens in der Hauptstadt. Sie hatte Zugang zu vertraulichen Informationen über die

Kriegslage, die sie oft niedergeschlagen erscheinen liessen. Zu Hause färbte das auf die Stimmung der Kinder ab.

Während ihres Studiums hatte Beatrice Steinmann als Lehrerin am Mädcheninternat Fetan im Kanton Graubünden gearbeitet. Dort freundete sie sich mit einer Schülerin an – Irmela, die später einen Freiherrn Hans Sigismund von Bibra heiratete. Von Bibra war vor und während des Zweiten Weltkriegs, zwischen 1936 und 1943, Erster Legionsrat in der deutschen Botschaft in Bern, ein glühender Nazi und ab 1940 offizieller Repräsentant der NSDAP in der Schweiz. Er sollte nach dem Endsieg den Posten eines Gauleiters in der Schweiz übernehmen.

Der Freiherr hatte einen brutalen Charakter: Er schlug seine Frau, die sich nach solchen Gewaltattacken auch einmal in Steinmanns Häuschen in Köniz versteckte. Da die Mutter über Irmela und Herr von Bibra oft erzählte, entging das den Kindern natürlich nicht. Für sie stand dieser von Bibra stellvertretend für die Nazis, sie begannen auch, sich von einem deutschen Angriff zu fürchten.

Ein solcher Angriff auf die Schweiz wurde vom Oberkommando der Wehrmacht mehrfach erwogen. So 1940, 1941 und 1943. Beatrice Steinmann hatte in einem Fall von ihrer Freundin Irmela von Bibra einen Hinweis erhalten. Eine inoffizielle, vertrauliche Information zwar, aber Beatrice Steinmann erachtete es als ihre patriotische Pflicht, Bundesrat Eduard von Steiger, damals Leiter des Justiz- und Polizeidepartementes, von dem möglichen Angriff in Kenntnis zu setzen. Ähnliche Warnungen waren der Regierung offenbar auch aus anderen Quellen übermittelt worden.

Und was tat von Steiger, dessen Sympathie für Deutschland damals kein Geheimnis war? Er war Beatrice Steinmann nicht etwa dankbar für diese Information, die für die Schweiz möglicherweise von existenzieller Bedeutung war. Er unterrichtete vielmehr den deutschen Botschafter Köcher, nannte die Quelle der Indiskretion, was zur Folge hatte, dass von Bibra seine Frau erneut misshandelte. (Hier gilt es anzufügen, dass Fürsprech von Steiger früher Anwalt der deutschen Botschaft war.)

Matthias wuchs also in einem Klima der permanenten Unsicherheit und Angst auf. Eine Angst, die ihn traumatisch prägte. Sie ist wohl auch eine Erklärung für viele seiner späteren Entscheidungen und

Verhaltensweisen. Es war damals seiner Mutter nicht gelungen, ihm Sicherheit und Vertrauen ins Leben zu vermitteln. Es war die Existenzangst, die zu Hause das dominierende Thema war – und zwar noch lange nach dem Krieg.[183]

Zu Sigismund von Bibra gilt es anzufügen, dass er wie Botschafter Köcher Mitglied der Grande Société der patrizialen Berner war, obwohl sie beide als extreme Nazis galten. 1943 wurde von Bibra zur Botschaft in Madrid versetzt, wo er 1944 zum Geschäftsträger befördert wurde. 1945 wurde er interniert und später von den Alliierten lediglich als Mitläufer entnazifiziert. Obwohl er in der Schweiz einer der gefürchtetsten Nazis war!
Warum? Von Bibra hatte im Auftrag von Reichsführer Heinrich Himmler mit den Alliierten Kontakt aufzunehmen versucht, und zwar pikanterweise durch Coco Chanel, die unter dem Decknamen «Westminster» zwei Aufträge für die Nazis bearbeitete. Der Grund für ihr Verhalten war wohl die intensive Liebesbeziehung zu einem dreizehn Jahre jüngeren Hauptmann der Wehrmacht, Hans Günther Freiherr von Dincklage. Himmler wollte sich Coco Chanels Beziehungen zu Winston Churchill zunutze machen, mit dem sie seit zwanzig Jahren bestens bekannt war und der ihr nach dem Krieg auch half, einer Bestrafung als Kollaborateurin zu entgehen. Allerdings lag von Bibra zur Zeit ihres Auftrages wegen einer Lungenentzündung darnieder, und ein Kontakt kam nicht zustande.[184]
Von Irmela hat meine Mutter nie mehr etwas gehört. Sie meinte zeitlebens, sie sei in den Wirren des Krieges gestorben – tatsächlich hat sie noch bis 1985 gelebt. Ebenso wenig wusste meine Mutter, dass von Bibra während seiner Schweizer Zeit «eine Affäre mit der Frau eines Schweizer Abwehroffiziers»[185] unterhielt.

---

183 Peter Balsiger: Matthias Steinmann – *Der Herr der Quoten*, Redline Verlag, 2010.

184 Vgl. Peter Balsiger: Coco Chanel – Die Modeikone, die für die Nazis spionierte, in: *Börse Online 21*, 2021.

185 https://de.wikipedia.org/wiki/Sigismund_von_Bibra.

«Wegen der Belastung als junge Mutter dreier Kinder reduzierte sie ihr Engagement bei der Mittelpresse. Sie musste für das Haus, die kleinen Kinder sorgen und zugleich wieder ihr Berufsleben aufbauen. Und das unter den kargen Verhältnissen während der folgenden Kriegsjahre. Ich glaube, das ist eine der grössten Lebensleistungen meiner Mutter.»

«Im Frühling 1939 suchten die Beiden eine neue, grössere Bleibe mit Garten. Sie fanden diese erst 1940 nach Ausbruch des Krieges in einem kleinen Häuschen mit Gärtchen an der Wabersackerstrasse 115 in Köniz.»

«Nach der Generalmobilmachung am 1. September 1939 veränderte sich das Leben meiner Mutter nun gänzlich. Vater musste sofort einrücken.»

Bataillonsstab Geb. Sap. 3.

«Nachdem Bernhard Ende der Dreissigerjahre zum Sanitätshauptmann befördert wurde, verbrachte er zumindest die Monate nach der ersten Mobilmachung im Gebirgssappeur Bataillon 3 (Geb. Sap. 3, Bernhard links).»

Hauptmann B. Steinmann hoch zu Ross.

«Nach seinen Fotos im Aktivdienst zu schliessen, scheinen die Offiziere des Bataillons eher ein lässiges Leben geführt zu haben. Ich weiss von ihm selbst, dass er vormittags in der Regel ausgeritten ist.»

Die Bombardierungen in Leipzig am 3. Dezember 1943 hatten 1845 Tote, 4000 Verletzte, 140 000 Bombengeschädigte und die Zerstörung von 43 100 Wohnungen zur Folge (29. Februar 1944: 872 Tote/1658 Verletzte).

In der deutschen Botschaft residierte auch Legationsrat Sigismund von Bibra, Leiter der NSDAP Schweiz und vorgesehen als Gauleiter, falls die Deutschen die Schweiz besetzten.

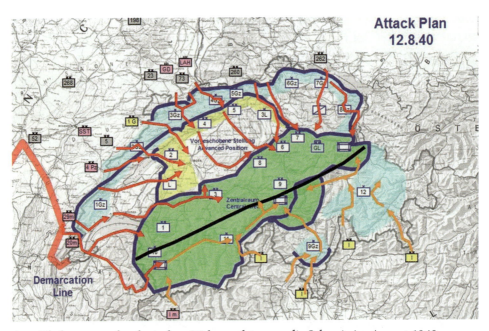

Angriffsplanungen der deutschen Wehrmacht gegen die Schweiz im August 1940. «Vielleicht ging es bei der Geschichte um diesen möglichen Angriff auf die Schweiz, über den meine Mutter Bundesrat von Steiger einen Hinweis gab.»

«Und was tat Bundesrat von Steiger, dessen Sympathie für Deutschland damals kein Geheimnis war? Er war Beatrice Steinmann nicht etwa dankbar für diese Information, die für die Schweiz möglicherweise von existentieller Bedeutung war. Er unterrichtete vielmehr den deutschen Botschafter Köcher, nannte die Quelle der Indiskretion, was zur Folge hatte, dass von Bibra seine Frau erneut misshandelte.»

«Von Bibra hat im Auftrag von Reichsführer Heinrich Himmler mit den Alliierten Kontakt aufzunehmen versucht, und zwar pikanterweise mit Coco Chanel, die unter dem Decknamen Westminster zwei Aufträge für die Nazis bearbeitete.»

FAMILIE STEINMANN-GALLI

39. Ursis Erinnerungen an die Kriegsjahre

Dr. Ursula Feitknecht-Steinmann hat diesen Bericht, der vor allem das Leben in Köniz aus Kindersicht beschreibt, vor einigen Jahren geschrieben.

Meine Kriegsjahre
«Sie kommen!» Hinter dem Chalet des Coiffeurs tauchten sie auf, ein ganzer Zug Soldaten mit Pferden und Wagen. Ich sprang von meinem Beobachtungsposten, dem Steinpfosten, in den die Gartentür eingelassen war. Mit einer Schaufel und einem kleinen Reisigbesen in jeder Hand pfeilte ich auf die Strasse. Wenn der Traintross vorbeizieht, hat's für jeden genug. Wenn nur ein einzelner Bauer auf seinem Karren daherkommt, gibt's manchmal Streit mit Lexi, der Tochter des Coiffeurs, um die paar «Rossbollen», obschon Lexi meine Freundin ist. Unsere Mütter graben den Pferdemist in den Gemüsegarten ein. Dünger ist rar. Papi besuchte uns damals nur selten, meine Mami, meine um zweieinhalb Jahre jüngere Schwester und mich. Er war im Jura im Militärdienst, nahe der Grenze. Ich kannte ihn nur in Uniform, mit einem steifen Kragen und hohen Stiefeln. Obschon er Arzt war und kranke Soldaten behandelte, ritt er auf dem Foto auf Mamis Schreibtisch auf einem Pferd. Ob auch ihm ein vierjähriges Mädchen mit Schaufel und Besen hinterhersprang?
An seiner Stelle wohnte ein fremder Mann, ein welscher Offizier, bei uns. Er wurde uns zugeteilt, weil wir noch ein freies Zimmer im kleinen Einfamilienhaus hatten. Todlangweilig war er, sass herum und las meist, wenn er sich bei uns aufhielt. Sprechen konnten wir auch nicht mit ihm. Französisch hatte für uns den Nimbus einer geheimnisvollen «Grosse-Leute-Sprache». An Weihnachten, wenn das Christkind herumschwirrte oder um zu verheimlichen, dass ein lediges Mädchen ein Kind geboren hatte, manchmal auch, wenn Papi auf Urlaub sich leise und bedrückt mit Mami unterhielt, tönte es Französisch. Sie glaubten

ihre Ängste von uns Mädchen fernzuhalten, doch fühlten wir in jenen Augenblicken die schwere Decke, die auf uns lastete. Kinder haben ein feines Gespür.

Der welsche Offizier hatte auch eine gute Seite: sein Putz. Er verbrachte zwar die Nächte, wenn ich ohnehin schlief, in einem Soldatenquartier. Tagsüber sass er meist in der Küche, schaute meiner Mutter beim Kochen zu und spielte mit mir «Hoppe hoppe Reiter». Er hatte viel Zeit für mich, weil er ja nur die Kleider und Schuhe seines Chefs sauber halten musste. Er zog seinem Offizier die Stiefel mit einem Stiefelknecht aus, der für mich ein herrliches Holzspielzeug war, auf das ich mein Bäbi setzen durfte. Zwischendurch beschäftigte Mami den Putz und überredete ihn zu einem Tausch. Der Bauernsohn stellte sich mit seinen schwieligen Händen beim Hemdenbügeln recht ungeschickt an. Dies konnte meine Mutter nicht ansehen und bot ihm an, sich um die Offizierskleider zu kümmern, wenn er dafür die schwereren Gartenarbeiten übernahm. Er strahlte, obschon dieser Tausch bestimmt verboten war.

Kartoffeln, Kartoffeln

Es war aber nicht mein Putz, der eines Tages mein Mätteli umstach. Das Mätteli war für mich der wichtigste Teil unseres Gartens. Dort spielte ich mit meiner Puppe und dem Bäbiwagen, dort stiess ich den Ball herum, dort bräunte ich mich an der Sonne oder nahm ein Bad. An Sonnentagen goss Mami wenig Wasser in einen metallenen Zuber, füllte grüne Flaschen mit Wasser und erteilte mir meinen ersten Physikunterricht: «Das dunkle Glas nimmt die Sonnenstrahlen schneller auf als helle Flaschen. Das Wasser erwärmt sich rasch, und das giessen wir nachher zum Wasser im Zuber.» Im nächsten Jahr stellte sie einen zweiten Zuber und doppelt so viele Flaschen für meine Schwester auf. Vroneli war aber immer noch zu klein, um zu ermessen, was der Verlust des Mättelis mir bedeutete. Mami stach den festgetretenen Boden um und pflanzte Kartoffeln, von denen wir schon genug hatten. Die saftig grünen Blätter gefielen den roten und gelbschwarz gestreiften Kartoffelkäfern, die ich einzeln ablesen musste. Schuld war Bundesrat Wahlen, der den Erwachsenen befahl, überall Kartoffeln zu pflanzen, auch auf meinem Mätteli. Die Kartoffeln kochte Mami in der Kochkiste: Kartoffeln mit Rüebli, Kartoffeln mit Zucchetti, Kartoffeln mit Kohlrabi, Kartoffeln mit Kohl, Kartoffeln mit Kartoffeln.

Irgendwann reichten auch die Kartoffeln vom Mätteli nicht mehr. Ich erinnere mich nicht, dass wir je auf einem Bauernhof Lebensmittel erhalten hätten. Wir kauften mit den gelben Rationierungsmärkli im Laden ein und assen das selbst gezogene Gemüse: Und das war's. Da beschloss meine Mutter, hinter dem Haus Topinambur zu pflanzen, ein Knollengewächs, das pro Quadratmeter ergiebiger sein sollte als Kartoffeln. Sie schmeckten scheusslich, niemand mochte sie, nicht einmal die Schädlinge. Meiner Mutter gelang es, fast eine halbe Stunde entfernt einen Pflanzplätz zu ergattern. So fuhren wir mit dem Leiterwagen, der Giesskanne und ich zu Fuss hinten nach, in den Wabersacker, Kartoffelkäfer ablesen.

Gesunde Kost
Erst im Rückblick wird mir bewusst, wie unglaublich gesund wir uns verköstigten: Kartoffeln, reichlich Gemüse, fast kein Fleisch und Ballaststoffe. Die Regierung war Herr über die Ernährung ihrer Bürgerinnen und Bürger. Eine Ausnahme war Weihnachten. Jedes Jahr am 25. Dezember kochte Tante Flocki – von mir getauft nach ihrem Foxterrier – ein einziges Suppenhuhn für die ganze Familie. Das zähe Tier kochte stundenlang zuerst auf dem Gasherd, anschliessend in der Kochkiste. Aus dieser Zeit muss der Ausdruck «Gummiadler» für ein Poulet stammen. Das Huhn servierte die Tante an einer weissen, dicken Sauce mit seltenem, weil rationiertem Reis. Erst Jahre nach dem Krieg feierten wir unser erstes richtiges Poulet. Dafür war Weihnachten damals weiss, und Mami zog uns mit dem Davoser zu Tante Flocki.
Mit Früchten wurden wir auch nicht gerade verwöhnt. Dass am Spalier ausschliesslich Weichseln hingen, war vermutlich auch so ein Trick von Mami. Weder Kinderhände noch Vogelschnäbel griffen nach den sauren Kirschen. So blieben sie unangetastet für ihre mit Märklizucker gekochten Kompotte und Konfitüren. Dafür fehlte es nie an Milch, weil Familien für ihre Kleinkinder eine doppelte Märkliration erhielten. Manchmal schickte uns Grossmama Eier aus ihrem Hühnerstall im fernen St. Gallen. Daraus zauberte Mami mit altbackenem Brot eine wunderbare Eierrösti, die sie uns mit Kompott auftischte. Frisches Brot kannten wir nicht, weil die Bäcker nur eintägiges (später gar zweitägiges, mit Kartoffeln gestrecktes) Brot verkaufen durften, damit niemand auf die Idee kam, zu viel Brot zu verschlingen.

Eine Taufe

Als der Krieg ausbrach, ging eine Riesenangst vor Bomben um, und ich zog mit Mami und dem zwei Monate alten Schwesterlein nach Leissigen, ins Bootshaus der andern Grossmutter. Am Abend sang mich das Wellengeräusch in den Schlaf. Am Tag konnte ich stundenlang vom Balkon aus die Ruderboote der Fischer beobachten. Damals muss sich diese Sehnsucht nach Wasser und einem See in meinem Herzen eingenistet haben. An einem Sonntag wanderten wir bei Glockengeläut zur Kirche mit Vroneli, die das mit Rüschchen besetzte Familientaufkleid trug. In der Leissiger Kirche unter den Blicken des uniformierten Vaters, eines ebenso uniformierten Götti und einer langen Gotte, grösser als Papi, taufte sie der Pfarrer. Nach ein paar Monaten hielten meine Eltern die Lage für sicher genug, dass sie es wagten, mit uns nach Köniz zurückzukehren.

In den Kriegsjahren lief meine Mutter zu Hochform auf. Mit Erfindungsgeist und unermüdlicher Arbeit versuchte sie, es uns an nichts mangeln zu lassen. Von morgens früh bis tief in die Nacht hinein war sie auf den Beinen. Die Zeitzählung der Hausfrauen müsste in die Epoche vor und die Epoche nach der Erfindung der automatischen Waschmaschine eingeteilt werden. Damals, es war das Vor-Waschmaschinen-Zeitalter, wurde der Waschtag zum Grossereignis, das am Abend zuvor mit Wäsche einweichen seinen Anfang nahm und zwei Tage später mit Bügeln endete. Wasser kochen, schwere Zuber herumtragen, Wäsche auf dem Waschbrett schlagen, auswringen, aufhängen – kurz: Schwerstarbeit. Wer brauchte da einen Fitnesskurs? Im Winter, wenn sich das Dunkle-Flaschen-Prinzip fürs Baden weniger eignete, erwärmte meine Mutter das Badewasser im Gefäss über dem noch heissen Waschofen und goss es nachher in einen Wäschezuber.

Energiesparprogramm

Damals brauchte es weder Lenkungsabgabe, Autofreier-Sonntag-Initiative noch gut gemeinte Bundesratsappelle, um die Bevölkerung zum Energiesparen zu ermuntern. Energiesparen war vielmehr eine Überlebensstrategie. Zeitweise blieb uns nur noch Holz zum Heizen. Die Kohle war längst ausgegangen, die Eier aus Kohlestaub rar. Mit dem Leiterwagen sammelten wir Holz und Tannenzapfen im Wald. Ein wei-

ter Weg bis in den Wald, viel weiter als zwei Jahre später mein halbstündiger Schulweg in die erste Klasse. Wir freuten uns aber jedes Mal aufs Holzsammeln, denn am Waldrand floss ein Bächlein zum Spielen und Plantschen. Lexi durfte uns oft begleiten, und zusammen legten wir zwischen den Tannenwurzeln fantasievolle Moosgärtlein mit zündhölzchenhohen Zäunen und Unterständen für die Zwerge an. Während wir, wieder zu Hause, den einzigen Ofen, der mitten im Haus im Treppenhaus stand, mit Tannenzapfen fütterten, pressten andere Leute aus nassem Papier Kugeln oder Briketts zum Feuern. Die Wohnstube blieb geschlossen, um ja keine Wärme zu verlieren.
Das Kinderschlafzimmer und mein Bett hätten nicht einmal einem Eskimo gefallen. Ich benötigte mindestens eine halbe Stunde, um meine kurzen Beine auszustrecken. Nur Millimeter um Millimeter rückte ich zwischen den eiskalten Leintüchern vor. Für Bettflaschen reichte das warme Wasser nicht aus.
Mami sass jetzt wieder am Esstisch bei schwachem Licht, flickte Socken, verlängerte Röcke und Schürzen oder strickte. Alles war damals gestrickt, nicht nur Socken, Kniestrümpfe, Handschuhe und Mützen. Die Unterhosen waren gestrickt, der Schneeanzug, die Kinderwagendecken, die Puppenkleider und mein Badeanzug ebenfalls. Waren wir aus einem Pulli oder Rock herausgewachsen, verlängerte ihn meine Mutter oder trennte das Stück auf. Dabei half ich gerne mit, zog am Faden, während sich das Pulliteil verkleinerte und sich der Strickfaden so lustig lockte. Die krause Wolle legten wir ins Wasser und spannten sie nachher um einen Kessel, um sie zu glätten. Es kam die Zeit, als auch der letzte Wollfaden mindestens zweimal von fleissigen Händen verstrickt worden war und es nur noch Zellwolle zu kaufen gab.

Irmela
Irmela sah auf dem Bild auf Mamis Schreibtisch genau so aus, wie ich mir Maria vorstellte: ein wunderschönes Gesicht, blonde Haare, helle Augen und eine glatte Haut. Sie war nicht nur schön, auch gescheit, blaublütig und eine Freundin meiner Mutter aus der Zeit, als sie Lehrerin im Töchterinstitut Ftan in Graubünden war und Irmela ihre Schülerin. Irmela schrieb mit eleganter, grosszügiger Schrift Briefe aus Deutschland mit hellblauen Balken. Da gab es doch tatsächlich deutsche Beamte, die

jeden in die Schweiz adressierten Brief lasen, mit schwarzer Tusche die Sätze, die ihnen nicht passten, durchstrichen oder mit Lösungsmitteln die blaue Tinte auflösten und verschmierten. Mami sagte mir, dass sie einen sehr hohen Nazi geheiratet habe. Das war die Kriegszensur. Später sah ich sie ein- oder zweimal bei uns zu Hause: Sie sah im Gesicht genauso aus wie auf dem Bild, war aber ernst, und ich verstand nicht, über was sie sprachen. Zu leise, bei der geschlossenen Esszimmertür. Irgendeinmal verschwand Irmela, und meine Mutter sprach nie mehr von ihr. Auch nach dem Krieg nicht.

Das Kriegsende
Trotz der Heimlichtuerei hatte ich mitbekommen, dass Hitler mit seinen Nazis das schlechthin Böse personifizierte. Jeden Tag klebten die Erwachsenen um 12.30 Uhr am Radio, um Beromünster zu hören. Aus der Distanz waren die Geräusche zu stark, um bei der damaligen Technik die Nachrichten zu verstehen. Die Grossen versuchten ihre Angst und die Vorgänge in den Nachbarstaaten vor uns zu vertuschen. Es gelang nicht immer. Meine Sinne geschärft, älter geworden und dank Diskussionen mit meiner Freundin Lexi, konnten wir uns doch einiges zusammenreimen.

Noch eine Taufe
Als ich fünf wurde, gab's einen kleinen Bruder, den Thisli, und weniger Brot. Um die Versorgung zu sichern, erhielten wir nur noch die halbe Menge Brotmärkli. Wir assen Porridge oder Kartoffeln anstelle eines Stücks Brot zum Frühstück. Nicht einmal Mami vermochte mir das Porridge schmackhaft zu machen – nein, mir nicht. Sie war eine grossartige Verkäuferin ihrer Produkte und Leistungen, konnte einen Brotauflauf als Festessen und ein Hängerli aus einer ihrer alten Schürzen als Sonntagskleid anpreisen. Wunderschön fand ich – auch ohne Werbung – die blauen Wintermäntel, die sie aus einem Kaputt meines Grossvaters aus dem Ersten Weltkrieg für uns Mädchen geschneidert hatte.
Der nächste wichtige Anlass war die Taufe meines Bruders Thisli. Eine Schneiderin besuchte uns, um meiner Schwester und mir eine Berner Werktagstracht aus nigelnagelneuem Stoff zu nähen. Die Störschnei-

derin und den Trachtenstoff bezahlte Mami aus dem selbst verdienten Geld, das sie von der Mittelpresse (später SPK) für ihre wöchentliche Frauenbeilage erhielt.
Vroneli sieht einfach entzückend aus mit dem gehäkelten Filettuch auf den Schultern, den goldenen Locken bis zur Taille, dem schneeweissen Trachtenhemd, der gestreiften Schürze und dem Mieder mit Schösschen. Zur Taufe sind sogar die Grosseltern aus St. Gallen angereist. Grossvater weigert sich aber, in die Kirche zu gehen, weil er an seiner eigenen Hochzeit geschworen hatte, nie mehr einen Fuss in ein Gotteshaus zu setzen, aus Ärger über den Pfarrer. Er trinkt lieber ein Bier im «Bären», Grossmutter heult, die Eltern sind nervös. Es ist aber dennoch eine sehr feierliche Taufe mit schöner Musik und Thisli im Familientaufkleid. Mami trägt Plateauschuhe und eine hochgetürmte Sonntagsfrisur. Nach der Kirche dürfen wir auch zu Grossvater in den «Bären» zum Taufessen und geben unsere Mahlzeitencoupons dafür. Der hübsche Thisli soll mir aufs Haar gleichen. Manchmal zeigt Mami eines meiner Säuglingsbilder neugierigen Bekannten, die sich nach dem Stammhalter erkundigen. Und schon hatte sie wieder ein paar Franken gespart.
Mein Bruder kroch schon ziemlich frech auf dem Boden herum, als Papi aus dem Militärdienst heimkehrte. Er blieb aber nicht zu Hause zum Spielen, sondern fuhr täglich mit seinem schwarzen Vorkriegsvelo ins Inselspital zur Arbeit. Er passte auf wie ein Häftlimacher, dass sich keine Diebe an die Pneus heranmachten. Nirgends, auch nicht gegen gutes Geld, waren Veloschläuche zu haben.
Die Glocken läuteten in allen Kirchen, als der Krieg zu Ende ging. Nach langer, langer Zeit sah ich fröhliche, lachende Erwachsene. Sogar Mami legte ihre ernste Stimmung ab. Rationierungsmärkli blieben uns noch ein paar Jahre erhalten. Was soll's? Das wiedererlangte Lachen war mir wichtiger.

Ursi circa 7-jährig (1944).

Die Anbauschlacht von Bundesrat Wahlen liess auch Fussballfelder nicht aus. Hier werden Kartoffeln gepflanzt.

Ursi hilft Grosspapa Cecchino beim Pflanzen von Kartoffeln im Garten in St. Gallen.

Thisli wird getauft. Ursi und Vroneli sind stolz auf ihre neuen Werkstagstrachten.

FAMILIE STEINMANN-GALLI

40. Erinnerungen von Vroni

Veronika Gonin-Steinmann berichtet mir in einem Brief über die Zeit ihrer Kindheit in Köniz während der Kriegszeit.

Lieber This,
Du hast mich gebeten, Dir meine Erlebnisse aus dem Zweiten Weltkrieg zu schildern. Da mir diese Erinnerungen nur szenenweise wie kleine Filme in den Sinn kommen, musste ich mich längere Zeit damit beschäftigen.
Der erste Teil handelt vor allem vom Essen und der manchmal schwierigen Art, sich dieses zu beschaffen. Nun, wie Bert Brecht sagt: Das Fressen kommt vor der Moral.
Doch jetzt werde ich mich mit anderem beschäftigen.
Ich bin am 21. Dezember 1939 geboren worden. Hitler hatte seinen Angriff auf Polen schon gestartet. Ich kann mir nicht vorstellen, dass sich unsere Eltern unter diesen Umständen rasend über mein Erscheinen gefreut haben, vor allem weil ich nur ein Mädchen war. Mami hat mir immer erzählt, ich sei im Spital vertauscht worden. Mit dieser Idee kam sie immer wieder daher. Das hat natürlich unsere Beziehung nicht sehr gefördert. Ich war zwar bei dem Gedanken nicht nur unglücklich. Da ich viel Fantasie habe, zimmerte ich mir eine Traumwelt zusammen. Da war ich meist eine verlorene Prinzessin, eine Romanow mindestens. Im Mai wurde dann die Lage in der Schweiz bedrohlicher. (Hitlers Angriff auf Frankreich am 10. Mai 1940.)
Unsere Grossmutter Betty, die – damals selten – ein eigenes Auto fuhr, tauchte bei Mami auf und rief: «Ich muss sofort mit Urseli nach Leissigen, Bern könnte bombardiert werden.»
Ursi war ihr erstes Enkelkind und somit ihr Liebling. Zum Schluss fuhren wir alle vier nach Leissigen, und dort wurde ich auch getauft, ohne unseren Vater; er war zum Militär einberufen worden. Wir gehörten damit, wie die meisten Kinder Europas, zur vaterlosen Generation.

(Das wurde mir erst vor ein paar Jahren bewusst, als ich mit meiner Enkelin Nicole darüber sprach. Sie war völlig entsetzt, denn sie hat eine sehr enge Beziehung zu ihrem Vater René.)

Kinderarbeit in Köniz
Wahrscheinlich sind wir dann bald nach Köniz gezügelt. Daran erinnere ich mich nicht. An Grossmama Betty kann ich mich aber noch erinnern. Ich sitze auf dem hohen Stuhl, und sie gibt mir den Brei. Ihre Bewegungen erinnern mich heute an Tante Hanni und Barbara. An den Bewegungen erkenne ich noch heute die Leute, vor allem jetzt, wo ich nicht mehr so gut sehe. In Erinnerung ist mir immer auch das Haus an der Dillingerstrasse mit dem seltsamen Zimmer, durch dessen vergitterte Tür man erst normale Menschen sah, dann nur noch Köpfe, dann neue Füsse, wiederum ganze Menschen und so weiter. Das war der Lift mit Glastür.
Mami muss dann bald einmal einen Pflanzplätz gemietet haben. Dorthin zogen wir oft – zu den Kartoffelkäfern. Ich war zu klein, und sie grausten mich ebenso wie die Maikäfer, die damals wie eine dicke Wolke alles überzogen. Wenn der Kinderwagen darüberfuhr, knirschte es. Man musste sie sammeln und im Gemeindehaus abgeben, wo sie im heissen Wasser getötet wurden. Ob man Geld dafür bekam, weiss ich nicht. Auf jeden Fall wurden sie gewogen. Ich weiss das, weil die Frauen mit ihren Ernteerträgen renommierten.
Kinder mussten damals bei der Arbeit helfen. Das galt vor allem für die Bauernkinder. Die Männer standen alle an der Grenze. So mussten die Frauen mit Hilfe der Greise und Kinder alleine zurechtkommen. Verlangt wurde viel, denn die Bauern mussten über die Ernteerträge Rechenschaft ablegen. Die Schweiz war ja von Feindesland umringt: im Norden Nazideutschland, im Osten das angeschlossene Österreich, im Süden das faschistische Italien und im Westen das besetzte Frankreich. In der Mitte die Schweiz im Auge des Hurrikans. Da konnten keine oder nur wenige Lebensmittel importiert werden. Mit Hilfe des Anbauplans von Bundesrat Wahlen und einer strengen Lebensmittelrationierung kamen wir dann einigermassen über die Runden.
Doch nicht nur die arbeitsfähigen Männer standen an der Grenze. Die Zugpferde wurden zum Ziehen der Geschütze ebenfalls eingezogen. Da es noch kaum Traktoren und andere landwirtschaftliche Maschinen

gab, wurden alle möglichen Arbeitskräfte eingesetzt: neben den eigenen Kindern auch Landdienstpflichtige.

Es kursierte dazu eine Geschichte unter Frauen: Eine Bäuerin habe an den Bundesrat folgenden Brief geschrieben:

«Lieber Bundesrat, Du hast meinen Ehemann und das Pferdegespann zum Militär eingezogen. Denn Mann kannst Du behalten, aber die Rösser brauche ich dringend.»

Pferdeäpfel und Energiesparen

Meine Schwester und ich waren ja noch sehr klein, aber auch wir hatten unsere Aufgaben. Mangels Düngemittel mussten wir Pferdeäpfel sammeln. Es gab zwar damals mehr Pferde als heute, aber es gab noch mehr Kinder, die auf der Jagd nach Mist mit Schaufeln und Eimer bewehrt auf Beute lauerten. Wie üblich waren die Jagdreviere strikt untereinander aufgeteilt. Wir durften nur direkt vor unserem Haus auf Ernte hoffen. Beim Überschreiten der unsichtbaren Reviergrenze kamen wir sofort in Konflikt mit den viel stärkeren Nachbarsjungen. Doch einmal, da ritt eine stolze Offiziersgruppe in glänzend gewichsten schwarzen Stiefeln an uns vorbei, und zwei Pferde hoben ihre Schwänze und spendeten uns reiche Ernten. – Es waren zwei Welten. Wir, die kleinen barfüssigen Mädchen in den aus alten Kleidern weiblicher Verwandter hergestellten Röcken und sie, die eleganten Herren zu Pferde. Wenn ich auch wusste, dass auch mein Vater andernorts als Hauptmann herumritt, ich konnte mich mit ihnen nie identifizieren.

Energiesparen und Holzsammeln

Da auch Brennmaterial knapp und die Winter kalt waren, zog meine Mutter mit damals schon drei Kindern mit dem Leiterwägeli in den Könizbergwald zum Holzen. Bäume oder Äste schneiden war streng verboten. Man durfte nur auflesen, was am Boden herumlag. Wenn ich heute im Wald spaziere und sehe, was da alles herumliegt, tut mir das Herz weh beim Anblick des vergeudeten Reichtums. Damals war der Wald wie gestaubsaugt, und man musste jedem gefallenen Ästchen nachlaufen. Meine Schwester und ich mussten Tannenzapfen sammeln. Da sie älter war als ich, war sie meist erfolgreicher. Doch mehr als fünf bis acht Zapfen fand auch sie nicht.

Energiesparen – heute ein politisches Thema, damals eine Selbstverständlichkeit. Wie badet man drei ewig schmutzige Kinder, ohne viel Energie zur Warmwasseraufbereitung zu verschwenden? Im Sommer: Man stelle eine mittlere Zinkwanne auf den Rasen im Garten und fülle sie zur Hälfte mit kaltem Wasser, dazu nehme man möglichst viele grüne Glasflaschen, fülle sie ebenfalls mit Wasser. Stellen Sie alles an die Sonne und warten Sie bis zum Abend. Dann giessen Sie das sonnengewärmte Wasser aus den Flaschen ebenfalls in die Zinkwanne. Jetzt kann man ein Kind nach dem andern sparsam einseifen und waschen. Bitte Reihenfolge beachten! Das Kind, das beim Haarewaschen am lautesten schreit, als letztes drannehmen. Sonst steckt es die andern mit seinem Geschrei an, und Sie befinden sich schliesslich im Garten und haben Nachbarn.
Im Winter: Da Sie ja in der Waschküche im riesigen Waschkessel die Wäsche gekocht, diese mit langen Holzklammern herausgefischt, sie in grosse Zinkwannen verteilt, eventuelle Flecken auf dem Waschbrett ausgerieben, dann alles im kalten Wasser gespült, ausgewrungen und zum Trocknen aufgehängt haben, ist zum Schluss der kupferne Waschkessel immer noch so heiss, dass Sie etwas Wasser wärmen können. Das giessen Sie dann in die kleineren Zinkwannen. Das übrige Prozedere ist wie im Sommer.

Alltagsleben und «Begräbnis feiern»
Wir lebten zwar auf dem Land, aber dennoch tauchten Fremde im Dorf auf: Internierte, das heisst Polen und Russen, die das Kriegsschicksal in unser Land verschlagen hatte. Sie arbeiteten auf Bauernhöfen, wo sie die Arbeitskraft der abwesenden Bauern ersetzten. Man sah sie aber selten im Dorf, und die Frauen wurden vor ihnen gewarnt. Kontakte waren eigentlich verboten. Doch scheint dies nicht immer geklappt zu haben. Denn heute treffe ich immer wieder Leute, die mir mit historischem Abstand von ihren italienischen, polnischen oder sogar afrikanischen Vorfahren erzählen. Die Zeiten ändern sich.
Wie jetzt in der Pandemie im Homeoffice, Homeschooling und vermehrtem Homecooking vor allem die Frauen vermehrt an die Kasse kommen, waren sie – zumindest in der Schweiz – in der gleichen Situation. Die Mehrarbeit lastete auf ihren Schultern, und Freizeit oder

gesellige Anlässe gab es nicht. Ich habe meine Mutter eigentlich nur in zwei Fällen vergnügt erlebt.
Meine Mutter arbeitete immer noch in Teilzeit als Journalistin, und das meist von zu Hause aus. Nun starben innert kurzer Zeit mehrere Mitarbeiter, und die Begräbnisse waren die einzige Möglichkeit, sich mit Kollegen zu treffen. So kam sie nach dem Leichenmahl meist vergnügt nach Hause. Diese Mahlzeiten nach Todesfällen sind ja bei uns Tradition. Alle Trauernden können daran teilnehmen. Man weiss nie, wie viele Leute nach dem Kirchgang noch im angrenzenden Wirtshaus erscheinen. Kontrollen gibt es nicht. Die Behörden gingen damals bei solchen Gelegenheiten grosszügiger mit den Rationierungen um als sonst. Aus diesem Grunde musste man immer mit vielen Trauergästen rechnen.
Ein Kollege meiner Mutter nutzte diesen Brauch zu seinen Gunsten aus. Er durchstöberte alle Tageszeitungen nach Todesanzeigen. Vor allem Todesfälle der Bessergestellten interessierten ihn, insbesondere von Politikern. Diese waren meist Mitglieder in vielen Vereinen, hatten viele Jahre im Militär gedient, viele berufliche Kontakte gepflegt. Kurz, keiner der Anwesenden, nicht einmal die engste Familie, hatte beim Begräbnis die Übersicht über die Besucher. In passender dunkler Kleidung erschien nun der Berufskollege meiner Mutter im Wirtshaus. Mit Trauermine kondolierte er der Familie, sprach einige tröstliche Worte, setzte sich an den Tisch und genoss die nach damaligem Begriff opulente Mahlzeit.

Luftschutzübungen
Das zweite gesellschaftliche Ereignis waren die Luftschutzübungen. Diese waren obligatorisch. Wir Kinder wurden samt den Nachbarskindern unter Obhut unseres Hausmädchens in den Luftschutzraum im Keller eingesperrt. Eigentlich sollte unser Mädchen uns Märchen vorlesen, aber da gab es so viele interessante Dinge: ein Kanapee, das sich als Trampolin eignete, grosse alte Bälle, die man sich an den Kopf werfen konnte, Bohnenstangen zum Fechten.
Die Mütter lernten inzwischen, wie man Brandbomben löscht (mit Sand, nie mit Wasser). Eine der Frauen wurde fachgerecht verbunden, ihre Glieder mit Holzstecken eingeschient. Auf einer Notbahre wurde sie an den Strassenrand gelegt. Dann ging die Übung weiter. Anschliessend wurden alle Frauen ins Pfarrhaus zum Ersatzkaffee eingeladen. Es dun-

kelte bereits, als meine Mutter nach Hause kam und uns Kinder und vor allem das Hausmädchen aus dem Keller befreite. Die verbundene Frau hatte man einfach am Strassenrand vergessen. Zum Glück hörte der Dorfpolizist auf seiner nächtlichen Runde ihre Rufe und befreite sie.

Angst und Frieden
Doch es war keine fröhliche Zeit. Ein Kind nimmt seine Umgebung als selbstverständlich wahr. So litten wir nicht eigentlich unter dem materiellen Mangel. Doch Gefühle nimmt man wahr, und das vorherrschende Gefühl war Angst, die uns niederdrückte. Mittags und abends sassen wir in der kalten Küche und lauschten den Nachrichten im Radio. Zuerst ertönten pompöse Melodien von Wagners Musik. Dann kam diese kreischende Stimme. Ich verstand die deutschen Worte nicht, aber ich fühlte das Entsetzen, das sie in den Menschen um mich herum auslösten, und ihre Angst schwappte auf mich über. Zum Schluss wiederum Wagner. Ich kann diese Musik nicht mehr hören, auch wenn sie mir eigentlich gefällt. Aber in meinem Kopf vermischen sich die Töne immer mit der Stimme des Teufels.
Die Angst meiner Mutter war immer präsent. Wenn ich nicht gehorchte, hiess es gleich: Was mache ich mit einem so ungehorsamen Kind auf der Flucht? Die Flucht, davon hatte ich gehört. Frierend zogen Menschen mit Karren durch Eis und Schnee, ohne etwas zu essen. Ich hatte genug Fantasie, um mir das vorzustellen.
Und dann: Ein schöner Tag im Garten, alle Glocken läuteten, sogar die Feuerglocke, die alles übertönte. Alle Leute standen auf der Strasse, jubelnd und lachend. Es war Friede.
Die Zeit der Reiter in schwarzen Stiefeln war vorbei, auch bei uns. Dafür erschienen die amerikanischen GIs in hellen Uniformen auf Urlaub. Auf ihrer Uniform stand «U.S. Army». Meine Schwester, die schon etwas lesen konnte, behauptete, die Soldaten seien nur für sie da, denn «U.S.» seien ihre Initialen. Wahrscheinlich verbrachten die jungen Männer ihre freie Zeit lieber in einem unzerstörten Land anstatt in Ruinen. Sie waren immer von einer Traube kleiner Kinder umgeben, da sie Schokolade und Kaugummi grosszügig verteilten.
Einmal kam meine Mutter vom Einkaufen heim, sie brachte dunkelgrüne Büchsen mit. Die amerikanische Armee begann ihre Restbestände

zu verkaufen. Wir mussten uns erst einen Büchsenöffner beschaffen. Büchsenessen kannten wir nicht. Was war darin? Gesalzene Erdnüsse. Auch die waren neu.

Das erste Wort, das ich lesen konnte, war «MANITOBA». Es stand auf den grossen Säcken, die ein Lastwagen in die Bäckerei brachte. Man erklärte mir, das sei der Name des Landes, auf dessen unendlich weiten Feldern der Weizen wuchs, aus dem das herrliche, knusprige, wohlriechende Brot gebacken wurde, das wir nun mit reichlicherer Butter und süsser Konfitüre zum Frühstück erhielten. Am Radio hörten wir nicht mehr die Stimme des Teufels, sondern fröhliche Jazzmusik.

Hier endet mein Bericht. Der Krieg war zu Ende. Wir zogen nach Bern. Mein Vater eröffnete seine Arztpraxis. Ich kam in die Schule. Einen Monat nach Kriegsende durften wir an die Hochzeit von Onkel Hanspeter (Buba) mit der schönen Käthy Wyss, Tochter des Oberzolldirektors, in der Kirche zu Leissigen. Sie waren beide sehr lebenslustig, und wir Kinder gingen später noch so gerne zu ihnen in die Ferien nach Leissigen oder Verbier, wo sie ein Ferienhaus besassen.

Man sagt, die ersten sechs Jahre prägen den Menschen am meisten. Bei mir war es das Erlebnis, wie ein System, das auf Macht, Autorität und Angst aufgebaut ist, plötzlich zusammenbrechen kann. Was galt, gilt nicht mehr.

Vroneli.

Vroneli auf dem Mätteli in Köniz kurz bevor es zum «Kartoffelacker» wurde.

«Doch einmal! – da ritt eine stolze Offiziersgruppe in glänzend gewichsten schwarzen Stiefeln an uns vorbei und zwei Pferde hoben ihre Schwänze und spendeten uns reiche Ernten.»

«Da auch Brennmaterial knapp und die Winter kalt waren, zog meine Mutter mit den drei Kindern und dem Leiterwägeli in den Könizbergwald, um Tannzapfen und trockene Äste zu sammeln.»

«Dann giessen sie das sonnengewärmte Wasser aus den Flaschen ebenfalls in die Zinkwanne. Jetzt kann man ein Kind nach dem anderen sparsam einseifen und waschen.»

«Das zweite gesellschaftliche Ereignis waren die Luftschutzübungen. Diese waren obligatorisch. Die Mütter lernten inzwischen, wie man Brandbomben löscht (mit Sand, nie mit Wasser).»

«Einen Monat nach Kriegsende durften wir an die Hochzeit von Onkel Hanspeter (Buba), mit der schönen Käthy Wyss, Tochter des Oberzolldirektors, in der Kirche zu Leissigen. Sie waren beide sehr lebenslustig, und wir Kinder gingen später noch so gerne zu ihnen in die Ferien nach Leissigen oder Verbier, wo sie ein Ferienhaus besassen.»

Die Familie ohne Thisli an der Hochzeit von Buba.

FAMILIE STEINMANN-GALLI

41. Meine Erinnerungen an damals

Zum Schluss heutige Beurteilungen und Erkenntnisse, die ich erst beim Schreiben dieses Doku-Romans gewonnen habe.

Erinnerungssplitter
Es versteht sich von selbst, dass ich, anders als meine beiden älteren Schwestern, kaum zusammenhängende Erinnerungen an damals abrufen kann, war ich doch bei Kriegsende erst knapp drei Jahre alt. Um meinem Gedächtnis ein wenig aufzuhelfen, habe ich am 17. Februar 2021 mein Geburtshäuschen an der Wabersackerstrasse (heute 121) in Köniz besucht. Das Ehepaar Siegenthaler, welches es seit 1980 bewohnt, ausserordentlich geschmackvoll ausgebaut und eingerichtet hat, empfing mich sehr freundlich. Ich durfte alle Räume ansehen, auch den Keller und den Garten.
Leider führte das in keiner Weise zu einem plötzlichen Erinnerungsschwall. Verständlich, denn schliesslich sind seit meinem letzten Dortsein mehr als fünfundsiebzig Jahre vergangen. In diesem Sinne beschränke ich mich auf einige «Anekdoten», die tatsächlich diesen drei Jahren zuzuordnen sind.
Einen einzigen Raum erkannte ich: mein kleines Kinderzimmer mit der abgeschrägten Decke, weil unter dem Dach. Dort sang mir meine Mutter jeden Abend das Liedchen:

«I ghöre es Glöggli,
Das lütet so nätt.
Dr Tag isch vergange,
jetzt gahn i is Bett...»

Heute beherbergt dieses Zimmerchen ein kleines Bad, und später wurde ich nie mehr mit diesem Liedchen in den Schlaf gesungen.
Als kleiner Bub war mein Haar blond. Über die Mitte meines Kopfes

zog sich wie eine kleine Röhre eine Locke, die nannte man «Bibi Lolo», was neben dem «Thisli» ebenfalls zum Kosenamen wurde, der sich aber nicht hielt.

An die Spiele und das Plantschen in den Zubern im Garten mag ich mich gut erinnern. Dagegen nicht an die Kartoffeln oder an das Sammeln von Rossbollen.

Unsicher bin ich, ob ich die Verdunkelung am Abend wahrnahm, dagegen das Brummen der Bomber hoch am Nachthimmel schon, und ebenso an das Knallen einer Flabbatterie (7,5 cm) wohl in einigen Hundert Metern Entfernung.

Dass wir im blank geputzten Wald Tannenzapfen und Holz suchten, und zwar mit dem *Leiterwägeli* mit mir darin, bleibt wegen eines besonderen Vorfalls in meine Erinnerung eingemeisselt: Da knallte plötzlich ein lauter Schuss, und meine Mutter riss uns hektisch hinter einem Baum zu Boden. Es ist anzunehmen, dass dies im Herbst während der Jagd geschah.

Vor mir sehe ich wie heute, wie Mutter mit uns in einem Raum mit Schaltern anstand, um die Rationierungsmarken abzuholen. Allerdings könnte das auch 1946 gewesen sein.

Grossen Eindruck machte mir ein Geschehen auf dem kleinen Könizer Bahnhof: Ein Mann neben Mutter hob mich zu der rostroten, riesigen Lokomotive hoch, und ich konnte in den Führerstand blicken, wo der hellblau angezogene Lokomotivführer mich anlachte. Ich glaube, dass für mich damit mein späterer Beruf feststand.

Unvergesslich ist ein trauriges Ereignis (heute konnte ich auch rekonstruieren, aus welchem halbmondartigen Fensterchen im Treppenhaus ich das beobachtete): Meine Mutter wurde nicht weit von unserem Häuschen von einem Auto angefahren. Man trug sie auf einem Brett mit einem Leintuch voller Blut unten in den Hauseingang. Natürlich war ich von dem, was dann weiter geschah, wohl ausgeschlossen. (Sie erlitt eine Schädelfraktur.)

An meinen Vater kann ich mich in Köniz nicht erinnern, weder in Zivil noch in Uniform. Ich muss davon ausgehen, dass ich ihn kaum sah. Entweder war er im Aktivdienst oder im Institut an der Uni vollauf beschäftigt. Dagegen ist mir sein Topolino durchaus präsent. Das Auto hatte er zu Beginn des Krieges irgendwann gekauft oder nach dem Tod seiner Mutter geerbt, konnte es aber mangels Benzinzuteilung nicht betreiben; er praktizierte erst nach 1946 als Arzt. Bleibend ist die Erinnerung an eine Fahrt zum Trachtenfest nach Interlaken im kleinen «Mäuschen» (so die Übersetzung von «Topolino»). Vater und Mutter sassen vorn, meine Schwestern mit der Haushaltshilfe auf dem Rücksitz, inklusive Esskorb. Und schliesslich ich bei Mami auf dem Schoss. Es gab vor einigen Jahren Wettbewerbe, wie viele Menschen man in ein Auto pressen kann – wir hätten sicher gewonnen.

Zum Schluss keine eigene Erinnerung, aber etwas immer wieder Erzähltes: Ich muss allein im Häuschen geblieben sein, wobei das Radio Beromünster vor sich hin plärrte. Da muss die Musik plötzlich unterbrochen worden sein, und die grosse Neuigkeit vom Tod Adolf Hitlers wird verkündet. Ich sei auf den kleinen Balkon hinausgerannt und hätte geschrien: «Hitle' tot, Hitle' tot...»

***

Das weitere Leben meiner Familie ist nicht Gegenstand meiner Erzählung. Zu den Grosseltern, aber auch zu meiner Mutter und meinem Vater finden sich im Anhang die Nachrufe, die das Wesentliche zusammenfassen.

Allerdings drängt es mich zu einigen Bemerkungen zu meinem Vater, nachdem ich erst bei der Bearbeitung der letzten Kapitel auf seinen zwanghaften Publikationsdrang, insbesondre in Nazideutschland, gestossen bin. Nach der Diskussion mit meinem Freund und Lektor Peter Balsiger kann man das vielleicht wie folgt zusammenfassend beurteilen.

Sein Vater Fritz war offensichtlich eine Koryphäe in der Welt der Medizin: erfolgreich mit der bahnbrechenden Erfindung des Steinmann-Nagels, an zwei Kriegsschauplätzen engagiert, bekannt für seine Innovation bei Meniskusoperationen, Gründer eines Spitals und so weiter. Angesichts der väterlichen «Lichtgestalt» ist es für einen Sohn, der die gleiche Laufbahn einschlägt, besonders schwer, gegen den Vater zu bestehen. Zudem spürte er ja, dass sein Schwiegervater Cecchino ihn insgeheim ablehnte und lieber den Oberarzt Nicolet, der einen ganz anderen Lifestyle pflegte, zum Schwiegersohn gehabt hätte. (So unterschrieb Bernhard seinem Schwiegervater sieben Tage nach dem Tod seiner Mutter, dass er nie und für niemanden je eine Bürgschaftsverpflichtung eingehen werde. Warum wohl?)

Das alles war sicher eine schwere Bürde für meinen Vater und erklärt auch diesen gnadenlosen Ehrgeiz, Professor zu werden. Ein Ehrgeiz allerdings, dem er alles, auch ein harmonisches Familienleben, unterordnete. Wohl wegen seiner publizistischen Aktivitäten in Nazideutschland bis Mai 1944 fürchtete er, daheim angefeindet zu werden – zu Recht. So schwieg er, und meine Mutter wusste nichts davon. Vielleicht spürte er eben doch, dass er nicht die Genialität – oder zumindest die Kreativität – seines Vaters besass. Es muss dieses Manko gewesen sein, das er durch einen unendlichen Fleiss und permanentes Publizieren, so auch im grossen «Dritten Reich», wettmachte – und danach immer weiter. (Nach seiner Zählung dreihundertdreissig Publikationen, sein Vater circa siebzig.)

Mein Vater wurde 1947 von der Kantonsregierung zum Chefarzt der Inneren Medizin des Loryspitals gewählt, einer der Universitätskliniken des Inselspitals in Bern. Die Beförderung durch die Fakultät zum ausserordentlichen Professor wäre zu erwarten gewesen. Sie blieb aus. Sie ist erst 1958 nach der Scheidung meiner Eltern erfolgt. Bis dahin hatte es hierfür bei uns zu Hause nur eine Erklärung gegeben: Er sei vor allem von Professor Walter Hadorn verhindert worden mit der Begründung, PD Dr. B. Steinmann produziere zwar viel, aber es handle sich meist um Literaturpublikationen (im Sinne von: aus fünf eine sechste machen). Nach meiner Entdeckung seiner vielen Publikationen in Nazideutschland glaube ich nun, dass es eine weitere, gewichtigere Begründung gab, über die man oder jedenfalls er nie sprach.

Ich habe ihm später, als ich selbst erfolgreich wissenschaftliche und unternehmerische Karriere machte, die Scheidung und später sein empathieloses Verhalten gegen uns Kinder verziehen. Auch dass er 1964 bei den Bernburgern in eine Zunft eintrat und explizit verneinte, die Burgerschaft auf seinen Sohn auszudehnen.

Er ist ja dann bei mir zu Hause in Deutschland gestorben, trotz meines Versuchs, sein Herz zu massieren, und der Mund-zu-Mund-Beatmung. Seltsam, so eine intime Berührung im Moment des Todes, vielleicht die erste. Zärtlichkeiten als Vater kannte er nämlich nicht.

Vieles, was er tat, sind menschliche Verhaltensweisen, die in den «besten» bürgerlichen Familien vorkommen, sei es mehr oder eben weniger fair. Nachdem ich aber jetzt entdeckt habe, dass er derart lange und auch während des Krieges dank eines Naziprofessors in Nazideutschland publizierte, kann ich das nicht mehr entschuldigen. Dies hat eine andere Dimension als «bürgerliche» Familiendramen. Jeder wache Geist wusste damals, was in Deutschland vor und nach Anfang des Krieges geschah und wie die Völker unter der Aggression der unerbittlichen Wehrmacht und der SS-Truppen litten. Er muss das, nicht zuletzt als Offizier der Schweizer Armee, gewusst haben.[186] Dafür gibt es meiner Ansicht nach keine Entschuldigung, nur Erklärungen: Eine erste wird sicher sein germanophiler Onkel Walter Frey sein, denn auf jeder seiner Publikationen stand: «Aus der medizinischen Universitätsklinik Bern – Direktor: Prof. W. Frey». Er hat ihn zu dieser Publikation angeregt – aber befehlen konnte er das nicht.
Eine zweite wäre sein psychopathischer Ehrgeiz, ja Zwang, Professor werden zu müssen, wie bereits vorgängig erwähnt. Hier wäre folgendes anzufügen, und zwar aus eigener Erfahrung: Ist man einmal Privatdozent, gilt das grosse Streben logischerweise einer Professur. Man publiziert da nicht immer für die wissenschaftliche Community, sondern vor allem zur Erweiterung des Literaturverzeichnisses.
Trotzdem, in meines Vaters verdecktem, ja sturem Ehrgeiz (gemäss Mutter konnte er ihn gut verbergen) nahm er mit seinem Tunnelblick das schreckliche Umfeld kaum wahr und bedachte auch die Folgen nicht. Zum Beispiel war das wissenschaftliche Interesse an seinen akribischen Arbeiten in diesem Kriegsgeschehen wohl kaum hoch. Ich finde, man darf ihn durchaus auch als etwas naiv bezeichnen. Er musste doch bei klarem Kopf damit rechnen, dass seine publizistische Tätigkeit in Nazideutschland ihm früher oder später zum Nachteil gereichen würde.

---

186 Danach wohl schon. Denn er sprach nie darüber, und auf den Publikationslisten sind bei den Publikationen in Deutschland nur Archivnummern vermerkt. Ich musste die einzelnen Schriften ansehen, um den Verlagsort festzustellen. In seinen Curricula Vitae verschweigt er später seine Zeit bei Prof. Hochrein und nennt nur Prof. Morowitz, der jedoch bereits zwei Monate nach Beginn seiner Volontärstelle in Leipzig verstorben war.

Was dann ja auch der Fall war: Die Professur verschob sich wie erwähnt um elf Jahre.
Das sind durchaus subjektive Erklärungen und Beurteilungen meinerseits. Ich finde ganz klar: Publizieren in Nazideutschland und mit Unterstützung von Naziprofessoren bis Mai 1944 ist nicht verzeihlich. Deutschland hat sich in verbrecherischer Dimension in jeder Beziehung an der Weltgemeinschaft vergangen, was auch für Mitläufer und Opportunisten unentschuldbar ist. Das insbesondere, wenn man nicht unter der Repression der Diktatur litt.
Unbestritten ist jedoch, dass mein Vater ein hervorragender Arzt war, gemäss vielen Patienten grosse Empathie für sie zeigte und in der unblutigen Kardiologie und Gerontologie sehr grosse und nachweisbare Erfolge erzielte. Er war auch Präsident der Schweizerischen Gesellschaft für Kardiologie.
Auch privat mit seiner zweiten Frau Trudy Zeller und der Tochter Barbara dürfte er wie ausgewechselt gewesen sein. Meine Stiefschwester Barbara erzählt mir oft von ihm so, als würde es sich um einen anderen Menschen handeln. Mit der Professur fielen eben der Druck und die Anspannung seit seiner Jugend weg, und die Hinwendung zum Privaten öffnete sich weit. Er wirkte offenbar wie befreit und wurde ein aufmerksamer und liebevoller Vater. Aber meine Mutter, die ihm durch ihre ganze Kraft den Rücken von der Familie frei hielt und ihm so die Professur letztlich ermöglichte, hatte das Nachsehen.
Sie dagegen ging nach dem Krieg nie mehr nach Deutschland, bis ich mich 1973 mit Mika, einer geflüchteten Siebenbürgin, in Baden-Baden verlobte.

Der praktisch nie präsente Vater, circa 1944…

... Thisli, wegen der Haarlocke auch «Bibi Lolo» genannt.

ANHANG

STAMMBÄUME

1. Stammbaum der Familie Steinmann (bis 7. Generation)

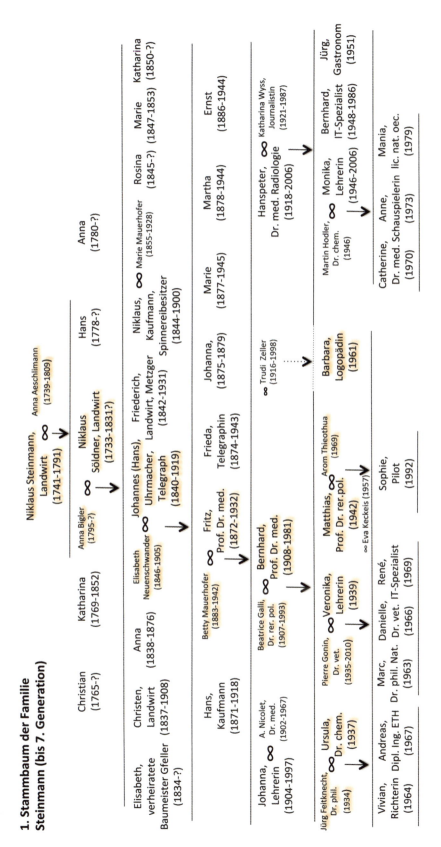

Allgemeine Anmerkung: Jene Familienlinie, um die es in der Saga geht, ist farblich schattiert.

2. Stammbaum der Familie Galli
(Familie Beatrice Steinmann)

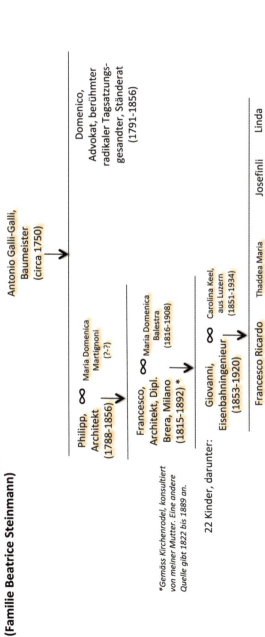
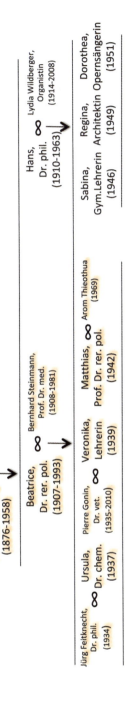

Antonio Galli-Galli, Baumeister (circa 1750)

Philipp, Architekt (1788-1856) ∞ Maria Domenica Martignoni (?-?)

Domenico, Advokat, berühmter radikaler Tagsatzungsgesandter, Ständerat (1791-1856)

Francesco, Architekt, Dipl. Brera, Milano (1815-1892)* ∞ Maria Domenica Balestra (1816-1908)

*Gemäss Kirchenrodel, konsultiert von meiner Mutter. Eine andere Quelle gibt 1822 bis 1889 an.

22 Kinder, darunter:

Giovanni, Eisenbahningenieur (1853-1920) ∞ Carolina Keel, aus Luzern (1851-1934)

Francesco Ricardo „Cecchino", Dr. med. Chirurg (1876-1958) ∞ Thaddea Maria Schelbert (1882-1968) Josefinli (1879-1884) Linda (1881 †)

Beatrice, Dr. rer. pol. (1907-1993) ∞ Bernhard Steinmann, Prof. Dr. med. (1908-1981)

Hans, Dr. phil. (1910-1963) ∞ Lydia Wildberger, Organistin (1914-2008)

Veronika, Lehrerin (1939)

Matthias, Prof. Dr. rer. pol. (1942) ∞ Arom Thieothua (1969)

Sabina, Gym.Lehrerin (1946)

Regina, Architektin (1949)

Dorothea, Opernsängerin (1951)

Jürg Feitknecht, Dr. phil. (1934) ∞ Ursula, Dr. chem. (1937)

Pierre Gonin, Dr. vet. (1935-2010)

3. Stammbaum der Familie Schelbert
(Familie Thaddea, Gattin Cecchino Galli)

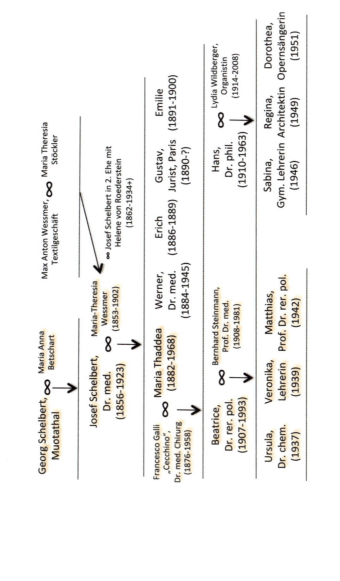

4. Abstammung Betty Mauerhofer
(Gattin Fritz Steinmann)

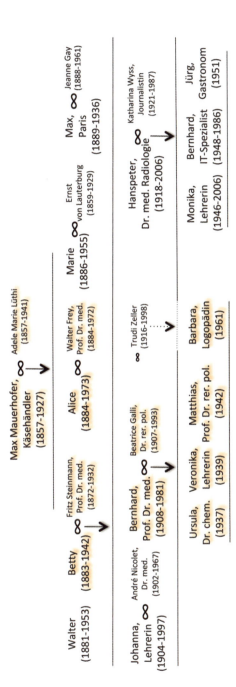

Die andere Mauerhoferlinie, jene von **Marie Mauerhofer (1855-1928)**, die **Niklaus Steinmann** geheiratet und Fritz Steinmann die Ausbildung bezahlt hatte, stammte von einem gemeinsamen Ur-Urgrossvater ab: Mauerhofer Hans, Handelsmann aus Trubschachen (1737-1799). Marie war die Tochter von Friederich Mauerhofer-Dothaux, Käsehändler und Partner von Max Mauerhofer. Marie ist mit Betty damit über vier Generationen verwandt.

5. Die Stämme des Steinmann-Tages (Stand 1968, überarbeitet 2021)

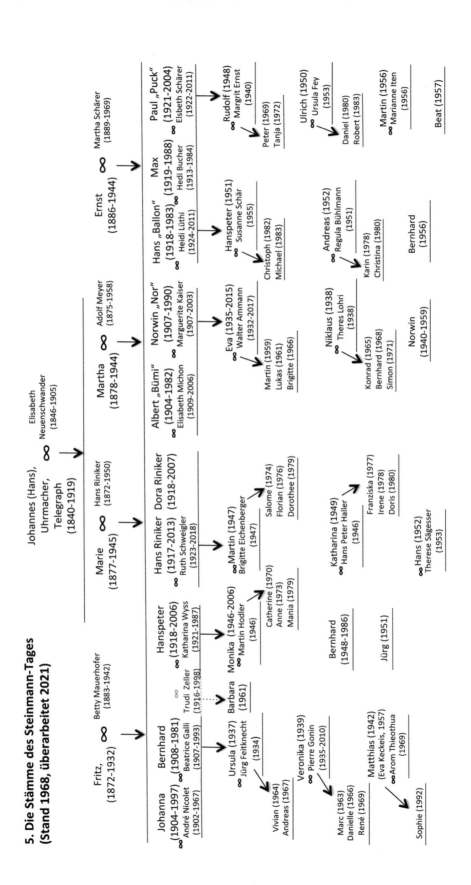

EPILOG UND NACHRUFE

Epilog und Nachrufe

Auf Leben und Wirken meiner Grosseltern und Eltern wird mit Nachrufen sowie Jubiläumsberichten noch einmal ein letztes Licht geworfen.[1]

Im Ganzen verfestigt sich der Eindruck, dass die Generation meiner Grosseltern für grossbürgerliche Familien steht, die von den Unbilden der Zeiten durch Glück und auch durch Leistung kaum betroffen waren. Nur bei Fritz Steinmann kann von einem Weg nach oben gesprochen werden, das heisst von einem Aufstieg aus einfachen Verhältnissen zu einer nationalen und teilweise internationalen Karriere – mit dem entsprechenden finanziellen Erfolg. Sowohl bei Betty als auch bei Thaddea und Cecchino handelt es sich um «Zweitgenerationenkinder», die das grossbürgerliche Leben und Umfeld bereits gewohnt waren. Seinen unbändigen Ehrgeiz des Aufsteigers hat Fritz wohl mit einem kürzeren Leben bezahlt. Cecchino, der glückhafte Lebenskünstler, wäre gewiss älter als zweiundachtzig geworden, hätte er sich die Leberzirrhose nicht redlich «erarbeitet».

Auf Thaddea gibt es keinen Nachruf. Viel mehr wäre wohl nicht zu berichten, als dass sie eine geduldige Ehefrau, Partnerin und Haushaltsvorsteherin gewesen ist. Sie starb mit sechsundachtzig Jahren (1968) nach einem Oberschenkelbruch an einer Embolie. Sie hat nach dem Tod ihres Mannes (1958) ein ruhiges Leben in der Wohnung über uns geführt, das heisst in ihrem Haus am Burgernzielweg 8, Bern. Sie hatte es nach der Scheidung meiner Eltern

---

1 Dieser Epilog gilt mehr als Information für den interessierten Leser und ist nicht als Fortsetzung der Saga gedacht. Was mich persönlich betrifft, siehe «Matthias Steinmann – Der Herr der Quoten» von Peter Balsiger, Redline Verlag, München 2010.

(1958) gekauft, um uns ein «standesgemässes», wie sie sagte, Heim zu verschaffen (nachdem Vater unsere Wohnung mit seiner neuen Frau bezogen hatte). Das wäre mit den schmalen Alimenten (fünfhundert Franken für die Mutter und dreihundert Franken pro Kind) meines geizigen Vaters nicht möglich gewesen. Ich bin ihr unendlich dankbar und besuchte Grossmammi oft. Sie hat mir hin und wieder auch Taschengeld zugesteckt.

Es gibt zwei Sprüche von ihr, die mir geblieben sind und die ich hin und wieder zitiere: «Das grosse Problem der Ehe ist ihre Dauer.»

Und: «Es gibt eine Gerechtigkeit auf Erden, dass die Gesichter im Alter wie die Menschen werden.»

Das Manuskript meines ersten Romans, «Ein Internat», tippte sie in ihre alte Schreibmaschine, völlig ungerührt und ohne Kommentar, sogar wenn es sich um die mehrseitige Beschreibung einer Orgie handelte. Um einen Einblick in ihr Herkommen und ihr Umfeld zu geben, aber auch um ihrer zu gedenken und ihr die verdiente Ehre zuteilwerden zu lassen, ist weiter unten der Lebenslauf ihres Vaters Josef angeführt.

Zu Cecchino Galli geben wir hier die Ehrung zu seinem achtzigsten Geburtstag sowie den Nachruf wieder, desgleichen die Ehrung zum siebzigsten Geburtstag meiner Mutter, Beatrice Steinmann. Ihre Leben werden dadurch in geraffter Form zusammengefasst.

Die Texte betreffen natürlich auch die Zeit nach dem Ende dieser Saga im April 1945. Ich habe sie aus verständlichen Gründen ja nicht in die lebenden Generationen hineingeführt und damit auch die Wirrnisse und die Folgen für die Familie durch die Scheidung meiner Eltern im Jahre 1956 bis auf kleine Hinweise weggelassen.

Was meinen persönlichen Lebensweg anbelangt, verweise ich auf die Biografie von Peter Balsiger, «Der Herr der Quoten» (Redline Verlag, München 2010), aber auch auf meine beiden Bücher über die Internatszeit, nämlich «Die Todesanzeige» und «Ellen und This». (Wer sich für mein wissenschaftliches Werk interessiert, findet dieses in der entsprechenden Publikationsliste der Universität Bern, Nationalökonomie.)

BERNER TAGBLATT
22. August 1932

Nachruf Prof. Dr. Fritz Steinmann

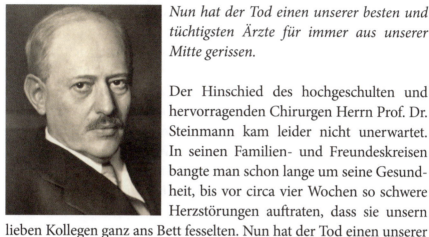

Nun hat der Tod einen unserer besten und tüchtigsten Ärzte für immer aus unserer Mitte gerissen.

Der Hinschied des hochgeschulten und hervorragenden Chirurgen Herrn Prof. Dr. Steinmann kam leider nicht unerwartet. In seinen Familien- und Freundeskreisen bangte man schon lange um seine Gesundheit, bis vor circa vier Wochen so schwere Herzstörungen auftraten, dass sie unsern lieben Kollegen ganz ans Bett fesselten. Nun hat der Tod einen unserer besten und tüchtigsten Ärzte für immer aus unserer Mitte gerissen.

Fritz Steinmann wurde am 18. September 1872 in Corcelles (Neuenburg) geboren, wäre also im nächsten Monat 60 Jahre alt geworden. Die Primarschulklassen durchlief er in Worb, und er hat während seines ganzen Lebens immer eine grosse Anhänglichkeit zu diesem grossen bernischen Dorfe behalten. Bald verliess er das elterliche Haus, um in Burgdorf das Progymnasium und das Gymnasium zu besuchen. Schon dort zeichnete sich Fritz Steinmann als ganz hervorragender Schüler aus, und bestand er auch durch ganz vorzügliche Leistungen daselbst die Maturitätsprüfung. Nach seinen medizinischen Studien in Lausanne und Bern bestand er mit ebenso grossem Erfolg das eidgenössische ärztliche Staatsexamen. Bald darauf wurde er Assistent bei Herrn Prof. Kocher, der damals die junge Ärztegeneration in so genialer Weise zu begeistern wusste und welchem wir eine grosse Anzahl hervorragender Chirurgen zu verdanken haben. Auch unser Freund Steinmann fühlte sich unter der Leitung dieses unerreichten schöpferischen Gelehrten in seinem Element, von welchem er auch zu weiteren wissenschaftlichen Arbeiten in reichlichem Masse angeregt wurde. Während fünf Jahren arbeitete er mit grosser

Begeisterung unter Kocher im Inselspital und durfte es nun wagen, wohlausgerüstet mit gründlichen chirurgischen und allgemein medizinischen Kenntnissen, im Jahr 1903 eine eigene Praxis zu eröffnen. In einer kleinen Klinik an der Schanzenstrasse operierte er seine ersten Patienten, tatkräftig unterstützt von seiner jungen Gattin, welche es ausgezeichnet verstanden hat, ihm während der ganzen Zeit seines Lebens in seinem schweren und folgenreichen Beruf zu helfen. Dank seiner ausserordentlichen Gewissenhaftigkeit mehrte sich die Zahl der Patienten derart, dass die Klinik zu klein wurde. Unterstützt von einigen wenigen Kollegen war er auch bald entschlossen, eine neue Privatklinik zu bauen, und so konnte er trotz allen Schwierigkeiten die Freude erleben, dass infolge seiner Initiative im Jahr 1907 die Privatklinik Engeried auf dem schönen Areal beim Bremgartenwald eröffnet werden konnte. Nun fing für den jungen Chirurgen erst recht eine arbeitsreiche Tätigkeit an. Neben der immer grösser werdenden Privatpraxis beschäftigte er sich in ganz hervorragender Weise auch wissenschaftlich, so dass er im Jahre 1908 zum Privatdozenten ernannt und ihm im Jahr 1919 die ausserordentliche Professur für Unfallchirurgie übertragen wurde.

Neben der allgemeinen Chirurgie interessierte sich Professor Steinmann vor allem für die Behandlung der Fakturen und Gelenke. Seinem unermüdlichen Fleiss und seiner peinlichen Gewissenhaftigkeit ist es zuzuschreiben, dass seine neuen Methoden der Frakturbehandlung und Gelenkoperationen weltberühmt wurden. Ganz besonders hat seine Methode der Nagelextension bei komplizierten Knochenbrüchen während des Weltkrieges auf allen Kriegsschauplätzen eine enorme Verbreitung gefunden und ist es seiner ingeniösen Behandlungsmethode zu verdanken, dass viele Tausende von Kriegsverletzten vor einem sichern Krüppeltum bewahrt wurden. Es ist deshalb auch nicht zu verwundern, dass Prof. Steinmann während des Weltkrieges nicht nur an der deutsch-französischen Grenze, sondern auch an der österreichisch-polnischen Grenze während längerer Zeit sich als Chirurg zur Verfügung gestellt hat, wo er mit seinen neuen Methoden der Frakturbehandlung ganz besonders segensreich wirken konnte. Diese Methoden für Knochenbehandlung erfordern nicht nur grosses chirurgisches Können, sondern beruhen auch auf einer ausserordentlich peinlich durchgeführten Asepsis. Auch hier wirkte Prof. Steinmann als Meister. Im Operationssaal der Privatklinik Engeried hat er seinen mustergültigen aseptischen Betrieb eingerichtet, so dass die günstigen Operationserfolge nicht ausbleiben konnten. Dies führte dazu, dass schon bald nach seiner Eröffnung das Engeriedspital zu klein wurde und ein grosser Neubau mit den modernsten Einrichtungen vor einigen Jahren erstellt werden musste.

Diese hervorragenden Eigenschaften unseres leider zu früh Verstorbenen konnten auch unseren Behörden nicht entgehen, und so wurde vor einigen Jahren Herr Prof. Steinmann auch noch mit der chirurgischen Leitung des städtischen Spitales Tiefenau betraut.

Während mehreren Jahren war Herr Prof. Steinmann auch Präsident der Ärztegesellschaft des Kantons Bern und hat auch hier eine äusserst fruchtbare Tätigkeit entfaltet, welche ihm leider auch viel Undank verursacht hat.

Leider wurden, trotz seinem willensstarken und kräftigen Organismus, durch diese vielseitige Tätigkeit die Kräfte zu rasch aufgebraucht und haben wir Herrn Prof. Steinmann zu früh verloren.

Dr. F. K.

DER BUND
16. April 1942

Nachruf Frau Prof. Betty Steinmann

Frau Professor Steinmann-Mauerhofer von Bern war eine Schweizerfrau im schönsten Sinne.

Es ist uns eine Frau aus dem Freundinnenkreis in den Tod vorangegangen, der wir auch an dieser Stelle unser schmerzliches Lebewohl nachrufen möchten.
Frau Professor Steinmann-Mauerhofer von Bern war eine Schweizerfrau im schönsten Sinne. Sie hatte eine klare Denkungsart und liebte ihre Heimat über alles. Wie freute sie sich über unser schönes Schweizerland, als wir vor wenigen Jahren eine Fahrt nach Davos unternahmen, um einer Tagung des Schweiz. Gemeinnützigen Frauenvereins beizuwohnen! Wie interessierte sie sich für alles, was uns Frauen angeht! In ihrer lebhaften, bejahenden Art beschäftigte sie sich mit dem Ergehen und dem Wohl ihrer Mitmenschen. Sie nahm regen Anteil am Weltgeschehen und unterrichtete sich auch mit grossem Eifer über die Tagesereignisse. Was Frauen besonders angeht und ihre Mithilfe zum Wohle der andern, hat sie stets mit Begeisterung verfolgt.
Besonders lag ihr die Jugend am Herzen. Sie kannte sie und ist selber jung geblieben. Als Vorsteherin der Pflegerinnenschule Engeried und der Laborantinnenschule verstand sie die Freuden und Nöte der Lehrschwestern und der angehenden Laborantinnen. Mit klarem Blick sah sie, ob sich eine junge Tochter zu diesem Berufe eignet oder nicht. Voller Freude erzählte sie dann auch von treuer Pflichterfüllung der trefflich ausgebildeten Pflegerinnen.
Viel zu früh zwang ein Herzleiden die liebe Heimgegangene, ihre Kräfte zu schonen. Das war für die temperamentvolle, frohmütige Frau ein fast unmögliches Gebot. Trotzdem kümmerte sie sich täglich

um ihre Schutzbefohlenen und blieb immer mit ihrer treuen Sekretärin, Frl. Marti, in engster Verbindung.

Für uns alle unerwartet traf uns die Nachricht, dass sie plötzlich von uns gegangen sei. Als ich am Tage des Begräbnisses nach Bern fuhr, sah ich viele ihrer lieben Engeriedschwestern herbeireisen, um ihrer verehrten Frau Professor Steinmann die letzte Ehre zu erweisen. Uns alle aber übermannte ein bitteres Weh, als der mit Frühlingsblumen so reich geschmückte Leichenwagen an uns vorüberfuhr. Wir werden das Andenken der lieben Frau hochhalten.

Die Erinnerungen an die schönen mit Frau Professor Steinmann verlebten Stunden werden in unsern Herzen weiterleben.[2]

Sp.-M.

---

2   Dieser Nachruf zeigt deutlich, dass Betty Steinmann während der Bedrohung der Schweiz durch das nationalsozialistische Deutschland gestorben ist.

ST. GALLER TAGBLATT
24. August 1956

Zum 80. Geburtstag von Dr. med. Francesco (Cecchino) Galli

Heute vollendet Dr.med. Franz Galli, der jahrzehntelang in unserer Stadt als hervorragender Arzt gewirkt hat, sein 80. Lebensjahr.

Wir entbieten ihm nach Bern, wo er seit Weihnachten 1953 in der Familie seiner Tochter im Ruhestand weilt, unsere herzlichen Grüsse als Zeichen der Verehrung, die wir für ihn hegen. Dr. Galli, der am 24. August 1876 in Faido als Sohn eines Ingenieurs geboren wurde, stammt aus einer alttessinischen Familie, deren Bürgersitz Gerra-Gambarogno am Langensee ist. Nach Studien an schweizerischen und ausländischen Universitäten kam er zum Abschluss der Assistenzjahre an das sankt-gallische Kantonsspital. Mit Dr. Jung sel. gründete er hernach eine chirurgische und gynäkologische Klinik an der Notkerstrasse, die in gemeinsamer Arbeit der beiden Ärzte bald weitherum grosses Ansehen erwarb. Seit 1918 diente Dr. Galli neben seiner ausgedehnten Praxis als Kreisarzt der SUVA. St. Gallen war ihm zur zweiten Heimat geworden. Er nahm am kulturellen Leben unserer Stadt lebhaft Anteil; in seinem wohlgepflegten Hause fanden Arbeiter am geistigen und künstlerischen Leben jene wohltuende Atmosphäre, die man am Kaminfeuer jenseits des Gotthards geniessen darf. Seine körperliche und innere Erholung nach den Mühen und psychischen Anstrengungen, die Tag um Tag an einen viel in Anspruch genommenen Mediziner herantreten, fand Dr. Galli in der freien Natur, vor allem in den Bergen. Heute noch zehrt er von den schönen Erinnerungen, die er mit seinen Kindern und mit seinen Bergfreunden aus dem SAC hat in sich aufnehmen dürfen. In den letzten Jahren zwangen ihn Altersbeschwerden, doch nicht eine akute Krankheit, zur Aufgabe der Praxis. Er nahm schweren Herzens

Abschied von St. Gallen. Im hohen Alter angelangt und Rückschau haltend auf ein arbeitsreiches Wirken im Dienste der Leidenden, fühlt er um sich die Liebe seiner Familie und die aufrichtig sich äussernde Verehrung eines ihm freundschaftlich nahegekommenen Kreises.

St.

ST. GALLER TAGBLATT
31. März 1958

Nachruf Dr. med. Cecchino Galli

In jüngeren Jahren war der stattliche, kräftige Mann ein ausdauernder Bergsteiger, den auch schwierigste Touren nicht schreckten.

Am 25. März 1958 ist in Bern ein Mann verschieden, welcher den grössten Teil seines Lebens in St. Gallen zugebracht hat und mit dieser Stadt eng verbunden war, eine markante Persönlichkeit, an welcher keiner achtlos vorübergehen konnte: das war Cecchino Galli. Nach dem Abschluss seines Studiums war er zunächst Assistenzarzt am Salem-Spital in Bern und hierauf von 1901 bis 1903 an der Chirurgischen Abteilung des Kantonsspitals St. Gallen. Im Jahre 1905 liess er sich vorerst in Tablat nieder und praktizierte während zweier Jahre an der Langgasse, um hierauf in die Stadt überzusiedeln. Es war die Zeit des Baues der Bodensee-Toggenburg-Bahn mit dem Bruggwaldtunnel, und es war natürlich, dass die zahlreichen italienischen Bauarbeiter, welche damals das Klein-Venedig des Buchwaldquartiers bevölkerten, sich mit ihren Unfallverletzungen an denjenigen wandten, der ihre Muttersprache sprach. Zu jener Zeit sammelte er seine grossen Erfahrungen auf dem Gebiete der Unfallchirurgie. Zusammen mit Dr. Jung, der ebenfalls frisch niedergelassen war, gründete er seine Privatklinik, die er nach der Wahl von Dr. Jung zum Spitalarzt von 1911 bis 1918 allein weiterführte. Als die Schweizerische Unfallversicherungs-Anstalt ihre Tätigkeit aufnahm, war er der gegebene Mann, um die Stelle ihres Kreisarztes zu versehen, die er bis 1936 innehatte. Sie war damals nebenamtlich und hinderte ihn nicht, weiterhin chirurgisch und namentlich röntgenologisch tätig zu sein. Gegen eine feste Anstellung hat sich ein Unabhängigkeitsbedürfnis stetsfort gesträubt. Sein scharfer Verstand, sein klares Urteil und seine Festigkeit haben ihm überall Achtung eingetragen, wenn auch sein manchmal etwas sprunghaftes Temperament ihm nicht überall uneingeschränkte Sympathie verschaffte.

In jüngeren Jahren war der stattliche, kräftige Mann ein ausdauernder Bergsteiger, den auch schwierigste Touren nicht schreckten. Später, als sich Gebresten zu melden begannen und nachdem er sich an der Bruggwaldstrasse ein Haus gebaut hatte, waren seine Mussestunden erfüllt von der Pflege seines Gartens und von der Malerei, worin er es zu bemerkenswerten Leistungen brachte. Zunehmende Beschwerden veranlassten ihn vor mehreren Jahren, nach Bern umzusiedeln, wo er im Hause seiner Tochter ein otium cum dignitate, sed non sine molestia[3] verlebte. Der Tod ist als Erlöser an ihn herangetreten.

---

3   Der lat. Ausdruck «cum dignitate otium», dt. «ein mit Würde gewahrter Frieden», geht auf Cicero zurück; «sed non sine molestia» bedeutet «wenngleich nicht ohne Beschwerlichkeit».

Zu Thaddea Galli-Schelbert

In Ermangelung eines Nachrufs auf Thaddea selbst hier einiges über ihren Vater und sein Herkommen.

Lebenslauf Dr. Josef Schelbert (1856–1923)

Josef Schelbert ist auf der Liegenschaft «Balm» im Muotathal 1856 geboren worden. Er war eines von neun Kindern. Die Jugend erlebte er in sehr einfachen Verhältnissen in einer grossen Bauern- und Handwerkerfamilie.

Josef Schelbert absolvierte das Gymnasium im damaligen Kollegium Maria Hilf in Schwyz (heute Kantonsschule KKS) sowie in den Stiftsschulen Einsiedeln und Engelberg.

Anschliessend absolvierte er einen ersten Kurs am Priesterseminar in Chur, offenbar in der Absicht, Geistlicher zu werden. Einfluss darauf hatte vermutlich die finanzielle Situation der Familie (eine Priesterausbildung wurde weitgehend durch die Kirche mitfinanziert). Schelbert wurde in einem Nekrolog 1923 als damals «mittelloser Student» bezeichnet, der es aber dann zu einem Vermögen gebracht hat, das in seiner Heimatgemeinde «kaum ein anderer erreicht haben dürfte». Zudem waren der älteste Bruder und ein jüngerer Bruder beide als Geistliche tätig: Alois Schelbert war zuletzt Pfarrer in Unteriberg und ist auch dort beerdigt, Melchior Schelbert war zuletzt Pfarrer in Steinen und ist dort beerdigt.

Schelbert entschloss sich aber zu einer medizinischen Laufbahn. Er besuchte dazu die Universitäten Zürich, Bern und Wien. Erst nach etlichen Jahren in der Praxis hat er mit seiner Dissertation zum Thema «Typhus» die Doktorwürde erlangt.

Josef Schelbert heiratete Maria-Theresia Messmer (oder Wesmer) aus St. Gallen. Seine Gattin ist 1902 relativ früh verstorben. Das Paar hatte fünf Kinder.

Schelbert erbaute sich Anfang der 1880er-Jahre ein sehr schönes Bürgerhaus mitten in Brunnen (Bahnhofstrasse), das noch heute als Arztpraxis dient.

Schelbert wirkte 27 Jahre in Brunnen als Allgemeinpraktiker (1882–1909). Er war alleiniger Arzt im Dorf. Als Dorfarzt zuständig war er auch für die Nachbargemeinden Morschach, Riemenstalden, Sisikon (UR) und Seelisberg (UR). In den Sommermonaten (Sommersaison) war er zudem für die zahlreichen (internationalen) Touristen in Brunnen, Morschach (Axenstein), Gersau und weiteren Orten der Region zuständig. Schelbert war jeweils mit einem Einspänner (Break, gezogen von einem Schimmel) unterwegs.

Josef Schelbert wurde in Brunnen und der Region nur «der Doktr» genannt. Er galt als guter Diagnostiker und war Tag und Nacht abrufbereit. Schelbert hat offenbar auch verschiedentlich Patienten in schlechter wirtschaftlicher Lage das Honorar gestrichen oder sogar finanzielle Unterstützung geleistet.

Schelbert war im privaten Bereich Vorstandsmitglied im damaligen Kurverein Brunnen (Belle Epoque!), war Mitbegründer der örtlichen Wasserversorgung (Quellwasserversorgung Brunnen AG) und hatte verschiedene Mandate der politischen Gemeinde inne; so war er während zweier Amtsperioden Gemeindepräsident von Ingenbohl (Brunnen) und von 1904 bis 1908 auch Kantonsrat. Er war Mitglied der liberalen Partei (Freisinn).

1893/94 hat Schelbert zudem die auf Abbruch zur Versteigerung ausgerufene alte Sust von Brunnen (1631 erbaut) käuflich erworben und unweit des Sees weitgehend in der alten Architektur wieder aufgebaut. Sie steht noch heute und ist bestens erhalten.

1909 übersiedelte Schelbert im Alter von 53 Jahren nach Zürich. In Zürich heiratete er Helene Roederstein (oder Röderstein), die Schwester der berühmten Porträtmalerin Ottilia Roederstein. Er erbaute sich in Zürich-Fluntern einen Landsitz (Kraftstrasse 22). Er war weiter als Kurarzt in Fideris (GR) und Flims (GR) tätig.

Schelbert ist am Mittwoch, 11. April 1923, in Zürich im Alter von 67 Jahren an einem Herzinfarkt unerwartet verstorben. Noch zwei Tage vorher hatte er wiederum Brunnen besucht.

Bei seinem Tod waren noch drei der fünf Kinder am Leben. Die Todesanzeige ist wie folgt unterzeichnet worden:
Frau Helene Schelbert-Röderstein
Familie Dr. Galli-Schelbert, St. Gallen [Tochter Thaddea]
Familie Dr. Werner Schelbert, Zürich [Gründer und Präsident Yacht-Club Zürich]
Dr. Gustav Schelbert, Paris
An der Beerdigung am Freitag, 13. April (15.00 Uhr), auf dem Centralfriedhof Zürich war auch Bundesrat Dr. Heinrich Häberlin (FDP, TG) anwesend.

Brunnen, 25. Oktober 2020/cj

DER BUND
7. November 1981

Zum Gedenken an Professor Dr. Bernhard Steinmann

Drei Jahre nach seinem Rücktritt als Chefarzt des C.L. Lory-Hauses am Inselspital ist am 2. November 1981 Bernhard Steinmann im Alter von 73 Jahren völlig überraschend verstorben. Nach einer Festvorlesung zu Ehren eines Kollegen in Würzburg hatte er sich zu seinem Sohn nach Baden-Baden begeben, wo er nach kurzem Unwohlsein infolge Herzversagens eingeschlafen ist. Überraschend für alle, die ihm noch vor kurzen auf Wanderungen begegneten oder mit ihm bei geselligen Tafelrunden gemütlich plaudern durften, fand in dieser Sonntagsnacht sein mehr als vierzigjähriges Wirken als Arzt, Klinikchef, Lehrer und Forscher seinen allzu frühen Abschluss.

Bernhard Steinmann beeindruckte vor allem durch seine menschlichen und seine intellektuellen Qualitäten. Sein scharfer Verstand, sein aussergewöhnliches Gedächtnis und seine disziplinierte Denkweise vermochten seine Umgebung immer wieder in Erstaunen zu versetzen. Kritisches Denken, Drang zum Erforschen unbekannter biologischer Zusammenhänge, wissenschaftliches Arbeiten, gute Beobachtungsgabe und grosse Schaffenskraft waren bei ihm auf glückliche Art vereint und führten zu überragenden beruflichen Erfolgen. Daneben war man immer wieder berührt von seiner gemütvollen und feinfühligen Wesensart, die mit einem feinen Sinn für Humor gepaart war. Wie liebte er doch – neben seiner intensiven beruflichen und wissenschaftlichen Arbeit – die Gemütlichkeit im Kreise von Kollegen und Freunden!

Bernhard Steinmann war Arzt aus Leib und Seele. Bis in seine letzten Tage war er in der ärztlichen Praxis tätig. Unzählige Patienten, denen er Vertrauen und Zuversicht einzuflössen wusste, trauern um ihn. Sein Erfolg als praktizierender Arzt ist in erster Linie der Verbindung zwischen einem soliden klinisch-wissenschaftlichen Fundament und seiner menschlich einfühlenden Wesensart zuzuschreiben. Ein hohes Verantwortungsgefühl gegenüber seinen Patienten und die Gabe, auf jeden einzelnen einzugehen und ihm geduldig zuzuhören, verschaffte ihm Vertrauen bei seinen Patienten, die sich bei ihm geborgen fühlten und verstanden wussten. Seine Kollegen wusste er durch seine einfache und «vernünftige» Medizin zu beeindrucken. Seine Verordnungen waren massvoll und den individuellen Verhältnissen angepasst. Technisches Blendwerk und kurzlebige Modeströmungen liebte er nicht.

Steinmann war aber auch ein weit über die Landesgrenzen hinaus bekannter Forscher und Lehrer. Nach seinem Staatsexamen im Jahre 1934 in Bern erwarb er sich eine gründliche Weiterbildung in Pathologie, Physiologie und Innerer Medizin (Medizinische Universitätskliniken in Bern und Leipzig) und erhielt aufgrund seiner Arbeit «Über den Kreislaufmechanismus beim Hochdruck» im Jahre 1943 die Venia docendi für Innere Medizin. Im Juni 1947 wurde er zum Chefarzt des C.L. Lory-Hauses Inselspital Bern gewählt, und 1958 erfolgte seine Beförderung zum Ausserordentlichen Professor. Mehr als 300 Publikationen, Monographien und Beiträge in Hand- und Lehrbüchern legen Zeugnis ab von seinen vielseitigen wissenschaftlichen Interessen und seiner Innovationsfähigkeit. Im Mittelpunkt seines Interesses standen von jeher Probleme des Kreislaufs, der Gefässe des Herzens sowie der dieses Organsystem bedrohenden Risikofaktoren. Schon früh erkannte Steinmann die wachsende Bedeutung der Überalterung der Bevölkerung und der Geriatrie. Das Problem des Alterns der Gefässe und der Gewebe hat ihn immer fasziniert. Er war bis zu seinem Tode eine der führenden Persönlichkeiten der Altersmedizin in der Welt. Grosse Anerkennung wusste er sich durch seine wegweisenden Ideen auf dem Gebiete der Rehabilitation Kreislaufgeschädigter und Gelähmter zu verschaffen. Schon früh erkannte Steinmann die präventive Bedeutung des Altersturnens, das er stets intensiv förderte.

Ein Rückblick auf dieses in jeder Hinsicht reiche Leben wäre unvollständig ohne die Erwähnung der langjährigen Tätigkeit des Verstorbenen an der Privatklinik Engeried und den ihr angegliederten

Schulen. Während 30 Jahren war er Präsident des Verwaltungsrates des Engeriedspitals und seit der Gründung der Stiftung Städtische Krankenpflegeschule Engeried deren Vizepräsident. Die Ausbildung guter Krankenschwestern und Laborantinnen war ihm ein grosses Anliegen. Seiner Initiative war auch die Gründung des Altersheims Engeried zu verdanken. In letzter Zeit beschäftigte sich der Verstorbene – Ausdruck seiner engen Verbundenheit mit dem Engeriedspital – intensiv mit der Abfassung einer Festschrift, die nächstes Jahr zum 75-Jahr-Jubiläum des Engerieds hätte erscheinen sollen. Leider ist es ihm nicht mehr vergönnt, dieses Jubiläum zu erleben.

Schliesslich dürfen auch die weiteren Tätigkeiten Steinmanns im Interesse der Öffentlichkeit nicht unerwähnt bleiben. Als Spezialist für Altersfragen und als Mitglied der Spital- und Heimkommissionen war er an der bernischen Spitalplanung sowie an der Ausarbeitung des Berichts «Altersfragen der Schweiz» im Auftrag des Eidg. Departements des Innern beteiligt. In den Jahren 1961/62 präsidierte Steinmann die Schweiz. Gesellschaft für Kardiologie. Er war ein Mitgründer der Schweiz. Gesellschaft für Gerontologie und während fünf Jahren deren Präsident. Zahlreiche persönliche Ehrungen zeugen von der Wertschätzung, die der Verstorbene in wissenschaftlichen Fachgesellschaften der ganzen Welt genoss.

Der Verstorbene war immer bereit, sein Wissen und seine Erfahrung in den Dienst der Allgemeinheit zu stellen und seinen Kollegen mit Rat und Tat beizustehen.

Ein grosser Kreis von dankbaren Freunden, Kollegen, Mitarbeitern und Patienten trauert mit seiner schwergeprüften Familie um den Verstorbenen.   *U. Frey*

APPENZELLER ZEITUNG
9. Juni 1977

Unserer bst. (Béatrice Steinmann) zum Siebzigsten

Es ist zivilstandsamtlich bescheinigt, sonst würde es niemand glauben: Frau Dr. Béatrice Steinmann, Bundeshausredaktorin mehrerer bürgerlich-liberaler Tageszeitungen, darunter auch der Appenzeller Zeitung – unsere bst. – feiert heute ihren 70. Geburtstag. Aufgewachsen in St. Gallen als Tochter des bekannten SUVA-Kreisarztes Dr. Galli, studierte sie nach der Matura in Genf, Zürich und Bern Politische Wissenschaften, schloss sie mit dem Doktorat ab und begann noch während des Studiums zu schreiben. Das ist nun beinahe ein halbes Jahrhundert her: Heute ist Frau Dr. Steinmann stolze Grossmutter von fünf Enkelkindern, hochangesehene Nestorin und guter Geist der Bundeshausjournalisten, bekannt und geachtet bei vielen Parlamentariern, hohen Beamten, Bundesräten, und sie schreibt immer noch, aber beileibe nicht wie eine alte Dame, sondern – wenn's sein will und ihr Spass macht – fast wie am ersten Tag: gepackt vom Stoff, mit kultiviertem Humor und spürbarer Freude an diesem ihrem Beruf, der ja wie kaum ein anderer geeignet ist, seine Träger zu ermüden und auszubrennen. Davon findet man bei Frau Dr. Steinmann keine Spur. Wenn sie etwas ermüdet und zuweilen sogar anödet, dann ist es nicht ihr Beruf, sondern der ganz besondere Stil der Bundespolitik in der jüngsten Zeit. Frau Dr. Steinmann ist zum Journalismus geboren, und seit sie sich ihm verschrieben hat, hat sie nur hinzugewonnen: umfassende Kenntnisse in allen Sparten der Bundespolitik, langjährigen Überblick über die gewollte und ungewollte politische Entwicklung des Landes, Hellhörigkeit und Erfahrung in der Beurteilung von formulierten Tendenzen auf der einen und unterschwelligen Strömungen auf der anderen Seite und mit dem allem einhergehend sehr, sehr viel Menschenkenntnis. Wenn sie mit den Redaktionen ihrer Zeitungen telefoniert – und das geschieht so drei- oder viermal im Jahr –, dann setzt man sich mit Vorteil im Stuhl zurecht und sammelt sich, denn was nun folgt, dauert in der Regel eine Weile und ist sehr dicht: Informationen aus Bern, über die nur die bst. mit ihren unglaublich vielseitigen Beziehungen zu Amtsstellen, Parteileuten, Politikern, Ministerien und Regierungsvertretern verfügt. Und dann erkennt man, dass Frau Dr. Steinmann immer mehr weiss, als sie in ihren Berichten und Kommentaren schreibt. Das unterscheidet sie von dem Heer der linkslastigen jungen Boulevard-Journalisten, die stets mehr schreiben, als sie wissen, und macht die aus St. Gallen stammende Tessinerin in Bern kompetent und glaubwürdig. Und da sie von Haus aus sehr bestimmte und klare Vorstellungen von der eigenständigen schweizerischen Demokratie, den Aufgaben und Grenzen des Staates, der Priorität des Rechts und dem Freiheits- und Verantwortungsbereich des einzelnen besitzt, ist sie heute mit ihrem unverhohlenen Bekenntnis zu einer Politik etwas rechts von der Mitte bei vielen bürgerlichen Zeitungen mehr gefragt als je. Denn Frau Dr. Steinmann schreibt nicht ideologisch über das unverstandene Volk hinweg; sie schreibt aus dem Volk und deshalb für das Volk, und ihre Stimme hat Gewicht, auch bei uns. Dass wir von der Appenzeller Zeitung glücklich sind, Frau Dr. Steinmann als Bundeshausredaktorin zu unserem Stab zählen zu dürfen, brauchen wir an diesem Tag nicht eigens zu betonen. So rufen wir ihr denn heute von unseren Hügeln herab nach Bern hinauf ganz einfach zu: Herzlichen Dank, liebe bst., und noch viele Jahre so weiter! *Paul Müller*

APPENZELLER ZEITUNG
6. Oktober 1993

In Erinnerung an Béatrice Steinmann
Am vergangenen Freitag ist in Bern im hohen Alter von 86 Jahren Frau Dr. Béatrice Steinmann gestorben. Sie war von 1972 bis 1986 Bundeshausredaktorin der Appenzeller Zeitung und deren Partnerblätter im Fürstenland. Mit ihrem Kürzel «bst.» war sie nicht nur den bundespolitisch interessierten Lesern unserer Zeitung ein Begriff, sondern den Lesern überhaupt. Denn «bst.» war für Leser und Redaktion stets mehr als ein blosses Autorenzeichen, es war eine journalistische Qualitätsmarke, ein Gütemerkmal. Es stand für Kompetenz aufgrund jahrzehntelangen vertrauensvollen Umgangs mit Bundesamtsstellen, Parteileuten, Parlamentariern, Bundesräten; es stand für Glaubwürdigkeit aufgrund jenes selten gewordenen journalistischen Ethos, wonach ein Bundeshauskorrespondent immer mehr wissen soll, als er schreibt – und nicht umgekehrt; es stand für eine Arbeitskraft und ein geistig bewegliches Engagement von erstaunlicher Frische selbst bis ins hohe Alter hinein; es stand für ein sehr feines Gespür für Stimmungen und unterschwellige Tendenzen im Denken und Fühlen des Volkes; es stand für reiche Menschenkenntnis, politische Reife und Verlässlichkeit und für einen überaus kultivierten, nie verletzenden Humor.
Béatrice Steinmann war unter den Bundeshausjournalisten die grosse alte Dame, eine Vertrauensperson für viele ihrer Kollegen und für viele Politiker, mit denen sie während der Sessionen zu tun hatte. Ihre Abhandlungen und Kommentare fanden in allen politischen Kreisen Beachtung und wurden zitiert. Für die Appenzeller Zeitung, deren Partnerblätter sowie für zahlreiche andere liberale Blätter, die sie als Bundeshausberichterstatterin engagiert hatten, war sie von grösstem Wert: denn man las ihre Beiträge oft nicht einmal so sehr der Sache wegen, sondern weil sie sie geschrieben hatte.
Béatrice Steinmann wurde 1907 als Tochter des bekannten SUVA-Kreisarztes Dr. Galli in St. Gallen geboren, wo sie aufwuchs und die Schulen besuchte – sie hat sich auch in ihrem Dialekt bis ins hohe Alter zu St. Gallen bekannt –, sie studierte nach der Matura in Genf,

Zürich und Bern Politische Wissenschaften, schloss mit dem Doktorat ab und begann noch während des Studiums, für Zeitungen und Agenturen zu schreiben.

Mit 65 Jahren, also im Pensionsalter, konnten die Appenzeller Zeitung und deren sankt-gallische Partnerblätter sie als Bundeshausmitarbeiterin gewinnen, eine Funktion, die sie mit erstaunlichem und beglückendem Einsatz während 14 Jahren versah, bis sie – nicht ohne innere Überwindung – die anstrengende Aufgabe der Sessionsberichterstattung und der Tageskommentare aus Bern einem jüngeren Journalisten überliess. Noch aber sandte sie während einiger Zeit vielbeachtete Sessionsrückblicke nach Herisau und köstliche Berichte über die Neujahrsempfänge der Diplomaten im Bundeshaus, bis sie, von bösen Altersschmerzen geplagt, nach über 50jähriger Berufstätigkeit den Weg ins Bundeshaus nicht mehr nehmen konnte und die Schreibmaschine beiseite stellte.

Béatrice Steinmann war eine Mitarbeiterin, die dem Inlandteil der Appenzeller Zeitung während Jahren Profil gegeben hat. Wir nehmen mit tiefer Dankbarkeit von ihr Abschied. *Paul Müller*

STEINMANN-CHRONIK

Von Norwin Meyer 1968
(unveränderte Abschrift)

UEBER DIE FAMILIE STEINMANN

Die folgenden Darlegungen gründen sich auf Aufzeichnungen von Ernst Steinmann (1886–1944) sowie auf Erinnerungen und Nachforschungen des Unterzeichneten, Norwin Meyer (geb. 1907).

Geschlechter Steinmann finden sich in mehreren Kantonen, wie z. B. Bern, Zürich, Glarus, St. Gallen, Aargau, Zug, Luzern.

Unsere Familie, protestantischer Konfession, stammt aus Gysenstein (Kt. Bern), das in den 1930er Jahren der Gemeinde Konolfingen (BE) einverleibt worden ist. Von Gysenstein zogen Vorfahren von uns, Bauern, nach Richigen.

A.

Im Bürgerregister von Gysenstein, aufbewahrt beim Zivilstandsamt Konolfingen, erscheinen im Band I. als unsere ältesten Vorfahren:

Niklaus Steinmann (1741–1791), Sohn von Niklaus Steinmann und Christina Läderach, sowie seine Ehefrau Anna geb. Aeschlimann, von Biglen (1739–1809?).

Kinder: Christian, 1765; Katharina, 1769–1852;

    Niklaus, 1773; verheiratet mit Anna Bigler;

    Hans, 1778; Anna 1780, verheiratet mit Johann Daniel Fankhauser.

Der Sohn Niklaus (geb. 1773), verheiratete sich mit Anna Bigler, geb. 1775, Tochter des Christen, von Richigen.

Kinder: Christian, 1807–1871; Katharina, 1810;

    Anna, 1812; Elisabeth, 1813: Niklaus, 1815.

Der Sohn Christian Steinmann (1807–1871) war Bauer und zugleich Schuhmacher. Er war verheiratet mit Anna geb. Schindler und hatte 9 Kinder, nämlich:

    Elisabeth, geb. 1834, verheiratet mit Baumeister Gfeller;

    hatte zwei Kinder Rudolf und Rosa.

    Christen, 1837–1908, später Bauer im Buchholz; siehe unter B I.

    Anna, 1838–1876.

    Johannes (Hans), 1840–1919; Uhrmacher, Negotiant und Inhaber des Telegraphen- und Telephonbüros in Worb; siehe unter B II.

    Friederich (Fritz), 1842–1931; Landwirt und Metzger in Richigen; siehe unter B III.

    Nilaus, geb. 1844; siehe unter B IV.

    Rosina, geb. 1845, verheiratet mit Fritz Schmutz; siehe B V.

    Marie, 1847–1853.

    Katharina, geb. 1850, verheiratet in Yverdon.

Die vier Söhne des Christian St. erlernten neben der Landwirtschaft noch ein Handwerk:

Christen das Schuhmachen, Hans das Uhrmachen, Fritz (der dann den Hof Fulpelz in Richigen übernahm) das Metzgen, und Niklaus wurde Kaufmann.

Vater Christian St. war Landwirt und Schuhmacher und daneben ein «Pröbler», der es mit allerlei Neuem versuchte. Er hatte, wie erwähnt, 9 Kinder und beschäftigte eine Reihe von Schuhmachergesellen, einmal sogar 12, die mit der Familie am gleichen Tisch assen, so dass seine Frau tagaus tagein ein volles Mass Arbeit hatte. Sie war der Kern der Familie. Durch sie wurden die Steinmann mit Schlosser Christian Wiedmer in Signau verwandt, dem ersten Redaktor des «Emmenthaler-Blattes» und Verfasser des Emmenthaler-Liedes und anderer schöner Lieder.

Nach der Zahl der Gesellen, die Christian St. beschäftigte, muss dessen Betrieb ein wichtiger gewesen sein, so dass später die Frage aufgeworfen wurde, warum wohl die schweizerische Schuhindusrie nicht Steinmann & Söhne, statt Bally AG, heisse; denn dass die Söhne Steinmann unternehmend waren, zeige ihr Erlernen von so verschiedenen Berufen. Die Antwort liegt vielleicht darin, dass die ganz ersten Bally Hausierer waren, die das Geschäft hauptsächlich von der Verkäuferseite ansahen und ausbauten, während die Steinmann vor allem Bauern und Handwerker waren.

Christian St. konnte, in ausgesprochenem Gegensatz zu seinen vier Söhnen, absolut nicht singen. Wenn er im Stall versuchte, was er Singen nannte, sei das Vieh fast in die Krippe gesprungen, so furchtbar habe es getönt. Dafür konnte seine Frau um so schöner singen. Sie pflegte diese schöne Kunst abends mit ihren Kindern und lernte sie viele Lieder.

Ihre vier Söhne wurden bekannte Sänger, die ein Quartett bildeten: Fritz 1. Tenor, Hans 2. Tenor, Niklaus 1. Bass und Christen 2. Bass. Mindestens über Neujahr waren alle 4 Söhne daheim in Richigen und gaben dort am Silvester im Freien oder unter dem Vorschern Liederkonzerte, dass es eine Freude war. Am Neujahrstage wurde das Singen oft in den Löwen-Saal in Worb verlegt, und der «Löje-Ruedi» fing ohne die vier nie mit «Neujahren» an, wenn er sie in der Heimat wusste. Ein Impresario wollte sie sogar für eine Tournée in Europa und wenn möglich Übersee verpflichten.

Viele der Steinmann waren dem Schlafwandeln unterworfen; sie waren, wie man damals sagte, mondsüchtig. Ein Sohn des Christian St. auf dem Buchholz habe z. B. von seiner Mutter von einem blühenden Zwetschgenbaum heruntergeholt werden müssen, auf den er im Schlafwandel geklettert war und auf dem er sang.

Im weitern konnten einige der Steinmann die Kunst des «Wasserschmeckens», waren auf unterirdische Wasserläufe empfindlich.

Eine hervorragende Familieneigenschaft der Steinmann war das Verständnis und die Liebe zu Kindern, die sie so vortrefflich zu unterhalten und interessant zu belehren wussten, dass deren Herzen ihnen nur so zuflogen. Diese Gabe war

namentlich auch Martha Meyer-Steinmann und Ernst Steinmann gegeben.
In den 1940er Jahren wurde von den Nachkommen des Johann Steinmann
(B II) beschlossen, möglichst alle Jahre einen Steinmanntag abzuhalten. Für die
Kinder war es dabei immer ein Höhepunkt, wenn Max Steinmann (geb. 1919)
sie mit seinen unerschöpflichten, lustigen und klugen Einfällen in den Bann zog.
Sie belagerten ihn den ganzen Tag, folgten ihm Schritt auf Schritt, und gross
war jeweilen die Enttäuschung, wenn Max nicht anwesend sein konnte. In der
folgenden Generation haben u. A. Niklaus Meyer und Rudolf Steinmann die Gabe
des Sich-mit-Kindern-Verstehens geerbt.

Auch die Gastfreundschaft gegen Verwandte wie gegen andere war ein Zug, der
in der Familie Steinmann immer wieder in schönster Weise zum Ausdruck kam.

B. Einzelheiten über einige der 9 Kinder
von Christian und Anna Steinmann-Schindler

B I.

Christian St., 1837–1908, machte auf dem väterlichen Hof in Richigen neben der Landwirtschaft eine Lehrzeit als Schuhmacher und kam später auf den schön arrondierten Hof Buchholz bei Thun. Seiner Ehe mit Marie geb. Meier entsprossen die Kinder:

Fritz, ein geschickter Schreiner in Richigen.
Verheiratet mit Sophie, geb. Rubin.
2 Töchter: Martha Hirsiger-Steinmann (gestorben)
und Emma Lutz-Steinmann, Staad (St. G.).

Marie, verheiratete Spahr, stand nach dem Tode ihrer Mutter lange Zeit im Buchholz vor und zog später nach dem Hünibach, wohin ihr auch ihre beiden jüngsten Schwestern folgten.

Rosa, verheiratete Rubin; hatte 2 Söhne:
John W. Rubin, verheiratet in Detroit (USA), und Ernst Rubin,
verheiratet in Vivis.

Elise, verheiratete sich nach dem Tode ihrer Schwester Rosa mit deren Witwer Gustav Rubin und hatte eine Tochter, Martha, heute Frau Bannwart in Zollikon (ZH).

Johanna, ledig.

Bertha, ledig, 1879–1965.

Hans, verheiratet mit Luise Eyer, starb kinderlos 1918.

Die Kinder des Johann Steinmann (siehe unter B II) gingen von Worb aus oft ins Buchholz in die Ferien und erlebten dort viel Schönes.

B II.

Johann (Hans) Steinmann, 1840–1919, lernte in Bern das Uhrmacherhandwerk, hielt sich in Murten, Fleurier, Le Locle u. a. O. auf und liess sich dann in Worb nieder. Dort verheiratete er sich mit Elisabeth Neuenschwander, von Trub, 1846–1905, Tochter von Johann Neuenschwander und Katharina geb. Künzi.

Johann Neuenschwander führte einen Laden unten am «Stullen» in Worb. Er hatte 5 Kinder: Katharina, Johannes, Elisabeth, Rosette und Marianne.

Nach dem Tode von Johann N. führte dessen Witwe Katharina Neuenschwander-

Küenzi den Laden in Worb weiter. Sie verstand es, mit den einfachsten Mitteln aus einer ganz unbedeutenden Sache ein Fest zu machen. Sie war imstande, ihren Kindern aus einer Rösti oder geschwellten Kartoffeln und Kaffee ein Essen zu bereiten, das den Kindern wie ein Festmahl vorkam.

Ihre älteste Tochter Katharina N., war Depeschenträgerin. Der Sohn Hans N. bestand eine Handelslehre und wanderte dann nach Peru aus. Nach dem chilenisch-peruanischen Kriege ging jede Spur von ihm und seiner Familie verloren. Elisabeth N. heiratete, wie erwähnt, Johann Steinmann. Rosette N. verheiratete sich mit … Bischoff und wohnte in Thun. Zu ihrem grossen Leid hatte sie keine Kinder. Sie lud deshalb oft die Kinder ihrer Schwester Elisabeth nach Thun ein, was für die Kinder, die die Tante sehr liebten, immer ein grosses Ereignis war. Marianne N. hatte eine ausgesprochene Gabe zum Erzählen von Geschichten, mit denen sie Jung und Alt fesselte.

Wie ihre Mutter, so verstand es auch Elisabeth Steinmann-Neuenschwander trotz den materiell sehr einfachen Verhältnissen, in denen die Familie lebte, ihren 7 Kindern Hans, Fritz, Frieda, Johanna, Marie, Martha und Ernst ein liebevolles Heim und eine sonnige Jugendzeit zu bereiten. Gleichsam aus dem Nichts heraus konnte sie etwas gestalten, das die Kinder erfreute. Sie verstand es auch, unter den 7 Kindern, von denen Hanneli als kleines Mädchen starb, einen Geist der Gemeinschaft und des Verstehens zu wecken, der über ihren Tod (1905) hinaus die Kinder bis zu deren Tod zusammenhielt und verband. Für uns Grosskinder Hanni, Bernhard und Hanspeter Steinmann, Hans und Dori Riniker, Albert und Norwin Meyer, Hans, Max und Paul Steinmann, bilden die Anlässe, da sich die 6 Geschwister Steinmann oder einzelne von ihnen in den 1920er und 1930er Jahren bei ihrer Schwester, unserer Tante Frieda Steinmann, im Telephon- und Telegraphenbüro zu Worb trafen, schöne, bleibende Jugenderinnerungen. Es wurde im Familienkreis oft gesungen, und voll Spannung lauschten wir zu, wenn Onkel Hans und Onkel Ernst Steinmann von ihren Erlebnissen in den Ländern Indien, Japan und U.S.A. berichteten, die zur damaligen Zeit in fast unerreichbaren Fernen lagen.

Eine Jugendfreundin von Elisabeth Steinmann-Neuenschwander war Elisabeth Bärtschi auf der Wislen in Worb, später Frau Pfarrer Baumgartner. Die Freundschaft zwischen den beiden Frauen setzte sich in deren Familien und zum Teil auch unter den beidseitigen Grosskindern fort. Für meinen Bruder und mich, die wir unsere Grossmutter Elisabeth Steinmann leider nicht mehr gekannt hatten, war Frau Pfarrer Baumgartner mit ihrer verständnisvollen, gütigen Art wie eine Grossmutter, die wir sehr liebten und verehrten. Im Jahre 1958 heiratete ein Urenkel von ihr, Pfarrer Walter Ammann, eine Urenkelin von Elisabeth Steinmann, Evi Meyer.

Johann Steinmann soll ein strenger Vater und oft aufbrausender Mann gewesen sein. Seinen älteren Grosskindern, die ihn noch erlebten, bleibt er als gütiger Grossvater und Kinderfreund in Erinnerung.

Die Kinder von Johann und Elisabeth Steinmann-Neuenschwander waren:

Hans, 1871–1918. War Kaufmann und lange Zeit in der Baumwollbranche in Indien und Japan tätig. Sehr sprachenbegabt. Mit seiner Ehefrau Ida geb. Ott aus Worb adoptierte er eine Tochter Gritli, heute Frau Rossi, Locarno. Er starb 1918 an der Grippe in den USA auf der Rückreise nach der Schweiz.

Fritz, 1872–1932, siehe unter C I.

Frieda, 1874–1943. Nach dem Tode ihres Vaters 1919, führte sie das Telephon- und Telegraphenbüro Worb weiter, das wie ein elterliches Heim und ein Mittelpunkt ihren Geschwistern, Nichten, Neffen und weitern Verwandten sowie Bekannten von nah und fern jederzeit gastlich offen stand. Wenn Verwandte Tante Frieda besuchten, nahmen sie sich meist auch Zeit, durch den Eggwald oder die Sonnhalde nach dem etwa eine halbe Stunde enfernten Pfarrhaus Vechigen zu wandern, oder umgekehrt. Worb und Vechigen waren für die 6 Geschwister Steinmann und deren Kinder ein Begriff.

Johanna, 1875–1879.

Marie, 1877–1945; siehe unter C II.

Martha, 1878–1944; siehe unter C III.

Ernst, 1886–1944; siehe unter C IV.

Eine Chronik der Familie Johann und Elisabeth Steinmann wäre ganz unvollständig, wenn wir nicht auch Anna Oberli gedächten, die 55 Jahre lang treu im Haushalt zuerst der Eltern und dann der Tochter Frieda in Worb mitwirkte. Sie teilte alle Freuden und Leiden der Familie, von der sie vier Generationen erlebte, und wurde ganz als Familienmitglied behandelt. Wie viel Ärger und «Täubi» musste sie doch wegen der Knaben von Martha Meyer-Steinmann, Fritz und Ernst Steinmann durchmachen, wenn diese in jugendlichem Übermut Streiche verübten, die mit Annas Sinn für Ordnung und Genauigkeit nicht immer übereinstimmten. Aber sie trug es uns nie nach.

B III.

Fritz Steinmann, 1842–1931 (in der Familie Götti Fritz genannt) erlernte neben der Landwirtschaft das Metzgen, verbrachte Wanderjahre im Ausland (z. B. in Lyon und Marseille) und übernahm später den väterlichen Hof Fulpelz bei Richigen, den er verkaufte, nachdem er den Hof seines Schwagers Fritz Schmutz (B V.) im Dorfe Richigen erworben hatte. Nachdem seine erste Ehefrau Rosa geb. Rohrer schon nach einjähriger Ehe gestorben war, verheiratete er sich mit Rosina Schmid. Der 2. Ehe entstammten vier Kinder:

1. Rosa, 1879–1964, verheiratet mit Hans Zumstein, lange wohnhaft in Brodhüsi b. Wimmis. Wie ihr Vater hatte sie eine sehr schöne Stimme.

    Kinder:

    Hans, geb. 1905, Mechaniker, Liebefeld/Bern

    Walter, geb. 1906, Mechaniker, verheiratet mit Hedwid Färber, Köniz.

    Ernst, geb. 1908, Kaufmann, Bern

2. Fritz, 1881–1931, bewirtschaftete den grossen Hof in Richigen und verstand zudem ausgezeichnet den Metzgerberuf. Sehr angesehener, tüchtiger Landwirt.

    Er war verheiratet

    a) in erster Ehe mit Anna Wenger
       Kinder:

       Margaretha (Greti), geb. 1910, verheiratet mit Werner Steiner, Schmiedmeister in Meikirch, geb. 1908
       Kinder:

       Anton, geb. 1937, dipl. Installateur in Meikirch, verheiratet mit Leni Hostettler
       Kinder: Monika
              Christine

       Dora, geb. 1943, verheiratet mit Rolf Egli, Lehrer in Wahlendorf

       Kinder: Gabrielle, geb. 1966
              Dieter, geb. 1968

       Anna, geb. 1945, verheiratet mit Peter Grossenbacher, Elektromonteur, Stettlen
             Kinder: Christa, geb. 1967
                        Patrik, geb. 1968

       Fritz, geb. 1912, Metzger, Richigen

    b) in zweiter Ehe mit Martha Zumstein
       Kind:

       Hans, geb. 1920, Landwirt in Richigen, verheiratet mit Lina Moser

Kinder:

Hans,	geb. 1947, Landwirt
Fritz,	geb. 1951
Barbara,	geb. 1963

3. Anna, 1887–1960, verheiratet mit Fritz Wenger, Landwirt in Gümligen
Kinder:

Elisabeth,	geb. 1916, verheiratet mit Fritz Wittwer, Eichmühle, Hettlingen (ZH)
Anna,	geb. 1917, verheiratet mit Hans Hofmann, Gümligen
Fritz,	geb. 1919, Gümligen
Paul,	verheiratet mit Martha Bigler, Landwirt in Oberwil b. Rothrist (AG)
Heidi,	verheiratet mit Daniel Siegenthaler, Landwirt in Neerach (ZH)

4. Marie, 1890–1966, verheiratet mit Christian Scheurer, Käser.
Kinder:

Werner, geb. 1916, Kaufmann, Reutigen, verheiratet mit Trudi, geb. Freitag
Kinder:

Christian,	geb. 1947
Hans,	geb. 1949, Kaufmann
Werner,	geb. 1955

Otto, geb. 1917, Käser, verheiratet mit Martha Gfeller, Richigen
Kinder:

Käthi,	geb. 1950, Coiffeuse
Dora,	geb. 1951
Vreni,	geb. 1959

Erika, geb. 1923, verheiratet mit Ferd. Friederich, Sägerei, Buchli, Gysenstein
Kinder:

Peter,	geb. 1944, Koch
Gertrud,	geb. 1945, Säuglingsschwester
Beat,	geb. 1948, Kellner
Ruth,	geb. 1949, Coiffeuse
Kurt,	geb. 1954

B IV.

Niklaus Steinmann, 1844–1900, wurde Kaufmann und hielt sich längere Zeit in einer Lancashire-Spinnerei oder -Weberei auf, in oder bei Manchester. Dort trat er einmal für einen in letzter Minute erkrankten Bariton in einer Amateur-Oper auf und erntete grossen Beifall, was seinen Arbeitgeber bewog, ihm eine Lohnerhöhung zu gewähren und ihn öfters zu sich einzuladen.

Später wohnte er, verheiratet mit Frl. Mauerhofer, in Burgdorf und besass Spinnereien in Rüderswil. Er hatte keine Kinder und nahm seinen Neffen Fritz Steinmann, Sohn des Johann, zu sich, ihm den Besuch des Gymnasiums Burgdorf und das Medizinstudium ermöglichend.

B V.

Rosa Steinmann verheiratete sich mit Fritz Schmutz, Landwirt und später Zugführer bei der Jura-Simplon-Bahn. Dieser verkaufte seinen Hof in Richigen an Fritz Steinman (B III.), der dafür den Hof Fulpelz verkaufte. Fritz und Rosa Schmutz-Steinmann wanderten dann mit ihren zwei Knaben Hans und Rudolf nach Kansas (USA) aus. In den 1920er Jahren machte der Sohn Hans Schmutz eine Ferienreise nach der Schweiz und besuchte auch uns Verwandte. Da er seit dem Tode seiner Mutter nicht mehr berndeutsch gesprochen hatte, brauchte er viele Ausdrücke, die er von seinen Eltern gehört hatte und die inzwischen bei uns verschwunden waren. Da ihn die Eltern, wenn sie berndeutsch mit ihm sprachen, natürlich duzten, duzte er auf den Reisen in der Schweiz ebenfalls alle Leute. Er wohnte, wie wir zuletzt wussten, in Chanute (Kansas) und hatte 3 Kinder (2 Söhne und eine Tochter).

C. Einzelheiten über einige der Kinder von Johann und Elisabeth Steinmann-Neuenschwander (siehe oben unter B II.)

C I.

Fritz Steinmann, 1872–1932, war ein sehr geschätzter Chirurg und Professor für Unfallmedizin in Bern, wo er das Privatspital Engeried gründete. Verheiratet mit Betty Mauerhofer (1883–1942). Beide waren sehr anregende, weltoffene Menschen und führten ein ungemein gastliches Haus, in dem jedermann sich wohl fühlte.

3 Kinder:

Johanna, geb. 1904, Sekundarlehrerin, Bern. Geschieden von A. Nicolet, Arzt.

Bernhard (Bubu), geb. 1908, Dr. med. und Professor für innere Medizin (spez. Gerontologie), Chefarzt des Loryspitals und Arzt am Engeriedspital in Bern.

Verheiratet

    a) in 1. Ehe mit Beatrice Galli, geb. 1907, Dr. rer.pol.
       Kinder:

Ursula,	geb. 1937, Dr. chem., verheiratet mit Jürg Feitknecht, geb. 1935, Dr. phil. nat.	
	Kinder: Vivian,	geb. 1964
	Andreas,	geb. 1967
Veronika,	geb. 1939, Sekundarlehrerin, verheiratet mit Pierre Gonin, geb. 1935, Dr.med. vet.	
	Kinder: Marc,	geb. 1963
	Danielle,	geb. 1966
	René,	geb. 1969
Matthias,	geb. 1942, PD Dr. rer. pol., Bern	

    b) in 2. Ehe mit Gertrud geb. Zeller, geb. 1916
          Kind: Barbara, geb. 1961

Hanspeter (Buba), geb. 1918, Dr. med. und Röntgenspezialist am Engeriedspital in Bern. Verheiratet mit Katharina Wyss, geb. 1921.
Kinder:

Monika,	geb. 1946
Bernhard,	geb. 1948
Jürg,	geb. 1951

C II.

Marie Steinmann, 1877–1945, verheiratet mit Hans Riniker (1872–1950), Lehrer in Suhr (AG). Hans Riniker, bescheiden im Auftreten, war ein sehr anerkannter und beachteter Pädagoge, der gründliches Wissen und Gewissenhaftigkeit mit feinem Humor verband. Auch als Imker war er ein Fachmann.

2 Kinder:

1. Hans, geb. 1917, Bezirkslehrer in Seengen (AG). Verheiratet mit Ruth Schweigler, geb. 1923, Lehrerin.
   Kinder:

Martin,	geb. 1947, Medizinstudent
Katharina,	geb. 1949, Seminaristin
Hans,	geb. 1952

2. Dora, geb. 1918, Säuglingsschwester, Basel.

C III.

Martha Steinmann, 1878–1944, war zuerst Lehrerin in Lauperswil und verheiratete sich dann mit Adolf Meyer (1875–1958), Dr. phil., 30 Jahre lang Pfarrer in Vechigen b. Bern

2 Kinder:

1. Albert, geb. 1904 (genannt Bümi), Fürsprecher, Vizedirektor der Eidg. Militärverwaltung. Verheiratet mit Elisabeth Michon, geb. 1909, Muri b. Bern

2. Norwin, geb. 1907, Dr. iur., Fürsprecher. Verheiratet mit Marguerite Kaiser, geb. 1907, Muri b. Bern
   Kinder:

   Eva, geb. 1935, Lehrerin, verheiratet mit Pfarrer Walter Ammann, geb. 1932, Bern
   Kinder:

Martin,	geb. 1959
Lukas,	geb. 1961
Brigitte,	geb. 1966

   Niklaus, geb. 1938, techn. Kaufmann, verheiratet mit Therese Lohri, geb. 1938, Muri b. Bern
   Kinder:

Konrad,	geb. 1965
Bernhard,	geb. 1968

   Norwin, 1940–1959

Und nun nehmt es dem Chronisten nicht übel, wenn er etwas länger in Vechigen verweilt, weil dort nicht nur sein Bruder Albert und er eine so schöne Jugendzeit verbringen durften, sondern weil dorthin auch unsere Verwandten als immer gern gesehene Gäste kamen und ganz zu uns gehörten.

Obschon die Pfarrer früher sehr bescheiden besoldet waren, verstand es Martha Meyer, ihrer Familie, ihren andern Verwandten und allen, die ins Pfarrhaus Vechigen kamen, ein Heim zu bieten, das die Besucher immer wieder anzog. Vechigen war ein Paradies für uns Kinder, für die Nichten und Neffen, für die beiden Schwiegertöchter Marguerite und Elisabeth und später auch für die Grosskinder der Pfarrersfamilie. Regelmässig kam Bubu (Bernhard Steinmann) zu uns in die Ferien; er war zu diesem Zwecke eigens mit einem Vechigen-Gilet ausstaffiert worden. Hans Riniker fand den Weg zu uns schon bald nach seiner Taufe und war uns dank seinen vielen Besuchen wie ein jüngerer Bruder. Später gesellten sich Hanspeter, Hans, Max und Paul Steinmann zu uns; sie wurden von ihrem ältern Vetter Bümi so gedrillt, dass nachher die Rekrutenschule für sie keinen Schrecken mehr bedeutete.

Golden waren sie, die Zeiten in der Weite und Einfachheit des Landlebens. Was wurde da nicht alles an Streichen ausgeheckt und ausgeführt! Während des ersten Weltkrieges (1914–1918) erstellten wir zum Entsetzen der Nachbarn Schützengräben im Hühnerhof, lieferten im Herbst mit heruntergefallenen unreifen Aepfeln Gefechte und hielten im Winter mit Schneeballschlachten die Dorfbewohner in Spannung. Diese wilde Bubenatmosphäre wurde durch die Anwesenheit der beiden eher scheuen Kusinen Hanni Steinmann und Dori Riniker kaum gemildert.

Gross war die Freude immer, wenn Onkel Ernst Steinmann erschien. Wie kaum jemand anderes verstand er es, uns in ebenso lustiger wie kluger Art zu unterhalten und zu belehren. Sein Schatz an interessanten Geschichten und Schilderungen schien unerschöpflich zu sein. Im Dorfe Vechigen sprachen alle Kinder von ihm nur als vom Unggle Ernst, dessen Erscheinen immer mit Ungeduld erwartet wurde.

Aber auch sonst fanden viele Gäste den Weg ins Pfarrhaus, z. T. Originale, wie z. B. Pfarrhelfer A. Gruner. Häufig erschien an Sonntagen Besuch aus der Stadt; besonders lieb waren uns Onkel Fritz und Tante Betty Steinmann-Mauerhofer mit ihren drei Kindern. Von Worb kamen oft die Familien Hans Ott-Reinmann, Hermann Ott-Weibel, Martha Schellenberg-Ott, mit denen die Familie des Hans Steinmann-Neuenschwander seit Jahrzehnten eng befreundet war. Dann wurde der Eggwald oder die Hostet um das Pfarrhaus herum zum Tummel- und Spielplatz, dass es eine Freude war. An schönen Sommersonntagabenden versammelte sich die Dorfjugend bei Gfellers (genannt Gäumanns) Bauernhäusern zum Spielen, was durch die einbrechende Dunkelheit kaum unterbrochen wurde.

Ein seltenes Ereignis war, wenn Onkel Hans und Tante Ida Steinmann-Ott von Japan nach der Schweiz in die Ferien kamen. Die Schiffsreise dauerte mehrere Wochen. Vor dem Ersten Weltkrieg benützten sie einmal von Wladiwostok nach Moskau die Transsibirische Eisenbahn; die Bahnfahrt vom Fernen Osten nach

Bern dauerte, wenn ich mich recht erinnere, 17 Tage. An Fluglinien dachte damals noch kein Mensch.

Papa war auch Seelsorger in der oberländischen Armenanstalt Utzigen. Oft erzählte er uns von den erschütternden Schicksalen hochgebildeter Insassen, die früher Erzieher und Erzieherinnen am Hofe des Zaren und beim russischen Adel gewesen waren, bei der blutigen Revolution 1917 in Russland all ihr Hab und Gut verloren hatten und froh sein mussten, mit dem blossen Leben davonzukommen und in die Schweiz flüchten zu können, wo sie dann von ihren oberländischen Heimatgemeinden in der Anstalt Utzigen, einem früheren Daxelhofer-Schloss, versorgt wurden.

Der Erste Weltkrieg förderte den Siegeszug des Automobils. Welcher Unterschied gegenüber heute! Damals war der Automobilist eine Persönlichkeit, die fast als Pionier galt und die weitgehend im Stande sein musste, den Wagen selber zu reparieren. Von elektrischen Anlassern keine Spur; der Wagen musste mit der Kurbel angeworfen werden. Unterbrecherkontakte und Zündkerzen bei sich zu haben war ebenso wichtig wie die Mitnahme des Portemonnaies. Kaum eine Fahrt, so kurz sie auch war, verlief ohne Panne oder Radwechsel. Als Höchstgeschwindigkeit waren an Sonntagen innerorts 18 km, ausserorts 40 km gestattet. Unvermutet wurden wir beiden Brüder im Alter von etwa 13 und 11 Jahren einmal von Dr. Hegi, der gegenüber von Grossvater Steinmann wohnte, zu einer kurzen Fahrt auf die Praxis eingeladen. Angst befiel uns, doch liess es unser Ehrgefühl nicht zu, nein zu sagen. Kleinlaut stiegen wir ein. Dr. Hegi fuhr mit der damals bemerkenswerten Geschwindigkeit von 50 bis 60 km vor Worb hinaus, und wir erwarteten jeden Augenblick eine Panne oder Explosion. Dann aber stieg unser Selbstbewusstsein, und als wir, von der Dorfjugend bestaunt, in Worb wieder ausstiegen, da kannte unser Stolz über das gelungene seltene Erlebnis keine Grenzen mehr.

Zu Beginn des zweiten Weltkrieges (September 1939) weilten unsere Kinder Evi, Klaus und Nor Meyer lange im Pfarrhaus Vechigen. Es war eine schwere, für uns Erwachsene zermürbende Zeit der Ungewissheit mit der ständig drohenden Gefahr, vom nationalsozialistischen Deutschland und faschistischen Italien überfallen zu werden. Im Herbst 1940 zogen sich unsere Eltern in den Ruhestand nach Muri zurück, wo Mama trotz ihrer schweren Krankheit ein Mittelpunkt blieb.

Unserer Generation wurde im Zweiten Weltkrieg ein Anschauungsunterricht zuteil, der, obschon unser kleines Land damals wunderbarerweise verschont blieb, an Eindrücken und Schrecken nichts zu wünschen übrig liess.

Jedes totalitäre System, wie es auch heisst, führt zur Bedrohung des freien Menschen und früher oder später zum Krieg. Um so erschütternder ist es, dass die sogenannten Staatsmänner, die in der freien westlichen Welt seit dem Weltkrieg am Ruder gewesen sind oder es heute zu führen glauben, nichts gelernt haben und durch ihre kaum zu überbietende Stupidität und Feigheit den Totengräbern der freien Welt, vorab dem Kommunismus, Vorschub leisten. Verweichlichung infolge materiellen Wohlstandes, Einsichtslosigkeit, ständiges Nachgeben gegenüber ihren Todfeinden – wie viele Staaten und Kulturen sind daran nicht schon zugrunde gegangen!

C IV.

Ernst Steinmann, 1886-1944, war Kaufmann in England, Indien, Deutschland, Holland, Italien und in der Schweiz (Lenzburg) und verheiratet mit Martha Schärer, 1889-1969, Lehrerin. Wie so viele seiner Verwandten hatte er die Gabe des interessanten Erzählens und des Verstehens der Kinder, die er mit seinem grossen Wissen und seinem Humor fesselte und unterhielt.

3 Kinder:

1. Hans, geb. 1918, Betriebsleiter der Fa. A. Bangerter & Co. AG, Zementwaren und Bausteinwerke in Lyss. Verheiratet mit Heidi Lüthi, geb. 1924.
    Kinder:

    Hanspeter,   geb. 1951
    Andreas,   geb. 1952
    Bernhard,   geb. 1956

2. Max, geb. 1919, Kaufmann, Inhaber der Canva Malcantonese in Caslano (TI). Verheiratet mit Hedwig Bucher, geb. 1913.

3. Paul, geb. 1921, kaufmännischer Direktor der Bandfabrik Niederlenz, Lenzburg. Verheiratet mit Elsbeth Schärer, geb. 1922.
    Kinder:

    Rudolf, geb. 1948
    Ulrich, geb. 1950
    Martin, geb. 1956
    Beat,   geb. 1957

In den vorstehenden Aufzeichnungen über die Familien der Steinmann hat der Chronist der Familie seiner Eltern längere Ausführungen als den andern Familien gewidmet. Das soll aber kein Werturteil bedeuten, sondern ist einzig auf die Nähe des Erlebens zurückzuführen.

Über vieles noch könnte berichtet werden, doch würde das den Rahmen dieser Aufzeichnungen sprengen. Vielleicht wird sie einmal ein anderes Familienmitglied fortsetzen. Die Bahn dazu ist offen.

Wie erwähnt, haben die Nachkommen des Johann Steinmann beschlossen, wenn möglich alle Jahre einen Steinmanntag durchzuführen. Möchten doch diese Zusammenkünfte bestehen bleiben und den Gemeinschaftsgeist im guten Sinne fördern, auch wenn sich die Familie vergrössert und die Gründer nicht mehr da sein werden.

Norwin Meyer (mitbearbeitet von Theres Meyer)

Muri b. Bern, den 1. September 1968

LITERATURVERZEICHNIS

Die bisherigen Bücher von Matthias F. Steinmann
(nur Belletristik)

In den medialen Gründerjahren

Matthias Steinmanns Medienkrimi

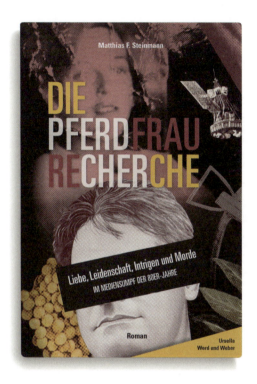

«**Die Pferdfrau-Recherche**» (2021, 288 S.) handelt von Intrigen, Betrug, Korruption, aber auch von Liebe und Leidenschaft, die zu Morden führen. In immer schnellerem Tempo wird der Leser kreuz und quer durch Bern geführt. Von der Quickbar zum Zaffaraya, von den Medienmächtigen zu Outsidern, von Bankern zu kalten Kriegern und Mafiosi. «Seltsam, sind es wirklich Zufälle, die auf uns zufallen… oder fallen wir nur in unser Schicksal hinein? Wir meinen also bloss, dass es sich um Zufälle handelt, obwohl es von klarer Hand gemeisselte Bausteine des Lebens sind, die sich gemäss einer uns entzogenen Logik nur teilweise mit unserem Zutun stetig zu einem wohlbedachten Ganzen fügen? Sich sogar nach einem bestimmten Regelkreis wiederholen.»

ISBN: 978-3-03818-299-3

Schwarze und rosige Jahre in der Lehranstalt

Matthias Steinmanns schicksalshafte Internatserinnerungen

«Die Todesanzeiges» (2020, 312 S.) Eine aussergewöhnliche Todesanzeige weist auf die Rache Gottes und die Mitverantwortung von sechs ehemaligen Internatskollegen hin und zwingt den Protagonisten Fritz Wyl somit auf eine Reise in die Vergangenheit. Noch in der gleichen Nacht begibt er sich an den damaligen Tatort Internat, der sich zunehmend als Ort der Verdrängung, Heimlichkeit und Unmenschlichkeit offenbart. Je mehr Fritz Wyl längst vergessene und verdrängte Erinnerungen wachruft, desto mehr verstrickt er sich in neue Schuld und die Grenze zwischen Täter- und Opferrolle beginnt zu verschwimmen.

ISBN: 978-3-9524708-9-3

Im gleichen Internat wie in der «Todesanzeige»
ereignete sich eine schöne Geschichte:

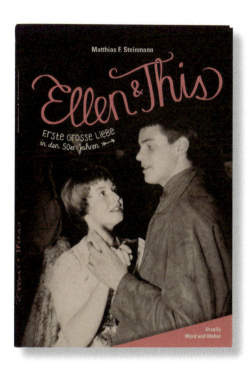

«Ellen und This» Erste grosse Liebe in den 50er-Jahren (2019, 288 S.)
Der Internatsschüler THIS verliebt sich 1958 mit 16 Jahren in die
15-jährige ELLEN aus reichem Hause, welche seine Liebe erwidert.
Daraus entsteht eine aussergewöhnliche Liebesgeschichte, die
Matthias F. Steinmann nun 60 Jahre danach in diesem Doku-Roman
auf bewegende Weise wiedergibt. Er beschreibt die glückseligen
Momente dieser ersten grossen Jugendliebe, über der schon bald ein
Hauch von Wehmut und bittersüsser Tragik liegt. Es war die Zeit,
als die Realitäten des Lebens sie noch nicht eingeholt hatten.

ISBN: 978-3-9524708-8-6

«Schwarze Schatten auf dem Jakobsweg»

Matthias F. Steinmanns Pilgerkrimi – Trilogie

«Pilgerfreunde» Töten statt beten auf dem Jakobsweg. (2014, 283 S.) Ein fesselnder Psychothriller über die grossen Themen Freundschaft und Loyalität, Gier und Betrug, Liebe und Verrat. Er besticht durch immer neue überraschende Wendungen, durch starke Figuren, lebensnahe Dialoge und intensive Action-Szenen.

ISBN 978-3-9524708-0-0

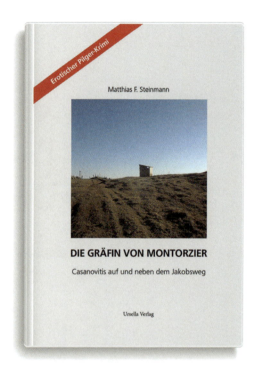

«Die Gräfin von Montorzier» Casanovitis auf und neben dem Jakobsweg. (2018, 276 S.) Erotischer Pilgerkrimi. Cecchino Galli ist ein einsamer Wolf, ein Mann mit Vergangenheit – einst Fremdenlegionär und später erfolgreicher Werber – und mit ganz eigenem moralischem Kompass. Durch eine Reihe von bösen Zufällen verschlägt es ihn ins karge Aubrac auf ein altes Schloss mit einer attraktiven Gräfin. Die Folgen greifen schicksalshaft in sein Leben ein.

ISBN 978-3-9524708-5-5

«**Mein ist die Rache**» Schicksalshafte Abenteuer auf dem Jakobsweg. (2019, 322 S.) Pedro Casanova ist Camino-Pilger. Er wird von seiner frisch angetrauten Ehefrau, einer schönen französischen Gräfin, begleitet. Der Pilgerweg wird für das Paar zum Albtraum. Pedro wird mit den Dämonen seiner dunklen Vergangenheit konfrontiert: Eine Gruppe skrupelloser religiöser Fanatiker, eine Bande von brutalen Vergewaltigern und ein geheimnisvoller Unbekannter, der auf Blutrache sinnt, verfolgen ihn und seine Gräfin.

ISBN 978-3-9524708-6-2

In Zusammenarbeit mit Ted Scapa

Matthias F. Steinmanns Weisheiten und Witziges

«D'Salami wird schnittliwiis gässe» Lebensmaximen mit Schmunzels von Ted Scapa (2017, 60 S.)
Matthias Steinmann hat leicht geordnet jene Maxime aufgeschrieben, welche für ihn wichtig sind.
Der Autor glaubt also, dass das Einhalten dieser Maxime zu einem guten Teil für seinen «Gesamterfolg» im beruflichen und geschäftlichen Leben von Bedeutung war. Es sind zum Teil Maxime, welche er von grossen Männern der Geschichte, aus der militärischen Ausbildung oder von irgendjemandem, ohne die Quelle zu kennen, übernommen habe. «Dann gibt es schliesslich auch jene, die ich mir selbst im Laufe des Lebens ein bisschen erarbeitet habe. Einige dieser Maxime zitiere ich oft, andere erscheinen hier zum ersten Mal gegen ‹aussen›.» erklärt der Autor dazu.

ISBN 978-3-9524708-2-4

Matthias F. Steinmanns Pilgermärchen

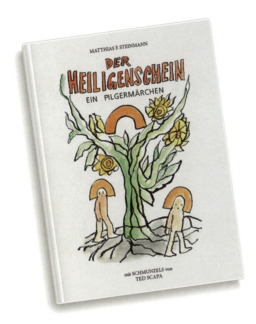

«Der Heiligenschein» Ein Pilgermärchen mit Schmunzels von Ted Scapa (2018, 119 S.)

Xaver und Checky sind unterwegs auf dem Jakobsweg. Zwar gehören sie nicht zu den typischen Globetrotter Gottes: sie suchen eher den Outdoor-Spass in den herbstlichen Landschaften Frankreichs. Aber, wie sie bald am eigenen Leib erfahren werden: Aber auf dem Jakobsweg sind Wunder im Bereich des Möglichen und ihre entspannte Wander-Tour wird plötzlich zu einem veritablen Alptraum. In der Kathedrale von Le Puy umgibt Checkys Kopf beim Betrachten eines Bildes des gekreuzigten Jesus plötzlich ein hell leuchtender Strahlenkranz, ein Heiligenschein, der nicht mehr verschwindet und der sich nicht entfernen lässt. Dafür hat er wundersame Heilungskräfte. Checky aber will das «Ding» auf seinem Haupt so schnell wie möglich loswerden. Aber wie?

Matthias Steinmann beschreibt die fatalen Folgen auf eine herrlich amüsante und respektlose Art, illustriert vom populären Gestalter Ted Scapa. ISBN 978-3-9524708-4-8

Matthias F. Steinmanns erstes Kinder- und Jugendbuch

«Emma und Noah» Ein Kinder-Vorlesebuch mit Zeichnungen von Ted Scapa (2019, 64 S.)

Steinmanns Kinderbuch ist ein modernes Märchen, illustriert mit grossartigen Zeichnungen des Cartoonisten Ted Scapa. Die Hauptpersonen des Buches sind die beiden Geschwister Noah (10) und Emma (7), die zusammen mit ihren Eltern zu einer Urlaubsreise nach Rom aufbrechen. Die Reise endet für die Kinder ungewollt auf einer Autobahnraststätte in Italien, von wo aus sie sich ohne Geld, dafür in Begleitung eines herrenlosen Hundes durchschlagen müssen.

Matthias Steinmann entführt die Leser auf eine abenteuerliche Reise nach Rom, auf der die beiden Kinder Prüfungen bestehen müssen, etwa als Clowns in einem Zirkus auftreten oder als blinde Passagiere unterwegs sind. «Emma und Noah» ist eine amüsante Story, die für wunderbare Lesestunden sorgt.

ISBN 978-3-9524708-7-9

Vom grossen Traum des Fliegens

Matthias F. Steinmanns zweites Kinder- und Jugendbuch

«Flieg, Jorim flieg!» Ein Kinder-Vorlesebuch mit Zeichnungen von Noé Barcos (2020, 76 S.)

Es handelt vom grossen Traum des Fliegens. Papa This pilgert mit seiner Frau Arom auf dem Jakobsweg in Spanien. Sie lernen den Buben Jorim und seine Mama Ingrid aus Brienz kennen.

Den erfahrenen Piloten Papa This und Jorim verbindet bald ihre grosse Flugleidenschaft. So entsteht eine Freundschaft zwischen einem grossen und einem kleinen Buben. Papa This erklärt in einfachen Tipps aus der Flugpraxis, wie ein Flugzeug abhebt, fliegt, sicher landet und mit Fleiss und Kenntnis von Flugtechnik der Weg zum Piloten führt.

In farbigen Cartoons illustriert und leichtfüssig erzählt, wird die praktische Flugschule für Jorim zur prägenden Lebensschule.

So wird Jorim plötzlich in eine lebensgefährliche Situation geworfen und er muss alleine ein Flugzeug fliegen und landen! Damit wird der Elfjährige zum Flughelden.

ISBN 978-3-03818-297-9

Im Ursella Verlag erschienen

«Jakobswegereien»
Pilgergeschichten
ISBN: 978-3-9524708-3-1,
(2012)

«Kulissenschieber»
Schlössli- und Schlossnotizen
ISBN: 978-3-033-05795-1,
(2016)

«Sophies Weg in vordigitaler Zeit»
Kinderzeichnungen
ISBN: 978-3-9524-708-1-7, (2015)

Im Wordworld Verlag, Melbourne (vergriffen):

«Die Weynzeichen-Recherche»
Kriminalroman (2001, 197 S.)

Im Benziger Verlag, Zürich (vergriffen):

«Nachtfahrt» Roman (1993, 331 S.)

Theaterstücke (nicht publiziert):
«Und dazwischen ein Schafott» (1960)
inszeniert: 1981 und 1983 (im Theater 1230, Bern)

«Der Traumgiesser» (1983)

«Die Agentur» (1991)

Aus Festschrift: «Matthias Steinmann: Das Publikum als Programm» R. Oppenheim, D. Stolte, F. Zölch, Bern 2002

Zum Autor

Matthias F. Steinmann geb. 1942 in Köniz bei Bern. Schulen in Bern und Graubünden, Studium an der Universität Bern, wo er doktorierte und habilitierte. Er war bis zu seiner Pensionierung Forschungsleiter bei der Schweizerischen Radio- und Fernsehgesellschaft SRG, a. o. Professor für Medienwissenschaft an der Universtät Bern und Unternehmer. Seine Innovationen Telecontrol und Radiocontrol wurden/werden weltweit eingesetzt und führten seine Unternehmen zum Erfolg. 1998 gewann Radiocontrol den Preis «Technologiestandort Schweiz» und 2000 den Innovationspreis SRG SSR idée suisse. 2009 wurde ihm das Bundesverdienstkreuz 1. Klasse vom deutschen Bundespräsidenten Dr. H. Köhler verliehen.
Im Militär leitete er im Armeestab die psychologische Abwehr und in ähnlicher Funktion im Krisenstab des Bundesrates (Major). Nach seinem Rückzug aus der Medienwissenschaft betreibt er vor allem vier «Nebenbeschäftigungen»: Wandern, Fliegen, die Betreuung der Steinmann-Stiftung Schloss Wyl und die Schriftstellerei.
Matthias Steinmann lebt seit 1980 mit seiner Frau Arom und seiner Tochter Sophie im Schlössli Ursellen.

Ursella Verlag

Die folgenden leeren Seiten sind dafür gedacht,
dass Sie sich von der langen Lektüre ausruhen können.